한국 고전서사원형과 문화콘텐츠

## ∎ 권도경(權都京) ∎

1974년 부산 출생
이화여자대학교 국문학과 및 동대학원 졸업(문학박사)
동아시아고대학회 상임이사, 한국구비문학회 지역이사
세명대학교 한국어문학과 조교수

### 주요저서

『한국인물전설과 역사』, 박이정, 2014.
『한국민속문학사전』, 국립민속박물관, 2012.
『한국전설과 로컬리티』(2013년도 문화관광부 우수학술도서), 태학사, 2012.
『한국 전기소설사의 전개와 새로운 지평』, 태학사, 2012.
『내암 정인홍』, 예문서원, 2010.
『조선후기 전기소설의 전변과 새로운 시각』(2005년도 대한민국학술원 우수학술도서), 보고사, 2004.
『춘향전 연구의 과제와 방향』, 국학자료원, 2004.
『홍루몽(상, 하)』, 이회문화사, 2004.
『춘향전 연구의 과제와 전망』, 국학자료원, 2003.
『설월매전』, 이회문화사, 2003.
『선진일사』, 이회문화사, 2003.
E-mail: dkkwon@semyung.ac.kr

## 한국 고전서사원형과 문화콘텐츠

**초판 인쇄** 2014년 9월  4일
**초판 발행** 2014년 9월 12일

**지은이** 권도경 ∎ **펴낸이** 박찬익 ∎ **편집장** 김려생 ∎ **책임편집** 김지은
**펴낸곳** 도서출판 **박이정** ∎ **주소** 서울시 동대문구 천호대로 16가길 4
**전화** 02) 922-1192~3 ∎ **팩스** 02) 928-4683 ∎ **홈페이지** www.pjbook.com
**이메일** pijbook@naver.com ∎ **등록** 1991년 3월 12일 제1-1182호

ISBN 978-89-6292-724-5 (93810)

* 책값은 뒤표지에 있습니다.

# 한국 고전서사원형과 문화콘텐츠

〖 권도경 지음 〗

도서출판 박이정

# 서문

나는 74년생 93학번이다. 드라마, 영화, 게임, 웹툰, 동영상 등 디지털 매체(媒體)를 매개체로 하여 생산·매매되는 이른바 디지털 문화콘텐츠(digital culturecontents)에 대한 향유가 90년대부터 시작되어서 2000년를 기점으로 보편화 는 것을 몸소 체험한 세대다. 한때, 디지로그니, 다운시프트니 하며 디지털 매체 이전 시대의 매체의 귀환을 예언하는 서적들이 유행하기도 했지만, 이는 오히려 디지털 매체의 주도권을 인정하는 속에서 마이너러티로서의 아날로그 문화가 가지는 특별한 가치를 환기시키고자 한 것일 뿐이다. 디지털 매체가 매개(媒介) 하는 디지털 문화콘텐츠가 대중문화콘텐츠의 메인스트림을 차지하고 있다는 보편적 사실에는 하등의 변화가 없다.

디지털 문화콘텐츠 중에서도 특히 내 눈길을 잡아 끈 작품들은 고전서사문학의 서사적 맥락을 계승한 것 같이 보이는 작품들이었다. 현대문학 전공자들에게는 단지 고전문학의 패러디 작품으로만 규정되어 왔었던 작품들이 내 눈에는 고전서사문학의 현대적 이본으로 보여던 것이다.(기실 내 전공은 고전서사문학이다. 석사학위논문은 조선후기 국문영웅소설과 장편한문소설의 양식적 특징을 공유하고 있는 한문소설 작품들을 발굴해서 "통속적 한문소설"의 양식적 범주를 새롭게 부여한 연구였고, 박사학위논문은 18세기 이후의 한문애정전기소설들을 발굴해서 조선후기까지 지속된 한국애정전기소설사의 생명력을 입증한 연구였다. 한 동안 고소설 연구를 좀 쉬었지만 조만간 다시 시작할 예정이다.)

그래서 고백하자면 이렇다. 이들 작품들이 단순히 기술적 패러다임의 변화에 따라 나타났다 사라지는 장돌뱅이 같은 존재가 아니라 한국고전서사문학사의 유구한 역사에 서사적 기원을 두고 있는 동시에, 미래에 또 다른 어떤 매체를 매개로 하여 등장할 서사문학 작품들에 대한 축적된 서사적 과거를 구성하는 존재들임을 학문적으로 규명해내야 할 학자적 사명감 같은 것이 본 연구를 시작하게 한 이유였다는 사실 말이다.

2005년, 솔벗학술재단에서 '고전서사문학·디지털문화콘텐츠의 서사적 상관성과 고전서사원형의 디지털스토리텔링화 모듈 방안 구축'이란 아젠다로 펀딩에 성공하면서 연구가 본격적으로 시작됐다. 고전서사문학과 문화콘텐츠 간에 존재하는 서사적 상관성을, 서사유전자에 의해 발현된 고전서사원형이 문화콘텐츠로 재생산 되는 맥락을 통해 규명해내는 연구스타일이 확립된 것도 이때부터이다. 리처드 도킨슨 이후로 학계에 보편화 된 문화유전자와 문화원형이란 개념을 응용해서 고전서사원형(classical narrative archetype)과 서사유전자(narrative gene)란 개념을 만들어낸 끝에 고전서사문학과 문화콘텐츠를 고전과 현대, 문학과 문화란 단절 없이 하나의 흐름으로 이해할 수 있는 연맥관계를 구축해낼 수 있게 되었다. 더미글에도 실었지만 본문에서 해당 내용의 일부만 발췌해서 제시해보면 이러하다.

무엇보다 우리가 주목해야만 하는 변화는 최근세까지도 문학 유통을 위한 최대 매체였던 활자매체 자리를 디지털 매체가 대체해 나가고 있다는 사실만이 아니다. 중세 이래로 문학의 헤게모니를 놓치지 않고 지속되었던 활자문학의 아성이 디지털 문학의 대두로 흔들리고 있다는 사실만도 아니다. 문제는 매체의 전환이 이루어지면서 그것에 얹혀있는 문학의 특정한 소재 혹은 일정한 유형구조나 모티프가 후시대 매체로 이동되며, 그로 인해 전세대 매체문학에서 후세대 매체문학으로, 혹은 동시대 매체 문학 간 재생산이 이루어진다는 사실이다. 바로 매체문학 간 이동(movement)과 재생산(reproduction)이다. 이처럼 디지털 문학의 제작진이 동시대에 공존하는, 혹은 전시대에 존재했던 활자문학이나 구술문학 작품을 의식적으로 차용하지 않았다고 하더라도 기존 작품과 관련된 문학적 형질(literary trait)이 특정한 한 문화공동체 구성원들의 DNA 속에 새겨져 세대를 거쳐 이어지거나 혹은 공유되고 있기 때문이다.

이렇게 한 문화공동체 구성원들이 동시대에 공유하거나 혹은 세대를 이어 특정한 문학적 형질을 계승시켜주는 유전인자를 문학유전자(literary gene)로 규정할 수 있다. 이러한 문학유전자에 얹혀서 한 문화공동체 내부 구성원들 사이에 동시대 혹은 세대 간에 무의식적 · 의식적으로 공유되는 특정한 문학적 모티프 · 양식 · 유형 등이 바로 문학원형(literary archetype)으로 정의될 수 있다. 특히, 일정한 서사의 전승과 공유에 관련되는 문학유전자를 따로 떼 내 서사유전자(narrative gene)의 범주를 설정할 수 있다. 그렇게 되면 이 서사유전자에 얹혀서 특정한 한 문화공동체 내부에서 통시적 · 동시적으로 전승 · 공유되는 문학원형 중에서 서사와 관련된 원형은 서사원형(narrative archetype)으로 그 범주를 설정하는 것이 가능해진다. 여기서 고전문학과 관련된 서사원형을 고전서사원형(classical narrative archetype)으로 그 개념을 규정할 수 있다.  - 본문, 78~79쪽.

『한국 고전서사원형과 문화콘텐츠』는 2005년부터 2014년 1분기까지 학술대회에서 발표했던 연구 성과들을 기반으로 쓰여진 책이다. 한국고전사사문학과 문화콘텐츠 간의 서사적 상관관계를 재구성하여 문화콘텐츠를 한국문학사의 현대 편 속에 편입시켜서 다시 쓰는 장대한 연구 계획의 첫 삽질이다. 장르별, 양식별, 스토리텔링 모듈별, 기획 DB별로 특화하여 집중 조명한 연구서들이 차례로 선보이게 될 것이다. 한편, 고전서사원형과 서사유전자, 그리고 서사코드(narrative code)(한류문화 콘텐츠에 관한 연구체계를 구축하면서 이 개념을 쓰고 있다. 구체적인 내용은 이미 한류문화콘텐츠에 관한 학술대회 및 학술포럼에서 논문으로 지속적인 발표를 해나가고 있으며, 후속작으로 내놓을 한류문화콘텐츠에 관한 학술서적에서 종합해서 선보일 예정이다.)에 관한 보다 체계화 된 이론서도 조만간 내놓을 계획으로 있다. 에리히 프롬의 『사랑의 기술』 같은 크기와 두께에 그야말로 사변으로 쫀쫀하게 점철된 이론을 구축하여 내놓고 싶다.(『서사유전자, 서사원형, 그리고 서사코드』 정도의 제목이 될 것이다.)

오랜 연구를 정리한 저서를 내놓은 일이란 산고의 고통과도 같다. 내 몸 속에서 무언가가 쑥 하고 빠져나간 느낌이다. 다시 채우려면 학술대회 발표와 논문 퍼블리싱으로 점철된 불면의 밤들을 다시 시작해야 할 터다. 하지만 숙명이라서 더 즐겁다. 조그만 소리로 감히 이렇게 말해 본다. '연구하는 것이 곧 사는 것이다.'라고.

** 연구사 정리 없이 밤잠 못자고 만들어낸 선행연구의 내용을 막 갖다 쓰시는 분들이 너무나 많다. 리스포유 · 크리스 · 디비피아 등에 논문 검색하거나 학술대회 논문발표 공문, 소속대학 홈페이지 교수소개란만 봐도 누구나 알 수 있는 내용을 눈 가리고 아웅 해서는 안 된다고 생각한다. 학문을 한다는 것은 스스로 짊어진 십자가이자 천형(天刑)이다. 선행연구사 정리를 가능한 철저히 한 위에서 연구의 틈새를 찾아 본인 연구의 집을 짓도록 하자.

2014. 9
세명대학교 학술관에서
권도경

# 차례

# 제3편 고소설의 고전서사원형과 문화콘텐츠

# 제4편 문화콘텐츠 스토리텔링 일반론

# 제1편

고전서사문학 · 문화콘텐츠의
서사적 상관성과 고전서사원형의
디지털스토리텔링화 가능성

# I. 고전서사문학 · 디지털문화콘텐츠의 서사적 상관성과 고전서사원형의 디지털스토리텔링화 기능성

## 1. 들어가는 말

본 연구는 디지털(digital) 시대 고전서사문학과 디지털문화콘텐츠(culture contents) 간의 서사적 상관성 및 디지털스토리텔링의 새로운 방안을 모색하는 것을 목적으로 한다. 고전서사문학은 이미 일부 대중문화의 창작에 있어서 원천 소스로 활용되고 있으며, 그 범주는 단순한 소재적인 차원으로부터 현대적인 변용과 패러디의 차원에 걸쳐있다. 그러나 현재 문화콘텐츠로서의 고전서사문학에 대한 인식은 아직까지 소재의 새로움을 확보하기 위한 창작집단 차원의 시도에 머물러 있다. 고전서사문학이 대중문화 창작의 소스로 활용된 양상과 실태에 대한 종합적인 조사와 학문적 차원의 본격적인 분석은 걸음마 단계에 머물러 있다. 문화계의 패러다임이 디지털로 옮겨짐에 따라 산업과 향유층의 수요는 팽배해 있으나 이를 뒷받침할 만한 이론적 작업이 따라가 주지 못하고 있는 것이다. 이처럼 대중문화, 특히 게임 · 드라마 · 영화의 원천 소스로서 고전서사문학이 활용되고 있는 양상에 대한 자료 조사 및 종합적인 고찰은 본 연구의의 첫 번째 목적이 된다. 여기에는 창작자도 인식하지 못했으나 고전서사문학과의 관련성이 두드러지는 작품을 새롭게 발굴하고 의미부여하는 작업도 포함됨을 미리 밝혀둔다.

디지털스토리텔링(digital storytelling)의 원천 소스로서 새삼 부각되고 있는 고전서사문학은 기실 아날로그 시대의 대중문화의 정점에 있던 장르이다. 주지하다시피 고전서사문학이 구술문화 시대부터 인쇄매체 시대의 산물이라면 디지털문화콘텐츠(digital culture contents)[1]는 디지털 매체(digital media)[2]를 플랫폼으로 한다. 그러나 이러한 매체의 구현 방식에 따른 차이에도 불구하고 이야기, 즉 일정한 스토리를 골간으로 하고 있으며 그것의 전개방식에 따라서 다채로운 창작의 가능성이 확보될 수 있다는 점에서 고전서사문학과 대중문화의 스토리텔링 사이에는 명백한 상관성이 존재한다. 고전서사문학의 스토리텔링과 디지털스토리텔링사이에서 확인되는 이러한 유사점과 차이점을 심도있게 분석할 때 고전서사문학을 소스로 하여 디지털스토리텔링화 하는 작업은 보다 효과적으로 진행될 수 있다.

디지털문화콘텐츠로서의 고전서사문학에 대한 학문적 연구는 현재 모색 단계에 있다. 고전서사문학의 주류인 고전소설과 구비문학을 중심으로, 일부 작품을 대상으로 그 상관관계가 조심스럽게 탐색되고 있다. 먼저 구비문학 쪽의 연구 성과로는 김종군[3], 박종성[4], 천혜숙[5]의 연구를 들 수 있다. 이들의 연구는 드라마를 포함한 현대 영상문회를 구비문

---

1) 일반적으로 디지털 코드를 기반으로 동작하는 전자 매체를 플랫폼으로 하여, 거기에 얹히는 문화콘텐츠를 디지털문화콘텐츠로 규정한다.
2) 디지털 매체론 디지털 코드를 기반으로 하는 인터넷 · 모바일 · 동영상 · 방송 등의 매체를 일컫는다.
3) 김종군, 〈드라마의 구비문학적 위상〉, 『구비문학연구』 16, 2003.
4) 박종성, 〈현대영상예술과 구비문학〉, 『한국인의 삶과 구비문학』 서대석 외, 집문당, 2000.
5) 천혜숙, 〈현대의 이야기문화와 TV〉, 『구비문학연구』 16, 2003.

학적인 관점에서 논의했다는 점이 특정이다. 이를 통해 현대 대중문화가 구비문학과 단절되어 있는 것이 아니라 '이야기성'이란 측면에서 연결되어 있다는 측면이 부각될 수 있었다. 고전소설 쪽의 연구성과는 드라마6)를 주류로 하여 게임7) 쪽과의 상관성을 탐구한 결과물이 제출되어 있다. 송성욱과 조현설의 연구는 고전서사문학과 대중문화가 상호 연관성을 가지고 보완해 나가야 함을 강조한 시론의 성격이 강한 바, 송성욱은 드라마 콘텐츠로서의 고전소설을 주목할 필요성을 시론적으로 제기했고, 조현설은 고전소설 <장화홍련전>과 영화 <장화, 홍련>을 대상으로 하여 고전소설 연구자들이 영상 쪽에도 관심을 기울일 필요성과 영화 비평계에 고소설 연구학계의 성과가 반영될 필요성을 역설했다. 반면 정병설과 신선희의 연구는 스토리텔링의 차원에서 고전서사문학과 대중문화 사이의 상관관계를 이론적으로 분석했다는 점에서 의의가 있다. 정병설은 고전소설과 드라마의 스토리텔링 사이에서 보이는 유사성을 분석하였고, 신선희는 고전서사문학과 게임 스토리텔링 간의 상관성 및 연계 가능성을 모색했다는 점에서 한층 진일보한 연구시각을 제시했다.

이상의 기존 연구는 디지털문화콘텐츠로서의 고전서사문학의 위상과 의미에 대한 연구 필요성을 지시하고 스토리텔링의 차원에서 둘 사이의 연계 가능성을 부분적으로 모색해 보았다는 점에서 의의가 있다. 그러나 막 시작 단계에 들어섰다고 할 수 있는 위의 연구성과들은 다음과 세 가지 차원의 극복 과제를 안고 있다. 첫째, 구체적인 작품이 언급되지 않거나 일부의 작품에만 한정, 대체적으로 특정 고전서사문학 작품과 대중문화 작품 사이의 내용적 관련성이 구체적으로 거론되지 못했

6) 정병설, 〈고전소설과 텔레비전드라마의 비교〉, 한국고소설학회 제64차 정기학술대회 발표문, 2004.2.10: 송성욱, 〈고전소설과 TV 드라마 - TV드라마의 한국적 아이콘 창출을 위한 시론〉, 『국어국문학』 137, 2004.

7) 신선희, 〈고전 서사문학과 게임 시나리오〉, 『고소설연구』 17, 2004: 조현설, 〈고소설의 영화화 작업을 통해 본 고소설 연구의 과제-고소설 〈장화홍련전〉과 영화 〈장화, 홍련〉의 사례를 중심으로〉, 『고소설연구』 17, 2004.

다. 실증적이고 체계적인 자료 조사와 양상 실태에 대한 객관적이고도 종합적인 고찰이 선결될 필요가 있다. 둘째, 대중문화의 광범의한 장르를 종합적으로 아우르지 못했다. 연구 대상은 주로 드라마에 편중되어 있으며, 게임과 영화에 대한 연구 성과는 소략하다. 그나마 만화나 소설은 다루어진 바가 없다. 특정 장르에 대한 심도있는 연구 성과가 지속적으로 축적되는 한편 게임, 드라마, 영화, 만화, 소설 등 대중문화의 전방위 영역과 고전서사문학과의 상관성을 아우를 수 있는 거시적인 시각과 분석틀이 마련될 필요가 있다. 셋째, 고전서사문학을 디지털스토리텔링화 할 수 있는 방안에 대한 이론적인 접근이 부재하다. 문화콘텐츠로서의 고전서사문학의 의미는 둘의 스토리텔링 사이에서 발견되는 상관성을 지적하는 것에서 그쳐서는 안 된다. 물론 이것만으로도 충분히 학문적인 의의는 있지만 그 어느 때보다도 학문의 사회적·산업적 기여도가 요구되고 있는 요즘 현실에서 볼 때, 고전서사문학을 디지털스토리텔링화 할 수 있는 이론적 모형을 시론적으로 모색해 보는 것이 확문적 영역에 포함될 수 있을 것이다.

본 연구는 고전서사문학과 디지털문화콘텐츠와의 상관성에 대한 고찰을 바탕으로 고전서사문학의 스토리텔링 방식을 디지털스토리텔링화 할 수 있는 방안을 모색해 보고자 한다. 고전서사문학의 디지털스토리텔링화를 위한 이론적 모형 모색은 본 연구의 두 번째 목적이 된다.

## 2. 자료의 존재양상과 특징

### 1) 자료의 양상

#### (1) 게임

1 <임진록> 시리즈
 ① <임진록>, RTS, HQ팀, 1997

② <임진록: 영웅전쟁>, RTS, HQ팀, 1998

③ <임진록2>, RTS, HQ팀, 2000

④ <임진록2+>, RTS, HQ팀 2002

⑤ <임진록 외전: 동토의 여명>, RTS, HQ팀, 2003

2 <천하제일 거상>, MMRPG, 에이케이인터렉티브, 2002

3 <충무공전> 시리즈

① <충무공전>, RTS, 톤리거소프트, 1996

② <충무공전2: 난세영웅전>, RTS, 트리거소프트, 1999

4 <장보고전>, RTS, 트리거소프트, 2000

5 <장보고전> 시리즈

① <천년의 선화>, RTS, HQ팀, 조이온, 2000

② <천년의 신화2: 화랑의 혼>, RTS, HQ팀, 조이온. 2003

6 <바람의 나라>, RTS, 넥슨, 1996

7 <태조 왕건>, RTS, 트리거소프트, 2001


## (2) 드라마

1 <선녀와 사기꾼>, SBS, 2003

2 <홍부네 박 터졌네>, SBS, 2003

3 <천국의 계단>, SBS, 2003

4 <내 사랑 팥쥐>, MBC, 2002

5 <쾌걸 춘향>, KBS, 2005

6 <사랑한다 웬수야>, SBS, 2005


## (3) 영화

1 <영원한제국>, 감독: 박종원, 1995

2 <은행나무침대>, 감독: 강제규, 1996

3 <단적비연수>, 감독: 박제연, 2000

④ <황산벌>, 감독: 이준익, 2003

⑤ <천군>, 감독: 민준기, 2005


## 2) 자료의 특정

### (1) 게임

자료 ①의 <임진록> 시리즈는 고전소설 <임진록>8)을 원작으로 한 RTS게임이다. 고전소설 <임진록>은 명나라의 원군 없이는 실패한 전쟁이었던 임진왜란을 마치 우리 측이 승전을 거듭한 것처럼 허구화하여 상처난 민족적 자부심을 문학적으로 보상받기 위해 창작된 작품이다. 고전소설 <임진록>은 원래 임진왜란과 관련하여 민간에서 구전으로 전래되던 다양한 설화를 결합시킨 것으로 한·중·일의 다양한 인물과 전쟁씬이 등장한다. <임진록> 게임 시리즈는 이 고전소설 <임진록>을 실시간 전략시뮬레이션 게임으로 만든 것이다. RTS 즉 실시간 전략시뮬레이션 게임은 다양한 유닛을 실시간으로 조정하면서 상대방과 전투를 벌이는 게임으로 치밀한 전략과 빠른 상황판단, 다양한 유닛의 조화 등이 요구된다.

<임진록> 게임 시리즈는 <임진록>, <임진록: 영웅전쟁>, <임진록2>, <임진록2+: 조선의 반격>, <임진록: 동토의 여명>에 이르기까지 진화를 거듭해왔다. <임진록1>이 초기작답게 투박한 그래픽의 아쉬움을 남겼다면 <임진: 영웅전쟁>은 <임진록>의 확장팩으로 발전한 모습을 보여주었다. <임진록2>는 한층 향상된 그래픽과 유닛을 자랑하며, <임진록> 게임 시리즈의 메인인 SD캐릭터와 영웅이란 것이 처음으로 등장한 획기적인 프랜차이즈이다. 영웅은 실제 임진왜란 때 활약을 했던 인물들로 고전소설 <임진록>의 등장인물들을 대부분 차용했으며, 조선·명·일본 등 임진왜란 당사자국인 3개국이 모두 등장한다. <임진록2+>는

---

8) 〈임진록〉 이본에 대해서는 임철호, 〈임진록 이본 연구〉, 전주대학교 출판부, 1996을 참조하기 바람.

<임진록2>의 확장팩이자 <임진록> 게임 프랜차이즈의 마지막 시리즈이다.

<임진록2+>의 가장 두드러진 특정은 고전소설 <임진록>의 영향으로부터 상당히 벗어나 독자적인 상상력을 보여준다는 점이다. <임진록2+>는 임진왜란을 성공한 전쟁으로 그리는 고전소설 <임진록>의 문학적 상상력을 넘어서서 아예 임진왜란 종료 후 조선의 대반격을 설정한다. 임진왜란 후 일본군부는 미츠나리와 도쿠가와 진영으로 나뉘어 지고 미츠나리는 조선군을 동맹으로 삼아서 도쿠가와를 치고, 도쿠가와는 명나라를 내세워서 미츠나리를 친다는 설정으로, 원작 고전소설 <임진록>의 동맹군 조선과 명이 갈라져서 동북아의 패권을 놓고 다툰다는 점에서 명나라에 대한 사대주의를 벗어난 동시에 일본에 대한 맹목적인 반감으로부터도 벗어난 성숙한 민족의식을 보여준다는 점이 특징이다. 특히 김시민, 이순신, 김덕령 등 <임진록>에서 죽었던 영웅들을 부활시켜서 새로운 거대 전쟁을 재수행하게 한다는 점에서 역사 시뮬레이션을 넘어선 판타지적인 요소도 과감하게 보여준다. <임진록2+>에 와서 <임진록> 게임 시리즈는 고전소설 <임진록>의 자장으로부터 한 걸음 더 나아간 역사관과 민족의식을 보여주고 있는 것이다.

자료 2의 <거상>은 자본주의의 맹아가 마악 움트던 16~17세기의 조선을 배경으로 변화된 시대상과 인간관계를 담아낸 조선후기 설화문학 중 하나인 야담에 그 소재적 원천을 기대고 있다. 조선후기에 집중적으로 창작된 야담은 거간꾼, 상인, 역관, 사기꾼 등 자본주의 경제 시스템이 시험되기 시작한 조선후기에 새롭게 등장한 인간상과 그들의 형태를 짧막한 분량 속에 한문으로 담아낸 일종의 단편소설이다. 롤플레잉 게임 <거상>은 이러한 조선후기 새로운 경제 시스템을 테마로 제작된 RPG 게임이다. 일반적인 롤플레잉게임에서도 돈은 중요한 아이템으로 이용되지만 거상에서는 시세차를 이용한 교역을 기본으로 현금의 대부와 이자소득, 투자를 통한 배당 등 현대적인 금융 시스템을 첨가하여 유저로 하여금 체험하게 하였으며 이를 통해 조선 팔도는 물론 조선·

일본·명을 아우르는 경제 블록 속에서 최고의 거상이 되는 것을 목표로 게임을 진행하도록 한 점이 특징이다.

자료 ③의 <충무공전>은 <임진록> 시리즈와 마찬가지로 고전소설 <임진록>에 그 기본 골격을 기대고 있다. 이순신을 주인공으로 내세운 만큼 <임진록>의 이순신 버전 혹은 외전이라 할 수 있을 것이다. 현재 <충무공전2>까지 나와 있다.

자료 ④의 <장보고전>은 『삼국사기(三國史記)』를 비롯한 각종 국내 역사·지리서에 전하는 장보고에 대한 기록 및 설화, 중국의 『번천문집(樊川文集)』·『신당서(新唐書)』에 전하는 인물단편소설인 <장보고전>[9]을 원작으로 한다. 장보고가 고대 동북아의 해상교역을 장악한 인물이었던 만큼 게임 <장보고전>은 장보고의 경제적 거점이었던 청해진을 메인 배경으로 하여 한·중일의 다양한 인물들과 배경이 동원된다. 게임 <장보고전>은 고전원작에서 읽을 수 있는 장보고의 경제적·정치적 위상 및 한·중·일의 역학관계 보다는 일본측을 대표하는 사무라이와 중국측을 대표하는 당나라 도적을 내세워 장보고 군과 전투를 벌이게 함으로써 유저의 몰입과 흥미를 유발하도록 변형되어 있다는 점이 특징이다.

자료 ⑤의 <천년의 신화>는 우리나라 삼국시대를 배경으로 고구려, 백제, 신라 세 나라의 각축전을 중심 배경으로 한다. 고구려의 연개소문, 백제의 계백, 신라의 김유신 등 삼국의 영웅들이 등장하여 벌이는 역사적 전투를 재현하고 있다. 고구려, 백제, 신라의 각축전은 김부식의 사서인 『삼국사기』에도 기술되어 있으나 그 과정은 이미 조선후기에 <김유신전>이란 고전소설로 서사화 된 바 있다.[10] 이러한 이유로 <천년의 신화>가 보여주는 상상력은 삼국전쟁과 관련한 갖가지 에피소드와 설

---

9) 〈張保皐鄭年〉, 杜牧, 『樊川文集』 卷六; 〈新羅傳〉, 〈東夷傳〉, 『新唐書』 권220; 〈張保皐傳〉, 『三國史記』, 卷第四十四, 列傳, 第四.

10) 〈김유신전〉에 대해서는 김진영, 〈김유신전〉, 〈한국고전소설작품론〉, 집문당, 1990을 참조하기 바람.

화 및 역사기록을 망라한 고전소설 <김유신전>으로부터 자유로울 수 없다. 특히 <천년의 신화2: 화랑의 혼>은 신라의 화랑의 활약을 중점적으로 부각시키고 있다는 점에서 고전소설 <김유신전>과의 관련성이 더욱 두드러진다고 할 수 있다.

자료 ⑥의 <바람의 나라>는 고구려의 고대 신화와 역사를 소재로 한 출판만화 <바람의 나라>를 원작으로 한다. 고구려의 고대 신화와 역사는 구전설화 및 정사 기록에 다양하게 남아 있다. 출판만화 <바람의 나라>는 여기에 신화적 상상력과 판타지적 요소를 가미한 작품인데 게임 <바람의 나라>는 이러한 원작의 상상력을 충실히 반영하면서도 롤플레잉 게임적 요소를 잘 살린 작품이다. 우리의 역사를 소재로 한 게임은 상당수 되지만 신화를 스토리텔링한 작품은 <바람의 나라>가 처음이라는 점에서 의의가 있으며, 우리 신화에 대한 상상력이 유저에게 신선한 반향을 불러일으켰다.

자료 ⑦의 <태조왕건>은 후삼국의 쟁탈전과 관련된 정사 및 야사, 설화의 기록들을 소재적 원천으로 하고 있다. 특히 왕건을 타이틀로 내세운 만큼 『고려사』 소재 왕건 왕권신화[11]와 왕건 관련 구전설화의 내용을 근간으로 한다고 할 수 있다.

## (2) 드라마

자료 ① <선녀와 사기꾼>은 설화 <선녀와 나뭇꾼>과 <봉이 김선달>을 교묘하게 결합시켜 놓았다. 도입부에서 주인공 재경을 사기꾼의 길로 인도하는 심춘식이 동화 <선녀와 나무꾼>이야말로 아름다운 사기의 대표적인 사례라고 설명하며 시작하는데, 어린 나이부터 사기꾼의 길을 걷기 시작하는 재경은 가짜 다이어트 테이프를 팔고, 이순신 동상까지 팔아먹으며 대박을 터트린다. 하지만 재경은 사기는 치지만 결코 절도

---

11) 이에 대해서는 이지영, 〈『삼국사기』 소재 고구려 초기 왕권설화 연구〉, 『구비문학연구』 2, 1997을 참조하기 바람.

는 하지 않고 착한 사람들이 위험에 처한 걸 보면 그냥 지나치지 못하는 타고난 휴머니스트로 묘사된다. 이런 점을 비롯하여 보는 사람으로 하여금 부정한 자가 모은 돈을 사기치는 재경의 모습에서 설화 속 봉이 김선달의 모습을 볼 수 있다. 이처럼 <선녀와 사기꾼>에서 남주인공 재경이 봉이 김선달형 인물과 결합되면서 전통적인 선녀와 나무꾼의 사랑 이야기는 사기꾼인 나무꾼에게 사기당한 선녀의 이야기로 이동되었다고 할 수 있다.[12]

자료 ②의 <흥부네 박 터졌네>는 흥부와 놀부의 현대판 버전인 만보와 춘보 두 형제 가족의 이야기이다. 성실한 춘보가 빚보증을 잘못 서자신의 집을 날리고 30여 년 전부터 연락이 두절된 형 만보를 찾아가 살림을 합치게 되면서 일어나는 일들을 그린다. 여기서 형 만보는 놀부와 같이 부모의 재산을 독식한 채 부정한 방법으로 부를 축적한 인물로 인색하기 이를 데 없다. 또 만보네는 사사건건 춘보네를 구박하며 종부리듯 한다. 이러한 부분은 고전소설 <흥부전>과 가장 흡사하게 진행된다. 그러나 여기에 형제의 딸이 한 남자를 두고 갈등을 빚는 삼각관계를 덧붙여 드라마는 현대적인 감각으로 재탄생한다. 사촌지간인 만보딸 미리와 춘보 딸 수진이 장현태를 두고 삼각관계에 놓이면서 두 가족의 중요한 갈등이 등장하게 된다.

자료 ③의 <천국의 계단>은 설화 <콩쥐팥쥐>와 연결된다. 이 드라마에서 시청자들의 감정선을 자극한 부분은 계모인 태미라와 의붓자매인 유리가 여주인공인 정서를 괴롭히는 장면들이다. <천국의 계단>의 인물구도 및 선악대비구가 명확한 스토리라인의 골격은 그대로 <콩쥐팥쥐> 설화에 기대고 있다. 정서는 콩쥐, 유리는 팥쥐라는 등식이 성립되

---

12) 조선후기의 풍자적인 인물인 봉이 김선달은 자신의 경륜을 펼치기 위해 서울에 왔다가 서북에 차별 정책과 낮은 문벌 때문에 뜻을 얻지 못하여 울분하던 중 세상을 휘젓고 다니며 권세 있는 양반, 부유한 상인, 위선적인 종교인들을 기지로 골탕 먹이는 인물이다. 드라마에서 실제로 재경에게 큰 사기를 당하는 인물은 온갖 불법을 저지르며 엄청난 재산을 모은 졸부 한회장이다.

고 계모가 전처의 아들 딸을 학대하는 콩쥐팥쥐형 설화에 대입되는 것이다. 사실 선녀(善女)와 악녀(惡女)의 대립구조를 전면에 내세운 드라마는 굉장히 많다. <이브의 모든 것>, <유리구두> 등이 이러한 유형에 속한다. 그러나 전실자식과 후실자식, 그리고 계모라는 <콩쥐팥쥐> 설화식의 삼각구도가 전면에 부각된 것은 <천국의 계단>이 유일하다.

자료 ④의 <내 사랑 팥쥐>는 역시 설화 <콩쥐팥쥐> 이야기를 원작으로 했다는 점에서 자료 ③과 같다. 차별성은 팥쥐를 주인공으로 하여 현대적인 재해석을 시도했다는 점에 있다. 이 점에서 <내 사랑 팥쥐>는 <콩쥐팥쥐> 설화의 세계관을 그대로 수용한 자료 ③의 이데올로기적인 한계를 극복한 작품이라 할 수 있다.

자료 ⑤의 <쾌걸 춘향>은 고전소설 <춘향전>을 원작으로 한다. 현대로 바뀐 시공간 외에 인물의 성격에 대거 변화가 있다는 점이 특징이다. 춘향은 진중한 만고열녀에서 일편단심 한 사람을 사랑하기는 하지만 적극적이고 활달한 아가씨로 바뀌었고, 이몽룡은 위엄있는 명문가 자제이자 암행어사에서 철없는 총각으로, 변학도는 추한 외모에 욕심한 그득한 사랑의 방해자에서 능력있고 배려지심이 있는 30대의 청년 사업가로 바뀌어 있다.

자료 ⑥의 <사랑한다 웬수야>는 고전 설화 <바보 온달과 평강공주>를 현대적으로 재해석한 드라마이다. 면접보러 갔다가 얼떨결에 회사의 회장 딸과 사랑에 빠져 결혼까지 성공한 남주인공 오중세는 아내의 카리스마에 눌려 기를 못 펴는 현대판 바보 온달이다. 돈, 학벌, 외모 등 모든 것이 완벽한 현대판 평강공주 해강이 부담스러운 남주인공은 이혼하기 위해 노력한다. 여기에다 자신의 타고난 당당함이 남편을 힘들게 한다는 사실을 모르는 여주인공 아내 해강은 남편의 음모를 눈치 채고 충격에 빠지는 것으로 되어 있다. 똑똑한 평강공주 곁에서 바보 온달이 과연 행복했을까 하는 물음을 던진 작품이라고 할 수 있다.

## (3) 영화

우선, 자료 ①의 영화 <영원한 제국>은 역사 기록·구비설화·문집 소재 문예물들 소재로 하면서도 미스테리와 추리의 기법을 가미함으로써 대중성을 확보한 작품이다. 정조의 독살 의혹을 다양한 관련 인물들을 등장시켜 하룻밤의 이야기로 풀어내었다. 영화의 원작이 되는 소설 <영원한 제국>은 19세기 몽유록인 『취성록(聚星錄)』[13]으로, 고전서사인 몽유록(夢遊錄)의 양식적 특징을 서사구조의 골간으로 한 작품이다.

자료 ②의 <은행나무침대>와 ③의 <단적비연수>는 고전설화 혹은 고전소설에서 흔히 등장하는 재생·환생 모티프를 따왔다. 김대문 탄생설화나 고전소설 <만복사저포기>·<삼생록> 등과 같은 작품 속에서 이러한 재생 모티프를 확인할 수 있다. ③의 <단적비연수>는 ② <은행나무침대>의 전편에 해당하는 작품으로 <은행나무침대>의 주인공들이 현생에서 재생하기 전까지는 전생 이야기에 해당한다.

자료 ④의 <황산벌>은 고전소설 <홍무대왕연의>와 『삼국지연의』와 같은 정사 기록, 그 밖에 삼국통일과 관련된 다양한 설화를 바탕으로 하고 있는 작품이다. 그러나 그 중심이 되는 상상력은 지극히 현실적이다. 삼국의 군사가 싸웠다면 각자의 사투리를 사용했을 것인데 과연 그 긴박한 전장에서 의사소통이 원활하게 되었을 것인가 하는 점이다. 이러한 상상력에 의해 역사 기록에만 의거할 때는 근엄한 영웅적 인물로 우리 머리 속에 각인되어 있는 김유신, 김춘추, 계백 등이 보다 일상적인 모습을 얻게 된다.

자료 ⑤의 <천군>은 이순신이 임진왜란의 영웅이 되기까지 상당히 긴 무명의 시절을 보냈다는 점에 착안했다. 입신양명에 성공하지 못했다면 당연히 미래에 대한 불안과 자기 재능에 대한 불확신 등으로 고민

---

13) 영화 <영원한 제국>의 원작이 되는 소설 『영원한 제국』의 작가 이인화가 서문에서 밝힌 바에 의하면 이 작품은 1992년 6월경 일본 동경의 동양문고에서 우연히 발굴한 한문필사본 <취성록>을 바탕으로 쓰여진 작품이라고 한다(이인화, <서문>, 『영원한 제국』, 세계사, 1993).

의 나날을 보냈을 것이라 상상할 수 있는 바, <천군>은 남북의 연합군이
이러한 이순신을 각성하게 만든다는 일종의 '이순신 영웅 만들기'란 형
태를 띄고 있다. 역사가 주목하지 않은 이순신의 청년기를 부각시킨
것이다.

## 3. 고전서사문학과 디지털문화콘텐츠의 서사적 상관성

여기서 고전서사문학 특히 고전서사문학과 대중문화의 스토리텔링
방식에서 보이는 유사성과 차이점을 살펴보기로 한다.

### 1) 스토리텔링 방식상의 유사성

#### (1) 주제의 보편성과 상투성

고전사문학, 특히 고전소설은 보편적인 소재와 주제를 사용한다. 영
상 매체가 없던 시절 고전소설은 대중문화의 중심이었다. 그만큼 대중
의 구미에 민감했으며 그들의 흥미를 유지하기 위한 기법적인 측면에
고민했다는 것이다. 고전소설은 대중적인 소재와 주제를 선택하며, 상
투성과 유형성 속에서 새로움을 추구하는 방향으로 대중의 흥미를 창출
했다. 해피엔딩, 인과응보, 권선징악, 고진감래 등의 주제가 고전소설의
대중적인 보편성을 이룬다.

드라마 또한 불특정 다수의 광범위한 시청지층을 겨냥하고 있기 때문
에 모순되지 않은 일반적인 사건들이 소재로 선별되며, 주제 또한 보편
적인 성격을 지닌다. 자칫 식상할 수도 있지만, 드라마는 이 주제를 매
번 활동한다. 이는 시대가 변해도 변하지 않는 보편적인 주제이므로
드라마에서도 효과적이기 때문이다. 게임 또한 아군과 적군을 명확하게
가르며 선인과 악인이 구분되어 있다. 주인공은 항상 선인이며 주인공
의 주위로 모인 보조 캐릭터들은 아군을 구성하여 적군을 물리친다.

게임에서는 어떠한 경우라도 선악이 명징하게 대비되며 선한 아군이 승리한다는 세계관이 확고하게 구축되어 있다. 반면 영화나 소설의 경우는 좀 다른데 이른바 작가주의 혹은 웰메이드 영화 혹은 소설의 경우 이러한 해피엔딩이나 인과응보의 상투성에 대한 의도적인 문제제기 혹은 반론이 제기될 수 있다. 그러나 액션, 멜로 등 장르성이 강한 상업영화나 대중소설의 경우에는 상투적인 클리셰를 적극적으로 활용한다.

### (2) 장면의 분절성

고전사문학, 특히 고전소설은 장면장면이 분절화, 장면화되어 있다. 고전소설은 마치 드라마처럼 회장별로 나뉘어 있거나 주요 장면을 중심으로 분절화되어 있다. 흥미소를 중심으로 독자의 관심이 지속될 수 있는 최대치를 중심으로 나누어 놓은 것이다. 이러한 장면성과 분절성은 드라마나 영화, 게임과 같은 영상문화의 가장 중요한 특징이 된다. 게임은 스테이지별로 분절화되어 있으며, 드라마는 회별로, 영화는 씬별로 분절화되어 있다. 또한 게임의 스테이지, 드라마의 회, 영화의 씬은 작은 장면들이 모여서 이루어지며, 일정하게 제한된 시간 속에 맞추어 분량은 적정하게 안배되어 있다. 분절화, 장면화 된 고전소설은 그 전개 방식의 특징상 본질적으로 디지털콘텐츠 스토리텔링의 기본적인 특질에 부합되는 것이다.

### (3) 인물의 정형성

대중적인 고전서사문학의 캐릭터는 대체로 전형적이다. 주인공은 언제나 성격이 착하고 비범하며 외모는 아름답다. 대체로 남자주인공은 문관이거나 장군이며, 여주인공은 명문가 출생의 고결한 여성이거나 공주이다. 특히 이들 주인공들은 가문의 멸망으로 인해 떠돌면서 고난을 겪지만 타고난 재능에 주인공에게는 조력자가 있게 마련으로 이들은 대체로 신선이거나 선녀, 지인지감을 지닌 재상들이다. 반대로 적대자 혹은 방해자는 성격이 악하고 재능이 없으며 외모는 추하다. 남성이라면 간신 혹은 그들의 아들, 여성이라면 낮은 신분 출신이다.

게임, 특히 전략시뮬레이션의 캐릭터는 종족별로 출신 집단이 나뉘어지며 그 집단의 위계에 따라 역할은 고정화되어 있다. 영웅, 커맨더, 대장, 용병, 조종사, 탐색사, 지상병력, 일꾼 등이 그 대표적인 캐릭터로 그 유형적인 역할은 별로 차이가 없다. 드라마 캐릭터의 창조방식도 이와 유사하다. 고전서사문학 속 캐릭터의 선악대비구조에 대체로 대응된다. 남자주인공은 항상 재벌이거나 능력남이고 여주인공은 출생의 비밀을 지니고 있거나 낮은 신분임에도 아름답고 고결한 성품을 지녔다. 이들에게는 언제나 의논 상대가 되어줄 좋은 친구들이 있고, 여주인공은 추하고 재능이 없거나 예쁘고 재능이 있어도 성품이 사악한 라이벌의 방해를 물리치고 사랑과 일에 성공한다.

## (4) 행동 중심의 스토리웰링

고전서사문학은 주인공의 행동 중심으로 스토리텔링이 이루어진다. 주인공의 내면심리는 거의 묘사되어 있지 않으며, 그의 욕망은 단지 행동을 통해서만 추측이 가능하다. 예외적으로 3인칭 전지적 화자가 개입하여 주인공의 내면 상태를 직접적으로 설명해주는 경우가 있으나 이때에도 복잡다단한 인물의 내면은 그려지지 않고 단지 교훈적인 관점에서 설명적으로 제시될 뿐이다.

이러한 고전서사문학의 행동 중심 스토리텔링 방식은 장면의 보여주기(showing)를 통해 말하기(telling)을 해야하는 게임, 드라마, 영화의 스토리텔링 방식에 대응될 수 있다. 특히 캐릭터의 내면을 지문을 통해 설명하는 드라마와 영화의 스토리텔링 방식은 고전서사문학 속 3인칭 전지적 화자에 그대로 부합된다.

## (5) 과업 생취 위주의 스토리텔링

고전서사문학의 주인공은 주어진 과업을 달성하기 위해 유형화된 단계를 거치며 이러한 의례절차를 통과함으로써 영웅이 된다. 주인공의 일대기는 대략 고귀한 출생, 몰락, 시련, 원조자의 도움과 수련, 나라의 위기 구원과 가문 회복 등의 구조로 정형화 되어 있으며 주인공은 이러한 단계를 완수함으로써 다음 단계로 나아간다.

통속적인 드라마에서도 이처럼 통과의례적인 유형적 단계성을 발견할 수 있으나 이러한 특징이 극대화되어 있는 경우는 역시 게임이다. 게임은 전사(前史)와 에피소드, 스테이지로 나뉘어져 있고, 에피소드와 스테이지는 다시 여러 개의 퀘스트로 구성되어있다. 게임의 유저가 선택한 주인공은 적대세력과의 대결을 승리하고 주어진 미션을 완수함으로써 해당 스테이지를 클리어하며 다시 다음의 스테이지로 이동할 수 있게 된다. 물론 게임의 이러한 특징이 고전서사문학의 그것에 완벽히 일치하는 것은 아니다.

## 2) 스토리텔링상의 차이점

고전서사문학과 대중문화의 스토리텔링 사이에서 확인되는 차이점은 다음과 같은 두 가지 차원에서 정리해 볼 수 있다. 첫 번째는 구현매체의 특성에 의한 차이이다. 게임, 드라마, 영화의 스토리텔링은 시청각적 요소의 활용을 통한 몰입효과의 최대치를 구현한다는 점에서 오로지 문자를 통한 말하기(telling) 위주의 고전서사문학과는 태생적으로 차이가 있다. 게임·드라마·영화의 스토리텔링은 동영상과 그래픽 기술에 따른 제대로 된 보여주기(showing)을 이루어내며 이에 따라 향유층의 몰입도는 배가 된다. 고전서사문학에 대한 독자의 몰입이 독서내용에 대해 독자의 상상 속에서 이루어지는 영상화라는 단계를 거쳐야만 이루어진다고 한다면 동영상을 통원한 게임, 드라마, 영화 만화의 스토리텔링의 그것은 향유와 동시에 순간적으로 이루어지게 되는 것이다.

특히 게임은 상호작용성(interactivity)이 극대화되어 있다는 점에서 고전서사문학의 스토리텔링과 본질적으로 차이가 있다. 게임의 기본적인 스토리텔링은 정해져 있으나 그것은 수많은 경우의 수를 포함하고 있다. 게임은 유저가 어떠한 캐릭터와 무기, 환경을 선택하느냐 혹은 자신의 능력치가 얼마나 되는냐에 따라 다른 스테이지를 맞게 되며 이에 따라 플레이 상황과 그에 따른 스토리 진행은 매번 달라지게 된다. 이러한 상호작용성은 유저로 하여금 게임 내부 세계의 창조자로 인식하게 만들기도 한다. 물론 게임 스토리의 창작자는 따로 존재하나 유저는 자신의 능력에 따라 캐릭터와 스토리의 잔가지를 만들어가는 과정 속에서 서브(sub) 작가의 역할을 수행하게 되는 것이다.

두 번째는 세계관과 가치관의 차원이다. 이 차원에서 고전서사문학은 디지털문화콘텐츠의 내용적인 콘텐츠가 되는데, 디지털 스토리화 하는 과정에서 사회적 · 경제적 · 문화적 패러다임의 변화에 따른 새로운 가치관이 개입되게 된다. 세계관과 가치관, 라이프스타일의 차이는 동일한 이야기, 즉 스토리에 대한 내용적으로 상이한 스토리텔링 방식을 낳게 되는 것이다. 한편 궁극적으로 설파하는 가치관은 동일하다 하더라도 그것을 낳은 사회적 패러다임과 그에 대한 향유층의 수용태도 및 의식의 층위는 다를 수 있다. 스토리텔링 자체의 기본 골격은 유사해도 그 속에 반영된 사회적 · 의식적 기재는 동일할 수 없다는 것이다.

고전소설 <흥부전>을 소스로 한 드라마 <흥부네 박 터졌네>를 중심으로 이러한 양상을 살펴보기로 하자. 70~80년대 마당극을 통한 전통의 새로운 해석이 붐을 이루면서 고전소설 <흥부전>도 새롭게 조명되기 시작했다. 무능력하고 자력갱생의 의지가 없는 흥부보다는 다소 인정은 없지만 자신의 앞가림을 하는 놀부에 대해서도 다시 생각해봐야 하며 더 나아가 놀부에게서 긍정적인 현실대처능력을 높이 사야 한다는 일종의 '놀부 미학'이었다. 놀부는 자신의 능력과 힘으로 자본을 축적한 자본주의 시대의 인간형으로, 흥부는 남의 도움이나 바라며 무위도식하고 시대의 흐름에 맞춰 자본의 획득과 축적을 이루어낼 능력이 없는 뒤떨어진 인간형으로 새롭게 해석할 여지가 있다는 것이다. 고전소설의 전형적인 권선징악과 인과응보 논리에 따라 맹목적으로 옹호되었던 흥부는 이러한 진보적이고도 현실적인 관점에 따라 그 현실적 부적응성이 지적되게 된 것이며, 부정적인 인물로 비판받아온 놀부의 긍정적인 측면이 부각되게 된 것이다.

그런데 <흥부네 박 터졌네>는 다시금 착해서 복 받아야만 하는 흥부와 악해서 망해야만 하는 놀부란 선악대비구조를 다시금 들고 나왔다. 흥부의 현실적 무능력함은 선함으로 놀부의 현실 적용능력은 무조건적인 악함으로 치부되는 이분법적인 논리가 부활한 것이다. 이러한 고전소설 <흥부전>에서 전통적인 주제와 인물대비구조의 부활은 다음과 같은 두 가지 의미가 있는 것으로 보인다.

첫째는 <흥부네 박 터졌네>가 보여주는 주제 및 인물형상의 희귀는 고전소설 <흥부전>이 이미 과거에 구현했던 주제 및 인물형상의 대중성과 생명력을 반증하는 것이라 할 수 있다. 시대가 바뀌고 환경의 변화에 따라 새로운 가치관이 형성된다 하더라도 대중에게 보편적으로 흥미를 끄는 주제와 서사적 논리는 따로 존재한다는 것이다.

둘째는 IMF 이후로 물신화와 현실적 사고의 급물살을 타게 된 우리 사회에 대한 반성과 전통적 윤리도덕에 대한 복고 및 회귀의식이 빚어낸 결과로 볼 수 있다는 관점이다. 유교주의에 입각한 윤리, 도덕에 대한 근본적인 회의가 제기되고 그 가치체제가 본격적으로 붕괴되면서 한 동안 대중문화 속에서는 도덕과 비도덕의 획일적인 이분법적으로는 도저히 설명될 수 없는 현실적 논리와 사고가 반영되기 시작했다. 불륜, 혼외정사, 혼전임신, 배신 등이 당사자의 입장에서는 충분히 그럴 수도 있는 일로 그려지기 시작했다. 엄격한 도덕관념의 당위율에 의한다면 있을 수도 없고 있어서도 안 되는 일들이 현실의 일상적인 부면의 하나로 그려지기 시작한 것이다. 이를 통해 믿음, 신뢰, 사랑 등 당위적인 관념들은 상황과 현실에 따라 얼마든지 변할 수 있으며 그것이 당연하다는 사고가 보편화되기 시작했다. 드라마와 같은 대중문화는 현실반영적인 것이기도 하지만 반대로 현실에는 없는 꿈이나 환상과 같은 판타지를 그려냄으로써 일상에서는 도저히 만족할 수 없는 사람들의 욕망을 대리만족해주기도 한다. <흥부네 박 터졌네>와 같은 보수적 주제의 드라마는 현실주의적이고 물질지향적인 사회풍토와 그 속에 적응하려고 발버둥 치나 도저히 그 흐름의 선두에 서지 못하고 뒤처지는 일상인들의 복고주의적 사고의 흐름에 부응한 작품이라고 할 수 있다. 고전소설 <흥부전>의 전통적인 관념이 하필 지금 이 시점에 부활한 것도 이러한 차원에 기인하는 바 크다.

## 4. 고전서사문학의 스토리텔링 방식과 디지털스토리텔링화 가능성

### 1) 역사에 대한 허구적 말하기와 "대체역사"

고전사문학 가운데에는 역사를 소재로 한 작품이 많다. 역사적 사건과 인물을 다룬 설화, 한문단편소설, 고전소설 등이 그것이다. 역사적 사건의 한 부면과 역사적 인물의 일대기를 충실하게 기술한 인물전, <서궁일기>·<한중록> 등에서부터 패배한 전쟁을 승리한 전쟁으로 바꾼 <임진록>, 삼국통일의 실질적 주역을 김유신에서 향랑이라는 한 여인으로 바꾼 <삼한습유>, 풍부한 설화적 소재를 버무려서 삼국통일의 과정을 김유신을 중심으로 재구성해낸 본격 역사연의소설 <김유신전>에 이르기까지 역사를 소재로 한 고전서사문학의 영역은 넓다.

이들 작품은 역사적 사건과 인물에 대해 평가를 하거나 허구적인 상상력을 발휘하여 새로운 에피소드를 만들어내기도 한다. 어떠한 경우에든 고전서사문학은 역사를 고정된 실체로 내버려두기를 거부하고 말하기를 통하여 그것에 대해 의문을 제기하거나 새로운 해설을 가한다. 이를 통해 정식 역사 기록 속에서는 폄하되었던 인물을 재평가하기도

하고 혹은 역사적으로는 숭앙되는 인물의 일상적이거나 비속한 일면을 들추어내기도 하며, 주목되지 않은 사건을 집중적으로 조명하기도 한다. 바로 역사의 틈새를 상상력을 통해 메꿈으로써 가공의 역사를 만들어내는 것이다. 이 점에서 고전서사문학을 통해 되살아난 역사는 광범위한 의미의 대체역사가 된다.

이 점에서 고전서사문학인 <임진록>과 <삼한습유>는 역사에 대하여 문학이 가할 수 있는 허구적인 상상력의 최대치를 시험한 작품이 된다. 특히 <삼한습유>는 각기 다른 시공간에서 존재했던 역사적 인물드을 삼국통일이라는 한 자리에 불러모아 대격전을 치루게 했으며 그 격전의 목표가 삼국통일이라는 국가적 사업이 아닌 향랑이란 한 여인을 시집보내는 것이라는 점에서 공식적. 국가적, 가부장적, 유교적 거대담론이 주류를 이루었던 중세적 가치관으로부터 이미 탈피해 있는 작품이다. 이러한 방식은 고전서사문학을 게임이나 애니메이션, 출판만화, 소설화하는 다양한 방식을 우리보다 앞서 이미 시험한 바 있는 일본의 대중문화 속에서 대거 확인할 수 있는 것으로, 출판만화로 출판해서 애니메이션, 게임, 소설 등을 아우르는 원소스 멀티유즈의 원천이 된 <바람의 검심>이나 <사무라이디퍼 쿄우> 등과 같은 작품이 이에 해당한다. 고전서사문학에서 확인되는 바, 대체역사로서의 스토리텔링 혹은 역사에 대한 허구적인 말하기는 디지털스토리텔링의 영역에서도 여전히 유효한 스토리텔링 방식이 될 수 있다는 것이다.

역사를 소재로 한 고전서사문학을 원천 소스로 활용할 경우 다음과 같은 두 가지 차원의 효과를 기대할 수 있다. 첫째는 일단 실재했던 우리의 역사적 사건과 인물들을 소재로 한 고전서사문학을 디지털콘텐츠화 했다는 점에서 친숙함을 유발할 수 있다는 것이다. 바꿔 말하면 자국 역사에 대한 흥미를 끌 수 있다는 것이다. 기존의 서구 역사나 SF 또는 판타지와 달리 자신이 익히 알고 있거나 한번쯤 들어본 역사적 사건을 게임화한 것이므로 자신의 지식을 재확인하는 가운데 흥미를 유지할 수 있다. 둘째, 디지털문화콘텐츠의 향유층은 이처럼 역사 소재의 고전서사문학 원작으로 한 스토리텔링을 통해 우리 역사의 중요한 한 순간에 개입할 수 있다는 대리만족감을 맛볼 수 있다. 일상을 살아가는 평범한 소시민이 역사의 한 페이지를 장식하거나 거기에 영향을 미치기란 요원한 일이다. 그러나 이러한 꿈과 같은 일이 우리의 역사를 소재로 한 디지털문화콘텐츠를 통해서는 가능하다. 디지털문화콘텐츠의 향유층은 이미 완결되었던 역사적 사건을 해체하고 다시 재조합해 나가는 주인공의 행로에서 마치 새로운 역사를 창조하는 듯한 느낌을 받게 되는 것이다.

## 2) 백과전서적 지식의 나열과 지적인 흥미를 유발하는 방식

전서사문학은 화려한 전고(典故)와 용사(用事)를 사용하여 철학, 문학, 학문, 과학 등에 대한 백과전서적인 지식을 나열한다. 설화나 한글소설에서는 이러한 측면이 상대적으로 약화되어 있지만 <옥루몽>, <삼한습유>, <정생전>, <옥선몽> 등의 조선후기 한문소설로 가면 이러한 경향이 극대화되어 있다. 마치 작가가 자신의 지식을 과시하고자 소설을 썼다는 인상을 주기도 한다. 이러한 작품을 온전히 이해하고 즐기기 위해서는 독자에게도 일정 수준 이상의 사전지식이 요구된다. 독서를 하는 과정 속에서 이해할 수 없는 내용에 대해서는 관련 서적을 찾아볼 수 있는 노력 또한 필요하다.

어떠한 의미에서 보면 과도한 지식의 나열은 독서과정을 원활하지 못하게 하는 방해요소가 될 수도 있다. 매끄러운 독서가 이루어지기 위해서는 물 흐르듯 막힘없이 읽어나갈 수 있는 서사진행이 필수적인데 작가는 익숙하나 독자는 그렇지 못한 지식적 요소의 나열은 독서의 진행을 툭툭 끊는 역작용을 할 수도 있다는 것이다.

그렇다면 백과전서적 지식을 나열하는 고전서사문학의 스토리텔링 방식은 어떤 효과가 있는 것일까. 첫째, 독자로 하여금 독서과정의 긴장감을 유지하게 하는 효과적인 방식이 될 수 있다. 장르적인 상투성과 유형성이 강한 작품은 서사의 단계와 결말의 대강을 독자가 예측가능하기 때문에 독서의 흥미를 떨어뜨릴 수 있다. 독서가 막힘없이 진행된다는 점에서는 독자의 몰입도를 높일 수 있는 요인이 될 수 있으나 장르적인 클리셰로 인한 진부함은 한편으로 식상함을 유발할 수도 있는 것이다. 반면 백과전서적인 지식을 나열하는 스토리텔링은 독자로 하여금 미지의 지식에 대한 궁금증과 의문을 가지게 함으로써 독서의 긴장을 유지하게 하는 기폭제가 될 수 있다.

둘째, 백과전서적 지식을 나열하는 스토리텔링은 독자의 지적인 만족감을 제공한다. 일정 수준 이상의 교육을 받았거나 교양을 숙지한 독자라면 독서를 통해 지적인 호기심을 충족하고자 하는 욕구를 가지고 있게 마련이다. 독자는 백과전서적 지식이 나열된 작품을 통해, 자신이 잘 모르는 지식을 만날 때마다 흥미를 가지게 되고 새로운 사실을 알게 될 때마다 지적인 만족감을 느낄 수 있다. 혹은 자신이 잘 아는 지식이 등장한다면 자신의 교양수준을 재확인하고 이에 대한 충족감을 가질 수 있는 기회로 생각할 수도 있다.

셋째, 백과전서적 지식을 나열하는 스토리텔링은 일종의 작가와 독자 간에 이루어지는 지적인 게임의 일환으로 독서를 능동적이고 적극적인 과정으로 만드는 효과가 있다. 일정한 교양을 보유한 독자는 작가가 안배해 놓은 스토리진행을 무조건적으로 따라가기 보다는 이에 대해 의문을 제기하거나 생각하기를 원한다. 수동적인 독자로 머물러 있기 보다는 적극적이고 능동적인 독자가 되길 원하는 것이다. 백과전서적 지식을 나열하는 스토리텔링은 독자로 하여금 자신의 지식수준과 작가의 지식수준을 끊임없이 비교하게 함으로써 이러한 능동적인 독자의 구미에 적극적으로 부응할 수 있다.

이처럼 백과전서적 지식을 나열하는 고전서사문학의 스토리텔링 방식은 현대 대중문화의 여러 장르 속에서 다양하게 확인된다. 예컨대, 영화 <영원한 제국>은 고전서사문학을 주요한 소스로 한 작품으로, 한국한문학에 대한 작가의 막강한 지식과 교양을 앞세워 베스트셀러의 반열에 오르며 독자를 사로잡은 바 있다 이 작품과 같은 현대 디지털문화콘텐츠 스토리텔링에서 확인할 수 있는 백과전서적 지식의 나열은 단순한 지식의 전시가 아니다. 미스테리 기법과 결합되어 지식을 찾아가는 과정이 단계적으로 제시된다. 이처럼 추리 기법과 결합된 지식의 단계적 보여주기 과정은 그 자체로 전쟁 장면이나 화려한 특수효과 못지 않은 스펙터클과 대중적 흥미를 관객들에게 제공하게 된다.

## 3) 전투 · 전쟁 스토리탤령의 스펙터클과 "연의기법"

연의(演義)란 협의의 의미로 역사를 허구적으로 각색한 기록물을 가지키지만 일반적으로는 국가의 흥망성쇠와 관련한 영웅들의 각축과 전쟁, 전투를 중심으로 한 고전소설을 가리킨다. 고전서사문학의 전통 속에서 연의적 요소는 가장 대중적인 흥미소의 하나로 활용되어 왔다. 중국고전소설 <삼국지연의>가 수입되면서 촉발된 연의적 요소에 대한 관심은 우언과 교훈을 목적으로 하는 가전체 장르에 전쟁과 전투를 도입하게 만들었으며, 조선후기에는 급기야 <삼한습유>, <홍무대왕연의>, <임진록> 같은 본격적인 연의체 작품을 낳기에 이르렀다. 중편의 국문 영웅 소설과 <옥루몽> 같은 장편한문소설, 그 외 대장편가문소설 등에서 연의적 요소를 활용한 예는 이루 손꼽을 수 없을 정도로 많다.

스토리텔링의 방식변에서 보자면 연의적 요소는 첫째, 그 자체로 하나의 장면적인 완결성을 지니고 있다. 역사적으로 실재했던 인물 혹은 가공으로 창조된 인물들을 특정한 시공간 속으로 불러들여 전투를 진행하게 하는데, 이 싸움은 일대일로 진행될 수도 있고 특정 인물을 지도자로 한 군대간의 전투가 될 수도 있다. 일대일의 싸움인 경우 동원되는 무기, 갑주, 창법, 검법 등이 자세하게 묘사되며, 이에 대한 예시와 설명은 그 자체 흥미소가 된다. 승부가 결정되기까지 두 영웅이 벌이는 대결은 그 자체로 하나의 스펙터클을 구성하는 것이다. 군대간의 전투는 주로 병법의 대결로 전개된다. 갖가지 전술과 진법이 동원되며 어느쪽 군대가 어떤 병법을 구사하고 또 어느 쪽 군대가 어떤 전술로 상대의 진법을 깨냐가 흥미의 요인이 된다. 이 과정에서 병법의 고하가 승부를 결정짓기도 하지만 각 측의 대표적인 장수가 나와서 벌이는 단기전이 결정적인 승부를 가르기도 한다.

둘째, 연의적 요소를 활용한 스토리텔링 방식은 또한 내부적인 확장성을 지니고 있다. 하나의 전투는 그 자체로 완결성을 지니지만 그 내부로 들어가게 되면 무기, 갑주, 창법, 검법, 전술, 병법 혹은 이것을 사용하는 영웅의 수효를 얼마만큼으로 설정하느냐에 따라 한 장면은 무한대로 확장될 수도 있고 반대로 축소될 수도 있다. 예컨대 한 장면에서 단기전을 벌이는 영웅의 숫자를 늘리거나 이들이 동원하는 무기와 갑주의 수효 자체 혹은 그에 대한 설명의 분량을 늘임으로써 해당 장면은 확대 될 수 있는 것이다. 한편 이들이 구사하는 창술, 검법의 종류와 그에 대한 묘사를 늘림으로써 역시 장면의 확장성은 증폭될 수 있다.

셋째, 연의적 요소를 활용한 스토리텔링 방식은 반복성을 지닌다. 비슷한 유형이 단기전 혹은 군대간의 전투는 해당 인물과 국가를 바꿈으로써 얼마든지 반복될 수 있다. 연의적 요소를 활용한 스토리텔링이 그 자체로 장면적인 완결성을 지니고 있기 때문에 가능하다. 이미 해당 전투씬이 극적인 완결성을 지니고 종료되었기 때문에 독자는 새로운 장면으로 넘어갈 수 있는 것이며 비록 비슷한 유형성을 지니고 있다 하더라도 그것을 재현하는 주체인 구체적인 캐릭터와 시공간이 바뀌었다면 새로운 장면의 극적 완결성을 지닌 것으로 받아들이기 때문이다. 물론 이 과정에서 부분적인 변용과 새로운 소재를 첨가할 수 있다. 이 경우 반복성은 글자그대로 완벽한 동질성의 반복이 아니라 변용을 포함한 반복이다. 하나의 극적 완결성을 지닌 에피소드가 서사적인 인과성 속에서 변용을 통한 자기 갱신을 이루어낼 수 있다면 비슷한 맥락으로 재생산 될 수 있는 것과 같은 이치다.

이처럼 연의적 요소를 활용한 스토리텔링은 게임, 만화, 영화 등에 적합하다. 영화에는 전쟁, 액션이라는 상업적인 장르가 이미 정착이 되어 있기 때문에 고전서사문학의 연의적 요소는 이러한 장르에 효과적으로 활용될 수 있다. 그러나 영화는 상영시간이라는 한계가 있기 때문에 연의적 요소를 활용한 스토리텔링이 보유한 한 중요한 특성, 즉 완결적인 반복성은 충분히 구현될 수 없다. 반면 게임과 만화는 연의적 요소를 활용한 스토리텔링의 이러한 특정이 완벽하게 활용될 수 있는 대중문화 장르가 된다. 게임은 전략시뮬레이션게임, 롤플레잉게임, 파이팅게임 등 거의 전 분야가 전투씬을 주요 모티프로 한다. 뿐만 아니라 게임의 스토리텔링은 스테이지별로 완결성을 지니고 있으며 각 스테이지는 반복적인 자기 재생산성을 지니고 있다는 점에서 연의적 요소를 활용한 스토리텔링에 가장 가깝다고 할 수 있다. 한편 일부 출판만화의 경우 게임의 이러한 스토리텔링을 적극 반영하는 것이 하나의 흐름을 이루고 있는 바, 연의적 요소를 활용한 스토리텔링은 게임과 만화를 아우르는 멀티유즈의 원소스가 될 수 있다.

## 5. 나오는 말

지금까지 본 연구는 고전서사문학과 디지털스토리텔링 간의 상관성에 대한 분석을 통해 고전서사문학을 디지털스토리텔링화 할 수 있는 이론적인 모형을 탐색해보고자 하는 시론을 전개하였다. 이상의 본 연구가 지니는 의의를 두 가지 차원으로 정리하면서 논고를 마무리 하고자 한다. 첫째는 문화산업계의 패러다임의 변화로 생겨난 미답의 영역에 대한 학문적인 대응이다. 디지털스토리텔링 자체에 대한 학문적인 성과는 어느 정도 구축되어 있다고 할 수 있으나 고전서사문학과 디지털스토리텔링의 연계 가능성에 대한 연구 성과는 거의 축적이 되어 있지 않다. 특히 본 연구는 대중문화의 한 장르에 치우쳐 있는 것이 아니라 전분야를 종합적으로 아우르고 있다는 점에서 후속연구의 길라잡이가 될 수 있는 지침표가 될 수 있을 것이다.

둘째는 문화산업계에서 고전서사문학을 디지털스토리텔링화 할 수 있는 실용적인 이론의 제시이다. 고전서사문학을 디지털스토리텔링화하는 작업이 창작측의 단발성 이벤트로 그치지 않고 지속적으로 변화·발전함으로써 창작방식의 하나로 자리잡기 위해서는 실용적으로 활용될 수 있는 이론적 모듈이 필수적이다. 본 연구의 성과는 학문적인 분석에 그치지 않고 궁극적으로는 현재진행형으로 발전하고 있는 대준문화와 디지털스토리텔링 분야에 적극적으로 활용될 수 있을 것이다.

# 제2편

## 설화의 고전서사원형과 문화콘텐츠

# I. 여우여신의 남신화에 따른 반인반호(半人半狐) 남성영웅서사원형의 탄생과 드라마 〈구가의 서〉의 인간화 욕망 실현의 이니시에이션

## 1. 문제설정의 방향: 인간화 욕망과 신의문제의 두 좌표축으로 재구성한 구미호서사원형

이류(異類)는 인간의 이 세계와 다른 저 세계의 존재다. 무형의 귀류(鬼類)·령류(靈類)·요류(妖類)·(怪類)와 유형의 수류(獸類)·식류(植類) 등이 모두 문제는 인간과 다른 저 세계의 존재가 이 세계로 넘어와 인간과 엮일 때 생겨난다. 이러한 인간과 이류의 충돌은 전세계적으로 로맨스·활극·공포 등의 대중문화콘텐츠(public culturecontents) 장르의 소재로 즐겨 활용되어 왔다. 이류가 소재로 등장하게 되면 당연히 판타지가 당연히 따라오기 때문에 더욱 매력적이다. 이 경우, 로맨스·활극·공포 등과 자연스럽게 콜라보레이션(collaboration)이 이루어진다. 이류를 소재로 선택하게 되면 복합 장르화는 필연적인 수순이라는 사실이다. 따라서 향유자에게 보다 다채로운 흥미소를 제공하는 것이

가능해진다. 컴퓨터그래픽(CG)과 카메라기법(Camera Work) 등 디지털 비주얼 기술의 발달에 따라 판타지가 디지털문화콘텐츠의 한 중요한 구성요소로 각광을 받게 된 현 시점에서 보자면 이류라는 소재는 더욱 더 주목을 끌만 하다. 이 중에서도 수류(獸類)는 헐리우드에서 뱀파이어를 소재로 하여 만들어진 <트와일라잇>이 최근 세계적으로 흥행한 바 있다.

대중문화콘텐츠 중에서도 특히 활자가 아닌 영상 매체에 얹혀 있는 영상미디어서사문학(media narrative literature)에서 인기리에 선택해온 이류는 수류의 일종인 구미호다. 구미호는 TV 드라마·영화·애니메이션 등에서 단골 소재로 출연해 왔다. 기실, 구미호 하면 떠올리게 되는 주도적인 서사적 이미지(narrative image)는 다음과 같다. 공동묘지를 배회하며 무덤을 파헤쳐 시체를 파먹거나 사람의 간을 빼먹다가, 재주를 넘어 아름다운 여성으로 변신한 뒤에, 인간이 되려고 남성과 혼인하고 살지만 상대의 배신으로 실패한다는 것이다. 이러한 구미호에 관한 서사적 이미지는 일종의 고정관념으로 우리 뇌리에 박혀있다. 구미호서사를 수용하는 과정에서 일종의 서사적 준거처럼 작용한다는 것이다. 서사적 고정관념(narrative stereotype)으로 명명할 수 있다. 구미호에 관한 이와 같은 형태의 서사적 고정관념은 주로 텔레비전 드라마 시리즈 <전설의 고향>을 통해 정착된 것이다.

일단, 구미호서사의 현대적 변용에 대해 선편을 잡은 선행연구들은 <전설의 고향> 시리즈를 주된 대상으로 하여, 구미호서사가 공포를 주조로 여성 구미호를 통해 인간의 주체적 정체성을 위해 소외된 개인을 억압적으로 타자화 하는 인간의 폭력성에 기반 하였으나, 최근에 나온 애니메이션 <천년 여우비>나 영화 <내 여자친구는 구미호> 같은 작품에서는 인간과 구미호 사이의 경계가 허물어지고 타자화가 배제되면서 공포성이 지양되고 있음을 밝혀낸 바 있다.[1) 문제는 이러한 선행연구에

---

1) 이명현, 〈이물교혼담에 나타난 여자요괴의 양상과 문화콘텐츠로의 변용 〉, 『우리문학연구』

서 구미호서사원형에 대한 지식적·해석적 오류들이 확인된다는 사실이다. 이러한 오해들이 구미호서사원형을 매체적으로 재생산한 미디어문학들에 대한 연구가 지금까지 현대문학 전공자들에 의해 주도되었기 때문으로 보인다. 예컨대, 영상매체에 재현된 구미호서사원형에 관한 선행연구의 오류와 문제점을 지적하면 다음과 같다.

① 인간이 되기를 갈망하는 여성구미호의 욕망은 한국설화사에 등장하지 않는다.
② 인간화의 욕망이 인간남성의 배신으로 좌절되는 매체 속 여성구미호 이야기의 서사원형도 한국설화사에 없다.
③ 인간이 되기를 소망하지만 인간남성의 배신으로 실패한다는 매체 속 여성구미호 이야기의 서사원형도 〈여우구슬〉이 아니다.

①은 한국설화사에 대한 연구 부족에서 초래된 오류다. 우선, 한국여우서사의 역사적 전개 속에 인간이 되기를 욕망한 여성구미호의 이야기는 존재하지 않는다. 인간남성을 만나기 전부터 인간이 되기를 욕망한 여성구미호는 한국설화사에 없다. 비단, 구미호를 포함한 여우에서 우렁각시나 용녀로 이류교혼(異類交婚)의 당사자를 확대해도 마찬가지다. 일반적으로 이화위인(異化爲人)은 이류교혼담의 이류가 지향하는 욕망의 선결과제가 아니다. 이류교혼담의 이류는 위인(爲人)과 위수(爲獸)를 자유자재로 넘나들며 변신하는 존재이며, 그 기원은 인형(人形)과 수형(獸形)을 초월해 있는 이류 신격에 둔다. 단지, 인간을 만나 사랑을 하게 되었기 때문에 그 신의를 지키기 위해 완성된 인간이 되고자 하는

21, 우리문학회, 2007 ; 이명현, 〈구미호에 대한 전통적 상상력과 애니메이션으로의 재현〉, 『문학과영상』8, 문학과영상학회, 2007 ; 이명현, 〈《傳說의 故鄕》에 나타난 구미호이야기의 확장과 변주〉, 『우리문학연구』28, 우리문학회, 2009 ; 이명현, 〈영화 〈구미호 가족〉에 재현된 구미호와 주체와 타자의 문제〉, 『다문화콘텐츠연구』10, 중앙대학교 문화콘텐츠기술연구원, 2011 ; 이명현, 〈설화 스토리텔링을 통한 구미호 이야기의 재창조〉, 『문학과영상』13, 문학과영상학회, 2012 ; 이명현, 〈구미호 이야기의 확장과 억압된 타자의 귀환〉, 『국제어문』55, 국제어문학회, 2012.

것일 뿐이다. 대인수신(對人守信)의 욕망이 이화위인 욕망의 전제인 것이다. 후자는 전자의 부분으로 존재하며, 후자는 전자의 결과로 주어질 뿐이다.

②의 오류 역시 ①과 마찬가지로 고전서사문학에 대한 몰이해에서 빚어진 오류다.2) 인간남성의 배신으로 여성 이류의 인간화 욕망이 좌절되는 양상은 여우설화에서는 확인되지 않는다. 원래 이류교혼 당사자가 갈망하는 욕망의 기원은 비범한 인간을 탄생시키기 위한 인간과 이류의 신화적인 결합3), 즉 이류교혼 자체의 성립과 유지에 있기 때문이다. 그런데 이 이류교혼담의 신화적 연원은 이류를 독자적인 여성시조로 하는 시조신화에 있다. 이류여성시조신화가 인간남성시조를 탄생시키기 위한 방향으로 변동되는 과정에서 첨가된 것이 바로 인간화 욕망과 신의 욕망의 두 방향인 것으로 보인다. 전자가 첨가되면 인간이 되고 싶어서 이류교혼 하게 되는 이야기가 되는 것이고, 후자가 첨가되면 이류교혼의 신의를 지키기 위해서 인간이 되고자 하는 이야기가 된다.

[자료1] 천제의 아들 환웅(桓雄)이 천계에서 한반도로 내려온 태백산 정상에 있는 신단수(神檀樹) 옆 동굴에는 ㉮인간이 되기를 바란 곰이 호랑이와 함께 살고 있었다. 곰은 호랑이와 함께 인간이 되기를 기원하며 환웅에게 기도를 드렸다. ㉯곰은 환웅이 시키는 대로 쑥과 마늘을 백일동안 먹고 삼칠일 동안 햇빛을 보지 말라는 금기를 지켜서 인간여인이 되었다. 그러나 마땅한 반려자가 없는 고로 다시 환웅에게 남편감을 구해달라고 하였더니 환웅이 웅녀를 아내로 삼았다. 웅녀가 환웅과의 사이에서 나온 아들이 고조선의 시조 단군이

---

2) 이는 지금까지 이루어진 매체로 변형된 구미호 이야기에 관한 선행연구에서도 전면적으로 인정된 부분이다. 이러한 이유로 한 선행연구에서는 이러한 구미호의 이미지가 구미호구비설화의 부정적 요소와 일본 영화 속에 등장하는 구미호이야기의 욕신금기가 결합된 형태라고 결론 내린 바 있으나,(이명현, 〈설화 스토리텔링을 통한 구미호 이야기의 재창조〉, 『문학과영상』 13, 문학과영상학회, 2012, 36쪽.) 일본영화의 이전에 한국여우서사와 여타 인간화 욕망 지향적 이류교혼설화의 결합가능성을 생각해 봐야 한다고 본다.

3) 이류교혼설화의 기원이 시조신화에 있다는 사실은 소재영, 〈이류교구고〉, 『국어국문학』 42·43합집, 국어국문학회, 1969 ; 강진옥, 〈구전설화의 이물교혼 모티브 연구〉, 『이화어문논집』 11, 이화어문학회, 1990에서 일찍이 지적된 바 있다.

되었다.[4)]

[자료2] 봉화산 산정의 넓적한 자리에는 지금은 잡초만 우거져 있지만 예전에는 커다란 소나무가 있었다. 까마득한 옛날에 이 소나무 아래에서 사람이 되고 싶어 기도하는 늙은 곰이 있었다. 그 곰은 기도 끝에 드디어 소원을 이루어 어여쁜 처녀가 되었다. 그러던 어느 따뜻한 봄날에 사냥을 나왔다가 길을 잃은 젊은 사냥꾼을 만나서 구해주고는, 자기가 주는 음식을 먹으면 자신과 함께 살아야 한다고 했다. 사냥꾼이 수락하고 약속대로 곰처녀와 굴 속에서 함께 살았다. 몇 년 뒤 처자가 보고 싶어진 사냥꾼이 처녀가 먹을 것을 구하러 나간 뒤에 약속을 어기고 도망갔다. 사냥꾼이 없어졌다는 사실을 알고 절망한 곰처녀는 그만 그 곳에 있던 늙은 소나무에 목을 매어 죽었다.[5)]

[자료3] 아득한 옛날 지금의 곰나루 근처 연미산(燕尾山) 굴에 커다란 암 곰이 한 마리 살았다. 어느 날 잘 생긴 사내가 지나가는 것을 보고 그를 물어다 굴속에 가둬 놓고 함께 살았다. 어느덧 이 년 동안 곰과 함께 살게 되자 사내는 곰과 정을 나누게 되고, 그 결과 곰이 새끼 둘을 낳게 되었다. 사내가 새끼들과 어울려 즐겁게 노는 것을 보면서 사내를 믿게 된 암곰이 사냥 나가면서 굴 입구를 막지 않았다. 사내가 강변 쪽으로 도망가는 것을 본 암 곰이 서둘러 굴로 돌아와 두 새끼를 데리고 강변으로 달려갔다. 곰은 강가에 다다라 사내를 향하여 돌아오라고 울부짖었지만 사내는 곰의 애원을 외면하고 강을 건넜고, 그것을 보고 있던 곰은 새끼들과 함께 강물에 빠져 죽었다. 이후로 사람들은 사내가 건너온 나루를 고마나루 또는 곰나루(熊津)라고 불렀다 한다.[6)]

[자료1]은 <단군신화> 속에 일부로 존재하는 <웅녀신화>다. 여기서 ㉮의 인간화 욕망은 이류를 독립적인 시조로 하는 여성신화가 인간남성을 주체로 하는 남성시조신화 속에 종속화 되는 과정에서 첨가된 변형으로 생각된다.[7)] 단, 이류교혼담 중에서 오직 <단군신화>나 혹은 단군

---

4) 〈단군신화〉를 웅녀를 중심으로 재기술 했다.
5) 〈봉화산의 처녀 곰〉, 김광순, 『한국구비문학』, 경북・고령군 편, 박이정, 2006 ; 같은 내용의 〈봉화산 암곰〉이란 텍스트가 유증선의 『영남의 전설』(형설출판사, 1971)에도 실려 있다.
6) 〈곰나루전설〉, 『충청남도지』, 1965. 같은 내용의 이야기가 임석재의 『한국구전설화』 6, 충청남도편, 평민사, 1947, 212쪽에도 실려 있다.

탄생과 관련된 <웅녀설화>에서만 확인되는 특수한 것이다. [자료2]에서처럼 이러한 인간화 욕망은 <웅녀설화> 중에서 <단군신화>에 영향을 받은 것으로 보이는 극히 일부에서만 확인된다. 예컨대, [자료2]의 <봉화산의 곰처녀> 같은 텍스트에서는 인간화의 욕망이 이류교혼의 전제가 되지만, [자료3]의 <곰나루전설>에서는 인간화의 욕망이 나타나지 않는다. <곰나루전설>에서는 이류교혼 자체가 바로 욕망의 대상이 되며 이 문제가 후자의 인간남성의 신의 준수 문제와 결합되어 있다. 반면 <봉화산의 암콤>에서는 이류교혼 욕망을 좌절시키는 인간남성의 신의 문제에 앞서 여성 이류의 인간화 욕망이 전제되는 형태다.

[자료3]의 <곰나루전설>처럼 이류여성과 인간남성이 이류교혼을 했는데 그것이 인간남성의 배신으로 좌절되는 <곰나루전설>의 이류교혼 형태는 <우렁각시설화>나 <용녀설화>에서도 확인되는 일반적인 형태다. 인간남성의 배신에 의해 좌절되는 것은 여성 이류의 인간화 욕망이 아니라 인간과 이류의 교혼을 성립·유지시키는 전제조건을 인간적으로 설명한 신의(信義)[8]다. 이 대인수신의 신의 욕망은 이류와 인간이 결합하여 새로운 시조를 탄생시킨다는 시조탄생신화가 전설화 되면서 그 비극적 결말을 인간적인 측면에서 설명하기 위해 설정된 것으로 생각된다. 이렇게 볼 때, 이류여성과 인간남성의 이류교혼은 인간화 욕망의 유무에 따라 일차 분류가 될 수 있으며, 이류여성의 인간화 욕망이 전제된 유형은 다시 인간남성의 신의가 준수되는 부류와 그렇지 않은 부류로 이차 분류가 될 수 있다. 전자의 신의 준수 유형에서는 이류여성의 인간화 욕망이 완결되는 반면, 후자의 배신 유형에서는 좌절되는 형태다. [자료1]의 <웅녀신화>는 후자에 해당하고, [자료2]의 <봉화산

---

7) 웅녀시조신화가 주체성을 잃고 단군시조신화의 맥락 속에 종속화 되어 편입되었다는 사실에 대해서는 조현설, 〈웅녀·유화 신화의 행방과 사회적 차별의 체계〉, 『구비문학연구』 9, 한국구비문학회, 1999를 참조하기 바람.

8) 이 신의의 문제는 야래자설화나 일반적으로 확인되는 욕신금기(浴身禁忌) 설화에서 일반적으로 보이는 정체확인 금기와 관련되어 있다. 〈우렁각시설화〉와 〈용녀설화〉는 모두 후자의 욕신금기설화에 해당한다.

의 곰처녀>는 전자에 해당되게 된다.

이처럼 인간화 욕망과 신의 준수 문제를 두 개의 좌표축으로 하는 이류교혼담의 서사좌표(narrative coordinate)에서 한국여우서사가 위치해 있는 쪽은 후자의 교혼욕망과 관련된 신의 준수의 문제이다. 한국여우서사에서는 인간화의 욕망 실현 여부가 아니라, 인간남성과의 신의관계에 따른 말 그대로 이류교혼의 완성과 유지 여부가 서사적 초점이기 때문이다. 웅녀서사에서와 마찬가지로 그 이류교혼의 완성은 성취와 좌절로 나뉜다.

[자료4] 부잣집 아들로 태어난 팔백이는 하루에 팔백 량을 쓰다가 결국 가산을 탕진하고 목숨을 끊으려 했다. 그러자 한 여자가 팔백이를 부르며 돈 때문에 죽으려 한다면 자기에게 얼마든지 돈이 있으니 죽지 말라고 하며 팔백이를 데리고 가서 산다. 어느 날 한 노인이 팔백이에게 함께 사는 여자는 천년 묵은 여우이니 아침상을 가져오면 그 낯에다 세 번 침을 뱉으라고 일러준다. 만약 그렇게 하지 않으면 목숨을 부지하기 어려울 것이라고 말해준다. 그러나 팔백이는 그녀에게 은혜를 입고 산다는 생각에 침을 뱉지 않는다. 여우 여인은 모든 사실을 이미 다 알고 팔백이에게 왜 침을 뱉지 않느냐고 묻자, 팔백이는 자신의 마음을 솔직히 말한다. 그러자 여우 여인은 자신의 하얀 가죽 털을 함에 간수하고 인간으로 변해 팔백이와 백년해로 한다.[9]

[자료5] 김탁(金琢)이란 선비가 밤에 글을 읽는데 한 여인이 찾아온다. 서로 관계를 갖는데 여인의 손톱이 길어 몸을 찌르자 선비가 칼로 그 손을 베었더니 여인이 도망친다. 이튿날 핏자국을 따라가 보니 늙은 여우가 앞다리가 잘린 채 신음하고 있었다.[10]

[자료5]는 교혼 실패형이고, [자료4]는 교혼 성공형이다. 인간남성을 상대로 한 여우여성의 교혼욕망이 실패와 성공으로 대립함을 이루고 있다. 다만, [자료5]에서는 교혼실패 과정에 인간남성의 신의 배반 보다

---

9) 〈천년 묵은 여우와 팔백이〉, 『한국구비문학대계』 7-13, 한국정신문화연구원, 639~645쪽.
10) 김미란, 〈변신설화의 성격과 의미〉, 『설화문학연구』 하, 단국대학교출판부, 1998, 555쪽.

는 정체탄로와 퇴치가 부각되어 있다는 것인데, [자료4]의 교혼성공이 여우여성의 정체탄로 후에도 인간남성의 신의 준수에 의해 유지되는 양상과 비교해 보면 [자료4] 역시 인간남성의 신의 배반 문제가 여우여성의 정체탄로 문제와 관련되어 있다가 탈각했을 가능성이 높아 보인다. 원래는 <우렁각시설화>나 <용녀설화>처럼 정체탄로와 인간남성의 배신으로 인한 교혼이 인간남성의 배신으로 좌절되는 형태였던 것이, 여우여성에 대한 부정화가 한 단계 더 진행된 결과 교혼실패가 이류퇴치로까지 나아간 것으로 생각된다. <웅녀설화>·<우렁각시설화>·<용녀설화>와 달리 구미호서사원형에서는 인간남성과의 교혼 파국에서 신의 준수 여부의 문제가 변형되어 있거나 탈각되어 있으며, 이는 같은 동물 이류 중에서도 특히 여우에 대해서는 향유층의 부정적인 인식이 상대적으로 더욱 강했기 때문이었을 것으로 추정된다.

③의 문제는 <여우구슬설화>유형에 여성구미호의 인간화 욕망과 욕신 금기의 신의 문제, 양자가 모두 등장하지 않는다는데 기인한다.

[자료6] 학동 100명을 입맞춤하여 죽이면 승천할 수 있다는 여우가 여자로 변신하여 한밤중에 서당을 찾아갔다. 마침 서당에서 자고 있던 100명의 학동 중 99명까지는 입맞춤을 하였으나 한 학동만은 미리 눈치를 채고 피신하였다. 여자가 매우 애통해하며 밖으로 나가므로 학동이 뒤쫓아 가보니, 여자는 공동 묘지의 바위 뒤로 숨어 버렸다. 학동에게 추파를 던지며 다가선 여자는 학동의 입 속에 여의주를 넣었다 빼었다 하였다. 여자가 똑같은 짓을 며칠 계속하자, 학동은 기력이 없어져 거의 죽게 되었다. 이유를 알게 된 글방 훈장이 그 여자는 필시 구미호일 것이니 그 여의주를 삼키라고 가르쳐주었다. 학동은 처녀 입 속에서 여의주를 꺼내 물고 하늘을 먼저 보았으면 하늘의 일도 잘 알게 되었을 것을, 땅을 보아서 땅 위의 일만 알게 되었다.[11]

---

11) 〈여우구슬설화〉, 이응백·김원경·김선풍, 『국어국문학자료사전』, 한국사전연구사, 1998.

[자료6]과 같은 <여우구슬설화>에서 여성구미호와 인간소년의 교혼은 구슬을 통해 간접적으로 이루어진다. 이 교혼은 [자료5]처럼 여성구미호의 정체가 인간소년에게 탄로 난 뒤, 소년에 의해 퇴치됨으로써 실패로 끝난다. [자료5]와 다른 점은 교혼의 부정적 목적이 상대적으로 더욱 부각되어 있다는 사실이다. [자료5]에서는 교혼목적의 부정성 보다는 교혼상대의 부정적인 정체 자체가 퇴치의 원인이었지만, [자료6]에서는 여우구슬이라는 보주(寶珠)를 매개로 한 교혼목적의 부정성이 강조되어 있다. [자료6]과 같은 <여우구슬설화>에서 확인되는 구미호 여인의 직접적인 교혼목적은 승천(昇天)이다. 여기서 구미호가 원래 천상적 존재였으나 신성권능을 상실하고 승천을 위해 지상에서 준비하고 있는 이무기와 같은 신수(神獸)라는 인식이 확인된다. 원래 동물신격이었던 기원적 위계가 변동되어 있음을 알 수 있다. 그런데 이 승천을 위한 목적이 문제다. 학동 100명을 입맞춤하여 죽인 뒤 그 정기로 보주를 완성하면 가능하다는 것은 이러한 위계변동이 부정화의 단계에 위치해 있으며, 그 정도는 [자료5] 보다 상대적으로 심화되어있음을 확인된다. 시조탄생을 위한 신성혼이었던 교혼은 이미 그 신성을 상실했고, 변질된 목적성은 확실히 부정적으로 고착되어 버린 것이다. 교혼이 아니라 서로의 목숨을 건 사투가 되어 버린 점은 [자료5]와 같지만, 퇴치의 결과 애초 구미호의 소유였던 보주는 인간의 손으로 넘어가 그의 비범한 능력을 형성하는 근원이 된다는 점에서 이들의 사투는 결과적으로 구미호의 소유였던 신성권능에 대한 소유권 투쟁이 되어 버렸다는 사실을 알 수 있다. 따라서 여기에는 인간남성의 신의 준수의 문제는 애초에 끼어들 여지가 없다.

　그렇다면 이제, 인간이 되기를 욕망하지만 인간남성에 의해 배신당하여 좌절하는 매체 속 여성구미호서사는 어디서 출현했을까 생각해볼 차례다. 두 개의 좌표축 중 구미호서사원형에서 존재하지 않는 인간화 욕망은 [자료1]·[자료2]의 <웅녀설화> 같은 텍스트에서 유래했을 것으로 생각된다. 드라마 <전설의 고향>에서부터 <내 여자친구는 구미호>

에 이르기까지 매체 속에 재현되어 있는 사람의 간 대신에 무덤을 파헤치거나 닭장의 닭을 몰래 훔쳐 먹으며 인간이 될 때까지 버티는 구미호의 형상은, 인간되기를 위한 통과제의 주체의 모습에 해당한다. 특히, [자료1]의 <단군신화> 버전 <웅녀설화>에서 부각되어 있는 인간화를 위한 이류의 통과제의와 같은 형태다. 인간이 되기 위해 이류 본연의 욕망을 참고 인내하는 이니시에이션이다. 인간화 욕망에 대한 서사적 상상력(narrative imagination)이 [자료1]과 같은 <단군신화> 본 <웅녀설화>에서 차용되었음을 짐작할 수 있게 하는 대목이다. 지금껏 매체 속에서 이루어져온 구미호서사 재현의 상상력은 이러한 [자료1]·[자료2]의 <웅녀설화>형 인간화 욕망과 [자료4]·[자료5]의 신의 준수 문제에 관한 지향이 결합된 형태다. 가능한 조합방식은 다음과 같은 단 2개의 쌍이다.

① [자료1]-[자료5]
② ㉮ [자료2]-[자료4]
　 ㉯ [자료2]-[자료5]

①은 [자료1]이 인간화 욕망의 성공형이기 때문에, 역시 신의 준수 문제가 성취로 완결되는 [자료5]와 결합될 수밖에 없기 때문에 가능한 조합이다. 교혼상대의 신의가 지켜지지 않는데 인간화 욕망은 최종적으로 성취될 수 없기 때문에 여기서는 다른 조합변이가 불가능하다. 반면, ②는 [자료2]의 인간화가 최종적으로 좌절되어도 교혼 상대의 신의는 준수될 수 있는 변이조합이 가능하다. 교혼에 제3의 적대자가 개입하는 형태이다. 즉, 교혼 상대는 신의를 지켰는데, 적대자의 방해에 의해 인간화의 완성이 최종적으로 실패하는 형태가 가능하다. 따라서 [자료2]의 인간화 실패형이 [자료4]의 인간배신형, ②-㉮와 [자료4]의 인간신의형과 각각 결합되는 두 가지가 모두 가능한 조합이 된다.

그런데 문제는 최근에 방영되어 최고 시청률로 막을 내린 <구가의

서>12)란 드라마다. <구가의 서>의 주인공은 지금껏 매체 속에서 익숙히 재현되어온 여자구미호가 아니라 남자구미호인데다, 인물형상이 부정적이지도 않다. 교혼상대에게 배신당하여 퇴치되지도 않을뿐더러, 오히려 막강한 비현실적인 능력으로 인간의 문제뿐만 아니라 국가의 문제도 해결하는 영웅이다. 게다가 주인공인 남자구미호가 혈통적으로 아예 인간여성과 남성구미호의 혈통을 반반씩 이은 반인반호(半人半狐)다. 구미호에 관한 서사적 고정관념에 익숙지 않은 남자구미호가, 역시나 그 서사적 고정관념에서 보자면 낯설기 짝이 없는 남성영웅이 되어 긍정적인 신화성을 인정받고 있는 이야기가 바로 드라마 <구가의 서>인 것이다. 본 연구에서는 드라마 <구가의 서>가 여우서사의 전개사에서 어떤 서사적 지점에 위치해 있으며, 이 작품에 의해 구미호에 관한 서사적 고정관념이 어떻게 해체되고 재조합 될 수 있는지를 확인해 보기로 한다.

## 2. 여우여신의 여우남신으로의 대체와 구미호 남성영웅의 출현

주지하다시피 여우는 원래 신성한 동물신(動物神)으로 존재했으나 신성관념이 변화함에 따라 마성(魔性)의 존재로 바뀌었다.13) 신성수(神聖獸)가 본연의 신성권능을 상실하고 악수화(惡獸化) 되는 것은 이류신격(異類神格)의 신화체계 변동 과정에서 보편적으로 확인되는 현상이다.14) 일반적으로 최강치 같은 반인반수는 악신화 되어 퇴치되기 이전

---

12) <구가의서>, 연출: 신우철, 극본: 김정현, 출연: 이승기·수지·이성재·유동근, MBC, 2013.

13) 이러한 사실은 강진옥의 <변신설화에 나타난 "여우"의 형상과 의미>(『고전문학연구』, 한국고전문학회, 1994)에 자세히 밝혀져 있다. 참고하기 바란다.

14) 사슴토템에 기원을 둔 녹족부인에 관한 신성관념이 해체되고 악신화(惡神化) 되어나간 양상에서도 이러한 변동과정을 확인할 수 있다.(이에 대해서는 권도경, <북한 지역 녹족부인(鹿足夫人) 전설의 존재양상과 역사적 변동단계에 관한 연구>, 『비교한국학』 16권 제1호, 비교한국학회, 2008을 참조하기 바람.)

단계의 여성이류신격이 인간남성과 교혼한 결과 탄생하는 남성시조신
이다. 여기서 반인반수성은 여성이류신격이 본래 지니고 있었던 신성권
능에 그 연원을 두는 것으로 초월적이거나 탁월한 능력을 나타낸다.
그래서 반인반수의 인간은 단군처럼 한 국가나 가문의 시조가 되거나
혹은 비범한 남성영웅이 된다. 한국여우서사의 전개사에서도 마찬가지
여서 반인반수의 남성시조와 영웅의 혈통은 여성이류신격에 그 연원을
둔다. 대표적인 사례가 바로 널리 알려져 있는 강감찬 탄생설화이다.

[자료7] 강감찬 장군은 아버지가 여우와 정을 통해 낳은 자식이라고 한다. 그
의 아버지가 집을 향해 산길을 걸어오는데 웬 예쁜 여자가 달려들어 정을 통하
고 난뒤 그녀를 보니 꼬리가 아홉 달린 여우였다. 그녀가 나중에 어느 곳을
가보라며 일러준 대로 강감찬의 아버지가 그 날짜에 그 장소에 가보았더니 아
이가있었는데, 그 아이가 바로 강감찬이었다고 한다. ㉮여우의 피가 섞인 채
태어난 강감찬은 사람으로 둔갑한 여우를 볼 수 있는 눈이 열려서 신통력도
갖게 되었다.15)

여기서 여우의 모계혈통은 10만대군의 거란군의 침입을 물리치고 귀
주대첩의 신화를 쓴 강감찬의 비범한 능력을 설명하기 위해 수용된 것
이다. 여우여성신의 신성이 남성영웅의 비범성으로 전이된 형태다. 이
러한 전이를 통해 본래 ㉮의 권능 발현주체는 여우여성신에서 인간남성
영웅으로 대체되어 나타난다. 대신 여우여신은 남성의 부계혈통에 기원
한 후계 계보에 신성성의 근거를 제공하는 존재로 보조자화 되어 있다.
[자료7]의 여성여우는 [자료5]처럼 인간남성에 의해 퇴치되지 않고 교
혼에 성공하여 그 혈통계보에 편입되는 데는 성공했지만 주체성을 잃고
종속화의 길을 걸은 것이다. 그 나마 강감찬과 같은 남성영웅에게 자신
의 신성성을 물려주는 대신 독자적인 권능을 상실하고 있다는 점에서
볼 때, 인간남성 중심의 세계관 속에서 배제되는 운명은 [자료4]의 퇴치

15) 『한국구비문학대계』 5-4, 전북편, 한국정신문화연구원, 1984, 472쪽.

되는 여성여우와 다를 바 없다. [자료5]의 여성여우는 퇴치되는 대신 자기 권능의 독자성을 지키고자 했지만, 이미 그 권능은 그것을 제압하는 인간남성의 능력에 의해 실효성을 상실하고 있다. 물리적인 전이여부의 차이만 있을 뿐 권능의 주재자로서의 위치를 인간남성이 대체하고 있다는 점에서 본다면 [자료5]와 [자료7]은 동일한 양상을 보여준다. 여성여우신격이 본래 지녔던 신성권능의 독자성을 유지한 채 퇴치되는 [자료5]와 이 권능을 인간남성에게 넘겨주고 종속화 된 뒤에 주체성의 맥락에서 배제되는 [자료7]은 신성성 해체의 과정 중 같은 단계에서 발생한 두 개의 얼굴을 보여주는 것으로 보이기 때문이다. 이 점에서 여우여신을 퇴치하는 [자료5]의 인간남성과 여우여신의 권능을 혈통적으로 계승한 [자료7]의 인간남성은 둘 다 여우여신을 대체한 여우남신의 인간화 된 형태라고 할 수 있다. 여신의 남신으로의 교체가 모계제 사회에서 부계제 사회로의 이동과 함께 발생한 보편적인 현상이라는 사실[16]을 전제로 할 때, 여우여신의 남성신화(男性神化) 역시 여우신화사의 일반적인 국면을 보여주는 것이라는 가설이 가능하게 된다.[17] 이를 입증할 수 있는 자료들을 제시하면 다음과 같다.

[자료8] 옛날 밥 나무서 밥 따서 먹고 옷 나무서 옷 따서 입을 시절 하늘에서 사람이 하나 떨어졌는데, 그의 신(腎)이 예순 댓 말이 될 정도로 길었다. 그래서 모든 동물이 마다하는데, 곰이 굴 속에 있다가 그 신(腎)을 맞아 단군을 낳았고 다시 여우가 받아서 기자(箕子)를 낳았다.[18]

---

16) 송정화, 〈中國 神話에 나타난 女神 硏究〉, 고려대학교 박사학위논문, 2003.
17) 문제는 여우서사의 양상을 언급한 논의들이 여우남신에 관한 문헌설화로부터 출발하고 있다는 사실이다. 문헌설화인 〈단군신화〉 덕분에 한국 곰신화사에 관한 논의가 〈웅녀신화〉로부터 출발하고 있는 것과는 다른 양상이다.(강진옥의 〈변신설화에 나타난 "여우"의 형상과 의미〉, 『고전문학연구』, 한국고전문학회, 1994, 9~10쪽.) 언급되는 자료들은 다음과 같다.
①〈圓光西學〉, 『三國遺事』, 卷第4, 意解.
②〈桃花女 鼻刑郎〉, 一然, 『三國遺事』, 卷第1, 奇異.
③〈密本催邪〉, 一然, 『三國遺事』, 卷第5, 神呪.

[자료9] 호랑이가 여우에게 홍정승의 딸에게 장가를 들고 오면 자신이 금강산 주인 자리에서 물러나겠다는 조건을 내건다. 그러자 여우가 그 내기에 성공하지 못함으로 호랑이가 금강산의 주인이 된다.[19]

[자료10] 원광법사가 젊은 시절 도를 닦기 위해 삼기산(三岐山)에 살았는데, 그 멀지 않은 곳에 주술 배우기를 좋아하는 한 중이 와서 살고 있었다. ㉮<u>어느 날 신이 나타나 자신이 다니는 길에 방해가 되니 그 중을 다른 곳으로 옮겨가게 해 달라고 부탁한다.</u> 원광법사는 신의 요청에 따라 중에게 옮겨가라고 말하지만 중은 오히려 악귀의 현혹을 받았다고 원광법사를 나무란다. 그러자 신은 산을 무너뜨려 중을 죽게 한다. 그리고 나서 신은 원광법사에게 중국에 가서 도를 배워 혼미한 중생을 인도할 것을 권한다. 원광이 신의 말에 따라 중국에 가서 공부를 하고 돌아오니 신이 다시 나타나 그에게 계를 주겠다고 말한다. 원광이 신의 모습을 보고 싶어 하자, 신은 다음 날 아침 동쪽 하늘에 커다란 팔뚝으로 자신의 모습을 나타낸다. 그리고 또 자신은 몸을 버릴 것이라 말하고 검고 늙은 여우의 모습으로 죽는다.[20]

[자료11] 진평왕은 비형랑에게 귀신의 무리 중에서 인간 세계로 와서 조정의 일을 도울 만한 이가 있는지를 물었는데, 길달(吉達)을 추천했다. 비형랑이 길달을 데려오자 진평왕은 그에게 집사의 벼슬을 주었고, 길달은 충직하게 국정을 잘 보좌하였다. 그래서 진평왕은 그를 자식이 없는 각간(角干) 임종(林宗)의 아들로 삼아 후사를 잇게 했다. 임종은 길달에게 흥륜사(興輪寺)의 남쪽에 누문(樓門)을 세우게 했고, 길달은 밤마다 그 문 위에서 잠을 잤다. 그래서 사람들은 그 문을 길달문(吉達門)이라고 불렀다. 그러던 어느 날 길달은 여우로 둔갑하여 달아났는데, 비형랑은 다른 귀신들을 시켜 그를 잡아서 죽였다.[21]

[자료12] 강감찬은 어려서부터 혜안을 가진 매우 탁월한 존재로 묘사된다. 얼굴은 얽고 너무 못 생겨 아버지가 지인의 딸의 혼사에 갈 때 아이를 벽장 안에

---

18) 〈단군〉, 임석재, 『임석재전집』 3, 평민사, 1988. 230쪽.
19) 〈호랑이와 여우의 금강산 주인 다툼〉, 『한국구비문학대계』, 8-10, 한국학중앙연구원, 413~416쪽.
20) 〈圓光西學〉, 『三國遺事』, 卷第4, 意解.
21) 〈桃花女 鼻荊郎〉, 一然, 『三國遺事』, 卷第1, 奇異.

두고 갔다. 강감찬이 가만히 보니 그 신랑이 여우의 변신이라. 그 길로 혼사가 있는 집으로 가 주문을 외워 신랑으로 변신한 요물 여우를 퇴치한다.[22]

**[자료13]** 옛날에 어떤 사람이 아들을 장가보냈는데, 도중에 여우가 그 신랑을 죽이고 둔갑 하여 그 신랑 행세를 한다. 여우가 아들로 변신한 것을 모르는 아버지는 강 건너 친구에게 문안을 드리고 오라고 보내는데, ㉮그가 발에 물을 묻히지 않고 강을 건너다니자 의심을 받는다. 친구의 아들이 아버지의 말에 따라 주역을 삼천 번 읽고 그 집에 가보았더니, 그 집 아들이 죽어 넘어지는데 보니 꼬리가 아홉 달린 불여우였다. 이에 놀란 새댁이 낙태를 했는데 그 역시 여우 새끼였다.[23]

[자료8]은 <단군신화>의 설화화 된 이본 형태다. 여기서 웅녀와 더불어 환웅에 대응되는 남성신격과 교혼하는 이류여신이 바로 호녀(狐女)다. 여우여신이 호랑이여신의 자리를 대체하고 있다. 호녀(虎女)는 환웅을 부계로 하는 남성중심의 인간화 된 신화체계에 종속되기를 거부하고 스스로 자신을 배제시켜 나가는 방식으로 독자성을 유지하고자 하였지만, 호녀(狐女)는 웅녀와 마찬가지로 주체적 선택에 의해 이류교혼 하여 단군과 같은 반인반호(半人半獸)를 낳음으로써 남성혈통의 신화체계에 편입되고 있다. 웅녀처럼 독자적인 시조신화의 주체로 남지 않고 남성 혈통의 시조신화 체계 속에 시조모신으로 편입되고 있는 것이다. 다만, 그 편입되어 들어간 남성 중심의 시조신화가 웅녀의 그것과 갈래를 달리할 뿐이다. 단군시조신화에서 배제되었다는 점에서는 호녀(虎女)와 같지만, 남성시조신화 체계 속에 종속화 되어 들어간 것은 같다. 호녀(狐女)는 물론 웅녀도 이물교혼 전에 인간화 지향 욕망을 피력하고 있지 않고 있음을 볼 때, 역시 인간화 욕망은 『삼국유사』 본 <단군신화>의 자장권 속에 있는 <웅녀설화>에서만 나타나는 특수한 것임을 재차 확인할 수 있다. 여기서 천인(天人)의 대신(大腎)을 받아들일 수 있는 호녀

22) 〈여우신랑 퇴치한 강감찬〉, 『한국구비문학대계』, 7-13, 한국학중앙연구원, 639~645쪽.
23) 최운식, 『한국의 민담』, 시인사, 1994, 104~109쪽.

(狐女)의 능력은 풍요신(豊饒神)·생산신(生産神)적 권능이다. 거인신화로 연원이 소급되기도 하며, 국왕을 탄생시킬 수 있는 생산신적 권능을 상징하는 왕권신화의 대신(大腎)·대뇨(大尿) 화소[24]와 그 신화적 맥락을 같이 한다. 호녀(狐女)가 애초에 웅녀와 같은 대지모신적 권능도 지니고 있었던 여신이었음을 확인할 수 있다. 이처럼 [자료8]에서 여우여신이 곰 여신과 더불어 <단군신화> 형성과정을 함께 한 것으로 되어 있는 설정은 매우 중요하다. [자료8]에서 [자료5]를 거쳐 [자료4]로 전개되는 여우여신의 악신화와 퇴치 단계를 거쳐서, 여우여신의 여우남신으로의 교체가 이루어진 것으로 변동국면사를 맥락화 해 볼 수 있는 실마리를 제시해 줄 수 있기 때문이다.

웅녀와 같은 시대에 존재하던 [자료8]의 호녀(狐女)가 남성여우신으로 대체된 단계가 바로 [자료9]이다. [자료9]는 금강산 산신 자리를 두고 벌어진 여우와 호랑이의 이류교혼 내기다. 즉, 인간여성과 이류교혼에 성공한 쪽이 산신 자리를 차지하는 것이다. 이류교혼 시도의 대상이 인간여성이니 당연히 그 주체인 여우의 성별은 남성이고, 금강산 산신 자리를 선점하고 있었던 호랑이에게 산신 자리를 제안 받고 있으니 산신(山神)에 맞먹는 신격이다. 게다가 이류교혼의 상대가 왕녀 다음가는 정승가 딸로 설정되어 있어서, [자료8]에서와 같이 <단군신화>의 국조신화 체계에서 밀려난 여우신의 행방을 찾을 수 있다. <단군신화>에서 배제된 호랑이와 더불어 남성신격화 된 뒤에 민중의 신화체계 속에 산신으로 좌정해 간 사실이 확인된다. 정승가 딸은 산신이 지역공동체 단위 생활신의 역할도 겸했던 마을신화·지역신화 체계의 관념상 국조신화에서 배제된 여우남신이 선택할 수 있는 최상의 이류교혼 상대라는 점에서 [자료9]은 비록 금강산 산신으로의 좌정은 실패했지만 남성신격화 된 여우신의 신성권능이 부정화 되지는 않고 긍정적으로 유지되고

---

24) 大腎話素는 『三國遺事』 卷2 奇異2 智哲老王條에 나타나고, 大尿話素는 『三國遺事』 卷2와 『三國史記』 卷6 文姬 관련조와 『高麗史』 世系 및 『東國輿地勝覽』 卷12 寶育辰義條, 『東國輿地勝覽』 卷31 景宗妃 관련조에서 확인된다.

있는 단계의 텍스트가 된다.

[자료9]과 비슷한 시기에 위치해 있었던 것으로 보이는 것이 [자료10]다. [자료10]에서 삼가산에 살며 커다란 팔뚝으로 신체(身體)가 상징되는 여우신의 성별은 남성이며, 신직(神職)은 산신(山神)으로 보인다. 이 남성여우산신은 요승을 죽이고 원광법사에게 계를 줄 수 있을 정도로 신성권능을 유지하고 있다. [자료10]-㉮처럼 자신이 다니는 길에서 거주하며 방해하는 인간을 다른 곳으로 옮기려고 하는 시도는 산신의 전형적인 신성권능 발현에 해당한다. 일반적으로 제향(祭享)이 이루어지지 않을 때 신으로서 내리는 징벌에 속한다. 현재 전승되고 있는 자료들에서는 신격들의 신화체계가 해체되고 악신화 되어 있기 때문에 이러한 제향요구가 인간에 대한 작해(作害)로 기술되어 있다.25) 그러나 [자료10]에서는 제향을 하지 않는 인간을 요승으로 형상화 하고 있고 그 인간에 대한 징치가 부정적으로 기술되지 않는 것으로 보아 악신화 단계로는 진행되지 않은 전단계로 판단된다. 그러나 애초 요승을 직접 징치할 것을 인간인 승려에게 대신 부탁할 정도로 그 신성권능은 약화되어 있다. 원광법사에게 준 계는 신성권능의 전수에 해당한다. 불교적 영웅에 해당하는 남성영웅에게 자신의 신성권능을 물려주고 죽음으로써 신화체계 속에서 자발적으로 소거되는 형태다.

[자료9]과 [자료10]에서 이류교혼에 실패하고 산신 좌정도 못했지만 긍정성은 유지했던 여우남신은 [자료11]부터는 악신화 되어 퇴치의 대상이 된다. [자료4]·[자료5]에서 확인되었던 여성여우신의 부정화와 퇴치에 그대로 대응된다. [자료11]에서 길달이란 남성여우는 신성한 능력을 인간왕에게 인정받아 인간세상에서 비범하게 발휘할 기회를 부여받는다. 진평왕에 의해 최고위직 신하의 후사가 되어 흥륜사 남문을 세우는 대법사를 맡아 수행함으로써 진평왕의 왕권신화에 보조자로 종

---

25) 이에 대해서는 강진옥, 〈마고할미 설화에 나타난 여성신 관념〉,『한국민속학』 25, 한국민속학회, 1993 ; 권도경, 〈설인귀 풍속신앙 전설의 서사구조적 특징과 전승의 역사적 변동 국면〉,『정신문화연구』 30권 제2호, 한국학중앙연구원, 2007을 참조하기 바람.

속화 되어 그 인간신의 신성권능을 완성하는 역할을 부여받은 것이다. [자료7]에서 인간남성 중심의 혈통체계 속에 종속화 되었던 여성여우신의 경우와 주체성을 상실하고 보조자화 되었다는 점에서는 같다. [자료7]의 가부장제 체제가 확장되면 [자료11]의 군신관계에 입각한 국가주의가 된다. 그런데 문제는 [자료11]의 남성여우신이 종속적 위치를 거부하고 자신의 독자적 주체성을 찾아 떠나면서 발생한다. 국가주의적 가부장제 이데올로기인 충(忠) 관념의 준수를 거부했기 때문에 [자료11]의 남성여우신은 [자료5]의 여성여우신처럼 악신으로 규정되고 퇴치의 대상이 되고 있다. 여기서 한 가지 지적해 둘 것은 길달의 대법사 수행 능력이다. 텍스트에 나타나 있는 것은 인문(人文) 문물창조 능력이지만, 인간질서 속에 편입되기 이전 단계의 여우신으로서 길달이 지니고 있었던 이 능력은 천지창조의 신성능력으로 보인다. [자료11]을 통해 여우신의 신직에 생산신·산신에 이어 천지창조신(天地創造神)이 추가될 수 있다.

[자료12]과 [자료13]는 [자료11]과 같은 여우남신의 악신화 단계에 해당한다. 다만, 악신화의 이유가 [자료11]과 다르다. [자료11]이 인간 중심의 신화체계 속에 편입되기를 거부해서 퇴치되었다면, [자료12]과 [자료13]는 달리 인간 중심의 관념체계 속에 편입되기 되고자 욕망했기 때문에 악신으로 규정되고 퇴치된다. [자료9]에서 인간여성과의 교혼에 실패해도 부정적인 존재로 규정되지 않았던 여우남신이 [자료12]과 [자료13]에서는 악신으로 분류되어 죽임을 당한다. 이렇게 인간여성과의 교혼을 시도하다 퇴치당하는 [자료12]·[자료13]의 여우남신은 '여우신랑'으로 명명해 볼 수 있다. 인간남성과 교혼하고자 하다 퇴치당한 [자료5]의 여우각시에 대응된다. 교혼 욕망이 우선할 뿐 인간화 욕망은 부재하다는 점도 [자료5]의 여우각시와 같다. [자료13]는 인간남성을 살해한다는 이유가 구체적으로 제시되어 있다는 점에서 [자료12] 보다 악신화의 정도가 심화되어 있다.

그런데 [자료13]에서는 악신화 이전 단계에서, [자료8]의 여우여신과

[자료9]·[자료10]의 여우남신이 보유하고 있었던 신성권능이 여전히 유지되고 있다. [자료13]-㉮에서 확인되는 수신(水神)적 권능이다. 일반적으로 여우신은 지신(地神)계 신성동물로 알려져 있지만26), <여우물>27)나 <작제건설화>를 보면 특정 수역(水域)을 중심으로 해당 수역을 지나는 사람과 물자의 교통·교역에 관여하는 수성(水性) 권능을 지녔던 수신으로 등장한다.28) [자료12]에서는 변신(變身) 능력으로 일반화 되어 있던 신성권능29)이 [자료9]의 생산신, [자료10]의 산신, [자료11]의 창조신처럼 구체화 되어 나타나 있는 것이다. 주목되는 점은 [자료13]의 여우남신이 인간에 대한 작해 때문이 아니라 이 신성능력 때문에 역설적으로 정체가 탄로 나는 동시에 악신으로 규정되어 퇴치된다는 사실이다. 인간을 압도하는 신성능력 자체가 인간에게 위협요소로 인식되는 단계라는 점을 알 수 있다. 이 실제 악행 여부와는 별개로 인간 중심적 시각에서 규정되는 명명법이 바로 꼬리 아홉 개 달린 구미호다. 여기서 구미호라는 명칭이 남녀 성별을 불문하고 여우신의 신성했던 본래 기원과 악신화 된 후대 변이태, 양자 모두에 걸쳐 있는 명칭이며, 그 명명법은 인간이 자아와 타자를 규정하는 시각과 방식에 의해 이루어지는 것이라는 사실을 확인할 수 있다. 또 한 가지는 [자료12]과 달리 퇴치 이전에 일시적으로 교혼에 성취하여 자신의 여우 혈통을 인간에게 물려주고 있다는 사실이다. 반인반호(半人半狐)의 탄생이되, [자료7]과 다른 부계 혈통의 반인반호다. 여기서 [자료7]의 모계 혈통의 반인반호는 인간세계에 비범한 영웅으로 수용되지만, [자료13]의 부계 혈통의

---

26) 이지영, 〈地神 및 水神系 神聖動物 이야기의 존재양상과 그 신성성의 변모에 관한 연구 최종보고서〉, 한국연구재단(NRF) 연구성과물 보고서, 한국연구재단, 2009.

27) 〈여우물〉, 현용준, 『제주도 전설』, 서문당, 1976 ; 〈여우물〉, 구술자: 서귀포시 법환리 현병생(남, 78세), 『제주도 전설지』, 제주도, 1985.

28) 지면 관계상 여우신의 신성권능의 유형과 신직의 종류에 대해서는 후고를 통해 구체적으로 보고하기로 한다.

29) 변신의 이러한 규정은 강진옥의 〈변신설화에 나타난 "여우"의 형상과 의미〉(『고전문학연구』, 한국고전문학회, 1994)에 제시되어 있다. 참조하기 바란다.

반인반호는 인간에게 위해가 될 존재로 규정되어 퇴치된다. 원래 동물신격이었던 여우여신이 비범한 영웅을 낳아 인간 세상에 보탬이 될 수 있는 대리모30)로 선택되었기 때문에 [자료7]의 모계 혈통의 반인반호는 살아남은 것이고, 여우남신은 인간세계를 유지하는 가부장제 관념과 경쟁하는 부계혈통의 기원이기 때문에 [자료13]의 반인반호는 부계와 함께 퇴치된 것이다.

## 3. <구가의 서>에 나타난 인간화 욕망실현의 이니시에이션과 반인반수의 남성영웅성 구현 문제

여우여신의 악신화와 퇴치, 그리고 여우남신으로의 교체와 부계혈통 반인반호의 출생까지의 변동단계는 드라마 <전설의 고향> 시리즈에서 부정적 존재로 규정되어 퇴치되었던 여성구미호가 <구가의 서>에 와서 남성구미호로 대체되고, 그 남성구미호가 반인반호의 주인공을 인간 세상에 출생시키기까지의 매체 속 구미호서사원형 재현 과정과 그 흐름을 같이 한다. 인간과의 이류교혼 완성에 실패하고 악수(惡獸)으로 규정되어 퇴치 대상이 된 여우여신이 남성화 된 존재가 바로 <구가의 서> 주인공의 부계인 구월령이다. 남성구미호가 인간여성과의 사이에서 낳은 반인반호의 남성구미호는 <구가의 서>의 주인공 최강치다. <구가의 서>는 주인공 최강치가 이류교혼은 성취하지만 인간여성에게 배신당해 퇴치된 구미호 부계의 패배 지점에서부터 여우서사의 전개사를 다시 써나간다. 여기에는 여우와 함께 이류교혼의 주체였던 다른 동물신들이 제기했으나 여우서사의 전개사 속에서는 다뤄지지 않았거나 대부분 변

---

30) 동물신격을 모계로 한 인간건국조의 탄생이 비범성을 신화적으로 설명하고자 하는 가부장제 이데올로기의 대리모 관념에 의한 것이라는 규정은 조현설, <웅녀·유화 신화의 행방과 사회적 차별의 체계>, 『구비문학연구』 9, 한국구비문학회, 1999에 이루어져 있다. 참조하기 바란다.

형되어 탈락되어 있는 경우가 많았던 문제 두 가지, 즉 인간화의 욕망과 신의 준수의 문제가 작품의 서사주체인 최강치가 획득해 나가야 할 핵심적인 지향가치로 수용되어 있다. 당연히 <구가의 서>에서 이루어지는 최강치란 서사주체의 탐색은 <전설의 고향> 시리즈에서 고착되었던, 인간되기를 갈망했으나 인간에 의해 배신당하는 구미호에 관한 서사적 고정관념을 해체하고 새롭게 쓰는 과정이 된다. 그 종착점은 인간되기를 갈망하여 인간이 되기 위한 통과제의를 거쳐나간 끝에 이류교혼 상대로부터 신의를 얻어내는 데는 성공한 구미호의 인간되기 이니시에이션이 된다.

<구가의 서>는 여우여신이 여우남신으로 교체된 단계에 위치한다. 이 여우남신에 대한 인식은 종래의 신격에 대한 기억이 상실되고 새롭게 재구성된 부정적인 구미호라는 관념에 의해 대체되어가는 형태다. 전자는 산신(山神)이고 후자는 악수(惡獸)다. 후자의 악수 구미호 관념을 입증하는 실존이란 존재하지 않는다. 둘은 분리되어 존재한다. 그러나 작중 현실세계의 인간들은 이미 여우산신의 기억을 잃어버렸고, 전자와 후자를 동일하게 인식한다. 예컨대, 단지 숲을 파괴하는 사람들을 내쫓기 위해 꼬리 아홉 개 달린 여우의 환영을 보여주었을 뿐인데 구월령이 부정적인 구미호라는 소문이 퍼지게 된 것으로 되어 있다.[31] 인간의 힘으로 통제가 불가능한 여우신의 신성권능에 대한 두려움이 악수 구미호 관념을 만들어냈으며, 다시 이 인위적으로 창조된 관념이 종래의 신격에 대한 신화체계를 대체해 나가는 양상을 보여주고 있는 것이다.

<구가의 서>에서 숲을 파괴하는 사람들을 쫓아내려고 하는 구월령은 지리산 산신으로서 자신의 해당 지역권의 안녕을 수호해야 하는 신직을 수행한 것뿐이다.[32] 악수 구미호의 환영을 보여준 것은 인간들이 두려

---

31) 〈구가의서〉, 제1회, 연출: 신우철, 극본: 김정현, 출연: 이승기·수지·이성재·유동근, MBC, 2013.

32) 여기서 구월령의 산신으로서의 신직 수행 공간이 하필 지리산으로 설정되어 있는 것은

워하는 이미지를 구현하여 자신의 신성의무를 다한 것에 해당한다. 하지만 인간의 입장에서는 숲을 교통하며 그 일대를 개간해야 인간의 삶을 발전시켜나갈 수 있으므로, 이미 신화체계가 해체된 구월령의 신직수행 행위는 작폐하는 악신적 행위로 인식되는 것이다. 관장 지역의 안녕을 유지해야 하는 여우산신의 신직 수행 행위가 인간에 의해 작해의 부정적인 것으로 인식되는 양상은 다음 [자료14]의 악신으로 규정된 여우 여산신의 경우에서 그 동일한 소종래가 확인된다.[33)]

[자료14] 서구는 천년 묵은 여우의 화신으로 신통력과 괴력을 가지고 있었다. 인근 주민이 자기에게 거슬리면 심통을 부려 농작물에 피해를 주고 또 질병을 퍼뜨려 주민을 괴롭혔다. 특히, 어린이에게 천연두를 퍼뜨려 죽게 하므로 주민은 서구를 무척 두려워하였다. 서구의 장난이 무서워 이곳을 지나갈 때 수십 명의 무리를 지어 소와 제물을 바치고 지나갔다. 이처럼 서구의 작폐로 인근 주민이 불안과 공포에 전전긍긍하고 있던 차 이곳 출신의 소문난 효자 최진후와 힘센 역사 김면이 서구의 피해로부터 주민을 구하기로 하고 합심하여 서구와 싸워 서구 머리를 쑥으로 뜸을 100여 곳에 놓자 서구는 3일간 정신을 잃고 있다가 죽어갔다. 이때 서구가 죽어 바위로 변하였는데 이 바위가 서구암이다.[34)]

[자료14]의 여우 여산신은 단순히 본연의 신직 수행 행위만으로 악신으로 지목되어 퇴치되었지만, 지리산 여우 남산신 구월령은 경우가 다르다. 인간들이 악신으로 인식한 것은 신직을 수행하기 위해 구월령이

---

의미심장하다. 지리산은 고려시대에 국가수호의 주산 중의 하나로 선정될 정도로 민족적인 차원의 성산으로 인식되어 왔다. 특히 지리산 선도성모가 고려의 국가수호신으로 선택되었던 사실에 대해서는 다음의 연구들을 참조해 주기 바란다. 김갑동, 〈고려시대의 남원과 지리산 성모천왕〉, 『역사민속학』 16, 2003 ; 김아네스, 〈고려시대 산신 숭배와 지리산〉, 『역사학연구』 33, 2008 ; 송화섭, 〈智異山의 老姑壇과 聖母天王 〉, 『도교문화연구』 27, 2007.

33) [자료13]에서 예로 든 〈서구암과 할미〉가 본래 산신이었던 여우여신이 마성의 부정적인 존재로 변모된 텍스트에 해당된다는 사실은 강진옥, 〈마고할미 설화에 나타난 여성신 관념〉, 『한국민속학』 25, 한국민속학회, 1993에서 자세히 논의되어 있다. 참조하기 바란다.

34) 〈서구암과 할미〉, 『동해시 지역의 설화』, 두창구, 국학자료원, 2001.

임의로 만들어서 보여준 구미호의 환영이지 구월령의 실존 자체는 아니다. 구월령의 실존 자체가 악신으로 지목되어 퇴치되는 이유는 그가 인간여성과의 이류교혼 하여 정체가 탄로되었기 때문이다. 구월령은 인간여성 윤서화를 죽을 위기에서 구해준 뒤 교혼하여 여우신랑이 된다. 윤서화는 역적으로 몰려죽은 윤참판의 딸로, 원래 [자료9]처럼 국조신의 선대를 상대로 하던 여우신의 이류교혼([자료8])이 인간화 된 단계에서 선택될 수 있는 최고 신분이었던 교혼 상대에 부응하는 존재다. 하지만 구월령은 교혼을 궁극적으로 완성하기 위해 인간이 되고자 하나 윤서화는 그의 정체를 알고 신의를 배신한다. 구월령은 종래 여우신화의 관념체계 하에서 합당하다고 판단되는 인간여성을 보고 교혼하려고 한 것이지만, 인간여성인 윤서화는 그가 인간이라고 생각해서 교혼에 동의했던 것이다. 따라서 윤서화의 입장에서 교혼의 신의란 구월령의 정체가 여우로 밝혀지기까지 만이다. 이 점에서, 둘의 교혼은 여우서사의 전개사 속에서 변형되어 탈락되어 있으나 다른 이류교혼서사원형에서는 전형적으로 등장하는, 신의 준수의 문제가 야기한 비극을 전면적으로 다룰 수 있게 된다. <구가의 서>의 구월령이 <전설의 고향> 시리즈의 단골 주인공인 여성구미호의 이류교혼을 남성 버전이 아닌 이유가 바로 여기에 있다. 구월령이 지향하는 욕망의 대상은 인간화가 아니라 신성한 시조 탄생을 위한 신성혼으로 존재했던 이류와 인간의 교혼이다. 인간화 지향성은 그 이류교혼의 완성을 위한 부차적인 욕망으로 존재한다. <구가의 서>는 <전설의 고향> 시리즈와 달리 여우신격의 욕망 양상이 여우서사원형의 그것에 정확히 부합되는 것이다. 윤서화에 의해 배신당한 뒤 담교관에 의해 퇴치된 구월령은 악귀화 되는데, 이를 통해 종래의 신성한 여우신격 관념과 새롭게 형성된 부정적인 구미호 관념이 분리된 채 공존하던 여우신 관념은 후자의 악신 구미호로 통합되어 고착되게 된다.

시조탄생을 위한 신성혼으로서의 기억을 상실한 인간에게 구월령이 원하는 이류교혼의 욕망은 더 이상 그 신화적 본질이 이해되지 않는 것이 비극의 원인이다. 구월령이 신격이 아니라 인간을 환술로 유혹하여 잘못 된 길로 이끄는 사악한 공포의 대상으로 인식되기 때문이다. 이미 이류교혼의 신성성이 해체된 시대에 구월령은 변모된 인간의 인식 체계를 이해하고 그것에 맞추고자 하지 않았던 것이다. 여우를 포함하여 이류교혼에서 실패한 이류신격들이 인간상대의 배신만을 문제 삼으며 비극의 주인공으로 남았던 서사원형의 방식들을 그대로 답습한 서사 주체가 바로 구월령이다.

반면, 구월령의 아들 최강치의 접근법은 방향이 다르다. 최강치는 인간세계에 편입되기 위해 인간화를 욕망하고 그것을 보편타당하게 이해 받을 수 있는 통과제의를 거친다. 이류교혼 욕망 보다 인간화 욕망을 선결 전제로 한다는 점에서 최강치의 방식은 <전설의 고향> 시리즈의 그것과 방향성은 같다. 그러나 <전설의 고향> 시리즈의 이니시에이션은 인간의 약속을 믿고 수성(獸性)을 억제하는 지극히 개인적인 차원으로 존재한다. 여우신격에 대한 신앙관념이 해체된 시대에 인간 중심적으로 새롭게 구축된 관념체계에 부합하는 보편타당성을 획득하지 못했다는 것에 이들 여성 여우신들의 패인이 있다. 인간화 욕망의 보편적 효용성을 인간세계로부터 인정받지 못했다는 점에서는 <전설의 고향> 시리즈의 여성 여우신들이나 구월령이나 같다. <전설의 고향> 시리즈의 여성 여우신들과 <구가의 서>의 구월령이 인간화의 고행을 수행하지만 상대의 불신에 의해 성공하지 못하고 퇴치되는 비극을 그림으로써 인간성을 비판하는 방향으로 종결되는 공통성을 보여주는 이유도 바로 여기에 있다. 거꾸로 얘기하면 <전설의 고향>과 구월령에서 시도되었던 개인적인 차원의 인간화 욕망과 이니시에이션으로는 구미호가 인간 중심적 세계에 편입될 수 없다는 사실을 말한다. 구미호의 비극적 패배를 통해 인간의 부조리를 문제 삼는 여우서사원형, 그리고 그것을 매체적으로 재현한 영상콘텐츠들의 기존 서사가 해체되고 다시 재구축 되어야 할 서사적 필요성이 된다.

그렇다면 드라마 <구가의 서>가 의도한 구미호의 인간화 욕망 실현

방식은 무엇일까. 홈페이지에 제시되어 있는 제작진 의도를 살펴보자.

[자료15] 구가의서란 몇천년 동안 구미호 일족에게 내려온다는 밀서로, 환웅이 이 땅에 내려오던 당시 이 땅을 수호하던 수많은 수호령에게 인간이 될 수 있는 기회를 주고자 만든 언약서이다.(㉮호족과 곰족 역시 인간이 되기 위해 백일 동안 동굴에서 마늘과 쑥만 먹으며 기도드린 것도 단군으로부터 언약의 서를 받기 위함이었다.)
그 언약서를 받기 위해서는 세 가지 금기사항을 지켜야 하는데,
　㉯첫째, 인간을 살생해서는 절대로 안 된다.
　㉰둘째, 인간이 도움을 구할 때 절대로 모른 척 해서도 안 된다.
　㉱셋째, 인간들에게 수호령이라는 것을 절대로 들켜선 안 된다.
　그렇게 백일 동안 세 가지 금기사항을 지켜내기만 하면 단군이 약속한 그 "구가의서"가 눈앞에 나타난다고 전해져 오는데...허나 이는 단군에 대해 연구하고 공부하는 학자들의 입에서 입으로 전해 오는 전설 같은 이야기일 뿐 진짜로 '구가의 서'를 본 이는 아무도 없었다. 구미호 일족 중 어느 누구도 그 백일 기도를 이룬 이가 없기 때문이다.[35)]

여기서 일단 주목되는 것은 최강치가 지향하는 인간화 욕망의 근거가 <단군신화>본 <웅녀설화>에 있음이 밝혀져 있다는 사실이다. 여우서사 원형에는 존재하지 않은 인간화 지향성의 서사적 상상력의 근거가 <단군신화> 본 <웅녀신화>에 있다는 사실은 이미 앞서 지적한 바 있다. 대신 이러한 <전설의 고향> 시리즈의 이니시에이션과 <구가의 서>가 차별화 되는 지점은 인간화를 개인적 욕망 차원에서가 아니라 이념적 차원에서 지향한다는 데 있다. <단군신화>본 <웅녀설화>의 웅녀는 [자료15]-㉮에 언급되어 있는 인고의 이니시에이션을 통해 인간화의 개인적 욕망을 넘어서서 인간남성 중심의 혈통 계보를 공식적으로 구축하는 데 기여한다. 환웅에서 단군으로 이어지는 이 인간남성의 혈통 계보는 인간세계의 질서를 유지하는 공식이념인 가부장제 이데올로기에 입각해 있으며, <단군신화>는 그 이념을 신성화 한 공식적인 신화의 출발점

---

35) 〈구가의서〉 제작의도, 네이버 홈페이지.

이다. <단군신화>본 웅녀는 인간사회의 공식적인 이념구축 과정에 기여함으로써 인간화 욕망의 보편적인 통용 근거를 획득한 것이다. [자료15]-㉲는 웅녀의 인간화 이니시에이션에 대한 보편적인 인정 척도가 인간에게 도움이 되는 효용성의 여부에 있다는 지향가치의 이념적 실체를 설명한 부분이 된다. <구가의 서>가 적시하고 있는 이 인간화의 이념은 ㉯와 ㉰에서 언급된 바와 같이 다분히 인간 본위의 이기적인 것이다.

<구가의 서>의 최강치가 조관웅의 탐욕 때문에 멸문한 양부 박무솔의 백년객관을 재건하려고 애쓰고, 집안이 적몰한 뒤 조관웅의 손에 떨어질 위기에 처한 박청조를 구하려고 하며, 자아를 잃고 일본의 앞잡이가 되어버린 박태서의 자아를 끝까지 되찾아주려고 노력하는 것도 이러한 인간적 효용성을 입증해가는 적극적인 이니시에이션 과정의 일환이다. 문제는 이러한 이니시에이션 수행의 노력이 수성(獸性)의 정체를 확인한 인간에 의해서 불신될 수 있는 태생적 한계를 지니고 있다는 사실이다. 실제로 박청조와 박태서 남매는 최강치가 자신을 구해주는 와중에 노출된 반인반호의 정체를 보고 그를 퇴치의 대상으로 간주한다.

[자료16] 손톱을 바짝 세우고 초록 눈을 번뜩이는 강치에게 태서는 칼을 빼들었고, 청조는 돌을 던졌다.[36]

[자료17] "그들이 널 원하지 않으면, 널 가족으로 생각하지 않는다면 어쩔 거냐?"[37]

자신들과 다른 이류를 타자화 하는 인간 중심의 관념은 가족으로 자라난 정리를 전혀 고려하지 않게 만들 정도로 강력한 것이다. 하지만 이러한 타자화는 부정적인 악신화 단계 이전의 [자료5]·[자료7]과 [자

---

[36] 〈구가의 서〉 제12회, 극본: 강은경, 연출: 신우철, MBC, 2013년 5월 14일 방영분.
[37] 〈구가의 서〉 제12회, 극본: 강은경, 연출: 신우철, MBC, 2013년 5월 14일 방영분.

료12]·[자료13]에서부터 여우서사원형 전개사에서 진행된 것으로 오래 된 것이다. 이를 매체로 재현한 <전설의 고향> 시리즈의 여성구미호에서부터 <구가의 서>의 남성구미호 구월령에게까지 이어져온 문제이기도 하다. 이 지점에서 인간의 타자화에 직면한 이류의 대응 방식은 두 가지로 나눌 수 있다. 하나는 인간의 타자화에 대해 같은 타자화로 대응하고 그들의 이기심을 비판하고 징치하는 것이고, 다른 하나는 인간의 타자화를 포용하고 극복하는 것이다. 전자는 여우서사원형에서부터 <전설의 고향> 시리즈를 거쳐 <구가의 서>의 구월령에 이르기까지 구미호들에 의해 반복적으로 선택되어 온 것이다. 그러나 이 방식은 인간보다 더 인간적인 이류의 본성과 이류보다 더 악한 인간의 탐욕을 드러내며 인간다움의 본질에 대해 성찰할 수 있는 계기는 마련해 줄 수 있어도 [자료5]·[자료7]과 [자료12]·[자료13]의 남녀 여우신이나 <전설의 고향> 시리즈의 여성구미호, <구가의 서>의 구월령처럼 악신으로 규정되어 퇴치되는 것을 막을 수 없다. 악신으로 퇴치되지 않고 인간 세상에 자신의 존재성을 인정받기 위해서는 좌절감을 폭발시킨 공포와 징치로 인간 중심적 관념체계의 부조리와 모순을 노출시키는 기존의 방식과는 다른 차원의 접근 방식이 필요해진다. 박청조와 박태서를 가족으로 신뢰하던 최강치에게 스승 공달선생이 던진 [자료17]의 물음은, 이러한 인간의 타자화에 대한 새로운 차원의 대응 방식을 어떻게 모색해 나갈 수 있는 것인가에 대한 질문에서부터 <구가의 서>가 출발했으며, 그것에 대한 해답이 바로 최강치가 탐색하는 욕망의 지향점이 된다는 사실을 보여주는 것이다. 그 새로운 차원의 포괄적인 접근법이 바로 후자가 된다. 이 후자의 방식을 선택할 때, ㉯와 ㉰는 인간 본위의 이기적인 이념 이상의 현실적인 대응 방법론을 제시한 것이 된다. ㉯의 "인간을 살생해서는 절대로 안 된다."와 ㉰의 "인간들에게 수호령이라는 것을 절대로 들켜선 안 된다."는 각각 "인간에게 정체가 들켜서 적대시 당해도 좌절해서 폭주해서는 안 된다."와 "인간이 배신을 해도 살생을 절대로 해서는 안 된다."의 함축된 의미를 지니고 있는 것으로 생각해 볼 수 있다. 이렇게 재해석된 <구가의 서>의 인간화 수칙은 결과적으로 [자료15]에서 언급되어 있는, 널리 인간을 복 되게 하는 인간중심적인 홍익인간 이념과 상통하게 된다. 인간이 되기 위해 찾아야만 한다는 비서(秘書)가 환웅이 이류신격들에게 준 인간화의 기회로 설정되어 있는 것도 홍익인간 이념 구현이 인간화의 조건임을 의미하는 것이다.

그 구체적인 실현방식이 바로 인간화 이념의 객체가 아니라 주체가 되어 통과제의 영웅의 그것으로 확장하는 것이 된다. [자료15]에서 확인되는 웅녀의 방식은 인간 본위의 관념을 내면화 하여 실현함으로써 자신의 효용성을 인간에게 보편적으로 공인받는데 성공한 것이기는 하지만, 해당 이념체계의 객체이기 때문에 언제든지 소거될 수 있는 존재라는 한계를 내포하고 있는 것이다. 주체는 어디까지나 그 이념을 만들고 유지하는 인간이기 때문이다.

> **[자료18]** 이순신: 너는 무엇을 위해 살고 싶으냐?
> 최강치: 그걸 생각해서 무엇 합니까? 이편도 저편도 아닌 반쪽자리 주제에.
> 이순신: 너를 인간이라 규정짓는 것은 네 몸속에 흐르는 피가 아니라 어떤 사람으로 살고자하는 너의 의지에 달렸다.

[자료18]은 인간화 이념에 대한 최강치의 주체적 각성 순간이다. 인간화 성취 여부를 인간에 의해서 결정 당하는 것이 아니라 자신의 판단과 의지로 결정해 나가는 것은, <단군신화>로 설명하자면 웅녀가 아니라 단군의 방식이다. 원래, <단군신화>에는 두 가지 이니시에이션이 등장한다. 환웅의 이니시에이션과 웅녀의 이니시에이션이다. 웅녀가 인간이 되기 위해 인고의 통과제의를 거침으로써 인간중심적 질서 내에서 시조모로 새롭게 규정되는 신수라면, 환웅은 종래 독자적 신화의 주체였던 신수로 하여금 인간이 될 수 있도록 함으로써 널리 인간을 복되게 하는

문화영웅의 이념을 보편타당하게 구현하는 신격이다. <단군신화>는 후자의 이니시에이션 수행자인 환웅을 주체로 하며, 웅녀의 이니시에이션은 전자를 완성하는 과정의 객체로 존재한다. 정작 <단군신화>를 최종적으로 완성하는 반인반수의 2세대 주체 단군은 이니시에이션을 거치지 않는다. 대신 단군은 인간의 이념체계 속에 편입되어 들어온 이류모계의 객체화 된 이니시에이션이 아니라, 이류모계의 이니시에이션을 주체적 욕망실현 과정의 객체로 편입시킨 부계신격의 주체적 이니시에이션의 계보를 계승하는 방식으로 홍익인간의 이념 구현 과정을 완성시킴으로써 반인반수로서 인간세상의 신격으로 공인받는데 성공한다. 널리 인간을 복되게 하는 진정한 인간화 이념의 구현은 이류모계를 객체적 대리모로 하여 인간신격의 주체적 이니시에이션을 계승하는 부계의 혈통계보로 실현된다는 인식을 확인할 수 있다.

이러한 인식이 역사시대에 성공적으로 실현된 예가 바로 [자료7]의 강감찬의 경우가 된다. 앞서 설명했다시피 강감찬은 여우신격 출신의 이류모계를 대리모로 하되, 인간부계의 혈통계보를 계승한 인간남성이다. 인간이되 이류출신 대리모의 신성능력을 널리 인간을 복되게 하기 위해 인간세상에서 구현하는 인간이다. 여기에는 문면화 되어 있지 않지만 거란 대군의 침략으로부터 민족을 구해냈던 실존인물 강감찬의 역사적 행적이 언표화 되지 않은 서사배경으로 작용하고 있다고 볼 수 있다. 적군으로부터 민족의 운명을 풍전등화 앞에서 구해낸 역사적 행적은, 이류 대리모로부터 물려받은 신성능력을 인간세계를 널리 이롭게 하는 인간적 이념 실현의 이니시에이션을 비언표화 된 서사적 배경 속에서 실현한 인간남성영웅이 된다. [자료7]의 강감찬은 신화의 불임 시대인 역사시대에 직면한 <단군신화>의 남성 반인반수의 신격이 인간화 이념을 현실적으로 구현하여 남성영웅화 된 존재라고 할 수 있다. 이 지점에서 인간적 이념 실현의 이니시에이션 수행 여부를 공식적으로 인정받기 위해서는 인간세계의 구성원을 타자화 하지 않고 자아화 해야 하며, 절대 악으로서의 타자화 된 인간 객체가 따로 설정될 필요가 있다는 사실에 주목할 필요가 있다. 이 절대 악으로 타자화 된 인간 객체가 개인적 차원이 아니라 민족적 차원의 공공의 적으로 존재할 때, 적대자를 제외한 절대 다수의 인간들과 반인반수가 서로를 상호 공동자아로 주체화 하는 연대가 확대될 수 있다는 것이다. 이를 통해 <단군신화>의 단군이 공인받은 반인반수의 신성성은 영웅서사적 이니시에이션으로 재맥락화 되어 계승될 수 있게 된다.

<구가의 서>의 최강치가 각성 후 선택하게 되는 인간화의 길이 바로 이러한 강감찬의 방식에 대응된다. 최강치는 자신을 타자화 하는 박청조와 박태서의 적대감을 인간사회 구성원들의 공공의 적인 조관웅과의 대결과정 속에서 해소해 나간다. 조관웅은 사회구성원 집단의 공공의 적대자로 타자화 되는데 그치지 않고, 그 타자화의 범위를 민족적 차원으로 확장해 나감으로써 [자료7]의 비언표화 되어 있는 강감찬의 실제 역사상 적대자인 거란군의 위치로 재배치된다. 조관웅의 악행이 사회구성원 전체의 안녕을 위협하는 것으로 인식될수록 애초 타자화 되어있던 최강치와 주변인물들 사이의 거리가 좁혀진다. 조관웅이 민족적 차원의 절대 악인이 되는 순간부터 최강치와 사회 구성원 집단 사이에는 더 이상 타자화 된 거리가 존재하지 않게 되며, 양자 사이에는 공동의 연대의식이 확립된다. 민족의 평안을 위해 조관웅은 최강치가와 사회구성원 집단이 공동으로 연대하여 퇴치해야 하는 절대 악의 근원으로 인식되기 때문이다. <구가의 서>에서 이순신이라는 역사적 인물을 중심으로 임진왜란 발발 직전 시기를 배경으로 한 한일 첩보전이 전개되고 있는 것도, 조관웅에게 민족 공공의 절대 악인 역할을 부여하기 위한 서사적 장치의 일환으로 파악할 수 있다. 대신 최강치와 연대하게 된 모든 주변인물들은 조력자 집단을 구성하게 된다. 여기에는 이류교혼 상대까지도 포함된다. 이처럼 절대악인과의 선악 대비구조를 민족적 국난기라는 역사적 사건을 배경으로 전개해 나감으로써 최강치는 인간세계를 구원한 민족적 인간남성영웅으로 새롭게 자리매김 하는 것이 가능해 지는 것이다. 이를 통해 최강치는 반인반수의 혈

통적 신성성을 인간으로부터 부정적으로 규정당하지 않고, 역사시대에 영웅적인 방법으로 신성성을 복원해나가는데 성공하게 된다. 인간화 이니시에이션의 주체적 실현이다.

문제는 이처럼 역사시대에 영웅적인 차원으로 수용되게 된 반인반수의 신성성의 혈통계보가 단군이나 강감찬처럼 모계가 아니고 부계라는데 있다. 대리모가 아닌 부계로부터 반인반수의 신성성을 물려받게 되면 인간세계를 구성하고 유지하는 가부장제 이념 속에 편입되는 것이 불가능하다. 그래서 <구가의 서>가 선택한 방식이 바로 이류 대리모에 대응되는 인간 대리부(代理父)다. 애초 구월령이 인간에 의해 퇴치되고 윤서화마저 행방불명 된 덕분에 최강치는 박태서란 인간의 집안에 업둥이로 받아들여져 양육된 것으로 되어 있다. 의사부자 관계 설정을 통해 최강치는 인간인 부계를 갖게 된 것이다. 최강치가 악귀로 부활하게 된 구월령과 대립하며 인간을 타자화 하는 그의 이류적 세계관을 거부하는 것도 인간 부계를 유지하기 위함이다. 한편, 공달·천수련·담평화·이순신 등의 주변 인물들은 최강치를 각성시키고 진정한 인간화의 길로 안내하고 조련하는 스승이 됨으로써 의사 부자관계를 맺는다. 그 결과 인간화를 탐색하는 최강치의 이니시에이션은 부모 세대의 집안 몰락과 주인공의 기아(棄兒), 양부(養父)의 구출과 양육, 스승으로부터의 수련, 적대자와의 대결로 이어지는 남성영웅의 일대기를 구성하게 된다. 최강치는 인간으로 타자화 되는 동시에 타자화 함으로써 비극의 주체가 되어온 이전 세대 구미호들의 현실 대응방식을 극복하고, 인간들을 양부(養父)로 선택하여 민족적 적대자와 대결함으로써 이류의 신성성을 영웅적으로 구현한 반인반수 남성영웅이 되고 있는 것이다.


## 4. 나오는 말

본 연구는 여우여신의 남성신화 과정에서 반인반호 남성영웅의 인간화 욕망이 탄생했으며, 그 매체적 실현이 바로 드라마 <구가의 서>라는 사실을 규명하고자 하였다. 구미호는 대중문화콘텐츠 중에서도 특히 활자가 아닌 영상 매체에 얹혀 있는 영상미디어서사문학(media narrative literature)에서 인기리에 선택해온 대표적인 이류(異類)다. 기실, 구미호 하면 떠올리게 되는 주도적인 서사적 이미지(narrative image)는 공동묘지를 배회하며 무덤을 파헤쳐 시체를 파먹거나 사람의 간을 빼먹다가, 재주를 넘어 아름다운 여성으로 변신한 뒤에, 인간이 되려고 남성과 혼인하고 살지만 상대의 배신으로 실패한다는 것이다. 구미호에 관한 이와 같은 형태의 서사적 고정관념은 주로 텔레비전 드라마 시리즈 <전설의 고향>을 통해 정착된 것이다. 그런데 문제는 최근에 방영되어 최고 시청률로 막을 내린 <구가의 서>란 드라마다. <구가의 서>의 주인공은 지금껏 매체 속에서 익숙히 재현되어온 여자구미호가 아니라 남자구미호인데다, 인물형상이 부정적이지도 않다. 교혼상대에게 배신당하여 퇴치되지도 않을뿐더러, 오히려 막강한 비현실적인 능력으로 인간의 문제뿐만 아니라 국가의 문제도 해결하는 영웅이다. 게다가 주인공인 남자구미호가 혈통적으로 아예 인간여성과 남성구미호의 혈통을 반반씩 이은 반인반호(半人半狐)다. 구미호에 관한 서사적 고정관념에 익숙지 않은 남자구미호가, 역시나 그 서사적 고정관념에서 보자면 낯설기 짝이 없는 남성영웅이 되어 긍정적인 신화성을 인정받고 있는 이야기가 바로 드라마 <구가의 서>인 것이다. 본 연구는 드라마 <구가의 서>가 여우서사의 전개사에서 어떤 서사적 지점에 위치해 있으며, 이 작품에 의해 구미호에 관한 서사적 고정관념이 어떻게 해체되고 재조합 될 수 있는지를 확인해 보았다.

이를 위해서 본 연구는 다음의 두 가지 방향으로 진행되었다. 우선, 여우여신의 여우남신으로의 대체와 구미호 남성영웅의 출현 과정을 살펴봄으로써 드라마 <구가의 서>에 등장한 구미호 남성영웅이 어디서 뚝 떨어진 낯선 존재가 아니라 한국여우설화사의 서사적 연원 속에서 배태된 존재임을 입증하였다. 드라마 <구가의 서>의 주인공인 최강치

같은 반인반수는 악신화 되어 퇴치되기 이전 단계의 여성이류신격이 인간남성과 교혼한 결과 탄생하는 남성시조신이다. 여기서 반인반수성은 여성이류신격이 본래 지니고 있었던 신성권능에 그 연원을 두는 것으로 초월적이거나 탁월한 능력을 나타낸다. 그래서 반인반수의 인간은 단군처럼 한 국가나 가문의 시조가 되거나 혹은 비범한 남성영웅이 된다. 한국여우서사의 전개사에서도 마찬가지여서 반인반수의 남성시조와 영웅의 혈통은 여성이류신격에 그 연원을 둔다. 이때, 여우여신을 모계로 하는 반인반수의 인간남성영웅은 여우여성신의 신성이 남성영웅의 비범성으로 전이된 형태다. 이러한 전이를 통해 본래 여우가 지녔던 초월적 신성권능은 발현주체는 여우여성신에서 인간남성영웅으로 대체되어 나타난다. 이 점에서 여우여신을 퇴치하는 인간남성과 여우여신의 권능을 혈통적으로 계승한 인간남성은 둘 다 여우여신을 대체한 여우남신의 인간화 된 형태라고 할 수 있다.

다음으로 드라마 <구가의 서>에 나타난 인간화 욕망실현의 이니시에이션이 반인반수 남성구미호의 영웅성을 구현해내고 있다는 사실을 입증하였다. 여우여신의 악신화와 퇴치, 그리고 여우남신으로의 교체와 부계혈통 반인반호의 출생까지의 변동단계는 드라마 <전설의 고향> 시리즈에서 부정적 존재로 규정되어 퇴치되었던 여성구미호가 <구가의 서>에 와서 남성구미호로 대체되고, 그 남성구미호가 반인반호의 주인공을 인간 세상에 출생시키기까지의 매체 속 구미호서사원형 재현 과정과 그 흐름을 같이 한다. 인간과의 이류교혼 완성에 실패하고 악수(惡獸)으로 규정되어 퇴치 대상이 된 여우여신이 남성화 된 존재가 바로 <구가의 서> 주인공의 부계인 구월령이다. 남성구미호가 인간여성과의 사이에서 낳은 반인반호의 남성구미호는 <구가의 서>의 주인공 최강치다. <구가의 서>는 주인공 최강치가 이류교혼은 성취하지만 인간여성에게 배신당해 퇴치된 구미호 부계의 패배 지점에서부터 여우서사의 전개사를 다시 써나간다. 여기에는 여우와 함께 이류교혼의 주체였던 다른 동물신들이 제기했으나 여우서사의 전개사 속에서는 다뤄지지 않앉거나 대부분 변형되어 탈락되어 있는 경우가 많았던 문제 두 가지, 즉 인간화의 욕망과 신의 준수의 문제가 작품의 서사주체인 최강치가 획득해 나가야 할 핵심적인 지향가치로 수용되어 있다. 당연히 <구가의 서>에서 이루어지는 최강치란 서사주체의 탐색은 <전설의 고향> 시리즈에서 고착되었던, 인간되기를 갈망했으나 인간에 의해 배신당하는 구미호에 관한 서사적 고정관념을 해체하고 새롭게 쓰는 과정이 된다. 그 종착점은 인간되기를 갈망하여 인간이 되기 위한 통과제의를 거쳐나간 끝에 이류교혼 상대로부터 신의를 얻어내는 데는 성공한 구미호의 인간되기 이니시에이션이 된다.

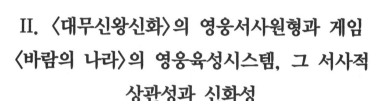

# II. 〈대무신왕신화〉의 영웅서사원형과 게임 〈바람의 나라〉의 영웅육성시스템, 그 서사적 상관성과 신화성

## 1. 문제설정의 방향

디지털 기기가 일상생활의 한 부분으로 자리 잡은 지 오래다. 핸드폰은 피쳐폰에서 스마트폰으로 이동되면서 사람들이 한 시도 손에서 놓지 못하는 육체의 일부쯤으로 인식되고 있고, 아날로그 방송은 디지털로 교체되면서 패러디·리메이크 등 제3의 재창작 지평을 확산시켜 가고 있으며, 어린 아이들의 현실도피성 장난거리 정도로 치부되었던 게임은 성인까지 아우르는 새로운 디지털 문화(digital culture)로 자리매김 해나가고 있다. 이처럼 전방위적으로 구축되어 가고 있는 디지털 환경 속에서 주목할 만한 문화적 패러다임의 변화가 또 한 가지 있다. 바로 디지털 매체(digital media)와 문학의 결합이다.

주지하다시피 문학을 향유하던 기존 방식의 주류는 활자매체를 이용한 것이었다. 그런데 디지털 문화가 일상생활화 되면서 문학을 향유하던 기존 방식에 변화가 일어났다. 여전히 활자매체는 문학향유의 주요한 수단으로 남아있긴 하지만 주류에서 서서히 밀려나고 있는 듯 한 느낌이다. 활자문학이 디지털 매체에 실려서 전파되는 새로운 형식의 이야기, 즉 디지털 문학(digital literature)1)의 부상이다. 디지털 매체를 매개로 하여 유통되는 디지털 콘텐츠(digital contents)는 정치 · 경제 · 사회 · 문화 등에 걸쳐 있고, 이 중에서 문화 영역에 걸쳐있는 디지털 콘텐츠를 따로 떼어내어 부르는 명칭이 바로 디지털 문화콘텐츠(digital culture contents)다. 그렇다면 디지털 문학은 어떻게 규정해야 할까. 범박하게 말해서 디지털 문학은 인간의 사상이나 감정을 언어로 표현한 것을 다시 디지털 코드로 구현해 놓은 것으로 규정할 수 있다. 디지털 코드로 구현하거나 재생해 놓기 전 단계의 대본은 글말로 표현되며, 디지털 코드로 옮겨서 재생시키는 단계에서는 입말이 동원된다. 후자의 단계에는 영상 · 특수효과 · 디지털기술 · 미술 · 음향 · 연기 등 언어 외적인 요소들이 동원되기도 하지만 글말과 입말이 종합적으로 동원된다는 것이 활자문학이나 구술문학과 구분되는 디지털 문학의 가장 특징적인 정체성이기도 하다. 드라마 · 영화 · 게임 등이 이러한 디지털 문학의 대표 장르다.

그런데 여기서 무엇보다 우리가 주목해야만 하는 변화는 최근세까지도 문학 유통을 위한 최대 매체였던 활자매체 자리를 디지털 매체가 대체해 나가고 있다는 사실만이 아니다. 중세 이래로 문학의 헤게모니를 놓치지 않고 지속되었던 활자문학의 아성이 디지털 문학의 대두로 흔들리고 있다는 사실만도 아니다. 문제는 매체의 전환이 이루어지면서 그것에 얹혀있는 문학의 특정한 소재 혹은 일정한 유형구조나 모티프가 후시대 매체로 이동되며, 그로 인해 전세대 매체문학에서 후세대 매체 문학으로, 혹은 동시대 매체 문학 간 재생산이 이루어진다는 사실이다.

---

1) 디지털 문학이란 용어 대신에 미디어 문학이란 용어가 사용되기도 한다. 후자는 아날로그 코드로 재생되는 매체, 즉 미디어 기반 문학도 포함하는 보다 넓은 범주다.

바로 매체문학 간 이동(movement)과 재생산(reproduction)이다. 이처럼 디지털 문학의 제작진이 동시대에 공존하는, 혹은 전시대에 존재했던 활자문학이나 구술문학 작품을 의식적으로 차용하지 않았다고 하더라도 기존 작품과 관련된 문학적 형질(literary trait)이 특정한 한 문화공동체 구성원들의 DNA 속에 새겨져 세대를 거쳐 이어지거나 혹은 공유되고 있기 때문이다.

이렇게 한 문화공동체 구성원들이 동시대에 공유하거나 혹은 세대를 이어 특정한 문학적 형질을 계승시켜주는 유전인자를 문학유전자(literary gene)로 규정할 수 있다. 이러한 문학유전자에 얹혀서 한 문화공동체 내부 구성원들 사이에 동시대 혹은 세대 간에 무의식적·의식적으로 공유되는 특정한 문학적 모티프·양식·유형 등이 바로 문학원형(literary archetype)으로 정의될 수 있다. 특히, 일정한 서사의 전승과 공유에 관련되는 문학유전자를 따로 떼 내 서사유전자(narrative gene)의 범주를 설정할 수 있다. 그렇게 되면 이 서사유전자에 얹혀서 특정한 한 문화공동체 내부에서 통시적·동시적으로 전승·공유되는 문학원형 중에서 서사와 관련된 원형은 서사원형(narrative archetype)으로 그 범주를 설정하는 것이 가능해진다. 여기서 고전문학과 관련된 서사원형을 고전서사원형(classical narrative archetype)으로 그 개념을 규정할 수 있다.

본 고가 천착해 보고자 하는 부분은 고전서사원형의 매체 간 이동(cross media movement)과 매체 간 재생산(cross media reproduction)이다. 세대를 이어 현재 한국 디지털 문학 속에서 재생산 되고 있는 한국 고전서사원형의 재매개화 양상과 그것이 지니는 의미를 고찰해 보고자 하는 것이다. 한국 고전서사원형을 재매개화 하고 있는 한국 디지털 문학 중에서도 본 고가 연구의 대상으로 삼은 것은 게임 장르이다. 기실, 한국 디지털 문학의 여러 장르 중에서 게임은 한국 고전서사원형과의 상관성을 논의하기가 어려운 영역이다. 한국 고전서사를 소재적으로 차용한 작품도 드물뿐더러, 설사 직접적인 소재로 수용했다 하더라도 게임 특유의 장르 문법이 한국 고전서사의 원형 스토리를 그대로 살려내지 못하고 해체하고 있기 때문이다. 요컨대, 게임에서 우선시 되는 것은 상호작용성·상호텍스트성·실시간성·몰입성이라는 매체의 기술적 측면이지, 한국 고전서사원형의 소재적인 차원이 아닌 것이다. 요컨대, 한국 게임에서 한국 고전서사는 현대 혹은 서구의 소재에 대해, 작품의 대중적 인기를 위한 서사원형으로서의 상호 우위점을 충분히 인정받고 있지 못한 상황이다. 게다가 게임 장르의 시작은 서구이고, 이 시간에도 현재 한국에서 창작되고 있는 게임들의 많은 숫자가 서구를 배경으로 하고 있거나 서구 설화를 소재로 차용하고 있다.[2] 드라마·영화 장르에서 한국 고전서사가 이미 새로운 창작과 히트작 양산을 위한 차별적인 서사원형으로 인식되고 있는 것과는 다른 향유 양상이다.

그렇다면 드라마·영화와 달리 게임은 한국 고전서사원형과 별개로 존재하는 장르인가. 그렇지 않다. 한국 고전서사원형이 현대를 배경으로 한 드라마·영화와 차별화 된 히트작 생산을 위한 서사적 기반이라는 인식이 일반화 된 시점이 불과 최근이라는 사실을 상기한다면 게임 장르에서의 대중적인 인식변화도 상정해 볼 수 있다. 이러한 인식전환이 이루어지기 전단계인 현 상태에서 앞으로의 변화를 촉진하기 위해, 이미 존재하는 전변의 조짐들과 현상들에 의미를 부여하는 작업이 바로 연구자들의 몫이 될 것이다.

이러한 연구의 목적과 필요성에 기반 할 때, 한국 고전서사원형과 한국 게임 간의 서사적 상관성을 규명하고자 하는 본 연구의 출발점은 게임 <바람의 나라>(1996)[3]가 되어야 한다. 게임 <바람의 나라>는 『삼

---

[2] 한국 게임서사에 관한 기존 연구가 대부분 서구 신화의 세계관에서부터 출발하고 있는 것도 이러한 현상과 무관하지 않다. 임병희, 〈로고스의 영토, 미토스의 지배:판타지 소설과 온라인 게임의 신화구조 분석〉, 『국제어문』 24, 국제어문학회, 2001; 노창현·이완복, 〈게임 스토리에 나타난 영웅의 모험의 12가지 단계 분석〉, 『한국콘텐츠학회논문지』, 제6권11호, 한국콘텐츠학회, 2006 ; 최민성, 〈신화의 구조와 스토리텔링 모델〉, 『국제어문』 42, 국제어 문학회, 2008 등의 논문들이 이러한 경우에 해당한다.

국사기』, <고구려본기> 제2, <대무신왕> 기록을 원작으로 한 동명의 만화를 원작으로 세계 최초로 상용화 된 다중접속역할수행게임(MMORPG: Massively Multi-player Online Role Playing Game)이다.4) 그런데 특이한 것은 게임 <바람의 나라> 유저들의 절대 다수가 캐릭터 명칭이나 시공간적 배경을 제외하고는 게임서사와 만화 <바람의 나라> 사이에 직접적인 서사적 연관성을 찾지 못하고 있다는 사실이다. 이는 두 가지 측면에서 해석이 가능하다. 하나는 게임이란 장르가 본질적으로 전통적인 의미의 스토리 자체가 중요치 않다는 장르적 속성에 기인하는 차원이다. 다른 하나는 영웅·퀘스트·미션·캐릭터·아이템 등 게임 특유의 서사문법을 게임 <바람의 나라>의 서사원형이 되는 한국 고전서사와의 상관성 속에서 설명해내는 서사이론 틀의 부재다.

본 고는 전자의 전제 하에 후자의 이론 정립이 가능하다고 보고 논의를 시작한다. 바로 게임 <바람의 나라>의 게임서사와 한국 고전서사인 고구려 설화와의 서사적 상관성에 관한 규명이다. 여기서 한 가지 밝혀 둘 것은 본 고가 『삼국사기』, <고구려본기> 제2, <대무신왕> 소재 설화의 하위 장르를 분류하는 관점이다. 본 고는 『삼국사기』, <고구려본기> 제2, <대무신왕> 소재 설화를 고구려 건국신화의 일부분인 왕권신화, 즉 <대무신왕 신화>로 규정한다. 이러한 전제 하에, 본 고는 게임 <바람의 나라>의 게임서사와 <대무신왕 신화>의 신화적 영웅일대기 사이의 서사적 상관성을 이론적으로 정립해 보일 것이다.5)

---

3) 〈바람의 나라〉, 넥슨, 1996.

4) 얼마 전에 새로운 퀘스트를 업데이트를 할 정도로 현재까지 현존하는 세계 최장기간 플레잉 되고 있는 게임이다. 2011년 최장기 상용화 된 mmorpg 게임으로 기네스북에 등재된 바 있다.

5) 한국고전서사와 게임과의 관련성에 대한 논의는 신선희에 의해 처음으로 이루어졌다. 신선희는 〈고전 서사문학과 게임 시나리오〉(『고소설연구』 17, 한국고소설학회, 2004)에서 게임의 상호작용성과 한국고전서사의 구술성 간의 관계를 논의하였다. 이후 권도경은 〈고전서사문학·디지털문화콘텐츠의 서사적 상관성과 고전서사원형의 디지털스토리텔링화 가능성〉(『동방학지』 155, 연세대학교 국학연구원, 2011)에서 한국고전서사문학과 디지털문화콘텐츠 사이의 관련성을 다루면서 게임과 한국고전서사문학 간 스토리텔링 방식상

## 2. <대무신왕 신화>의 신화체계와 게임 <바람의 나라>의 서사적 상관성

### 1) 〈대무신왕 신화〉의 신화체계와 영웅서사원형

<대무신왕신화>의 영웅일대기와 게임 <바람의 나라>의 영웅시스템 사이에 존재하는 서사적 상관성과 신화성에 관한 긴 논의의 시작에 앞서서 먼저 입증해야 할 부분은 <대무신왕신화>의 성립 가능성이다. <대무신왕신화>라는 개념 자체가 존재하지 않기 때문이다. 기실, 일반적으로 건국신화의 범주로 인정하는 텍스트는 몇 개 안된다. 주지하다시피 고조선의 <단군신화>, 고구려의 <주몽신화>, 신라의 <김수로왕신화>, 백제의 <온조신화>, 가야의 <김수로왕신화> 정도다.[6] 그나마 신화의 불임기로 규정되는 중세기에 속하는, 고려와 조선의 건국 관련 설화는 건국신화로 적극적으로 인정받지 못하고 있다. 왕건과 이성계의 건국 기사는 건국신화가 아니라 왕권설화 혹은 왕권신화의 영역으로 분류되어 왔다.[7] 신화시대의 본류로 인정받는 고대라고 해도 상황은 별반 다르지 않다. 건국조를 주인공으로 하는 텍스트 이외의 설화들은 건국신화 체계 속에 포함되는 왕권신화의 영역에서 적극적으로 다루어지지 못했다. 이런 상황에서 고구려의 건국조가 아닌 대무신왕에 관한 설화

---

의 상관성을 주제의 보편성과 상투성 · 장면의 분절성 · 인물의 정형성 · 행동 중심의 스토리텔링 · 과업 성취 위주의 스토리텔링의 다섯 가지로 체계화 하여 분석하였다. 본 연구는 〈고전서사문학 · 디지털문화콘텐츠의 서사적 상관성과 고전서사원형의 디지털스토리텔링화 가능성〉에서 이루어진 한국고전서사문학과 게임서사 사이 간 상관성에 대한 일반론을 기반으로, 게임 〈바람의 나라〉와 〈고구려신화〉 간의 서사적 상관성을 규명하고자 한다.

6) 이 중에서 〈온조신화〉와 〈왕건신화〉 건국신화를 향유하는 일반적인 인식체계 속에서 상대적으로 소외되어 있는 마이너의 영역에 속한다.

7) 노성환, 〈왕권신화에 있어서 여행의 의미: 고려의 왕권신화를 중심으로〉, 『비교민속학』 18, 비교민속학회, 2000 ; 〈이성계설화〉 속에 포함되어 있는 〈이성계신화〉의 인식체계를 적극적으로 조선 건국신화의 범주에서 규명한 연구로는 권도경, 〈분단 이전 북한 이성계,여진족 대결담의 유형과 〈이성계 신화〉로서의 인식체계〉, 『동방학』, 한서대학교 동양고전연구소, 2011.

를 건국신화의 인식체계 속에 포함되는 왕권신화로 규정하는 것은 새로운 작업이 될 것이다. <대무신왕신화>의 성립 가능성을 <주몽신화>의 신화적 영웅일대기와 비교하여 입증해 보도록 하자.

게임 <바람의 나라>의 서사원형이 되는 <무휼설화>는 『삼국사기』, <고구려본기> 제2, <대무신왕>조에 왕력기사로만 존재한다. 건국신화의 전범 중의 하나라고 할 수 있는 <주몽신화>처럼 영웅신화의 일대기로 완결되어 있지 않다. 게다가 대무신왕(서기 18년~44년)은 고구려 제3대왕으로 건국시조도 아니다.

고구려 제2대왕 유리왕의 셋째아들로 태어나 15세에 고구려 제3대왕으로 즉위하여 27년 동안 재위하면서, 고구려 이전의 동북아 강자이자 오랜 정적인 동부여를 병합하고, 개마국·구다왕국·낙랑군 등의 주변국들을 차례로 점령하여 정복국가 고구려의 정체성을 확립한 왕이다. 고구려의 건국조는 주몽이지만 대무신왕은 건국조가 이루지 못했던 고조선의 적통 공표를 동부여 병합을 통해 완수해낸, 고구려의 중시조와 같은 국왕이라고 할 수 있다. 대무신왕이란 왕명 자체가 신과 같은 위대한 정복왕이란 뜻이며, 대무신왕은 자신의 이러한 정체성을 재위 12년 경에 양(梁)에 보낸 사신을 통해 칭왕(稱王) 함으로써 공식화 하기도 했다.[8]

고구려 제6대왕인 태조왕대에 확립된 고구려 왕계의 종통이 건국조인 주몽을 신성시 하는 방향으로 재편[9]되면서, 광개토대왕비에도 대무신왕은 추모왕과 유리명왕의 업적을 이어서 나라의 기틀을 다진 왕[10] 정도로만 기술되어 있다. 대무신왕 신화의 설화적 잔존 형태라고 볼 수 있는 신화소의 흔적들을 확인할 수 없는 것이다. 그런데 『삼국사기

---

8) "고구려왕이 사신을 파견하고 조공하였고 이때 비로소 고구려왕을 칭하였다", 『梁書』, 〈高句麗傳〉

9) 이귀숙, 〈고구려(高句麗) 초기(初期)의 왕통변화(王統變化)와 주몽(朱蒙) 시조인식(始祖認識)의 성립(成立)〉, 『지역사교육논집』39, 역사교육학회, 2007.

10) "紹承基業", 〈廣開土大王陵碑文〉

』, <고구려본기>, <대무신왕>조 기사들을 조합해보면 주몽신화와 같은 영웅신화의 일대기가 재구성됨을 확인할 수 있다. 제시해보면 다음과 같다.

① 고귀한 혈통: 고구려 제2대왕의 아들
② 비정상적 잉태 및 출생: 장자가 아닌 셋째 왕자
③ 비범한 능력: 나면서부터 총명하고 지혜롭고 씩씩하고 영걸스러우면서 큰 지략 보유
④ 어려서의 위기(기아로 인한 시련과 고난): 없음
⑤ 1차 위기 해소(양육자 혹은 보조자의 구출): 없음
⑥ 자라서 위기: 1차 동부여 정벌의 대패
⑦ 2차 위기의 극복와 최종 승리: 2차 동부여 정복 성공과 낙랑 공략 성공

『삼국사기』 소재 <대무신왕>조의 기사 내용은 영웅일대기를 구성하는 서사단락으로 배열이 가능하다. 그런데 총 7개의 서사단락 중에서 ④어려서의 위기와 ⑤1차 위기 해소단락이 빠져있다. ⑥·⑦의 2차 위기 극복와 최종 승리가 대외적·공적인 차원이라면 ④·⑤는 대내적·혈연적 차원이다. <주몽신화>로 치면 주몽과 금와·대소의 갈등으로 인한 시련담에 해당한다. <주몽신화>와 같은 영웅일대기에서 ①고귀한 혈통과 ③비범한 능력을 가지고서 ②비정상적 잉태 및 출생을 한 주인공은 필연적으로 ④어려서의 위기와 ⑤1차 위기 해소 과정을 겪는다. 천제의 자손인 해모수의 아들로(①) 비범한 능력을 가지고 태어났으나 (③) 금와왕의 후비가 된 유화를 따라 동부여의 왕궁에서 태어난 비정상적 출생(②) 과정이 동부여의 왕위계승권을 두고 금와왕·대소가 주몽에게 가하는 ④의 원인이 된다.11) 모친 유화가 금와왕의 후비가 된 덕분

---

11) 『삼국사기』, <고구려본기>, <동명성왕> 조를 보면 유화가 동부여에서 죽자 금와왕이 태후의 예로 장례를 지내고 신묘를 세웠다고 되어 있다. 이로 미루어 동부여에서 유화가 차지하고 있던 위상이 후비에 상응한다고 볼 수 있다. "十四年秋八月, 王母柳花薨於東扶餘, 其王金蛙. 以太后禮葬之, 遂立神廟", 『三國史記』卷第十三, <高句麗本紀>第一, <始祖東明聖王>

에 주몽은 왕위계승권의 지분을 얻게 되고 그의 비범한 능력이 금와 왕·대소와 각각 의사 부자·형제 갈등(④)을 초래하게 되었다고 볼 수 있다.

대무신왕 영웅일대기의 구체적인 전개양상 역시 <주몽신화>와 유사하다. 금와왕의 제1왕자 대소가 있는 상황에서 왕자(王者)의 능력을 지니고 있었던 주몽처럼, 무휼 역시 유리왕의 제1·2왕자 도절·해명이 있는 상황에서 왕이 될 비범한 능력을 지니고 있었던 후비의 아들이다. 왕위계승권을 두고 유리왕과 도절·해명 사이에 전개되었던 일련의 부자갈등은 유리왕과 무휼 사이에서도 반복되었을 가능성이 높은데, <주몽신화>에서 주몽과 유리왕 사이의 의사(擬似) 부자갈등에 대응되는 이 시련담은 대무신왕의 영웅일대기에서는 생략되어 있다. 이는 <주몽신화>에서 주몽에게 시련을 가한 대상이 고구려의 적대국인 동부여왕이므로 그 갈등담을 부각시킬 필요가 있었던 것에 비해, 대무신왕 영웅일대기에서 무휼에게 1차 시련을 준 유리왕은 남성중심적 혈통으로 위계화된 무휼의 신화적 연대기를 구성하는 부왕이기 때문에 생략할 필요성이 있었기 때문으로 보인다. 자라서의 위기를 제공하는 대소와의 갈등담(⑥)이 생략되지 않고 확장되어 있는 것과 반대로 해석하면 적확할 것이다.

대무신왕의 영웅일대기에서 생략되어 있는 ④어려서 시련담의 구체적 형태는 유리왕에 의해 제거된 도절·해명 태자의 부자갈등담과 유사한 형태였을 것으로 추정된다. 『삼국사기』 소재 <대무신왕>조에서 생략되어 있는 무휼의 1차 시련담을 <주몽신화>와 도절·해명 태자의 부자갈등담을 유사원형으로 하여 보충하게 되면 <대무신왕 신화>가 온전한 모습을 갖출 수 있게 된다. 그 완성된 <대무신왕 신화>의 한 현대적 이본이 바로 만화 <바람의 나라>라고 할 수 있다. 만화 <바람의 나라>는 『삼국사기』 소재 <대무신왕 신화>에서 빠져있거나 소략하게 형상화되어 있는 영웅일대기의 단락소들을 보충하여 신화적 시련과 극복담을 중첩된 갈등구조 속에서 확장한 일종의 <대무신왕 신화>의 확장판이라고 할 수 있다. 예컨대, ②의 비정상적 탄생을 구성하는 부왕 유리왕과 왕자 무휼의 부자갈등은 1왕자·2왕자인 해명·도절과 유리왕의 부자 갈등담과 중첩되면서 만화 <바람의 나라>를 이끌고 나가는 신화적 갈등의 주축을 이룬다. 한편, 『삼국사기』 소재 <대무신왕 신화>에서 빠져 있는 ④·⑤단락의 기아와 시련·구출 단락도 만화 <바람의 나라>에서는 부친 유리왕의 의심 때문에 무휼이 여러 차례 죽을 고비를 넘기는 것으로 변형되어 있다. 이러한 변형으로 『삼국사기』 소재 <대무신왕 신화>의 원형은 만화 <바람의 나라>에 이르러 건국신화적 영웅일대기의 원형인 <주몽신화>에 보다 근접하게 된다.

이러한 『삼국사기』 소재 <대무신왕 신화>에는 대무신왕과 관련한 신화적 인식체계의 단면을 보여주는 신화소들이 삽입되어 있다. 삼족오·신마(神馬)·신부정(神負鼎)·거인장수(巨人將帥) 등의 신물(神物)·신인(神人) 획득담 등의 신화소들이 동원되고 있다.

[자료1] 가을 9월에 왕이 골구천(骨句川)에서 사냥하다가 신마(神馬)를 얻어 이름을 거루(駏驤)라고 하였다. (중략) 3월에 신마 거루가 부여 말 1백필을 거느리고 학반령 아래 차회곡(車廻谷)까지 왔다.[12]

[자료2] 겨울 10월에 부여 왕 대소(帶素)가 사신을 파견하여 붉은 까마귀를 보내 왔는데 머리 하나에 몸이 둘이었다. 처음에 부여 사람이 이 까마귀를 얻어 왕에게 바쳤는데 어떤 사람이 말하기를 "까마귀는 검은 것입니다. 지금 변하여 붉은 색이 되고, 또 머리 하나에 몸이 둘인 것은 두 나라를 아우를 징조입니다. 왕께서 고구려를 합칠 것입니다." 하였다. 대소가 기뻐서 그것을 보내고 아울러 그 어떤 사람의 말도 알려주었다. 왕이 여러 신하들과 의논하여 답하기를, "검은 것은 북방의 색입니다. 지금 변해서 남방의 색이 되었습니다. 또 붉은 까마귀는 상서로운 물건인데 왕이 얻어서는 갖지 아니하고 나에게 보내었으니 두 나라의 존망은 아직 알 수 없습니다." 하였다. 대소가 그 말을 듣고 놀라며

---

12) "三年, 春三月, 立東明王廟, 秋九月, 王田骨句川, 得神馬, 名駏驤, (中略) 三月, 神馬駏驤, 將扶餘馬百匹, 俱至鶴盤嶺下車廻谷", 『三國史記』卷第十四, 〈高句麗本紀〉第二, 〈大武神王〉

후회하였다.13)

[자료3] 4년 겨울 12월에 왕은 군대를 내어 부여를 정벌하려고 비류수 위에 도달하였다. 물가를 바라보니 마치 여인이 솥을 들고 유희를 하는 것 같았다. 가서 보니 솥만 있었다. 그것으로 밥을 짓게 하자 불이 없이도 스스로 열이 나서, 밥을 지어 한 군대를 배불리 먹일 수 있었다. 홀연히 한 장부가 나타나 말하기를, "이 솥은 우리 집의 물건입니다. 나의 누이가 잃어버린 것입니다. 왕이 지금 이를 얻었으니 지고 따르게 해주십시오."하였다. 마침내 그에게 부정(負鼎)씨의 성을 내려주었다. 이물림(利勿林)에 이르러 잠을 자는데 밤에 쇳소리가 들렸다. 밝을 즈음에 사람을 시켜 찾아보게 하니, 금으로 된 옥새와 병기 등을 얻었다. "하늘이 준 것이다." 하고 절을 하고 받았다.14)

[자료4] 길을 떠나려 하는데 한 사람이 나타났다. 키는 9척쯤이고 얼굴은 희고 눈에 광채가 있었다. 왕에게 절을 하며 말하기를, "신은 북명(北溟) 사람 괴유(怪由)입니다. 대왕이 북쪽으로 부여를 정벌하신다는 것을 엿들었습니다. 신은 청하옵건대 따라가서 부야왕의 머리를 베어오고자 합니다." 하였다. 왕이 기뻐하며 이를 허락하였다. 또 어떤 사람이 있어 말하기를, "신은 적곡(赤谷) 사람 마로(麻盧)입니다. 긴 창으로 인도하기를 청합니다." 하였다. 왕이 또 허락하였다.15)

[자료1]~[자료4]은 대무신왕의 영웅일대기 중 ⑥자라서 위기와 ⑦2차 위기의 극복과 최종 승리 사이에 위치하는 신마·신물·신인 획득담이

---

13) "冬十月, 扶餘王帶素, 遣使送赤烏, 一頭二身, 初扶餘人得此烏, 獻之王, 或曰, 烏者黑也, 今變而爲赤, 又一頭二身, 幷二國之徵也, 王其兼高句麗乎, 帶素喜送之, 兼示或者之言, 王與群臣議, 答曰, 黑者北方之色, 今變而南方之色, 又赤烏瑞物也, 君得而不有之, 以送於我, 兩國存亡, 未可知也, 帶素聞之, 驚悔",『三國史記』卷第十四,〈高句麗本紀〉第二,〈大武神王〉

14) "四年冬十二月, 王出師伐扶餘, 次沸流水上, 望見水涯, 若有女人昇鼎遊戲, 就見之, 只有鼎, 使之炊, 不待火自熱, 因得作食, 飽一軍, 忽有一壯夫曰, 是鼎吾家物也, 我妹失之, 王今得之, 請負以從, 遂賜姓負鼎氏, 抵利勿林宿, 夜聞金聲, 向明, 使人尋之, 得金璽兵物等曰, 天賜也, 拜受之",『三國史記』卷第十四,〈高句麗本紀〉第二,〈大武神王〉

15) "上道有一人, 身長九尺許, 面白而目有光, 拜王曰, 臣是北溟人怪由, 竊聞大王, 北伐扶餘, 臣請從行, 取扶餘王頭, 王悅許之, 又有人曰, 臣赤谷人麻盧, 請以長矛爲導, 王又許之",『三國史記』卷第十四,〈高句麗本紀〉第二,〈大武神王〉

다. 대무신왕 영웅일대기의 대부분을 차지하는 동부여 병합은 사실상 동부여에서 갈라져나와 졸본부여에서 이름을 바꾼 고구려가 부여계 국가의 종통임을 확인받기 위해서 반드시 이루어야 하는 과업이다. 대무신왕의 영웅일대기가 <대무신왕 신화>로 존재할 수 있게 하는 과업이 바로 이 동부여 병합 과정이기도 하다. 이러한 동부여 병합전쟁은 [자료1]에서 보듯 신마 거루를 획득한 신화소에서부터 시작되어, 일시적으로 분실했다가 다시 재획득하는 신화소로 종결된다. 대무신왕 즉위 3년에 이루어진 신마 거루의 획득은 동부여 병합전쟁의 당위성을 알리는 신화적 사건이다. [자료2]의 삼족오, [자료3]의 신정(神鼎), [자료4]의 거인(巨人) 등 일련의 신물·신인 획득담은 고구려가 이전 시대 부여계 종가인 동부여를 병합하기 위해 일으킨 전쟁의 정당성을 합리화 하기 위한 신화소들이라고 할 수 있다. 잘 알려져 있다시피 [자료2]의 머리 둘 달린 삼족오의 출현 언급은 까마귀를 신조(神鳥)로 숭앙하는 또 부여계 종주국 동부여를 고구려가 병합하는 것이 당연하다는 일종의 신점(神占)으로 기능한다. [자료3]의 신정(神鼎) 역시 고대국가의 정통성을 상징하는 것이다. 동부여로 가는 불류수가에서 어떤 여자가 지고 가다가 사라진 곳에서 얻었다는 이 솥의 획득담은 국가적 운명이 결정되는 순간에 출현하는 한국신화의 전통적인 여신관념을 배경으로 한 것으로 보인다. 백제 멸망 과정에서 일어난 일련의 신이지사 중에 거인여자의 시체가 생초진(生草津)에 떠올랐다는 기사16)나, 임진왜란 중에 관군이나 의병을 마고할미가 도왔다고 하는 설화17) 속에서 확인되는 여신관념과 상통한다. [자료4]의 신인 획득담 역시 한국신화의 거인 신격에 관한 신성관념과 연결되어 있다고 할 수 있다. 동부여 병합전쟁을 선봉에서 떠맡은 장수의 등장과 사망 시기가 전쟁의 시작과 종결 시점과 정확히 일치하고 있다는 사실은, 거인장수 괴유의 존재성에 대한 설명이 동부여 정복

---

16) "秋八月, 有女屍浮生草津, 長十八尺", 『三國史記』卷第二十八, 〈百濟本紀〉第六, 〈義慈王〉

17) 이에 대해서는 강진옥, 〈〈마고할미〉 설화에 나타난 여성신 관념〉, 『한국민속학』 25, 한국민속학회, 1993을 참조하기 바람.

전쟁의 타당성을 입증하기 위해 끌어온 거인신화의 전통적인 관념체계 속에서 이루어졌던 것임을 설명해 준다.

## 2) 게임 〈바람의 나라〉의 영웅육성시스템과 신화적 영웅서사원형 의 재생산

롤플레잉게임의 장르적 특성상 게임 〈바람의 나라〉에는 〈대무신왕 신화〉의 내용을 그대로 설명해 놓은 스토리 자체가 없다. 『삼국사기』, 〈고구려본기〉, 〈대무신왕〉조의 왕력기사가 장면설명 텍스트로 제시되는 것도 아니다. 롤플레잉 게임(rpg)은 가상 시나리오 내에서 주어진 역할을 수행하고 캐릭터를 육성하는 것으로 원작 스토리에 대한 자유도가 상대적으로 높기 때문이다.18) 그렇다면 〈바람의 나라〉는 범박한 고구려 역사문화 소재 게임으로 분류되어야 할 것인가. 그렇지 않다. 일단 〈대무신왕 신화〉는 게임 〈바람의 나라〉의 서사원형이 되며, 만화 〈바람의 나라〉는 〈대무신왕 신화〉를 신화적으로 확장하여 게임 〈바람의 나라〉를 직접적으로 탄생시킨 원작이 된다. 게임 〈바람의 나라〉 유저들은 세부적인 스토리 전개 여부와는 상관없이 만화 〈바람의 나라〉가 〈대무신왕〉 신화를 현대 매체로 재생산 해놓은 전체적인 틀거리 속에서 이해하기 때문이다. 예컨대, 서사원형인 〈대무신왕신화〉 속에는 등장하지 않지만 만화 〈바람의 나라〉에 등장하는 연·세류 등의 캐릭터를 게임 〈바람의 나라〉가 고스란히 수용하고 있는 것이 바로 이러한 차원이다. 게임 〈바람의 나라〉가 원작으로 밝혀놓은 만화 〈바람의 나라〉는 게임 〈바람의 나라〉가 롤플레잉게임의 장르적 특성상 게임서사 내부에 구체적인 스토리로 반영하지 못하고 있는 〈대무신왕 신화〉를 설명해 놓은 일종의 게임 전사(前事), 즉, 배경 스토리가 된다고 할 수 있다.

---

18) 〈바람의 나라〉 이후의 히트작들인 〈리니지〉·〈뮤〉·〈마비노기〉가 모두 여기에 속한다. mmorpg 시스템의 완성태를 제시했다고 평가받는 게임 〈리니지〉가 신일숙의 동명의 만화 〈리니지〉를 원작으로 하면서도 원작 만화의 스토리에 대한 무한의 자유도 속에서 게임서사가 전개되는 것과 동일선상에 있다고 할 수 있다.

대신, 게임 <바람의 나라>에서는 롤플레잉 게임의 장르적 정체성을 구성하는 영웅육성 시스템 자체가 앞서 재구성해 본 <대무신왕 신화>의 영웅일대기에 대응된다. <대무신왕 신화>의 영웅일대기를 롤플레잉 게임 장르적 서사성으로 구축해놓은 형태가 바로 <바람의 나라>의 영웅육성 시스템이라는 것이다.

게임 <바람의 나라>의 서버는 만화 <바람의 나라>에서 완성된 <대무신왕> 신화의 신화적 캐릭터인 무휼·연·세류·유리·해명·괴유·호동 등을 유저가 접속할 수 있는 서버로 설정해 놓았다. 그런데 이러한 서버는 단순히 유저가 롤플레잉을 진행하기 위한 접속본체로만 존재하는 것이 아니다. 무휼·연·세류·유리·해명 등의 서버명은 서버 접속 후 전개되는 영웅 육성 과정이 완료되면 도달하게 되는 완성된 영웅캐릭터의 명칭이기도 하다. 예컨대, 무휼 서버를 선택하여 육성하기 시작한 캐릭터가 이른바 만렙에 도달하여 영웅으로 완성되면 무휼왕, 즉 대무신왕이 되는 것이다. 육성이 완료되어 완성된 <바람의 나라>의 무휼왕은 <대무신왕 신화> 향유층의 신성대상이 되는 신화적 능력 완성체로서의 대무신왕과 동위에 놓여지기 때문이다.

만약 무휼이 아닌 연이나 해명, 괴유 등의 서버를 선택했더라도 육성된 캐릭터의 완성 형태가 영웅인 것은 마찬가지다. 예컨대, 육성 완료된 영웅들은 각각 <연 신화>·<해명 신화>·<괴유 신화>·<호동 신화> 등의 주인공이 된다. 주목할 것은 이들 영웅 캐릭터의 신화들과 <대무신왕 신화> 간의 위계다. <대무신왕 신화>의 서사원형 내부에서 연·해명·괴유·호동 등의 인물들은 보조인물로 존재하지만 게임 <바람의 나라>의 게임서사 내부에서는 각각의 서버에서 무휼과 독립된 신화적 영웅으로 육성된다. 동시에 게임 <바람의 나라>의 다중접속시스템에 의하여 이들 독립된 신화적 영웅 캐릭터들이 한 장면에서 만나기도 한다. <대무신왕 신화>의 서사원형 속에서 주인공인 주몽을 보조하여 영웅적 성장과정을 돕거나 갈등을 유발하는 보조적 위계에 놓여있던 캐릭터들이, 게임 <바람의 나라>에서는 각각의 영웅성을 확대하여 독립된 신화적 영웅으로서 주몽과 동등한 위계질서 속에서 만난다는 것이다. <대무신왕 신화>의 원형스토리가 주인공과 보조인물들을 선형질서 속에 수직적으로 위계화 시켜놓고 있다면, 게임 <바람의 나라>는 원래의 보조인물들을 독립된 주인공으로 위계를 변동시켜 수평질서 속에 옴니버스 식으로 나열하고 있다고 할 수 있다. 무휼 서버를 선택하여 영웅육성의 게임서사가 신화적 인간 성장의 신화서사와 어떻게 대응되는지를 구체적으로 살펴보기로 하자.

무휼 서버를 선택하고 나면 일단 평민으로서 1단계부터 5단계까지 레벨을 올려가게 되는데 레벨 5에 도달하게 되면 전사·도적·주술사·도사·궁사·천인의 6가지 직업 중에서 하나를 선택하여 본격적으로 신화적 영웅으로 성장해 나가도록 되어 있다. 여기서 천인·도사·궁수·주술사·도적·전사 등의 직업은 캐릭터의 외양, 대결하는 몬스터의 숫자와 성격, 동원할 수 있는 마법·주술의 종류와 정도, 이동하는 공간의 유형 등의 미시적인 차이만 있을 뿐, 일상인을 초월한 능력을 지닌 신화적 영웅이라는 일종의 신화적 표징이 된다. 직업을 지니기 전의 평민은 신화적 인간의 반대편에 위치한 일상적 인간과 동격이라고 할 수 있으며, 미션·퀘스트 수행을 통해 신화적 인간으로 레벨업 해나가게 된다. 여기서 6개의 직업은 무휼이란 특수한 신화적 영웅을 롤플레잉게임 장르에 적합하게 정형화·일반화 시켜놓은 일종의 페르조나(persona)라고 할 수 있다.

6개의 직업으로 분화된 캐릭터는 신화적 인간으로서의 표징을 다양하게 갖추고 있다. 먼저, 신수·환수로 명명되어 있는 신성수(神聖獸)를 거느린다. 신성수란 수조신화(獸祖神話)에 등장하는 신성한 동물로, 수조신화가 속화(俗化) 된 후에는 설화 텍스트 속에서 신화적 인간이 신성성의 표징으로 거느리고 다니는 보조동물로 등장한다. 한국신화 체계 속에서는 곰·호랑이·여우·뱀·까마귀·개·고양이 등이 대표적인 신성수로 등장한다. 게임 <바람의 나라>에서는 개·곰·새·호랑이·거북이·뱀의 여섯 가지 환수가 등장하며 직업에 따라 나눠져 있는 환수를 일종의 펫의 개념으로 육성하도록 되어 있다. 이 환수는 캐릭터의 레벨에 맞게 진화하며, 진화 정도에 따라 강화된 마법을 발휘하여 주인 캐릭터를 보좌한다.[19] 한국신화 속에서 신격을 보좌하는 신성 보조동물로서의 성격을 그대로 보여준다고 할 수 있다.

한편, 신수는 청룡·현무·주작·백호의 네 가지로, 고구려 신화 체계 속의 4신이다. 게임 <바람의 나라> 속에서는 캐릭터가 지니게 된 마력의 크기를 드러내주는 일종의 마법 이펙트로 표현된다. 캐릭터의 마력이 커지면 신수 역시 진화하는 시스템이다. 환수가 한국신화의 일반적인 신성수 관념을 변용했다면 신수의 경우는 비록 <대무신왕 신화> 원형의 표면에 구체적으로 나타나 있지는 않지만 <대무신왕 신화> 원형이 기대고 있는 고구려 신화의 신수체계를 가져왔다고 할 수 있다. 이들 신수·환수는 <대무신왕 신화> 원형의 신성수인 신마 거루에 대응된다. 만화 <바람의 나라>에서는 <대무신왕 신화> 원형의 신성수가 무휼·호동·세류·괴유 등의 신화적 인간이 거느리는 신수에 관한 관련 서사가 확장되어 있는데, 게임 <바람의 나라>의 신수는 이러한 만화 <바람의 나라>의 신수 체계를 배경 스토리로 그대로 가져왔다.

다음으로 게임 <바람의 나라>에는 유저가 육성하는 캐릭터를 보조하는 신화적 인간이 등장한다. 용왕·성황당 할미 등이다. 예컨대, 유저가 키우던 캐릭터가 죽었을 경우, 성황당에 가서 "살려주세요" 라고 텍스트를 입력하면, 할미가 나타나서 부활시켜준다. 부활 후, "고맙습니다" 혹은 "감사합니다." 라고 텍스트를 입력하면, 체력과 마력을 전부 채워준다. 성황당이란 공간을 지배하는 캐릭터인 할미는 전국에 산재하는 마을 당신화에 등장하는 당신할미에 대응된다. 당신할미는 당제유래전설로 현전하는 마을 당신화의 주신격으로, 마을의 평안과 안녕을 주관하는 생명신인 동시에 마을 구성원의 탄생·죽음과 관련된 생명을 관장

---

19) 도사계열은 개, 전사계열은 곰, 주술사 계열은 새, 도적 계열은 호랑이, 전사 계열은 거북이, 도사 계열은 뱀을 환수로 거느릴 수 있다.

하는 삼신이자 생명신이다. 전국에 산재하는 설화 속에서 당신할미들은 전쟁영웅의 전투를 돕거나 마을사람들을 구해주는 존재로 등장하기도 한다. <바람의 나라>의 성황당 할미 캐릭터는 바로 이러한 한국의 마을 당신화 일반에 보편적으로 등장하는 당신할미의 신직을 게임 속에서 그대로 이행하고 있다고 할 수 있다. <대무신왕 신화>에서 대무신왕의 정복전쟁을 돕는 괴유·마로·부정씨(負鼎氏) 등의 신화적 보조자들을 한국마을당신화 신격으로 일반화 해놓은 형태라고 볼 수 있겠다.

마지막으로 게임 <바람의 나라>의 캐릭터는 신화적 인간의 표징인 초현실적 능력을 발휘한다. <바람의 나라>의 게임 서사 내부에서는 마법(魔法)·아이템으로 형상화 되어 있다. 경험치가 쌓이거나 금전을 지불하면 마법기술을 수련할 수 있게 되어 있으며, 특정 아이템을 획득하여 발휘할 수 있기도 하다. 레벨의 개인적 층차에 상관없이 공통적으로 사용할 수 있는 마법에는 비영사천문·성황령·물품감정·귀환·출두·소환·사자후 등이 있다. 비영사천문은 성안에서 동문·서문·남문·북문으로 이동시켜주는 마법이다. 가장 기본적인 마법이자 가장 많이 사용하는 마법으로, 설화 속 신화적 능력자들이 흔히 사용하는 공간을 접어 축지할 수 있는 능력에 대응된다. 성황령은 유저가 육성하는 캐릭터가 죽었을 경우 성황당을 바로 가기 위한 마법이다[20]. 성황당은 유저의 아바타인 캐릭터의 부활이 이루어지는 공간이므로 이 공간으로 이동시키는 축지의 마법인 성황령은 죽음-재생의 순환을 가능하게 해주는 신화적 능력이 된다고 할 수 있다. 물품감정은 대장간 NPC에게 감정비서 혹은 감정물약이라는 아이템을 구입해서 생긴 물품감정마법 아이콘으로 아이템을 감정하여 능력치를 상승시키는 마법이다. 가능한 레벨에 따라 물품감정마법을 반복하면 육성 캐릭터의 능력치가 확대되어 초월적인 수준으로 근접해 가는 방식이다. 예컨대, 백제단봉환두대란 아이템을 감정하여 +HP 1186이라는 능력치를 추가하는 방식이다. 메이

---

20) 성황당은 좌, 우 둘 중에 하나를 입력하면 갈 수가 있다.

플 스토리를 비롯한 오늘날의 게임들에서 장르 불문하고 아이템 강화마법 관련 서사가 바로 게임 <바람의 나라>의 이 물품감정마법을 계승한 것이다. 귀환은 자신의 국적에 딸린 성이나 집 등의 공간으로 스스로를 귀환시키는 마법이다. 퀘스트나 미션 수행을 위해서 전체 맵상의 특정한 NPC 공간으로 진출했다가 다시 자신의 본거지 공간으로 돌아오는 공간이동의 신화적 능력이다. 출두와 소환은 자신 모다 레벨이 낮은 캐릭터에게 이동하거나 해당 캐릭터를 자신의 앞에 소환할 때 사용하는 마법이다. 체력은 낮은데 경험치는 올려야 할 때 자신 보다 레벨이 낮은 NPC나 몬스터를 소환하거나 그 주위 맵으로 이동하면 적은 체력으로도 상대적으로 높은 경험치를 획득하는 것이 가능해진다. 사자후는 같은 성안의 사람들에게 전체로 말할 때 사용하는 마법이다. 수행해야 할 퀘스트나 미션 중에 같은 성안 구석구석에 있는 다른 캐릭터에게 전체로 말하여 몬스터 사냥이나 공성 등의 집단행동(party action)을 수행해야 할 때 사용할 수 있는 마법이다.

이러한 마법들을 통해 게임 <바람의 나라>의 캐릭터는 신화적 능력을 순차적으로 획득해 가며, 그 초월적 능력치는 확장되어 간다. 천제의 아들이자 하백의 외손으로 알에서 태어나 비범한 능력을 타고난 <주몽신화>의 주몽과는 달리, <대무신왕 신화>는 인간의 아들로 태어나 일상인을 초월한 정복전쟁신으로 성장해가는 과정으로 되어 있는데, 게임 <바람의 나라>의 캐릭터는 동일한 영웅신화의 카테고리 속에서도 원작이 되는 후자의 방식에 가깝다고 할 수 있다. 예외적으로 천인과 주술사 직업은 초월적 능력을 처음 캐릭터 탄생 단계부터 지니고 있는 캐릭터로 설정되어 있는데, 이 경우에도 캐릭터 성격 설명만 그러할 뿐 신화적 능력이 처음부터 주어지는 것이 아니라 육성 과정에서 생성 · 확장되어 가는 것으로 서사화 되어 있다는 점에서는 다른 직업군과 동일하다.[21]

---

21) 게임 〈바람의 나라〉에 제시되어 있는 천인에 대한 캐릭터 설명은 다음과 같다. "겉으로는 결코 드러난 적이 없는, 드러나서는 안 되는 사람들의 역사가 시작된다. 1차 고구려 · 부여 대전쟁 이후 혼란스러워진 세상을 두고 볼 수만은 없었던 그들이 세상을 구하기 위해

## 3) 게임 〈바람의 나라〉의 영웅퀘스트 수행시스템과 신화적 영웅의 과업

서버에서 캐릭터 생성으로 시작하여 다시 서버에서 영웅 완성으로 종료되는 게임 〈바람의 나라〉의 영웅일대기에서, 〈대무신왕 신화〉 서사원형에서 빠져있는 ④·⑤ 단락을 포함하여 ⑥·⑦ 단락은, 캐릭터 생성과 신화적 영웅 캐릭터 완성 사이에서 퀘스트로 존재한다. MMORPG의 퀘스트(qwest)는 개발자가 제시하는 게임의 유의미한 최소 서사단위이며, 이것은 다시 수십 개 미션(mission)의 단계적 조합으로 구성된다. 미션의 연쇄적 조합을 클리어(clear) 하면 하나의 퀘스트가 완료되며, 퀘스트가 완료되면 축적된 능력치만큼 레벨이 업(up) 된다.22) 동시에 레벨이 업되는 만큼 캐릭터의 신화적 능력이 확대되며, 캐릭터의 신화적 영웅성이 확대된 만큼 다시 캐릭터가 오고 갈 수 있는 시공간과 사용할 수 있는 초월적 능력, 상대할 수 있는 몬스터의 수준이 확장된다. 이러한 과정의 순환에 의하여 〈대무신왕신화〉의 영웅일대기는 〈바람의 나라〉의 게임서사 속에서 시스템적으로 구현된다.23)

게임 〈바람의 나라〉에서는 신화적 영웅으로 육성되기 위하여 캐릭터가 떠나는 영웅의 길에서 목적을 완수하도록 캐릭터를 이끄는 안내지표이자 동기의 기능을 한다. 단락화 되어 제시된 퀘스트는 궁극적인 가치지향점인 신화적 영웅으로 성장하기 위한 중간 목표점이 된다. 동시에 퀘스트로 제시된 중간 수행목표는 캐릭터를 육성하는 유저에게 긴장감을 유발하는 극적 장치가 되며, 육성되는 캐릭터가 극복해야 하는 시련의 양가의 의미를 지니고 있기도 하다. 레벨업(level-up) 한 퀘스트의

---

세상에 모습을 드러내기 시작하는데."
22) 유저는 게임 세계 내의 NPC를 통해서 개발자가 제시하는 퀘스트 중 일부를 선택해 게임을 진행해 나간다.
23) 게임 〈바람의 나라〉가 유저에게 제공하는 퀘스트 중 영웅 캐릭터의 성공적인 육성을 위해 수행하면 좋은 대표적인 퀘스트로는 용궁퀘스트·개과천선퀘스트·신성한나무퀘스트·지옥무기메인퀘스트·연대기퀘스트·영웅용전퀘스트·백제장군퀘스트 등이 있다.

수준은 항상 캐릭터의 현재 레벨의 능력 보다 위에 있기 때문에 현재의 능력치 한도 내에서 마법·아이템·공간이동 등 가능한 모든 방법을 동원하여 퀘스트를 깰 방법을 모색할 수밖에 없다. 현재 수준 이상의 능력을 요구하는 환경세계의 요구라는 점에서 게임 <바람의 나라>의 퀘스트는 신화적 고난이 되기도 하는 것이다.

<바람의 나라>와 같은 디지털 게임에서 스토리가 발생하는 순간은 캐릭터가 공간을 순조롭게 움직이고 있을 때가 아니라 특정 장애물에 의해 그 움직임이 저지당하는 순간이다. 캐릭터가 장애물을 만나서 충돌하고 갈등이 만들어질 때 게임의 스토리가 탄생한다. 거꾸로 만렙에 도달하여 장애물이 사라지게 되면 더 이상의 게임 스토리는 진행되지 않는다. <바람의 나라>와 같은 게임 스토리텔링에서 이러한 사건을 만들어내는 갈등 형성 장치가 바로 퀘스트이며, 이러한 퀘스트는 내면의 심리를 배제한 외적 장애물에 속한다. <바람의 나라>의 서사원형인 <대무신왕 신화>의 사건을 만들어내는 갈등이 내적 장애물에 의해 만들어진 것이 아니라 외적 장애물에 의해 야기된다는 점에서 둘은 유사성을 보여준다. 반면, <대무신왕 신화>를 서사원형으로 하여 탄생한 만화 <바람의 나라>의 경우에는 캐릭터 내면심리와 그로 인한 내적갈등이 섬세하게 묘사되어 있으며, 서사를 이끌어나가는 주동적인 장애요인으로 부각되어 있다는 점이 게임 <바람의 나라>와의 차이점이라고 할 수 있다. 게임 <바람의 나라>에서는 이 퀘스트가 신화적 영웅의 육성 혹은 신화적 영웅으로의 성장이라는 궁극적 지향점과 연결되어 연쇄된다.

예컨대, 게임 <바람의 나라>의 무휼 서버에서 최초 탄생된 캐릭터가 살아남기 위해서는 당연히 가장 먼저 게임서사 내부의 생존도구인 능력치·마법·아이템을 획득해야 한다. 주인공 캐릭터에게 생존도구가 없다는 것은 게임서사 상에서 일종의 외적 장애로 간주되며, 그러한 결핍이 바로 외적 갈등을 만들어낸다. 외적 갈등을 해소하기 위해서 유저는 퀘스트를 진행해야 하며, 주인공 캐릭터는 능력치와 마법, 아이템을 획득해야 한다. 무휼 서버의 캐릭터가 직업을 갖춘 영웅으로 성장하려면

능력치·마법·아이템이 필요하고, 능력치·마법·아이템을 획득하려면 퀘스트를 진행해야 하며, 퀘스트가 진행되려면 미션을 수행해야 하는 구조다. 미션수행에 따라 능력치·마법·아이템 획득이 완료되면 결핍이 해소되고, 결핍이 해소되면 외적 갈등 역시 해소된다. 게임 <바람의 나라>의 미션·퀘스트 수행에서 능력치·마법·아이템을 획득하고 구현해 가는 과정은 몬스터 사냥으로 형상화 된다. 게임 <바람의 나라>에서 몬스터 사냥은 주인공 캐릭터가 친구집단(party)로부터 떨어져 위기에 직면하고 적대자와 대면하여 대결하며 새로운 파티(party)나 조력자와 만나거나 신이한 아이템을 획득하여 레벨업을 하는 모든 과정을 응축한 것이다.

이처럼 퀘스트를 통한 외적 장애 및 갈등을 형성하고 해소해나가는 과정은 무휼이 대무신왕으로 성장해나가는 원형스토리의 영웅일대기 중에서 ④·⑤·⑥·⑦ 단락을 위기-극복의 연쇄로 일반화 시켜 놓은 형태이다. 물론 각각의 퀘스트는 <대무신왕 신화>의 원형스토리가 지니는 특수성과는 전혀 관련이 없다. 그러나 퀘스트를 통해 위기가 형성되고 그것이 극복된다는 점에서 <대무신왕 신화>의 영웅일대기와 게임 <바람의 나라>의 퀘스트는 위기-극복의 구조를 공유한다. 게다가 <대무신왕 신화>에서 ④·⑤ 단락의 어려서의 위기-극복과 ⑥·⑦ 단락의 자라서의 위기-극복 사이에 확인되는 단계적 성장이, 게임 <바람의 나라>의 퀘스트·미션 수행에서 반복되는 위기-극복의 결과 축적되는 능력치와 레벨업에서도 나타난다는 점에서 둘 사이의 상관성을 확인해볼 수 있다.

차이점은 게임 <바람의 나라>의 위기-극복 서사가 지니는 무한 반복성과 확장성이다. 게임 <바람의 나라>에서 하나의 퀘스트 속에는 평균 5개 이상의 미션 반복되고, 이러한 퀘스트는 수십개가 있으며, 지금 현재도 추가 중이다.[24) 위기-극복 서사는 미션 단위에서 무한 반복되며,

---

24) 2012년 7월 12일자로 〈전우치〉 퀘스트가 새로 업데이트 되었다.

다시 미션의 결합체인 퀘스트 단위에서도 무한 반복된다. 만약, 유저가 미션 수행에 실패하게 되면 해당 미션 단위의 위기-극복 서사가 미션 클리어 진전까지 무한 반복되며, 이러한 미션들이 연쇄된 퀘스트 역시 완료 직전까지 퀘스트 단위의 위기-극복 서사가 무한 반복되는 것이다.

한편, 퀘스트의 무한반복 과정은 그 자체로 신화적 불멸성을 게임 <바람의 나라>의 영웅캐릭터에게 부여한다. 미션 클리어 실패는 사실상 영웅캐릭터의 죽음을 의미한다. 그런데 유저는 리셋(reset)을 통해 얼마든지 죽은 영웅을 살려낼 수 있으며, 살아난 캐릭터는 다시 미션을 재탐색 할 수 있다. 이러한 과정은 죽음-재생의 입사식에 대응된다. 미션의 무한반복을 통해 캐릭터는 죽어도 사실상 죽지 않은 불멸의 생명성을 부여받게 되는 것이다. 미션 반복을 통해 획득된 불멸성은 퀘스트 단위로 확장되며, 게임 <바람의 나라>의 시스템 차원에서 구현되는 단계적 영웅육성 서사에 신화성을 부여한다고 할 수 있다.

## 3. 게임 <바람의 나라>의 <대무신왕신화> 서사원형 재생산이 지니는 고전문학사적 의의

게임 <바람의 나라>의 게임서사와 한국 고전서사원형 사이의 서사적 상관성에 관하여 앞서 두 단계의 논증과정을 통하여 입증해낸 결과를 요약하면 다음과 같다. <대무신왕 신화>의 영웅일대기를 롤플레잉게임 장르적 서사성으로 구축해놓은 형태가 바로 게임 <바람의 나라>의 영웅육성 시스템이며, 이 영웅육성시스템은 미션과 퀘스트 수행을 통해 신화적 인간으로 레벨업 되는 과정 속에서 통해 완성된다. 그리고 퀘스트의 무한반복 과정 자체가 신화적 영웅과업 수행에 해당되며 이를 통해 신화적 불멸성이 구현된다. 결과적으로 게임 <바람의 나라>의 영웅육성 시스템과 영웅퀘스트 수행시스템은 신화적 불멸성을 게임 서사 내부의 영웅캐릭터에게 부여함으로써 한국신화적 인간성을 구현하게 된다는 것이다.

그렇다면 이제 게임 <바람의 나라>에서 규명해낸 한국 고전서사원형의 영웅일대기성과 신화적 불멸성이 지니는 한국고전문학사적 의의에 대해서 생각해 보도록 하자. 앞서 진행한 본 고의 작업은 현재까지 주로 서구 배경의 게임 작품을 대상으로, 한국어문학이 아닌 게임학 혹은 뉴미디어학 등에서 축적된 게임서사 이론을 한국적인 정체성 속에서 설명해 내고자 한 시도였다. 그런데 사실, 한국 게임 서사 속에서 한국적인 정체성, 그것도 고전서사원형과의 상관성을 끄집어내기란 쉽지 않은 문제다. 상호작용성이니 실시간성이니 하이퍼텍스트성이니 하는 서사적 특질은 동서양을 막론한 게임 서사의 보편성의 영역 속에 포함되어 있는 것이기 때문이다. 게다가 신화성을 문제 삼게 되면 논의는 더 애매해진다. 동서양 게임 서사가 구축하고 있는 신화성의 주류가 서구신화에 기원을 두고 있기 때문이다. 고전서사문학에 기반한 상상력이 포화상태에 이른 기존 드라마·영화 창작계에 새로운 흐름을 형성하고 있는 것과는 달리, 최근의 국내 인기는 물론 게임 한류25)를 이끌고

---

25) 일본·중국·대만에서 시작된 동북아시아 한류가 동남아시아를 거쳐, 유럽·북미·중남미·중동 등 범지구적인 현상으로 확산되어 가고 있다. 한국콘텐츠진흥원의 2011년도 한류 문화콘텐츠 수출액 집계치에 따르자면 한국온라인게임은 한류 수출액의 53.3%를 차지한다. K-pop이 게임 수출액의 7%에 불과한 것과 비교한다면 K-game이 한류에서 차지하는 위상을 확인할 수 있다. K-game의 2012년도 해외수출액은 30억 달러에 달할 것으로 예상되고 있다. 이 규모는 국내 바이오 약품 전체 매출규모와 맞먹는 수준이라고 한다. 이미 해외에서 게임차트 1위를 차지하는 K-game도 수두룩하다. 스마일게이트사의 〈크로스파이어〉는 중국에서, KOG사의 〈그랜드 체이스〉는 브라질에서, 엠게임사의 〈열혈강호온라인〉은 태국에서, 조이맥스사의 〈로스트사가〉는 인도네시아에서, 드래곤플라이사의 〈스페셜포스〉는 필리핀에서 자국 내 게임순위 1위를 달리고 있다. 모바일게임업체 게임빌과 컴투스가 미국·일본·유럽 앱장터에 내놓은 유료게임들을 합하면 세계 각국에서 1위를 차지하고 있는 K-game의 숫자는 더욱 늘어난다. 한류 콘텐츠의 핵심 장르 역시 K-drama·movie에서 K-pop으로 이동하고 있다. 그런데 게임은 참 애매하다. K-game의 진출지역은 온라인 환경이 구축된 전 세계 곳곳을 커버하고 있고 수출액도 K-pop의 8배가 넘는데, 한류 콘텐츠의 지존인 K-drama·movie는 고사하고 K-pop 만큼도 한류사적 위상을 인정받지 못하고 있는 것이 사실이다. 이는 당초 B급 장르에서 출발하여 어느덧 A급은 아니지만 이미 B급은 넘어선 문화 장르로 대접받고 있는 drama·movie에 비해 여전히

있는 <라그나로크> · <아이온> 등은 서구의 신화적 상상력에 기반하고 있다. 이러한 소위 최근의 게임 인기작들과 신화 사이의 서사적 상관성을 논한다면 이는 동서양 신화를 막론하는 논의가 될 수밖에 없다.

이러한 상황 속에서 분명히 주목되어야만 하는 사실은 것은 국 · 내외를 막론하고 명실상부한 게임의 대중화와 폭발적인 팬덤을 이끌어낸 한국 게임사의 시작이 한국 신화를 소재로 했다는 사실이다.[26] 바로 본고가 연구 대상으로 삼은 게임 <바람의 나라>다. 게임 <바람의 나라>는 고구려 역사에 등장하는 무기 · 갑옷 · 건물 · 사냥 · 수렵 · 궁성 · 인물 등과 <대무신왕신화>의 캐릭터 · 신성수 · 신격 등을 차용하여 <대무신왕신화>의 분위기와 배경을 구축해놓았다. 한국 mmorpg 게임사가 이처럼 <대무신왕신화>를 원형스토리로 한 <바람의 나라>로부터 시작되었다는 사실은 한국 게임의 서사적 특질을 규명하는 작업의 출발점의 하나가 한국고전서사와의 상관성 속에서 규명되어야 한다는 것을 말해준다.

그런데 문제는 게임 <바람의 나라>의 세부 미장센은 <대무신왕신화>적인데 정작 전체 스토리 자체는 <대무신왕신화>와 긴밀한 관련성이 없다는 사실이다. 게임 <바람의 나라>의 장르는 특정한 역할(role) 즉, 직업을 가지고 있는 캐릭터를 육성해나가는 롤플레잉게임(rpg)이다. 스

문화산업의 주요한 캐쉬카우와 유해문화 사이에서 어정쩡하게 끼어있는 게임의 위치에 기인한 것 같기도 하다. 그럼에도 불구하고 현재 한류 콘텐츠의 주수입원이 드라마도, 영화도, 대중가요도 아닌 게임이라는 사실은 한류 게임 서사에 관한 본격적인 문학적 논의의 필요성이 된다.

26) 주목할 것은 한류게임의 시작 역시 한국신화에 기반한 〈바람의 나라〉로부터 시작되었다는 사실이다. 게임 〈바람의 나라〉는 1997년 영문판 〈nexus〉의 미국 수출을 계기로 해외진출을 시작해 일본과 미국, 영국, 캐나다, 호주, 독일, 이탈리아, 말레이시아까지 진출했다. 1999년 1월 호주 글로벌 유력 게임 전문차트인 인터넷 월드 차트 15위를 기록했고, 1999년 7월에는 프랑스 현지에서 상용화 되었고, 2000년 9월에는 일본에서 현지 상용화 되었으며, 2002년에 3월에는 인도네시아에서 현지 상용화 되었다. 2008년에는 〈바람의 나라〉의 불문판이 프랑스 전역을 대상으로 서비스를 시작해서 불어권 사용자 5만명을 확보하는데 성공했다. 이들 수출국의 유저들은 게임 〈바람의 나라〉에 구현되어 있는 〈고구려신화〉 관련 문화콘텐츠들에 대한 25667건의 홈페이지를 제작할 정도로 인기를 구가한 바 있다.

토리 중심으로 서사가 전개되는 것이 아니라 유저의 아바타 역할을 하는 캐릭터를 만들어가는 과정을 중심으로 서사가 전개되는 것이다. 스토리의 전개 과정 자체가 게임 시스템적으로 구현되지 않는 육성시뮬레이션 게임의 장르적 특성상 게임 <바람의 나라>는 얼핏 <대무신왕신화>와 전혀 관련성이 없어 보이기도 한다. 이러한 특징은 사실상 게임 <바람의 나라>가 개발사 측의 설명과는 달리 만화 <바람의 나라>와 하등의 실질적인 관계가 없는 작품으로 인식하게 하는 요인이 되어 왔다. 물론 스토리 전개의 축자적 리터러시를 중심으로 보면 그러한 평가가 가능할 수도 있다. 그러나 게임 <바람의 나라>와 대무신왕 설화는 캐릭터 육성 과정과 공간구축 및 이동, 아이템 및 캐릭터 설정방식 등 전체적인 게임 시스템 설계의 차원에 투영되어 있다. 변용 방식은 단순히 소재적인 차원이 아니라 대무신왕 설화 속에 구현되어 있는 신화적 상상력과 인식체계이다.

게임 <바람의 나라>가 만들어낸 영웅의 육성 시스템(경험치 · 체력), 신수 개념, 파티 구성, 아이템, 마법술을 동원한 변신과 환신 개념, 미션과 퀘스트, 그리고 스테이지 클리어의 시스템 등이 모두 신화를 포함한 고전서사와 일정한 상관성을 보여준다. mmorpg 이전에 있었던 텍스트 머드(MUD: multiple user dungeon/ multiple user dialogu) 게임27)의 텍스트 입력 대화 시스템은 구술성과의 상관성을 보여주며, 유저들끼리의 상호작용을 통해 서사가 무수한 가지를 치며 변이되어 가는 상호작용성은 구비서사의 상호작용성, 그리고 그것을 계승한 고소설 이본 텍스트의 변이성과 상관성을 보여준다. 한국 게임으로서 뿐만 아니라 우리나라 게임발전사의 서두에 위치해 있을 뿐만 아니라 최대 히트작이기도 한 작품이 한국고전서사를 기반으로 하여 출발했다는 것이다. 이는 한국 게임의 mmorpg 양식사가 고전서사와의 관련성 속에서 전개되어 나

---

27) 머드게임은 상대방과 직접 얼굴을 대하지 않은 상태에서 텍스트 대화 위주로 게임을 진행하는 특징을 가지고 있다.

갔다는 사실을 의미한다. 즉, 매체문학 생산자 속에 무의식적 서사원형으로 이어져온 고전서사가 <바람의 나라>라는 한국 게임이 mmorpg로 형성되어 나가는데 일종의 창작 원형으로 수용되어 있었다는 것이다.

요컨대, 한국 게임의 시작이 한국 신화의 영웅일대기에 기반 한 <바람의 나라>로부터 시작되었으며, 한국 게임의 mmorpg 양식사가 한국고전서사와의 관련성 속에서 전개되어 나갔다는 한국 고전서사문학사적 의의를 부여할 수 있는 것이다. 현재까지 이어지고 있는 한국 mmorpg 서사체계의 골조는 이처럼 <대무신왕신화>의 신화적 영웅일대기를 게임 서사로 옮긴 <바람의 나라>의 단계적 영웅육성시스템과 퀘스트 수행시스템의 반복 · 확장성에 기반 한다. 이를 통해 게임 캐릭터인 영웅은 이름뿐인 영웅이 아니라 신화적인 불멸의 영웅성을 획득하는 것이 가능해지는 것이다. 이처럼 <바람의 나라>에서 구축된 영웅육성시스템과 영웅퀘스트 수행시스템은 후대의 <임진록> · <거상> 등으로 계승된다는 고전서사문학사적 위치를 부여할 수 있다.

한국게임 서사사가 한국고전서사문학과의 상관성 속에서 전개되어 나갔다는 사실은 <바람의 나라> 이전 세대에 존재했던 머드게임[28] 시대에서도 확인된다. 게임 <바람의 나라> 이전 시대에 존재했던 최초의 그래픽 게임이자 최고 히트작이었던 <단군의 땅>[29]은 <단군신화>를 텍스트와 초보적인 그래픽으로 구현해놓았다. 아사달과 신시, 신단수, 환웅, 단군, 웅녀 등 <단군신화>를 구성하는 신화적 공간 · 인간들이 그대로 게임 속에 등장한다. 게임 <바람의 나라>는 게임 <단군의 땅>이 게임서사적 시공간과 캐릭터를 한국신화와의 상관성 속에서 구축하는 방식을 계승하여 다중접속의 온라인그래픽으로 옮겨놓았다고 할 수 있다. 이러한 한류게임사의 전통 속에서 퀘스트 · 다중접속서버 · 환수 · 승급 · 미션 · 공성전 · 몬스터사냥 · 마법 · 영웅 등의 새로운 게임 시스

---

28) 머드게임은 상대방과 직접 얼굴을 대하지 않은 상태에서 텍스트 대화 위주로 게임을 진행하는 특징을 가지고 있다.

29) 〈단군의 땅〉, 마리텔레콤, 1994.

템을 <대무신왕신화>의 영웅일대기와의 서사적 상관성 속에서 구축해 나간 것은 게임 <바람의 나라>가 새롭게 이루어낸 성과라고 할 수 있다.

이처럼 게임 <바람의 나라>가 한국신화의 영웅일대기와의 상관성 속에서 구축한 게임서사는 이후 전개된 한류게임사에서 주류서사 문맥으로 자리를 잡게 된다. <임진록>(1997)[30], <조선협객전>(1998)[31], <충무공전>(1998)[32], <천년의 신화>(2000) [33], <천하제일 거상>(2002)[34] 등의 게임에서 비록 시공간과 캐릭터의 신화성은 상대적으로 약화되었지만, 영웅일대기의 영웅육성시스템적 구현방식과 영웅퀘스트 수행 시스템은 확고한 한류게임 서사문법으로 계승되어 나감을 확인할 수 있다.

## 4. 나오는 말

본 고는 게임 <바람의 나라>와 한국 신화인 <대무신왕 신화>와의 상관성을 게임서사의 시스템 차원으로 규명한 연구이다. 영웅 · 퀘스트 · 미션 · 캐릭터 · 아이템 등 게임 특유의 서사문법을 게임 <바람의 나라>의 서사원형이 되는 <대무신왕 신화>의 신화적 영웅일대기와의 상관성 속에서 설명해 내고자 하였다.

먼저, 2장에서는 <대무신왕 신화>의 신화체계를 영웅의 일대기로 분석하고 <대무신왕 신화>의 영웅일대기를 롤플레잉게임 장르적 서사성으로 구축해놓은 형태가 바로 게임 <바람의 나라>의 영웅육성 시스템이며, 이 영웅육성시스템이 미션과 퀘스트 수행을 통해 신화적 인간으로 레벨업 되는 과정 속에서 통해 완성된다는 사실을 규명하였다. 그리고 퀘스트의 무한반복 과정 자체가 신화적 영웅과업 수행에 해당되며

---

30) 〈임진록〉, RTS, HQ팀, 1997.
31) 〈조선협객전〉, 지앤아이소프트, 1998.
32) 〈충무공전〉, 트리거소프트, 1998.
33) 〈천년의 신화〉, RTS, HQ팀, 조이온, 2000.
34) 〈천하제일 거상〉, MMRPG, 에이케이인터렉티브, 2002.

이를 통해 신화적 불멸성이 구현된다는 사실도 입증해내었다. 결과적으로 게임 <바람의 나라>의 영웅육성 시스템과 영웅퀘스트 수행시스템은 신화적 불멸성을 게임 서사 내부의 영웅캐릭터에게 부여함으로써 한국 신화적 인간성을 구현하게 된다는 사실을 분석해 내었다.

3장에서는 한국 게임의 시작이 한국 신화의 영웅일대기에 기반한 <바람의 나라>로부터 시작되었으며, 한국 게임의 mmorpg 양식사가 한국고전서사와의 관련성 속에서 전개되어 나갔다는 한국 고전서사문학사적 의미를 부여하였다. 현재까지 이어지고 있는 한국 mmorpg 서사체계의 골조는 이처럼 <대무신왕신화>의 신화적 영웅일대기를 게임 서사로 옮긴 <바람의 나라>의 단계적 영웅육성시스템과 퀘스트 수행시스템의 반복·확장성에 기반한다. 이를 통해 게임 캐릭터인 영웅은 이름 뿐인 영웅이 아니라 신화적인 불멸의 영웅성을 획득하는 것이 가능해지는 것이다. 이처럼 <바람의 나라>에서 구축된 영웅육성시스템과 영웅퀘스트 수행시스템은 후대의 <임진록>·<거상> 등으로 계승된다는 고전서사문학사적 위치를 부여할 수 있다.

## III. 건국신화적 문화영웅서사원형과 드라마 〈뿌리 깊은 나무〉

### 1. 문제 설정의 방향

대중성과 진지성의 두 마리 토끼를 모두 잡은 것으로 평가받아온 드라마 〈뿌리 깊은 나무〉[1]는 비교적 최근 작품임에도 불구하고 여타 작품들에 비해 상대적으로 풍부한 연구사를 자랑한다. 짧은 기간에 집중적으로 이루어진 선행연구는 다음의 세 가지로 정리된다.

① 소설 〈뿌리 깊은 나무〉와의 서사적 차이
② 서사기법
③ 주제의식

①에서 서사주체가 강채윤에서 세종으로 이동하면서 적대세력의 배후가 심종수에서 밀본으로 바뀌었고[2], 모든 연쇄살인과 사건의 원인이

---

[1] 드라마 〈뿌리깊은 나무〉, 연출: 장태유 · 신경수, 극본: 김영현 · 박상연, 출연: 한석규 · 송중기 · 장혁 · 신세경.

한글창제로 집중3)되어 있으며, 수많은 보조인물들이 새로 추가·생략4)
되거나 기존 보조인물들의 캐릭터가 변형5)되어 있다는 사실이 밝혀졌
다.6) ②와 관련해서는 역사적 사실과 인물을 재구성한 팩션 사극성7)
(A), 미스테리·추리·범죄수사·무협활극·애정·멜로극·복수극·
판타지(B) 등의 대중적 장치를 뒤섞어서 활용하는 퓨전성8) 등이 서사기
법으로 도입되고 있다는 사실이 확인되었다. 마지막으로 ③에 대해서는
민본주의·애민의식·민주주의·개혁주의9)(A)와 하위주체의 욕망10)

2) 이 부분에 대해서는 모든 선행연구자들이 동의하고 있다. 신원선, 〈패션사극 〈뿌리깊은
   나무〉의 대중화 전략〉, 『인문연구』 64, 영남대학교 인문과학연구소, 2012 353쪽. ; 전수용,
   〈TV 드라마 〈뿌리 깊은 나무〉와 이정명의 원작소설〉, 『문학과영상』 제13권 4호, 문학과영
   상학회, 2012, 808쪽. ; 고선희, 〈드라마 〈뿌리 깊은 나무〉의 판타지성과 하위주체 발화
   양상〉, 『국제어문』 55, 2012, 89쪽. ; 김종태·정재림, 〈역사서사물, 『뿌리 깊은 나무』의
   서사 전략〉, 『한국문학이론과 비평』 58, 한국문학이론과비평학회, 2013, 348~349쪽.
3) 구체적으로 드라마 〈뿌리 깊은 나무〉는 소설 〈뿌리 깊은 나무〉에서 한글창제와 관련 없는
   대목은 삭제하는 대신 한글창제와 관련 새로운 설정을 첨가하여 넣는 방식으로 한글창제와
   관련된 서사적 집중성을 높였다. 예컨대, 『고군통서』와 『농사직설』과 관련된 부분은 삭제
   된 대신 『비바사론』과 '군나미욕(君那彌辱)'·'팔사팔어(八思八語)'·'곤구망기(ㅣ ㅁ亡ㄹ)'
   관련 에피소드는 새로 들어가 있다.
4) 태종·밀본(정기준·정도광·도담댁·한가·이신적)·이방지·개파이·윤평이 전자에
   해당하고, 윤길주는 후자에 해당한다.
5) 세종·강채윤(돌복)·가리온·소이·심종수·무휼·견적희 등이 여기에 해당한다. 예컨
   대, 원작의 보조인물에서 주인공으로 바뀐 세종이나, 정반대로 원작의 주인공에서 보조인
   물로 바뀐 강채윤도 캐릭터가 변형된 예에 해당한다고 할 수 있다. 드라마와 달리 소설
   속에서 세종은 거의 등장하지 않으며, 강채윤과 소이는 원작에서 서로 모르는 사이다.
6) 드라마 〈뿌리 깊은 나무〉와 소설 〈뿌리 깊은 나무〉의 서사적 차이를 밝힌 선행연구로는
   다음의 논문들을 들 수 있다. 신원선, 〈패션사극 〈뿌리깊은 나무〉의 대중화 전략〉, 『인문연
   구』 64, 영남대학교 인문과학연구소, 2012 ; 전수용, 〈TV 드라마 〈뿌리 깊은 나무〉와 이정명
   의 원작소설〉, 『문학과영상』 제13권 4호, 문학과영상학회, 2012.
7) 이다운, 〈TV드라마의 역사적 인물 소환 전략-〈뿌리 깊은 나무〉를 중심으로〉, 『인문학연구』
   88, 충남대학교 인문학연구소, 2012 ; 조희정, 〈역사적 인물 세종과 〈뿌리 깊은 나무〉의
   성과〉, 『영미문학연구』 32, 영미문학연구회, 2012.
8) 드라마 〈뿌리 깊은 나무〉에 동원된 다기한 서사기법들을 밝혀낸 선행연구로는 신원선,
   〈패션사극 〈뿌리깊은 나무〉의 대중화 전략〉, 『인문연구』 64, 영남대학교 인문과학연구소,
   2012 ; 전수용, 〈TV 드라마 〈뿌리 깊은 나무〉와 이정명의 원작소설〉, 『문학과영상』 제13권
   4호, 문학과영상학회, 2012.
9) 박성희, 〈드라마 〈뿌리 깊은 나무〉를 통해 본 우리 현실과 자각〉, 『글로벌문화콘텐츠』

(B) 등이 거론된 바 있다. 후자는 예외적인 경우에 해당하고 대체적으로 선행연구에서는 전자의 주제의식에 합의점이 모아지고 있는 상황이다. 현재까지 제출된 선행연구사에서 확인되는 문제점을 추출하여 정리하면 다음과 같다.

㉮소설 〈뿌리 깊은 나무〉에서 서사의 배후에만 존재했던 세종이 드라마 〈뿌리 깊은 나무〉에서 주도적인 서사주체로 위치 이동 했다(①)는 사실을 밝혀냈음에도 불구하고, 드라마의 서사기법(②) 측면에서는 강채윤이 주도하는 서사기법들을 거론하고 있거나 혹은 강채윤 중심적으로 서사기법들을 논하고 있다.
㉯작품의 궁극적인 주제적 지향점이 민본주의 · 애민의식 · 민주주의 · 개혁주의(③-A)이라는 사실에 동의하고 있음에도 불구하고, 강채윤을 메인 서사주체로 한 소설 원작이 세종을 메인 서사주체로 한 드라마로 옮겨지면서 어떻게 달라지고 있는지, 그 주제의식의 구현양태와 의미를 차별적으로 규명하지 못하고 있다.
㉰작품이 보여주고 있는 열린 결말과 공간의 판타지성이 궁극적으로 수렴되는 서사주체가 세종과 강채윤으로 양분11)되고 있으며, 이 때문에 판타지성이 드러내고자 하는 환상적 이념성의 의미가 어떤 서사주체에 귀속되는지가 모호하다.
㉱드라마 〈뿌리 깊은 나무〉가 반대세력들의 거센 방해공작에도 불구하고 백성들을 위하여 한글을 창제하고 민본사상을 펼쳐나가는 세종의 투쟁과정을 그린12) 영웅서사의 면모가 두드러지며13), 한글창제의 신화적 감격을 되살려놓았다14)고 언급해 놓았음에도 불구하고, 말 그대로 간략한 언급에만 그칠 뿐

7, 한국글로벌문화콘텐츠학회, 2011 ; 신원선, 〈패션사극 〈뿌리깊은 나무〉의 대중화 전략〉, 『인문연구』 64, 영남대학교 인문과학연구소, 2012 ; 전수용, 〈TV 드라마 〈뿌리 깊은 나무〉와 이정명의 원작소설〉, 『문학과영상』 제13권 4호, 문학과영상학회, 2012 ; 김종태 · 정재림, 〈역사서사물, 『뿌리 깊은 나무』의 서사 전략〉, 『한국문학이론과 비평』 58, 한국문학이론과 비평학회, 2013 ; 조희정, 〈역사적 인물 세종과 〈뿌리 깊은 나무〉의 성과〉, 『영미문학연구』 32, 영미문학연구회, 2012.
10) 고선희, 〈드라마 〈뿌리 깊은 나무〉의 판타지성과 하위주체 발화 양상〉, 『국제어문』 55, 2012.
11) 전자에는 신원선과 전수용의 전게논문이, 후자에는 고선희의 전게논문이 속한다.
12) 전수용 전게논문, 801쪽.
13) 고선희, 전게논문, 80쪽.

그 구체적인 구현방식과 구성원리, 그리고 서사사적(敍事史的) 의의와 의미가 규명되어 있지 못하다.

㉮의 문제는 미스테리 추리 · 범죄수사 · 멜로극 · 무협활극은 소설 원작 단계에서부터 강채윤을 메인 서사주체로 하여 전개되었던 서사기법들이며, 드라마에서 새롭게 창안된 애정극 · 복수극도의 서사주체도 여전히 강채윤이라는 사실에 있다. 소설 원작과 차별화 되는 드라마 <뿌리 깊은 나무>의 서사적 특징을 드러내기 위해서는 ②의 서사기법들이 드라마로 이동하면서 강채윤이 아니라 세종의 서사적 주체성 확립에 어떤 방식으로 기여하고 있는지를 규명해낼 수 있어야 할 것이다.

㉯에서 작품의 주제의식을 드러내기 위해 설명되고 있는 ②의 서사기법들의 대부분은 소설 원작에서부터 동원되었던 것들이다. 애정극 · 복수극 · 무협활극처럼 소설 원작에 없던 것이라고 해도, 그것은 드라마의 메인 서사주체인 세종과 관련되는 것이 아니라 서브 서사주체인 강채윤이 중심이 된 것이다. 유일하게 판타지성이 세종을 서사주체로 한 주제의식과 관련하여 언급되기는 했지만, 이 판타지성마저도 서브 서사주체인 강채윤 중심적으로 해석하는 시각이 존재한다는 점에서 세종을 서사주체로 한 주제의식의 지향점을 궁극적으로 드러내주는 서사기법이 아니라고 할 수 있다. 선행연구가 규명해낸 서사기법들이 서브 서사주체인 민중적 욕망(③-B) 중심으로 작품의 주제의식을 읽어내려는 시도가 존재하는 것도 ㉯의 문제에 기인한 것이다. 소설 원작에 비해 드라마에 와서 민중들의 욕망과 그에 대한 발화가 확대되고 있는 것은 사실이지만, 그렇다고 하여 작품의 궁극적인 주제적 지향점이 민중들의 욕망 발화에 있느냐 하면, 결코 그렇지 않다.[15] 이는 메인 서사가 아니라 서

---

14) 전수용, 전게논문, 818쪽.

15) 신원선 역시 강채윤을 비롯하여 "글을 몰라서 억울하게 죽은 강채윤의 아버지, 역병에 관한 처방전 글을 몰라 죽어가는 백성들, 글을 몰라 고통 받는 백성들의 모습이 세종에게 한글 창제에 대한 열망을 갖게 하는 발신의 역할"을 한다고 지적한 바 있다.(신원선, 전게논문, 353쪽)

브 서사에 한정되는 것이기 때문이다. 서브 서사의 일부분이 괄목하게 확장되어 있으며, 부분의 확장성 원리로 그 독자적인 의의를 인정할 수 있는 부분이 있다고 하더라도, 그 자체가 작품의 메인 서사가 형상화하고자 하는 궁극적인 주제의식이 될 수는 없다. 두드러지게 전면화되어 있는 서브 서사의 궁극적인 존재 의의는 어디까지나 메인 서사가 드러내고자 하는 주도적인 주제의식에 기여하는 방식과 의미 속에 포괄되는 것이기 때문이다. 서브 서사주체인 민중적 욕망과 의미를 드러내더라도 그것으로 그쳐서는 안 된다는 말이다. 메인 주체인 세종의 서사와의 연계 지점을 찾고 그 연결선상에서 부각되는 의미를 규명해 낼 수 있어야 하며, 더 나아가 서브 서사주체의 민중적 욕망을 포괄하여 궁국적으로 지향하는 메인 서사주체의 이념 구현방식·양상을 규명해 낼 수 있어야 한다.

사실, ㉯의 열린 결말과 공간의 판타지성은 세종과 강채윤 어느 쪽을 서사주체로 하든 공히 성립될 수 있기 때문에 쟁점의 대상이 될 수 있다. 게다가 이 문제는 ③의 주제의식 문제와 곧바로 연결된다. 판타지성이 강채윤 중심으로 해석되면 주제의식이 민중적 욕망(③-B)을 지향하는 것으로 보이게 되지만, 반대로 세종 중심적으로 읽히게 되면 애민의식·민주주의·개혁주의(③-A)와 연계해서 해석되게 된다. 그러나 강채윤이라는 계급적 하위주체의 욕망은 계급적 상위주체이자 드라마 <뿌리 깊은 나무>의 메인 서사주체인 세종에게 종속되는 것으로 보아야 하므로 민중적 욕망의 일부로서의 판타지성조차도 애민의식·민주주의·개혁주의 지향성의 일부로서의 판타지성을 구현하는 부분으로 해석해야 한다. 즉, 세종을 메인 서사주체로 한 애민의식·민주주의·개혁주의 주제의식 구현과정에서 등장하는 판타지성에 강채윤을 중심으로 한 민중적 판타지성이 어떻게 일부로 수렴되는가, 동시에 이 일부로 등장하는 판타지성이 애민의식·민주주의·개혁주의 주제의식 구현에 어떤 방식으로 기여하는지를 드러낼 수 있어야 할 것이다.

㉰와 관련해서는 우선 세종을 메인 서사주체로 한 영웅서사의 성격,

세종을 메인 서사주체로 한 영웅서사의 구체적인 구현방식, 영웅서사의 역사적 전개과정에서 확인할 수 있는 드라마 <뿌리 깊은 나무>의 위치, 그리고 한글창제의 신화적 감격이 한국신화의 서사적 구성원리 속에서 어떻게 설명될 수 있으며, 한국신화사적 의미는 무엇인가의 문제가 규명될 수 있어야 할 것이다. 동시에 세종을 메인 서사주체로 한 전자의 영웅서사가 지향하는 이념적 주제, 즉 민본주의가 후자의 신화적 감격을 어떤 방식으로 구성하는지 그 신화적 원리를 논증해 낼 수 있어야 할 것이다. 이렇게 할 때, 세종을 중심으로 한 드라마 <뿌리 깊은 나무> 메인 서사의 실체, 즉 강채윤을 서브 서사주체로 한 미스테리·추리·범죄수사·무협활극·애정·멜로극·복수극·판타지를 포괄하여 형상화 해낸 메인 서사의 양식적 범주의 실체와 서사적 의미가 온전하게 드러날 수 있을 것이다. 이 과정에서 ㉮·㉯·㉰의 문제가 연계되어 함께 해결 될 수 있다.16)

---

16) 드라마 〈뿌리 깊은 나무〉의 서사주체(①)가 누구이고 그 서사주체를 통해 작가와 제작진이 지향하는 주제의식(③-A)이 무엇인지를 인지하고 있음에도 불구하고, 드라마 〈뿌리 깊은 나무가〉 방송매체에 얹어서 서사화 하고 있는 귀속 양식이 무엇인지가 명확히 밝혀내지 못하고 있다는 사실을 지적할 수 있다. ②에서 규명된 서사기법들은 기술적인 부분이지 작품이 궁극적으로 지향하는 귀속 양식이 아니다. 게다가 ②에서 규명된 서사기법들의 주체는 드라마 〈뿌리 깊은 나무〉의 메인 서사주체인 세종이 아니라 서브 서사주체인 강채윤이다. ②와 관련하여 선행연구들은 서브 서사주체와 관련된 서사기법들의 양상과 특징들을 밝혀냈다는 것이 된다. 바꿔 말하면 애정멜로의 삽입과 무협액션의 강화를 빼면 ②에서 언급된 서사기법들은 소설 〈뿌리 깊은 나무〉의 주된 서사기법과 동일하다. 소설에서 서브 서사주체에 불과했던 세종이 드라마에서 메인 서사주체로 바뀌었다는 사실을 염두에 둔다면 우선적으로 고려되어야 주안점은 소설에서부터 큰 줄기의 변모없이 드라마로 이행되어온 ②의 서사기법이나 그것을 융합한 퓨전사극성이 아니라 변경된 귀속 양식이 되게 된다. 이처럼 세종을 메인 서사주체로 변경한 드라마 〈뿌리 깊은 나무〉의 양식적 미의식이 ③의 주제의식과 만나는 접점을 서사양식의 규범과 역사 속에서 설명해 낼 수 있어야 할 것이다. 동시에 소설 〈뿌리 깊은 나무〉에는 없었으나 세종을 메인 서사주체로 변경한 드라마 〈뿌리 깊은 나무〉가 동원한 차별적인 서사기법, 즉 세종을 주체로 한 서사기법을 규명해 낼 수 있어야 할 것이다. 이렇게 할 때, ②에서 거론되는 서사기법들이 세종과 강채윤 중 궁극적으로 어떤 서사주체에게 복무하는 것인가, 그리고 그러한 양상이 소설 〈뿌리 깊은 나무〉와 어떻게 다른 의미를 지니는 것인가가 드러날 수 있을 것이다.

이제, 새로운 문제의 출발점은 드라마 <뿌리 깊은 나무>가 세종을 메인 서사주체로 삼은 영웅서사의 유형이 되어야 하겠다. 소설 원작에서 드라마로 오면서 <뿌리 깊은 나무>의 주제는 대명(對明) 자주주의가 아니라 민본주의로 바뀌었고 세종의 여러 치적 중의 하나로 존재했던 한글창제는 대표적인 하나의 업적으로 초점화[17] 되었다. 이 과정에서 한글창제는 민본주의란 드라마의 주제의식을 드러내기 위한 탐색 대상이자 목적이 되었다.

그런데 한글창제로 상징되는 민본주의는 세종 이전의 왕인 태종 시대에는 없던 새로운 이념질서다. 극중에서 조선의 창업자로 자처하는 태종의 조선은 무력과 폭력, 그리고 살육이 지배하고 민권(民權)이 무시되는 공포주의 독재국가이다. 여기에는 토론과 논쟁, 설득과 화합, 포용과 관용의 논리란 존재하지 않으며, 국가는 위민(爲民)이 아니라 위왕(爲王)으로서만 존재한다. 오직 질서는 왕을 위해서, 물리적인 힘에 의해서만, 구축되고 유지된다. 여기에는 백성도 없고 문화도 없다. 반면, 한글창제는 기존의 질서를 대체하는 새로운 문화질서의 상징인 동시에 민본주의 이념질서 구현을 위한 수단이자 목적이 된다. 여기서 한글은 백성들이 삶의 욕망을 가지고 타자와 소통하며, 그것을 통해 선천적으로 타고 난 계층 조건을 극복하고 부당한 지배자의 폭압에 논리적으로 대항할 수 있게 함으로써 궁극적으로 인간으로서의 기본적인 자존감을 지켜낼 수 있게 하는 일종의 문화기술이 된다고 할 수 있다. 세종이 태종조선을 대체하여 만들고자 한 민본주의 세종조선의 국가적 이념을 가시적으로 구현해 낸 상징물인 것이다. 드라마 속에서 글자를 몰라서 죽거나 혹은 고통당하는 백성들의 내면과 발화를 전면화 시키고 있는 것도 한글이 단순한 대명(對明) 민족주의와 자주주의를 구현하기 위한 기술이 아니라 민본주의 이념의 상징임을 구체적으로 형상화해서 보여주기 위함이다. 이때 세종은 백성들이 사용할 수 있는 그 문화기술을

---

17) 전수용, 전게논문, 818쪽에서도 같은 내용이 지적된 바 있다.

만들어내어 백성이 주체적으로 욕망할 수 있는 삶을 열어줌으로써 태종 조선과는 차별화 된 민본주의 조선을 성립시킨 문화영웅(Cultural Hero)이 된다.

이 지점에서 주목해야 할 것은 문화영웅으로서의 세종이 수행한 한글 창제의 건국신화적 기원이다. 원래 문화영웅이란 인류가 누리는 문화적인 삶의 기원을 밝혀놓은 문화기원신화[18] 속에서 인류에게 문화적 삶에 필요한 단초를 제공해주는 역할을 수행하는 주인공이다. 인문신화적(人文神話的) 주인공인 것이다. 이 문화영웅이 인류로 하여금 가능하게 해주는 문화적 삶의 기원에는 두 유형이 존재한다. 하나는 기술(技術) · 지식(知識)의 기원이고, 다른 하나는 제도(制度) · 풍습(風習) · 제정(制定)의 기원이다. 인간의 삶에 필수적인 집 짓는 법을 가르쳐준 무속신화 <성주무가>의 주인공 성주와 물 · 불 · 불의 근원을 발견하고 옷 짓는 법을 가르쳐준 무속신화 <창세가>의 주인공 미륵은 전자의 문화영웅이고, 국가라는 하나의 새로운 문화적 체제와 질서를 개창한 역대 건국신화의 주인공들은 후자의 문화영웅이 된다. 후자에는 잘 알려져있다시피 <단군신화> · <주몽신화> · <혁거세신화> · <수로신화> · <왕건신화> · <이성계신화> 등의 건국신화들이 포함[19]된다.

일반적으로 건국신화는 건국영웅이 새로운 국가단위 문화제도와 질서, 체제를 건설하기까지의 존재론적 전환과 각성, 성장의 통과제의를

---

18) 문화영웅기원신화의 전반적인 내용에 대해서는 다음의 선행연구들을 참조해주기 바람. 나경수, 〈한국신화의 연구〉, 교문사, 1993, 167쪽. ; 나경수, 〈동서양의 문화영웅 비교〉, 『남도민속연구』 18, 남도민속학회, 2009. 9쪽.

19) 〈왕건신화〉와 〈이성계신화〉는 각각 고려와 조선의 건국신화에 해당된다. 전자가 고려건국신화란 사실에 대해서는 다음의 논문들을 참조하기 바란다. 이강옥, 〈고려국조신화 〈고려세계〉에 대한 신고찰-신화소(神話素) 구성과정에서의 변개양상과 그 현실적 기능을 중심으로〉, 『한국학보』, 일지사, 1987 ; 유인수, 〈高麗 建國神話의 연구: 說話的 측면에서〉, 한양대학교 석사학위논문, 1990 ; 김영일의 〈고려왕조신화의 구성원리〉, 『어문논집』 9 · 10, 경남대학교, 1998 ; 조현설, 〈고려건국신화 〈고려세계〉의 신화사적 의미〉, 『한국고전문학회』, 한국고전문학회, 2000. 한편, 후자가 조선건국신화란 사실에 대해서는 장덕순, 〈龍飛御天歌의 敍事詩的 考察〉, 『陶南趙潤濟博士回甲紀念論文集』, 1964를 참조해주기 바람.

일괄적으로 포함하고 있는데, 문화적 건국영웅의 통과제의는 신성혈통과 신성능력의 발현과정이라는 점에서 신화적 변신에 대응되는 동시에 그 자체로 신성한 신화소가 된다.[20] 이 문화적 건국영웅의 통과제의가 바로 건국신화적 영웅일대기다. 건국신화적 영웅일대기는 건국신화에서도 나타날 수 있고, 왕권신화[21]에서도 나타날 수 있다. 건국신화가 전대 왕조와 다른 지배질서를 전대 왕조 외부에서 새롭게 창안하는 영웅의 일대기라면 왕권신화는 이미 구축되어 있는 지배질서 내부에서 전대의 왕권을 계승한 후대의 왕권을 수립하는 영웅의 일대기다. 건국신화와 왕권신화는 기존 체제 외부에 있느냐 아니면 내부에 있느냐의 차이만 있을 뿐 기존의 것과 다른 질서를 구축하고자 하는 영웅의 통과제의를 일대기화 했다는 점에서 공통점이 있다.[22]

그런데 한글은 문자라는 하나의 문화기술이라는 점에서는 전자에 속하지만, 그것을 통해 전대 태종조선의 국가질서를 대체한 민본주의 세종조선의 질서 구축을 지향한다는 점에서는 후자의 문화질서에 속하게

---

20) 건국신화의 통과제의가 신화적 변신의 의미를 지니고 있다는 사실에 대해서는 고재석, 〈영웅소설의 신화적 세계관과 그 서사기능의 변이양상〉, 『한국문학연구』 9, 동국대학교 한국문학연구소, 1986을 참조하기 바람.

21) 이강옥, 〈고려국조신화 〈고려세계〉에 대한 신고찰-신화소 (神話素) 구성과정에서의 변개 양상과 그 현실적 기능을 중심으로〉, 『한국학보』, 일지사, 1987. ; 왕권신화에 대해서는 기존의 선행연구들이 제출되어 있다. 이지영, 〈〈三國史記〉所載 高句麗 初期 王權說話〉, 『구비문학연구』 2, 한국구비문학회, 1995 ; 조현설, 〈고려건국신화 〈고려세계〉의 신화사적 의미〉, 『한국고전문학회』, 한국고전문학회, 2000.

22) 건국을 하여 왕권을 성립시킨 건국조만 건국신화의 주인공이 되는 것이고, 나머지 후대왕 들은 왕권신화의 주인공이 된다. 예컨대, 고려사 소재 왕권설화의 경우, 왕건에 관한 것만 건국신화로 분류되고 나머지는 모두 왕권신화로 분류된다. 따라서 건국신화의 특징 이 나타난다면 다른 문화콘텐츠들도 건국신화와 관련한 의미부여가 얼마든지 가능해진 다. 세계문화의 보편성에 따라 서구의 건국신화나 영웅신화, 혹은 그것을 기반으로 한 문화콘텐츠 속에서도 건국신화적 영웅일대기가 확인될 수 있다. 그러나 한국의 건국신화 적 영웅일대기와 서구의 그것에서 확인되는 공통점은 각자의 개별적인 전통문화의 특수성 속에서 배태되고 계승된 것이기 때문에 공유지점이 있다고 해서 예상되는 보편성을 연역 적 결론으로 제시할 수는 없다. 세계문화를 구성하는 각국의 로컬문화는 보편성과 특수성 의 길항관계 속에 위치하기 때문이다.

된다. 여기서 한글이라는 문화기술을 통해 태종의 정치이념에 의해서 성립되고 유지되었던 태종의 조선을 대체해낸 세종은, 세종조선이라는 새로운 국가단위 문화질서를 만들어낸 창건자가 된다. 이러한 세종조선은 태종이 물리적으로 창건해낸 태종조선을 문화적으로 대체한 것이다. 주지하다시피 조선의 건국조는 태조지만 드라마 속에서 태종은 조선의 창업주로 자처한다. 실제 역사와는 관계없이 드라마 <뿌리 깊은 나무>는 조선을 실제로 창업한 물리적 국조(國祖)가 태종이며 그 태종조선을 세종조선으로 대체하여 한글로 상징되는 명실상부한 민본주의 문화질서를 창건한 조선의 문화적 국조가 세종이라는 신화적 인식하에 창작된 작품이라고 할 수 있다. 이 점에서 드라마 <뿌리 깊은 나무>는 방송이란 매체에 얹혀져 서사적으로 재생산된, 세종이란 문화영웅의 민본주의 세종조선건국신화가 된다. 소설 <뿌리 깊은 나무>가 드라마 <뿌리 깊은 나무>로 오면서 메인 서사주체가 강채윤에서 세종으로 이동한 것도 이러한 건국신화적 인식맥락 속에서 이해될 수 있다.

문제는 <단군신화>·<주몽신화>·<혁거세신화>·<수로신화>·<왕건신화>·<이성계신화>와 같은 기존 건국신화에서는 국가단위 문화공동체 질서의 교체가 상호 이질적인 왕조국가 사이에서만 이루어진 것으로 이해되어 왔다는 사실이다. 앞서 설명해 놓았듯이 드라마 <뿌리 깊은 나무>는 한 왕조 내부에서 이루어지는 국가단위 문화체제의 교체를 서사의 핵심으로 한다. 동일한 왕조 내부에서 국가단위 문화질서가 교체된다 함은 전후의 질서주체가 부자관계에 있다는 사실을 의미한다. 따라서 당연히 새로운 국가단위 문화질서의 창립은 한 왕조 내부의 부자갈등을 전제로 하게 된다. 선행 건국신화 연구사에서 주목되지 않았던 이러한 왕조 내재적인 국가단위 문화질서 교체와 부자갈등의 양상을 확인할 수 있어야 드라마 <뿌리 깊은 나무>가 기대고 있는 건국신화적 서사의 원류를 확인할 수 있게 될 것이다.

한편, 드라마 <뿌리 깊은 나무>가 재생산한 서사는 단순히 문화영웅을 주체로 한 건국신화가 아니며, 단편인 건국신화와는 달리 분량상으로 장편이다. 드라마 속에서 세종을 메인 주체로 한 서사는 흔히 영웅의 일생이라고 일컫는 일곱 단계로 된 영웅일대기[23] 서사다. 주지하다시피 영웅일대기는 건국신화 중에서도 <주몽신화>에서 처음 성립되었고 그 이전의 건국신화에서는 동일한 형태가 확인되지 않는다. 그런데 주목되는 것은 이 영웅일대기 이전 단계의 건국신화와 이후의 건국신화에서 공히 한 왕조 내부에서 이루어지는 국가단위 문화질서의 교체양상이 확인된다는 사실이다. 게다가 드라마 <뿌리 깊은 나무>의 세종조선 건국영웅일대기가 구현하고자 한 민본주의 국가의 이념은 한국건국신화의 시원인 <단군신화>에서부터 확인된다. 드라마 <뿌리 깊은 나무>가 세종조선의 문화질서 창업이라는 건국신화적 인식논리를 기반으로 성립된 일종의 미디어 소설이라는 사실을 납득시키기 위해서는 <단군신화>의 문화영웅건국신화가 <주몽신화>의 문화영웅일대기적 건국신화로 이동하는 가운데 민본주의 이념은 그대로 이행되면서도 미디어소설화가 진행되었다는 사실을 입증할 수 있어야 하겠다.

## 2. 문화영웅서사원형의 건국신화적 원류와 민본주의 이념의 문제

앞서 건국신화 하면 상호 이질적인 왕조 사이에서 이루어지는 국가단위 문화공동체의 대체와 창건에 관한 신성한 이야기로 생각되는 인식이 일반적으로 존재한다는 언급을 한 바 있다. 그런데 건국신화에 형상화되어 있는 국가 창건과정을 들여다보면 의외다. 모든 건국신화는 최소한 2대기 이상으로 되어 있으며 건국조는 하늘에서 직접 내려온 1대가 아닌 데다 국가의 창업은 건국조 대에서 독립적으로 이루어진 것이 아니라 대를 이어 축적된 성과를 전제로 해서 이루어진다. 예컨대, <단군신화>는 3대기, <주몽신화>는 2대기, <고려신화>와 <조선신화>는 7대

---

23) 조동일, 〈영웅의 일생, 그 문학사적 전개〉, 『동아문화』, 1971.

기로 이루어져 있다.

잘 알려져 있다시피 <단군신화>는 환인(桓因)-환웅(桓雄)-단군(檀君)
으로 이어지는 3대기이고, <주몽신화>는 해모수(解慕漱)-주몽(朱蒙)으
로 이어지는 2대기이다. <고려신화>의 공식적인 텍스트인 <고려세계>
는 호경(虎景)-강충(康忠)-보육(寶育)-진의(辰義)-작제건(作帝建)-용건
(龍建)의 6대기로 되어 있지만 고려의 직접적인 창업 당사자인 왕건을
포함하면 7대기가 된다. 같은 방식으로 <고려세계>를 롤모델로 만들어
진 <조선신화>의 공식 텍스트 <용비어천가>는 목조(穆祖)-익조(翼祖)-
도조(度祖)-환조(桓祖)-태조(太祖)-태종(太宗)의 6대기로 되어 있지만,
<고려신화>에서 왕건의 위치에 대응되는 세종(世宗)까지 포함하게 되
면 7대기가 되는 것이다. 국가의 창업이란 해당 국가명을 선포한 것으로
역사에 기록되어 있는 직접적인 건국조의 건국행위로만 성립될 수 없다
는 신화적 인식이 나타나 있다고 할 수 있다. 건국이란 세대 독립적인
것이 아니라 세대 축적적인 것이라는 인식을 보여주는 것이다.

특히, <고려신화>와 <조선신화>는 6대조를 모두 왕으로 추존하고 있
어서 건국을 한 왕조 안에서 대를 이어 축적된 결과로 보는 시각을 더욱
명확히 드러내고 있다. 게다가 <조선신화>에서 대를 이어 건국행위가
완결되는 지점은 조선의 개국시조로 알려져 있는 태조(太祖) 이성계(李
成桂)가 아니라 세종(世宗) 이도(李祹)이다. 명실상부한 역사시대에 조
선 건국집단이 자기 합리화를 위해 만들어낸 조선국조신화인 <용비어
천가>는 태조 이성계의 3대조인 목조(穆祖) 이안사(李安社)로부터 시작
하여 조선 제3대 국왕인 세종 이도에서 끝나고 있는 것이다. 여기서
세종 이도가 위치한 지점은 <단군신화> · <주몽신화> · <고려신화>에
서 각국의 창업과정의 최종 종결자로 기술하고 있는 건국시조의 자리
다. <용비어천가>의 창작주체는 세종 이도에게 전대 각 왕조의 건국조
들인 단군 · 주몽 · 왕건과 같은 건국시조적 위상을 부여하고 있는 것이
다.24) 드라마 <뿌리 깊은 나무>에서 이도를 세종조선 창건의 문화건국
영웅으로 보고 있는 것에 대한 신화사적 인식의 근거를 바로 여기서

찾을 수 있다.

또 한 가지 이 지점에서 주목해야 할 것은 이들 건국신화에서 확인되는 바, 대를 이은 건국기반의 축적이란 것이 실은 순응적인 계승과 갈등적인 계승의 두 측면을 모두 포함하고 있다는 사실이다. 전자는 체제이념의 교체 혹은 갈등 없이 세대가 이어지는 것이고, 후자는 전대의 이념질서가 후대의 그것에 의해 극복되는 형태다. 이때, 후자의 측면에서 건국이란 것은 새로운 이념으로 전대의 체제를 전복시켜서 대체하는 형태가 된다. 기실, 건국신화의 대부분이 전후 세대 간 체제이념이 갈등 없이 계승되는 전자에 해당하는 것처럼 보인다. 하지만 대부분의 경우 순응적으로 보이는 계승관계로 마무리 되어 있는 속에 수렴되어 나타나지만, 흥미로운 것은 후자다. 후자의 형태가 확인되는 지점에서 물리적인 건국행위 이상의 이념적인 문화교체의 면모가 보다 두드러지기 때문이다. 이러한 이념질서 교체를 추동하거나 혹은 병행되어 진행되는 것으로 확인되는 것이 바로 민본주의다. 드라마 <뿌리 깊은 나무>에서 전 시대 태종조선의 정치이념에 대립하여 그것의 전복을 통해 새롭게 구축하고자 하였던 바로 세종조선의 바로 그 민본주의 이념이다.

예컨대, 먼저 <단군신화>의 경우를 살펴보자. 고조선 건국이라는 최종적인 국가단위 문화공동체 창건과정을 완결시킨 종결자는 단군이지만, 전세대인 환웅은 단군 이전에 이미 신시(神市)을 열었다. 이른바 환웅조선이다. 이러한 환웅과 단군의 부자 사이에는 일견, 별다른 이념갈등이 기술되어 있지 않아 보인다. 단군조선은 국가단위 문화공동체의 질서를 유지하는 정치이념을 전대의 환웅조선과 공유하고 있는 순행적(順行的) 이행국가인 것이다. 단군의 문화건국영웅적 건국행위는 조선이란 국호제정과 평양성 도읍지정으로 그쳤지만, 환웅의 그것은 도시국

---

24) 조선의 건국신화 관념은 태조 이성계를 건국시조로 한다는 것이 국문학계와 역사학계의 기존 통설이다. 조선정부가 공식적으로 발표한 조선건국신화인 〈용비어천가〉가 세종을 건국시조로 한 신화인식체계를 기반으로 성립되었다는 사실은 본 연구에서 최초로 규명한 새로운 학설이 된다.

가 차원에 비정될 수 있는 원시단계 고조선의 국호와 도읍명을 제정했을 뿐만 아니라 단군의 조선으로 이행되는 국가의 이념과 직제·제도까지 확립시키는 지점까지 포함한다. 여기서 단군의 조선으로 이행되는 환웅조선의 이념은 널리 알려져 있는 홍익인간(弘益人間), 즉 유교적으로 표현하면 민본주의이고, 직제·제도 제정은 풍백(風伯)·우사(雨師)·운사(雲師)로 하여금 곡식·수명·질병·형벌·선악 등 백성생활의 360가지 일들을 주관하게 하게 한 체제를 의미한다. 여기서 후자의 체제질서는 전자의 민본주의 이념을 현실적으로 실현해낸 가시적인 구현체가 되는 것으로, 드라마 <뿌리 깊은 나무>에서 민본주의 구현의 상징물로 등장하는 한글에 대응된다.

이처럼 『삼국유사』가 기술하고 있는 <단군신화>를 보면, 고조선의 국가단위 문화질서를 실질적으로 구축하고 상대적으로 많은 문화영웅적 업적을 행한 쪽은 단군이 아니라 환웅이다. 조선시대로 가면 고려조 이본 <단군신화>가 서사화 하고 있는 문화건국영웅일대기에 신화구조상의 오류가 있다는 인식이 확산되었던 것으로 보인다. 그 결과 조선조 이본 <단군신화>들에서 단군의 문화영웅적 실적을 확대 개편하는 작업들이 확산되어 나타난다. 예컨대, 조선 초기 권근의 『응제시주(應制詩註)』본 <단군신화>에서는 박달나무 아래로 내려온 것이 환웅이 아니라 단군25)이라고 말하고 있으며, 조선후기 팔도인문지리서인 『여지도서(輿地圖書)』본 <단군신화>에서는 단군이 백성을 다스리는 8조법금을 만들었다26)고 기술하고 있다. 고려조 <단군신화> 이본들이 단군에게 부여한 문화건국영웅적 활동량이 고조선의 직접적인 건국조로서의 단군이 마땅히 수행해야 할 수준에 미치지 못한다는 인식이 반영된 결과

---

25) "옛날 신인(神人)이 박달나무 아래 내려오자 나라 사람들이 왕으로 세웠다. 박달나무 아래 내려왔으므로 이름을 단군이라고 했다. 이때가 당요(唐堯) 원년 무진일(戊辰日)이다."라고 기록되어 있다.(서대석, 〈여러 얼굴을 지닌 단군신화〉, 『한국의 고전을 읽는다』, 휴머니스트, 2006.

26) 『輿地圖書』, 전주대 고전국역총서 5, 2010.

로 보인다. 물론 이들 조선조 <단군신화>의 모본 자체가 『삼국유사』의 그것과 다른 계열일 가능성이 있다. 그렇다 하더라도 결론은 바뀌지 않는다. 굳이 조선조에 와서 『삼국유사』가 그린 단군의 문화건국영웅적 일대기와는 다른 계열의 전승 모본을 선택한 배경 속에 이미 <단군신화>에 대한 고려조 이본과는 다른 인식이 내재해 있다고 볼 수 있기 때문이다.

초점을 맞춰야 할 것은 가장 초기 <단군신화>에 대한 기록인 『삼국유사』본에서는 이러한 환웅의 문화건국영웅적 창건과정이 전 세대에는 없던 새로운 이념적 독립선언을 계기로 이루어졌다는 사실이다. 널리 인간을 복되게 하고자 한 환웅의 민본주의는 1대조 환웅의 정치이념과는 다른 차원에 위치한 것이다. 비록 드라마 <뿌리 깊은 나무>에서처럼 건국조들의 세대 간 갈등이 첨예화 되어 있지는 않지만, 환웅의 정치이념과 환인의 그것이 동일선상에 있지 않다는 사실은 확인할 수 있다. 환웅이 자신만의 정치이념을 실현하기 위해 환인의 세계로부터 분리되어 이동하고 있기 때문이다. 여기서 환인은 새로운 세대의 건국조를 보내는 파송자면서 동시에 후세대와 정치적 이념을 공유하지 않는 전세대 건국조의 원형적 모습을 보여주고 있다. 환인의 정치이념이 환웅의 홍익인간적 민본주의에 대응하는 구체적인 모습을 띄고 직접적으로 환웅의 그것과 대립각을 세우게 되면 드라마 <뿌리 깊은 나무> 세대 간 이념적 충돌과 같은 형태가 되게 된다.

기실, 건국영웅신화는 영웅소설의 장르적 시원이다. 건국의 이상과 현실 사이의 대립적 영역을 조정하는 이야기였던 건국영웅신화가 플롯과 구조, 캐릭터와 문체 등의 서사문법에 대한 고려 속에서 인물·갈등·행위에 대한 표현을 장편화 한 이야기로 넘어온 것이 영웅소설이다. 이 영웅소설이 미디어 시대를 맞아 방송영상매체 위에 얹혀서 문화콘텐츠로 유통되게 된 것이 드라마 <뿌리 깊은 나무>라는 사실을 상기해 본다면, 드라마 <뿌리 깊은 나무>는 문화적 건국영웅신화가 장편화 된 영웅서사가 일종의 미디어소설의 차원으로 재생산된 작품이라고 할 수 있다.

건국신화사가 전개됨에 따라 장편화가 진행되었으며, 그것이 미디어 적으로 재생산 된 것이 드라마 <뿌리 깊은 나무>라는 사실은 신화적 통과제의 구조가 영웅일대기로 이행되어 나가는 양상 속에서 확인이 가능하다. 영웅일대기는 영웅신화의 통과제의 구조에 기원을 둔다. 국 가단위 문화공동체의 창건주인 건국영웅이 가문단위로 축소되는 동시 에 신화적 신성성이 일상화·현실화 되면 영웅소설의 주인공 영웅이 된다. 건국영웅신화의 이니시에이션이란 변신(變身)이라는 신화적 성 장이 이루어지는 서사구조인데, 영웅소설의 영웅일대기로 수용되면 현 실세계 내부의 의식적·육체적 성장으로 일상화가 이루어진다. 대신, 통과제의 과정 자체의 감응과 흥미에 대한 고려가 확장되는데, 기아(棄 兒)·투쟁과 같은 시련·고난 화소가 삽입·확장되어 있다. 기아 화소 가 이니시에이션에 대한 향유층의 감응에 부응한 것이라면, 투쟁 화소 는 흥미를 자극하는 것이라고 할 수 있다. 건국신화사의 출발점인 <단 군신화>의 신화적 이니시에이션이 장편화 되면서 영웅소설의 영웅일대 기로 이행되었다고 볼 수 있는 보다 실증적인 근거는 두 가지 측면으로 생각해 볼 수 있다. 하나는 <단군신화> 다음 시기에 출현한 건국신화인 <주몽신화>에서부터 영웅일대기가 성립되었다는 사실이고, 다른 하나 는 선행연구에서 영웅일대기가 아니라고 분류되어 온 <단군신화>에서 부터 그 영웅일대기의 단초가 엿보인다는 사실이다.[27]

기실, 영웅소설의 신화적 근원을 고찰한 기존의 연구에서는 통상적으 로 그 기원을 <주몽신화>에 두고 있다. <단군신화>를 영웅소설로 계승 되는 영웅신화의 측면에서 고찰한 연구사례는 없다. 게다가 <단군신 화>의 이니시에이션은 단군도 아니요 환웅도 아닌 웅녀를 주체로 한 것이라고 주로 파악되어 왔다.[28] <단군신화>에서 물리적인 변신의 이

---

27) 이에 대해서는 조동일, 〈영웅의 일생, 그 문학사적 전개〉, 『동아문화』, 1971 ; 고재석, 〈영웅소설의 신화적 세계관과 그 서사기능의 변이양상〉, 『한국문학연구』 9, 동국대학교 한국문학연구소, 1986.

니시에이션을 거치는 주체 중의 하나가 웅녀인 것은 맞다. 게다가 <단군신화>의 삼대기적 건국과정을 종결짓는 건국시조 단군은 이니시에이션의 과정을 거치지 않는다. 하지만 웅녀를 신화적 이니시에이션의 주체로 보는 기존 시각의 문제점은 당연하게도 <단군신화>의 건국신화적 삼대기의 주체가 환인에서 환웅을 거쳐 단군으로 이어지는 남성영웅이라는 사실에 있다. 환인과 단군 어느 쪽에서도 변신을 찾아볼 수가 없으니 남은 것은 환웅인데, 환웅에게서는 신에서 인간이 되는 물리적 변신의 과정을 찾을 수 있다. 그런데 이 과정이 매우 짧고 웅녀처럼 과정 중에 시련과 고난을 겪지 않는다는 것이 문제다. 뿐만 아니라 환웅의 변신은 웅녀와 혼인하여 단군을 낳기 위한 파송자로서의 역할성만 강조29)되어 왔지 이니시에이션의 주체성은 인정받지 못해 왔다.

그러나 드라마 <뿌리 깊은 나무>의 이념적 주제인 민본주의 실현과정을 중심으로 환웅의 변신과정을 살펴보면 이니시에이션의 주체성이 명확히 드러난다. 여전히 시련과 고난이 부재하다는 것은 맞지만 신인 환웅의 인간의 형상을 하는 육체적 변신은 웅녀의 욕망을 실현시켜 줌으로써 널리 인간을 복되게 하기 위한 민본주의의 이념을 현실세계 속에서 구현하기 위한 과정의 일환으로서 행해진 것으로 볼 수 있다. 바꿔 얘기하면 환웅은 육체적 변신을 통해 웅녀의 인화(人化)와 잉아(孕兒) 욕망을 이뤄줌으로써 애초에 천상에서 인간세상으로 내려와 신시를 개국했던 목적, 즉 민본주의 이념을 완성하게 되는 것이다. 따라서 환웅의 변신은 통과제의의 과정이 되며, 이를 통해 신에서 인간을 위한 민본주의 국가단위 문화공동체의 건국조이자 왕으로 성장하게 되는 것이다. 동시에 신이기만 했던 존재에서 인간의 왕을 겸하는 신, 즉 신왕(神王)으로 재탄생되며, 타고난 신성성을 입증하게 되는 것이다.

---

28) 고재석, 〈영웅소설의 신화적 세계관과 그 서사기능의 변이양상〉, 『한국문학연구』 9, 동국대학교 한국문학연구소, 1986, 27~28쪽.

29) 이에 대해서는 조현설, 〈건국신화의 형성과 재편에 관한 연구: 티벳·몽골·만주·한국 신화의 비교를 중심으로〉, 동국대학교 박사학위논문, 1998을 참조해주기 바람.

대신, 환웅을 변신주체로 한 <단군신화>의 이니시에이션에는 존재하지 않는 시련과 고난이 <주몽신화>에서는 확인된다. <주몽신화>에서는 물리적 변신이 송양왕과의 변신술 내기 부분에만 보인다. 전체 서사분량에 비해 상대적으로 축소되어 있는 데다 기아·자라서의 위기·투쟁 부분의 일부로 존재한다.[30] 물리적 변신이 투쟁의 일부분으로 수용되는 대신 시련과 고난을 형상화하는 다른 화소들이 개발되면서 통과제의의 과정이 여러 단계화 되는 방식으로 확대되어 있는 것이다. 이러한 이니시에이션의 각 단계들을 거치면서 주몽은 의식적 각성과 육체적 성장을 이루게 된다. 신성 혈통을 타고난 인간에서 건국조인 신화적 인간으로 변신하게 되는 것이다. <주몽신화>의 영웅일대기에 와서 신화적 변신의 주체성이 건국영웅을 중심으로 확고하게 자리를 잡는 동시에 시련과 고난의 과정을 확대하는 장편화가 이루어졌다고 할 수 있다.

## 3. 드라마 <뿌리 깊은 나무>에 나타난 건국신화적 문화영웅서사 원형의 미디어소설적 재생산과 의의

### 1) 드라마 〈뿌리 깊은 나무〉의 성공공식과 건국신화적 문화영웅 서사원형

영웅일대기의 재생산 여부가 왜 중요한지의 문제부터 따져봐야 할 것이다. 비슷한 시기에 제작되었으나 시청률과 작품성의 양 측면에서 드라마 <뿌리 깊은 나무>만큼 성공하지 못한 드라마 <대왕 세종>과의 비교를 통해 이 문제를 논의해 볼 수 있다. 결론부터 얘기하자면 <뿌리 깊은 나무>와 드라마 <대왕 세종>은 소재적인 차원에서는 유사하나 각각의 에피소드들을 엮어가는 서사구성의 원리 차원에서는 정반대의 방식을 택한 작품이다. 그리고 전자의 서사구성 원리가 고전서사문학의

---

30) 기아화소는 영웅이대기의 네 번째 단락이고, 자라서의 위기는 여섯 번째 단락이며, 투쟁은 마지막 일곱 번째 단락에 위치한다.

특정한 양식적 전통을 변용하는 데서 이루어졌다면 후자는 그 반대 지점에 머문 작품이다. 드라마 <뿌리 깊은 나무>의 상업적·문학적 성취의 한 핵심적 지점은 문화적 건국영웅의 영웅일대기 재생산 여부에서 찾을 수 있다.

드라마 <대왕 세종>은 드라마 <뿌리 깊은 나무>처럼 세종대왕을 주인공으로 하였으며 실존 역사적인 등장인물이나 역사적 사건도 많은 부분 공유하고 있는 작품이다. 그러나 누구나 인정하다시피 전자는 후자만큼 대중적으로 큰 성공을 거두지 못했다. 이를 두고 혹자는 드라마 <대왕 세종>이 고전사극이고 드라마 <뿌리 깊은 나무>가 퓨전사극이기 때문에 그렇다는 대답을 할 수도 있겠다. 90년대 드라마 <허준>을 기점으로 확실한 대세로 자리 잡은 퓨전사극의 흐름에 부응한 드라마 <뿌리 깊은 나무> 쪽이 시청률 경쟁에서 승리할 수밖에 없다는 지적이 제기된다면 이 논의 또한 일면 타당할 수 있다. 게다가 만약 후자가 역사적 사건과 인물을 소재로 하되 사실적인 고증 자체가 목적이 아니라 현대적 의식과 감각에 맞게 재해석하여 픽션의 허용치를 최대한 확장한 퓨전사극이기 때문이라는 지적이 나온다면 이 또한 본말이 전도된 해석이 아니라고 하지 않을 수 없다.

비록 부각되지는 않았지만 드라마 <대왕 세종> 역시 허구적인 사건과 인물들을 등장시킨 작품이다. 게다가 이 가공의 캐릭터와 사건들의 성격은 <뿌리 깊은 나무>의 그것에 상응하기도 한다. 예컨대, 드라마 <대왕 세종>에 등장하는 대조선(對朝鮮) 항쟁세력은 <뿌리 깊은 나무>의 밀본에 대응된다. 고려왕실의 잔존세력인 옥환을 수장으로 한 드라마 <대왕 세종>의 고려 복권파는 세종대왕의 정적으로 상반하는 정치적 신념 때문에 대립한다는 점에서, 정도전의 신권파의 잔존세력인 정기준을 수장으로 한 드라마 <뿌리 깊은 나무>와 캐릭터의 역할이 동일하다. 그것이 고려의 후예냐 정도전 신권파의 후예냐의 차이만 있을 뿐, 왕조의 기틀이 채 잡히지도 않은 조선왕실의 전복을 노리다 궤멸한 반군세력이라는 역할이 동일하다. 조선 초기의 정치적 불안을 극적으로 형상화하기 위해 허구적으로 설정된 비밀 결사조직이라는 점에서 그 성격이 완벽히 일치하는 것이다. 물론 당연히 양쪽 다 정사 기록에는 등장하지 않는다.

부왕인 태종의 배제와 살생의 리더쉽에 맞서 통합과 상생의 리더쉽을 추구한 세종이 팽팽하게 대립하는 대결 구도 역시 마찬가지다. 드라마 <뿌리 깊은 나무>와 드라마 <대왕 세종> 양쪽 모두에서 극중 초반에서 긴장감을 팽팽하게 유지시키는 핵심적인 갈등요소로 부각되어 있지만, 정사 기록에서는 단 한 줄도 나타나지 않는 허구적인 상상력에 기반해 있는 부자대립 구도다. 개국 초기에 수많은 난제들을 정적들의 피와 희생을 제물로 하여 돌파한 태종의 이기적인 리더쉽과, 국가의 기틀이 다소 다져진 이후에 등극한 세종이 폭력과 숙청의 악순환을 끊어내고 선택한 포용의 리더쉽이 극단적으로 대비되는 것은 분명하지만 정사 어디에도 이 둘이 대결했다는 기록은 없기 때문이다. 역사의 이면을 들추어 들여다 본 허구적인 상상력의 소산이다. 오히려 함흥차사 설화를 통해 부자대결이 역사 기록과 허구적인 이야기 전승의 표면으로 극렬하게 형상화되었던 쪽은 태조와 태종 쪽이다. 그런데 이러한 허구적인 상상력의 방향성조차 드라마 <뿌리 깊은 나무>와 드라마 <대왕 세종>이 공유하고 있다는 사실은 분명히 주목을 요한다. 예컨대, 태종과 세종의 부자관계는 시각만 달리 하면 대립구도가 아니라 악역을 자청한 전자의 희생 덕분에 후자의 성군이 탄생할 수 있었다는 자기희생과 발전적 계승의 관계로 충분히 형상화될 수 있는 여지가 있다. 요는 태종의 희생을 기반으로 한 계승관계 대신 배척적인 대결구도로 형상화했다는 점에서 드라마 <뿌리 깊은 나무>와 드라마 <대왕 세종>은 주인공인 역사적 실존인물에 대한 동일한 서술시각을 공유하고 있었다는 것이다.

게다가 드라마 <뿌리 깊은 나무>가 세종의 업적 중의 하나인 한글 창제 과정을 가공의 캐릭터인 소이와 똘복이란 인물을 관련시켜 극적으로 엮어가는 것처럼, 드라마 <대왕 세종>도 세종의 여러 치적 중의 하나인 테크놀러지 발명 과정에서 장영실을 죽였다가 살려내서 중국과 대등한 역법을 완성시키게 하는 방식으로 실존 인물과 관련된 역사적 기록을 완전히 허구적으로 대체해낸다. 게다가 두 작품 모두 실제 역사 속에 기술되어 있지 않은 한글 반포 이면의 과정을 허구적으로 재현해 내고 있다는 점도 공통적이다. 드라마 <대왕 세종>이나 드라마 <뿌리 깊은 나무> 공히 세종의 한글 창제 과정을 과로와 합병증에 시달리면서도 모화주의자 신하들에게 문자 창제 사실을 숨기고 몇몇 신하들과 비밀리에 진행하는 모습으로 형상화해냈다.

이렇게 본다면 적어도 허구적인 가공성, 즉 역사적 사실성과 고증을 넘어선 픽션의 개입 여부 자체만으로는 소위 퓨전사극과 전통사극의 범주를 구분할 수 없다는 사실을 확인할 수 있다. 거꾸로 역사적인 고증성 여부만으로도 양자를 나눌 수 없다. <뿌리 깊은 나무>는 허구적 캐릭터·사건 삽입의 빈도만큼이나 당대 문물의 고증을 드라마 <대왕 세종> 못지않게 철저하게 해놓았기 때문이다. 오히려 당시로서는 최첨단을 달리던 지식과 기술, 복식, 풍습, 서적, 음식 등의 절대량과 고증의 세밀성은 드라마 드라마 <대왕 세종>을 압도한다. 철저하게 고증된 역사적 사실들은 지식적 담론과 시각적 미쟝센으로 구축되어 있기 때문에 역사적 고증성 여부로 드라마 <뿌리 깊은 나무>와 드라마 <대왕 세종>의 차이를 드러낼 수 없다는 것이다.

기실, 이전 시기 드라마·영화에서 세종의 정치적 업적과 위대한 발자취를 위인전 식으로 나열한 것과 비교하면 가공의 사건과 허구적 인물, 정사기록 이면을 다른 각도에서 들여다보는 건 드라마 <대왕 세종>과 드라마 <뿌리 깊은 나무>가 처음이다. 드라마 <대왕 세종>과 드라마 <뿌리 깊은 나무> 이전의 세종에 관한 미디어소설이 이미 성군으로 만들어져 있는 세종의 치적기에 해당된다면[31], 드라마 <대왕 세종>과 드라마 <뿌리 깊은 나무>는 성군으로 탄생되기 이전의 세종과 서로 다른 이념과 가치관을 지닌 다양한 인물들의 대립과 갈등, 위대한 업적을

---

31) 〈세종대왕〉, 감독: 최인현, 출연: 신성일·선우용녀·최불암, 1978.

만들어 나가는 과정에서의 번뇌와 고민, 고독 등을 부각시켰다. 전자가 주로 허구적인 인물과 가공의 사건들로 직조되어 있다면, 후자는 캐릭터의 재해석 차원이다.

기실, 드라마 <대왕 세종>과 드라마 <뿌리 깊은 나무>가 분지되는 지점은 이러한 허구적 사건·인물의 교직에 의한 인물 간 대립·갈등, 세종 캐릭터의 재해석과 내적 갈등의 서사적 구성방식과 서술시각이다. 드라마 <대왕 세종>에서 모든 가공의 등장인물과 사건들은 문자 그대로 세종의 위업과 인간적 면모를 드러내기 위해 병렬적으로 나열되어 있다. 무수한 사건들과 위업 성취 과정을 수합하여 초점화한 구성원리가 존재하지 않는다. 대왕 세종의 위업과 인간적 변민에 대한 공감과 찬양의 서술시각에 의해 모든 사건들은 병렬적으로 나열되어 있다. 세종대왕의 인간적 면모 발견이라는 새로운 시도가 세종대왕에 대한 제작진의 거리두기 실패로 기왕의 재해석마저도 교조적인 차원으로 형상화되어 있다. 고뇌는 있되 정적들과의 정치적 쟁론에서도 끝까지 성군다운 온화한 카리스마와 너그러운 포용력을 잃지 않는 완성된 형태의 위인으로 존재하는 것이다.

짧은 아역기에서 성인기로 넘어가는 순간부터 드라마 <대왕 세종>의 대부분을 차지하는 분량에 이르기까지 이미 세종은 우리가 위인전에서 익히 보아온 성군으로 완성되어 있다. 인간적인 면모라고 해봐야 그 압도적인 위인성의 내적 고뇌를 살짝 엿보는 데 지나지 않는다. 정적과의 대립·갈등 역시 이러한 압도적인 온화함과 포용력이라는 위인성(偉人性)으로 인해 합의가 예정된 일시적인 것일 뿐이다. 덕분에 드라마 <대왕 세종>에서 기껏 허구적으로 축조해낸 대립과 갈등도 긴장감을 상실한다. 역사적 사실에 기초한 대립과 갈등은 더 말할 것도 없다. 드라마 <조선왕조 오백년>, 드라마 <용의 눈물>, 드라마 <궁예> 식의 전통 사극들이 이미 역사적 사실로 알고 있는 실존인물 간 갈등을 전제로 하되 기지의 사건이 주는 뻔함을 지양하고 긴장감을 증폭시키기 위해 부릅뜬 눈빛이나 한껏 고양된 목소리톤, 과장된 제스처 등으로 대결구도의 감정톤을 증폭시켰다면, 드라마 <대왕 세종>의 경우는 그러한 기지의 역사적 갈등에 직면한 세종의 인간적인 번민과 아픔, 고뇌를 가슴 절절하게 감동적으로 그려내서 감정선을 건드리는 방식으로 공감을 샀다는 점이 차이이다. 즉, 드라마 <대왕 세종>은 실록과 같은 정사 기록을 기반으로 무수한 전통사극에서 반복된 데다 상식적인 한국사 교육을 통해 시청자들이 이미 습득하고 있는 역사적 사건을 주조로 하면서도 표정·몸동작·목소리 톤 등의 물리적인 연기력의 스펙터클 대신 감정선의 고양과 울림·공감 쪽을 선택했다는 점에서 전통사극과 거리가 있다는 것이다.

그런데 드라마 <대왕 세종> 초반부에 전개되는 소년 세종의 좌충우돌기는 소위 성군으로 완성된 위인 세종이 탄생하기까지 성장담의 가능성을 내포하고 있다는 점에 주목할 필요가 있다. 왕의 아들로서 확보된 권력과 지위를 안정적으로 계승받는 방식을 버리고, 직접 민중의 삶을 체험하기 위해 저자거리로 뛰어들거나 그 저자거리에서 만난 민중의 딸과 사랑의 감정을 교환하기도 한다. 게다가 부왕 태종의 통치방식에 반기를 들다 귀양을 가기도 하고, 부왕의 반대 정파인 고려 복권 세력파에게 납치 당해서 죽을 위기에 놓이기도 한다. 이들 에피소드를 초점화해 보면 부왕의 질서를 거부하고 자기 스스로의 독자적인 왕권질서를 구축하고자 하는 민본주의 왕권의 진정성 실현이 된다. 민중의 실제 삶을 이해하기 위해 뛰어든 저자거리 미행에서 노비로 팔려갈 위기에 놓인 민중의 딸을 구해주고 그것이 인연이 되어 입궐한 처녀와 애정을 나누게 되는 것은 민중이 진심으로 인정한 우리들의 왕으로 거듭나기 위한 절차다. 민중에게 진정한 우리들의 왕으로 인정받기 위해서는 그들의 삶 속으로 들어가 직접적인 관계를 맺어야 하기 때문이다.

문제는 이러한 세종의 민중의 왕 되기란 성장담은 제대로 펼쳐지기도 전에 소년기에서 딱 끝이 나며, 그나마도 병렬식으로 연결되어 있던 각 에피소드들은 서둘러서 마무리가 되어 버린다는 점이다. 당초 세종과 인연을 맺었던 민중처녀는 세종이 왕위에 등극하여 완성된 성군 이미지로 전환되자마자 인과적 개연성 없이 퇴장해 버린다. 소년 세종이 완성된 성군으로 성장해나가는 스테이지가 더 이상 마련되어 있지 않고 우리가 알고 있는 성군으로 이미 완성되었기 때문에 등장의 필요성이 없어졌기 때문이다. 마찬가지로 백성 위에 군림하는 부왕의 질서를 거부하고 민중에게 우리들의 왕으로 인정받기 위한 고난과 시련의 과정이 더 이상 전개되지 않는 이유 역시 드라마 <대왕 세종>이 민본주의 성군 성장기를 초점화 한 작품이 아니라는 사실에 기인한다. 성군으로 완성된 세종이 압도적인 위인성으로 정적들과의 갈등을 초월하여 합의를 이끌어내고 치적을 쌓아나가는 과정과 이면의 인간적인 면모에 집중하는 것으로 전환되는 순간부터 드라마 <대왕 세종>은 세종의 치적과 위인성에 대한 교술적인 악장으로 전변했다고 할 수 있다.

세종의 문화영웅화의 성공 여부에서 건국신화적 영웅일대기가 중요한 이유는, 비슷한 시기에 세종을 문화영웅으로 형상화한 드라마 <대왕 세종>이 실패한 데서 찾을 수 있다. 드라마 <대왕 세종>은 건국신화적 영웅일대기를 재생산 하지 않고, 업적을 병렬적으로 나열하는 기존의 세종 형상화 방식을 반복하고 있기 때문이다.

## 2) 드라마 〈뿌리 깊은 나무〉의 건국신화적 영웅서사원형 재생산 이 지니는 의의

드라마 <뿌리 깊은 나무> 속에서 세종은 정치·경제·과학·언어·산업·역법·성리학 등 전 분야에 걸쳐서 학자들과 신하들을 압도하는 능력을 지닌 인물로 형상화되어 있다. 모든 문물과 기술에 관한 지식을 꿰뚫고 있으며, 신하들도 알아내지 못하는 비밀을 혼자서 다 풀어낸다. 학자들의 연구와 신하들과의 쟁론은 이러한 비일상적 능력을 현실화시키기 위한 설득의 과정일 뿐으로, 세종은 그 현실적 제도화 방안까지도 미리 안배하여 쟁론과 경연을 통해 신하들을 자신이 의도한 방향으로 이끌어가는 현실적 인간 위의 신화적 인간이다. 신화적 문화영웅인 것이다.

그런데 이렇게만 놓고 보면 드라마 <대왕 세종>과의 차별성이 별반 드러나지 않는다. 드라마 <대왕 세종> 역시 세종의 일상적 인간을 초월한 압도적인 신화적 인간성을 전면에 부각시켰다. 오히려 모든 문물과 제도에 걸쳐 매회 새롭게 업데이트 되는 업적의 숫자와 규모의 양적 스펙터클은 드라마 <뿌리 깊은 나무>를 압도한다.[32] 게다가 우리가 세종에 대해 평소 알고 있던 역사적 사실과도 다를 바가 없다. 명실상부하게 역사 교육이나 위인전기 속에서 보아왔던 기지의 세종대왕다운 모습이다. 일종의 교술적 신화성이다.

그렇다면 문제는 드라마 <뿌리 깊은 나무>가 기존의 역사기록이나 위인전기, 혹은 여전히 위인전기식 서술방식의 자장 속에 있는 전대 작품들과 분지되어 세종의 신화적 인간성을 형상화하는 방식상의 차별화 된 지점일 것이다. 드라마 <뿌리 깊은 나무>가 세종을 소재로 한 전대의 작품들과 공유하는 인물·사건 설정과 재해석이 아니다. 기존의 작품에서 병렬식으로 나열해낸 에피소드에 인과성을 부여하여 서사적으로 계기화 하는 것이 될 것이다. 서사적으로 계기화 된 에피소드의 연속체가 신화적 인간성을 극대화 하여 통시적으로 향유층에게 인기리에 수용되어왔던 특정 양식과 겹쳐지는 지점이 있다면, 그것이야 말로 드라마 <뿌리 깊은 나무>가 세종을 소재로 한 기존 작품과 분지되는 서사적 차별성을 명징하게 드러내줄 수 있는 입점이 될 것이다. 바로 <주몽신화>와 같은 건국신화적 영웅일대기다.[33]

그런데 드라마 <뿌리 깊은 나무>의 차별성이 건국신화적 영웅일대기

---

32) 게다가 〈대왕 세종〉 말미에 등장하는 한글창제 관련 에피소드 속에서 눈이 멀어가는 세종의 모습은 일상인을 초월해 있는 성인의 희생이라는 종교적인 신화성을 상기시키기도 한다. 〈뿌리 깊은 나무〉 역시 이러한 인물설정과 에피소드를 공유하고 있다.

33) 여기서 굳이 건국신화적 영웅일대기라고 표현한 이유는 영웅일대기에는 〈바리공주〉와 같은 무속신화적 영웅일대기와 〈주몽신화〉와 같은 건국신화적 영웅일대기, 그리고 18세기 전후로 서사문학사의 주류로 등장한 영웅소설식 영웅일대기가 분립적으로 존재하기 때문이다. 범주와 개념에 관한 문제는 제3장에서 상론하기로 한다.

의 서사적 수용에 있다는 명제가 성립될 수 있기 위해서는 두 가지 쟁점을 입증할 수 있어야 한다. 하나는 세종의 건국신화라는 것이 성립될 수 있는가 하는 쟁점이다. 건국신화는 건국시조의 건국행위를 신성화하는 이야기인데 잘 알다시피 조선의 건국조는 세종이 아니라 태조이기 때문이다. 세종이 태종조선을 해체하고 태종조선과 변별되는 이른바 세종조선의 정체성을 정립하여 실현해나갔다는 사실을 입증할 수 있어야 한다. 다른 하나는 드라마 <뿌리 깊은 나무>의 각 서사단계들이 <주몽신화>와 같은 건국신화적 영웅일대기에 대입될 수 있는가 하는 쟁점이다. 예컨대, 알에서 태어난 <주몽신화>적 영웅일대기의 비정상적 출생이 드라마 <뿌리 깊은 나무>에 어떻게 적용될 수 있는지, 혹은 거꾸로 드라마 <뿌리 깊은 나무>의 부자갈등이 <주몽신화>적 영웅일대기의 각 단계 중 몇 번째 단계에 대응될 수 있을 것인가 등의 문제다. 그런데 후자를 입증하는 과정 속에서 전자의 문제는 자연스럽게 해결된다. 건국신화적 영웅일대기에 대응되는 드라마 <뿌리 깊은 나무>의 <세종대왕신화>적 영웅일대기를 추출하여 그 서사적 계기화 과정이 태종조선과 분지되는 세종조선의 건국기에 대응된다는 사실을 논증하면 되기 때문이다.

논의의 편의를 위해 드라마 <뿌리 깊은 나무>의 전체 서사를 계기화 해보면 <주몽신화>와 같은 영웅일대기의 7단계로 재배열 시켜볼 수 있다. 결론부터 말하자면 드라마 <뿌리 깊은 나무>의 건국신화적 영웅일대기는 허수아비왕 이도(李祹)가 세종조선의 정체성을 각성한 뒤에 태종조선의 질서를 해체하고, 신권파·민권파와의 투쟁에서 승리하여 모든 백성들이 각자의 자리에서 각자의 역할과 사회적 욕망을 실현해 나갈 수 있는 민본주의 조선을 건설하여 명실상부한 세종대왕으로 인정받는 건국기이다. 이 민본주의 조선의 요체는 백성들이 지식을 습득하고 나아가 기술을 만들어내 자신이 주체가 된 질서를 만들어나갈 수 있도록 하는 역사상 최대의 문화적 하이테크놀러지인 한글이며, 이도가 세종으로 성장하는 건국신화적 문화영웅일대기의 각 서사단계는 한글창제를 둘러싼 신권파 · 민권파 · 세종조선파 사이의 대결구도와 맞물려 있다. 신권파는 정기준을 주축으로 한 밀본(密本)이며, 민권파는 지배질서에 도전하는 하층 출신의 강채윤, 세종조선파는 집현전학사를 중심으로 한 세종집단이다.

① 고귀한 혈통:조선 제2대왕의 아들
② 비정상적 잉태 및 출생:장자가 아닌 셋째왕자
③ 비범한 능력:정치 · 경제 · 문화 · 철학 · 종교 · 과학기술 등 모든 면에서 전 문학사들을 압도하는 지식과 그것을 실현할 현실적 지략 보유.
④ 어려서의 위기:부왕의 권력욕에 의한 유폐(왕이면서도 상왕의 전권 속에서 왕권 행사 못함)
⑤ 1차 위기 해소:주체적인 담판에 의한 해결(정적이되 조력자인 이중성을 띤 부왕)
⑥ 자라서 위기:밀본 · 강채윤과의 대결
⑦ 2차 위기의 극복와 최종 승리:밀본 · 강채윤과의 대결에서 승리. 세종식 조선 건설 성공[34]

①에서 ③까지는 <주몽신화>와 별반 차이가 없다. 다만 명실상부하게 신의 영역에 속하는 <주몽신화>의 초현실성이 인간적인 현실성의 바운더리 내부에서 최대한 보장되는 초월적 인간성으로 현실화 · 일상화 되어 있는 점이 다르다. 이미 신화의 불임기에 접어든 15세기에서 최대로 허용되는 현실적인 신화성인 셈이다. 예컨대, 해모수의 아들이자 하백의 외손이라는 주몽의 ①고귀한 혈통은 조선 건국조 태조의 손자이자 제2대왕인 태종의 아들이라는 세종의 혈통에 대응되고, 난생(卵生)이라는 주몽의 ②비정상적 잉태 및 출생은 적장자가 아닌 셋째왕자면서 왕위를 계승한 세종의 지위와 비일상적 등극 배경에 대응되며, 선사(善射) · 도술 등 주몽의 ③비범한 능력은 정치 · 경제 · 문화 · 철

---

34) 조동일, 〈영웅의 일생, 그 문학사적 전개〉, 『동아문화』, 1971. ; 조동일, 〈영웅소설 작품구조의 시대적 성격〉, 『한국소설의 이론』, 1977.

학·종교·과학기술 등 모든 면에서 전문학사들을 압도하는 지식과 그것을 실현하기 위해 불면의 밤을 연속할 수 있는 세종의 탁월성과 집중력·의지·지략 등에 대응된다.

문제가 되는 것은 ④부터 ⑦까지이다. <주몽신화>에서 ④어려서의 위기는 주몽의 비범성을 시기한 금와왕과 대소왕자에 의해 벌어지는데, 드라마 <뿌리 깊은 나무>에서는 부왕인 태종에 의해 발생한다. 잘 알다시피 <주몽신화>에서 주몽의 부왕은 해모수이고, 둘 사이에는 그 어떠한 갈등도 벌어지지 않는다. 해모수는 주몽을 현실세계에 파견한 파송자의 역할을 맡고 있기 때문이다. 그런데 태종조선의 질서에 순응하지 않고 독자적인 세종조선의 이념을 모색하는 세종을 겁박하고, 상왕이면서도 왕인 세종을 허수아비로 만들어 왕권을 오로지 하는 태종과 세종의 부자갈등은 금와왕과 주몽의 관계와 유사하다. 금와왕은 혈연적으로 주몽과 전혀 관계가 없지만 주몽의 모친 유화를 후궁으로 맞아들여 주몽을 자신의 왕궁에서 양육하는 의사부친(疑似父親)이라는 점에서 세종을 양육하여 왕으로 세우되 실권을 주지 않고 겁박하는 태종에 대응될 수 있다. 금와왕이 비범한 주몽의 명망을 두려워하여 마굿간에 유폐시킨 뒤 마굿간지기로 만드는 것도 태종이 자신만 존재하는 태종식의 왕본주의(王本主義)에 반발하는 세종을 편전에 유폐시켜 마방진(魔方陣)만 허락하는 것에 대응된다. 드라마 <뿌리 깊은 나무>에서 마방진은 태종에 의해 어린애들이 하는 놀이 정도로만 치부되지만 ⑤1차 위기 해소 단계에서 세종이 세종조선의 이념적 정체성을 확립하게 되는 계기가 된다는 점에서 일상성 속에 신화성을 내포하고 있는 화소라고 할 수 있다.[35] 예컨대, <소대성전>에서 장모에게 박대받던 소대성이 영웅적 비범성을 환경세계 속에서 인정받지 못하자 잠 속에 자신을 유폐시켜 놓는데, 면(眠) 하되 대면(大眠) 함으로써 비범한 능력을 세속적인

---

35) 동양문화권에서 마방진은 역학(易學)·역학(曆學) 등과 관련되어 수리학의 기반이 되었으며, 도교 등에서 신비주의 신선사상과 연과되어 인식되기도 했다.(김용운·김용국,『韓國數學史』, 열화당, 1982)

방식으로 표출하는 방식과 같다. 혹은 <바리데기신화>에서 신화적 능력을 흰 빨래를 검게 빨고 검은 빨래를 희게 빠는 세속화된 방식으로 형상화하는 것과도 상통한다.

⑤1차 위기 해소도 서사적 변용이 이루어지는 부분이다. <주몽신화>에서 주몽이 병마(病馬)로 위장하여 획득한 명마를 타고 오이·마리·협부의 도움을 받아 동부여를 탈출하나 금와왕의 추격병 때문에 죽을 위기에 처했다가 하백의 도움으로 위기를 해소하는 거개의 틀은 드라마 <뿌리 깊은 나무>에서도 확인 가능하다. 태종의 심온 세력을 거세하는 과정에서, 세종은 죽을 위기에 처한 어린 똘복을 구출하기 위해 태종에게 맞서다가 오히려 자결의 위기에 놓이지만, 자결의 암시로 태종이 보낸 빈 찬합의 모양에서 태종식의 뺄셈식이 아닌 덧셈식 마방진 해법을 착안하여 세종조선의 이념적 정체성을 성립시키는 방식으로 문제를 해결한다. 반대하면 무력으로 축출하고 숙청하는 태종식이 아니라 기다리고 인내하고 준비하고 설득하는 문화적인 치도(治道)이며, 태종과의 타협도 실권을 내주고 기다리는 대신 결코 태종의 방식에 동의하지 않으며 세종식 문화 치도를 뒷받침할 친위부대인 집현전 설치를 허락받아 세종조선의 도래를 예비하는 방식이다. <주몽신화>의 오이·마리·협부에 대응되는 드라마 <뿌리 깊은 나무>의 조력자는 무휼이다. 그런데 여기서 특이한 것은 태종의 캐릭터이다. 세종을 죽음 직전까지 겁박하고 죽기 직전까지 실권을 유지하는 정적인 동시에, 세종조선의 정체성 확립이라는 화두를 던져주고 각성을 종용하는 양육자란 이중성을 지니고 있다. <주몽신화>의 금와왕과 하백을 합쳐놓은 캐릭터라고 할 수 있다.

<주몽신화>의 비류국왕 송양왕과의 대결에 해당하는 ⑥자러서 위기는 <뿌리 깊은 나무>에서 민본주의 조선의 진정성을 정적인 밀본·강채윤과의 대결을 통해 검증받는 단계에 대응된다. 신권파인 밀본은 세종조선의 이념적 정체성을 상징하는 한글창제가 신권을 차단하고 지배권력을 독점하기 위한 것인지 그 순수성을 시험하며, 민권파인 강채

윤은 그것이 지배집단의 시혜적인 것인지 아니면 궁극적으로 권력이양까지도 염두에 둔 것인지 그 진정성을 시험한다. <주몽신화>의 ⑥자라서 위기가 정복전쟁이라는 무력 투쟁을 통해 창업을 안착시키고자 한 것이라면, <뿌리 깊은 나무>에서는 사대주의와 신권보존주의에 대항하여 문화적 독자성을 확립코자 한 문력(文力) 투쟁이라는 점이 다르다. 여기서는 소이와 집현전 학사들이 ⑥자라서 위기를 타개하는 조력자가 된다.

주몽이 비류국 정복전쟁에서 승리하여 고구려 창업을 안착시키는 ⑦2차 위기의 극복와 최종 승리는 드라마 <뿌리 깊은 나무>에서 신권파 궤멸과 사대주의자·민권파 설득에 의한 한글창제의 성공으로 상징화되어 나타난다.36) 백성이 자신의 욕망을 실현하고 자신이 주체가 된 지식과 기술·권력을 만들어나갈 문화기술(cultural technology)인 한글의 완성은 곧 이도가 세종대왕으로 인정받는 세종조선 건설의 완료를 상징한다고 할 수 있다.⑥자라서 위기를 구성하던 정적 중 신권파인 밀본은 궤멸되고 민권파인 강채윤은 조력자로 변동됨으로써 ⑦2차 위기의 극복과 최종 승리는 완결된다.

이처럼 건국신화적 영웅일대기 서사원형을 재생산함으로써 드라마 <뿌리 깊은 나무>는 세종이 역사적으로 구현했던 문화이념을 국가적 차원에서 서사적으로 구축하는데 성공하고 있다. 드라마 <뿌리 깊은 나무>를 통해 세종은 건국시조적인 차원에서 문화이념을 국가질서로 체제화한 하나의 문화영웅으로 거듭나고 있는 것이다. 일종의 건국조와 같은 한 문화영웅이다. 드라마 <뿌리 깊은 나무>는 방송이라는 매체를 통해 새로운 문화이념의 제도화라는 차원에서 건국신화적 인식논리를 영웅일대기적으로 구현한 미디어소설의 성공작이라고 할 수 있겠다.

---

36) 인구에 회자되었듯이 드라마 〈뿌리 깊은 나무〉에서 세종이 시종일관 입에 달고 다니는 "지랄", "우라질" 등과 같은 욕설은 한문으로 담아내지 못하는 민중적 삶의 실체를 온몸으로 체화하고 그 필요성을 육화하여 절감하고 있었다는 사실을 보여준다.

## 4. 나오는 말

본 연구는 드라마 <뿌리 깊은 나무>가 세종을 메인 서사주체로 삼은 건국신화적 문화영웅일대기라는 사실을 규명하고자 하였다. 서사원형이 되는 <용비어천가(龍飛御天歌)>가 실은 세종을 건국시조로 설정한 건국신화라는 새로운 학설을 수립하는 것으로 연구의 출발점을 잡았다. 조선의 건국시조가 태조(太祖) 이성계(李成桂)란 사실이 역사학계의 통설이지만, 조선정부가 공식적으로 발표한 유일한 건국신화인 <용비어천가>에서 나타난 인식은 다르다. 목조(穆祖)-익조(翼祖)-도조(度祖)-환조(桓祖)-태조(太祖)-태종(太宗)의 6대기가 세종에서 끝나는 7대기로 마무리 되고 있는 <용비어천가>는 건국시조에서 끝이 나는 건국신화의 세대기(世代記)>의 전형적인 구성원리로 볼 때, 태조가 아니라 세종을 건국시조로 한 건국신화가 되기 때문이다. <용비어천가>의 창작주체는 세종 이도에게 전대 각 왕조의 건국조들인 단군·주몽·왕건과 같은 건국시조적 위상을 부여하고 있는 것이다. 드라마 <뿌리 깊은 나무>에서 이도를 세종조선 창건의 문화건국영웅으로 보고 있는 것 대한 신화사적 인식의 근거를 바로 여기서 찾을 수 있다.

우선, 본 연구에서는 선행 건국신화 연구사에서 주목되지 않았던 이러한 왕조내재적인 국가단위 문화질서 교체와 부자갈등의 양상을 확인함으로써 드라마 <뿌리 깊은 나무>가 기대고 있는 건국신화적 서사의 원류를 확인하였다. 한편, 드라마 <뿌리 깊은 나무>가 세종조선의 문화질서 창업이라는 건국신화적 인식논리를 기반으로 성립된 일종의 미디어 소설이라는 사실을 확인하고자 했다. 구체적으로 <단군신화>의 문화영웅건국신화가 <주몽신화>의 문화영웅일대기적 건국신화로 이동하는 가운데 민본주의 이념은 그대로 유지하는 가운데 장편화가 진행되었다는 관점에서 드라마 <뿌리 깊은 나무>의 서사구성원리를 살펴봄으로써 입증하였다.

# IV. 아기장수서사원형의 서사가지(narrative tree)와 역사적 트라우마 극복의 선택지, 그리고 드라마 〈각시탈〉의 아기장수전설 새로 쓰기

## 1. 문제설정의 방향

아기장수전설의 개념과 범주문제부터 출발해야겠다. 아기장수는 말 그대로 아기인 민중영웅이다. 장수가 아기라는 사실은 아기장수전설 범주의 기본적인 원형을 구성하는 핵심적인 요소이다. 아기가 아니라 어른이거나 오누이가 되면 전국에 산재하는 일반적인 장수전설이나 혹은 다양한 고유명사로 분화된 장수전설, 그리고 오누이힘내기전설이 된다. 청소년이거나 어른이어도 아기로 탄생했다가 성장했다고 설명되는 동시에 최소한 날개와 용마라는 아기장수적 지표를 지니고 있어야 한다. 어쨌든 출발점은 아기인 장수다. 아기장수전설은 이 아기장수가 부모 혹은 관군과의 대결 끝에 살해당하는 이야기이다. 잘 알려져 있다시피 후자의 대표적인 예가 우투리 · 둥구리 유형이다.[1]

---

1) 최래옥은 아기장수 전설의 통합적인 서사구조를 '출생-1차죽음-2차죽음-용마-증거제시'의

그런데 새삼 들여다보면 기존의 이러한 범주 규정조차도 아기장수전
설이라는 한 이야기 양식의 사적(史的)인 전변(轉變)을 전제해 놓고 있
다. 부모에게 죽은 아기장수가 부활(復活)하여 다시 관군에게 죽는 후자
의 유형이 아기장수가 부모에게 죽는 전자의 유형을 원형으로 확대 부
연된 형태라는 관점이다.2) 전자에서 일찌감치 부모에게 죽었던 아기장
수가 부활해서 재기하려던 도중에 관군에게 발각되어 다시 죽임을 당하
는 후자는 전자를 원형으로 한 확대·부연형이 맞다. 일단, 문제는 두
가지다. 하나는 아기장수의 부활·재기과정과 반복적인 죽음을 비극미
의 반복 점층구조3)로 볼 것인가, 아닌가다. 다른 하나는 이 확대·부연
형과 유투리·둥구리 유형, 어머니의 잘못으로 실패한 아기장수 제2유
형4)처럼 아기장수전설의 변이형으로 인정되어 온 제 유형들과의 관계
를 어떻게 설정할 것인가 하는 것이다. 이 지점에서 "제2유형"과 "우투

---

　　6단락으로 나누고 그 변이형으로 우투리·둥구리 유형을 제시하였으며(최래옥, 『한국구비
　　전설의 연구』, 일조각, 1981, 35-40쪽), 천혜숙은 아기장수 전설 유형을 신이한 조짐을 보이
　　는 아기장수를 화가 미칠 것을 염려한 가족들이 죽이자 용마가 나타나 울다가 용소에
　　바져 죽은 이야기의 "제1유형:날개달린 아기장수와 용마"와 신이한 아이가 은밀한 곳에
　　숨어서 앞날을 도모하는데 어머니의 발설로 거사 직전에 죽음을 당한 "제2유형:어머니의
　　잘못으로 실패한 아기장수"로 나눈 바 있다. 최래옥에 의해 변이형으로 규정된 우투리·둥
　　구리 유형은 천혜숙(〈아기장수전설의 형성과 의미〉, 『한국학논집』 13, 계명대학교 한국학
　　연구소, 1986, 135-136쪽)·김수업(〈아기장수 이야기 연구〉, 경북대학교 박사학위논문,
　　1994, 214쪽)의 아기장수 전설 분류 유형에서 각각 제2유형과 불구계열에 해당한다.
2) 최래옥은 아기장수가 부모에게 죽은 후 용마가 나왔다는 서사구조로 되어 있는 유형을
　　원형으로 보았으며, 아기장수가 부모에게 일단 한번 죽은 뒤에 부활했다가 다시 관군에게
　　죽는 유형을 부모가 분열되어 부연된 형태라고 하였다.(최래옥, 〈아기장사 전설의 연구-한
　　국설화의 비극성을 중심으로〉, 『한국민속학』 11, 한국민속학회, 1979, 126쪽.)
3) 최래옥 전게논문, 126쪽을 참고하기 바람. 아기장수전설의 비극미를 고찰한 이후의 논문들
　　은 최래옥의 상기 관점을 계승한 계열의 연구들로 분류할 수 있다.(장장식, 〈아기장수
　　전설의 意味와 機能〉, 『국제어문』 5, 국제어문학회, 1884 ; 전신재, 아기장수 전설의 비극의
　　논리, 논문집8, 한림대학교, 1990 ; 김수업, 아기장수 이야기 연구, 경북대학교 박사학위논문,
　　1995 ; 강현모, 인물전승에 나타난 사건의 수용 양상-비극적 장수설화를 중심으로, 『한민족
　　문화연구』 5, 한민족문화학회, 1999 ; 김창현, 영웅좌절담류 비극소설의 특징과 계보 파악을
　　위한 시론, 동아시아고대학 13, 2006)
4) 천혜숙, 〈아기장수전설의 형성과 의미〉, 『한국학논집』 13, 계명대학교 한국학연구소, 1986,
　　136쪽.

리 · 둥구리 유형"을 별개의 유형으로 분리해서 보는 관점에 대한 부연 설명이 필요할 듯 하다. "우투리 · 둥구리 유형"은 "제2유형"이 려말선초(麗末鮮初)의 전환기에 이성계라는 역사적 인물의 실존적 지평과 만나 이루어진 특수한 변이형이다. "제2유형"에서 민중영웅의 보편적인 적대자였던 기득권자는 "우투리 · 둥구리 유형"에 와서 이성계라는 특정한 실존인물의 고유한 역사적 지평으로 대체되며, 역시 일반적인 민중영웅이었던 "제2유형"의 아기장수는 역사적 실존인물인 이성계와 대결한 우투리와 둥구리로 특수화 된다. 우투리와 둥구리는 허구적인 캐릭터이되, 실존인물인 이성계의 카운터 파트로서 의사(擬似) 역사적 실재성을 상대적으로 지닌 특수한 아기장수가 되는 것이다. "제2유형"과 "우투리 · 둥구리유형"을 분리 서술해야 하는 이유는 바로 이러한 아기장수전설의 역사적 전개사 속에서 설명될 수 있다.

다시 아기장수전설의 기본형과 비극성의 문제로 돌아가 보자. 탄생하자마자 곧바로 살해당하는 아기장수의 죽음이 비극적이라는 사실은 이견의 여지가 없다. 하지만 일단 죽었다가 부활하여 재기(再起)를 준비하는 아기장수라면 경우가 다르다. 결국 죽는다는 점에서는 원형과 마찬가지며, 기왕 살아났던 것을 두 번 죽인다는 점에서 비극미가 중층적으로 고양된다는 것도 맞지만, 또 그만큼 현실 타개능력이 확대되어 있다는 사실이 간과되어서는 안 된다. 단순히 구조적인 부연의 차원이 아니라는 것이다. 부활해서 생명을 연장하고 있다가 지배세력에 의해 발각되어 죽임을 당하는 후자는, 아기장수가 기득층에 대항하여 비범성을 발휘할 현실 대응력을 준비하고 있었다는 점에서, 사적(史的)으로 전자보다 후대에 출현한 재생산형이라고 할 수 있다. 대결의 대상이 지배질서를 내면화 한 일차집단에서 직접적인 기득층으로 교체되고 있다는 사실도 부활한 아기장수의 확대된 현실 대응력을 입증한다. 이 유형의 향유층이 전대에 출현했던 전자의 기본형을 해체하고 후자의 변이형을 조합해낸 재구성 의식은 지배권력의 주변부에서 태어난 민중의 영웅을 같은 주변인이 죽게 만들었다는 자기반성이다. 이 민중들의 자기반성이 일단 죽었던 아기장수를 부활시켜 생존기간을 연장시키고 지배질서에 대항하는 현실적 활동성을 확장시켰다고 할 수 있다. 탄생(誕生)의 단순한 반복으로서의 재생(再生)⁵⁾이 아니라 현실 대응력의 확산적 재생이다. 재생 전후의 아기장수는 동일 인물이 아니라는 것이다.

그런데 이러한 아기장수전설의 변이가 단순히 사적(史的)인 차원에만 국한되느냐면 그렇지 않다. 아기장수전설의 원형에서부터 비극적인 세계인식으로 닫힌 서사와 현실극복 가능성에 대한 희망으로 열린 서사의 가지가 따로 존재한다. 아기장수전설의 서사가지(narrative tree)다. 아기장수의 죽음을 현실세계에 대한 패배로 종결된 것으로 받아들이게 되면 비극적 서사가 선택되어 닫혀지게 되지만, 서사의 표면에서는 죽었지만 이면에서는 언제든 재래(再來) 할 존재로 인식하게 되면 진인출현설과 연계된 텍스트들과 결합되거나 부활과 재생이 반복되는 서사가지가 선택되어 끝없이 가지치기를 해나가게 된다. 전자가 일반적으로 알고 있는 패배한 아기장수의 비극미를 구성한다면 후자는 재출현이 예고⁶⁾되거나 진인출현설⁷⁾과 연계된 현실극복 가능성의 의지와 희망과 관련된 서사다. 현실세계에 대한 운명적인 패배의식을 지닌 향유층이라면 아기장수의 죽음을 비극미의 중층적 서사로 수용하겠지만 현실극복의 의지와 희망을 지닌 향유층이라면 현실극복 가능성을 잠정으로 유보한 서사로 인식할 것이다. 어떠한 세계인식을 가진 향유자이냐에 따라 어느 한 쪽의 서사가지가 선택되게 되며, 아기장수에 관한 이야기는 전혀 다른 방향으로 쓰여지고 읽히게 된다. 이 지점이 바로 아기장수전설의 서사적 선택지(narrative chice)가 된다.

요는 후자의 서사가지가 선택되어 현실극복의 의지를 구체적으로 구현해나는 작품이 존재하느냐가 될 것이다. 아쉽게도 전설로는 존재하지 않는다. 하지만 최근에 영상문학의 형태로 창작된 드라마 <각시탈>에

---

5) '출생-죽음재생-죽음'의 반복구조 자체는 천혜숙의 전게논문 144쪽에서 제시된 바 있다.
6) 천혜숙, 〈아기장수전설의 형성과 의미〉, 『한국학논집』 13, 계명대학교 한국학연구소, 1986.
7) 신동흔, 〈아기장수 설화와 진인출현설의 관계〉, 『고전문학연구』 5, 1990.

서 이러한 면모를 확인할 수 있다. 드라마 <각시탈>은 허영만의 만화 <각시탈>[8]을 기둥 줄거리로 하여 <쇠퉁소>[9]를 결합시켜놓은 작품이다. 원작만화 <각시탈>처럼 일본 군경의 앞잡이 노릇을 하던 주인공이 각시탈이라는 테러리스트를 추적하다 죽었는데 알고 봤더니 친형이었던 사실을 알고 형에게 속죄하기 위해 2대 각시탈이 되어 일본 단죄에 나선다는 이야기다. 그런데 드라마 각시탈의 주인공 이름은 <쇠퉁소>의 주인공 이강토에서 가져왔고 원작만화 <각시탈>의 주인공 이름인 이영은 아명(兒名)으로 사용한다. 게다가 드라마 <각시탈>의 주인공 이강토는 허영만의 후속작 <쇠퉁소>처럼 이강토는 원작만화 <각시탈>에는 없는 쇠퉁소를 무기로 사용하며, 일본의 한국 지배에 반대하는 일본인 친구를 두고 있다. 이 일본인 친구가 알고 보니 각시탈이었던 <쇠퉁소>와는 달리, 드라마 <각시탈>에서는 일본의 한국 지배에 반대하는 소학교 선생님으로 이강토의 원조자였다가 형의 죽음 이후 <쇠퉁소>에서 이강토와 대결하던 일본 경찰 기무라 캐릭터로 변신한다는 점이 차이다. <쇠퉁소>가 드라마 <각시탈>에 부분적으로 첨가된 작품일 뿐이고 어디까지나 만화 <각시탈>이 드라마 <각시탈>의 원작이 되는 이유는, <쇠퉁소>의 경우 2대 각시탈의 탄생이 조선인 형제관계에 의해서 성립되는 것이 아니라 1대 각시탈이었던 일본인 친구와 조선 민중영웅 사이에서 성립되는 것으로 되어 있기 때문이다. 대를 이은 각시탈의 탄생은 아기장수전설의 서사원형(敍事原形) 계승 문제와 관련하여 매우 중요하다. 조선 민중영웅과 대립하는 민족 출신인 1대 각시탈의 대를 이어 2대 각시탈이 탄생되는 <쇠퉁소>는 그래서 아기장수전설의 서사적 유전형질로 한 드라마 <각시탈>의 서사원형이 될 수 없다. 어디까지나 만화 <각시탈>에 부연적으로 결합되어 드라마 <각시탈>의 줄거리 형성에 영향을 준 전작(前作)일 뿐이다.

---

8) 허영만, 〈각시탈〉, 1974.
9) 허영만, 〈쇠퉁소〉, 1982.

이러한 소소한 차이에도 불구하고 원작만화 <각시탈>과 <쇠퉁소>를 차용한 드라마 <각시탈>이 아기장수전설의 서사원형을 공유하고 있다는 점에서는 차이가 없다. 우선, 원작만화 <각시탈>의 주인공 이영과 드라마 <각시탈>의 이강토(이영)은 아기장수성(性)을 지닌 인물이다. 각시탈은 신출귀몰하고 혼자서 떼로 덤비는 적들을 요리한다. 태견의 몸놀림으로 날아오는 총알도 가뿐히 피하며, 쇠퉁소로 가격하면 칼보다 더 정확하게 상대에게 치명상을 입혀 제압한다. 용력(勇力)이 압도적으로 부각되어 있다는 점에서 각시탈은 일단 장수(將帥)다. 이 용력을 일본 경찰에게 유린당하는 조선인들을 도와주며, 한일합방에 압장 선 친일파 일당들을 처단하는데 발휘한다. 민중영웅성이다.

그런데 민중영웅은 아기장수 말고도 많다. 각시탈이 민중영웅성을 지닌 아기장수일 수 있는 것은 우선, 아기장수의 표징인 날개·용마와 관련되어 있다. 원작만화 <각시탈>과 드라마 <각시탈>의 주인공들은 건물과 건물 사이를 자유자재로 날아다니며 지붕 위에서 휙 뛰어내려와 나타나거나 반대로 뛰어올라가 탈출한다. 날래고 뜀뛰기를 잘 하며 아예 비상(飛上) 능력이 부각되어 있는 각시탈의 이 비범한 능력은 날개 달린 아기장수의 그것에 겹쳐진다.[10] 특히 드라마 <각시탈>에서 주인공이 타고 다니는 말은 평범치 않다. 각시탈처럼 복면(覆面)을 쓴 이 말은 복면마(覆面馬)로 특별한 존재임이 시각적으로 부각되어 있다. 이 복면마는 자동차도 추격해서 따라잡거나 혹은 따돌린다. 심지어 1대 각시탈인 이강산이 죽을 무렵 분명히 기무라 슌지가 쏜 총에 맞아 쓰러졌는데 이강토가 형의 무덤을 방문했을 때 멀쩡하게 살아서 이강산을

---

10) 비상한 힘으로 민중들을 구해주고 다녔다는 백범 김구에 관한 구전에서도 '한 길 이상 공중에서 걸어다니는' 비행(飛行) 능력이 아기접주·소년장수의 징표로 거론되고 있음을 확인할 수 있다.(권도경, 〈백범 문학콘텐츠의 스토리텔링에 나타난 아기장수전설의 재맥락화 그 의미〉,『국제어문』41, 국제어문학회, 2007, 153쪽.) 신돌석에 관한 구비전설에서도 밤에 날아다니거나 죽을 때 날듯이 산을 타고 올라가는 비행 능력이 부각되고 있는데 천혜숙은 이를 아기장수의 날개 상징과 관련되어 있다고 보았다. 특히 뜀뛰기 능력은 (천혜숙, 〈영덕 지역의 신돌석 전설〉,『전설과 지역문화』, 민속원, 2002, 324쪽.)

맞는다. 이강토는 형의 말이 살아있는 걸 보고 각시탈을 쓰고 쇠퉁소를 든 2대 각시탈이 된다. 불멸한 존재이거나 혹은 재생한 존재일 양가의 가능성을 열어두고 있는 이 비일상적인 복면마는 아기장수가 죽자 그 무덤가에서 울고 가는 아기장수의 용마를 상기시킨다.

이처럼 주인공이 아기장수성을 지닌 원작만화 <각시탈>과 드라마 <각시탈>은 기득층과 대결하는 과정에서 친지(親知)에게 배신당하는 아기장수전설의 서사원형을 공유하고 있다.11) 원작만화 <각시탈>과 드라마 <각시탈>이 아기장수전설의 기본형에서 변형된 지점은 기득질서와 대결하다 친지의 손에 죽지만 다시 대를 이어 부활하여 부모와 자신이 속한 민족을 집단 원조자로 끌어들여 현실세계를 전복해 나간다는 사실이다. 드라마 <각시탈>은 여기서 한 걸음 더 나아갔다. 원작만화 <각시탈>이 대를 이어 탄생한 민중영웅을 또 다시 같은 민족이 살해하는 비극적 결말인데 비해, 드라마 <각시탈>은 기득층과의 대결에서 승리의 가능성을 오픈 해둔 열린 결말로 끝맺는다. 원작만화 <각시탈>과 드라마 <각시탈>이 아기장수전설 기본형에 내재해 있던, 비극적 결말과 분지되는 현실극복 가능성의 서사가지를 선택하여 새롭게 쓴 아기장수전설의 현대적 버전이라는 점에서는 같지만, 전자가 그 결말을 닫아둔데 비해 후자는 열어두는 또 다른 서사의 곁가지를 선택함으로써 현실극복 의지를 강화한 작품이라는 이본적 차이점을 보여주고 있는 것이다. 드라마 <각시탈>은 이러한 현실극복의 서사가지를 작품 내부에서 구현하기 위해 아기장수전설 서사원형의 아기장수와 부모·친지·현실세계와의 관계를 변형하고 있으며, 그 변형의 정도는 원작만화 <각시탈> 보다 크다. 원작만화 <각시탈>에서 서사의 곁가지를 더 쳐나간 드라마 <각시탈>은 아기장수전설 서사원형과는 달라진 불멸성·원조자·집단성의 문제를 다룬 작품이 된다. 본 연구는 이러한 문제의식 하

---

11) 아기장수전설의 핵심 미학 중의 하나가 바로 이처럼 지인에 의해 배신당하는 민중영웅의 비극성에 있음은 천혜숙의 <영덕 지역의 신돌석 전설>(『전설과 지역문화』, 민속원, 2002) 에서 지적된 바와 같다.

에 드라마 <각시탈>에서 확인되는 아기장수전설의 서사가지와 선택지 문제, 불멸성 · 원조자 · 집단성과 새롭게 쓰기의 문제, 역사적 트라우마 극복의지와의 관련성 문제를 따져보기로 한다.

## 2. 아기장수서사원형의 서사가지와 선택지 문제: 불멸성, 원조자, 집단성

아기장수전설의 기본형과 변이형을 합친 통합 모형으로 인정되어온 도식을 통해서 문제를 풀어가 보자.

**[도식1]** 탄생(A)-죽음(1차)-재생(A′)-죽음(2차)

지금까지 주목받지 못했었지만 이 [도식1]의 통합 모형은 아기장수전설 기본형을 두 개 겹쳐놓은 형태이다. 아기장수전설의 기본형은 [도식1]의 전반부, 즉 탄생(A)-죽음(1차)까지다. 아기장수전설의 전체적인 분포도에서 기본형의 변이형인 [도식1]의 비율 자체는 낮은 편이다. 그런데 아기장수전설의 기본형에 잠재되어 있는 재생과 불멸의 서사적 선택 가능성이 구체화 되어 구현된 형태라는 점에서 [도식1]의 반복성은 주목될 필요가 있다.

변이형인 [도식1]에서 1차 죽음을 경계로 한 탄생과 재생의 상태는 같지 않다. 재생은 탄생 상태(A)가 아니라 탄생′(A′) 상태이다. 1차 죽음 전보다 현실적 대결능력이 확대되어 보다 성장한 단계인 것이다.따라서 이때의 1차 죽음은 부활을 위한 일시적 격리(隔離)가 되며 성장을 위한 입사(入社)가 되는 것이다. 여기서 이 유형의 아기장수전설 향유는 민중 영웅이란 부활했지만 재기하는데 실패하고 죽기 마련이라는 숙명적인 패배의식에 방점이 찍힐 수도 있지만, 죽여도 되살아나서 비록 또 실패해도 부활해 있는 동안에 확대된 현실 대항력을 입증해 보인다는 예비

된 현실극복 가능성에 방점이 찍힐 수도 있게 된다.[12) 현실극복 가능성에 무게를 둔 서사인식과 만나게 되는 것이다.

아기장수전설의 변이형으로 분류되어 온 제2유형이나 우투리·둥구리유형도 마찬가지다. 제2유형이나 우투리·둥구리유형의 아기장수는 출생 직후에 부모에게 살해당하는 현실적 무기력을 이미 극복하고 생존기간을 연장하는데 일단 성공한 존재다. 탄생하자마자 살해하는 현실세계의 압도적인 억압이 원형보다 약화되어 있다고 할 수 있으며, 또 그만큼 아기장수의 현실 대응력이 확대되어 있다고 할 수 있다. 원형에 대한 향유층의 자기반성이 일정정도 진행된 결과 이루어진 변형임을 전제하지 않을 수 없다. 이 유형에서 아기장수가 지배세력과 구체적인 대결을 벌이며, 더 이상 혼자 움직이지 않고 군사를 만들어 집단을 구성하고자 준비하고 있다는 점도 주목할 거리다. 이 변이형에 와서 기득질서에 대한 저항을 현실적 활동으로 입증해 보인 것이며, 비록 현재는 실패했을 지라도 함께 움직일 그룹을 만들어 그 대결을 전면적으로 확산시키고자 하는 강화된 의지를 현실적으로 입증해 보인 것이라고 할 수 있다. 아기장수의 집단성 문제를 기억해두자. 이렇게 볼 때, 기존 연구사에서 아기장수전설 원형의 부연형으로 분류되어온 유형은 우투리·둥구리유형과 함께 원형을 해체·재구성 하여 아기장수의 현실 대항력을 확장시킨 서사가지에 위치해 있다고 할 수 있을 것이다.

[도식1]이 아기장수전설의 기본형 보다 분포도 면에서 희소하다는 사실은 이미 언급한 바 있다. 하지만 일반적으로 전설의 통시적인 전승사 속에서 향유층의 세계관이 바뀌게 되면 새로운 시점의 시대의식을 반영한 이본이 출현하게 마련이다. 시대적인 향유의식이 아기장수의 1차

---

12) 장장식은 일찍이 이 유형이 성장을 위한 입사식 구조로 되어 있음을 밝힌 바 있다. 그런데 장장식은 재생과 성장을 1차 죽음 이후에 두지 않고 2차 죽음 이후에 두었다는 점에서 1차 죽음 이후에 이루어진 재생의 의미를 놓쳤다고 보인다. 게다가 2차 죽음 이후에는 텍스트 상에서 실질적으로 재생과 성장이 이루어지지 않고 있다는 점, 재생·성장이라는 '幸'의 상태가 2차 죽음이라는 "不幸" 상태와 맺고 있는 모순관계를 해명해내지 못했다는 점에서 후속연구의 필요성을 남겨놓았다.(장장식, 전게논문, 43-47쪽)

재생을 희망하게 되면 기본형 보다는 분포도가 희소하지만 새로운 시대의식과 조응할 수 있는 또 다른 변이형이 선택될 수 있는 서사적 선택지는 언제나 열려있다. 드라마 <각시탈>의 원작만화 <각시탈>이 바로 여기에 해당된다. 형제의 형태로 변형되어 있지만 대를 이어 각시탈이되는 원작만화 <각시탈>의 주인공 형제들은 [도식1]처럼 한번 재생한아기장수에 대응된다. 하지만 비극적인 결말로 닫힌 원작만화 <각시탈>과 달리 열린 결말로 오픈되어 있는 드라마 <각시탈>은 [도식1]과는또 다른 서사적 선택지에 의해 분화된 서사가지다.

드라마 <각시탈>의 열린 결말이 지닌 서사적 선택지의 의미를 파악하기 위해서는 또 다른 도식이 필요하다. 그렇다면 [도식1]이 아래와같은 [도식2]로 변형된다면 어떻게 될까.

[도식2] 탄생-죽음(1차)-재생(1차)-죽음(2차)-재생(2차)-죽음(3차)-재생(3차)...(반복)

2차 죽음 이후 재생과 죽음이 반복되어 불멸성을 지향하는 구조이다.당연히 2차 재생의 상태는 1차 재생의 그것에 비해 지배질서와의 대결양상이 보다 치열하게 전개될 것이고, 아기장수의 현실 타개력도 확대되어 있을 것이다. 생존 기간이 1차 재생 단계에 비해 증가되어 있을것임을 예상할 수 있다.

이러한 [도식2]는 다음의 두 가지 형태로 구현될 수 있다. 첫 번째는[도식2]의 죽음과 재생의 반복과정이 생략되고 서두의 탄생과 말미의무한한 재생 가능성만 남기는 경우다. [도식1]의 후반부가 무한대로 열려져 있는 형태이다. 숨거나 혹은 사라지거나[13], 재출현이 예고[14]된 아

---

13) 〈전북 익산군 함열면 율산리 장군바위〉·〈충남 아산군 온양 수리조합자리 남씨댁 선조〉,
   최래옥, 전게논문, 124쪽. 신동흔은 이 각편들을 진인출현설과 연결된 아기장수전설로
   분류했다.(신동흔, 〈아기장수 설화와 진인출현설의 관계〉, 『고전문학연구』 5, 1990, 4쪽.
14) 천혜숙, 〈아기장수전설의 형성과 의미〉, 『한국학논집』 13, 계명대학교 한국학연구소, 1986,
   146쪽.

기장수의 이야기들이 여기에 속한다. 이들 유형의 아기장수전설에서는 부모에 의해 살해당하는 1차 죽음이 설정되어 있지 않다. 여기서 숨거나 사라지는 것은 재생을 준비하는 가상의 죽음 상태다. 재출현이 직접적으로 예고되지 않은 경우에도 숨거나 사라진 가사(假死)의 상태에서 [도식2] 말미의 재생을 준비하고 있는 아기장수가 된다. 기억해둘 것은 이 변이형의 아기장수는 물리적으로 죽지 않았으니 영원히 살아있는 불멸성을 지니고 있다는 사실이다.

두 번째는 [도식1]의 일부가 반복되어 [도식2]를 구성 가능성을 갖추는 경우이다. [도식1]의 전반부가 열려있는 형태가 되겠다.

[자료1] ㉮백마산 기슭에서 첫째 아들이 낳자마자 죽고 둘째 아들도 이내 죽은 집의 ㉯셋째 아들로 겨드랑이에 날개난 아기장사가 태어났다. 부모가 역적이 된다고 아이를 죽이고 관군에게 알렸더니 관군이 와서 살아 나려는 것을 또 죽였다. 그런지 10년 후 백마(白馬)가 나와서 울다가 백마산(白馬山)의 굴속으로 들어갔다. 그래서 백마산(白馬山)이라 한다. 처음 죽을 때 부모가 죽이려고 하니까 아기장사는 발뒷굼치의 비늘 3을 벗겨내라고 자기 죽는 방법을 가르쳐 주었던 것이다.[15)]

[자료2] 나성대의 부친이 장군이 나는 묘터에 아버지의 묘를 쓰고 그 발복으로 아들을 얻는다. ㉮열다섯 만에 태어나는 등 비정상적인 조짐을 보이자 큰아버지가 아기장수임을 알고 빨랫돌로 눌러 죽이라 하여 따랐는데, ㉯또 나성대가 태어나자 이번에는 거부하고 키웠다. 나성대가 자라서 군사훈련을 하다 서울로 올라가 김자점(金自點)과 함께 역적죄로 걸려 죽고, 나주 나씨도 멸문을 당했다는 이야기이다.[16)]

[자료3] 김자점(金自點) 조부가 전라남도 순천군 낙안면(樂安面) 아전이었다. 동화사에서 늙은 중을 극락세계로 보내는 제사를 지낸다고 하는 걸 김이방이 알아보니 이무기가 잡아먹는 것이었다. 새담배대를 헌담배대로 바꿔 수만개의 담뱃진을 모아 사람 모형 만들어서 두고 나왔다더니 삼킨 이무기가 취해서

---

15) 〈충북(忠北) 진천군 증평 백마산(白馬山)의 아기장사전설〉, 최래옥, 전게논문, 127쪽.
16) 〈나성대 골창〉, 전라남도청 홈페이지, http://www.jeonnam.go.kr

죽었다. ㉮김이방 둘째 아들의 부인이 임신했다. 탄생 직후 수족을 맘대로 움직이고 일어서려 하였다. 역적될 거라 생각하고 죽어버렸다. ㉯또 둘째 며느리가 또 임신했는데 마찬가지였다. 멧돌로 눌러죽였으나 안죽길래 키웠던 것이 김자점이었다. 애기 때부터 영리했고, 범을 잡았다. 서당 선생이 보고 역적이 되겠다며 가르치지 않고 도주했다. 나중에 나라에서 집터를 파버리고 늪으로 만들어버렸다.[17]

[자료1], [자료2], [자료3]의 ㉮는 [도식1]의 전반부가 두 번 혹은 한번 반복되는 형태다. ㉯는 [도식1] 전체 혹은 전반부 절반이 전개되는 형태다. [자료1]-㉯는 [도식1]의 온전한 전체에 해당하고, [자료2]-㉯는 아기장수가 부모가 아닌 관군에게 죽는 제2유형의 변형에 해당한다. 제2유형의 아기장수 탄생 직후에 바로 죽지 않고 생존할 수 있었던 이유를 [자료2]-㉯에서는 부모가 아기장수를 죽이길 거부했기 때문이라고 설명하고 있는 점이 주목할 하다. 부모가 원조자가 된 경우다. 여기서 제2유형의 아기장수·관군 대결이 부모의 아기장수 살해 운명 거부와 보호를 기반으로 한다는 서사가지가 존재하고 있음을 기억해 두자. 반면, [자료3]-㉯는 [도식1]과 [자료2]-㉯ 사이에 위치한다. 아기장수가 탄생 직후 죽지 않고 살아남아 관군과 대결할 수 있었던 이유가, 일단 부모가 죽였으되 죽지 않고 살아남았기 때문에 죽이길 포기하고 양육한 것으로 되어 있다. [자료2]-㉯과 비교할 때, 부모가 아기장수를 보호한 것으로 볼 수 없으며, 부모의 아기장수 양육에서 상대적으로 주체성이 약화되어 있다. 하지만 아기장수가 관군과 대결하기 전까지 부모의 아기장수 양육 여부에 관심을 둔 서사가지가 존재한다는 사실을 지적해 둘 수 있다.

이렇게 [자료1], [자료2], [자료3]의 전(㉮)·후반부(㉯)에서 반복되는 [도식1]의 주인공들은 동일한 아기장수가 아니다. 같은 집안에서 먼저 태어난 아기장수가 살해당한 뒤 두 번째, 세 번째로 태어난 아기장수이기 때문에 엄밀한 의미로 동일 개체가 아니다. [도식2]에서 재생하는

---

17) 〈김자점 전설〉, 『한국구비문학대계』 6-3, 점암면설화 32, 한국정신문화연구원, 504~506쪽.

동일 개체로서의 아기장수가 될 수 없는 것이다. 그런데 이들 한 집안에서 순차적으로 태어난 아기장수들은 형제다. 혈연으로 연결된 채 생을 이어 태어난 형제 아기장수들은 마치 두 번 재생한 한 아기장수처럼도 보인다. 첫째 형이 아기장수로 부모에게 죽고, 둘째 형이 아기장수로 또 부모에게 죽고 난 뒤 태어나 관군에게 죽는 막내 아기장수는, 탄생 직후에 부모에게 살해당한 뒤 재생해서 다시 부모에게 살해당했다가 마지막 재생에서는 생존해서 관군과 대결하다 죽는 한 개체 같다.[18] 한 개체가 분열해서 시간의 격차를 두고 재생해서 출현하는 것처럼 보이는 것이다. 분열된 한 아기장수는 다른 아기장수의 클론(clon) 같이도 보인다. 전반부에서 아기장수의 형제수가 늘어날수록 [자료1], [자료2], [자료3]은 후반부가 닫혀있는 속에서 구조적인 무한 재생산성을 지니게 되며, 닫힌 후반부도 다시 셋째·넷째 아기장수의 출현과 함께 열려질 수 있을 것 같은 구조적인 가능성을 내포하게 된다.

좀 더 미시적으로 논의를 확장해보면, [자료1], [자료2], [자료3]에서 확인되는 형제 아기장수들은 각각 새롭게 탄생된 개별적 아기장수 개체들로서의 특수성과 아기장수란 범주성의 통합적 보편성의 양가적 특성을 공유하고 있는 존재들이다. 아기장수 첫째형, 아기장수 둘째형, 아기장수 막내는 각각 고유한 인물 개체들인 동시에, 아기장수 1·2·3으로서 일반명사인 아기장수의 보편성 속에 수렴되는 존재들이라는 의미다. 한 텍스트 속에 형제로 결합되어 있는 아기장수 1·2·3이 분리되면 각각 별개 텍스트 속의 아기장수가 된다. 이렇게 보면 형제 아기장수 1·2·3은 아기장수의 보편적 범주성이 분화된 클론들인 동시에, 그 아기장수가 새롭게 또 다시 반복적으로 탄생된 아기장수의 개별적인 개체들이 된다. 아기장수라는 일반적인 상위의 범주가 그 속에 속하는 특수한 개체들의 반복적인 탄생을 통해 생명력을 확장해 가는 형태를 보여

---

18) [자료1]·[자료3]-㉯에는 특히 재생이 한번 설정되어 있기 때문에, ㉮의 첫째형·둘째형 아기장수의 죽음에 이은 셋째 아기장수의 잇단 출생이 재생으로 인식되면 ㉮·㉯가 합쳐 진 텍스트 속에서 재생은 2~4회씩 반복되는 것이 된다.

주고 있는 것이다. 불멸의 가능성이다. 드라마 <각시탈>은 바로 이 두 번째의 서사가지가 선택된 작품이 된다. 이 서사가지에서 아기장수의 불멸성이 형제관계를 기반으로 그 가능성을 내포하고 있다는 사실을 강조해두며 <각시탈>의 문제로 넘어가보기로 하자.

## 3. 민족적 민중성으로의 서사가지 확장과 역사적 트라우마 극복 가능성

드라마 <각시탈>이 아기장수의 불멸성을 믿는 서사가지를 계승한 작품이라면, 이제 문제는 무엇이 가능태로만 남아있던 이 서사가지를 하필 이 시점에서 수면 위로 끌어올렸는가 하는 점이 될 것이다. 일단, 가능태로만 존재하던 서사가지가 선택되어 원형사사의 부모·친지의 집단을 원조자로 바꾸고 세계를 전복시킬 의지를 갖춘 인간으로 변형시킬 수 있게 된 것은, 비극적 서사가지를 선호하는 향유자와 함께 공존하던 현실극복 가능성에 대한 서사가지에 대한 선호도가 세대를 이어갈수록 확산되었기 때문이다. 그런데 문제는 간단치 않다. 이 서사가지에 대한 선호도가 확산되려면 향유층의 현실인식이 바뀌어야 하며, 동시에 이렇게 바뀐 세계인식이 현실세계를 조금씩 바꾸어 나갔다는 자신감이 있어야 한다. 현실세계를 주체적으로 바꾸어나가고 있다는 자신감이 있어야 원형서사의 서사가지 내부에 존재했던 현실극복의 가능성이 서사의 원형을 현실 전복적으로 변형시켜 새롭게 쓰기가 가능해지기 때문이다. 요는 믿음으로만 존재했었던 현실극복 가능성의 서사가지가, 민중의 힘이 실제로 세계를 변화시켜 온 데 대한 향유층의 자신감과 만나 원형서사를 바꿔놓았다는 것이다.

이제 마지막으로 역사적 트라우마를 극복하고자 하는 민족적 집단의 지의 문제를 아기장수가 지닌 민중성이 기반하고 있는 역사적 지평과 전승사적 위치를 따져보면서 검토해 보자. 아기장수의 정체성을 시대를 초월한 민중성으로 일반화 하고자 하는 접근법에서라면 아기장수가 저항하는 지배질서의 범주 문제가 중요치 않다. 이성계든 양반이든, 중국이든 일제든 아기장수가 저항하는 대상이 기득층이라는 보편성의 차원에서는 차이가 없다. 하지만 아기장수의 민중성이 지니고 있는 역사적 특수성과 그 전변의 문제를 규명하고자 한다면, 아기장수가 저항하는 기득층의 범주를 구분하고 헤게모니의 속성을 분석해야 가능해진다.

아기장수가 저항하는 지배권력이 국가 내부에 있느냐 아니면 국가 외부에 있느냐에 따라서 민중성의 의미는 달라질 수 있다. 헤게모니의 귀속이 국가 내부에 있는 것이라면 지배층인 적대자가 창업주든 그것을 이어받은 왕이든, 혹은 그들의 질서에 복무하는 관군이든 아기장수가 견지하는 민중성이란 상층 지배층의 하부에 있는 피지배층의 정체성이 된다. 하지만 헤게모니 귀속 여부가 국가와 국가 사이에 위치한다면 문제가 좀 다르다. 아기장수의 민중성은 국제질서의 우위를 점유하는 국가에 침략당하거나 주권을 침탈당하는 국가의 민족적 차원의 문제로 확대된다. 후자가 새삼 주목되어야 하는 이유는 전자에서 확인되는 아기장수의 민중성이 순수하게 지배층의 억압에 대한 피지배층의 트라우마의 문제라면, 아기장수의 민중성에 애국과 민족적 트라우마의 문제가 포함되기 때문이다. 이때, 후자의 아기장수가 가지는 민중성은 일차적으로 그 민족이 집단적으로 직면한 역사적 트라우마를 상층이 아니라 민중이 해결하거나 혹은 그 트라우마 유발자에게 저항한다는데 있게 된다. 국제전쟁과 주권침탈, 국제질서의 역학관계의 차원으로 민족적 집단 트라우마의 문제로 확장한 대부분의 아기장수전설 텍스트들이 이 후자의 범주에 속한다.

[자료11] 중국에서 천기를 보니 조선에 큰 장군이 남. 중국천자가 고려 왕건에게 아기장수를 죽여달라고 한다.[19]

---

19) 경북 청송군 부동면 상의동, 『영남의 전설』 123번, 유증선.

[자료12] 적대 세력이 국외에 존재하는 경우이다. 구수봉 바위에서 아기장수가 탄생하려 하자 일본 처녀가 쇠말뚝을 박아서 나오지 못하게 하였다. 아기장수가 나지 못하게 되자 그가 탈 말이 우는 모양으로 바위가 되었다.[20)

민족적 집단 트라우마의 문제는 [자료11]에서는 중화질서로, [자료12]에서는 일본제국주의로 역사적 교체 양상을 보여준다. 김덕령과 임경업처럼 아기장수전설과 결합된 실존 민중영웅전설은 [자료11]과 [자료12]의 중간시기인 임진왜란기와 병자호란기에 각각 일본과 중국에 침략당한 대일본(對日本)·대중국(對中國) 집단 트라우마의 문제를 다룬 경우다. 반면, 신돌석·김구를 주인공으로 하여 아기장수전설의 자장권에 있는 텍스트들은 일제강점기 주권을 침탈당한 한일합방 트라우마를 다룬 케이스가 된다.[21)

그런데 사실, 김덕령과 임경업은 애매하다. 신돌석은 평민 출신이 맞지만 김덕령은 몰락한 사대부 집안 출신[22)이고, 임경업은 아예 판서 임정(林整)의 7대손이다. 심지어 평민 출신인 김구 마저도 김자점의 방계 후예로 설명되기도 한다.[23) 김구의 가계 설명이 양반 혈통을 가탁한 것에 불과한 것이라고 하더라도, 양반 출신이거나 그 출신을 자청하는 아기장수가 민족의 집단 트라우마 대응자로 설정되어 있다는 문제에 대해서는 해결이 필요하다. 국난에 대응한 역사적 인물들이 때마침 양반 출신이었더라는 실존성의 한계로는 해명이 될 수 없다. 순환론적인

---

20) 〈구수봉(九秀峰)〉,『임석재전집』 3, 평안남도편, 용강군 용주면 갈현리, 평민사, 1987, 168~169쪽.
21) 신돌석 전설이 아기장수전설과 관련되어 있다는 사실에 대해서는 천혜숙의 〈영덕 지역의 신돌석 전설〉(『전설과 지역문화』, 민속원, 2002)을, 김구 전설이 아기장수전설의 자장권 속에 있다는 사실에 대해서는 권도경의 〈백범 문학콘텐츠의 스토리텔링에 나타난 아기장수전설의 재맥락화 그 의미〉(『국제어문』 41, 국제어문학회, 2007)을 참조하기 바람.
22) 김덕령은 대대로 유업(留業)의 가통을 이어온 빈한한 사대부 집안 출신으로 성혼(成渾: 1535~1598)의 문하에서 수학하였다.
23) 백범은『백범일지』에 조상인 김자점이 역적으로 처형되었기 때문에 멸문지화를 피하고자 어쩔 수 없이 상놈의 집안이 되었다고 자신의 가계를 밝혀놓았다.

설명이기 때문이다. 국난을 해결하는 아기장수로 민중 출신의 허구적인 인물을 설정하면 얼마든지 해결될 문제를, 굳이 양반 출신의 역사적인 인물과 결합시킨 데에는 민중성의 사전적인 정의를 벗어난 향유층의 인식이 내재해 있다고 보아야 한다. 민족적 트라우마에 대응하는 민중성은 계층을 초월하여 범주화 된다는 것이다. 이렇게 보아야 김덕령·임경업전설의 향유층이 집착하는 '만고충신(萬古忠臣)'의 충의(忠義) 문제가, 아기장수의 상층지향화[24] 라는 계층적인 차원이 아니라 민족적인 애국의 보편적인 차원으로 수렴될 수 있게 된다. 양반 출신 아기장수는 민족적인 트라우마에 대응하는 집단의 저항력이 계층을 초월하여 현실적으로 확산된 결과로 볼 수 있다. 양반과 평민이 연합한 광의의 민중성이다.

드라마 <각시탈>은 신돌석과 김구가 아기장수로서 해결해나가고자 했던 일제의 국권침탈과 관련된 민족의 집단 트라우마의 문제를 계승했다. 특히, 신돌석은 등장인물들에 의해 일제의 한일 합방 야욕에 저항한 민중영웅으로 거듭 언급되며, 심지어 신돌석의 제단을 차려놓고 이강산의 죽음 이후 각시탈의 생존을 기원까지 드린다. 신돌석이 각시탈 이전에 을사조약에서 한일합방으로 이어지는 대일 트라우마에 대항한 민중영웅의 상징으로서 각시탈과 동일시되는 수용의식을 확인할 수 있다. 신돌석의 역사적 실존성의 지평이 반복적으로 작품 내부에서 수용됨으로써 각시탈의 아기장수성이 환기되고, 동시에 각시탈의 허구성이 희석되어 신돌석의 실존적 지평과 겹쳐지게 된다. 대신, 민중영웅 대신 각시탈의 아기장수로서의 민중성이 양반 계층까지 포함하는 민족적 차원으로 확장되어 있는 것이 차이다.

이러한 차이는 신돌석의 민중영웅성을 각시탈의 그것과 일치시키되 신돌석에 의해 민중성과는 정반대의 차원에서 일제 국권 침탈기의 트라

---

24) 이런 관점에서 김덕령전설과 임경업전설을 바라보는 논의로는 김창현의 〈영웅좌절담류 비극소설의 특징과 계보 파악을 위한 시론〉(『동아시아고대학』 13, 2006)이 있다.

우마를 겪은 양반층의 입장까지 수용하는 총체성에서도 확인된다. 신돌석전설에서 대체로 양반은 일본제국주의 질서에 순응한 아기장수의 적대자로 설정되고 있지만, 군자금을 마련하기 위해 부호 및 양반가를 습격한 활동에 대해 부정적인 인식도 존재한다.25) 일본제국주의에 의해 직접적인 수탈을 입은 계층은 민중이며, 이러한 민중을 중심에 둔 항일 활동이 역사적인 관점에서는 민족주의의 주류 범주를 구성하는 것은 사실이지만, 탈역사적인 입장에서 보자면 일본제국주의 질서 하에서 기득권을 누리고 있었던 계층의 일상적 삶은 협의의 민족주의의 이데올로기에 의해 희생된 것이라는 상대적인 입장도 가능하기 때문이다. 정치적인 목적성에 의해 기득권을 내세우거나 지킴으로써 일본제국주의에 의도적으로 순응하지 않았다면, 계층질서에 따라 민족주의의 적용 대상을 물리적으로 나눌 수 없다는 관점도 가능할 수 있다.

드라마 <각시탈>에서는 조선 독립군이 군자금을 대지 않는다는 이유로 적몰시킨 양반가의 딸이 일본제국주의의 앞잡이의 수양딸이 되어 돌아와 각시탈과 대결하는 우에노 리에의 내면을 통해 이러한 민족주의의 범주규정 문제와 또 다른 이면을 다뤘다. 아기장수전설의 원형적인 서사코드의 측면에서 보자면 오에노 리에는 같은 민족을 팔아먹은 아기장수의 배신자로, 아기장수전설의 어머니가 변형된 캐릭터다. 키쇼카이와 결탁하여 각시탈을 죽이려고 드는 매국노 일당이나 각시탈과 그 주변인물들의 정보를 돈을 받고 팔아먹는 계순이와 같은 범주다. 하지만 상대주의적 · 인본주의적 관점에서 보자면, 우에노 리에는 역사적으로 신돌석에 의해 멸문당한 양반층의 일상적 생존권과 같은 민족으로 대우받을 기본권의 문제를 허구적으로 형상화 한 인물이라고 할 수 있다. 한편, 녹녹치 않은 식견을 지녔지만 적극적으로 내국에 앞장서서 기득권을 누리는 친일파 아버지를 둔 덕분에 이를 현실적으로 실현하지 못

---

25) 신돌석이 군자금 마련을 위해 부호 및 양반가를 습격했던 사실에 대해 부정적인 인식을 드러내는 전설 자료가 존재한다는 사실에 대해서는 김정미, 〈한말 경상도 영해지방의 의병전쟁〉, 『대구사학』 42, 1991, 80쪽을 참조하기 바람.

하고 민족 앞에 죄의식을 가지고 살아가는 이시용 백작의 아들 이해석도 민족주의와 상층의 계층성이 꼭 대립관계가 아님을 보여준다. 특히, 자신이 짝사랑 하던 클럽 마담이 실은 독립군이라는 사실을 알고 나서 군자금을 대준 뒤, 친일파라서 부끄럽지만 그래도 아버지를 사랑한다며 자살을 택하는 이해석의 마지막은, 민족주의 이데올로기에 의해 상층의 계층성도 비극적 운명을 맞을 수 있다는 한일합방 시대의 또 다른 인생의 부면을 총체적으로 보여주는 좋은 예다. 심지어 <각시탈>에서는 계순이가 각시탈과 주변인물들을 팔아먹는 행위가 아홉명이나 되는 식구들을 부양하기 위해서 능력 없는 민중이 어쩔 수 없이 선택할 수밖에 없었던 현실적 선택이었음을 보여줌으로써 민족주의 이념도 사치가 될 수밖에 없는 동포도 존재했었던 당대의 또 다른 부면까지 끌어안았다.

물론 이러한 총체적 민족주의 지향은 <각시탈>이 텔레비전 영상으로 옮겨진 소설로 분류할 수 있는 장편이기 때문에 가능할 수 있다. 단편의 아기장수전설이 현대에 와서 미디어소설의 형태로 장편화 되는 원리 속에서 기왕의 아기장수전설의 양식 속에서는 배제되어 있었던 민족주의와 민중성의 다른 부면까지 총체적으로 수용하여 엮어낼 수 있다는 것이다. 하지만 아기장수전설을 수용하여 고소설화 한 <김덕령전>이나 <임경업전>에서는 이처럼 총체적인 차원으로 확장된 민족적 트라우마에 관한 문제의식을 찾아볼 수 없다는 점에서 <각시탈>이 민족주의와 민중성을 다루는 방식은 장편의 형식적 차원이 아니라 전환된 세계관의 차원에서 배태된 것이라 할 수 있다.


## 4. 나오는 말

본 연구는 아기장수의 불멸과 재생, 그리고 현실극복의 집단의지가 아기장수전설의 원형서사 내부에 비극적 세계인식과는 별개의 서사가지로 존재해 왔으며, 아기장수전설의 역사적 전변 과정 속에서 이러한 서사가지가 계승되고 변형되는 양상을 살폈다. 드라마 <각시탈>은 아기장수전설의 원형서사 속에 가능태로 존재해 왔던 현실극복 가능성에 대한 서사가지가 작품의 텍스트 내부 속에서 원형서사를 변개시켜 아기장수전설을 새로 쓴 결과물이다. 민중의 현실극복 의지가 현실세계의 패러다임을 변화시켜왔다는 민중의식의 자신감이 이러한 서사가지를 선택하게 한 내적 동인이 되며, 이처럼 변화된 세계인식이 역사적 트라우마를 극복하고자 하는 집단의 현실극복 서사로 아기장수전설의 원형서사를 변형시키게 한 추동력이 되었다고 할 수 있다.

그런데 드라마 <각시탈>은 열린 결말이다. 일제강점기 아기장수인 각시탈이 민중부대의 앞장을 서는 부분에서 끝이 난다. 민중의 기득질서 변화 가능성에 대한 자신감이 딱 이만큼이라는 얘기다. 일본군의 총칼 앞에 선 이들이 집단으로 살해당한다 하더라도 또 다른 이가 각시탈이 되어 나타나서 아기장수의 명맥을 영원불멸하게 이어갈 것이며, 하나의 각시탈이 또 다른 각시탈을 낳고, 다시 이 각시탈이 집단으로 불어나서 아기장수의 집단이 확대될 것이라는 부분까지가 아기장수전설을 다시 쓸 수 있는 현대인들의 현실인식이다. 하지만 열려져 있는 메시지는 모든 이가 아기장수가 되는 그 날까지 아기장수의 부활과 재생, 그리고 아기장수의 분화와 집단화는 계속되리라는 것이며, 그 결과 기득질서를 변화시킬 스펙트럼은 점점 확장되어 나갈 것이라는 사실이 될 것이다.

# 제3편

## 고소설의 고전서사원형과 문화콘텐츠

# I. 고소설 〈장화홍련전〉 원형서사의 서사적 고정관념과 영화 〈장화, 홍련〉에 나타난 새로쓰기 서사전략

## 1. 문제 설정의 방향: 서사원형, 서사적 고정관념, 그리고 새로 쓰기의 서사전략 문제

영화비평가들이 주도했던 〈장화, 홍련〉 연구사에 고소설 연구자들이 하나 둘씩 뛰어들면서 이 작품을 고소설 〈장화홍련전〉과 별개의 작품이 아니라 현대적 판본으로 보아야 한다는 시각이 정착되어가고 있다.[1] 선행연구에서 이루어진 〈장화홍련전〉과 영화 〈장화, 홍련〉의 이본 관계 규정을 요약적으로 정리해보면 다음과 같다. 고소설 〈장화홍련전〉

---

[1] 조현설이 〈고소설의 영화화 작업을 통해 본 고소설의 연구의 과제-고소설 〈장화홍련전〉과 영화 〈장화, 홍련〉의 사례를 중심으로〉(『고소설연구』 17, 한국고소설학회, 2004)에서 처음으로 이 시각을 제시한 이래 이정원(〈영화 〈장화, 홍련〉에서 여성에 대한 기억과 실제〉, 『한국고전여성문학연구』 15, 한국고전여성문학회, 2007.)·성현자(〈소설 모티프의 차용과 변용-소설 〈장화홍련전〉과 영화 〈장화, 홍련〉의 경우〉, 『비교문학』 45, 2008)의 후속 연구에서 이 시각이 정착되었다.

은 영화 <장화, 홍련>에 서사적으로 매개되어 있는 것은 분명2)하나 기존 서사는 거의 대부분 포기(①)되어 있으며3), 가부장제의 폭력성이 강화(②)4)되면서 <장화홍련전>과 <장화, 홍련>은 이념적인 미적 지향을 완전히 달리 하는 비일반적인 이본관계5)라는 것이다.

그런데 본질적인 문제는 여전히 해결되지 않고 있는 것 같다. 우선, ①의 <장화홍련전> 서사의 매개성 문제다. <장화, 홍련>은 <장화홍련전>의 두 주인공의 이름을 나란히 제목으로 내세운 만큼 <장화홍련전>

---

2) 조현설, 전게논문, 61쪽.

3) 조현설, 전게논문, 61쪽. 이정원의 전게논문, 74쪽에서도 같은 입장이다.

4) 이정원, 전게논문, 74쪽.

5) ①과 ②에서 〈장화홍련전〉이 〈장화, 홍련〉에 매개되어 있거나 포기되어 있는 구체적인 서사적 국면들은 무엇이고, 〈장화, 홍련〉의 그러한 매개와 포기의 상반된 지향성이 의도하는 향유의식적 전략은 무엇인가 하는 있는 지점들이 해명되어야 할 것이다. 현재로서는 〈장화홍련전〉의 원형적인 서사에 대한 변용의 지점이 일반적으로 생각할 수 있는 지점을 넘어서 있다는 사실이 〈장화, 홍련〉의 서사적 정체성을 명쾌하게 규정하는데 장애 요인이 되고 있는 것으로 보인다. 〈장화, 홍련〉이 〈장화홍련전〉의 원형서사의 대부분을 어떤 방식으로 제거하고 대신 채워 넣었으며, 그러한 작업을 통해 목적한 바가 〈장화홍련전〉의 양식적 범주사 내부에 포함되는 것인지, 포함된다면 어떠한 의의가 있는 것인지를 설명해 낼 수 있어야 할 것이다. 당연한 얘기지만 후작(後作)이 전작(前作)의 이본일 수 있기 위해서는 전작에 대한 후작의 서사적·이념적 변형성이 전작이 다른 작품에 대하여 갖는 차별적인 양식성의 자장 내부에 있어야 한다. 후작이 전작과 일정한 서사적·이념적 연결성을 가진다고 하더라도 그것이 전작과 분지되는 양식 범주와도 공유되는 것이라면, 당초 설정한 원작과 이본 관계를 넘어선 것이 된다. 거꾸로 여전히 후작(後作)이 전작(前作)의 자장권 내부에 있다고 판단된다면 여전히 해당 작품은 원작에 대한 이본으로 규정되어야 한다. 여기서 전작의 자장권 내부에 있다고 함은 아무리 비틀거나 재해석을 하여 최종적인 이념적 지향이 달라진다고 하더라도 그 서사적·이념적 변형이 오로지 전작과의 관계망 속에서 변별적인 의미가 차별적으로 드러날 수 있음을 의미한다. 후작의 서사적·이념적 지향이 전작에 대한 종속적 관계망을 넘어서 독자적인 의미가 성립될 수 있다면 전작의 양식적 미의식을 벗어나 새로운 양식적 지점으로 들어간 것이 되겠지만 그 변별성이 전작의 서사적·이념적 전형성을 전제로 하지 않고서는 성립되지 않는다면 여전히 전작에 대한 딸림 판본의 범주를 넘어서지 못한다고 판단해야 하는 것이다. 후작이 전작에 대하여 가지는 서사적·이념적 종속성은 변별성의 상위 후자의 경우 해명해야 하는 과제는 후작이 전작에 대하여 가지는 서사적·이념적 기존 고소설 연구자들이 제시해 놓은 고소설 〈장화홍련전〉과 영화 〈장화, 홍련〉의 서사적 연맥 관계에 대한 구체적인 해명의 필요성은 바로 여기에 근거한다.

을 현대의 이야기로 옮겨와 영상매체 위에 고스란히 얹어놓았을 것이라는 관객들의 기대에 전혀 부응하고 있지 않은 작품임은 분명하다. 처음의 기대와는 달리 아무리 끝까지 관람해도 <장화, 홍련>의 서사는 <장화홍련전>의 원형서사(Archetypical Narrative)의 순서 그대로 내러티브가 전개되지 않기 때문이다. 여기서 <장화홍련전>의 원형서사라 함은 악독한 계모가 친부의 방조 속에서 착한 전처자식 자매를 박대해서 죽게 만들었으나 자매의 원혼을 부사가 신원해주고 계모를 징치한다는 이야기이다. 그런데 묘하게도 관객들은 <장화, 홍련>에서 시종일관 <장화홍련전>의 원형서사가 전개되고 있는 듯 한 느낌을 받으며, 영화의 서사가 종결되는 시점까지 <장화홍련전>의 원형서사에 부응하는 이야기가 전개되고 있다는 서사적 믿음(Narrative Faith)를 버리지 않는다. 하지만 최종까지 관람을 끝내고 되짚어 보면 <장화홍련전> 원형서사에 부합한다고 관객들에게 믿어졌던 서사들은 모두 주인공의 상상에 불과한 것이었음이 드러나고 결국 관객들은 깨어진 서사적 믿음 때문에 당혹스러움을 느끼게 된다. <장화홍련전>의 원형서사는 현대 가정을 배경으로 시공간만 옮긴 한 편의 완결된 허구적인 서사로서의 <장화, 홍련>에 대응되는 것이 아니라, 전처자식인 주인공이 계모와 자신의 관계, 친부와 자신의 관계, 계모와 친부의 관계에 대해 허구적인 서사세계 내부에서 다시 상상해내어 만들어낸 서사적 인식(Narrative Recognition)의 일부분으로 존재하는 것이었다는 사실을 깨닫게 되기 때문이다.

그렇다면 현대, 고전 할 것 없이 선행 연구자들이 인정하고 있는 대로 <장화, 홍련>에는 제목이 환기하는 매개성 이외는 <장화홍련전>의 원형서사가 포기되고 있는가 하면, 그렇지 않다. 관객들이 <장화, 홍련>의 엔딩 크레딧(Ending Credit)이 올라갈 때까지도 <장화홍련전> 원형서사에 대한 기대를 저버리지 못하는 이유는, 단순히 기존 연구에서 지적했던 바와 같이 <장화, 홍련>의 제목이 상기시키는 <장화홍련전>에 대한 서사적 매개성만으로는 제대로 해명이 되지 않는다. 여기에는 미디어소설(Media Novel) 작가(Writer)로서의 감독 김지운이 의도한 서사적 전략(Narrative Strategy)이 내재해 있다고 보아야 한다.6) <장화, 홍련>의 작가 김지운 감독이 적극적으로 의도한 서사적 전략은 <장화홍련전>을 <장화, 홍련>의 서사가 해체해야 할 일종의 서사적 고정관념(Narrative Stereotype)으로 규정하고 새로 쓰기(Rewriting) 하는 것이다. 김지운이 단순히 시공간적인 배경과 서사적 미장센(Miseenscene)으로서의 라이프 스타일을 현대로 옮겨놓은 <장화홍련전>의 완결된 현대적 서사체로 <장화, 홍련>을 창작하지 않은 이유는, <장화홍련전>의 향유층이 지향하는 서사적 미의식에 동의하지 않기 때문이다. 선행연구에서 거듭 지적되었던 바와 같이 <장화홍련전>은 전처집단 중심적인 시각에서 쓰여진 작품이며 그 배후에는 가부장제 이데올로기에 대한 내면화 의식이 자리하고 있다.7) <장화홍련전>의 원형서사는 일종의 서사적 신화처럼 오늘날까지 흔들림 없이 계승되고 있는 것이 사실이다.

그런데 이러한 <장화홍련전>의 원형서사는 시대를 초월하여 계모-전처자식-친부 사이의 관계에 대한 현대 한국인들의 의식적 지향점에 부응하지 못하고 있다는 것이 문제다. 특히, 현대인들은 악독한 계모와 핍박받는 전처자식이란 일종의 관습적인 편견에 불과하며 양자 사이의 선악 규정은 일률적으로 유형화 될 수 없는 철저히 개별적인 차원의 개성 문제로 보는 것이 일반적이다. 심지어 현대 재혼가정의 바람직한 가족 이념 정립을 위해 지양해야 할 편견으로 지목되고 있다. 계모-전처 자식 사이의 바람직한 관계 형성을 방해하는 편견의 조장처로 인식되고 있는 것이다.8) 현대에 와서 <장화홍련전>이 지향하는 미의식과 형상화

---

6) 김지운 감독은 〈장화, 홍련〉의 극본과 연출 두 가지를 모두 혼자서 담당했다. 영화계에서 극작과 연출을 감독 한 사람이 맡는 경우 그 감독은 문학계에서와 같이 작가로 지칭된다.

7) 이에 대해서는, 조현설, 〈남성지배와 『장화홍련전』의 여성형상〉, 『민족문학사연구』 15, 민족문학사연구소, 1999 ; 정지영, 〈장화홍련전: 조선후기 재혼가족 구성원의 지위〉, 『역사비평』 61, 한국역사연구회, 2002 ; 이종서, 〈'전통적' 계모관(繼母觀)의 형성과정과 그 의미〉, 『역사와현실』 51, 한국역사연구회, 2004 ; 이정원, 〈〈장화홍련전〉의 환상성〉, 『고소설연구』 20, 한국고소설학회, 2005를 참조하기 바람.

8) 유안진, 〈전래동화와 대학생의 편견 형성 판단: 백설공주, 콩쥐팥쥐, 장화홍련전을 중심으로〉, 『한국가정관리학회지』 23, 한국가정관리학회, 1994 ; 유안진, 〈동화내용을 인지한

해낸 인물형은 일종의 지양해야 할 부정적인 스테레오타입으로 받아들여지고 있다는 말이다. 게다가 <장화홍련전>의 원형서사는 계모서사9)의 역사적 전개사 속에서 전혀 보편적이지 않고 예외적이다. 계모와 전처자식간의 관계를 그려낸 계모서사의 통시적 전개사 속에서 <장화홍련전>식의 계모형 서사는 17세기 이후가 되어서야 출현한 특수한 것이라는 얘기다.10) 하지만 동시에 여전히 현실적으로 일어날 만한 개연성을 관습적으로 인정받고 있기도 하다. <장화홍련전>식의 계모형 서사원형은 현대 한국인들의 의식적 지향과 상통하지 못하면서도 전통적이고도 관습적인 서사로 여전히 유지되고 있다는 사실, 바로 여기에 <장화홍련전>의 서사적 고정관념을 해체하고 현대 한국인의 의식적 지향점에 맞추어 새로 써야 할 필요성이 발생한다. 바로 <장화, 홍련>의 창작 목적이 된다. ②의 가부장제 강화가 <장화, 홍련>의 이념적 지향점이 아닌 이유도 여기에 있다.11) <장화, 홍련>은 악독한 계모와 핍박받는

───────────────────────

아동이 지각한 친부모상 및 계부모상의 차이; 콩쥐팥쥐, 장화홍련, 신데렐라 및 백설공주를 중심으로), 『한국가정관리학회지』 34, 한국가정관리학회, 1996.

9) 여기서 계모서사란 계모와 전처자식 간의 갈등관계를 형상화 한 모든 서사유형을 다 포함하는 개념으로 규정한다. 〈장화홍련전〉 이후 유행한 계모서사는 전처자식이 악독한 계모에게 일방적으로 박대를 당하는 유형으로 흔히 계모형 서사로 규정된다. 계모가 악독한 전처자식에게 박대를 당하는 서사는 계모형 서사에 대응하는 전처자식형 서사로 분류할 수 있을 것이며, 계모서사는 계모형 서사와 전처자식형 서사를 포괄하는 상위의 범주가 된다.

10) 이종서는 조선후기가 되기 전까지는 계모와 전처자식이 한 집안 내부에서 동처(同處)하지 않았기 때문에 갈등이 빚어질 계기 자체가 존재하지 않았음을 입증해서 보여준 바 있다. 이에 대해서는 이종서의 전게논문을 참조하기 바람.

11) 〈장화, 홍련〉이 〈장화홍련전〉에 대해 가지는 차별적인 이념적 지향성은 주로 여성에 대한 가부장제의 폭력성 강화 혹은 약화 문제를 중심으로 설명된 바 있는데, 이러한 시각이 〈장화, 홍련〉의 이념적 정체성을 설명하는 정곡을 얻고 있는 것인지에 재검토가 필요하다. 주지하다시피 전작인 〈장화홍련전〉이 속한 양식적 범주는 계모형 가정소설이다. 계모형 가정소설에는 계모와 전실자식자매 사이의 갈등을 중심으로 한 유형, 계모와 전실자식아들 사이의 갈등을 중심으로 한 유형이 존재한다. 전자의 대표작은 〈장화홍련전〉이고, 후자의 대표작은 〈어룡전〉·〈김인향전〉 등이다. 이 중에서 가부장제의 폭압성에 직면한 여성적 억압에 대한 문제는 가부장제 하에 격돌했던 두 여성, 즉 계모와 전실자식자매의 이야기를 그린 전자의 〈장화홍련전〉계 계모형 가정소설의 전형적인 양식성을 구성하는 인자가 된다. 결과적으로 여성주의적인 관점에서 가부장적인 폭력성의 강화

전처자식이란 <장화홍련>식의 원형서사가 실은 유교적인 가부장제 이데올로기의 지배하에 있던 시대에 형성된 서사적 고정관념일 뿐임을 이야기하는 작품이기 때문이다.[12]

이를 위해서 <장화, 홍련>의 작가 김지운이 실행하고 있는 서사전략은 <장화홍련전>의 원형서사를 <장화, 홍련>에 서사적으로 숨겨놓되 그것을 차례로 해체하고 새로 써나가는 것이다. 새로 쓰기가 향유층에게 신선하게 받아들여지기 위해서는 얼마나 참신하게 해체하고 재구성하느냐 못지않게 전작(前作)이 되는 원형서사를 잘 불러들여서 배치할 수 있어야 한다. 전작인 <장화홍련전>은 후작(後作)인 <장화, 홍련>의 성립을 위한 서사적 전제(Narrative Premise)가 되기 때문이다. 바꿔 말해서 <장화, 홍련>이 환기시키는 새로운 주제의식은 <장화홍련전>과의 서사적 관계망 속에서만 성립될 수 있는 종속적인 것이기 때문이다. 이처럼 작가 김지운이 <장화, 홍련> 창작을 위해 선택한 구체적인 서사 방식으로 들 수 있는 것이 바로 액자식 구성이다.

본 연구는 이러한 문제의식 하에서 <장화, 홍련>의 <장화홍련전> 원형서사 재생산을 계모형 가정서사가 유포한 서사적 고정관념을 변화된

---

혹은 약화 문제를 중심으로 이념적 차별성을 규정하는 방식은 계모형 가정소설의 양식적 범주 속에 있는 것이냐 아니냐를 구분 짓는 필요충분조건이 될 수 없다. 여성에 대한 가부장제의 폭력성이 강화되어 있느냐 아니냐의 상대적인 차별성은 〈장화홍련전〉계 내부에 속하는 작품들 간에서 확인되는 형상화 방식상의 스펙트럼 속에 포섭되기 때문이다. 바꿔 말하면 계모형 가정소설의 양식적 미학을 다른 양식의 그것과 비교해서 차별화되는 지점을 부각시켜주는 또 다른 차원의 잣대이지 이본관계의 문제와 직결되는 차원이 아니기 때문이다. 예컨대, 범박하게 말해서 후작에 전작 보다 후자에 가부장적인 폭력성이 약화되어 있거나 혹은 반대로 강화 되어 있음에도 불구하고 그것이 전작의 양식적 미학을 전제로 하여 의도적으로 이루어져 있으며, 그러한 이념적 재해석과 재구성이 전작을 기준점으로 하지 않으면 그 차별적 의미가 드러날 수 없다면 여전히 후자는 전자의 이본지도 속에 포함되어 있는 것이다. 후작의 이념적 변형성은 여전히 전작의 양식적 범주에서 이루어진 하위 차원의 것이 된다.

12) 이 점에서 〈장화, 홍련〉이 가부장제 이데올로기의 약화 양상을 보여준다는 조현설의 지적은 정곡을 얻은 것이라고 할 수 있다.(조현설, 〈고소설의 영화화 작업을 통해 본 고소설의 연구의 과제-고소설 〈장화홍련전〉과 영화 〈장화, 홍련〉의 사례를 중심으로〉, 『고소설연구』17, 한국고소설학회, 2004, 61쪽)

시대적 의식에 맞게 영상적으로 새로 쓰기 한 작업으로 규정하고 그 서사전략과 시대적 의미를 규명해 내고자 한다. <장화홍련전> 원형서 사 재생산의 성립근거를 계모서사의 통시적 전개사 속에서 <장화홍련 전> 원형서사가 지니는 예외적 특수성을 입증하는 방식으로 논증할 것이며, 이를 바탕으로 <장화, 홍련>이 <장화홍련전> 원형서사가 성립시 킨 서사적 고정관념을 해체하고 새로 쓰기 한 서사적 전략과 그것이 지니는 시대사적 의미를 드러낼 것이다.

## 2. 계모서사의 통시적 전개사와 <장화홍련전> 원형서사의 예 외성

<장화홍련전>은 현재까지도 유효하게 이어지고 있는 전처자식·계 모·친부의 캐릭터와 관계에 대한 고정관념의 원형적인 서사다. 현대 까지 이어지고 있는 <장화홍련전>의 서사원형이란 계모에게 박대를 받던 처자식자매가 친부의 공모 속에 살해당했다가 원귀가 되어 부사 에게 신원한 결과 누명을 벗고 환생하여 행복한 삶을 산다는 것이다.[13] 이러한 <장화홍련전>의 서사원형은 계모란 악독하고 전처자식은 순진 무구하며 친부는 어리석다는 고정관념을 유포한다. 동시에 전처자식 은 착한 존재이기 때문에 해원(解冤) 받아서 복을 받는 것이 당연한 반면, 계모는 악하기 때문에 징치(懲治) 당하는 것이 당연하고, 친부는 단지 악랄한 계모의 계략에 휘둘린 것이기 때문에 회개만 한다면 전처 자식과 함께 살 수 있는 생존을 인정받는 것이 마땅하다는 인식을 보편 화 시킨다.[14]

---

13) 〈장화홍련전〉의 원형서사가 신원 모티프를 중심으로 한 역사적 충동에서 선악대비구조와 재생·환생 모티프를 통해 위안을 목적으로 한 허구적 충동으로 이동하는 가운데 형성되 었다는 사실에 대해서는 김재용, 『계모형 고소설의 시학』, 집문당, 1996 ; 이원수, 『가정소 설 작품세계의 시대적 변모』, 경남대학교 출판부, 1997을 참조하기 바람.

14) 〈장화홍련전〉의 서사원형이 유포하는 고정관념에 대해서는, 〈장화홍련전〉을 아동 대상

고정관념의 강도만큼이나 <장화홍련전> 서사원형의 연원은 일견 오래 된 것처럼 생각되기 쉽다. 그러나 통시적인 관점에서 계모·전처자식 관계사를 조망해보면 의외의 사실이 드러난다. 계모가 전처자식을 구박하는 박대관계를 허구적으로 담론화 한 <장화홍련전> 원형서사는 조선후기에 가서야 성립된 예외적이고 낯선 것이란 사실이다.

　일단, 고려시대까지는 계모와 전처자식이 한 주거지에서 동거하지 않았을 뿐더러 계모가 전처자식들에게 어머니로 인식되지 않았던 사회 제도상 갈등이 촉발될 소지 자체가 없었다.[15] 비록 사실이 아닌 허구의 영역이라 하더라도 계모가 전처자식을 마음껏 박대하는 계모형 서사가 성립될 조건 자체가 존재하지 않는 셈이다. 반면, 조선조에 들어 성리학적인 동기론(同氣論)에 근거하여 부계(父系) 혈통이 정립되면서 양자 사이에 갈등의 여지들이 생겨나기 시작했다. 전처자식들은 생물학적 혈연으로 연결되어 있지 않은 계모를 단지 친부의 아내가 아니라, 친부의 아내이자 생모와 같은 어머니로 모시라는 사회의 이념적인 압박에 시달리게 되었던 것이다. 게다가 한 주거지 내에 계모와 함께 동거하는 거주형태는 전처자식과 계모 사이의 갈등을 증폭시켰다.[16] 그러나 이 경우에도 <장화홍련전> 같은 계모형 서사는 확인되지 않는다. 오히려 사회의 문제적 담론으로 회자되고 있었던 것은 전처자식이 계모를 박대하는 정반대의 형태였다. 굳이 표현한다면 계모형 서사에 대응되는 일종의 전처자식형 서사가 된다. 전처자식형 서사를 포함하는 계모서사는 있어도 계모형 서사는 아직 존재하지 않았던 셈이다.

---

　으로 옮긴 동화 <장화홍련>을 대상으로 진행된, 전래동화에 대한 다음의 일련의 편견 연구에서 확인할 수 있다. 유안진, <전래동화와 대학생의 편견 형성 판단-백설공주, 콩쥐팥쥐, 장화홍련전을 중심으로>, 『한국가정관리학회지』, 제2권 제1호, 1994 ; 유안진, <동화내용을 인지한 아동이 지각한 친부모상 및 계부모상의 차이-콩쥐팥쥐, 장화홍련, 신데렐라 및 백설공주를 중심으로>, 『대한가정학회지』 제34권 3호, 1996을 참조하기 바람.

15) 이에 대해서는 이종서, <전통적 계모관의 형성과정과 그 의미>, 『역사와현실』 51, 한국역사연구회, 2004, 137~148쪽을 참조하기 바람.

16) 이종서, <전통적 계모관의 형성과정과 그 의미>, 『역사와현실』 51, 한국역사연구회, 2004, 148~156쪽.

**[자료1]** 누이가 기씨(奇氏)와 혼인했다가 일찍 과부가 되었는데 전처의 아들 상렴(尙廉)이 가재를 다 차지하려고 기부인(奇夫人)을 퍽 예경(禮敬)하지 않았다. 기부인이 서울에 이르러 소송하였더니, 상렴이 비복들을 꾀어 함께 모의하여 유언(流言)을 꾸며 위태롭게 하므로 기부인이 얽혀 옥에 갇혔다. 선공(先公)이 그 소식을 듣고는 즉시 행장을 재촉하여 서울에 올라가 조석으로 몸소 헌사(憲司)에 가서 억울함을 호소하였다. (중략) 과연 거짓으로 무함한 것이 드러나 상렴과 비복 놈을 서울 저자에서 거열 하였다.17)

**[자료2]** 여주의 진한우(陳漢佑) 상회(商晦)가 왔다. 진해수(陳海壽)는 진주에서 남원을 거쳐 올라왔는데 하진상(河進上) 종악(宗嶽)의 양자이다. 하진사의 처 이씨는 대사헌 인향(仁亨)의 손이고 천거와 령(翎)의 딸이다. 나이 29세에 남편을 여의었다. (중략) 전실 딸 김려(金勴)의 처 하씨는 단성에 살면서 음모를 꾸며 계모에게 해를 입히고 재산을 모두 갖고자 간음의 설을 조성하여 사촌대부(四寸大父) 조식(曹植)이 믿게 함으로써 도사(都事)에게 사촉하였다.18)

**[자료3]**
㉮ 배좌수, 강씨부인, 장화·홍련 자매가 살았다.
㉯ 강씨부인이 죽자 배좌수가 허씨를 후처로 맞았다.
㉰ 후처가 아들 장쇠를 낳았다.
㉱ 배좌수가 장화를 시집보내려고 하였다.
㉲ 장화·홍련 자매가 음란의 누명을 썼다.
㉳ 자매가 연못에 빠져 죽었다.
㉴ 부사 전동흘이 계모 허씨의 범죄로 판결했다.19)

---

17) "先公友愛篤至, 有妹適奇氏, 早寡, 前妻子尙廉, 謀專據家財, 頗無禮敬, 奇夫人詣京訟之, 尙廉誣啗婢僕協謀, 構流言以危之, 奇夫人被繫於獄, 先公聞之, 卽促裝如京, 朝夕身自訴冤於憲司, 無機微厭倦之色, 辜官嘆其行人所難, 果以誣작詐, 尙廉與婢僕, 輾諸都市", 『佔畢齋集』, 이종서, 전게논문, 150쪽에서 재인용.

18) "驪州陳漢佑商晦來, 陳海壽, 自晉州歷南原上來, 乃河進士宗嶽之養子也, 河進士妻李氏, 大司憲仁亨之孫, 而薦擧科翎之女也, 年二十八喪夫 (中略) 前室女金勴之妻河氏, 居于丹城, 謀欲害繼母而專呑家産, 造成姦淫之說, 浸潤四寸大父曹植, 使囑于都事", 『眉巖日記草』1, 이종서, 전게논문, 150쪽에서 재인용.

[자료4] 계모 중에 그 지아비를 사주하여 고의로 자녀를 살해하게 한 자는 범죄의 뜻을 세운 사람이나 따른 사람을 가리지 않고 모두 목 졸라 죽인다.[20]

[자료5] ①전라도 강진에서 백문일(白文日)의 딸인 백필랑(白必娘)·백필애(白必愛)라는 자매가 연못에 빠져 자살하였다. 강진 현감이 친부 백문일과 계모 나온(羅媼) 불러 문초하자 둘다 모른다고 하였다. 강진 현감이 마을 사람들과 오라비 백득손(白得孫)·백희손(白喜孫)을 불로 심문하니, 자매의 80전을 계모가 쓰고는 도리어 자매를 학대한 계모 때문에 죽은 것이라며 필랑과 필애의 원수를 갚아 달라고 하였다. 상황은 ㉮"두 여자가 광주리를 이고 아름다운 저수지를 따라 약을 캐다가 서로 치마끈을 묶고 맑은 못을 바라 보고 꽃처럼 떨어졌으니, 이를 보던 사람은 마음이 쓰려 코가 시큰거렸고 듣는 사람은 정신이 나가 애를 끊는 듯하였다."고 슬프게 묘사되었다. 당초 강진현감의 심리애서 두 자매가 자살한 이유는 계모 나씨의 구박으로 밝혀졌고, 두 딸을 핍박한 계모 나씨는 사죄(死罪)에 처해졌다. 당시 초검, 재검 및 관찰사의 판결 모두 나씨 노파를 죽여야 한다고 했으며, 나 씨는 강진 객사 앞 청조루에서 삼릉장으로 맞아 죽게 되었다. 구경꾼들이 담장을 이루듯이 모여들어 매우 통쾌하다고 소리쳤다는 소문이었다.

② 사건이 벌어진지 수십 년이 지난 1801년 다산이 강진에 귀양살이를 갔다가 이 사건을 듣게 되었다. 사건 조사보고서를 읽은 후, 다산은 같은 마을 사람 조동혁과 김안택을 불러 재심리를 하였더니, 백필랑·백필애 자매가 자신들이 번 돈 80전을 계모가 쓴 줄 알고 오해해 나씨와 불화하였으나 실은 그 아비 백문일이 몰래 쓴 것이었다. 게다가 백필랑·백필애에게 자살하라고 강요한 것은 계모가 아니라 오라비 백득손이었다. 조동혁은 "나씨 노파는 성품이 본래 양순했고 실제 구박한 사실도 없었으나 백 씨의 딸들은 성품이 모두 시샘이 많고 음험한데 백필랑, 백필애는 더욱 흉악하고 모질어 마침내 대단히 큰 죄악의 변고를 이루었으니 이웃의 여론은 모두 나 씨 노인의 억울한 죽음을 슬퍼하였으며 지금까지 안타깝게 생각한다."고 하였고, 김안택은 "얼마 전 한 거지가

---

19) 이정원은 〈장화홍련전〉에서 사실담을 추출하면서 ㉱와 ㉯를 배제(이정원, 〈장화홍련전〉의 환상성), 『고소설연구』 20, 한국고소설학회, 2005, 108~109쪽)하였지만, 이 두 단락은 가해자와 피해자의 위치만 바뀌어 있을 뿐 조선전기 전처자식의 계모 박대담의 서사구조에서부터 이어져 오던 필수 서사구성요소이다. 각각 재산권 갈등과 음란죄 모해에 해당한다.

20) "繼母嗾囑 其夫, 故殺子女者, 不分造意隨從, 并絞』, 『新補受敎輯錄』, 刑典, 殺獄

서재에 왔는데 옷은 해져 몸을 가릴 수 없었고 얼굴빛은 누렇게 떠서 엉금엉금 기어 다니며 동냥하였다. 누구인지 물으니 '나는 백득손으로 우리 계모가 몹시 원통하게 죽었다. 내가 그녀의 원통함을 알고 있었지만 죄가 없다는 사실을 말하지 않아 그녀를 구하지 않았다. 그 뒤 온갖 일이 이루어지지 아니하여 이 지경이 되었으니 누구를 탓하겠는가?'라고 하였다."고 말하였다. 다산이 최초 심리를 뒤집고 계모를 무죄로 신원해 주었다.<sup>21)</sup>

**[자료6]** 계모로서 그의 지아비를 사주하여 고의로 자녀를 살해한 자는 일율(一律)로 논죄한다.<sup>22)</sup>

[자료1] · [자료2]는 각각 15세기와 16세기의 기록이다. 두 자료에서 공히 갈등을 폭발시킨 계기는 재산권이다. 상대를 해치고자 음모를 꾸민 쪽은 전처자식들이고 모함으로 인해 박해를 받은 쪽은 계모이며 진실을 밝히는 심리(審理) 결과 처벌을 받은 쪽은 전처자식들이다. 여기서 주목되는 사실은 조선전기를 배경으로 계모와 전처자식 사이에 벌어진 이 실화들의 사건 전개 추이가 정확하게 조선후기의 산물인 <장화홍련전>의 그것에서 계모와 전처자식의 역할만 바꾸어 놓은 형태에 대응되며, 갈등의 구조도 동일하다는 사실이다. 단, 갈등의 정도와 해결방안의 확장 정도는 차이가 있다. [자료1] · [자료2]에는 <장화홍련전>과 달리 모해를 받아 죽은 쪽의 재생담이나 환생담이 없다. 사실의 기록이냐 소설이냐의 차이도 있겠지만, 희생자의 원한이 집단화 되는 정도의 차이와 관련되어 있다. 거꾸로 얘기하면 사회가 허구적 서사를 동원하여 이념적 보상을 해줄 필요가 있을 정도로 집적되고 또 공론화 되지는 않았다는 의미다. [자료1] · [자료2]와 <장화홍련전>은 모두 다음의 원형적인 서사구조를 공유한다.

---

21) 丁若鏞, 『欽欽新書』 三冊, 『역주 흠흠신서』 3, 정약용저, 박석무 역, 현대실학사, 1999, 262~266쪽.
22) 『국역 대동회통』, 고려대학교 민족문화연구소, 1982, 596쪽.

**[도식1]**
① 재산 문제 때문에,
② 양쪽 중 어느 한 쪽이 상대를 무고하여,
③ 다른 한 쪽이 억울하게 누명을 쓰고 위해를 당하나,
④ 관의 심리를 받고 신원(伸冤) 한다.

상대편의 음모로 인한 박해와 갈등이 죽음으로까지 이어지지 않았달
뿐이지 모함에 음란의 무고가 동원되는 상황도 동일하다. 전처자식형이
든 계모형이든, 계모서사의 원형구조는 같다는 사실을 알 수 있다. <장
화홍련전>의 계모형 서사가 이러한 조선후기 전처자식형의 그것을 차
용하여 주체와 객체의 위치만 바꾸어놓은 것일 가능성도 상정해 볼 수
있겠다는 사실을 지적해 본다.

갈등의 구조가 같은데 계모와 전처자식의 역할이 바뀌어 있다면, 이
는 [자료1] · [자료2]가 계모와 전처자식의 관계를 바라보는 시각이 <장
화홍련전>과 다르다는 사실을 의미한다. [자료1] · [자료2]의 시대인 조
선전기에는 가정 내의 계모 지위를 안정화 시키고 재산권을 보장하기
위한 법제들이 마련되고 또한 그 시행이 강조되던 시기였다. 친모와
동일한 대우를 받아야 할 후처로서의 계모의 위상을 제고하고 이미지를
유포하기 위해 국가차원에서 공식적으로 제도를 마련해 나간 시기[23]였
던 것이다. 이처럼 조선전기 사회가 계모에 대한 사회적 입지와 대우를
보장하고 유지하는데 열을 올렸던 이유는, 성리학 이념에 입각한 사회
적 패러다임을 새롭게 구축해 나가는 과정에서 계모가 사회의 성리학적
이행도를 측정하는 지표로 인식되었기 때문으로 생각된다. 성리학 이념
에 따라 가족제도를 재편한 결과가 바로 부계를 중심으로 계모를 전처
자식의 친모와 같은 지위에 놓고 전처자식으로 하여금 계모와 동처하여
효양을 바치도록 하는 법제의 선포였던 만큼, 계모는 이 새로운 패러다

---

23) 이종서, 〈전통적 계모관의 형성과정과 그 의미〉, 『역사와현실』 51, 한국역사연구회, 2004,
   148~156쪽.

임의 성공적인 안착 여부를 판가름하게 하는 일종의 바로미터적 인간이었던 셈이다. 계모는 조선전기 사회가 체제적으로 수호해야 하는 이념적 인간, 혹은 법칙적 인간으로 인식되었다고 할 수 있다.

반면, 전처자식들은 마땅히 이러한 조선전기의 새로운 법칙 전환에 순응해야 하는, 상하의 질서체계에서 친모와 동등한 계모 보다 낮은 지위에 위치한 존재들로 규정되었던 것이다. 만약, 전처자식들이 이처럼 조선전기 사회가 강제한 새로운 법칙에 순응한다면 바람직한 규범적 인간으로서 사회질서 내부로 받아들여지는 것이고, 저항한다면 일종의 위험한 개인으로 규정되어 그 존재성을 박탈당하는 것이 타당하다는 방식으로 사회적 인식논리가 짜여져 있었음을 [자료1]·[자료2]에서 확인할 수 있다. 다시 말해서 조선전기 당시에 사회적 담론을 이끌고 나가는 지식인들의 비판 대상이 되었던 것은 이러한 사회의 이념적 지향성에 순응하지 않는 전처자식들이었던 것이고, 계모는 이러한 전처자식들의 공격으로부터 사회가 보호해줘야 마땅한 이념적 옹호 대상이었던 것이다. 사회의 법칙에 순응하지 않는 전처자식들에 대한 공식적인 처결의지는 [자료1]·[자료2]에서 보듯 생사여탈을 가를 정도로 강력한 것이었다. 조선전기 사회는 [자료1]·[자료2]에서 표면화 된 계모와 전처자식 사이의 갈등을 계기로 부모의 허물을 논하거나 고소하는 자식을 사실 여부의 확인도 없이 즉각 주살한다는 법령을 발표[24]함으로써, 계모와 갈등을 빚는 전처자식들을 새로운 부계 가족 질서의 구축을 전복시키고자 하는 부정적 개인들로 못 박아버렸다. 조선전기 사회에서 계모는 전처자식과 갈등을 일으켜도 잘잘못을 따질 수조차 없는 이념적으로 성역화 된 존재로 자리매김 되어 있었단 사실을 확인할 수 있다. 설사 전처자식 쪽이 아니라 계모 쪽에 인격적으로나 행동상의 문제가 있었다고 하더라도 갈등이 표면화 되는 순간 사회적 악으로 규정되었던 것은 전처자식 쪽이었던 것이다. 다만, 전처자식들이 사회적 악으로 규

---

24) 이종서, 전게논문, 151쪽.

정되는 정도는 <장화홍련전> 계모의 경우만큼은 아니었던 것으로 보인다. 계모들에 대한 사회적 보상이 재심리를 통한 신원 정도로 그친 것은 원귀담과 재생담·환생담을 동원한 허구적 보상을 진행할 정도로 계모집단의 원한이 집단서사로 축적되어 있지 않았다는 사실을 보여준다. 물론, 계모의 원혼담과 재생담·환생담이 조선전기에 확인되지 않는 이유 중의 일부를 고소설의 시대가 본격화 되지 않았던 단형적인 허구적 서사의 시대를 배경으로 전처자식집단에 의해 계모집단이 패배한 이야기들이 채록되었던 데서도 찾을 수 있다는 사실을 배제할 수는 없다. <장화홍련전> 원형서사와는 달리 조선전기 사회체제 내부에서 공식적으로 문제적 인간으로 지목되었던 쪽이 전처자식들이었으며, 계모집단에 대한 사회적 보상이 환상적 장치를 동원한 수준으로는 진행되지 않았단 사실을 기억해 두자.

[자료3]은 <장화홍련전>에서 허구를 제거하고, 작품의 기반이 된 17세기 실화 사건의 뼈대로 추정되는 서사단락만을 간추린 것이다. 1세기만에 음모와 박대의 주체와 객체가 뒤바뀌어 있음을 알 수 있다. 1656년 평안도 철산 지방에서 벌어진 이 살인사건은 계모와 전처자식의 갈등이 죽음을 부를 정도로 첨예하게 변했을 뿐만 아니라, 사회의 공식 담론이 문제적 인간으로 지목하는 대상이 전처자식에서 계모로 바뀌었음을 보여준다. 재산 문제 때문에(①), 양쪽 중 어느 한 쪽이 상대를 무고하여(②), 다른 한 쪽이 억울하게 누명을 쓰고 위해를 당하나(③), 관의 재심리를 받고 신원(伸寃) 하는 계모서사의 공유구조 [도식1]에서 무고를 하는 자와 당하는 자는 사회의 공식적인 이념 지향성에 각각 역방향과 순방향에 있는 자에 해하게 된다는 사실을 상기한다면, 전처자식이 사회의 보편적 여론에서 우세를 차지하게 된 패러다임의 변화가 발생했음을 알 수 있다.

17세기가 전처자식형에서 계모형으로 바뀌는 계모서사의 전환기가 된다는 것인데, 그 저간의 사정은 [자료4]의 법령에서 확인해 볼 수 있다. 전처자식 중에 계모를 공격하는 자가 많았던 조선전기와 달리 계모

중에 전처자식을 살해하는 자가 증가하게 된 조선후기의 상황을 드러낸다고 볼 수도 있겠지만, 문제는 그리 단순치 않다. [자료1] · [자료2]에서 계모의 잘못을 공론화하기만 해도 전처자식은 사형에 처해졌던 논리와 비교해 보면, 계모와 전처자식을 대하는 사회의 공식적 입장이 전도되었음을 알 수 있다. 계모와 전처자식의 갈등관계에서 사회의 이념적 옹호의 대상은 전처자식으로 바뀌었고, 계모는 배격의 대상이 된 것이다. 16세기까지만 해도 부계 혈통을 중심으로 한 새로운 패러다임 구축 과정에서 계모가 성리학적 질서 수호와 유지정도를 확인할 수 있는 바로미터로 인식되었던 것과는 정반대의 상황이다. 이는 17세기 들어서 가족질서에 대한 조선사회의 이념체제가 조선전기와는 다른 방향으로 재편되었기 때문이다.

17세기에 와서 조선조 사대부층은 『주자가례(朱子家禮)』에 입각한 총부제(家婦制)를 중심으로 가부장제를 재편하고자 하였다. 부계 혈통을 중심으로 정실과 후실을 가부장권 하에 놓되, 그 상호 관계를 상하 수직적으로 위치지우는 것이다. 여기서 전자는 후자를 감독하고 단속할 책임과 동시에 권리를 가지게 된다. 바로 총부권(總婦權)이다. 총부권은 한 집안의 가부장제 질서 속에서 각각 외적 · 내적으로 가문을 대표할 권리 즉, 시아버지와 시어머니가 며느리들을 총찰하는 가독권(家督權)에 대응하는 일종의 축소된 소가독권(小家督權)으로 발현되는 되는 동시에, 여러 첩실을 거느리는 남편의 가장권에 대응하는 권리이기도 했고, 한 남편의 가장권 아래 함께 종속되어 있는 첩실들에 상응하는 권력이기도 했다.[25] 부계의 가장권 아래에 있는 부인들의 관계가 총부권에 의해서 엄격하게 상하로 분리되어 관리된다는 것은 단순히 처첩관계에서 헤게모니가 정실의 손에 쥐어진다는 것만을 의미하지 않는다. 계모와 전처자식 관계사에서 보면, 사회적 이념체계의 수호를 받는 17세기

---

25) 17세기 총부권 강화가 지니는 의미에 대해서는 조광국, 〈〈사씨남정기〉의 사정옥: 총부(家婦)캐릭터 -예제(禮制)의 사회문화적 맥락을 중심으로〉, 『고소설연구』 34, 한국고소설학회, 2012를 참조하기 바람.

에 재편된 가부장제 질서 속에서 지향해야 할 가후승계의 종법제 하에서 첩이 후계들에게 어머니로 대접받지 못하게 된다는 사실을 의미한다는 점에 주목할 필요가 있다.

　조선전기부터 이어져온 계모·전처자식의 갈등관계사에서 이 총부제의 확산이 문제적인 것은 계모가 후처인 정실이 아니라 첩으로 분류되는 인식체계의 변화를 추동했을 것으로 보인다는 사실이다. 가장의 아내가 총부권을 가지고 있는 정실과 그렇지 못한 후실로 나눠지고 가독권·재산권의 승계 문제가 전자의 총부권을 중심으로 이루어지게 되면서 애초에 총부권을 지녔던 정실의 자식으로 가독권과 계후권의 우선 순위에 있는 전처자식들이 계모를 새로운 정실인 후처로 대우할 이유가 없어지기 때문이다. 뒤에서 살펴볼 자료 [자료5]에서 남편이 계모를 후처라고 지칭하는 반면, 전처자식들은 계모를 천첩(賤妾)으로 불렀던 상황26)이 이를 입증한다. 고려시대까지 아버지의 다른 아내이나 자신과는 생물학적인 관련이 없다고 전처자식들에게 인식되었던 계모는, 조선전기에 와서 아버지의 다른 아내이자 자신과 부계의 이념적 혈연으로 연결된 또 다른 어머니로 인정되기가 강요되었던 가부장제의 새로운 이념적 표상이 되었으나, 17세기 이후로 총부권이 가독권과 가장권에 대응되는 계후권의 핵심으로 떠오르게 되면서 계모는 정실인 후처가 아니라 첩실과 같은 지위로 격하되는 인식체계의 변화방향 속에 놓이게 되었다고 할 수 있다. 후처를 전처와 비슷한 집안에서 데려오던 조선전기의 관행과 달리 전처는 물론 가장 보다 열등한 계층에서 선택하게 된 관습의 정착과정27)도 이러한 계모의 사회적 지위 격하 양상을 보여준다.

---

26) 丁若鏞, 『欽欽新書』 三冊, 『역주 흠흠신서』 3, 정약용저, 박석무 역, 현대실학사, 1999, 262~266쪽.

27) 재혼하는 남자와 후처로 들어오는 여성의 나이차이는 10년 정도 되며, 대체로 여성이 남성보다 낮은 신분에 속한 경우가 많았다. 후처가 되는 여성들은 상대 남성과 마찬가지로 본인도 재혼인 경우가 아니라면, 상대 남성보다 낮은 신분이거나 몰락한 가문의 성원으로서 경제적으로 매우 궁핍한 경우였다. 특히 처녀가 후처로 들어갈 때는 집안이 매우 가난한 경우가 대부분으로, 전실이 낳은 자식이 있는 경우 계모의 입장이 되는 여성들은

요는 17세기 이후의 조선사회가 이념적으로 계모에게 후사 생산과 정실 사후의 가장에 대한 건즐봉사를 위해서만 그 존재가치를 인정할 뿐, 조선전기에 그 토록 전처자식들과 갈등을 빚으면서까지 부여하고자 공식적으로 노력했던 어머니로서의 지위를 박탈해 버렸다는데 있다. 조선후기에 다시 한 번 새롭게 재편된 사회질서 하에서 계모는 정실의 총부권을 넘보지 않고 첩실과 같은 지위에 만족할 때만 이념적인 긍정성을 인정받았다. 이미 정실과 전처자식을 중심으로 한 이념적 헤게모니가 확립되었기 때문이다. 바꿔 말해서 정실과 전처자식들이 지위와 안녕을 보장받는 상태가 이념적 건강성이 유지되고 있다는 지표로 인식되었다는 얘기다. 계모가 전처자식과 갈등을 빚을 경우, 정실에서 전처자식으로 총부권이 이어지는 사회적 권력에 도전하는 것으로 간주되어 위험한 문제적 개인으로 분류될 수 있는 인식체계가 정착되어 갔던 것이다. 17세기 지배층은 정실과 대립하는 첩실을 악인으로 형상화 하는 <사씨남정기>의 창작을 통해 이러한 이념을 허구적인 방식으로 공론화시키기 시작했다. 18~19세기 <성현공숙렬기>과 <완월회맹연>으로 가면 정실의 총부권에 도전하다가 징치당하는 악인으로 후처를 등장시킴으로써 결과적으로 계모≠후처, 계모=악인이라는 등식이 고착화 되었다. 총부권을 매개로 정실 초취부인을 이념적 동조자로 포섭하는데서 더 나아가, 선인=정실(전처), 악인=후실(첩실)이라는 선악대비적인 심성론을 끌어들이는 방법으로 일반 대중 독자층의 마음을 사는 데도 성공한 것이다. 이러한 이념적 공유자들은 가장에게는 우인(愚人)의 허구적인 캐릭터를 부여함으로써 소설을 통한 일종의 이념전쟁 과정에서 면죄부를 부여하는 동시에 남성 가장들 또한 동조자로 확보하는 방식을 선택하였다. 이 점에서 정실들의 총부권 강화를 기점으로 이루어진 계모의 지위 격하는, 사회적으로 어머니로서 공인받은 계모가 임산부의 사망률이 높던 전근대 사회의 가정 속에 침투하여 지분을 확대해 가는 것을

___

이미 열등한 위치에 놓인 경우였다.(정지영, 전게논문, 429쪽)

수수방관할 수만 없었던 전처집단, 즉 정실과 전처자식들의 연대가 가부장제와 결탁하여 가한 일종의 반격이라고 할 수 있다. 이러한 전처자식 집단의 이념적 결속과 서사적 반격이 일반 대중독자들에게 광범위한 공감과 지지를 얻었던 사실은 <장화홍련전>에서 성립된 계모형 가정서사가 <정을선전>·<김인향전>·<조생원전>·<황월선전> 등의 계모형 가정소설군 형성으로 이어졌던 소설사적 맥락에서도 확인된다.

이처럼 고소설 <장화홍련전>을 통해 완성된 계모의 전처자식 박대담의 서사구조를 정리하여 [도식1]과 구분해 보면 다음과 같은 [도식2]가 된다. 이 [도식2]가 바로 오늘날까지 계모와 전처자식 사이에 벌어지는 갈등담의 전형으로 인식되고 있는 고소설 <장화홍련전>의 서사원형이다.

**[도식2]**
① 재산 문제 때문에,
② 계모가 전처자식을 무고하여,
③ 전처자식이 억울하게 누명을 쓰고 위해를 당하나,
④ 관의 심리를 받고 신원(伸寃) 한다.

전처자식(정실의 자식)=선인, 가장=우인, 계모(후처)=악인이라는 <장화홍련전> 원형서사의 이념구도가 성립될 기반이 17세기 이후로 이러한 과정을 거쳐서 마련되었다고 할 수 있겠는데, [자료4]에서 확인되듯이 18세기가 되면 수교로 법제화 될 정도로 계모는 조선사회가 지목한 위험한 관리 대상으로 공식화 되는 양상을 보여준다. 18세기는 17세기와는 또 다른 차원에서 계모·전처자식 관계사의 문제적 시기라고 할 수 있겠는데, 18세기 초반에 [자료4]로 공식화 되었던 계모에 대한 편견은, 18세기 후반으로 가면 하나의 고정관념화 하여 실생활의 계모와 전처자식 관계를 지배했음을 [자료5]에서 확인할 수 있다. [자료5]-①의 백필랑·백필애 자매 자살사건은 <장화홍련전>과 [도식1]을 공유한다. 게다가 박대의 주체가 계모로 <장화홍련전>과 같다. 이 작품은 구전을 통해 계모서사가 실화에서 출발하여 허구적으로 확장되고 적층되어 가던 양상을 고스란히 보여준다. 허구적인 확장이 확인되는 [자료5]의 제목은 <장화, 홍련>에 대응되는 <백필랑, 백필애>로 명명할 수 있다. [자료5]-①에 나타난 백필랑·백필애 자매 자살사건의 추이를 정리하면 다음과 같이 된다.

**[자료7]**
① 자매의 80전을 누가 썼느냐의 문제 때문에(재산 문제 때문에)
② 계모를 의심하는 자매와 계모 사이에 시비가 붙어(양쪽 중 어느 한 쪽이 상대를 무고하여)
③ 계모에게 박대당한 자매가 자살을 하나(다른 한 쪽이 억울하게 누명을 쓰고 위해를 당하나)
④ 강진현감의 심리를 받고 신원한다.(관의 심리를 받고 신원(伸冤) 한다.)

[자료7]은 악독한 계모에 의해 희생된 순진무구한 전처자식, 그리고 공권력에 의한 신원과 징치라는, 마치 <장화홍련전>을 판에 박은 듯한 구도를 보여준다. 현실에서는 계모에 의해 죽임을 당함으로써 가정 내부의 현실적 권력갈등 구도에서는 패배하지만, 그 패배로 인해 계모의 간악함을 역설적으로 드러냄으로써 이념적인 방식으로 권력을 탈환하는, 일종의 상징화 된 성공신화의 반복적 재생으로 전처자식과 그 동조자 집단에게 받아들여졌을 것으로 보인다. 즉, [도식2]와 일치하는 사건으로 받아들여졌던 것이다. [자료5]-①-㉮는 이러한 전처자식 집단의 이념적 성공신화가 민중들 사이에서 널리 공감을 샀던 사실을 보여준다. <장화홍련전>과 유사한 상황에 민중들이 자신의 감정을 투사하고 소회를 덧붙여 확대 재생산해 나갔던 향유 정황을 확인할 수 있다. <장화홍련전>이 전처자식들의 이념적 정당성을 허구적 증폭으로 입증하는 이야기였다면, [자료5]-①은 그 <장화홍련전>에서 완성된 계모에 대한 고정관념을 실화를 통해 사실적으로 재확인 시켜주는 흥분되는

케이스로 받아들여졌음이 [자료5]-①-⑦의 감정적 고양상태 속에서 엿보인다. <장화홍련전>처럼 환상적 재생담으로 확장될 만한 가능성을 충분히 지니고 있었던 셈이다.

[자료5]-①이 <장화홍련전>처럼 소설적으로 재생산 되지 못한 이유는 다산의 재심리로 밝혀진 사건의 실상이 실은 [자료5]-②였기 때문이다. [자료5]-②은 [자료5]-①의 사건 종결 이후 실제 사건의 원인을 보여주는 일종의 후기다. 이러한 [자료5]-②에서 드러난 사건의 귀결점은 조선전기에 사회적 문제로 대두되었었던 [자료1]·[자료2]의 계모에 대한 전처자식 박대담과 유사한 형태다. 그러나 사건의 소종래는 다르다. [자료3]·[자료4] 단계를 거치며 계모와 전처자식 관계에 대한 편견이 정착된 후에, 그 고정관념에 의해 이미 결론 나 있는 방식으로 움직여 나간 사건이기 때문이다. 즉, 계모가 자매의 돈을 쓰지 않았고 양자 간에 붙은 시비는 오해로 인한 것이었으며 계모가 박대하지도 않았지만 [도식1]에 의거하여 백필랑·백필애 자매는 계모와의 관계를 <장화홍련전>과 원형적인 서사구조를 공유하는 [도식2]로 인식했던 것이다. 백필랑·백필애 자매 자살사건은 <장화홍련전>의 원형적인 서사구조가 일종의 관념적인 모형이 되어 계모와 전처자식의 일상적인 갈등을 비극으로 몰아간 경우였던 것이라고 할 수 있다. 여기에 당사자 주변인들에게 내면화 되어 있었던 계모와 전처자식 관계에 대한 고정관념이 더해진 결과, 백필랑·백필애 자매 자살사건이 <장화홍련전>의 허구적인 모형에 부응하는 케이스인 것처럼 확정되었던 것이라고 할 수 있다. 정약용이 이 사건을 재심리한 결과보고서를 쓰면서 "계모와 전처 아들이 다투게 되면 관은 반드시 계모를 미워하고 전실 자식을 가련히 여기며"28), 첩과 적처가 다투면 관은 반드시 첩을 얽어 넣고 적처가 원통한 법이다."라고 기술한 것은 바로 조선후기에 고착화 된 고정관념이 현실

---

28) 丁若鏞,『欽欽新書』三冊,『역주 흠흠신서』3, 정약용저, 박석무 역, 현대실학사, 1999, 223쪽.

세계의 계모와 전처자식 관계를 <장화홍련전>의 허구적인 모형에 짜맞추어 인식하도록 충동함으로써 갈등을 증폭시키는 동시에 비극을 불러일으키는 핵심 요인이었음을 보여준다.

[자료6]에서 확인 되듯이 이렇게 확립된 전처자식 지향적인 고정관념은 『大典會通』이 발간된 19세기까지 큰 줄기의 변화 없이 유지되었다. 계모와 전처자식에 대한 고정관념을 비판적으로 성찰하고 현실적인 소통방향을 고민하는 [자료5]의 정약용 같은 경우는 예외적인 사례에 해당한다. 그러나 거꾸로 보면 고정관념이 공식적으로 강고하게 유지되는 가운데 [자료5]-②처럼 그 고정관념을 반성하고 이념적으로 왜곡된 계모·전처자식 갈등관계의 실상을 소통부재의 상황 그대로 드러냄으로써 개별적으로 새로 쓰고자 하는 의식적 시도가 새롭게 모습을 그러내기 시작했음을 확인할 수 있다. 이 점에서 [자료5]-①와 같이 애초 공표되었던 사건의 소종래와 전말을 복기하여 [자료5]-②로 뒤집은 것은, [자료5]-①의 비극을 초래한 <장화홍련전>의 원형적인 서사구조를 계모·전처자식 갈등관계의 현실적 실상에 맞게 고쳐 쓴 개인적인 차원의 새로 쓰기가 된다. 계모집단에 대한 허구적인 보상을 환상적인 차원, 즉 원귀담과 재생담·환생담을 동원해서 전개하지 않고 관리의 재심리와 신원, 주변인물들의 관련진술을 재구성하여 당초 계모형 서사의 고정관념 속에 은폐되어 있던 진실을 사실적으로 드러내는 서사전략을 구사한 것은 계모집단의 허구적인 보상에 대한 요구가 그 만큼 집단화되어 있지 않다는 사실을 의미한다. 계모형 서사가 지닌 고정관념의 부정적인 신화성은 정약용이라는 특별한 비판적 지식인의 개별적인 사유체제에 의해 포착되어 새로 쓰여진, 어디까지나 개인적인 차원으로 이루어졌던 것이다. 그러나 계모·전처자식 갈등관계에 대한 고정관념을 형성하고 유포하여 실상과 괴리되는 비극을 조장해온 <장화홍련전>의 원형서사를 새로운 의식적 흐름에 맞춰 다시 쓰기를 해야 할 시대적 근거가 성립되기 시작했다는 시대사적 의미는 여전히 퇴색되지 않고 존재한다. 동시에 <장화, 홍련>의 성립 전제가 마련되기 시작한 것임을

지적해 둔다.

## 3. 고소설 <장화홍련전>의 서사적 고정관념 해체 방식과 새로 쓰기 서사전략

널리 알려져 있다시피 영화 <장화, 홍련>에서 벌어지는 계모와 전처 자식간의 갈등담은 해리성인격장애(dissociative identity disorder)를 앓고 있는 전처자식 수미의 망상에 의해 벌어진 다중인격(multiple perso-nality)의 역할극(role playing)이다. 누구나 인정하듯이 이 부분에 대해서는 이견의 여지가 없다. 주목할 것은 그 실제 현실에서는 벌어지지 않았으나 벌어졌다고 수미가 믿고 있는 다중인격의 망상들이 바로 앞서 확인했던 바와 같이 고소설 <장화홍련전>에 와서 굳건한 서사적 고정 관념으로 고착된 [도식2]에 대응되는 것이라는 사실이다. 즉, 전처자식인 수미와 계모 은주 사이에 발생했다고 수미가 믿고 있는 모든 사건들은 고소설 <장화홍련전> 이후에 굳건하게 이어져 오고 있는 서사적 고정관념인 [도식2]에 의거하여 환상 속에서 만들어진 피해망상이었다는 것이다. 영화 <장화, 홍련>에서 수미의 피해망상과 다중인격으로 인한 환각을 제외하면 실제로 과거에 발생했던 사건을 정리해 보면 다음과 같다.

**[자료6]**
① 무현과 은주가 한 차에서 내려서 집으로 들어가는 걸 수미와 수연이가 보고 걱정을 한다.
② 선규부부를 초대한 자리에서 밥을 먹던 수미가 수저를 놓고 나가자 무현이 쫓아가고, 은주가 수연의 수저를 뺏자 수연은 음식을 싱크대에 버린다.
③ 수연이 자기 방으로 돌아와 우는데 엄마가 와서 달래며 운다.
④ 엄마가 장롱 속에서 약 먹고 목매달아 죽어있는 것을 보고 놀란 수연이 시신을 잡아끌다가 넘어진 장롱에 깔린다.

⑤ 수연의 방으로 간 은주가 장롱 아래 수연의 손을 보고 놀라서 나왔다가 다시 들어가려다 수미와 말다툼을 한다.

⑥ 은주의 엄마 행세를 막기 위해 은주가 2층으로 가는 것을 막아선 수미는 집 밖으로 나가버린다.

⑦ 수미 때문에 구조를 받지 못한 수연이 장롱에 깔려 죽는다.

[자료6]으로 정리된 내용은 하루 중에 발생한 사건들이다. 무현과 은주가 은주의 남동생 부부를 집으로 초대해서 마치 부부처럼 식사 대접을 했다는 사실이 모든 사건의 발단이다. 바람 난 무현이 아직 죽지 않고 살아있는 어머니를 죽은 사람 취급하고 간병인이었던 은주와 마치 부부인 양 행세하는 걸 보고 충격을 받은 엄마가 수연의 장롱 속에서 목 메달아 죽고, 그걸 보고 놀란 수연이 장롱에 깔려 죽는 사건이 발생한 것이다. 여기서 문제는 전처자식인 수연이 죽음을 야기한 사람이 계모가 아니라는 사실이다. 은주는 유부남과 불륜을 하고 병든 수미 자매의 엄마가 살아있는 상태에서 집안의 안주인 노릇을 하려 한 부도덕한 인간이긴 하지만 재산 욕심 때문에 음모를 꾸며서 전처자식을 죽이는 악인은 아니다.

[자료7] 수미의 엄마도 있고 수연이도 있던 과거. ㉮수미는 식사를 다 하지도 않고 수저를 식탁에 내려놓고 부엌을 나간다. 무현은 수미를 쫓아가고 수연과 은주는 눈이 마주친다. ㉯수연의 수저를 빼앗는 은주. ㉰수연이는 음식을 싱크대에 버린다.[29]

[자료8] 수미의 엄마도 있고 수연이도 있던 과거. 수연이는 잠에서 깬다. 눈을 비비며 일어나는데 장롱 문 한쪽이 열린다. 장롱 문을 연 수연이는 엄마가 장롱 안에 죽어 있는 것을 보고 놀란다. 엄마는 약을 먹고 목을 매달았다.

　수연 : 엄마…엄마…엄마…엄마! 엄마! 엄마! 엄마…엄마…엄마! 엄마! 악!
엄마의 시신을 잡아끌던 수연은 장롱이 넘어지는 바람에 깔리게 된다. "쿵" 하고 육중한 소리가 집 안에 울린다. ㉮부엌에서 식탁을 치우던 은주와 미희,

---

29) 영화 〈장화, 홍련〉 대본.

정원에서 차를 보던 무현과 선규, 방안에 있던 수미는 이 소리를 듣고 수연의
방 쪽을 본다. ㉯2층으로 올라가는 은주는 수연의 방에 들어온다. 넘어진 장롱
아래로 수연의 손이 보이자 은주는 놀란다. 수연의 액자가 떨어져 깨진다. 수연
은 나오기 위해 몸부림을 치지만 은주는 방에서 나온다. 멈칫 하는 은주. 다시
수연의 방으로 가려는데 수미가 나온다.

은주 : (덜덜 떨며) 무슨 소리 못 들었니?

　수연은 장롱 아래에서 괴로워한다.

　㉰수미 : 여기 왜 올라 온 거야? 안방은 1층 아니야?

　은주 : 그게 무슨 말이야?

　㉱'수미 : 이젠 엄마 행세까지 하려드네…부탁인데 우리 일에 상관하지 말아
줘.

　수미는 앞길을 막고 있는 은주를 바라본다.

　수미 : 좀 비켜줄래? 나, 나가야 되거든.

　은주는 수미를 붙잡는다.

　㉲은주 : 너… 지금 이 순간 후회하게 될 지도 몰라. 명심해.

　수미는 은주의 손을 뿌리친다.

　㉳"수미 : 당신이랑 이렇게 마주보고 있는 것보다 더 후회할 일이 있겠어?

　수연은 장롱 아래에서 괴로워한다.

　수미 : 당신이 이 집에서 돌아다니고 있을 때 될 수 있으면 멀리 떨어져있고
싶어서 그래. 이해 해?

　수미는 발걸음을 재촉한다.

　수연은 장롱 아래에서 몸부림친다. 무현이 현관으로 들어오려 하는데 수미
가 나온다.

　무현 : 수미야. 수미야!

　수미는 문을 열고 집을 나와 갈대밭을 걸어가다가 발걸음을 멈춘다. 장롱에
깔린 수연은 나지막이 소리친다.

　수연 : 도와줘, 언니…언니…언니…언니…

　수연은 그대로 숨이 끊어진다. 수미는 집 쪽을 쳐다본다. 발코니에 나와 있
던 은주는 문을 닫고 들어가 버린다. 수미는 천천히 가던 길을 간다.[30]

---

30) 영화 〈장화, 홍련〉 대본.

[자료10]

수미 : 잠깐만…

수미는 수연의 팔을 걷어 본다.

수미 : 너 이거 왜이래?

수미는 수연의 양팔을 본다. 맞았는지 빨갛게 되었다.

수미 : 누가 그랬어? 웅? 누가 그랬어? 괜찮아, 말해봐. 그 여자가 그런 거야?
그 여자가 그런 거지? 수연아, 너 정말 왜이래? 언니한테 다 말하라고 그랬잖
아. 어? 그 여자가 그런 거지? 그 여자가 그런 거야? 그 여자가 그런 거냐고?
말해, 말해. 빨리 말해. 말하란 말이야.

수미는 수연을 세차게 흔든다.

수연 : 악~!

수연은 수미의 팔을 뿌리친 채 방에서 나간다.[31]

[자료7]·[자료8]은 수미의 역할극이 종결되고 나서 제시되는 에필로
그에 해당하는 부분이다. 수미의 망상과 달리 엄마와 수연의 비극적
죽음이 초래된 과정이 어떠했으며 그것을 직접적으로 야기한 장본인이
누구인지, 그리고 당사자들의 실제 성격과 상호관계의 실상은 어땠는지
를 보여주는 대목이다. 이 중에서 [자료7]은 영화 <장화, 홍련>을 통틀
어 유일하게 계모 은주가 전처자식에게 박대라고 할 수 있는 행동을
했던 사실을 보여주는 장면에 해당한다. 그런데 이러한 행위는 수미
집안에 편입되고 싶어 하는 은주의 욕망과 그러한 은주를 새엄마로 받
아들이길 거부하는 수미의 욕망이 대등하게 대립한 결과 상호 교환적으
로 이루어진 행위이다. [자료7]-㉮를 보면 수미는 은주의 존재를 용납
못해서 식사 자리를 박차고 나가고 무현은 그러한 수미를 달래기 위해
서 쫓아나간 것으로 되어있다. 무현이란 인물은 계모에게 휘둘려서 친
자식을 사지로 내몰거나 외면하는 <장화홍련전>의 배좌수와는 다르다.
여성에 대한 욕망을 이기지 못해 아내가 죽기도 전에 불륜 관계를 맺는
부도덕성은 갖고 있지만 자식에 대해서는 시종일관 살뜰한 보살핌과

---

31) 영화 <장화, 홍련> 대본.

양육의 자세를 유지한다. 반면, 수미는 모친의 생전에 이미 계모가 되고 자 하는 은주에 대해 적대적이고 배타적인 행동으로 일관한다. 욕망의 비윤리성 문제를 차치하고 본다면, 무현의 새로운 아내이자 수미자매의 새엄마로 자리매김 하고 싶은 은주의 입장에서는 이러한 수미의 배척적 인 태도가 소통을 거부하는 공격적인 것으로 받아들여질 소지가 충분히 있다. 은주가 미래의 새엄마로서 자리를 잡고 있는 식탁을 박차고 나가 는 것은 은주를 가족의 일원으로 용납하지 않겠다는 선언이기 때문이 다. 수미가 새엄마로서 만들어준 식사를 거부하고 새엄마로 받아들이지 않겠다고 하니 마치 그녀와 쌍둥이처럼 행동을 같이 하는 수연에게서 식사를 걷어 들인 것([자료7]-㉯)이다. 이런 관점에서 보면 [자료7]-㉯에 서 자기 몫의 밥을 먹지 않고 싱크대에 버리는 수연의 행위 또한 [자료 7]-㉮의 수미처럼 은주를 가족으로 인정하기를 거부한 것이 된다. 이러 한 양상은 [도식1]에서 ①의 재산 문제를 부도덕의 문제로 교체한 형태 에 가깝게 된다.

은주가 <장화홍련전>이 형성한 서사적 고정관념에 부합되는 전형적 인 계모상이 아니라는 사실은 [자료8]에서 보다 명확하게 확인할 수 있 다. [자료8]-㉯에서 은주는 수연의 방에서 난 심각한 소리를 듣고 수연에 게 생긴 문제를 확인하기 위해 바로 움직일 정도로 기본적인 인간미는 지니고 있는 인물이다. 은주는 일단 장롱 밑에 깔린 수연을 보고 돌아 나왔지만 그녀를 살리기 위해 다시 방으로 들어가려고 한다. 자신을 인정하지 않는 수미자매가 얄미워서 바로 돕지 않고 일단 수연의 방에 서 나왔지만 사람을 사지에서 구하지 않을 정도의 악인은 아닌 것이다. 반면, 수미는 [자료8]-㉮에서 은주, 선규부부와 수연의 방에서 난 소리를 함께 들었으면서도 은주에 대한 적개심을 표시하는 데만 급급해 동생에 게 닥친 일에 관심도 두지 않을 정도로 이기적이다. 엄마와 동생을 보살 펴야 겠다는 책임감 보다 자기 가정 내부로 진입하려고 하는 비혈연적 신참자에 대한 적대감을 표출하고자 하는 욕망을 우선시 하는 인물인 것이다. 수연의 죽음은 은주가 아니라 은주에 대한 수연의 극단적인 배타적 태도([자료8]-㉰-㉰″)가 야기한 비극이다. 은주가 [자료8]-㉱에서 앞으로 후회하게 될 거라고 경고하는 이유도 바로 여기에 있다. 같은 관점에서 수연의 사후에 수미가 벌이는 다중인격의 역할극에서 수연을 살뜰하게 챙기는 언니의 모습을 무의식적으로 연출하는 이유도 여기서 찾을 수 있다. 따라서 [자료10]에서 확인되는 책임감 있는 언니로서의 수미 모습은 한 번도 현실에서 실재한 적이 없는 것으로, 동생의 죽음을 야기했다는 죄의식이 만들어낸 허구가 된다.

이러한 양상은 비혈연자이자 가족집단의 신참자인 계모에 대한 선주 (先住) 혈연집단인 전처자식들의 적대행위가 자기살해로 이어지는 [자료5]의 <백필랑·백필애> 이야기와 같다. 다른 점은 백필랑과 백필애가 스스로를 죽여서 계모와 자신들을 각각 <장화홍련전>이 만든 서사적 고정관념에 부합하는 가해자 계모와 피해자 전처자식들로 만들었다면, 수미의 경우는 스스로 [도식2]에 부합하는 <장화홍련전>의 3역을 혼자 서 다 했다는 사실에 있다. 즉, 실제는 전처자식과 계모가 상호 대등하 게 가해하는 [도식1]에 가까운 형태였던 것을 환상 속에서 혼자 1인3역 을 하며 [도식2]을 무의식적으로 연기했다는 것이다.

이처럼 수미가 자기만의 망상에 따라 펼치는 1인3역의 역할극 속에 형상화 되어 있는 수미자매와 은주의 모습은 일단 형식적으로는 <장화홍련전>의 선악대비적인 이분법 도식에 부합한다. 주인공인 전처자식들은 선(善) 하고 순수(純粹) 한데, 적대자인 계모는 악(惡) 하고 사특(邪慝) 하다는 고정관념이다.

**[자료11]** 인적이 드문 시골. 차창 밖으로 숲이 지나가고 강도 지나간다. 갈 대밭도 지나가고 이름 모를 들꽃들이 소담하게 피어 있는 신작로 끝에 일본식 목재 가옥이 홀로 서 있다. 장씨가 대문을 열어주고 차는 정원에서 멈춘다. 무현, 내려서 장씨에게 짐을 건네고 차로 온다.
　무현 : (차 창문을 두들기며)안 내려?
　차에서 수미와 수연이 내린다. 수연은 차를 오래 타서인지 머리를 흔든다.
　두 자매, 집을 둘러본다. 무언가를 발견한 수연. 빨간 꽈리나무 앞에 가서 꽈리

하나를 따 껍질을 벗겨보지만 속이 빈 꽈리. 그냥 버리고 또 다른 꽈리의 껍질을 벗겨 입에 넣는다. 너무 떫은 꽈리, 수연은 "퉤" 하고 꽈리를 뱉는다. 집을 계속 둘러보는 수미. 흥미가 없는지 수연을 부른다.

　　수미 : 수연아, 수연아!

　　수연은 입 속이 계속 떫은지 쩝쩝거리기만 한다. 수연은 수미에게 달려가 손을 잡고 집 밖으로 나간다.[32]

[자료12] 집 안으로 들어온 두 자매. 어두운 복도를 지나 문을 열고 올라간다.

　　은주 : 어~ 너희들 왔구나. 어서 와. 이게 얼마 만이니? 수연인 그동안 많이 변했네. 더 예뻐졌다. 근데 니들 너무 섭섭하다, 얘. 난 하루 종일 집안 청소며 음식도 만들면서 니들 오기만 기다리고 있었는데 어쩜 니들은 오자마자 이럴 수가 있니? 뭐 했어? 어? 놀다 온 거야? 선착장에 갔다 온 거야? 아~ 그럴 거면 들어와서 옷이라도 갈아입고 나갈 것이지. 너희들도 참... 어쨌든 니들 내려온 거 정말 축하하고 환영해.

　　㉮수미와 수연은 아무 말도 하지 않고 서로 손만 꼭 잡는다. 은주는 수연에게 다가가려 하는데 수연은 화들짝 놀란다.[33]

[자료11]과 [자료12]는 영화 <장화, 홍련>의 서두 부분에서 각각 수미 자매와 계모의 인물형상을 집중적으로 조명한 장면들이다. [자료11]에서 수미자매는 천진난만 하고 순수한 10대 소녀로 묘사되어 있다. 주변 또한 눈부신 햇살 속에서 푸른 나뭇잎과 빨간 열매가 대비되는 아름다운 자연경관으로 둘러싸여 있다. 찬란하고 총천연색의 배경 속에서 소녀들의 상징색은 주로 순수와 선함을 상징하는 하얀색 원피스로 표현되는 하얀색이다. 카메라 워크는 안정되어 있고 평화롭다. 수미자매가 그들만의 안온한 세계를 유지하고 있는 씬에서 이들 주인공들은 그야말로 전형적인 <장화홍련전>의 전처자식들처럼 순수하고 가련해서 보호해 줘야 할 것 같은 인물들로 형상화 되어 있다. 선녀에게서 꽃송이를 받는 태몽을 꾸고 낳은 <장화홍련전>의 장화와 홍련의 인물 형상을 현대로

---

32) 영화 〈장화, 홍련〉 대본.

33) 영화 〈장화, 홍련〉 대본.

옮겨 놓은 것 같다. 반면, [자료12]에서 확인되듯이 씬이 주된 형상화 대상으로 하는 인물이 계모로 바뀌면 색조가 무채색으로 바뀌고 어두워진다. [자료11]에서 온유한 것으로 소개되었던 수미자매에 비해서 계모는 짙은 화장과 요란한 옷차림, 과장된 몸짓과 높은 하이톤의 목소리, 번득거리는 눈빛과 속사포 같은 말투, 두서없이 부산한 행동거지 등으로 대조적인 모습을 보여준다. 게다가 카메라 워크는 불안정하고 소녀들을 향해 공격적으로 돌출된 듯 한 무빙을 연출한다. [자료12]-㉮처럼 계모에게 억눌리고 겁에 질려하는 수미자매의 모습과 대비되어 상대적으로 가해자적인 선입견을 관객에게 각인시키는 효과가 있다. <장화홍련전>의 전처자식들은 선하고 계모는 악하다는 이분법적 심성론에 거의 들어맞는 것처럼 보이는 형상이다.

그런데 이 지점에서부터 이미 [도식2]로 고정된 이분법적 심성론은 해체되어 있다. 계모 은주는 착해 보이지는 않지만 전형적인 악인으로 분류하기에는 뭔가 애매하다. 착해보이지는 않는데 아름답기 때문이다. 예민하고 뾰족한 태도는 결코 착해 보이지 않는 것은 사실이지만, <장화홍련전>의 선악대비구조의 공식과는 달리 추악하지 않고 아름답기 때문이다. 선-미(美), 악-추(醜)가 세트로 움직이는 공식이 이미 부분적으로 해체되어 있는 양상을 보여주고 있는 것이다. 게다가 계모가 아무리 박대하고 음해해도 한결같이 착하고 온유한 모습을 유지하는 <장화홍련전>의 전처자식들과 비교할 때, 수미의 인물 형상은 이미 [도식2]를 벗어나 있다. [자료7]과 [자료8]에서 확인했던 바와 같이 수미는 드러내 놓고 계모에게 적대적인 언동을 하며 바락바락 대드는 본색을 드러내기 때문이다. <장화, 홍련>은 <장화홍련전>이 유포한 [도식2]의 서사적 균열 지점 위에 성립되어 있음을 확인할 수 있다.

그렇다면 이제 문제는 영화 <장화, 홍련>이 고소설 <장화홍련전>의 서사원형을 구조적으로 전복시키기 위해 선택한 서사전략이 무엇인가 하는 것이 될 것이다. 즉, 수미가 다중인격의 역할극을 하면서 자기 자매를 가련한 피해 전처자식들로, 은주를 악독한 가해자 계모로 만들어 재현하고 있는 [도식2]의 망상적 허구의 서사를 해체하기 위해 특정한 서사적 장치를 동원하는 서사전략의 문제다. 이와 관련하여 따져봐야 할 문제가 바로 액자식 구조에 관한 것이다.

[자료13] ①병원. 문을 닫는 진동이 세면대에 담긴 물에 파장을 일으킨다. 의사가 간단하게 손을 씻고 간호사가 천천히 수미를 데려와 의자에 앉힌다. 간호사가 나가고 의사도 의자에 앉는다.
　　의사 : 오늘 어떻게 지냈어? 잘 지냈어? 자…어디 우리 얘기 좀 해볼까? 음? 우선 자기소개부터 좀 해봐. 자신이 누구라고 생각해?
　　수미는 고개만 푹 숙인 채 반응이 전혀 없다. 의사는 사진 한 장을 보여준다.
　　의사 : 여기… 여기 이 사람 누구지? 모르겠어? 가족사진인데… 다시 한 번 볼래? 응?
　　수미는 여전히 반응이 없다.
　　의사 : 아, 좋아. 그럼… 그 날 일에 대해 좀 얘기해 줄 수 있을까? 그 날 무슨 일이 일어났던 거지? 자신한텐 굉장히 생생한 일이었을 텐데… 응? 괜찮아. 지금부터 무슨 일이 있었는지 한번 얘기해봐.
　　㉮수미는 천천히 고개를 들고 창밖을 본다.(플래쉬 백)

　　② 선착장. 두 자매는 물속에 발을 담그고 앉아있다. 수미는 그대로 누워버린다.
　　수미 : 음~ 예쁘다.
　　수연은 자신의 발을 쳐다본다.
　　수미 : 손 줘봐. (수연이의 손금을 봐 준다.) 음… 저 쪽!
　　수연 : 왜?
　　수연의 물음에 수미는 미소만 짓는다. 멀리서 무현이 부른다.
　　무현 : 수미야!
　　두 자매. 옷을 털고 신발을 챙겨들고 집으로 간다.[34]

[자료14] 병원. 은주는 복도 대기석에 앉아있고 멀리서 무현과 간호사가 대화하는 것이 보인다. 수미의 병실. 은주가 수미 옆에 앉는다.
　　은주 : 수미야, 괜찮아? 이제 다 끝났어. 여기서 편히 쉴 수 있을 거야. 잘

---

34) 영화 〈장화, 홍련〉 대본.

지내고, 자주 찾아올게.

은주는 수미의 손을 잡는다.

은주 : 잘 있어. 갈게.

은주가 일어나는데 수미는 은주의 손목을 덥석 낚아챈다.

은주 : 수미야, 왜 이래? 이거 놔. 이거 놔, 수미야. 제발 이러지 좀 마.
이거 놔.

은주는 간신히 수미의 손을 뿌리치고 병실을 나간다. 차 안. 무현과 은주가
타고 있다.

**[자료15]** 현실, 병실. 생전에 엄마가 좋아했던 자장가를 휘파람 소리가 들린다.

㉮수미 : 수연아...

부엌. 은주는 휘파람 소리와 누군가 2층을 뛰어다니는 소리를 듣는다. 2층
쪽을 쳐다보던 은주는 복도를 천천히 걸어간다. 바닥에서 피가 배어 나온다.
수연의 방문을 열고 들어온 은주. 방 불을 켰는데 커튼 뒤로 무언가가 숨었다.
방안은 매우 추운지 은주는 덜덜 떨며 천천히 커튼 쪽으로 다가간다. 커튼을
확 젖히는 은주. 아무것도 없다. 갑자기 방문이 확 닫히고 불도 꺼진다. 저절로
열리는 장롱 문. 은주는 놀라지만 장롱 앞으로 가서 안을 살핀다. 끈 같은 것을
발견한 은주 조심스럽게 끈을 잡아당기는데 무언가 움직이자 은주는 깜짝 놀라
뒤로 물러난다. 끈적끈적한 액체를 흘리며 은주에게 ㉯귀신이 점점 다가온다.
㉰은주의 비명 소리가 집 전체에 울린다.

㉮′병실. 수미는 누운 채 눈물을 흘리고 있다.

수미 : 수연아...

㉱수미가 퇴원하던 날, 수미는 홀로 선착장에 앉아있다. 애초부터 수연이는
없었다.[35]

**[자료16]** 수미. 자신의 방문을 열고 들어간다. 커튼을 열고, 모자를 벗고, 시계
를 맞춰놓는다. 가방에서 책과 일기장을 꺼내 보관함에 넣으려고 보관함 문을
여는 수미. 보관함 속에 똑같은 책과 일기장이 있는 것을 보고 순간 놀란다.
방안을 천천히 둘러보는 수미. 붉은색 옷장 문을 열자 똑같은 옷만 있는 것을
보고 놀란다.[36]

---

35) 영화 〈장화, 홍련〉 대본.
36) 영화 〈장화, 홍련〉 대본.

영화 <장화, 홍련>은 <장화홍련전>의 [도식2]가 만든 서사적 고정관념에 따라 피해자 전처자식자매와 가해자 계모의 1인3역을 끝낸 시점에서부터 시작된다. 영화 전체 속에서 현재 시점은 오직 [자료13]-①의 정신과병원 상담 장면뿐이다. [자료13]-① 이후로 액자 내부에서 펼쳐지는 모든 이야기는 의사의 상담치료에 의해 수미가 기억 속에서 복구하여 불러낸 현재화 된 과거로 현재 진행형의 이야기가 아니다. 영화의 도입부인 [자료1]의 정신병원 상담 씬 다음은 플래쉬백(flashback) 되기 때문이다. [자료13]-①-㉮는 플래쉬백이 시작된다는 기표다. 이처럼 [자료13]-①을 도입부 액자로 하여 펼쳐지는 이야기는 수미가 <장화홍련전>이 고착시킨 서사적 고정관념에 무의식적으로 지배되어 원형서사에 등장하는 3역을 혼자서 어떤 방식으로 재연(再演) 했으며, 그 결과 재혼 가정 내부의 비극이 어떤 양상으로 진행되었는지를 보여준다.

이 도입부 액자는 [자료5]의 18세기 <백필랑·백필애>에서는 없던 것이다. 앞서 확인했듯이 전처자식 자매가 <장화홍련전>이 유포한 서사적 고정관념에 지배되어 [도식2]의 원형서사를 재연한 <백필랑·백필애>에는 에필로그만 있다. 전처자식 자매가 연기한 실상을 에필로그를 통해 드러내게 되면 계모가 <장화홍련전> 원형서사에 부합하는 전형적인 악인이 아니라는 사실은 드러낼 수 있게 되지만, 실제 현실에서 죽음을 맞은 전처자식의 비극은 형상화 해낼 수가 없게 된다. 즉, <백필랑·백필애>처럼 에필로그만 설정하게 되면 <장화홍련전> 원형서사의 가해자와 피해자의 위치만 계모·전처자식에서 전처자식·계모로 바꾼 형태로 마무리 되게 된다는 것이다. 계모가 신원(伸寃) 된 최종 결말에서 여전히 비극의 당사자로 남은 것은 죽은 백씨 자매들이다. 끝까지 살아남아 신원된 계모는 <장화홍련전>의 원형서사가 유포한 서사적 고정관념의 폭력으로부터 벗어났지만, 이미 죽어버린 전처자식들은 그 폭력의 피해자로 남았기 때문이다. 반면, 영화 <장화, 홍련>의 [자료5]처럼 도입부 액자를 설정하면 문제가 달라진다. <장화홍련전> 역할극에 몰두하다 친자매를 잃고 정신과병원에 수용되어 상담치료를 받고 있는 수미의 현재가 처해있는 비극을 집약적으로 보여줄 수 있게 된다. <장화홍련전>의 원형서사가 그것을 서사적 고정관념으로 수용하고 있는 사회 구성원들에게 일종의 폭력 가해자가 되고 있음을 보여주는 서사전략이 될 수 있다는 것이다.

이와 같은 <장화, 홍련>의 액자식 구조에서 주목되는 부분은 완결된 종결부 액자가 존재하지 않는다는 사실이다. [자료14]은 수미가 자신이 1인3역의 역할극을 펼치고 있었음을 깨닫고 난 바로 다음 장면인데다가, 그 공간적 배경이 도입부 액자인 [자료13]-①과 동일한 정신병원 병동이라는 점에서 얼핏 종결부 액자인 것처럼 보인다. [자료13]-①의 도입부 액자처럼 수미의 망상이 아닌 실제 현실이라서 더욱 그러하다. 그러나 실제 현실 상황이기는 하되 현재는 아니다. 액자의 종결부가 되려면 모든 사건이 일단락 된 현재여야 한다. 하지만 망상의 들통과 [자료14]의 병원입원은 <장화홍련전>의 원형서사에 기반 한 수미의 역할극의 관념 내부에서 보자면 일시적인 장애에 불과할 뿐이다. [자료15]에서 확인되듯이 정신병원 입원 후에도 수미는 여전히 <장화홍련전> 원형서사가 유포한 서사적 고정관념에 의해 지배되고 있으며 그것에 기반 한 역할극을 상상의 형태로 계속 진행하고 있기 때문이다. [자료15]의 에필로그가 바로 이 사실을 확인시켜 준다. 수연의 방에서 은주를 덮쳐서 복수하는 [자료15]-⑭의 귀신은 [자료15]-㉮에서 확인되듯이 여전히 <장화홍련전>의 원형서사가 유포한 서사적 고정관념으로부터 벗어나지 못한 수미가 다시 환상 속에서 만들어낸 존재다. 여기서 [자료15]-⑭의 귀신은 죽은 수연인 동시에, 죽은 수연의 귀신을 상상하는 수미 그 자신이다. 동시에 죽은 수연이자 그 죽은 수연이 귀신이 되어 있다고 상상하는 수미에게 죽는 [자료15]-⑭의 은주 역시 실제 은주가 아니라 수미의 상상 속에서만 존재한다. 다시 1인3역의 역할극이 상상 속에서 여전히 계속해서 진행되고 있는 것이다. 이는 <장화홍련전>의 [도식2]에 의거하자면 계모와 전처자식의 갈등은 전처자식의 복수와 계모의 처형으로 끝나야 하며, 계모 징치의 계기는 전처자식의 원귀(寃鬼)

여야 하기 때문이다. <장화홍련전> 원형서사의 상상적 재연은 [자료14]가 아니라 [자료15]에서 완결된다. [자료13]-①의 현재 병원 씬과 대응되는 [자료14]가 종결부 액자가 되지 못하는 이유가 바로 여기에 있다.

이제 문제의 초점은 수미가 다시 병원에서 <장화홍련전>의 원형서사에 기반 한 역할극을 계속 수행하는 [자료15]의 에필로그가 영화 <장화, 홍련>의 종결부 액자가 되느냐로 넘어가게 된다. 결론부터 얘기하자면 [자료15]의 에필로그는 종결부 액자가 아니다. [자료15]가 종결부 액자가 되려면 수미에 의해 일단 한번 재연이 종결된 <장화홍련전> 원형서사는 [자료13]-①로 회기하거나 적어도 이와 평행선상에 있는 시공간과 맞물려 짜여 져야 한다. 그런데 [자료15]-㉣에서 확인되듯이 수미의 상상에 의해 재연이 종결된 <장화홍련전>의 [도식2]는 [자료13]-①이 아니라 [자료13]-②로 회기되고 있다. 앞서 확인했듯이 [자료15]-㉣는 플래쉬백에 의해 도입부 액자에서 소환된 과거 기억의 시작점이다. <장화홍련전>의 재연이 종결부 액자와 맞물리지 못하고 도입부 액자에서 플래쉬백 된 <장화홍련전> 재연의 시작지점으로 연결되고 있는 것이다. 이는 수미의 <장화홍련전> 역할극이 종결되지 않고 무한 반복되는 것임을 나타낸다. 즉, 영화 <장화, 홍련>의 액자구조는 종결부 액자 없이 액자 내부의 <장화홍련전> 역할극이 무한 반복되는 것으로 열려있는 형태라는 것이다. [자료16]이 바로 그 반복 재생산을 집약적으로 입증하는 장면이 된다. 병원에서 가져온 일기장과 책을 보관함에 넣으려고 하는데 이미 똑같은 일기장과 책이 들어있는 [자료16]의 장면은 수미가 이미 입원과 퇴원을 반복해 왔다는 사실을 보여준다. 다시 말해서 수미는 <장화홍련전>의 원형서사에 입각한 역할극을 반복하다가 정신병원에 입원하고 다시 퇴원하는 일을 되풀이 해왔던 것이다.

그 결과 수미는 자신이 상상 속에서 반복 재생산하고 있는 <장화홍련전> 원형서사의 [도식2] 속에 갇혀 있는 것이 된다. [자료15]-㉮'에서 확인되듯이 <장화홍련전>의 역할극을 반복 재생산 하는 수미에 대한 영화 <장화, 홍련> 작가의 시선은 가련함과 애처로움이다. 즉, <장화,

홍련> 작가가 바라보는 수미는 해리성인격장애에 의해 재혼가정을 파
탄 낸 가해자도 아니고, 부도덕한 계기로 인해 성립된 재혼가정의 성립
과정 속에서 희생된 피해자도 아니다. <장화홍련전>이 유포했고 여전
히 현대에도 깨지지 않고 있는 원형서사의 고정관념에 의해 희생된 피
해자인 것이다. 따라서 이처럼 무한반복 재생산 되는 것으로 열려있는
<장화, 홍련>의 변형 액자구조는 <장화홍련전>의 서사적 고정관념이
여전히 강고하게 재생산 되고 있다는 문제의식을 효과적으로 구조적으
로 보여주기 위해 동원한 서사적 장치가 된다. <장화, 홍련>의 변형 액
자구조에 의한 <장화홍련전> 역할극의 환상적 반복재생산은 <장화홍
련전>에 의해 만들어져서 현대까지 유지되고 있는 원형서사의 고정관
념이 재혼가정의 파탄과 전처자식들의 비극적 상황을 야기하는 신화적
폭력의 주체라는 문제의식을 보여주기 위한 서사전략이 된다는 것이다.


## 4. 나오는 말

본 연구는 이러한 문제의식 하에서 <장화, 홍련>의 <장화홍련전> 원
형서사 재생산을 계모형 서사가 유포한 서사적 고정관념을 변화된 시대
적 의식에 맞게 영상적으로 새로 쓰기 한 작업으로 규정하고 그 서사전
략과 시대적 의미를 규명해 내고자 하였다. <장화홍련전> 원형서사 재
생산의 성립근거를 계모서사의 통시적 전개사 속에서 <장화홍련전> 원
형서사가 지니는 예외적 특수성을 입증하는 방식으로 논증하였으며,
이를 바탕으로 <장화, 홍련>이 <장화홍련전> 원형서사가 성립시킨 서
사적 고정관념을 해체하고 새로 쓰기 한 서사적 전략과 그것이 지니는
문제의식을 드러내고자 하였다.

고소설 <장화홍련전>의 원형서사는 계모서사의 역사적 전개사 속에
서 전혀 보편적이지 않고 예외적이다. 계모와 전처자식간의 관계를 그
려낸 계모서사의 통시적 전개사 속에서 고소설 <장화홍련전>식의 계모

형 서사는 17세기 이후가 되어서야 출현한 특수한 것이기 때문이다. 하지만 동시에 여전히 현실적으로 일어날 만한 개연성을 관습적으로 인정받고 있기도 하다. 고소설 <장화홍련전>식의 계모형 서사원형은 현대 한국인들의 의식적 지향과 상통하지 못하면서도 전통적이고도 관습적인 서사로 여전히 유지되면서 현대인들의 사고를 지배하고 있다는 사실, 바로 여기에 고소설 <장화홍련전>이 형성하여 유포한 이후로 현대까지 유지되고 있는 서사적 고정관념에 대한 이념적 폭력성에 대한 문제를 제기할 필요성이 놓여지게 된다. 영화 <장화, 홍련>은 이 문제의식을 액자식 구조를 통해 서사적으로 구현해 놓고 있는 작품이다.

영화 <장화, 홍련>에서 벌어지는 계모와 전처자식간의 갈등담은 해리성인격장애를 앓고 있는 전처자식 수미의 망상에 의해 벌어진 다중인격의 역할극이다. 그 실제 현실에서는 벌어지지 않았으나 벌어졌다고 수미가 믿고 있는 다중인격의 망상들은 고소설 <장화홍련전>에 와서 굳건한 서사적 고정관념으로 고착된 서사적 고정관념에 대응된다는 것이다. 이처럼 수미가 다중인격의 역할극을 하면서 자기 자매를 가련한 피해 전처자식들로, 은주를 악독한 가해자 계모로 만들어 재현하고 있는 망상적 허구의 서사를 해체하기 위해 영화 <장화홍련>이 동원한 서사적 장치는 액자식 구조다.

영화 <장화, 홍련>은 <장화홍련전>의 서사적 고정관념에 따라 피해자 전처자식자매와 가해자 계모의 1인3역을 끝낸 시점에서부터 시작된다. 영화의 도입부의 정신병원 상담 씬 다음장면은 플래쉬백(flashback)되기 때문이다. 이처럼 도입부 액자 이후로 펼쳐지는 이야기는 수미가 <장화홍련전>이 고착시킨 서사적 고정관념에 무의식적으로 지배되어 원형서사에 등장하는 3역을 혼자서 어떤 방식으로 재연(再演) 했으며, 그 결과 재혼가정 내부의 비극이 어떤 양상으로 진행되었는지를 보여준다. 이처럼 도입부 액자를 설정하면 <장화홍련전> 역할극에 몰두하다 친자매를 잃고 정신과병원에 수용되어 상담치료를 받고 있는 수미의 현재가 처해있는 비극을 집약적으로 보여줄 수 있게 된다. <장화홍련

전>의 원형서사가 그것을 서사적 고정관념으로 수용하고 있는 사회 구성원들에게 일종의 폭력 가해자가 되고 있음을 보여주는 서사전략이 될 수 있다는 것이다.

이와 같은 <장화, 홍련>의 액자식 구조에서 주목되는 부분은 완결된 종결부 액자가 존재하지 않는다는 사실이다. 망상의 들통 나서 정신병원에 입원한 후에도 수미는 여전히 <장화홍련전> 원형서사가 유포한 서사적 고정관념에 의해 지배되고 있으며 그것에 기반 한 역할극을 상상의 형태로 계속 진행하고 있기 때문이다. 이는 계모와 전처자식의 갈등은 전처자식의 복수와 계모의 처형으로 끝나야 하며, 계모 징치의 계기는 전처자식의 원귀(寃鬼)여야 한다는 수미의 <장화홍련전> 원형서사 재연이 완결되지 않았기 때문이다. 그런데 에필로그 또한 종결부 액자가 아니다. 에필로그의 말미는 도입부 액자나 혹은 그와 이와 평행 선상에 있는 시공간으로 맞물리게 짜여지지 않고 플래쉬백에 의해 도입부 액자에서 소환된 과거 기억의 시작점으로 회귀된다. 영화 <장화, 홍련>의 액자구조는 종결부 액자 없이 액자 내부의 <장화홍련전> 역할극이 무한 반복되는 것으로 열려있는 형태인 것이다. 따라서 이처럼 무한 반복 재생산 되는 것으로 열려있는 <장화, 홍련>의 변형 액자구조는 <장화홍련전>에 의해 만들어져서 현대까지 유지되고 있는 원형서사의 고정관념이 재혼가정의 파탄과 전처자식들의 비극적 상황을 야기하는 신화적 폭력의 주체라는 문제의식을 보여주기 위한 서사전략이 된다.

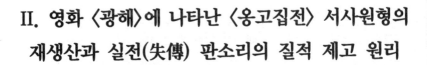

## II. 영화 〈광해〉에 나타난 〈옹고집전〉 서사원형의 재생산과 실전(失傳) 판소리의 질적 제고 원리

### 1. 문제 설정의 방향

 2013년도 상반기 최고 히트작인 영화『광해』는 제작진이 밝힌 바에 따르면 1616년 2월 28일에 광해군이 '숨겨야 될 일들은 조보(朝報)에 내지 말라.' 일렀다고『광해군일기(光海君日記)』에 기록 되어있다고 하는 또 한 명의 광해왕에 관한 15일간의 기록1)이다. 제작진의 실록 기록에 빈 공백으로 남아있는 광해의 족적을 영상언어로 보충한 것이 바로 영화『광해』라는 것이다. 여기서『광해군일기』를 인용한 언급들은 모두 사실이 아니다. 실제,『광해군일기』를 통해 확인해 보자.

 **[자료 1]**
 ○ 광해군 8년 2월 2일
 　　　(중략)

---

1)『제작노트』(2012), 영화『광해』, 포탈 네이버 영화 홈.

○광해군 8년 2월 13일
○광해군 8년 2월 14일
○광해군 8년 2월 15일
○광해군 8년 2월 16일
○광해군 8년 2월 17일
○광해군 8년 2월 18일
○광해군 8년 2월 19일
○광해군 8년 2월 20일
○광해군 8년 2월 21일
○광해군 8년 2월 22일
○광해군 8년 2월 23일
○광해군 8년 2월 24일
○광해군 8년 2월 25일
○광해군 8년 2월 26일
○광해군 8년 2월 27일
○광해군 8년 2월 28일
○광해군 8년 2월 29일
○입직을 하지 않은 수찬 남이준을 추고하게 하다.
○패초에 불응한 수찬 유여항·부수찬 유여각을 추고하게 하다.
○숨겨야 할 일들은 조보에 내지 말라고 전교하다.
○비밀의 일 3건을 합계하다.
○사헌부가 전계한 윤간·윤시준의 관직을 개정하는 일을 윤허하지 않다.
○사헌부에 대해 윤허하지 않는다고 답하다.
○합계에 대해 윤허하지 않는다고 답하다.
○사간원에 대해 아뢴 대로 하라고 답하다.
○유학 성람 등이 상소하여 스승을 위해 변무하다.


[자료 1]은 『광해군일기(光海君日記)』에 기재되어 있는 광해군 8년 2월조 기록의 목록을 제시한 것이다. 이를 검토해 보면 『광해군일기』의 광해 8년 2월 기록 중 빠진 일자는 2월 1일뿐이다. 1616년 2월 13일부터 2월 27일의 기록은 거의 빠지지 않고 있다. 게다가 [자료 2]의 광해군 8년 2월 28일 조의 『광해군일기(光海君日記)』 기록을 보면, 광해군이

말했다는 조보에 내지 말고 숨기라고 했다는 언급도 없다. 영화『광해』의 사료 관련 설정은 사실이 아닌 허구인 것이다.

이처럼 정사(正史) 기록이나 문헌기록을 가탁하거나 특정한 역사적 실존인물이나 사건을 허구적 인물·사건과 엮어내는 것은 판소리를 포함한 고전서사문학사에서 오래 된 연의(演義) 기법이다. 비록 강창문학에서 고소설로 이어지는 중국 고전서사문학계에서 완성된 서사를 그대로 가져온 것이기는 하나, 판소리에서는『적벽가』가 대표적인 경우가 될 것이고, 초보적이고도 광의의 범주에서 보자면 조선 숙종조를 시대적 배경으로 하고 있는 판소리『춘향전』도 연의기법에 기초한 작품이 된다. 현재 유행하고 있는 영상·출판·공연 문화콘텐츠에서 두루 확인되는 흥행요소인 팩션(faction) 기법이 바로 이 연의기법에 속한다. 특히, 실록과 같은 정사에 한 줄 정도 나와 있는 기록에 근거하여 허구를 증축하는 방식은 드라마『대장금』이래로 영상콘텐츠 창작에서 주류 문법의 하나로 자리 잡았다. 그런데 영화『광해』는 가탁했다고 밝힌 정사의 기록마저도 존재하지 않는, 즉 가탁했다고 하는 말까지도 모두 허구인 영상콘텐츠다. 그렇다면 중요한 것은 역사를 허구와 섞었냐 아니냐, 혹은 그 섞은 것 중에 어느 것이 허구냐 사실이냐가 아니라, 이렇게 가탁한 연의의 형식을 빌어 말하고자 한 주제와 그것을 형상화 하는 방식, 구현하고자 한 미학이 된다. 다시 말해서 연의기법을 통하여 궁극적으로 무엇을, 어떻게 하고자 했는가 하는 문제다.

다음의 제작진 노트[2]를 살펴보자.

**[자료 2]**
㉮ 왕이 되어선 안 되는 남자, 조선의 왕이 되다!
㉯ 2012년 현세대가 바라는 왕!
㉰ 웃음과 카타르시스의 결정체!

---

2)『제작노트』(2012), 영화『광해』, 포탈 네이버 영화 홈.

[자료 2]-㉮는 진짜 광해왕 대신 대역을 한 가짜를 가리킨다. 그런데 문제는 이 대역을 가리켜 왕이 되어서는 안 되는데 조선의 왕이 되었다고 하는 언급이다. 실제 왕이 아닌데 대역만 한 것이라면 물리적인 역할 대행 행위만 가리키는 말이라고 볼 수도 있겠지만 [자료 2]-㉯를 보면 그렇지 않다는 사실을 알게 된다. 진짜 광해왕의 대역이 왕 역할을 해서는 안 되는 이유는 그가 현재 이 시대의 한국인들이 바라는 지도자의 이념적 표상으로 설정되어 있기 때문이다. 그러기를 바란다는 것은 지금의 현 상황에는 없으나 이루어졌으면 하고 사람들이 바라는 새로운 지향의 방향이다. 여기서 [자료 2]-㉯에서 지칭하는 현 세대의 주류는 계층적으로 사회를 움직이는 소수의 기득층이 아니라 기층부와 중간부에서 버티며 사회를 유지시키고 있는 대다수의 중산층과 민중을 포함한 다수가 되며, 정치적으로는 사회와 민족과 국가를 위해 긍정적인 혁신과 변화, 반성과 성찰을 추구하는 이념층이 되고3), 문화향유 취향과 방식의 측면에서 보자면 문화콘텐츠 소비를 통해 문화적 욕구를 충족시키는 일반 대중이 된다. 이러한 현 시대의 사람들이 바라는 왕([자료 2]-㉯)이지만 왕이 되어서는 안 되는 왕([자료 1]-㉮)이란, 곧 소수의 권력과 그들의 현재이익에 복무하는 기득계층에 의해 부정되거나 거부당하는 왕이다. 거꾸로 말하면, 기존 사회보다 앞서 있으며 형성되거나 지향되어야 가치를 구현하고 있는 인물인 것이다. 이 기존 사회에는 없으나 그 사회를 선도해나갈 가치가 곧 이 영화『광해』가 지향하는 긍정적인 규범성이다. 자연히 진짜 광해왕은 그 반대편에 위치한, 지양되어야 할 부정적인 반규범적인 인물이 되며, 영화『광해』는 규범적인 가짜로 반규범적인 진짜의 부정성 교정을 지향하는 이야기가 된다.

이처럼 규범적인 가짜가 반규범적인 진짜의 악덕을 교정하는 이야기의 패턴은 익숙하다. 반규범적인 진짜와 규범적인 가짜가 다투는데, 후

---

3) 물론 전자와 후자 중 일부는 서로 교집합을 이룰 수 있으며 다시 세분화가 이루어질 수 있지만, 이 연구는 사회과학적 차원에서 이루어진 것이 아니므로 더 이상의 논의는 지양한다.

자에 의해 전자가 교정되는 『옹고집전』이 가장 대표적인 작품이다. 영화 『광해』는 『옹고집전』의 익숙한 서사원형과 조우하게 되는 것이다. 주지하다시피 『옹고집전』은 19세기 후반기에 판소리사 전승사에서 탈락했다고 규정되어온 창을 잃은 판소리, 즉 실전 판소리 7가 중의 하나이다. 20세기 전근대 활자매체 시대까지도 판소리 전승사의 주류로 부상하지 못했다. 선행 연구사에서 『옹고집전』의 탈락 이유로 제시되어 온 것은 새로운 시대를 선도할 전형적 인물 창출 실패다.[4]

그런데 실전 판소리 『옹고집전』의 서사원형을 재생산한 영화 『광해』는 좀 다르다. 가옹에 해당하는 이념적 인물이 지향하는 규범성이 기존 사회에는 없는 가치라는 점에서 『광해』와 『옹고집전』의 만남은 단순한 서사원형의 재생산 이상의 의미를 지니게 된다. 즉, 기존 사회에는 없으나 그 사회를 선도할 가치를 규범성으로 설정해 놓았기 때문에 이전 시대 실전 판소리가 놓쳐버렸던 이념의 시대적 전형성을 획득하게 되는 동시에, 『옹고집전』이 비판받았던 이념적 경직성을 극복한 작품이 되는 것이다. 이처럼 영화 『광해』가 기존 사회를 선도해 나갈 이념을 창출하고 제시하고자 하는 과정은 [자료 1]-㉰에서 "웃음과 카타르시스의 결정체"라고 되어 있는 것처럼 골계미(웃음)과 비장미(카타르시스)의 종합으로 이루어져 있다고 제작진에 의해 설명되어 있다. 주지하다시피 골계미는 실전 판소리가 편향되게 지향한 미학이고, 비장미는 전승 5가가 기존 사회의 모순을 교정하고 새로운 이념적 가치를 설정해 나가는 과정에서 도출되는 미학이며, 골계미와 비장미의 종합은 기존 사회의 질곡을 극복하는 과정에서 그 모순을 드러내는 미학의 총체적인 구성방식이다. 영화 『광해』는 이념적·미학적인 양방향에서 실존 판소리의 질적 가치 제고 가능성을 보여주고 있다고 할 수 있는 것이다.

---

4) 『옹고집전』의 실전 이유에 대해서는 김종철(1992), 〈실전 판소리의 종합적 연구 : 판소리사 전개와 관련하여〉, 『판소리연구』 3권 1호, 판소리학회; 김종철, 1994, 〈옹고집전 연구 - 조선후기 요호부민의 동향과 관련하여〉, 『한국학보』 75를 참조하기 바람.

## 2. 『옹고집전』 서사원형의 영상매체적 재생산 양상

그렇다면 순서상 영화 『광해』가 『옹고집전』의 서사원형을 어떻게 재생산 하고 있는지의 문제부터 따져보자. 주지하다시피, 『옹고집전』의 서사원형을 재생한 작품이라면 모든 이본이 공유하고 있는 다음의 다섯 가지 구성요소를 기본적으로 만족하고 있어야 한다.[5]

**[자료 3]**
① 옹고집의 반사회적 행위
② 도사의 가옹(假雍) 창조와 가옹의 반규범적 진옹(眞雍) 대행
③ 진옹·가옹의 쟁주(爭主)[6]와 반규범적 진옹의 축출
④ 반규범적 진옹의 개과천선과 가옹의 소멸
⑤ 가정 복귀

이 중에서 [자료 3]-③은 흔히 진가쟁주(眞假爭主)라고 불리는 바로 그것이다. 왕의 대역을 한 광대의 이야기라고만 하면 가짜만 있고 쟁주한 진짜는 없게 된다. 만약, 가짜와 쟁투를 한 진짜가 있게 되면 역사에 기록되어 있지 않은 또 한명의 광해나 왕이 된 남자 광해는 대역인 가짜만을 가리키는 것이 아니라 진짜에 관한 지정이 되게 된다. 마찬가지로 '광해'는 역사적 인물인 조선 제 15대 임금 광해왕의 고유명사가 아니

---

5) 정충권은 '옹고집의 악행-도사의 가옹 제작-진·가옹 쟁투-사건의 해결'(정충권, 전게논문, p.330), 정석규는 '옹고집이 악행을 저지르는 악행담-진짜와 가짜가 서로 진짜 주인임을 다투는 진가쟁주담-옹고집이 선인이 되는 선행담'(장석규, 전게논문, p.309)의 네 단계로 보았다. 옹고집의 교정완료는 공동체로의 복귀로 완성되는 것이므로 마지막 가정회복의 단계가 추가되어야 한다. 개화기 시대 첨가된 부분으로 평가되고 있는 『배비장전』의 말미가 애랑과의 화해와 가정 형성, 관직제수로 되어 있는 것도 이 때문으로 생각된다. 교정이란 악행이나 경직됨의 드러냄과 풍자, 깨우침으로 완결되는 것이 아니기 때문이다.
6) 여기서의 "쟁주(爭主)"는 장석규가 기술한 "주인됨(主)의 다툼으로서의 쟁주(爭主)"(장석규, 전게논문, 309쪽)라고 한 바 있는데, 정충권이 기술한 "쟁투(爭鬪)"(정충권, 전게논문, 330쪽)보다는 본질에 더 가까우나, 더 정확히 표현한다면 규범성과 공동체 내의 관계 혹은 위치로서의 "주(主)"를 다투는 쟁주(爭主)가 될 것이다.

라, 승자의 역사 속에 둘 다 기록되어 있지 않은 진짜와 가짜가 동시에 되고자 욕망하게 된 쟁주의 대상이 된다. 진짜와 가짜가 지향하는 쟁주의 이념을 구현해 놓은 전형적인 인간상이 되는 것이다. <광해>에서 확인되는 이 진짜와 가짜의 쟁주담이 <옹고집전>의 서사원형을 재생산한 것으로 판결받기 위해서는 [자료 3]-①에서처럼 진짜가 반규범적 인물이어야 하고, [자료 3]-②에서처럼 가짜가 진짜의 가속에게 진짜보다 더 인정받아야 하며, [자료 3]-④에서처럼 가짜가 사라지고 진짜가 반규범성을 교정한 뒤 자신의 집안으로 복귀([자료 3]-⑤)해야 한다. 가짜의 진짜 역할 대행([자료 3]-②)이 있다고 하더라도 [자료 3]-①·③·④·⑤가 없으면 영화 <광해>의 서사원형이 될 수 없다.

<괴상한 쥐>나 <쥐 좆도 모른다>와 같은 <쥐둔갑 설화>가 영화 <광해>의 서사원형이 될 수 없는 이유가 바로 여기에 있다. <쥐둔갑 설화>는 진가쟁주를 다룬 설화 유형이라는 점에서 일찍부터 <옹고집전>의 근원설화와 관련되어 왔으며, 설화가 고소설 보다 무의식의 심층에 더 가깝다는 점에서 영화 <광해>의 서사원형에 더 가깝다고 볼 수 있는 측면도 분명히 존재한다. 그러나 <쥐둔갑 설화>는 영화 <광해>에서처럼 애초에 진인(眞人)이 반규범적 인간으로 등장하지 않기 때문에 진인의 반사회적 행위에 해당하는 [자료 3]-①의 서사단락이 존재하지 않는다. 같은 측면에서 <쥐둔갑 설화>에서는 가인(假人)이 진인의 역할대행을 하다가 진인과 쟁투를 해도 [자료 3]-②·③에서처럼 진인의 반규범성 여부와는 관계가 없으며, 가인이 소멸하는 이유가 [자료 3]-④ 단락에서처럼 진인의 반규범성 교정 여부와는 전혀 관계가 없다. <쥐둔갑 설화>는 [자료 3]-②'-③'-④'-⑤로 구성되어 있는 것이다. 당초 선행연구사에서 <쥐둔갑 설화>가 단독으로는 <옹고집전>의 근원설화가 되지 못하며, 반규범적 인간이 주인공으로 등장하는 <장자못 전설>이나 <금경쟁주(金慶爭主) 설화>와 결합할 때만 <옹고집전> 근원설화의 구실을 할 수가 있다고 지적[7]되어 온 것도 바로 이와 같은 측면에서 이해할 수 있다. 반규범적 진인의 교정이 <옹고집전>을 <옹고집전>으로 인식하게

하는 서사적 정체성(narrative identity)이 되기 때문이다. <쥐둔갑 설화>와 <옹고집전> 사이에는 진가쟁주 모티프라는 서사의 공유지점이 존재하는 것은 분명한 사실이지만, <옹고집전>의 서사적 정체성을 구성하는 반규범적 진인 교정 여부가 <쥐둔갑 설화>에는 존재하지 않다는 점에서 <옹고집전>의 서사원형이 될 수 없다는 것이다.

그런데 영화 <광해>에는 <쥐둔갑 설화> 유형에는 없으나 <옹고집전>에는 있는 반규범적 진인 교정의 서사단락이 존재하며, <쥐둔갑 설화>의 진인에는 해당사항이 없으나 <옹고집전> 진인의 캐릭터 정체성을 구성하는 반규범성이 영화 <광해>의 주인공에게서는 핵심적인 특질로 등장한다. 우선, 영화 <광해>의 진짜 광해왕은 [자료 3]-①의 옹고집처럼 반규범적인 인물이다. 대북파와 서인파의 권력다툼과 당쟁이 극에 달한 시기에 정적들의 암살 위협이 반복되었다고는 하나, 이러한 정치적인 상황이 한 국가의 임금된 자에게 공무(公務)를 방기하고 개인적인 위안을 추구할 명분이 되지는 못한다. 임금은 국가를 인격화 한 공인의 대표로서 대내적인 차원에서는 민생, 대외적인 차원에서는 외교안보를 공식적으로 책임지기 위해 감정적인 공포와 분노, 불안과 두려움은 개인적으로 해결할 수 있어야 한다고 사회적으로 약속된 자리다. 그러나 광해왕은 공무를 내팽개치고 왕궁을 벗어나, 한 숨겨진 공간에서 김개시와 함께 마약과 색욕으로 개인적인 병리현상을 해소한다. 심지어 공무에 시달리지 않고 개인적인 쾌락을 더 잘 즐기기 위해 허균을 시켜 자신과 똑 같이 생긴 대역 창조를 명한다. 국가 구성원들이 만들고 위임한 책임을 방기한 것이며, 사회적 약속을 저버린 것이라고 할 수 있다. 여기서 영화 <광해>의 진짜와 가짜가 다투는 쟁주(爭主)의 대상은 왕자(王者)의 진정한 자격이 된다고 할 수 있으며, 왕 됨의 조건은 정치적 권력이나 계층적 신분이 아니라 사회 구성원들이 그 진정성을 인정해

---

7) 최래옥, 〈설화와 그 소설화 과정에 대한 구조적 분석〉, 서울대학교 석사학위논문, 1968, 126쪽.
 ; 장덕순, 〈옹고집전과 둔갑설화〉, 『한국설화문학연구』, 서울대 출판부, 1970, 201~208쪽.

주겠다는 공통된 합의와 약속이 된다는 점에서 원칙적으로 사회적 규범성을 지니게 된다.

이러한 진짜 광해왕의 반규범적인 구체적인 실체가 허균의 대역 창조와 실행 과정에서 역설적으로 드러난다. [자료 3]-② 도사의 가옹 창조와 가옹의 진옹 대행이다. 광해왕이 중독으로 왕궁을 비운 사이 대역을 맡은 하선이 국정대행을 하는 동안, 진짜 광해왕이 정치적으로는 민생을 살핀 것이 아니라 오로지 그들의 고충을 외면한 채 위에 권력으로 군림만 하는 대신 서인세력에게 휘둘려 국정이 파탄 나 있었으며, 대외적으로는 명나라와 청나라 양쪽에 눈치만 보고 있었던 상황이 확인된다. 예컨대, 집안의 빚 때문에 궁노로 팔려온 사월과 임금이 남긴 음식으로만 연명이 가능한 소주방 궁녀들의 사정, 서인의 반대로 대동법과 호패법은 시행조차 못하고 있으면서 충신인 중전의 부친과 오라비를 역모로 몰아가는 서인의 음모는 묵과하고 대북파인 중전을 소박했던 행위들, 명나라 사신에게는 굴신하고, 청나라에는 포로 소환을 요구하지도 못하는 사대주의 외교 태도 등이 하나씩 드러나고 풍자된다. 이 중에서 중전에 대한 소박은 비록 정치적인 문제와 결부되어 있기는 하지만 <옹고집전>의 학처(虐妻)에 그대로 대응된다. 반대로 하선이 행한 대행은 진짜 광해왕이 방기한 왕자(王者)의 대사회적 약속의 본질에 부합된다. 이를 알게 된 허균·중전·내시장·도부장·사월 등은 그의 정체를 눈치 채고도 묵과하고 신원을 보장해준다. 하선의 광해왕 대행이 진짜보다 더 한 진정성을 인정받은 것이다.

**[자료 4]**
㉠ 그대들이 말하는 사대의 예, 나에겐 사대의 예보다 내 백성들의 목숨이 백 곱절 천 곱절 더 중요하단 말이오!
㉡ 땅 열 마작을 가지고 있는 자에게 쌀 열섬을, 한 마작을 가지고 있는 자에게 한 섬을 받겠다는데 그것의 어떤 것이 그릇된 일이오?
㉢ 사월아 오늘 야식에는 니가 좋아하는 곶감과 유과를 잔뜩 남겨놓을 것이다.
㉣ 그대들이 중전의 폐위시키려는 것이 중전이 서인이 아니라는 이유라면 나

또한 서인이 아니니 같이 폐위시키시오.

**[자료 5]**

㉮ 저는 두 왕을 섬기었습니다.

㉯ 도망치십시오 전하! 꽁지 빠지게 도망치시란 말입니다!

[자료 4]-㉮는 명(明)의 사신들이 방문했을 때 서인들이 명과의 사대의 예를 지키라고 요구했을 때 하선이 한 말이다. 명나라에 대한 화이론적 사대주의 보다 청나라에 대한 중립을 통해 실리를 얻어내는 것이 민생을 위해 더 중요하며, 그것이 왕 된 자의 본질적인 책임임을 주장한 것이다. [자료 4]-㉯는 호패법과 대동법 시행을 서인들이 반대하자 누구나 당연히 동조하고 받아들일 수밖에 없는 상식적인 선에서 민생을 위한 민본주의를 설파한 것이다. [자료 5]-㉮는 진짜 광해왕이 중독에서 깨어나자 그의 안가로 하선의 대역 기간 작성된 승정원일기를 갖다 보여주며 하는 허균의 고백이다. 엄연히 한 쪽은 진짜 왕이고 다른 한 쪽은 가짜 대역인데, 두 명의 왕을 섬겼다고 하고 있다. 혈통과 신분에서는 광해왕이 진짜 왕이지만, 왕 됨의 진정성에서는 하선이 진짜 왕임을 인정한 고백이다. [자료 5]-㉯는 조내관이 하선의 정체를 알고도 끝까지 전하라고 부르며 다른 사람들에게 들통 나기 전에 도망치기를 권하는 장면이다. 역시 하선을 왕 됨의 진정성을 실현하는 자로 인정하고 있음을 보여준다. [자료 4]-㉰는 수라간 궁녀들의 일용할 양식이 자신이 남긴 음식으로 오로지 충당된다는 사실을 알고 하선이 자신의 배를 불리는 대신에 그들이 먹을 음식을 만들어주는 장면이다. 백성의 배를 불리기 위해 자신의 주림을 자청하는 위정(爲政)의 참된 이념을 실행하는 하선의 모습을 수랏간 궁녀 사월을 통해 상징적으로 보여주되, 일상적인 생활 속에서 구체적으로 보여준 것이다. 어떠한 거창한 이념을 들이대지 않고도 위민(爲民) 이념의 본질을 생활 속에서 인간적인 방식으로 구현해 낼 수 있음을 보여주고 있다. 한편, [자료 4]-㉱는 대북파

출신인 중전의 폐위를 주장하는 서인에게 정치 때문에 부부 됨이라는 인간 근본적인 도리를 저버릴 수 없음을 선언한 것이다. 한편으로는 부부간의 신의라는 도덕률의 실현이 되지만, 다른 한편으로는 정치적 역학관계에 대항한 인간성 고수의 일부가 된다는 점에서 역시 명분론적인 이념에만 고착되지 않는 현실성과 인간미를 드러내고 있다. 이념을 위한 이념이 아니라 인간의 현실 생활을 위한 이념을 주장하고 있는 것이다.

하선의 진짜보다 더 진실한 왕 됨의 본질 구현은 그 자체로 간접적인 차원의 [자료 3]-③ 진옹·가옹의 쟁주(爭主)와 반규범적 진옹의 축출이 된다. 주변인들에게 있어서 정치적인 권력자로서의 왕에 대한 자리는 여전히 비워져 있지만 왕 됨의 본질적 조건을 구현한 진정한 왕으로서의 인정은 이미 하선이 획득해 버렸기 때문이다. 하선이 나타나기 전에는 권위에 짓눌려 왕 됨의 진정성에 대한 문제의식이 없었던 이들이 정치적인 왕과 진정한 왕을 구분하고 후자에 대한 마음의 자리에서 진짜 광해왕을 축출해 버렸기 때문이다. 이처럼 가짜가 진짜보다 진짜의 사회적 약속과 책임을 더 잘 이해하고 그 근원적 본질을 완벽히 수행해 낼 뿐만 아니라 공동체 내부의 구성원들에게 자발적인 신원보증을 얻어 낸다는 점에서 하선의 대행 행위는 [자료 3]-③에서 진옹을 일차적으로 축출한 가옹의 획주(獲主)가 되는 것이다.

**[자료 6]** 왜 그 사이에 정이라도 들었느냐?

[자료 6]은 양귀비 중독에서 깨어난 광해왕이 대역의 소모품적인 역할이 끝났다고 판단하여 왕궁 복귀를 위해 하선의 살해를 허균에게 명령([자료 3]-④ 가옹 축출)했지만, 그의 왕 대행이 지닌 진정성을 인정하게 된 허균이 오히려 그를 살려줄 것을 청하는 것을 보고 진짜 광해왕이 당황하는 장면이다. 진짜 광해왕은 이처럼 자신이 이미 자기 주변인들의 마음의 왕좌에서 축출되어 버렸다는 사실을 허균을 통해

깨닫게 된다. 애초 대역을 만들어냈던 허균이 진짜보다 더 진짜의 이념적 본질을 구현한 하선의 역할 대행 기록을 들이밀며 진짜 광해왕의 반성과 행동 변화를 촉구하는 것을 보고 이미 이념적으로 축출된 것은 오히려 자신임을 깨닫게 되기 때문이다. 반규범성에 대한 허균의 교정 요구와 진짜 광해왕의 개과천선이다. 이를 통해 처음에는 광해왕의 요구에 따르기 위해 시작되었던 허균의 대역 창조의 목적은 진옹의 교정을 위해 가옹을 창조했던 [자료 3]-② 도사의 목적에 비로소 부합되게 된다. 가짜의 창조가 진짜로 하여금 이념적 주체로 각성하도록 이끄는 계기가 되었다는 점에서 [자료 3]-② 도사의 가옹 창조와 [자료 3]-③ 가옹이 진옹과 쟁주(爭主) 하는 과정에서 진옹을 축출했던 목적에 부합하게 되는 것이다.

이 지점에서 해결하고 넘어가야 하는 문제가 있다. 일부 관객들이 지적하고 있는 미국영화 『데이브』8)와의 관계 문제이다. 영화라는 문화 콘텐츠의 중심부가 헐리우드이며, 주변 국가들의 영화 발전이 헐리우드를 전범으로 하여 이루어지는 시기를 통상적으로 경험하고 있다 보니, 소재나 설정에 유사성이 있는데다 한국영화 보다 먼저 나온 작품이 있는 경우에는 표절 시비를 피해가기가 어렵다. 물론 대놓고 표절했으나 그 표절 여부를 밝혀놓지 않은 저급한 작품도 존재하기는 한다. 그러나 문화의 향유란 그렇게 단순한 차원에서 이루어지지 않는다. 동서고금을 무론하고 한 국가의 문화 발전은 자국의 고유한 문화적 전통만으로 이루어지지 않기 때문이다. 이 지점에서 당연히 한 국가의 문화라는 것이 외래문화의 포스트 모던한 편집으로 이루어진다는 말이냐는 의문이 제기될 수 있다. 혹은 그렇다면 역시 그러한 방식으로 구성될 타국 문화와의 차별성은 어디에 있느냐는 질문이 던져져야 한다. 한 국가와 다른 국가 사이의 문화적 차별성은 하나의 공통된 삶의 문제에 대해 각기 다른 경로로 접근하거나 풀어나가는 가장 최소한의 유의미한 차이에

---

8) 『데이브』(1993), 감독: 이반 라이트만, 출연: 케빈클라인 · 시고니위버.

기반 한다. 그런데 때때로 자국의 문화적 정체성을 타국의 그것과 차별화 시키는 유의미한 차별적 요소들은 잊혀지거나 유사한 삶의 문제들을 다룬 타국의 그것들로 대체되기도 한다. 문화란 한 국가의 국력이나 국가간 권력질서와 별개의 차원에서 헤게모니를 인정받기도 하지만 대부분의 경우 정치사회적 역학관계에 따라 주도하는 중심과 따라가는 주변의 관계를 형성하기 마련이기 때문이다. 이 경우, 자국의 고유한 문화적 전통세계 정치사회 질서 속에서 슈퍼파워를 유지하고 있는 국가에 예속되어 있거나 그 국가를 전범으로 하여 사회·경제체제를 확립해 나가는 국가가 있다면 자국의 고유성을 상징하는 문화적 지표들은 잊혀지거나 구태의연한 것으로 치부될 수 있다. 대신 자국민들은 유사한 삶의 문제들을 다룬 타국의 문화 구현 방식을 빌려와서 표현하게 되기 마련이다. 이때, 자국의 고유한 문화적 지표들은 외래의 그것들 속에 잠류하게 된다. 동시에 외래의 문화적 지표들은 자국의 그것들을 표현하기 위해 차용한 외피가 된다. 외래의 문화적 지표들을 빌려온다 해도 궁극적으로 이야기하고자 하는 것은 자국의 문제가 되며, 그 연맥은 자국의 고유한 문화적 전통으로 소급될 수 있다는 것이다. 즉, 자국의 문제를 표현하기 위해 세계 문화질서의 헤게모니를 장악하고 있는 국가들에서 빌려온 문화적 지표들은 자국의 그것과 표피적인 얼굴만 다른 이형태가 된다는 것이다.

서사적 차원에서 한번 설명해 보자. 주변인들의 박대 때문에 갖은 시련을 겪다가 고귀한 신분의 남성과 만나 해피엔딩을 맞는 현대 여성의 삶에 대해 이야기하고 싶은데 서구를 전범으로 근대 산업발전을 이루어온 우리에게 콩쥐의 꽃신은 이 시대의 이야기를 담기에는 너무나 오래되고 낡은 포대로 생각될 수 있다. 이 경우 당대의 첨단으로 인식되는 서구의 유리구두를 차용해 오게 되는데, 그럼에도 불구하고 서구에서 빌려온 문화지표를 통해 궁극적으로 말하고 싶은 것은 서구 여성의 삶이 아니라 우리 여성의 삶이 된다. 그리고 그것은 콩쥐의 꽃신이라는 자국의 고유한 지표를 통해 풀어내온 우리 선대의 누적된 삶의 지층을 소환해 들이게 된다. 외래문화의 자극이 상실되거나 무시되어온 자국문화의 고유한 문화유전자(cultural gene)가 발현될 수 있도록 상기시킨다는 것이다.

이처럼 새삼 소환된 고유문화의 기억이 자국문화에 대한 자신감과 자부심이 광범위한 보편성을 얻어가는 시대적 흐름과 조우하게 되면 구체적인 작품 창작으로 진행되게 된다. 여기서 중요한 것은 우리의 창작을 자극한 타국의 문화지표가 아니라 그것에 의해 구체적인 작품으로 발현된 우리의 문화지표가 된다는 것이다. 예컨대, 각국은 서로 자국의 고유한 문화유전자를 발현시키기 위한 자극을 주고받는다. 예컨대 헐리우드 영화 『유브 갓 메일』9)이 한국영화가 가능성을 인정받기 시작한 90년대 후반 무렵에 나온 영화 『접속』10)의 설정을 차용하여 탄생한 작품이라는 사실은 널리 알려져 있는 사실이다. 그러나 누구도 『유브 갓 메일』을 표절이라고 하지 않는다. 여기에는 두 가지 이유를 들 수 있다. 하나는 당시 상대적으로 문화적 후진국인 한국영화가 헐리우드 영화에 영향을 미칠 수 있다는 가능성 자체를 인정하지 않으려고 하는 문화 사대주의다. 다른 하나는 『유브 갓 메일』이 인터넷 매체를 사랑의 메신저로 활용한 『접속』의 설정을 헐리우드 전통적인 로맨틱 코메디 장르화 시킨 작품이라는 사실이다. 주지하다시피 『접속』은 헐리우드 특유의 과장된 로맨틱 코메디 장르와는 다른 지점에 위치해 있는 작품이다.

미국영화 『데이브』와 우리 영화 『광해』의 관계가 바로 여기에 해당된다. 영화 『데이브』는 진짜와 가짜가 시대를 선도할 전형적인 이념적 가치를 두고 쟁주(爭主) 하는 작품이 아니다. 대역이 진짜를 대신하는 가운데 벌어지는 좌충우돌 에피소드들을 휴먼 코메디의 측면에서 풀어간 작품으로, 대역을 할 가짜가 위정자를 풍자하고 비판하는 데서 시작

---

9) 『유브 갓 메일』(1998), 감독: 노라 에프런, 출연: 톰행크스 · 맥라이언.
10) 『접속』(1997), 감독: 장윤현, 출연: 한석규 · 전도연.

하는 영화『광해』와는 출발점 자체가 다르다. 영화『데이브』의 대역은 근엄하고 카리스마 있는 대통령을 단순히 닮은꼴 코스프레 하던 인물이기 때문이다. 당연히 직면한 정치사회적인 역학관계와 봉건적 이념에 관한 진짜와 가짜의 쟁투는 영화『데이브』가 다루고자 한 주안점이 아니며,『옹고집전』의 도사에 해당하는 인물도 등장하지 않는다. 봉건질서의 개혁을 소망하여 대역의 편에 서는 민중 출신의 주변인들의 집단적 연대감도 부각되어 있지 않음은 물론, 그러한 연대감이 시대를 선도할 전형적인 이념성으로 제시되어 있지도 않다. 영화『데이브』는 오직 진짜를 대신한 역할 대행기를 통한 대역의 신분상승과 자아실현 욕구의 개인적 발현 과정에 초점을 맞춘 작품이다.

대신, 주목할 것은 영화『데이브』의 이러한 서사적 정체성이『옹고집전』에 부재한 시대적 전형인물을 창조해나가는 방향성에 긍정적인 자극을 제공했다는 사실이다.『데이브』의 대역이 탐색하는 개인적 욕망 발현과 확인 과정은『옹고집전』의 가옹이 긍정적인 이념성의 화석화된 상징으로 그치지 않고 개인적인 욕망으로 수용하여 실현해 나감으로써 시대적 전형인물로 거듭나도록 캐릭터화 해나가는데 일종의 자극제가 되었다는 것이다. 대역 설정이라는『데이브』의 서사적 자극(narrative stimulation)이『옹고집전』의 서사원형을 발현시켜서 가옹을 시대적 전형인물로 재창조시키게 하는 계기가 되었다고 할 수 있다.

## 3. 실전 판소리『옹고집전』의 질적 한계 극복과 시대의 새로운 이념적 전형인간 창출

이제 따져봐야 할 것은 영화『광해』가 실전 판소리『옹고집전』의 질적 한계를 실제로 극복하고 시대의식의 방향과 조우할 수 있는 새로운 이념적 인간상을 창출해내고 있는가의 문제가 될 것이다. 영화『광해』가 가옹 하선을 통해 구현해내고 있는 규범성의 기준은 민중주의적 · 민족주의적 시각이다. 전자는 대내적인 민생의 차원이고, 후자는 대외적인 외교적 차원이다. 그런데 하층민 하선 속에서 후자는 전자 속에 포함되어 나타난다. 앞서 [자료 4]-㉮에서 확인했듯이 민족주의 중립외교도 전자의 민생을 위한 일환으로 추구되는 것이기 때문이다. 민중주의적 민족주의다. 이를 통해 영화『광해』에서는『옹고집전』이 지향하던 규범적인 공동체 윤리의 범주가 확장되는 동시에 구체화 된다. 진·가 판정이 진옹의 가족 구성원 내부에서 주로 이루어지던 것에서 민중 각처에서 흘러들어와 진옹 주변에 포진한 계층적 주변인 집단으로 그 범주가 확장되어 총체화 되는 것이다. 이 민중적 총체성에는 지배층 출신의 허균까지 가세하면서 민족주의적 민중주의로 그 총체성이 완성된다. 민중적 총체성의 일부이자 이념의 일상적 구현자인 것이다. 이념적 표상 그 자체로만 그쳤던『옹고집전』의 가옹이 공동체 윤리의 규범성을 대표하는 인물의 구체적 실체성을 획득하게 된 것이라고 할 수 있다.

영화『광해』가『옹고집전』에서 지적되었던 이념적 한계를 극복하려면 이처럼 민중주의적으로 실체화된 이념성이 시대적 변화 방향의 전형적 지향점과 조우할 수 있어야 한다. 영화『광해』에서 이러한 이념의 시대적 전형성 획득은 두 가지 구도의 결합으로 실현된다. 하나는 이념 구현자의 주체적 성장 구도이고, 다른 하나는 적대자와의 대립구도이다. 이러한 두 가지 구도의 결합에 의해, 영화『광해』는『옹고집전』에서부터 이어져 온 가옹을 시대적으로 옹호해야 할 이념의 전형적 주체자로 형상화 하는데 성공하고 있다.

**[자료 7]**
㉮ 지금부터 그 칼은 오직 나만을 위해서 뽑으라.
㉯ 나는 왕이 되고 싶소.
㉰ 그 왕이라는 자리가 남을 쳐내고 얻어야만 하는 자리라면 난 왕이 되지 않겠소. 내 꿈은 내가 꾸겠소.

[자료 7]-㉮는 왕 대행 과정에서 민중적 진정성에 대한 실현 욕망을 각성하게 된 하선이 주체적으로 도부장을 자신의 조력자로 포섭해 내는 과정이다. 욕망의 주체성을 각성했기에 도부장과 같은 진짜 광해왕의 주변인들을 자신의 진정한 조력자로 포섭해낼 수가 있는 것이다. 자기 이념의 주변적 확산과 감염이란 스스로가 욕망의 온전한 주체가 되었을 때 가능한 법이기 때문이다. [자료 7]-㉯는 허균이 광해의 복귀일을 알리며 죽임을 당하기 전에 도망가라고 하자 거부하는 장면이다. 지금까지 허균의 지시에 따라 비주체적으로 왕 대행을 하던 하선이 민중적 주체성을 자각하고 그 진정성을 실행하는 욕망의 주체가 되겠다고 하는 선언이다. 욕망 주체로의 성장이다. [자료 4]-㉰는 하선의 진정성에 감발된 허균이 진짜 왕으로 만들어주겠다고 하자 그것을 거부하는 장면이다. 허균의 역모에 의해 자신이 왕이 된다면 그것은 진짜 광해왕을 대체하고자 하는 허균의 욕망에 꼭두각시가 되는 것일 뿐이며, 타자를 죽이고 얻는 주체성은 진정한 주체성이 아니라는 인식이다. 진정한 왕 됨의 규범적 실현은 자기 스스로 주체적으로 만들어가는 것이지 타자를 죽이는 적대관계나 혹은 타자에 의해 만들어지는 피주체적인 것이 아니라는 것이다. 진짜성을 규범적인 방식으로 실현해 나가는 욕망의 진정한 주체성을 실현하겠다는 의지의 피력이다.

이 주체적 욕망의 완성 과정은 비장하다. 이를 통해 위정자의 비진정성을 드러내 풍자하는 골계미와 비장미의 결합이 이루어진다. 전승 5가에는 있으나 실전 판소리에는 없는 비장미의 구현이다.

**[자료 8]**
㉮ 춘추관은 적으라. 비록 이 몸이 명이 두려워 2만의 군대를 파견하지만 사실 청과 싸울 의도는 없소. 부디 우리 조선의 군사들을 안전하게 돌아올 수 있도록 해주시오.
㉯ 대동법을 즉각 시행하시오.
㉰ 사월이의 어미를 찾아주도록 하시오. 이것이 내가 왕으로써 내리는 마지막 어명이오.

[자료 8]은 진짜 광해왕이 왕궁으로 복귀하기로 한 기약일까지 왕된 자의 진정한 본질을 완성해 내는 장면이다. 대동법·호패법을 승인하고, 명에 보낸 군사를 철군하는 대신 청에 포로소환서를 보낸다. 이용후생을 위한 부국강병책과 자주적인 실리외교의 개진이다. 그 본질성은 궁녀 사월의 어미까지 찾아주라는 인륜 실현의 차원까지 포함되어 있다. 그런데 이는 [자료 8]-㉯에서 하선이 말한 것처럼 마지막 어명이다. 물리적인 순서로 마지막인 것이 아니라 목숨을 건 것이기 때문에 마지막이다. 진짜 광해왕이 돌아오면 죽임을 당할 것을 허균과 장내관을 통해 들어서 알고 있음에도 불구하고 도망가라는 이들의 권유를 거부하고 실행하는 왕 됨의 본질이기 때문이다. 죽음 앞에 서서 목숨을 걸고 실현하는 이념의 진정성이다. 예정된 죽음의 수순에도 굴복하지 않고 의지적으로 완성해 내는 것이기에 처연하고 또 비장하다.

그런데 영화『광해』에서 주목해야 할 것은『옹고집전』에서부터 이어져온 이 가옹의 비장한 욕망 주체적 성장과 실현 과정이 민중은 물론 지배층 일부에게까지 전파되어 그들 각각을 하나의 비장한 욕망 주체로 만들 뿐만 아니라, 이렇게 구현된 욕망의 총체적 주체성이 부정적인 기득층의 비윤리적 욕망과 대립구도를 이룬다는 사실이다. 총체화 된 욕망의 주체성은 비윤리적인 기득층 집단의 또 다른 부정적 욕망의 총체와 적대적인 대립을 이루게 되며, 그 과정에서 개별적인 개인의 비장미도 총체성을 구현하게 된다. 이때 대립하는 적대자 집단의 총체적 욕망이 지양해야 할 사회적 질곡의 모체라고 작중에서 규정되고, 또 그러한 규정이 보편적인 사회적 공감을 획득할 수 있다면, 이러한 적대 집단의 욕망에 대항해 나가는 주체적 의지는 곧 새로운 사회를 열 가치가 있는 이상적인 이념의 전형성을 획득할 수 있게 된다. 영화『광해』가 동원한 천만 관객은 작품이 지향하는 새로운 이념에 대한 향유층의 보편적인 공감을 확인시켜주는 근거가 된다고 할 수 있다.

[자료 9] 그대들에게 가짜일지 몰라도 나에겐 진짜 왕이다.

**[자료 10]** 이듬해 8월 허균은 역성혁명을 이유로 참수 당한다.

**[자료 11]** 5년 후, 광해군은 인조반정으로 폐위 된다. 광해는 땅을 가진 이들에
게만 조세를 부과하고 제 백성을 살리려 명과 맞선 단 하나의 조선
의 왕이다.

[자료 9] · [자료 10] · [자료 11]은 각각 도부장 · 허균 · 광해왕이 하선
의 규범적 진정성에 감염되는 것을 넘어서 이를 실현하는 욕망의 주체
로 거듭난 것이 확인되는 부분들이다. 이처럼 욕망의 주체로 거듭나는
개인들의 범위는 하선을 중심으로 상하 계층을 포괄하고 있다. 계층적
으로 총체성을 구현하고 있는 것이다. 것이다. 예외 없이 이러한 욕망의
주체성은 서인세력이 만들고 그들에 의해서 유지되는 기존 사회규범에
저항하는 것으로 실현된다. [자료 9]에서 도부장은 하선의 왕 됨의 진정
성을 서인세력이 보낸 살수에 맞서 자기 목숨을 걸고 지켜주는 것을
새로운 사회의 규범성 실현을 위한 자기 욕망의 주체성 실현 방법으로
선택한다. [자료 10]에서는 하선의 퇴로를 열어주고 그에게 무언의 목례
를 보내는 것으로 그의 왕 됨의 진정성에 대한 경의를 표했던 허균은,
애초 서인세력과 정치적 딜을 주고받는 것으로 개혁을 실현해 가는 방
식을 버리고 역성혁명을 통해 직접적으로 실천하는 것을 자기 욕망의
주체성 실현 방법으로 선택했던 사실이 말미에서 드러난다. [자료 11]은
진짜 광해왕이 5년 후에 서인세력의 인조반정으로 폐위되었다는 프롤
로그로, 진짜 광해왕이 하선의 규범적 진정성에 감화되어 이념적으로만
교정되는 것을 넘어서 서인세력에 의해 만들어지고 유지되던 기존 규범
을 거부하고 민생과 실리외교의 개혁정책을 독자적으로 실행해 가는
것을 자기 욕망의 주체성으로 삼았다는 사실이 확인되는 대목이다. 실
전 판소리 『옹고집전』에 부재했던 반봉건과 봉건의 대결을 통한 새 시
대 이념의 주체적 모색이 된다.

하지만 기존의 사회적 규범에 대항하여 새로운 시대를 열 진정한 규
범을 주체적으로 욕망하고 실현해 가고자 하는 이들의 선택은 모두 비

극으로 끝을 맺는다. 대신 이들이 주체적으로 욕망했던 새 시대의 규범적 진정성은 자신의 꿈을 주체적으로 실현하기 위한 길을 나선 하선에 의해 여전히 살아있다. [자료 9]·[자료 10]·[자료 11]의 도부장·허균·광해왕은 기존 사회의 부조리한 규범과 함께 자신의 목숨을 비장하게 던지고 하선을 살려서 보냄으로써 새로운 시대의 전형적인 규범이 하선과 함께 열릴 수 있는 길을 열어 준 것이 된다. 애초 [자료 2]-㉺에서 확인했듯이 제작진이 언급한 비극적 결말의 카타르시스이다. 이를 통해 결과적으로 이전 시대 『옹고집전』에서 부재했던 비장미는 영화 『광해』에서 골계미와 결합되어 다가올 시대를 선도할 전형적 이념에 대한 주체적 욕망과 의지를 드러내 보여주는 것으로 실현된 것이라고 할 수 있다.

## 4. 요호부민의 역사적 자기갱신과 영화 『광해』의 개혁적 정치의식

영화 『광해』가 부정적인 옹고집형 인물의 교정과 새로운 전형적 이념 인물의 창출을 통해 사회풍자에 그친 실전 판소리 『옹고집전』의 한계를 극복했다는 사실을 확인했다. 이제, 마지막으로 해결해야 할 문제는 이 부정적인 옹고집형 인물이 19세기 역사적 실체로서의 요호부민에 대응되는 캐릭터인데, 이와 직접적으로 관련되는 지표가 영화 『광해』에서는 등장하지 않는다는 사실이다. 요호부민이라는 경제적 정체성은 진짜와 가짜의 싸움인 진가쟁주를 『옹고집전』의 서사원형으로 탄생시키는 핵심적인 인자(因子) 중의 하나다. 『옹고집전』은 진가쟁주의 무수한 설화적 연맥이 요호부민이라는 역사적 실체에 대한 사회적 인식과 만나서 탄생된 것으로 볼 수 있다. 영화 『광해』가 시대의 변화에 부응하여 잠류상태에서 부상한 『옹고집전』의 재생산 작품이라는 사실이라는 의의를 부여할 수 있기 위해서는 다음의 사실을 입증할 수 있어야 한다. 요호부민의 역사적 자기갱신 과정의 궁극적 지향점이 『광해』에서 확인되는 개혁적 민중의식과 맞닿아 있다는 사실이다. 요호부민이라는 19세기 역사상에서 배태되었던 한 특수한 경제 집단의 정체성이 개혁적인 정치 집단의 그것으로 전이되어 나갔다는 사실을 입증할 수 있어야 한다는 것이다.

주지하다시피 『옹고집전』에서 문제 삼고 있는 것은 관권과 결탁하여 지방 향촌사회의 지배체제에 편입해 들어가 민중을 수탈한 부정적인 요호부민이다.11) 실제로 요호부민은 19세기를 강타한 민란에서 민중들에게 관권과 결탁한 토호로 규정되어 난민(亂民)들의 공격 대상이 되었다. 이들은 봉건적 지배세력들과 결탁하여 민중을 수탈하거나 다양한 탈세 방법으로 세금을 탈루하여 치부 규모를 확대해 나갔던 요호부민이다. 그러나 요호부민 내부에는 지배세력의 수탈구조에 편승하지 않고 정상적으로 모든 세금을 납부했던 또 다른 부류도 존재했다. 이들 중의 일부는 전임 좌수(座首)나 향임(鄕任)의 위치에 있으면서도 민중들과 연계하여 민란을 주도하여 반봉건의 기치를 높이 세웠다.12) 여기서 요호부민이라는 역사적 특수집단이 애초 탄생될 무렵의 정체성이 경제적인 것에서 이미 정치사회적인 것으로 전이가 이루어졌음을 확인할 수 있다. 예컨대 중세질서의 지배이념에 반대하여 거창 민란을 주도한 사족 가문13)처럼 특수한 경제 집단의 바운더리에서 벗어나 정치사회적 차원에서 계층화되기 시작했던 것이다. 이처럼 정치사회적인 방향으로 전이 된 요호부민의 또 다른 정체성은 경제적 수탈자로 머물러 있었던 『옹고집전』의 주인공에게 부재했던 긍정적인 이념성과 시대적 선도성을 부여해줄 수 있게 된다. 『옹고집전』이 봉건적인 지배체제에 편승하여 민중들을 수탈한 부정적인 경제 집단으로서의 요호부민을 진가쟁주

---

11) 이에 대해서는 김종철, 『옹고집전 연구』, p.135를 참조하기 바람.

12) 요호부민 내부에 봉건과 반봉건의 각기 상반되는 정체성을 지닌 두 부류가 존재했었다는 사실에 대해서는 김현영, 〈1862년 농민항쟁의 새 측면-거창 민란 관련 고문서를 중심으로〉, 『고문서연구』 25, 한국고문서학회, 2004.

13) 이에 대해서는 김현영의 전계논문을 참조하기 바람.

모티프를 통해 비판·풍자 하다가 실전된 판소리였다면, 실전을 극복할 가능성은 요호부민이 본래 지니고 있었던 정치사회적 정체성 속에서 찾을 수 있다는 것이다. 바로 요호부민이 민중과 결탁하여 중세사회의 질곡을 문제 삼았던 저항의 이념적 지향성을 진가쟁주 모티프와 결합시키는 방식이 된다. 요호부민 옹고집이 시대의 이념적 전형성을 구현할 긍정적 인물로 발전할 가능성이 된다.

주지하다시피 봉건 수탈의 부정성과 반봉건 개혁의 긍정적 이념성의 경계에 있었던 요호부민의 역사적 정체성 중에서 후자가 지닌 긍정적인 시대적 전형성이 판소리서사로 발현된 사례가 바로 20세기 초엽의 판소리『최병두타령』과 신소설『은세계』다.[14] 민중과 대립하여 봉건적 지배구조의 일부로 군림하던 부정적인 전자가『옹고집전』의 주인공으로 선택된 결과 판소리 12마당의 주인공 위치에서 소거되었던 요호부민이 긍정적인 전자를 주인공으로 하여 20세기 판소리사에 다시 새롭게 부상한 것이다. 판소리사 전체의 전개사 측면에서 보자면 전승 판소리『흥부전』의 보조인물로 그 위상이 축소되었던 요호부민이 20세기에 와서 메인 캐릭터의 위치를 확보하게 된 것으로 볼 수 있다.『최병두타령』을 재창작 한『은세계』를 통해 확인할 수 있는 것은 이처럼 이해를 함께 하게 된 민중과 요호부민의 정치사회적 바운더리 속에 개혁적 성향의 지식인 엘리트도 포함되어 있었다는 사실이다.

『은세계』에서 확인되는 최병두의 비장한 반봉건 저항은 개화파의 영수인 김옥균의 사상에서 감화를 받아 시작된 것으로 되어 있다. 요호부민의 보호를 통해 지주자본을 형성하여 부르주아적 상업 자본을 발전시킴으로써 봉건적 지배구조를 부르주아 자본과 결합된 개혁적 정치구조로 대체하고자 한 개화파의 정치사회 사상을 실제로 현실세계 속에서 실현하다가 비극적 최후를 맞은 인물이 바로『최병두타령』의 주인공 최병두다. 20세기에 와서 요호부민은 저항적 민중·비판적 지식인들과

---

14) 김종철,〈〈銀世界〉의 成立過程硏究〉,『한국학보』제14권 2호, 일지사, 1988.

함께 봉건적 정치사회의식을 공유하는 일종의 광범위한 연대를 형성하게 되었다고 할 수 있다. 봉건적인 저항이념과 민중적 개혁의식이 총체성을 획득하는 방향으로 구현되어 있는 것이다. 이 지점에서 김옥균이나 정감사와 같은 당대의 역사적 실존인물을 연의적 기법이 처음으로 고안되었다는 사실을 지적해둘 필요가 있다. 비판적 지식인의 전형인 김옥균은 요호부민 최병두가 추구한 비장한 저항정신에 실존적 공감을 확장시키는 기능을 하고 있으며, 최병두가 투쟁한 정감사는 해체되어야 할 반봉건 지배구조의 상징적인 인물로 최병두의 반봉건 투쟁에 역사적 전형성과 진정성을 부여하는 역할을 맡고 있다.

이처럼 20세기 판소리사에서 진행된 요호부민의 긍정적인 전형인물화와 반봉건적 개혁정신의 총체적 공유화, 그리고 비판적 지식인과 봉건적 기득세력의 연의적 인물화는 21세기 영화『광해』로 고스란히 계승된 부분들이다. 21세기까지 각각 부르주아·노동자·엘리트 지식인으로 성장한 20세기 요호부민·민중·중인이 보유한 부와 지위의 상대적인 차이에도 불구하고 시민이라는 접합점을 공유하고 있다. 이들 중에서 진보적 성향의 시민들은 정치적 지배 권력에 대해 비판적이고 저항적인 반보수적·민중지향적 개혁정신이라는 같은 스펙트럼의 선상에 위치해 있다. 조선후기에 부정적인 인물로 처음으로 등장한 요호부민은 20세기에 긍정적 전형인물로 재탄생 된 이후로 21세기 시민과 민중지향적이고 진보적인 정치의식을 광범위하게 시대의 종적인 흐름을 거슬러 공유하고 있다고 할 수 있다.

그런데 이들 20세기 판소리계 서사 속에 등장하는 요호부민들은 진가쟁주 모티프와 결합되어 있지 않다. 요호부민 관련 서사와 진가쟁주 모티프는 별개의 연원 속에서 배태되었다. 전자는 전승 5가 중 하나인 『흥부전』과 20세기 창작 판소리『최병두타령』, 후자는 진가쟁주계 설화·고소설로 연맥이 이어진다. 『옹고집전』과 같은 요호부민을 주인공으로 내세우고 진가쟁주 모티프를 구심점으로 했음에도 불구하고 『최병두타령』 같은 판소리와 『화산중봉기』·『유연전』 같은 고소설이 『옹고집전』의 서사원형과 직접적인 관련이 없는 이유가 바로 여기에 있다. 대신, 『옹고집전』은 이들 별개의 연원 속에서 배태된 두 개의 서사적 연맥이 연원이 합쳐지는 지점에서 탄생된 것으로 규정될 수 있다. 영화 『광해』는 요호부민이 민중과 결탁하여 중세사회의 질곡을 삼았던 저항 의 이념적 지향성을 진가쟁주 모티프와 성공적으로 결합시킴으로써『 옹고집전』에 애초 내재해 있던 질적 가능성을 매체 시대에 최초로 실현 한 작품이라는 위상을 부여받을 수 있게 되는 것이다.

이렇게 요호부민의 정치사회 이념화 과정의 추이를 가변적인 것으로 설정해 놓고 나면 남은 문제는 영화『광해』속에 정작 요호부민이 출현 하지 않을뿐더러 현대의 진보적 시민의식과 접점을 이루는 요호부민의 반봉건 저항정신을 구현해낸 시대적 좌표가 19세기가 아닌 17세기라는 데 있다. 역사적으로 정치사회의식화 과정을 거치면서 20세기 개화파, 현대의 진보적 시민의식과 접점을 이루게 된 요호부민의 정체성은 17세 기 수구적 기득집단인 서인세력과 투쟁한 개혁적 정치그룹인 북인파의 그것으로 치환되는 것이 얼마든지 가능하다. 반봉건 지배집단을 해체하 고 요호부민의 지주자본을 중심으로 상공업 발전정책을 시도했던 20세 기 개화파의 정치사회의식은 자주적 중립외교정책과 경제 개혁정책을 통해 독자적인 부국강병을 의도했던 17세기 북인세력의 그것과 상통하 는 것이다. 엄밀히 말하면 개화파의 개혁정책의 연원은 흐름을 거슬러 올라가면 북인파의 그것으로 소급된다고 할 수 있다.『최병두타령』에서 요호부민과 결탁했던 개화파 지식인과 민중은 영화『광해』에서 각각 허균과 같은 북인파 지식인과 민중 출신 인물들에 대응된다. 같은 관점 에서『최병두타령』에서 요호부민과 대결했던 봉건적 관료는 영화『광 해』의 서인세력에 대응될 수 있다. 19세기『옹고집전』에서 20세기『최 병두타령』으로 이어지면서 긍정적인 정치적 정체성을 확보해 나간 요 호부민에서 경제적인 특수성을 완전히 제거하고 민중적 전형성과 총체 성의 최대치를 구현하게 되면 영화『광해』의 가짜왕 하선이 된다.

민중 출신으로서 비판적 지식인과 연대하여 봉건적 서인세력과 대결하는 가운데 민중을 위한 개혁정책을 실행한 결과 민중을 대표하는 전형적 캐릭터성을 확보하게 된 하선은 당초『옹고집전』이본 전개사 속에서 강화되어 나아간 민중적 저항의식을 최대한 실현해본 존재가 된다.『옹고집전』의 옹고집이 이본 전개사 속에서 요호부민성 대신에 양반성을 확대해 나갔다는 사실을 고려해 본다면,『옹고집전』의 실질적인 지향의식 역시 부정적인 요호부민의 풍자가 아니라 부정적인 양반에 대한 비판으로 변개되어 나갔다고 볼 수 있다. 이 점에서『옹고집전』의 가옹은 긍정적인 요호부민의 이념적 구현체가 되는 것이고,『최병두타령』의 최병두는 이 긍정적인 요호부민을 구체적인 인물화 한 캐릭터가 되며, 영화『광해』의 하선은 이 옹고집 캐릭터의 변모사에 경제적 특수성을 제거하고 민중적 전형성을 최대한 확대한 인물로 볼 수 있게 되는 것이다.

## 5. 나오는 말

영화『광해』는 ① 진짜가 반규범적 인물이어야 하고, ② 가짜가 진짜의 가속에게 진짜보다 더 인정받아야 하며, ③ 가짜가 사라지고 진짜가 반규범성을 교정한 뒤 자신의 집안으로 복귀해야 하는『옹고집전』의 서사원형을 영상매체적으로 재생산한 작품이다. 영화『광해』에서는『옹고집전』이 지향하던 규범적인 공동체 윤리의 범주가 확장되는 동시에 구체화 된다. 진·가 판정이 진옹의 가족 구성원 내부에서 주로 이루어지던 것에서 민중 각처에서 흘러들어와 진옹 주변에 포진한 계층적 주변인 집단으로 그 범주가 확장되어 총체화 되며, 여기에는 지배층 출신의 허균까지 가세하면서 민족주의적 민중주의의 형태로 그 총체성이 완성된다. 이념적 표상 그 자체로만 그쳤던『옹고집전』의 가옹이 공동체 윤리의 규범성을 대표하는 인물의 구체적 실체성을 획득하게 된 것이라고 할 수 있다. 영화『광해』에서 이러한 이념의 시대적 전형성 획득은 두 가지 구도의 결합으로 실현된다. 하나는 이념 구현자의 주체의 성장 구도이고, 다른 하나는 적대자와의 대립구도이다. 이러한 두 가지 구도의 결합에 의해, 영화『광해』는『옹고집전』에서부터 이어져 온 가옹을 시대적으로 옹호해야 할 이념의 전형적 주체자로 형상화 하는데 성공하고 있다.

『옹고집전』이 봉건적인 지배체제에 편승하여 민중들을 수탈한 부정적인 경제 집단으로서의 요호부민을 진가쟁주 모티프를 통해 비판·풍자 하다가 실전된 판소리였다면, 실전을 극복할 가능성은 요호부민이 본래 지니고 있었던 정치사회적 정체성 속에서 찾을 수 있다.『최병두타령』·『은세계』와 같은 20세기 판소리사에서 진행된 요호부민의 긍정적인 전형인물화와 반봉건적 개혁정신의 총체적 공유화, 그리고 비판적 지식인과 봉건적 기득세력의 연의적 인물화는 21세기 영화『광해』로 고스란히 계승된 부분들이다.『옹고집전』의 가옹은 긍정적인 요호부민의 이념적 구현체가 되는 것이고,『최병두타령』의 최병두는 이 긍정적인 요호부민을 구체적인 인물화 한 캐릭터가 되며, 영화『광해』의 하선은 이 옹고집 캐릭터의 변모사에 경제적 특수성을 제거하고 민중적 전형성을 최대한 확대한 인물로 볼 수 있게 되는 것이다. 대신 이들 20세기 판소리계 서사 속에 등장하는 요호부민들은 진가쟁주 모티프와 결합되어 있지 않기 때문에, 영화『광해』는 요호부민이 민중과 결탁하여 중세사회의 질곡을 삼았던 저항의 이념적 지향성을 진가쟁주 모티프와 성공적으로 결합시킴으로써『옹고집전』에 애초 내재해 있던 질적 가능성을 매체 시대에 최초로 실현한 작품이라는 위상을 부여받을 수 있게 된다.

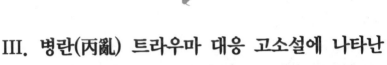

# III. 병란(丙亂) 트라우마 대응 고소설에 나타난 향유층의 집단서사원형과 영화 〈최종병기 활〉

## 1. 문제설정의 방향

최근 중국은 동북공정이라는 정치적 이슈를 매개로 한국과 가장 핫한 긴장관계를 유지하고 있다. 주지하다시피 동북공정은 중국이 동아시아의 패권을 유지하고 있었던 중세 화이론적 지배구도를 고대로 소급시켜 주변국들의 고대사를 자국의 역사로 편입시키고자 하는 역사공정이다. 이러한 역사공정이 위험한 이유는 잘 알려져 있는 바대로 역사 왜곡을 통해 동북아 패권을 차지하고자 하는 정치적인 의도를 내포하고 있기 때문인 것이기도 하지만 문제는 단순치 않다. 근대화 시기 각각 일본과 중국에 의해 전근대와 이별한 이후 한 · 중 양국의 정치적 · 산업적 · 문화적 위계는 복잡하게 얽혀 변동해 왔기 때문이다. 예컨대 근대화 이후 사회주의 체제가 성립된 중국은 정치적으로는 일본과 더불어 동아시아의 양강을 구성했으나 산업적 · 문화적으로는 일본에 이어 첨단 디지털 기술과 한류문화의 중심지로 부상한 한국에 열등한 위치에 놓여있다.

산업개발과 문화 선진화 노력이 사회주의 국가 특유의 중앙정부 주도적인 일사불란함으로 추진되면서 한국을 위협하고 있는 것도 정치적 우위를 산업적·문화적으로 확인코자 하는 제2의 현대적 화이론적 세계관에 기반한 것으로 보인다.

그러나 정치적 우위를 산업적·문화적으로 구현하는 것이 결코 녹녹치 않다는 게 오늘날 중국이 지닌 고민의 하나다. 국가 주도하에 일사분란하게 첨단 IT 기술 개발에 매진하고 있는 데다 세계 제1위 인구대국의 시장을 배경으로 자국 기술을 세계표준으로 속속 공인시키는데 성공하고 있는 산업분야는 곧 한국을 추월할 것으로 보이지만 문화 분야는 결코 녹녹치 않다. 문화란 공적인 지원에 의해 일정 부분 기술적으로는 성장할 수 있어도 향유층의 감성과 공감까지 살 수 없는 까다로운 영역이기 때문이다. 게다가 한국의 대표 브랜드까지 한류 문화와 결합해서 기술 자체의 우월성만으로 쉽게 추월할 수 없는 산업 브랜드 문화를 형성해 나가고 있는 현재의 흐름으로 볼 때 더욱 그러하다. 게다가 2세대 K-POP이 이제 아시아를 넘어 근대 이후 세계 문화계를 재패해온 서구 문화의 중심인 뉴욕·파리까지 입성하는 데까지 성공한 한류를 촉발시킨 당사자가 1세대 드라마 한류를 만들어낸 중국이라는 사실은 중세 화이론적 한·중 관계를 21세기에 실현코자 하는 중국이 직면한 입맛 쓴 딜레마다. 이처럼 정치적 우위가 마음먹은 대로 문화산업적으로 쉽게 전이되지 않는데 대한 중국의 대한(對韓) 정서가 소극적으로 분출된 것이 일부 혐한류(嫌韓流)라면, 동북공정은 고대사에 기반한 동북아 정치문화 패권을 두고 중국이 선제 도발한 일종의 역사문화 전쟁이라고 할 수 있다.

주목해야 할 것은 동북공정을 필두로 한 중국의 역사문화 공세가 현대 한국인의 뇌리 속에 새로운 대중(對中) 트라우마를 생성시켜가고 있는 도중에 있으며, 이러한 동북공정의 트라우마에 대응하여 한국 각 분야에서 이루어지고 있는 대응의 흐름들이 될 것이다. 이 시점에서 여전히 한국인의 DNA에 새겨져 씻을 수 없는 국치(國恥)의 하나로 이어져 오고 있는 병자호란을 소재로 한 미디어문학들이 과거의 대중(對中) 트라우마를 상기시키고 있는 현재의 문화 창작 흐름들에 대해서는 새로운 담론 형성이 필요하다고 생각된다.

고대사를 제재로 한 현대의 대중(對中) 트라우마는 시대적 층차와 상흔의 구체적 부위만 다를 뿐 중세의 그것과 상처를 야기한 상대국이 동일하며 동북아 정치질서의 역학관계 또한 닮아있다. 이러한 상동성은 마치 뫼비우스의 띠처럼 연결되어 전자와 후자 중 어느 한 쪽을 해결하면 거꾸로 다른 한 쪽의 해결 실마리를 찾을 것 같이 인식되는 것 또한 사실이다. 그런데 당면한 과제인 전자를 해결하여 과거의 미해결 과제인 후자에 긍정적인 영향을 미치는 것이 당연한 수순이겠지만 문제는 단순치 않다. 한류를 앞세운 문화적 우월성이 현재의 정치적 헤게모니에 입각한 중국의 정치적 공세를 극복하기란 결코 녹록치 않은 문제이기 때문이다. 근대 이후 동아시아 문화적·경제적 헤게모니를 선도한 일본도 중국의 정치적 우위를 뒤엎지 못했다는 사실이 그 높은 장벽을 실감하게 한다. 그런가 하면 후자를 현실적으로 해결하여 전자의 새로운 지점을 모색하는 것은 더 불가능하다. 병자호란과과 같은 역사적 대중(對中) 트라우마는 이미 현실세계에서는 종료된 과거의 사건이기 때문이다.

이러한 현실적 접근 불가능성이 문학적 상상력을 불러일으키는 지점이 된다. 시대적 층차를 둔 현재 문제와 쌍생아인 역사적 사건을 통해 당면한 사회적 병리현상(病理現像)을 해소해나갈 인식적 실마리를 찾고자 하는 것이다. 현재 직면한 대중(對中) 트라우마를 해결해나갈 인식적 전환을 문학적 상상력, 즉 과거의 병자호란 트라우마 상흔의 치료 모색에서부터 출발할 가능성이다.

여기서 한국인의 DNA에 새겨져 유전(遺傳)되면서 현재의 새로운 트라우마와 조응하는 병란 트라우마에 대한 개념 규정이 필요하다. 하나의 문화공통체 내부에는 집단 단위로 경험한 역사적 사건에 대한 특정한 대응방식·미감 혹은 그 내부에서 생성·축적되어 있는 차별적인 정체성이 존재한다. 생물학적인 세포 차원의 유전자로 존재하지 않으면서 하나의 일정한 유전단위로 전승되는 일종의 문화적(cultural) 유전형질(genetic trait)이다. 문화적 유전형질은 한 집단 내부에 소속되어 있는 개인과 개인 사이에 전달되는 문화적 정보의 복제자를 지칭하며, 유전자처럼 더 작은 단위로 분할되어 전승되기도 한다. 그 세대를 이은 유전 과정에서 새롭게 해석되어 변용되기도 한다.1)

본 고에서는 이 문화적 유전형질을 문화유전자(文化遺傳子, cultural gene)으로 정의하며, 여기에는 특정한 유형적 서사나 화소, 모티프, 양식 차원으로 존재하는 문학유전자(文學遺傳子, literary gene) 혹은 서사유전자(敍事遺傳子, narrative gene)가 포함된다고 개념범주를 규정한다. 이 서사유전자는 특정한 역사적 사건이나 문화적 현상에 대응한 집단서사를 향유의식으로 공유하는 개별적인 작품들이 시간적 층차를 두고 출현하게 하는 창작동인이 된다. 거꾸로 얘기하면 특정한 서사유전자가 구현된 유형적 서사를 공유하되 시대적 층차를 두고 재생산 된 작품들은 작가가 창작의도로 밝혀놓지 않았다 하더라도 해당 서사양식사에 위치하게 되는 것이다. 이 지점에서 특정한 서사유전자를 계승하여 현대에 창작된 현대 미디어 문학 작품들을 해당 서사유전자를 공유하는 양식의 현대적 이본으로 규정할 수 있는 입점을 마련할 수 있다.2)

---

1) 영국의 생물학자 리처드 도킨스는 자신의 저서 〈이기적 유전자(The Selfish Gene)〉에서 '밈(meme)'이란 개념을 제시한 바 있는데, 문화 전달의 기초적인 모방 단위를 의미한다.(리처드 도킨스 저, 홍성대·이상임 역, 『이기적 유전자』, 을유문화사, 2010)

2) 하나의 문화공동체가 특정한 역사적 사건에 대응하는 행동방식·의식·미감 등이 집단 구성원들의 유전자 속에 새겨져 일정한 양식·유형적인 서사를 그 문화적 유전 단위로 하여 계승될 수 있기 때문에, 작가의 의도가 명확히 밝혀져 있지 않다 하더라도 향유층의 집단서사를 기반으로 문학사적 의미를 도출해낼 수 있다는 사실에 대해서는, 제101회 한국문학치료학회에서 가진 〈병자호란계 고소설의 치유서사와 〈최종병기 활〉〉에 대한 토론 과정에서 상세하게 밝힌 바 있다.(권도경, 〈병자호란계 고소설의 치유서사와 〈최종병기 활〉〉, 한국문학치료학회 제101회 학술대회 발표 질의응답 내용, 좌장 신재홍, 2012.08.25) 좌장을 맡으신 신재홍 교수님께서 제작진의 의도에서 명시되어 있지 않은 창작의식을 향유층의 집단서사와 관련하여 문학사적 의미를 부여하는 것이 가능한가 하는 질문에 대한 응답을 요구하신 바 있으며, 발표요지에는 아직 기술하지 않았으나 논문에서는 구체적

이상과 같은 문제의식에 근거할 때 성립될 수 있는 것이 바로 병란 트라우마와 관련 된 고전서사문학과 이를 서사유전자로 하여 재매개화 (remediation) 한 현대적 이본, 그리고 병란 트라우마 대응 집단서사와 치료서사를 골조로 한 문학치료3)의 아젠다가 된다. 흥미로운 것은 중국이 도발한 현 시점의 역사문화 패권 공세가 한국으로 하여금 중세 중화질서와 근대 이행기 일본 식민질서를 거치면서 왜곡되어 버린 채 이어져 온 역사에 대한 재인식을 촉구하게 하고 있는 이 시점에서 하필 <최

으로 논급할 예정이었던 문화유전자와 문학유전자 개념에 대해서 자세히 답변을 드린 바 있다. 본 고의 서사유전자 개념은 이를 보다 논리적이고 체계적으로 구체화한 것이다. 학술발표대회에서 이 개념과 관련한 본 연구자의 질의응답 내용만을 듣고 본 연구자가 논문으로 퍼블리쉬 하기도 전에 이미 논문으로 발표한 연구자께 개념 규정과 적용의 오리지 넬러티를 명확하게 밝혀서 논문을 작성해 주시기를 정중하게 요청 드린다.

3) 한국문학치료학은 현재 이론의 정립 과정중에 있다. 한국문학치료학에서는 문학치료를 "작품서사를 통하여 자기서사를 치료하는 것"(정운채, 〈자기서사진단도구 개발을 위한 기초서사척도〉, 『고전문학과 교육』 14집, 한국고전문학교육학회, 2007, 213쪽)으로 규정하고 있으며, '자기서사'와 '작품'과의 관계를 "인생-자기서사 : 작품-작품서사"(정운채, ; 정운채, 〈문학치료학의 서사 및 서사의 주체와 문학연구의 새 지평〉, 『문학치료연구』 21, 한국문학치료학회, 2011, 238쪽)로 도식화 한 바 있다. 그러나 최근 제100회 문학치료학회 이후부터 기존의 문학치료학 이론으로는 담아내지 못했던 1.사회적 병리현상에 대한 문학치료 2.문학 내부의 허구적 인물간의 문학치료, 이 두 가지 분야로 적극 확장해 나가기로 한 바 있다. 본 연구는 제100회 한국문학치료학회에 참석하여 상기 두 가지 분야로의 연구 확장의 필요성을 개진한 바 있다. 사회적 병리현상의 투사체로서의 문학에 의한 문학치료, 그리고 작가의 자기서사와 독자의 자기서사가 허구적으로 투영된 캐릭터들의 자기서사로 자기서사와 작품서사 간의 관계 개념을 미시적으로 발전시켜 사용하기로 한다. 본 연구가 확장·발전시킨 자기서사와 작품서사 간의 관계는 "작가의 인생-작가의 자기서사 : 작품-작품서사 : 독자의 자기서사-독자의 인생"로 도식화 할 수 있다. 그리고 이 도식을 외부에서 둘러싸고 있는 것이 사회적 병리현상을 포함한 환경세계이다. '사회적 병리현상' 혹은 '환경세계'의 자극에 대해 직면한 '작가의 자기서사'와 '독자의 자기서사'가 만나는 지점에서 탄생한 것이 바로 '작품서사'이며, 이 '작품서사'는 '작가의 자기서사'와 '독자의 자기서사'가 허구적인 '인물의 자기서사'로 구현된 것으로 규정하기로 한다. 그리고 사회적 병리현상에 대응한 작가의 자기서사와 독자의 자기서사가 모이면 '향유층의 집단서사'가 된다고 자기서사의 층위를 구분한다. (보다 구체적인 내용에 대해서는 권도경, 〈영웅성장서사 기반 고소설의 작품서사 양식론〉, 한국문학치료학회 제106회 학술대회 발표문, 2012.08.25를 참조하기 바람.) 본 고에서 다룬 병자호란·동북공정 대응 치료서사는 바로 이 향유층의 집단서사가의 일부로 존재하는 문학유전자가 되며, 〈최종병기 활〉은 이러한 문학유전 자에 의해 현대로 유전된 병란 대응 고소설의 치료사를 재매개화 한 미디어 문학이 된다.

종병기 활>4)이라는 병란 소재 영화 한 편이 최고의 흥행작으로 떠오르면서 활발한 담론의 대상이 되었다는 사실이다.5) 병자호란 트라우마에 대응하여 전개된 고소설의 치료서사적 맥락과 그것을 서사유전자로 하여 재매개화 된 미디어 문학이라는 관점 속에서 살펴보지 않으면 <최종병기 활>이 문제적 상황으로 다루고 있는 병자호란의 역사적·사회적 의미를 이해할 수 없게 된다. 대중 영화로서의 <최종병기 활>이 내세우는 제작진의 의도 보다 더 중요하게 다루어져야 하는 것이 바로 <최종병기 활>이 재생산 해내고 있는 고소설의 특정 양식사가 되며, 그것을 가능하게 한 향유층의 집단서사와 그 속에 내재된 서사유전자가 되는 것이다.

따라서 본 연구는 <강도몽유록(江都夢遊錄)>·<임경업전(林慶業傳)>·<박씨전(박씨전)>과 같은 병란 트라우마 대응서사의 전개사 속에서 그 현대적 이본으로서의 영화 <최종병기 활>이 어떤 위치를 놓여져야 할 것이며, 그 속에 나타난 향유층의 집단서사가 지니는 문학치료사적 의의를 규명해 보고자 한다.6)

---

4) 〈최종병기 활〉, 감독 : 김한민, 출연 : 박해일·김무열·문채원·이경영, 2011.
5) 전근대적 무기로 치부되어 왔던 조선 활을 당대의 첨단무기로 재탄생시켰다는 점, 숨막히는 추격전의 스펙터클을 디테일하게 영상화 하여 병자호란의 설욕전을 차별화 시켰다는 점, 병자호란기 50만 조선 피랍인의 송환과 환향녀(還鄕女) 등의 민족의 역사적 상처에 관한 담론을 전면화 시켰다는 점, 주연 배우들의 호연 등이 높게 평가되었다. 하지만 작품성 보다 더 주된 담론의 대상이 되었던 것은 보다 앞서 개봉되었던 미국 영화 〈아포칼립토〉(2007)에 대한 표절 여부, 역모사건에 연루되어 인조 정권에 의해 살해당한 주인공 남이의 부친 최사평의 에피소드가 지니는 비인과성, 호랑이 등장 CG씬의 엉성한 완성도 등이었다.
6) 병자호란의 치료서사 전통은 고소설사에서 익숙하게 만날 수 있다. 〈강도몽유록〉·〈임경업전〉·〈박씨전〉이 그 대표적인 작품이다. 〈박씨전〉을 제외하고 지금까지 이들 세 작품은 치료서사와 관련되어 연구된 적이 없다. 〈박씨전〉을 대상으로 진행된 치료서사 논의도 부부서사를 중심으로 한 것이다.(김현영, 〈〈박씨전〉을 활용한 문학치료 사례연구 : '부부서사'의 진단과 치료〉,『인문과학연구』25, 강원대학교 인문과학연구소, 2010) 반면, 병자호란의 전란체험과 여성수난사를 다룬 서사문학이란 바운더리 속에서 이들 세 작품을 다룬 연구는 상당한 연구성과가 축적되어 있다.(비교적 최근 연구로는 신재홍, 한국몽유소설연구, 계명문화사, 1994 ; 박성순, 〈丙子胡亂 관련 敍事文學에 나타난 戰爭과 그 意味〉, 동국대

## 2. 병란 트라우마 대응 고소설사에 나타난 향유층의 집단서사원형

주지하다시피 병자호란의 상흔은 17세기에서 18세기까지 두 세기에 걸쳐 조선인들 뇌리에 각인되어 이어져온 최대의 트라우마였다. 6년에 걸친 장전(長戰)이었던 임진왜란에 비해 2개월 남짓 진행된 병자호란은 단전(短戰)이었지만 조선인들에게 남은 정신적 트라우마는 임진왜란에 비해 상대적으로 더 컸던 것으로 평가된다. 일본의 동북아 패권주의는 임진왜란 종료 후 에도막부 성립과 함께 종식되었지만, 청나라의 그것은 병자호란을 계기로 확대되었기 때문이다. 청태조에 대한 인조의 칭신은 청의 동북아 패권주의에 대한 공식적 인정에 다름 아니었던 것인데 단시일 내에 종료된 병자호란 트라우마에 대한 대응담론이 장기간 지속된 임진왜란의 그것에 비해 상대적으로 풍부한 것도 이러한 이유에 기인한 것으로 보인다.

주목되는 것은 병자호란 트라우마 대응담론의 구현방식과 전변이다. 지배층에 의해 주도된 병자호란 트라우마 대응담론은 북벌론으로 시작했지만 효종 사후 청의 동북아 패권이 유지되고 이데올로기가 붕당정치의 도구로 변질되면서 북벌 담론의 비현실성에 대한 공감대가 확대되었다.[7] 청을 이적(夷敵)시 하는 화이론적 세계관은 유지하되 동북아에 굳건한 헤게모니를 구축하는데 성공한 청의 성공전략을 배우자는 북학론이 새로운 흐름을 이루면서, 병자호란 트라우마 대응담론은 무력을 통한 청의 급격한 전복 대신 벤치마킹을 통한 청나라 따라잡기란 실용주의 노선으로 선회했던 것이다.

---

학교 석사학위논문, 1997 ; 조혜란, 〈〈강도몽유록〉 연구〉, 『고소설 연구』 11, 한국고소설학회, 2000 ; 장경남, 〈丙子胡亂 實記와 著作者 意識 硏究〉, 『숭실어문』 17, 숭실어문학회, 2001 ; 장경남, 〈丙子胡亂의 문학적 형상화 硏究 :女性 受難을 中心으로〉, 『어문연구』 31, 한국어문교육연구회, 2003 ; 김정녀, 〈논쟁과 기억의 서사 : 인조의 기억과 '대항기억'으로서의 〈강도몽유록〉〉, 『한국학연구』 35, 고려대학교 한국학연구소, 2010 등을 들 수 있다.)

7) 허태용, 〈17·18세기 북벌론의 추이와 북학론의 대두 2010년〉, 『대동문화연구』 69, 성균관대학교 유교문화연구소, 2010.

18세기~19세기 병자호란 트라우마에 대한 국가적 차원의 공식 대응 담론이 북벌대의론(北伐大義論)에서 숭명배청(崇明排淸)의 화이론적 복고주의 노선과 학청(學淸)의 이용후생(利用厚生)적 부국강병 노선의 혼재체제로 전환되었다면, 전란의 물리적 상흔을 고스란히 일상 속에서 몸으로 떠안아야 했던 민중들의 그것은 다른 차원이었던 것으로 생각된다. 민중들이 감내해야만 했던 피해 영역은 중세 계층질서 속에서 국가적인 차원의 제대로 된 물질적·정신적·감정적 보상을 기대하기란 원천적으로 불가능한 것이었다고 할 수 있다. 민중들의 병자호란 트라우마 치료 욕구는 그것을 발산할 공식적·현실적 루트가 아닌 다른 어떤 경로를 찾아야만 했다고 할 수 있을 것인데, 이때 선택될 수 있는 것이 바로 문학적 환상과 상상력을 통한 치료이다. 공식적 대안이 부재할수록 현실 극복의지는 상상의 방법으로 그것을 뛰어넘어 새로운 전망을 환상적으로 제시하게 마련이다. 현실비판이란 사실적 리얼리즘이 공고한 현실적 장벽을 해체하는데 실패한 자리에 그것을 초월한 대안을 제시함으로써 환상의 언어로 구축한 비현실적 세계로 현실세계를 견인하는 것이 바로 환상적 리얼리즘이기 때문이다. 환상적 전망이 세대를 이어 축적되면 현실이 지향해야 할 바람직한 지향점으로 인식되게 되며 현실세계의 변화를 추동하여 그 방향으로 견인해 나가는 궁극적인 목표점으로 각인되기 마련이다. 바로 이 지점에서 치료서사란 바로 초월적 대안을 추구하는 작가층와 독자층의 자기서사가 만나서 탄생한 작품서사의 일부로서 존재한다는 존재의 의의를 찾을 수 있다. 즉, 병자호란 트라우마 대응 고소설의 치료서사는 병자호란이란 사회적 병리현상을 극복하여 그것이 야기한 트라우마를 치료코자 하는 작가층과 독자층의 자기서사가 만난 지점에서 산생된 환상적 전망이라고 볼 수 있는 것이다. 결국, 병자호란 트라우마 대응 향유층의 자기서사가 탄생시킨 것이 바로 이러한 고소설사의 흐름이라고 할 수 있다. 여기서 병자호란이란 트라우마를 공유한 작가·독자의 창작·독서 과정은 문학치료 과정 자체에 대응되며, 작품서사는 문학치료의 과정을 보여주는 결과물일 수 있다.

그런데 병자호란이란 사회적 병리현상을 독자와 공유한 작가의 자기서사 구현과정과 그 결과물로서의 작품서사는 엄밀히 말해서 두 가지 유형으로 나뉘어질 수 있다. 하나는 트라우마를 야기한 문제적 상황을 개별적·집단적 자아로부터 분리·인지하여 탄식·비판하는 서사 유형이며, 다른 하나는 자아로부터 외재화 된 문제적 상황을 해결하고 트라우마를 극복하는 이야기로 새롭게 구성된 서사 유형이다. 전자는 한국문학치료학에서 규정하는 치료를 통한 최종적인 성장의 좌절형8)이고, 후자는 캐릭터가 치료적 성장에 성공한 상생형9)에 해당된다. 전자가 이미 있었던 문제적 상황과 관련된 있는 그대로의 이야기를 최대한 1차원적으로 반영하는 원저작(原著作)에 가깝다면, 후자는 문제적 상황을 해결하고 트라우마를 해결하는데 성공한 과거에 존재하지 않았던 가공의 재저작(再著作)이다.10) 전자는 문제적 상황이 야기한 트라우마를 객

---

8) 정운채, 〈문학치료와 자기서사의 성장〉, 『우리말교육현장』 제4지2호, 우리말교육 현장학회, 2010, 10~11쪽에서 규정한 성장의 치료서사가 어떻게 고소설과 연결될 수 있는 지에 대해서는 〈영웅성장서사 기반 고소설의 작품서사 양식론〉, 한국문학치료학회 제105회 발표요지, 11쪽, 2012를 참조하기 바람.

9) 정운채, 〈문학치료와 자기서사의 성장〉, 『우리말교육현장』 제4지2호, 우리말교육현장학회, 2010, 10~11쪽에서 규정한 상생의 치료서사가 어떻게 고소설과 연결될 수 있는 지에 대해서는 〈영웅성장서사 기반 고소설의 작품서사 양식론〉, 한국문학치료학회 제105회 발표요지, 11쪽, 2012를 참조하기 바람.

10) 기존 문학치료에서 설화자료로부터 추출한 총 16가지 자기서사 진단도구 시트를 사용하여 개인적 병증을 진단하고 상담을 통해 개별자아로부터 병증 분리·외재화 하여 이야기하게 하는 질적 방법을 병행하는 것이 전자에 해당된다고 할 수 있다. 사회적 병리현상으로서의 트라우마 치료를 문학치료의 중요한 분야로 포함시키고자 하는 본 연구는 질적·양적 진단 대상에 개인적 병증과 더불어 사회적 병리현상으로 인한 집단 자아의 트라우마도 포함시키며 이야기 발화 과정을 동원한 상담을 병증의 질적 진단뿐만 아니라 적극적인 문학치료의 1단계 프로세스의 한 방법으로 수용하고자 한다는 점에서 차이가 있다. 또한 진단을 위한 타자의 상담뿐만 아니라 개별자아와 집단자아의 개체적 병증과 사회적 병리현상 성찰과정 역시 개인적·집단적 트라우마를 문제를 야기한 환경세계의 상황으로부터 분리·외재화 하는 문학치료의 1단계 프로세스에 포함시킬 수 있다고 본다. 이러한 관점에서 기존 문학치료 이론에서 아직 명확하게 그 개념이 정립되지 않은 이야기 창작 치료를 트라우마 극복과 문제적 상황 해결에 관련된 문학치료의 심화된 2단계 치료 프로세스에

관적으로 인지하여 있는 그대로 발화한다는 점에서 편의상 '인지서사'로 명명할 수 있으며, 후자는 외재화 된 문제적 상황을 해결하는 이야기로 다시 새롭게 재구성 된 일종의 '극복서사'로 규정할 수 있다. 이야기하기 방식의 측면에서 보자면 전자는 작품서사 외부의 현실세계에서 이루어지는 실제 개별적·집단적 자아의 독백적 토로와 대화적 상담에 가까운 반면, 후자는 트라우마를 야기한 문제적 상황을 허구화 한 서사적 장애에 도전·해결·극복해나가는 특정한 서사 양식 자체와 관련될 수 있다. 특히, 후자의 '극복서사'와 관련되어 주목될 수 있는 서사 양식이 바로 영웅서사다. 병자호란 트라우마 치료가 강고한 현실적 장벽으로 인해 불가능할수록 환상이 만들어낸 가공의 서사를 통해 사회적 병리현상을 초월한 지점에서 상상이 현실을 견인해가는 방식으로 이루어질 수 있다고 할 때, 치료 프로세스의 과정은 전자의 '인지서사'에서 후자의 '극복서사'로 이행된다고 할 수 있다. 실제 병자호란 트라우마 대응 고소설 작품들을 살펴보면 인지·외재화 된 병란 트라우마의 탄식·토로·비판에서 대결·극복으로 치료서사가 전개되는 양상을 확인할 수 있다. 전자에는 <강도몽유록>이 속하며, 후자에는 <박씨전>이 속한다. <임경업전>은 <강도몽유록>과 <박씨전>의 사이에 위치한다.

먼저, <강도몽유록>의 치료서사부터 살펴보자. <강도몽유록>은 문학치료의 상담 프로세스를 허구적 작품서사 내부에 구현해놓고 있다. 일종의 '유사상담서사(類似相談敍事)'라고 할 수 있다. 몽유의 액자 내부에 문학치료의 내담자와 상담자에 대응되는 유사내담자와 유사상담자 캐릭터가 존재하며, 상담공간에 대응되는 고정된 유사상담공간도 확보되어 있다. 이야기를 풀어가는 작품서사의 스토리텔링 과정 자체가 트라우마를 야기한 문제적 상황을 인지하고 외재화 하여 토로·비판하는 문학치료의 질적상담 프로세스에 해당하는 형태를 보여준다.

주지하다시피 <강도몽유록>의 작품서사의 액자 내부에서 전란 피해

___

포함되는 치료과정의 도식을 정립시키고자 한다.

자 캐릭터인 여성집단의 이야기를 듣고 문제를 인식·설정하는 동시에, 문제의 원인을 사회화 하는 액자외부에서 전체 이야기를 끌고 가는 또 다른 서술주체가 존재한다. 몽유공간인 액자 내부에서 자기서사를 발화 하는 여성집단은 문학치료의 내담자에, 피해자 여성들 개기인들의 개별 적 트라우마 토로 내용을 문제적 상황을 야기한 집권층에 대한 비판담 론으로 수렴시키는 액자 외부로 외재화 시키는 몽유자는 문학치료의 상담자에 각각 대응시킬 수 있다. 실제 문학치료의 상담현장과 다른 점은 의사내담자에 해당하는 여귀들의 자기서사 발화가 최대한 확장되 어 있고, 의사상담자에 해당하는 몽유자가 비탄·원한을 위로하여 문제 적 상황과 화해시키는 몽유 내부담론 개입이 거의 배제되어 있다는 사 실이다.[11] 예컨대 병자호란이 야기한 여성들의 트라우마를 사실 기록의 입장에서 기술한 『병자일기』의 작가가 자신의 자기서사를 투영한 캐릭 터를 유사상담인 몽유자로, 병자호란 피해자를 포함한 트라우마 경험 공유자들의 자기서사를 유사내담인 여귀로 각각 허구화 해놓은 형태 다. 여기서 <강도몽유록>은 후자의 자기서사 토로 과정을 상대적으로 확장시킴으로써 내담자 집단의 자기성찰과 상호성찰을 통한 치료의 과 정을 중립적으로 부각시켜놓음으로써 병자일기와 같은 사초류의 객관 적인 서술방식을 문학치료의 상담서사와 섞어놓고 있다고 할 수 있다. 여귀들의 자기서사를 인지하여 트라우마의 원인을 집권 사대부 남성들 의 무능 비판으로 외재화 하고자 하는 몽유자의 자기서사는, 의사상담 자로서 의사내담인 여귀들의 자기서사를 몽중담론 속에 배치하여 액 자 밖과 연결시키는 방식 자체에서만 드러나도록 최소화 되어 있는 것 이다. 이 점이 바로 병자호란에서 겪은 여성들의 전쟁체험을 당위론의 입장에서 그린 나만갑(羅萬甲)의 『병자록(丙子錄)』, 윤선거(尹宣擧)의 병자호란기 열녀전과 <강도몽유록>이 분지[12]되는 치료서사의 분기점

---

11) <원생몽유록> <달천몽유록> <피생몽유록> 등과 달리 <강도몽유록>에서는 몽유 자가 방관 자적 입장을 유지한다.

12) <강도몽유록>의 전란체험 기술방식이 윤선거(尹宣擧)의 공주(公州) 이씨(李氏) 열녀전,

이 된다고 할 수 있다.

<강도몽유록>의 몽유공간은 전란의 피해자인 여성인물 집단이 자신의 트라우마에 대해 각기 다른 개별적인 이야기를 할 수 있는 공간이 되며, 이러한 이야기를 통해 이들 여성인물 집단의 트라우마는 치료의 가능성이 열린다고 할 수 있다. 몽중담론은 병자호란에 대한 여귀들의 자기서사다. 여성인물 집단들은 마치 집단 상담처럼 돌아가면서 내담자와 상담자의 역할을 주고 받는다. 한 여성인물이 전란 중에 생긴 자신의 트라우마에 관한 이야기를 하면 다른 여성인물이 이를 듣고 또 자신이 겪은 트라우마를 이야기 한다. 여성인물들이 개별적으로 내면에 담아두고 있었던 심리적 외상을 발화하고 경청하는 과정은 각각 문학치료의 내담자와 상담자에 대응된다. 실제 문학 치료 현장과 다른 점은 내담자와 상담자의 역할이 고정되어 있지 않고 돌아가면서 역할을 교환한다는 것이다.[13]

액자 내부인 몽유공간에서 이루어지는 이러한 발화는 단순히 이야기 발설을 통한 심리적 외상의 치료라는 개인적 차원의 문학 치료로 그치지 않는다. 주지하다시피 여귀들의 자기서사는 병자호란 발발 및 대처 과정 중에 여실히 들어난 집권 사대부 남성들의 무능력함이라는 사회적 부조리의 문제로 확산되어 외재화 된다. 개인적 차원으로 내재화 되어 있던 트라우마가 이야기를 통해 사회적으로 외면화 되는 것이다. 동시에 여귀 개개인의 개별적 자기서사는 병자호란기에 조선 여성들이 감당해야 했던 사회적 부조리함에 대한 집단고발이라는 여성 집단서사라는 집체성을 띄게 된다.

---

이긍익(李肯翊)의 『연려실기술(燃藜室記述)』, 나만갑(羅萬甲)의 『병자록(丙子錄)』 등의 공식적 어투와 다르다는 점에 대해서는 조혜란의 〈〈강도몽유록〉 연구〉(『고소설 연구』 11, 한국고소설학회, 2000, 352쪽)를 참조하기 바람.
13) 예컨대 작품의 마지막에 등장하는 기생이 '이런 죽음은 영광이라.'고 코멘트 하는 장면이 실제 상담자의 역할을 적극적으로 한 경우에 해당된다. 그러나 대부분의 여성 캐릭터들은 다른 여귀들의 발화 내용을 경청(傾聽)함으로써 트라우마 토로라는 치료의 1차적인 프로세스가 진행되도록 하는 광의의 상담자 역할을 수행한다고 할 수 있다.

이처럼 병자호란 중에 심리적 외상을 경험한 여귀들의 전란 경험담으로서의 몽중담론은, 몽유자에 의해 인지·재구성되어 서사화 되는 단계에 이르게 되면서 서사 주체가 바뀐다. 전란의 트라우마라는 여귀들의 심리적 병리상태는 현실세계와 불화한 결핍감이라는 몽유자의 사회적·계층적 내상과 만나면서 몽유자의 자기서사 체계 속에서 재구성되며, 원래 여귀들의 몽중담론 과정에서 확산되던 여귀들의 집단 트라우마의 외재화는 남성 지식인인 타자의 경험 속에서 객관화 되는 과정을 거치면서 집권층에 대한 비판이라는 하나의 사회적 담론으로 증폭되게 된다.

이러한 여성집단 트라우마의 사회적 담론화는 작가에 의해 문자로 기술되어 <강도몽유록>이라는 제명 하에 액자 속의 몽유담론과 액자 밖 몽유자의 자기서사를 아우르는 한 편의 작품서사로 완성됨으로써 새로운 차원의 문학치료 단계로 진입하게 된다고 볼 수 있다. <강도몽유록>이란 작품서사에 의해, 병자호란의 트라우마와 직간접적으로 관련된 자기서사를 지닌 여성은 물론 조선의 사회적 시스템 속에서 계층적 결핍감과 정치적 비판의식을 지니고 있던 몽유자와 같은 남성 지식인 향유층에게도 자신의 이야기로 인식되는 자기서사의 전이와 동일시가 이루어지는 단계이다.

<강도몽유록>이 병자호란기 여성들의 심리적 외상이란 병리현상과 관련된 향유층의 집단적 자기서사를 허구화 하여 작품서사화 했으면도 그 향유층이 여성에 한정되지 않고 남성 지식인 독자층을 아우르고 있다는 사실은, 이 작품의 향유가 외세의 침략에 제대로 된 대응전략을 내놓지 못해 병란 트라우마를 야기한 집권층의 지식인층의 비판이라는 자기서사의 투영 속에서 이루어진 것임을 보여준다. 지식인층이 병자호란이란 사회적 병리현상을 야기한 문제적 집단을 비판하고자 하는 자기서사와 실제로 전란의 피해를 물리적으로 경험한 피해집단의 자기서사가 만난 지점에서 <강도몽유록>의 작품서사가 탄생했다는 것이다.

<강도몽유록>이 다루는 병란 트라우마의 작품서사 영역이 민중을 포

함한 민족적인 범위로 확장되어 강고한 현실세계의 장벽을 초월한 환상적 해결전망을 제시하는 형태로 전변되면 <임경업전>이 된다. <강도몽유록>의 작품서사가 다루는 병란 트라우마가 민중의 그것을 소외시킨 집권층에 대한 비판적 지식인층에 의한 것이었다면, <임경업전>의 작품서사는 병자호란기 지배층에 의해 억울하게 제거된 지식인의 역사적 비극과 집권층의 사리사욕이 야기한 병란의 민족적 트라우마가 조응하는 지점에서 출발한다는 점이 차이점이다. <임경업전>이 다루는 병란 트라우마는 그 비판의 화살이 집권층 내부를 향하고 있는 동시에 집권층의 무능에 의해 최대 피해자가 된 민중들의 병란 트라우마를 얹어내고 있는 것이다. <강도몽유록>의 작품서사가 역사적 실존인물인 지식인들의 병란 트라우마를 역시 지식인이 건져올렸다면 <임경업전>은 역사적 실존인물인 지식인의 병란 트라우마를 지식인이 다루되 거기에 민중의 트라우마까지 얹어내어 민족적 차원의 극복의 영역으로까지 작품서사를 확장시키고 있기 때문이다. 그 내부에는 바로 향유층의 집단서사가 내재해 있다. <강도몽유록>이 병란 트라우마 토로라는 기지의 이야기 다시 하기에 그치고 있는데 비해 <임경업전>의 작품서사가 토로된 트라우마의 해결을 모색하는 새로운 이야기 재구성하기로 전환되고 있는 것도 이러한 이유에서라도 할 수 있다.

<임경업전>의 작품서사는 역사적 실존인물의 병란 트라우마를 입공담으로 바꿔 현실적 패배를 '새롭게 이야기하기'[14]를 통해 적극적으로 해결해나가고자 모색하는데 치료서사의 주안점이 두어져 있다. 이러한 <임경업전>의 작품서사는 주인공의 자기서사를 통해 원하는 새로운 길을 이야기 하도록 함으로써 궁극적으로는 극복의 상생서사로 트라우마를 야기시킨 현실을 전복한 새로운 전망을 제시하고자 하는 형태이다.

---

14) 이야기치료의 궁극적인 지향점은 내담자의 말을 이해하고 이러한 이야기를 치료의 방식으로 삼는데서 한 걸음 더 나아가 내담자의 경험담을 통해 새로운 이야기를 찾고 기존의 이야기를 변형하는 있다(고미영, 〈가능성을 불러오는 이야기의 힘〉, 『국어국문학』 146, 2007, 153쪽 참조.)고 한 것과 같은 차원이다.

여기서 트라우마를 초래한 현실을 극복한 새로운 이야기는 있지는 않았지만 있었으면 좋았겠다고 생각되는 현실에 관한 이야기로 '대체역사'의한 유형에 속한다고 할 수 있다. 현실세계에서 이미 진 전쟁에 반격을 시도하거나 혹은 이긴 것으로 꾸민 서사를 통해 민족적 상흔을 대체역사의 허구적인 '새롭게 이야기하기' 속에서 치료코자 하는 것이다.

'새롭게 이야기하기'는 이미 완결된 스토리로서의 경험담 이야기하기에서 한 걸음 더 나아가 거기서 이루어진 자아 정체성의 작은 변화들을 기반으로 새로운 이야기를 재구성함으로써 트라우마를 극복하고자 하는 문학치료의 한 프로세스이다. 완결된 스토리로서의 경험담을 재진술하고 또 재진술을 재진술해나가는 과정에서 변화된 자아 정체성을 새롭게 스토리텔링화 하는 것이 가능해 진다. 외재화된 문제의 극복방안을 중심으로 기존의 전체 이야기를 다시 쓰는 과정이다.15) 이러한 '새롭게 이야기하기' 과정을 통해 서사주체는 문제적 사건이 가한 심리적 외상에 시달리는 피해자에서, 상황을 극복하거나 혹은 극복을 시도하는 주동적 인간으로 새롭게 태어날 수 있는 선택지를 부여받게 된다.

<임경업전>은 <강도몽유록>에서 문제적 상황을 자신으로부터 분리시켜 해방된 개별적 자아가 심리적 외상을 야기한 외부적 충격을 재가동(replaying) 하여, 주체적으로 극복해나가는 과정으로 변용한 재스토리텔링(restorytelling)의 결과물이라고 할 수 있다. <강도몽유록>에서 문제의 본질적 원인을 인지하고 해결방안을 설정할 수 있도록 변화된 개별적 자아가, 문제적 상황을 긍정적으로 해결해 나가는 방식으로 서사가 재구성되는 것이다. 결과적으로 <강도몽유록>은 병자호란이라는 문제적 역사가 개별적 자아 혹은 그 집합체인 집단자아에게 가한 심리적 병리를 치료하는 치료서사사(治療敍事史)에서 <임경업전>의 바로

---

15) 화이트&엡스톤은 궁극적으로 추구해야 할 문학치료의 종착점은 재적작(reauthorization)이라고 한 바 있다. 변화된 자아 정체성을 기존 이야기를 변형·수정하는 작업이다. 개별적 자아에게 더 적합한 긍정적인 이야기(alternative story)로의 변형인 것이다.(White, M. & Epston, D. 1990, Narrative means to thera.peatic ends, New YorkLNorton)

전 단계에 놓이게 된다고 할 수 있다.

이제, 주목되는 것은 <임경업전>의 극복서사가 <강도몽유록>에서 인지된 문제를 긍정적으로 재스토리텔링 하는 방식이 된다. 우선, <임경업전>에서는 <강도몽유록>의 문면에 노출되어 있는, 내담자와 상담자에 각기 대응되는 몽유자와 여귀들이 만나서 특정의 몽유공간에서 문제를 인지하고 설정하여 의론함으로써 외재화 하는 의사상담서사가 제거되고 있다. 대신 자기서사 주체의 출생에서부터 죽음에 이르는 일대기 속에 문제적 상황을 극복하려고 시도해 나가는 과정이 구조화 되어 짜여지고 있다. 여기서 의사상담의 서사 대신 극복서사로 선택된 것이 바로 '영웅서사'이다. 영웅서사를 차용함으로써 <강도몽유록>에서 극복할 수 없는 압도적인 비극적 운명으로 인지되었던 병자호란은, <임경업전>에 와서 개인의 능력과 노력에 의해 극복을 시도할 수 있는 역경으로 전도되었고, <강도몽유록>에서 사회의 부조리에 패배해 현실적 결핍감에 시달리던 자기서사의 주체들은 <임경업전>에 와서 현실의 변화를 시도해나가는 영웅으로 재탄생 되고 있다. 물론 <임경업전>의 작품서사 역시 남한산성의 역사적 실제 사실에 기초한 <강도몽유록>과 마찬가지로 대부분 임경업에 대한 전기적 사실에 기반하고 있다. 그러나 병자호란이 남긴 상흔을 민중 스스로 치료코자 하는 의식이 임경업을 영웅으로 하는 이야기를 만들어냈다는 민중의 자기극복의지의 면에서 <임경업전>은 <강도몽유록>과 분지된다고 할 수 있다.

<임경업전> 작가의 자기서사는 병자호란이 야기한 조선 여성의 내상을 사회적 담론화 하는 여귀들의 자기서사 보다는, 여성의 피해를 직접적 소재로 삼아 병자호란을 둘러싼 집권 사대부층의 부조리를 간접적으로 문제 삼는 <강도몽유록>의 몽유자의 그것에 더 가깝다고 할 수 있다. 대신 <임경업전>에서는 집권층의 무능력과 사회적 시스템의 무기력함이 야기한 병자호란의 피해층이 여성집단에서 조선 민중 전체로 확대되어 있다. 병자호란이라는 중세 동아시아 대전란에 직면한 조선 민중의 운명을 집권층을 대신해서 해결하고 민족적 패배감을 허구적으로 극복

하여 치료코자 하는 향유층의 집단적 자기서사인 것이다. <임경업전>이 실제 역사적 인물인 임경업의 전기적 생애를 대부분 받아들이면서도 청나라에 대한 반격 과정을 허구적으로 강화하고 임경업을 모함하여 죽인 김자점이 왕명으로 처형되도록 하는 방향으로 서사화가 이루지고 있는 것도, 병자호란의 현실적 패배 원인을 인지하는 단계에서 한 걸음 더 나아가 허구적 서사내부에서 극복하고자 하는 민족적 치료의식에서 이 작품이 창작되었음을 보여준다. 결과적으로 병자호란 치료 서사의 앞 단계에 위치한 <강도몽유록>의 몽유자는 <임경업전>에 이르러 병자호란을 중심으로 조선 사회를 반성적으로 성찰하는 자기서사를 의사 내담자인 여귀들의 자기서사에 조응시킨 의사상담자에서, 역사적 문제를 외재화 하여 객관적으로 통찰한 결과를 자기서사 재조합의 기준으로 삼아 민족 전체의 운명을 구원하려고 시도하는 자기극복의 영웅으로 변모했다고 할 수 있다.

그러나 <임경업전>의 극복서사는 미완이다. <임경업전>의 향유층이 지향하는 극복의 자기서사는 이 작품의 주인공인 임경업을 주인공으로 하는 그것과 궁극적으로 합치되지 못하고 있다. 임경업이 김자점의 모함으로 살해당한, 역사적 실존 인물로서의 임경업의 자기서사를 완전히 대체하는데 실패했기 때문이다. 이 점에서 <임경업전>에서 병자호란의 트라우마를 치료코자 하는 민족의 집단적 자기서사가 만난 것은 성공한 영웅일대기가 아니라 아기장수설화처럼 실패한 비극적 영웅서사라고 할 수 있다. <임경업전>이 내세우고 있는 주인공이 17세기 동북아 국제 전쟁에 직면한 국가의 운명을 반전시키려고 시도하는 국가적 영웅상에 더 가깝다는 점에서도 이 작품의 자기극복서사가 영웅소설의 그것이 아닌 아이 장수설화의 지평과 맞닿아 있다고 볼 수 있다.16)

병자호란의 민족적 내상을 극복하고자 하는 병자호란계 고소설 향유층의 집단서사는 <박씨전>에 와서 비로소 주동인물의 완결된 극복서사

---

16) 아기장수설화는 실패한 건국신화의 설화화된 형태라는 점에서 이러한 해석이 가능하다.

와 만나게 된 것으로 보인다. <강도몽유록>에서 의사내담자로서 병자호란 트라우마를 이야기했던 여귀들은, <박씨전>에 와서 초월적인 능력을 발휘하여 가해자인 청나라는 물론 동복아 국제전쟁 속에 민중을 몰아넣은 집권 사대부 남성들을 무력화 시킨다. <강도몽유록>의 여귀들이 병란 트라우마 토로에 그치지 않고 직접 트라우마 해결을 위해 문제적 상황과 적극적인 대결에 나선 것이 바로 <박씨전>인 것이다. 한편, <강도몽유록> 여귀들의 병란 트라우마는 <박씨전>에 와서 박씨가 구원하여 피화당(避禍堂)에 피신시킨 여성인물들로 축소되어 있다. 초월적 능력자 박씨가 피해자 여성들을 피화당으로 구출하고 더 나아가 국가적·민족적 위기까지 구원한 <박씨전>의 작품서사 속에서 <강도몽유록> 식으로 토로되는 여귀들의 병란 트라우마는 원천적으로 해결 가능한 것으로 전환되어 있기 때문이다. 병자호란을 야기한 두 타자 집단에 대해 비판적 문제의식을 지닌 <박씨전> 작가의 자기서사가 <강도몽유록> 작품서사 내부의 여귀들의 자기서사와 만나 광범위하게 조응했으며, 그 결과 <강도몽유록>에서 이미 죽은 상태로 등장했던 여귀들을 아예 살려내어 영웅일대기 형태로 자기서사를 리플레잉(replaying)하게 했다고 볼 수 있다. <임경업전>에서 성공하지 못했던 병자호란 트라우마 극복서사는 이미 진 전쟁을 이긴 전쟁으로 반전시킨 <박씨전> 주인공의 자기서사와 합일을 이루는데 성공했다고 할 수 있다.

이처럼 <박씨전> 주인공의 자기서사가 병자호란 치료를 염원하는 향유층의 극복서사와 만날 수 있게 된 것은 <임경업전>의 소극적 대체역사에서 한 걸음 더 나아갔기 때문이다. 주지하다시피 <박씨전>은 주인공 박씨를 제외하면 주요 등장인물을 <임경업전>과 공유한 작품이다.17) 이들 동일한 역사적 인물들을 가지고 <임경업전>이 대(對) 김자

---

17) 〈박씨전〉에는 〈임경업전〉의 주인공 임경업을 비롯, 이시백·임경업·김자점·홍타이지·용골대 등의 주요 등장인물이 그대로 등장하며, 아예 〈임경업전〉 내용을 수용한 이본도 존재한다.(〈박씨전〉의 이본 계열에 대해서는 서혜은, 〈〈박씨전〉이 본 계열의 양상과 상관관계〉, 『고전문학연구』 34, 한국고전문학회, 2008을 참조하기 바람.)

점 대결구도의 결말 처리와 대청 복수전의 미시적 전개에서만 임경업의 전기적 생애를 부분적으로 재구성하는 소극적인 방식으로 병자호란을 대체했다면, <박씨전>은 아예 병자호란의 실제 역사적 맥락에서 벗어나 이를 개인적 영웅일대기 속에 입공을 위한 외부적 계기의 일부로만 수용함으로써 역사를 적극적으로 대체했다. 이는 <박씨전>이 병자호란의 민족적 내상을 극복할 박씨라는 허구적인 대리자를 창조해서 주인공으로 내세웠기 때문에 가능했다.

　서사 내부에 허구적으로 축조된 대체역사 속에서 <박씨전>의 주인공 박씨는 병자호란이란 개인화 된 외부적 환경변화를 극복하기에 적합한 초월적 능력을 부여받고 있는 바, 이 능력은 <임경업전>처럼 단순히 인간으로서 발휘할 수 있는 능력의 최대치로서의 비범성을 아예 초월한 초능력의 수준으로 넘어가 있다. 도술·변신술·예지력 등의 초능력은 현실적인 전란 대응전략이 되지 못한다는 점에서 본질적인 한계를 지니는 것은 사실이다. 그러나 환상적 장치를 동원해서라도 <임경업전>에서 시작된 대체역사를 완결하고자 한다는 점에서 그만큼 강렬한 전란 치료의지를 확인할 수 있다고 생각된다. <임경업전>에서는 이미 진 전쟁에 대해 소극적으로 반격을 가하는 극복의지를 보여주는 것으로 그쳤다면, <박씨전>은 아예 진 전쟁을 영웅의 비범한 능력으로 쟁취한 이긴 전쟁으로 대체하여 병자호란의 내상을 허구적으로 보상해버린 것이다. 이처럼 <박씨전>에서 현실을 초월한 비현실적인 작품서사로 구현된 영웅의 극복서사는 병란 트라우마 해결과 치료를 위한 궁극적인 지향점을 제시한 것이라고 할 수 있다. 현실을 넘어선 지점에 구축된 작품서사가 현실을 견인하여 병란의 민족적 트라우마를 치료하기 위해 현실을 견인해 나갈 환상적 지향점이 되고 있다고 할 수 있는 것이다.

## 3. 병자호란 집단치료서사원형의 재매개화와 <최종병기 활>의 수용사적 의미

### 1) 병자호란 대응 치료서사 전개사와 <최종병기 활>의 위치

영화 <최종병기 활>은 <강도몽유록>에서 <박씨전>으로 이어지는 병자호란계 고소설의 치료서사 서사지도[18] 속에 위치하며, 그 치료서사 전개사를 서사유전자로 하여 재매개화(remediation) 한 현대적 이본이다.[19] 주인공인 신궁 남이가 혼인날에 청군에게 잡혀간 누이 자인을 구하기 위해 청군을 추격해 가면서 단신으로 대결해나가는 이야기이다. 이 작품은 주인공이 병자호란을 극복해야 할 문제적 상황으로 인지 · 설정하고 이를 해결하기 위해 해당 상황을 야기한 적대자들과 적극적으로 대결해 나가는 과정을 '새롭게 이야기' 해나간다는 점에서 <임경업전> · <박씨전>의 극복서사 유형에 해당된다.

<최종병기 활>은 <강도몽유록>의 몽유자가 여귀들의 병란 트라우마를 민중적 차원으로 확장하여 해결을 위해 직접 나서면서 의사상담서사가 영웅의 극복서사로 전환된 <임경업전>의 작품서사 다음에 위치한다. <최종병기 활>의 작품서사는 <강도몽유록>의 몽유자가 여귀들에 대응되는 누이 자인과 여성 피납자들을 구출해내기까지의 이야기이며 여기에 피로자 민중집단의 집단 트라우마가 결합되어 민족적 차원으로 확대된다. 그런데 <최종병기 활> 주인공 남이의 자기서사는 역사적 실존성에 얽매여 환상적 대안을 적극적으로 제시하는데 한계가 있었던 <임경업전>의 그것 보다 한 걸음 더 나아갔다. 15세기 역사적 실존인물

---

18) 서사지도 개념에 대해서는 정운채, 〈여우구슬과 지네각시 주변의 서사지도〉, 『문학치료연구』 13, 한국문학치료학회, 2010, 327~328쪽을 참조하기 바람.

19) 〈최종병기 활〉에 앞서 병자호란계 고소설의 치료서사를 재매개화 한 작품으로 드라마 〈대명〉(연출: 고성원, 극본: 이철향, 출연: 김흥기 · 원미경 · 김성원 · 백일섭 · 김동훈 · 백윤식 · 서우림 · 임동진 · 이일웅 · 최정훈, KBS1, 1981.01.05~1981.12.28)이 존재한다. 병자호란기 실록 기록을 중심으로 조선의 척사파들을 집단 주인공으로 내세운 전형적인 KBS1의 정사(正史) 사극에 해당한다.

인 남이장군과 별개의 허구적 인물인 <최종병기 활>의 남이는 누이 자인을 비롯한 피로자 집단을 구출하기 위해 초월적 능력을 부여받고 있으며 문제적 상황과 대결해나가는 양상이 <임경업전>의 그것에 비해 시종일관 주도적이라는 점에서 <박씨전>에 가깝다. 게다가 <강도몽유록>의 작품서사 속에서 병란 트라우마 토로에 그쳤던 여귀들은 <최종병기 활>에 와서 직접 활과 칼을 들고 문제적 상황을 야기한 적대자들에게 주체적으로 저항하고 또 대결을 벌인다는 점에서 <박씨전>의 작품서사에 한층 더 가까워진 양상을 보여준다.[20] <임경업전>이 <강도몽유록>의 여귀들을 일반화 한 민족 전체의 운명을 일방적으로 <강도몽유록>의 몽유자를 영웅화 한 주인공 임경업의 손에 맡기고 있는 것과는 분명히 다른 양상이다. 그러나 <최종병기 활>의 작품서사는 남이가 기껏 구출하여 압록강 이남으로 돌려보낸 누이와 피로자 집단의 생환을 보장하지 못하고 열린 결말로 끝을 맺고 있다는 점에서는 <박씨전>의 성공적인 극복서사에 미치지 못 하는 미완의 양상을 보여준다.

　<최종병기 활>의 작품서사가 영웅적인 극복서사를 구현하고 있는 방식을 보다 구체적으로 살펴보자. <최종병기 활>은 병자호란 극복서사를 주체적으로 진행하는 주인공을 철저히 허구적으로 창조했다는 점에서는 <임경업전>이 아니라 <박씨전>의 전통을 따랐다. 영화 속에 등장하는 실존인물은 자인을 겁박하는 청나라 왕자 도르곤(多爾袞: 1612~1650)이 유일하다. 그런데 이 도르곤마저도 누르하치의 14왕자로 예친왕(睿親王)으로 봉해졌다가 청 태종 사후 보정왕(輔政王)으로 순치제(順治帝)의 섭정왕이 되어 청나라 막후 실력자로 군림했던 역사적 인물 도르곤과 별개의 허구적 인물이다. 도르곤은 병자호란 8년 뒤인 1644년

---

20) 〈최종병기 활〉에서 누이 자인은 주인공 남이와 공동운명체임이 강조된다. 반대당 파에 부친이 학살당하는 와중에 둘은 서로의 손목을 끈으로 묶어 도주하고, 청병에게 납치되어 가던 자인을 남이가 구출했을 때도 자인은 홀로 도망가기를 거부하고 살아도 같이 살고 죽어도 같이 죽겠다고 외친다. 이는 여성인물의 자기서사가 〈최종병기 활〉의 작품서사에 와서 병자호란이 야기한 트라우마를 남성 주인공 못지않게 적극적으로 타개하고자 하는 극복의지가 강화되는 방향으로 전변되었음을 보여준다.

에 베이징 원정대를 거느리고 명나라를 침공하여 중국 전역을 무력으로 평정한 뒤 청나라의 중국 지배 기틀을 확립한 공으로 황부섭정왕(皇父攝政王)으로 봉해졌으며 죽은 뒤에는 의황제성종(義皇帝成宗)으로 추존(追尊)된 인물로, 병자호란 중에 조선에서 살해당한 영화 속 도르곤과는 전혀 관련이 없는 것이다.[21] 역사 속 도르곤 역시 청군의 우익군 2만 3천을 거느리고 조선을 침공하기는 했지만 영화 속에서처럼 주인공 남이 남매가 의탁해 있던 개성 지역을 쑥대밭으로 만들었던 것은 기병 6천을 거느리고 최대한 속도전을 전개하여 한양으로 진격했던 마퓨다(馬福塔)의 선봉기병 6천[22]이었으며, 이들 선봉부대를 뒷받침한 것은 누르하치의 15왕자였던 예친왕(禮親王) 도도(多鐸)가 거느린 좌익군 3만이었다.[23]

역사적 실존 인물이 아닌 주인공 남이의 능력은 현실적으로 가능한 무장의 그것을 넘어 <박씨전>의 주인공 박씨의 초능력에 근접해 있다. 남이의 능력은 단신으로 청군의 기병부대 니루를 추격하거나 혹은 따돌

---

21) 물론 역사 속 도르곤도 38살의 나이에 요절하기는 했으나 이는 순치제의 모후인 효장황태후파와의 권력투쟁 과정에서 이루어진 것이지 병자호란과는 전혀 관련이 없다. 도르곤은 중국에서 영웅적인 인물로 인식되고 있으며, 〈효장비사(孝庄秘史)〉(2001) · 〈대청풍운(大淸風雲)〉(2006) 등의 중국 인기사극에서 효장황태후와 운명적 사랑을 나누다 요절하는 비극적 영웅으로 그려져 왔다. 〈최종병기 활〉에서 주인공 남이의 누이 자인을 극복하는 청의 왕자로 하필 도르곤이 선택된 이유는 그가 인조에게 공비를 요구하여 금림군(錦林君) 개윤(愷胤)의 딸로 인조의 수양딸이 된 의순공주(義順公主: 1635~1662)와 혼인했던 인물이기 때문인 것으로 생각된다. 도르곤의 겁혼(劫婚) 대상이 되었던 의순공주는 용모가 아름답지 못하다 하여 소박당했으며, 도르곤이 역모죄로 죽은 후 부하에게 분배되었다 다시 이혼당하고, 1655년 청 사신으로 갔던 부친 금림군을 따라 귀향하였으나 환향녀로 불우한 만년을 보냈다.
22) 마퓨다의 선봉부대는 본계(本溪)-초하구(草河口)-봉황성(鳳凰城)-안동(安東)을 잇는 경로를 따라 압록강을 도하하여 조선군과의 접전을 회피하고, 의주-안주-평양-황주-평산-개성-한양을 잇는 선으로 최대한의 속도로 조선의 수도 한양으로 진격하여, 심양을 출발한지 단 6일 만에 한양과 강화도의 통로를 차단하였다.
23) 홍타이지의 대군과 함께 움직인 도르곤의 우익군 역시 황주 정방산성(正方山城)에 주둔해 있던 김자점의 서북 지역 병력을 기습하여 대부분을 괴멸시키는 등 조선군에 치명적인 패배를 안겼다.

리고, 신체를 절단할 정도의 파괴력을 지닌 청의 육량시(六兩矢) 부대 전체를 애기살을 실은 곡사술(曲射術)로 혼자서 돌파하거나 몰살시킬 수 있을 정도다.[24] 게다가 이 능력은 별다른 수련과정 없이 타고난 것으로 그려져 있다.[25] 영화 속에서는 사실적으로 그려내고 있지만 따지고 보면 말 그대로 우리 건국신화 속 주인공인 신궁(神弓)이나 가능한 능력이다. 심지어 적군과의 대결도 시종일관 건국신화의 주인공들이 신이한 능력을 시현하기 위해 벌이는 것으로 익숙하게 보아온 활쏘기 내기 형식으로 이루어진다. 이성계 신화가 전설화 된 텍스트들에서 이성계의 조상들은 건국조로서의 능력을 역시 동이족의 일파인 여진족 출신 신궁들과의 활쏘기 내기를 통해 드러낸다.[26] 동이족 계통 민족의 신화적 체계 속에서 활쏘기 능력은 신화적 능력과 상통하며, 한(韓) 민족 직계 국가의 건국이 선사(善射)를 신화적 표징으로 하는 근계(近系) 민족과의 경쟁 속에서 이루어져 왔다는 신화적 인식이 내포되어 있다고 할 수 있다. 뿐만 아니라 주인공 남이의 추격전에는 민족의 신성수(神聖獸)인 호랑이가 동원된다. 청군과의 활쏘기 대결에서 화살이 다 떨어진 남이는 호랑이을 유인하여 청군을 물리치는데 이 시퀀스에서 호랑이는 두려움의 대상이자 수호신앙의 대상으로 존재했던 동물신격의 이중적 속성을 여실히 보여주고 있다. 남이는 바로 신성수로서의 호랑이를 부리는 자로서 신화적 인간의 성격을 드러낸다고 할 수 있다. <최종병기 활>은 바로 남이의 초월적 능력을 이러한 신화적 인식체계 속에서 형상화 하고 있는 것으로 보인다.

---

24) 심지어 청군의 기병대 대부분이 건너지 못하고 떨어져 죽는 절벽도 남이는 한 번에 뛰어넘어간다.

25) 부친의 죽마고우 김무선이 남이가 학문과 무공수련을 폐했음을 질타할 정도로 남이의 수련과정은 전혀 묘사되어 있지 않다. 어느 날 문득 활을 쏘았더니 과녁에 하나도 맞지 않았던 화살이 사실 휘어진 곡사술이었음을 보여주는 식이다.

26) 〈선사수(善射手)〉(임석재, 『임석재전집』 4, 31~32쪽, 1987, 평민사) 같은 텍스트가 대표적이다. 이에 대해서는 권도경, 〈분단 이전 북한 이성계·여진족 대결담의 유형과 〈이성계 신화〉로서의 인식체계〉(『동방학』 21, 한서대학교 동양고전연구소, 2011)을 참조하기 바람.

이처럼 신출귀몰한 신화적 능력 덕분에 남이의 병자호란 극복서사는 <박씨전>처럼 성공적 완결 직전까지 간다. 게다가 초월적 능력을 타고 난 남이가 전란 자체의 해결이나 포로군 전체의 귀환이 아니라 누이의 구출을 자기서사의 일차적 극복대상으로 삼고 있다는 사실 역시 개인 차원의 시련 극복을 민족적 치료의 차원으로 확산시킨 <박씨전>의 그 것과 상통하는 지점이다. 압록강변에서 자인의 남편 서군을 따라 집단 봉기를 일으킨 피랍인들이 청군을 축격해온 남이와 조우하여 일군을 몰살시키는 대목은 민중의 병자호란 설욕의지와 허구적 보상의식을 극 명하게 보여준 시퀀스라고 할 수 있다.[27] 명문가의 자손으로 태어나 적당의 음모 때문에 가문이 멸문지화를 당하고 유리하다가 구출자에 해당하는 부친의 죽마고우에게 양육되며, 장모의 사위박대담을 변형시 킨 것으로 보이는 누이 자인에 대한 박대담이 삽입[28]되어 있고, 구출자 의 아들과 남이의 운명공동체[29]인 누이 자인이 혼인하며, 청의 선봉부 대를 궤멸시키고 퇴각하는 청군을 추격하여 포로들을 귀환시키는 등

---

27) 〈최종병기 활〉은 여기서 피랍민의 집단봉기 이전에 거짓으로 피랍민을 놓아주겠다고 한 뒤에 도망가는 조선인들을 무참히 살육하는 장면을 보여줌으로써 민중적 분노를 응축 시킨 뒤 이를 집단봉기의 에너지로 폭발시키는 방식을 구사하고 있다. 〈최종병기 활〉의 제목이 '활(弓)'이 아니라 '활(活)'인 이유도 개인적인 전란극복 의지가 집단의 그것과 만나 민족의 자기 구원의지로 증폭되는 치료서사의 전개 속에서 찾을 수 있다.

28) 남이 역시 김무선의 아내로부터 박대를 당하고 양반가의 자식이 아니라 일꾼처럼 취급을 받는다는 점에서 〈소대성전〉 등의 영웅소설에서 흔히 등장하는 장모 박대담을 수용하고 있다고 보인다.

29) 부친이 역적으로 몰려 죽을 때부터 천으로 둘의 손을 한데 묶어 함께 다니기 시작한 남이와 자인은 공동운명체라는 인식을 공유한 남매다. '이제부터 니가 자인의 아비다.'란 부친의 유언은 남이와 자인의 공동운명체의식을 생성하게 한 계기였던 것으로 생각된다. 남이가 청군 기병대에게 납치된 누이를 구하기 위해 자기 목숨을 내던진 추격전을 벌일 수 있었던 것도, 역적의 자식이란 멍에 때문에 포기한 현달에의 욕망을 명문가와의 통혼을 통해 극복하고자 하는 누이 자인을 통해 대리충족하고자 하는 자인에 대한 남이의 자기 동일시를 통해 설명될 수 있을 것이다. 자인 역시 비록 술과 기방질로 세월을 보내는 오라비와 달리 현실적 욕망을 실현하겠다는 선언을 하기는 했으나 남이가 자신을 구출하 여 먼저 보내려고 하자 이를 거부하며 살아도 같이 살고 죽어도 같이 죽겠다는 공동운명체 의식을 보여준다.

전란이란 국가적 위기상황을 타결하는 공로도 세운다는 점에서, <최종병기 활>은 <박씨전>의 극복서사가 원형으로 선택한 영웅일대기의 기본형에 오히려 더 가까운 면모도 보여준다.

하지만 <최종병기 활>이 구현한 극복서사는 딱 여기까지다. 누이를 구출하기 위한 추격전이 마무리되기 직전에 이루어진 적장과의 활쏘기 내기에서 남이는 활쏘기 능력의 부족이 아니라 적장과의 사선(射線) 사이에 끼인 누이가 다칠까 하는 걱정에 눈이 흐려져 누이만 구하고 자신은 적장의 화살에 죽는다. 기실 시종일관 절대절명의 순간에서 이어지던 남이의 신출귀몰한 원맨쇼에 익숙해 있던 관객의 입장에서 보자면, 클라이막스에서 이루어진 남이의 죽음은 급작스럽기까지 하다. 누이를 포함한 피랍인들을 구출해내는데 성공함으로써 이미 국가적 차원에서 진 전쟁을 개인적 차원에서 부분적으로 리셋(reset) 해냈지만 서사주체의 극복서사를 해피엔딩으로 완결하지는 않는 방식은 <임경업전>의 그것에 맞닿아 있다. 개인적 차원의 복수를 민중적 차원으로 확대하여 극복서사를 통한 문학적 치료를 진행하면서도 뜻하지 않은 운명적 상황에 의해 패배하는 비극적 영웅30)의 모습을 통해 이미 진 전쟁을 야기한 집권층의 무능과 허위의식에 대한 여운을 남기는 방식으로 생각된다.31)

## 2) <최종병기 활>에 나타난 향유층의 집단서사원형과 수용사적 의미

<임경업전>에서 <최종병기 활>로 이어진 병자호란 극복서사의 주인공들, 임경업 · 박씨 · 남이는 병자호란기에 우리 민족이 경험한 민족적

---

30) 여기서 <최종병기 활>의 주인공 이름이 왜 하필 '남이'인가도 알 수 있다. 비범한 능력을 타고 났으나 재능을 펼치지 못하고 젊은 나이에 역모죄로 처단된 한국사의 대표적인 비운의 인물이 바로 남이라는 사실을 상기하면 <최종병기 활>의 병자호란 치료서사가 지향하는 지점이 확인된다.

31) 조선 정부가 강화교섭을 통해 피랍 조선인들의 송환을 추진했던 역사적 사실의 맥락이 거세되고 영화 속에서 피랍인의 구출이 철저히 개인적 차원에서 긴박하게 진행되었던 것으로 묘사되고 있는 것도 집권층에 대한 비판 의식을 강화하기 위한 의도로 풀이된다.

내상을 허구적 이야기 세계에서 치료코자 하는 자가치료 의식의 페르조 나(persona)라고 할 수 있다. 이는 <최종병기 활>이 병자호란 치료서사 를 영화로 재매개화 한 창작의식의 한 일면을 설명해 주는 중요한 요소 가 된다.[32]

이제 따져봐야 할 것은 왜 이 시점에서 병자호란인가 하는 문제가 된다. 바꿔서 말하면 2011년을 전후로 한 향유층의 어떠한 자기서사가 하필 병자호란 치료서사를 불러들였는가가 되겠다. 이 문제를 따져보기 위해서는 <최종병기 활>의 대청관(對淸觀)에서부터 출발할 필요가 있 다. 기실 <강도몽유록>·<임경업전>·<박씨전>의 대청의식은 척화론 (斥和論)에 입각해 있다. <강도몽유록>은 주화파의 주장대로 청나라와 강화를 한 인조 정권을 절의를 지키다 목숨을 잃은 여귀들의 자기 서사 를 통해 비판하고자 한 척화파의 정치의식을 내포[33]하고 있고, <임경업 전>·<박씨전>도 주인공 임경업·박씨가 모두 주화파 김자점과 대립 하던 척화파의 대표적인 권신 이시백(李時白: 1581~1660)과 긴밀한 관 계를 맺고 있는 인물로 설정되어 있다. 병자호란의 민족적 상흔을 치료 코자 하는 고소설의 자기서사와 극복서사는 모두 척화론에 입각해 있다 는 공통점이 있는 것이다.

그런데 이들 병자호란계 고소설을 재매개화 한 영화 <최종병기 활> 은 좀 다르다. 남이의 부친 최평량은 인조반정 때 역모죄로 처단된 광해 군의 북인세력으로 설정되어 있다. 주지하다시피 북인세력은 명나라와 청나라 사이에서 줄다리기 하며 중립외교를 폈으며, 척화파와 대립한 주화파가 바로 이 북인세력의 실용주의 노선을 계승했다.[34] 북인의 아 들로 태어나 척화론이 득세했던 인조 정권에 의해 부친을 잃은 뒤 부친

---

32) 실제로 인터넷 리뷰 기사들을 열람해 보면 〈최종병기 활〉의 대부분 관객들이 이 작품의 의의를 활을 동원한 숨 막히는 액션 추격신으로 해묵은 민족적 열패감을 통쾌하게 설욕했 다는 데서 주로 찾고 있음을 확인할 수 있다.
33) 김정녀, 〈논쟁과 기억의 서사: 인조의 기억과 '대항기억'으로서의 〈강도몽유록〉〉, 『한국학 연구』 35, 고려대학교 한국학연구소, 2010.
34) 이이화, 〈당쟁과 정변의 소용돌이〉 한국사이야기, 한길사, 2001.

의 동지에 의해 양육된 남이의 정치노선은 병자호란계 고소설이 기반한 척화파의 그것일 수가 없는 것이다.

그렇다면 <최종병기 활>이 척화론에 기반한 병자호란 대응 치료서사를 재매개화 했으면서도 인조 세력에 의해 패배한 광해군 세력으로부터 이야기를 끌고 나간 이유는 어떻게 이해해야 할까. 일견 논리적 모순으로도 보일 수 있는 이러한 부조화는 <최종병기 활> 향유층의 자기서사가 지니는 지향점이 병자호란대응 치료서사를 척화론·주화론을 위시한 정당논리로부터 분리시키고자 하는데 있다는 것으로 설명할 수 있을 것으로 보인다. 광해군의 실용주의 노선과도 상통하는 것으로, 정치적 명분론을 떠난 철저한 민생과 개인적 실존회복이 바로 <최종병기 활>의 병자호란 극복서사가 추구하는 지향점이라고 할 수 있다.

이처럼 <최종병기 활>이 척화론의 정치논리를 제거하는 대신 개인적 차원의 극복서사가 민중의지와 조우하는 방향으로 병자호란의 치료서사를 재매개화 했다면, 이는 이 작품이 제작된 2010년~2011년대 향유층의 집단서사가 이러한 병자호란계 치료서사의 변용을 만들어냈다고 봐야 한다. 민중이 처한 위기상황을 해결할 국가의지에 대한 철저한 불신이라는 향유층의 자기서사가, 중세 병자호란 극복서사를 오늘날로 가져와 민중들의 시대의식에 맞게 재탄생시킨 결과물이 바로 <최종병기 활>이라는 것이다.

실제로 <최종병기 활>이 제작된 2010~2011년은 2000년도부터 시작되어 10여년 동안 진행된 우리 역사·문화·영토주권에 대한 중국의 공정이 마무리된 시기로, 정부의 공식적인 대응의지 부재에 대한 민중의 공감이 확산되던 때였다. 특히, 2011년은 청나라 역사를 편찬하기 위해 2003년부터 진행해온 중국의 청사공정(淸史工程)이 막바지에 이른 시점으로, 『원사(元史)』·『명사(明史)』 등에서 외국열전(外國列傳)에 편재되었던 고조선·고구려 등의 우리 고대사를 중국의 지방정권으로 기술하는 『청사(淸史)』가 마무리 단계에 들어간 시기였다. 2000년대 이후 중국이 국가 차원에서 강화해온 이른바 동북공정은 사실상 병자호란을 일으킨 청나라 중심으로 중국의 세계관을 재정립하는 것이었던 셈이다.35) 여기에는 2000년대부터 시작되어 2011년 전후로 확립 혹은 본격화 된 고구려 공정·이어도 공정·한글공정 등이 포함된다. 2010년 상하이 엑스포의 경제적 파급효과를 노린 고구려 공정은 2004년 중국 소주(쑤저우)에서 열린 유네스코 제28차 세계우산 위원회에서 북한이 신청한 '고구려 고분군'과 중국에서 신청한 '고구려 수도, 귀족과 왕족의 무덤'을 동시에 세계 문화 유산으로 등재키로 결정함으로써 대외적으로 공적인 입지를 다졌고, 2003년 완공된 이어도 종합해양기지에 중국정부가 이의제기를 함으로써 시작된 이어도 공정은 2011년 이어도 인근에서 침몰 선박을 인양하던 우리 선박에 대해 중국 해경경비정이 작업 중지를 요구하고 해양감시선을 투입함으로써 본격화 되었다. 한편, 2010년에는 중국이 조선족이 사용하는 조선어를 자국의 언어라고 주장한 이른바 한글공정이 시작되기도 했다.36)

2010년~2011년을 전후로 중국의 영토·역사·문화 공정37)이 새롭게 본격화 되거나 완료된 것에 비해 우리 정부는 조직적·공식적 대응책을 제대로 내놓지 못하고 민중들의 요구에 침묵하는 태도를 견지했다. 패권주의에 기반한 중국의 우리 영토주권 침탈은 직접적으로 민중의 생존권을 위협한다는 점에서 문제 해결 방안이 보다 발 빠르게 모색될 필요가 있지만 현실은 전혀 그렇지 못한 상황이다. 이러한 정부의 공식적 문제해결 의지의 부재가 낳은 2011년 해경 순직 사건은 정부에 대한 민중의 불신을 증폭시킨 대표적인 사례38)라고 할 수 있다.

---

35) 동북공정은 중국 내부에서 2005년도에 주입단계를 끝내고 2010년도에 이르면 사실상 완성되었다고 평가된다.

36) 이러한 중국의 청사공정은 영토·정치·문화 패권주의의에 더하여, 급속한 산업화 과정에서 발생한 모든 내부적 갈등을 인접국가와의 분쟁을 통해 해결하려는 중국 정부의 정치적 의도를 내포하고 있는 것으로 보인다. 여기에는 청나라가 명나라에 대한 중화패권의 정당성을 인정받기 위해 조선을 침공했던 병자호란의 발발 계기와도 상통하는 측면이 있다고 생각된다.

37) 2011년에 중국은 제3차급 중국국가무형문화재에 우리의 아리랑·탈출·판소리 등을 추가한 바 있다.

이처럼 <최종병기 활>의 제작 시기는 중국의 패권주의가 우리 민족의 생존을 위협하는 상황에서 확인되는 정부의 대응의지 부재와 민중의 개인적 문제 해결 노력, 그리고 그 과정에서 반복되는 민중의 불행한 희생이 현 시점의 민족적 집단의식 속에 정부에 대한 불신과 대중국(對中國) 피해의식의 상흔을 새겨가고 있는 도정과 맞물려 있는 것으로 보인다. 여기서 대중국 피해의식이란 이 시대 민중이 경험하고 있는 내상이 과거 역사 속에서 소환해 기억이 바로 병자호란이었던 것으로 생각된다. <최종병기 활>에 수용된 병자호란의 치료서사는, 정부의 책임 방기 속에서 중국의 패권주의란 문제적 상황을 철저히 개인의 생존 문제로 인식하고 해결해 나갈 수 없는 오늘날 민중의 자기서사가 불러낸 과거의 서사유전자인 것이다. <최종병기 활>이 전통적인 병자호란 대응 치료서사에서 척화론을 떼어낸 자리에 광해군의 실용주의 노선을 대체해 넣는 방향으로 재매개화를 진행한 이유를 바로 여기서 찾을 수 있다. 결론적으로 <최종병기 활>에서 재매개화 한 과거의 병자호란 트라우마 대응 치료서사의 역사적 맥락은, 동북아 중화패권주의에 밀려 국가가 적극적으로 해결책을 내놓지 못하고 있는 중국의 대한(對韓) 공세 속에서 개인적 차원에서 대응담론을 모색해나갈 수밖에 없는 민중들의 현재적 대중(對中) 트라우마의 역사적 우의로서 기능하고 있다고 볼 수 있을 것이다.

## 4. 나오는 말

본 연구는 영화 <최종병기 활>이 병자호란 트라우마 대응 고소설의

---

38) 2010년 기준으로 한국의 9배에 달하는 동력어선수 때문에 자국 수역 내의 어족자원이 고갈되자 한국 수역까지 몰려오는 바람에 어민들의 생계가 위협받는 상황에서도 정부는 적극적인 대응방안을 강구하지 않고 있으며, 이러한 한국 정부의 직무 유기 때문에 2011년 연말 인천 해상에서 불법 조업하던 중국어선을 나포하는 과정에서 우리 해경이 중국 선원이 휘두른 흉기에 찔려 순직하는 불행한 사태가 벌어지기도 했다.

치료서사를 서사유전자로 하는 현대적 이본으로 규정하고, 그 치료서사의 전개사 속에서 <최종병기 활>의 재매개화 양상과 향유층의 집단서사가 지니는 문학치료사적 의미를 고찰하였다. 먼저, <강도몽유록>에서 <박씨전>으로 이어지는 병란 트라우마 대응 고소설의 치료서사 전개양상을 살펴본 뒤에 <최종병기 활>의 작품서사가 위치한 지점을 규명하였으며, 다음으로 <최종병기 활>의 이러한 작품서사 속에 나타난 향유층의 집단서사가 지니는 문학치료사적 의의를 살펴보았다.

병란 트라우마 대응 고소설의 작품서사는 <강도몽유록>에서 <임경업전>을 거쳐 <박씨전>으로 이행되었으며, 이 과정에서 병란 트라우마는 인지·외재화의 대상에서 극복의 대상으로 전환되어고 있음을 확인하였다. <강도몽유록>의 의사상담자가 의사내담자의 병란 트라우마를 소극적으로 경청·수렴하는 방식에서 <임경업전>의 적극적 영웅으로 전변하여 <박씨전>과 같은 초월적 능력으로 문제적 상황을 해결하는 환상적 전망 속에서 극복의 작품서사가 완성되어가는 양상을 살펴볼 수 있었다.

본 연구에서는 영화 <최종병기 활>의 병란 트라우마 해결 방식이 <임경업전>과 <박씨전>의 극복서사 사이에 위치한다고 규정하였다. <강도몽유록> 여귀들의 병란 트라우마를 야기한 문제적 상황에 주인공이 적극적으로 대결해 나가면서 주도적인 승리를 연속해 나간다는 점에서는 <임경업전>의 극복서사 보다 한 걸음 더 나아갔지만, 궁극적인 극복의 완성은 유보한 채 비극성을 내포한 열린 결말로 끝을 맺고 있다는 점에서는 <박씨전>의 그것에 미치지 못한다고 보았다. 이처럼 <최종병기 활>에서 하필 과거의 병자호란 트라우마 대응 치료서사의 맥락을 오늘날로 가져온 이유는 병자호란의 문제가 현재 당면하고 있는 대중(對中) 트라우마의 역사적 우의로서 기능하고 있기 때문으로 해석하였다.

# 제4편

## 문화콘텐츠 스토리텔링 일반론

# I. 백범 문학콘텐츠의 스토리텔링 방식에 나타난 〈아기장수 전설〉의 재맥락화 양상과 그 의미

## 1. 문제설정의 방향

본 연구는 백범 문학콘텐츠1)의 스토리텔링 방식에 나타난 아기장수 전설과의 관련성과 그 의미 고찰하는 것을 목적으로 한다. 백범은 우리 역사의 근대 전환기에 민족의 독립과 통일이라는 두 거대한 운명론적 소용돌이의 중심에 위치해 있었던 인물이다. 무엇보다도 백범이 우리 민족의 독립 · 통일 운동과 관련하여 신화적인 인물로 남을 수 있었던 이유는 사리사욕을 본질적으로 개입시키지 않았으며, 자신의 활동과 업적의 결과 생겨난 국제적인 명성과 민중의 신뢰를 권력화 하지 않았

---

1) 본 연구는 문학콘텐츠를 서사적인 이야기에서 서정 · 희곡 · 교술 장르에 이르는 장르 범주를 포함하면서, 거래 가능한 재화(goods)로 가공되어 유통되는 문화콘텐츠의 한 하위 유형으로 정의한다. 다시 말해서 문학콘텐츠는 문학의 형태로 생산된 텍스트를 재화의 형태로 가공한 것으로 매매 · 유통의 대상이 된다는 점에서 단순히 텍스트의 형태로 존재하는 문학 작품과 구분된다. 문학콘텐츠란 용어 자체는 김의숙(2005)에서 처음으로 사용되었으나, 여기서는 문학콘텐츠를 문학작품을 소재로 한 문화콘텐츠로 정의했다는 점에서 본 연구에서 사용한 문학콘텐츠의 그것과는 개념 규정이 다르다고 할 수 있다.

다는 데 있었던 것으로 생각된다. 민중이 기억하고 존경하는 것은 현실적인 권력과 자기 안위, 표리부동과 사리사욕이 아니라 진정 민족을 위해 자신을 희생하고 이를 권력화 하지 않은 백범이었던 것이며, 백범의 신화는 이처럼 우리 역사의 근대전환기를 바라보는 민중적인 인식에 의해 형성될 수 있었던 것이다. 이 점에서 백범은 우리 민족의 뇌리 속에 민중 영웅의 모습으로 존재한다고 할 수 있다.

백범 문학콘텐츠는 이러한 백범의 인물형상을 객관적인 역사적 사실 그 자체가 아니라 다분히 허구적으로 재구성된 이야기로 존재한다. 백범 문학콘텐츠는 정사(正史)를 중심으로 한 역사적인 시각이나 정치적·사회적인 역학관계를 중심으로 한 학문적인 평가와는 다른 차원에서 존재하는 민중적인 세계관과 관련되어 있다는 것이다. 백범 문학콘텐츠는 백범에 관한 기본적인 역사적인 사실의 기반 위에 민중적인 자의식에 의해 재해석되어 구비전승된 백범의 이야기가 틈입되어 있다. 따라서 백범 문학콘텐츠 속에 나타난 백범의 인물 형상은 있는 그대로의 백범의 모습 그 자체가 아니라 민중들이 바라고 소망하는 일정한 민중적인 영웅상과 관련되어 있다고 할 수 있다. 백범 문학콘텐츠에 나타난 백범의 인물 형상화 방식과 관련되어 있는 민중적인 영웅의 이야기는 바로 아기장수 전설이다. 아기장수 전설은 민중영웅 전설의 대표적인 유형으로서 역사적인 인물과 관련된 전설의 형성 과정에서 원형으로 기능하는 양상을 확인할 수 있는바, 백범 문학콘텐츠에 나타난 백범의 인물 형상화 방식 역시 이러한 기제 속에 위치해 있다.

본 연구는 백범 문학콘텐츠의 스토리텔링 방식에 나타난 아기장수 전설과의 관련성과 그 의미를 고찰해보고자 한다.[2] 첫 번째는 백범 문학콘텐츠의 스토리텔링 방식에 나타난 아기장수 전설과의 관련성을 캐릭터와 서사구조의 측면에서 살펴볼 것이다. 두 번째는 백범 문학콘텐

---

2) 백범에 관한 기존 연구는 역사·정치·사회·사상 분야에서 주로 이루어져 왔으며, 백범 관련 문학콘텐츠에 관한 고찰은 시도된 바가 없다.

츠의 스토리텔링 방식에서 나타난 아기장수 전설의 재맥락화 양상이
지니는 의미를 분석해 볼 것이다.3)

---

3) 백범 문학콘텐츠는 창작문학과 전기문학의 두 부류로 존재한다. 후자의 전기문학은 자서전
   류와 평전·위인전의 하위 유형으로 분류할 수 있다. 본 연구가 대상으로 한 백범 문학콘텐
   츠의 자료 목록을 정리하여 제시하면 다음과 같다.

   가. 창작문학
   (01) 〈아 백범 김구 선생〉, 감독 전창근, 출연, 전창근, 조미령, 황정순, 황해, 윤일봉,
        1960.
   (02) 〈서사시 백범 김구〉, 유홍열, 자유지성사, 1993.
   (03) 〈창극 백범 김구〉, 김명곤 연출, 대본 김병준, 작창 정철호, 국립극장, 1998.08.14-16.
   (04) 〈白凡金九先生 第50周忌 追慕式 - 추모시〉, 고은(高銀), 1999.6.
   (05) 〈(창작 오페라) 백범 김구와 상해 임시정부〉, 1999.6.
   (06) 〈(소설) 백범 김구〉, 홍원식, 구은 출판사, 2000.
   (07) 〈통곡의 땅〉,『통곡의 땅』, 차범석, 가람기획, 2000(전2부 24장).

   나. 전기문학
   ㉮ 위인전 및 평전류
   (01) 〈백범추모록〉, 신두범 편, [발행자 불명], 1977.
   (02) 〈백범 김구〉, 신경림, 창작과비평사, 1982.
   (03) 〈백범 김구〉, 김한룡, 태서출판사, 1997.
   (04) 〈백범 김구 (저학년 위인전)〉, 이광웅, 예림당, 1998.
   (05) 〈EQ 인물전 백범김구〉, 서찬석, 그림 박종관 역, 능인, 1998.
   (06) 〈만화로 보는 백범 김구〉, 박찬민, 예찬사, 1999.
   (07) 〈백범 김구〉, 박용빈, ILB(아이엘비), 2002.
   (08) 〈백범 김구〉, 박현수, 세이북스, 2003.
   (09) 〈백범 김구 평전〉, 김삼웅 지음, 시대의창, 2004.
   (10) 〈조국의 문지기가 되고자 한 백범 김구〉, 홍당무, 파란자전거, 2004.
   (11) 〈상해의 함성은 끝나지 않았다〉, 정경환, 이경 출판사, 2005.
   (12) 〈백범 김구 (1)(2)〉, 남정석, 홍진P&M, 2005(만화).
   ㉯ 자서전류
   (01) 〈백범어록〉, 백범 저, 백범사상연구소 편, 백범어록, 화다 출판사, 1973.
   (02) 〈백범 일지〉, 김구저, 김신 소장 및 초간 발행, 2권1책, 백범기념관 보관, 1947
        초간 발행.
   (03) 〈백범 김구선생 언론집〉, 김구 저, 백범학술원편, 나남 출판사, 2004.
   (04) 〈백범 김구 선생의 편지〉, 백범 저, 백범 학술원 편, 나남, 2005.

## 2. 스토리텔링에 나타난 아기장수 전설의 재맥락화 방식

### 1) 백범 문학콘텐츠의 스토리텔링 방식과 아기장수 전설과의 관계

백범 문학콘텐츠에 속하는 개별적인 작품 속에서 서사의 잔가지를 제거하고 나면 다음과 같은 골격이 공통적으로 추출된다.

a. 민중의 집안에서 태어났다.
b. 태몽과 난산, 소 울음소리 이후 출산 등 신이한 조짐이 있었다.
c. 학문·병법 등이 뛰어났고, 불의를 보면 참지 못하는 의기를 지니고 있었으며, 힘이 세었다.
d. 동학·의병활동, 독립·통일운동 등을 벌이면서, 사람들이 따르는 민중의 지도자가 되었다.
e. 독립운동의 동지인 이승만에게 배신당하였고, 같은 민족 출신의 인물들에게 2번의 암살 기도 끝에 살해당하였다.
f. 살해당한 후, 오히려 민족의 영원한 지도자로서 추숭되고 있다.

민중의 영웅으로 태어나 비범한 능력을 발휘하다가 같은 집단의 구성원에 의해 비극적인 죽음을 맞는다는 줄거리로 정리가 된다. 여기서 핵심은 백범이 기득층이 아닌 민중 출신의 영웅이라는 점, 태생적 조건에 걸맞지 않은 선천적인 비범성을 지니고 있는 인물이라는 점, 소속 집단의 일정한 유대관계가 있는 구성원에 의해 살해당한다는 점이다. 이 세 가지 핵심적인 요인이 서사의 비극성을 강화한다는 것인데, 주목할 점은 이러한 서사의 골간이 전통적인 구비전승의 이야기 속에 존재한다는 사실이다. 백범 문학콘텐츠 속에 나타난 이야기의 서사골격은 전형적인 민중영웅 전설에 대응된다. 민중영웅 전설은 비범한 능력에도 불구하고 끝내 기득 질서에 의해 패배하는 이야기이다. 그런데 백범 문학콘텐츠 속에서 공통적으로 추출되는 백범 이야기의 골격은 민중영웅 전설 중에서도 아기장수 전설 유형에 근접해 있다. 민중영웅을 살해하는 주체가 일정한 유대관계가 있는 소속 집단 출신이라는 사실은 민중영웅 전설의 유형 중에서도 일차적인 근친 집단의 구성원인 가족의 배신에 의해 죽음을 맞는 아기장수 전설의 원형과 재생산의 기제 속에서 백범 이야기가 형성되고 향유되고 있다는 사실을 입증해준다. 아기장수 전설을 원형으로 하여 문학콘텐츠 속에서 백범의 이야기가 형성되고 수용되어 왔다는 것이다.

그렇다면 이 지점에서 백범 문학콘텐츠 속에 공통적으로 추출되는 백범의 이야기와 아기장수 전설 간의 관계에 관해 구체적으로 살펴보기로 하자. 문학콘텐츠 속에서 공통적으로 추출한 백범 이야기와 아기장수 전설 간의 상관관계는 크게 두 가지 국면을 중심으로 하여 고찰할 수 있다. 첫 번째는 아기장수 인물의 상징적인 의미망과 백범의 역사적인 행적의 결합이고, 두 번째는 아기장수 전설의 사사원형 수용과 비극적인 결말구조이다.

## 2) 아기장수 캐릭터와 백범의 역사적인 행적의 결합

아기장수라는 캐릭터가 지니는 인물형상의 핵심은 민중의 영웅이라는 것이다. 영웅이라는 것은 여러 가지 의미로 해석될 수가 있는데, 학문이나 지혜가 뛰어난 인물도 문화적인 측면에서 영웅이라 부를 수 있다. 그러나 신분질서가 엄격하던 시대에 문화적인 교양이라는 것은 엄밀한 의미로 상층의 기득권층에게만 한정되는 전매특허였다는 점을 고려할 때, 엄밀한 의미로 민중의 영웅에게는 어울리지 않는다. 하나의 집단을 최상부의 정점에서 통치하는 지배층은 고급한 정보와 지식을 독점함으로써 자신들의 기득권을 형성·유지한다. 이 점에서 문화적인 영웅이란 태생적으로 지배계층과 보다 가까운 말이다. 예외적으로 지배층의 균열과 통치 시스템의 파괴로 상층계급이 자신의 무능력을 노출함으로써 지식 권력의 허위를 노출하거나 이를 계기로 지식의 대중화가 발생했을 때, 민중 출신의 문화영웅이 출현할 수 있다. 이러한 경우가 아니라면 일반적으로 민중 출신의 영웅이란 힘, 무력 등과 연결된다.

탁월한 힘의 소유 여부가 그 잣대가 되는 것이 대부분이다. 때문에 민중 출신의 영웅을 지칭하는 말은 장수, 장사, 장군, 역사(力士) 등으로 나타 난다. 문화영웅과 혼동될 수 있는 영웅이라는 말 보다는 힘의 소유 여부 를 전면에 내세우는 이들 단어를 사용하고 있는 것이다. 이처럼 탁월한 힘을 소유한 민중의 영웅은 백성들의 삶의 고단함을 대변한다. 백성들 을 대신해 가진 자와 대립하며 그들의 억울함을 대신 풀어준다. 공권력 과의 싸움도 주저하지 않는다.4)

비극적인 민중영웅으로서의 아기장수의 인물형상은 백범의 이야기 에서 고스란히 찾아볼 수 있다. 우선, 백범은 민중의 자식으로 태어났다. 출신 성분부터가 아기장수에 딱 대응된다. 그런데 이러한 대응양상이 단순치가 않다. 백범 문학콘텐츠 속에서 공통적으로 강조되고 있는 것 이 원래는 양반이었다가 몰락하여 평민이 된 집안 출신이라는 것인데, 이 몰락의 이유가 역모다. 조선 중기 김자점의 계파로 그의 역모로 인해 평민으로 떨어진 집안이라는 것이다.5) 역모란 이미 완성되어 있는 기존

---

4) 이러한 민중영웅의 형상을 전형적으로 보여주는 캐릭터가 바로 〈홍길동전〉의 홍길동과 〈전우치전〉의 전우치이다. 홍길동과 전우치는 탐관오리들을 징벌하고 백성을 수탈하여 치부한 부자들에게서 쌀과 재물을 훔쳐다가 백성들에게 나누어주는 민중을 위한 대도(大 盜)로 군림하며 관(官)으로 상징되는 기득질서와 대립하는 모습을 보여준다. 〈홍길동전〉의 홍길동은 율도국이라는 민중 중심의 이상국가를 건설하는데 성공하고, 〈전우치전〉의 전우 치는 관가의 손길을 벗어나 도술을 연마하는 신선의 길을 떠난다는 점에서 아기장수처럼 죽음으로 끝나는 치명적인 패배를 보여주지는 않는다. 그러나 〈홍길동전〉과 〈전우치전〉의 결말이 현실적인 관점에서 보자면 환상에 해당하며, 홍길동과 전우치전의 민중적인 사회관 실현이 현실세계 속에서는 성공하지 못했다는 점에서 궁극적인 의미에서 보자면 〈홍길동전〉 과 〈전우치전〉은 아기장수의 실패한 민중영웅 전설에 그 원형을 두고 있다고 할 수 있다.(〈홍길동전〉의 후반부가 환상적인 허구에 불과하다는 점에 대해서는 임형택(977), 128쪽에서 지적된 바 있다.)

5) 조선조 역적 김자점의 후손 김구라는 인물 형상은 백범이 자신의 자서전 『백범일지』에 밝혀놓은 자기소개에서 비롯한다. 『백범일지』에 의하면 백범은 1876년 8월29일(음력 7월11 일) 안동 김씨 김자점의 방계후손으로, 아버지 김순영 어머니 곽낙원과의 사이에 외아들로 태어난 것으로 되어 있다. 백범은 『백범일지』에서 자신의 출생과 가계를 밝혀놓은 부분에 서 당시 모친 곽낙원 여사가 난산끝에 김구를 낳았는데 조상인 김자점이 역적으로 처형되었 기 때문에 멸문지화를 피하고자 어쩔수없이 상놈집안이 되었다고 기록해 놓았다.

질서를 뒤엎으려고 시도하다가 실패한 결과를, 기득층이 자신들의 논리에 의해 규정한 용어이다. 성공하면 창업이나 건국이 되겠지만 실패했기 때문에 반역이라는 낙인을 부여받게 되는 것이다. 역사란 것이 성공한 자들의 행위를 정당화하기 위한 것이라는 사실을 상기한다면, 역모란 기득권을 획득하는데 실패한 인간을 이미 그 기득권을 획득한 인간이 규정하는 말이라고 할 수 있다. 좀 더 분석을 진행해보자. 실패한 행위라고 해서 모두 같은 차원으로 취급할 수는 없다. 애초에 부재한 재능으로 시작했다면 당연한 수순이겠지만, 비범한 능력을 바탕으로 시도한 것이라면 싸잡아서 당연한 실패라고 취급할 수 없기 때문이다. 역모란 행위가 한 사회를 구성하고 유지하는 정점에 위치한 통치 시스템을 거스르고자 할 때, 성립되는 것인 만큼 아무나 할 수 있는 것이 아니다. 반역자는 이미 완성되어 있는 시스템에 흠집을 낼 만큼의 재능이 상비되어 있어야만 성립할 수 있는 것이다. 역모와 기존 시스템과의 관계가 이러한 것이라면, 백범은 혈통적으로 아기장수의 성분을 타고난 것이 된다. 물론 김자점이 민중 출신이 아니기 때문에 그의 혈통과 아기장수와의 상관관계를 순도 백퍼센트라고 말할 수는 없겠지만 기득질서와 개체의 상호작용을 중심으로 보았을 때, 관련성을 찾을 수가 있는 것이다.

민중의 자식으로 태어난 백범은 어린 나이부터 백성을 억압하는 기존 질서의 부조리함을 인식하고 거기에 도전하는 모습을 보여준다. 민중의 대변자로서의 백범의 기질은 아주 어린 시절부터 발현되어, 양반집 아이들이 부당한 이유로 그를 괴롭힐 때면 단호하게 죽음도 불사하고 달려들었던 에피소드들[6]이 전한다. 백범은 동학운동, 무장의병운동, 독립운동, 통일운동 등을 진행하면서 민중 대변자로서의 면모를 공식적으로 확대해 나간다. 백범은 이러한 공식적인 활동을 통해 민중운동가, 민족지도자에게 부여되는 국제적인 권력을 획득했다고 할 수 있다. 실질적

---

6) 김구 지음, 도진순 옮김, 돌베개(2002).

인 권력을 현실 생활 속에서 실현할 수 있는 지배층의 권력과는 또 다른 민중의 존숭과 신망, 그리고 민족에 대한 봉사와 자기희생이 부여한 권력이다. 비록 명예로운 영역에 그 권력이 한정된다는 제한점이 있기는 하지만, 이러한 권력을 지니게 되었음에도 불구하고 백범이 끝까지 민중영웅인 아기장수의 후예일 수 있는 이유는 민중이 준 권력을 한 치의 예외도 없이 민족을 위해 썼기 때문이다. 백범의 권력은 민중에 의한, 민중을 위한 권력으로 기존 지배질서의 현실적인 권력과는 대립관계를 이룬다.

이러한 이유로 백범 이야기 속에서 그는 아기장수를 상기시키는 상징적인 표현으로 묘사된다. 백범 관련 문학 속에서 청년기의 백범을 형상화 할 때, 반복적으로 등장하는 표현이 있는데, 바로 "아기접주", "소년 장군", "어린 장수" 등이다. 그런데 백범 문학콘텐츠 속에서 아기장수의 상징적 표현은 두 계열로 분류된다. 하나는 "아기접주" 계열이고 다른 하나는 "장군"계열이다. 백범 문학콘텐츠 속에 나타난 아기장수의 상징적 표현을 계열별로 정리하여 제시하면 다음과 같다.

① "아기접주"
- "아기접주", 『백범일지』 원본, 〈동학접주〉, 김구 지음
- "아기접주", 『백범김구』, 〈제1부 싹트는 애국심-2. 아기접주〉, 신경림, 창비, 1982
- "아기접주", 『EQ 인물전 백범김구』, 서한숙, 능인, 1998
- "동학의 아기접주", 『백범김구』, 〈2. 동학의 아기접주〉, 박용빈, 2002
- "동학군의 아기접주", 『김구』, 〈4. 동학군의 아기접주〉, 송명호, 중앙출판사, 1998
- "애기접주 동학군 선봉이 되다", 『백범 김구 평전』, 〈제2장 동학운동과 구국운동〉, 시대의 창, 2004
- "동학의 아기접주", 『백범일지』, 〈동학혁명과 그 실패〉, 홍신문화사, 2006
- "동학군의 아기접주", 『김구-우리겨레의 위대한 스승』, 이상현, 영림카디널, 2007

② "장군"
- "소년장군", 〈제1부 싹트는 애국심-3. 소년장군〉, 신경림, 창비, 1982
- "치하포의 장군",『이원수 선생님이 들려주는 김구』, 〈7. 치하포의 장군〉, 이원수, 산하, 2002

①의 "아기접주" 계열의 표현은 백범이 직접 지은 자서전『백범일지』에 나오는 부분이다. 백범은 소년으로 동학군의 접주가 된 경험을 기술하면서, 자신의 별명이 "아기접주"였다고 밝힌 바 있다.[7] 백범이 어린 나이에 어울리지 않는 담력과 큰 체구로 황해도와 평안도 동학군을 통틀어 가장 나이 어린 접주가 되자, 사람들이 아기접주라고 불렀다는 사실을 기술해 놓은 것이다. ②의 "장군"은 "소년장군" 혹은 "젊은 장군" 등으로 변주되어 나타난다. 여기서 아기접주는 백범이 청년기에 어린 나이로 동학 조직의 접주로 활약한 것을 지칭하는 말이고, 소년장군이나 어린 장군 등은 젊은 나이에도 불구하고 항일 독립 운동의 지도자로 사람들을 이끌었던 것을 가리키는 말이다.

"아기접주"와 "소년장군"은 기호학적인 측면에서 보면 모두 "아기장수"로 치환된다. "아기접주"의 "아기"와 "소년장군"의 "소년"은 둘 다 어린 나이를 표현하는 것으로 "아기장군"상징을 구성하는 첫 번째 요소인 물리적인 나이의 어림, 즉 '어린 아이성(性)'을 나타낸다. 한편 "아기접주"의 "접주"는 동학군 소대장을 가리키는 말로 "소년장군"의 "장군"과 동일한 표현이다. "접주"든 "장군"든 "아기장수" 상징을 구성하는 두 번째 요소인 건장한 체구와 뛰어난 담력, 무용과 재주를 가리키는 "장군"의 '민중영웅성(民衆英雄性)'과 동일한 가치를 지니고 있는 표현이라고 할 수 있다. "아기접주"와 "소년장군"이란 백범의 별명은 비범한 능력이 물리적으로 연소한 나이 혹은 육체와 괴리되는 비일상성을 형상화 한, 아기장수 저설 속 "아기장수"란 상징적 표현이 환기하는 은

---

7) "나는 당시 양서(兩西) 동학당 중에 연소자로 가장 많은 연비를 가졌기 때문에 별명이 아기접주였다.", 김구 지음, 김학민 · 이병갑 주해(1997).

유의 상징체계 속에 위치하는 것이다. 나이가 어림에도 불구하고 능력이 일반 어른 보다 탁월한 비일상성을 아기장수 전설 속에 내포된 비현실적인 설화적인 문맥으로 재맥락화 하여 이해하고자 하는 인식을 확인할 수 있다. 이러한 표현이 백범 관련 문학 속에서 결부되어 반복적으로 나타나고 있다는 사실은 백범이라는 인물을 떠올릴 때 이러한 이미지들이 제일 먼저 연상된다는 사실을 의미한다. 다시 말해서 일반인들이 백범이라는 인물을 아기접주, 소년장군, 젊은 장수 등과 같은 유사한 범주 속에 위치한 이미지로 인식하고 있다는 것이다.

이 지점에서 주목해야 할 부분은 백범이란 인물이 전통적인 아기장수의 상징적 표현과 결합하는 시점이 바로 동학운동을 기점으로 한다는 사실이다. 동학운동이 반일민중운동으로 확대된 조선 말기는 조선왕조의 정치적 실정과 외세의 개입으로 인한 사회적 혼란이 가중된 시기로, 새로운 사회에 대한 민중의 희구가 아기장수로 대변되는 구세주 영웅전설과 결합하여 민중영웅전설의 폭발적인 향유를 가져온 시대이다.[8] 대표적으로 최제우·강일순 등 득도하여 난세를 구하고자 하는 민중종교의 지도자들과 신돌석 등 동학군을 비롯하여 항일투쟁군의 전면에 나섰던 의병장들의 실제 역사적인 행적이 아기장수 전설과 결합하여 풍부한 전승을 낳았다.[9] 백범의 역사적 행적이 아기장수의 상징적 표현과 결합되어 나타나게 된 이야기 형성의 문학적 배경은 바로 항일의병장 출신의 아기장수 전설의 향유의식과 관련되어 있다고 할 수 있다. 백범의 동학군 접주 활동은 다음과 같은 두 가지 항일의병장 출신의 아기장수 이야기를 구성하는 요소를 모두 만족시키고 있다.

㉮ 항일의병 활동 : 동학군 접주 활동
㉯ 비범한 능력 : 소년 접주 활동

---

8) 강진옥, 71쪽(1997).
9) 조동일, 75면(1994). 신돌석전설에 관한 본격적인 논의는 조동일(1979), 295-387면 참조.

이처럼 백범의 동학군 접주 행적이 갖추고 있는 요소들은 전설의 향유층에게 수용되어 다음과 같은 이야기 형성 과정을 거쳤을 것으로 보인다.

① 항일의병 운동을 한 영웅인데 탁월한 능력이 있는 어린 소년이다.
② 이 어린 소년은 민중을 구원할 구세주가 될 수 있는 아기장수이다.

실제로 백범의 동학 접주 시절에는 공중으로 천 길이나 솟구친다던가, 공중을 날아다닌다던가하는 전설이 형성되어 민중들 속에서 입에서 입으로 전해졌다. 다음의 『백범일지』 본문 내용을 통해 이러한 양상을 확인할 수 있다.

당시 나에 대한 근거 없는 이야기가 인근에 두루 유포되었다. 사람들이 찾아와 "그대가 동학을 해보니 무슨 조화가 생기더냐?"고 물으면, "나쁜 일을 하지 않고 선한 일을 하게 되는 것이 동학의 조화이다."라고 정직하게 대답하였다. 그러나 듣는 이들은 내가 자기네들에게 아직 조화를 보여주지 않은 것으로 생각하고 "김창수가 한 길 이상 공중에서 걸어가는 것을 보았다."고 한 것이다. 나의 도력에 대한 근거 없는 소문은 황해도는 물론이고 평안남도에까지 퍼져 연비가 수천에 달하였다.[10]

공중을 솟구치거나 날아다니는 이미지는 날개달린 아기장수의 그것과 일치한다. 역사적인 인물로서의 백범 이미지가 이렇게 비현실적으로 인식될 수 있었던 것은 이야기 향유층이 아기장수 전설이라는 프리즘을 통해서 백범의 행적을 재맥락화 했기 때문이라고 할 수 있다. 일단 백범과 결합된 아기장수 상징은 명성황후를 시해한 것으로 생각한 일본인을 죽이는 이른바 '치하포의 의거'를 계기로 확고하게 구축되는 모습을 보여준다. 다음의 자료를 통해 치하포 의거 이후에 소년장사 백범이라는 형태의 구비전설이 형성되는 구전(口傳)의 양상을 확인할 수 있다.

---

10) 김구 지음, 도진순 옮김(2002).

발길을 일부러 천천히 옮겨 고개 위에 올라서서 곁눈으로 치하포를 내려다 보니 사람들이 여전히 모여 서서 내가 가는 것을 구경하고 있었다. 시간은 어느 덧 흘러 아침 해가 높이 올라와 있었다. 고개를 넘은 후에는 빠른 걸음으로 신천읍에 도착하였다. 그 날은 신천읍 장날이었다. 시장 이곳 저곳에서 치하포 이야기가 들렸다.

①"오늘 새벽 치하포 나루에 어떤 장사가 나타나서 일본 사람을 한 주먹으로 때려죽였다지."

②"그래 그 장사하고 같이 용강에서부터 배를 타고 왔다는 사람을 만났는데, 나이 스물도 채 못되어 보이는 소년이더라는군. 강 위로 빙산이 몰려와서 배가 그 사이에 끼어 다 죽게 되었는데, 그 소년 장사가 큰 빙산을 손으로 밀어내고 배에 탄 사람들을 다 살렸다던데. ③게다가 그 장사는 밥 일곱 그릇을 눈 깜짝할 사이에 다 먹더라는걸."[11]

위의 예문에서 밑줄 친 ①, ②, ③의 내용은 백범의 치하포 의거 이후 그와 관련하여 생성된 구전의 대표적인 예이다. 백범의 용력(勇力)을 강조하고 있는데, 그 힘의 크기란 것이 하나같이 비일상적이다. 일본인을 한 주먹으로 때려죽였다는 ①과 큰 빙산을 손으로 밀어내고 배에 탄 사람들을 살려냈다는 ②, 혼자서 밥 일곱 그릇을 한꺼번에 다 먹어치웠다는 ③의 구전 내용을 백범이란 한 경험적 인간이 현실세계 속에서 실제로 수행했을 리가 없다. 이러한 압도적이 힘의 크기는 신화적 인간에게나 가능한 것으로, 신화적 세계관 속에 그 뿌리를 두고 있는 아기장수 전설 유형에서 유형적으로 찾아볼 수 있다. 특히 ③의 내용은 신화에서 찾아볼 수 있는 대식(大食) 모티프에 해당하는데, 백범의 경우처럼 역사적 인물의 비범성을 아기장수 전설의 미학을 속에서 형상화 하고자 할 때 흔히 차용된다. ③의 대식 모티프가 ①과 ②의 신화적인 용력과 함께 언급되는 것은 대식이라는 비일상적인 행위가 아기장수로서의 비범성을 상징하는 핵심적인 코드로 설화 향유층에게 인식되고 있다는 사실을 말해준다.[12] 비근한 예를 거인신 전설이나 고구려 · 당나라 전쟁

---

11) 김구 지음, 도진순 옮김(2002).

의 중국 측 영웅인 설인귀 전설 속에서 확인할 수 있다.

㉮ 오랜 옛날 장길손이라는 거인이 살았는데 키와 몸집이 아주 컸다. 때문에 항상 먹을 것이 모자라 조선 팔도를 헤맸다. 그러다가 남쪽에 와서 배불리 밥을 먹을 수 있었다. 장길손이 좋아서 춤을 추니 그 그림자 때문에 곡식이 익지 않아 흉년이 들게 된다. 그러자 사람들이 장길손을 북쪽으로 쫓아냈고, 장길손은 먹을 것이 없어 흙이나 나무 같은 것을 닥치는 대로 먹었다. 장길손이 배가 아파 토해낸 것이 백두산이 되었으며, 양쪽 눈에서 흘린 눈물이 압록강과 두만강이 되고, 설사를 하여 흘러내린 것이 태백산맥이 되었다 한다. 그리고 오줌을 눈 것이 홍수를 지게 해 북쪽사람은 남쪽으로, 남쪽사람은 일본으로 밀려가서 살게 되었다.[13)]

㉯ 그래 설인귀가 부잣집 아들인데, 그 노복 해서 한 백명 살던 큰 부잣집이란 말야. (중략) 그리구는 흉년이 들구 그 집 일이 모두 망그라지기 시작을 하는데 그래 그니까 부자가 다 망했어. 사람은 죽구 집은 타구 뭐 하는 바람에 다 망했단 말야. 그래 설인귀 하나만 남았거든. (중략) 그래서 집이 없으니까 자기 누이네 집으로 갔어. 그니깐 동생이 왔으니깐 멕여살여야 되지 않아. 그래 같이 있는데 아무것도 말두 않하구 일도 않하구 밥만 먹어대. 그러니깐 이게 답답하기 짝이 없지 뭐야. 그리구 밥을 보통 많이 먹나. 장수니까 그러니깐 주는 대루지. 뭐 온전히 배가 고파서 못살지. 허허허. 그러니깐 밥 많이 먹구 일은 않하구 그러니깐 밉지 뭐야, 사람이. 미워서, '그 놈의 자식 어디 갔으면 좋겠다.' 그러고 있는데 어디 갈데가 있어야지. 그래도 이거 뭐 동생이니까 어떻게 내쫓아도 가지도 않구. 밥만 먹고 잠만 자는 거야. 그러니까 기운은 시니까 게 저그 감악산의 올라가니까 감악산 밑이니까 감악산에 올라가서 밭을 갈라구 그랬어. (중략) 그래 호랭이가 으르렁 거리니까는. 그래 화가 나서 벼리를 내팽치구서는 그 성에라구 그 길다래가지구서 굵은 나무에다가 한 두발 즘 한서너 발 되겠다 그만한게 있어요, 그거를 벼리에서 쑥 빼가지구서 호랭이 때려 잡으러 뒤쫓아갔단말야.(하략)[14)]

---

12) 여기에는 신화적인 힘을 가진 아기장수이니 대식(大食)할 수밖에 없다는 논리가 깔려있다. 대식 모티프는 설화 향유층 속에서 그 주체가 신화적인 힘을 가진 아기장수임을 나타내는 유형적인 요소로 통용되는 것이다.

13) 한상수, 188~190쪽(1986).

14) 조희웅 외, 박이정, 301~303쪽(2001).

㉰ 그래 인제 가다 보니까는 배는 고프고 그래 밥을 사먹을 때가 있어, 돈 한 푼이 있어, 얻어먹을 때가 있어. 그래 얻어 먹어봤자 밥 한 두 그릇이 양에 차기나 해야지. 그래 어디를 가다 보니까는 큰 대갓집을 짓고 있어. 그래 지금 으로 말하면 장관집이야. 큰 대갓집을 짓는데 사람이 수십 명, 수백 명이 집 짓는 일을 하고 있는 거야. 근데 큰 나무고 돌멩이고 그 무거운 것을 들고 그러는데 그때가 점심시간이더래. 쑥 들어가니까는 밥들을 먹는데 일을 하고 나서 술도 먹고 그러니까는 밥이 안 먹히겠지. 그래 먹고 있는데 그래서 밥 좀 먹겠다고 하니까는 그래 밥을 먹으라고. 밥을 먹으라고 하고 함지박에 있는 밥을 먹다보니까는 그걸 다 먹어버리고 말았어. 다른 사람들이 먹고 있지 않 니까는. 그래 어른들이 먹지도 않은 밥을 다 먹어버리니까는 혼자 다 먹었다고 야단을 치는 거야. 그래 안 먹는 밥을 다 먹은 거지 먹고 있는 밥을 뺏어넉은 것은 아니라 말이야. 술 먹다 보면은 이것저것 먹게 되니까는 거진 사람들이 밥을 안 먹은 거야. 그래 거기에 있던 나이 많은 사람이 하는 말이 '너 여기서 밥을 다 먹었으니 여기서 일을 시켜보자고.' 일을 시켜보는데 저기 산골짜기에 서 나무를 지어 왔는데 여러 사람이 지어도 들지 못하는 나무를 혼자 번쩍 들어올리거든. 네 개를 둘 씩 나누에 옆에 끼고 번쩍 들어 올리는 거야. 그게 아주 장사지 힘이 센 장사. 밥 값을 확실히 한거지. 그러다 보니까는 거기서 혼자 4인분을 하는 거야. 그래 밥을 4인분을 먹어도 되는거지.[15]

㉮는 남성 거인신 장길손의 신화가 전설화 되어 전하는 텍스트이다. 여기서 대식 모티프는 거인신 장길손의 신화적인 정체성을 상징하는 신화소(神話素)의 기능을 한다. 아기장수 전설과 결합된 역사적 인물 전설에서 흔히 등장하는 대식 모티프가 원래 신화에 그 기원을 두고 있음을 보여주는 것이다. 이러한 대식 모티프는 ㉯와 ㉰의 아기장수 전 설과 결합된 설인귀 전설 텍스트[16] 속에서 그 신화적인 힘을 상징하는

---

15) 조희웅 외, 502~507쪽(2001).

16) 설인귀 전설은 중국 당나라 때의 역사적인 인물인 설인귀를 주인공으로 한 구비전설로 경기도 북부 파주 지역을 중심으로 한 지역전설로 존재한다. 중국의 역사적인 인물인 설인귀를 파주 일대의 지역전설화 하는 과정에서 확인되는 양상이 바로 아기장수 전설과 의 결합이다. 설인귀란 중국의 역사적인 인물을 파주의 지역전설화 하기 위해 고유의 아기장수 전설 속에 재맥락화 하는 양상을 확인할 수 있다. 설인귀가 우리나라의 아기장수 전설의 서사구조 위에서 전설화 되고 또 그 미의식 속에서 향유되었다는 것이다. 이러한

코드로 기능하고 있음을 확인할 수 있다.

아기장수로서의 백범에 관한 구전 형성의 배경에는 이처럼 대식 모티프를 중심으로 한 아기장수의 상징적인 코드와 역사적인 인물의 행적을 결합하여 민중영웅 전설의 한 유형으로 향유하는 구비전설 담당층의 향유방식이 내재해 있다고 볼 수 있다. 민중과 민족을 위해 자신의 한 몸을 돌아보지 않는 백범의 모습이 설화 향유층으로 하여금 아기장수의 신화적인 인물 형상에 관한 향유 전통을 자극한 것이다. 구비전설 향유층은 비범한 능력을 지니고 기존 세력에 대항하는 아기장수란 거울을 통해 백범을 살아있는 신화의 주인공으로 만들고자 한 것이며, 그 이야기 원형이 바로 아기장수 전설의 향유 경험이었던 것이다.

## 3) 아기장수 전설의 사사원형 수용과 비극적인 결말구조

아기장수는 난지 사흘 만에 방안을 날아다니거나 겨드랑이에 날개가 있거나, 사흘 만에 말을 하거나 밤에 뒷산으로 가서 군사놀이를 하는 등 신이한 조짐을 보인다. 아이가 지닌 신이함에 겁이 난 가족 혹은 주변사람들의 모해로 아기장수는 태어나자마자 돌이나 쌀가마니, **빨랫돌**에 눌려 죽임을 당한다. 그 질서에 위배되는 비범함을 타고 난 아기장수를 수용할 수 없는 일상적인 인간들이 결국 민중의 영웅을 살해한다는 것이다. 이러한 아기장수 전설의 비극적인 서사원형은 백범 이야기에서 그대로 재생된다. 아기장수 전설의 원형구조에 따라 백범 관련 문학에 나타난 백범 일대기의 서사구조를 정리하여 제시하면 다음과 같다.

---

사실에 대해서는 권도경(2007)을 참조하기 바람.

| 아기장수 전설 | 백범 일대기 |
|---|---|
| ㉮ 비정상적인 출생과 비범한 능력 | · 역적 김자점의 후예/몰락한 양반가문<br>· 뛰어난 담력과 의기 |
| ㉯ 기득층과의 대립 | 반상의 신분제도 · 일본제국주의 · 미소<br>(美蘇) 패권주의 |
| ㉰ 분리와 이주의 통과의례 | 치하포 사건으로 인한 옥중투옥 · 마곡사<br>승려생활 |
| ㉱ 어머니의 배반 | 동족(안두희)의 배반 |
| ㉲ 기득층에 의한 죽음 | 분리건국주의자의 사주로 인한 죽음 |

우선, ㉮ 비정상적인 출생의 서사단락부터 검토해 보자. 백범 이야기 속에서 탄생 과정은 범상하지 않다. 모친이 푸른 밤송이에서 크고 붉은 밤 한 개를 얻어 깊이 감추어둔 태몽을 꾸고 태어났다.[17] 신화나 전설 속에서 영웅의 탄생은 남다른 태몽을 동반하기 마련이다. 범상치 않은 태몽은 비범한 인간의 자질을 예견케 하는 조짐인 셈이다. 일단 이 태몽 속에서 푸른 밤송이, 크고 붉은 밤알과 같은 자연물은 그 자체로 일상을 초월한 이미지를 상징한다. 일반적으로 밤송이는 처음에 푸른빛을 띠지만 밤알이 영글게 되면 짙은 갈색을 띠기 마련이다. 그런데 이 태몽 속에서 밤송이는 익었는데도 여전히 푸르다. 푸른색은 고결함, 청빈함 등 귀한 이미지를 상징한다. 한편 이 푸른 밤송이에서 영근 밤알은 붉은 색이다. 다 익은 밤알이 붉은 색일 수는 없다. 붉은 색은 왕의 색깔이다. 조선왕이 입던 곤룡포의 색깔이 바로 이 붉은 색이다. 게다가 밤송이와 밤알의 강렬한 보색 대비도 심상치 않다. 색깔을 떠나 밤송이 속에 영근 밤알이 단지 하나라는 점도 유일한 존재성을 상징한다. 일반적으로 밤 송이 속에는 두 개 이상의 밤알이 영그는데, 백범의 모친이 꾼 태몽 속에서는 오직 하나다. 백범이 민족의 뇌리 속에 각인되어 있는 유일무

---

17) "모친께서는 나이가 어린 데다 하는 일이 힘들어 많은 고생을 하셨으나 내외분이 정분이 좋은 탓에 1년 2년을 경과한 뒤에 독립 가정으로 지내시는 때에 내가 출생했는데, 모친은 꿈에 푸른 밤송이에서 붉은 밤 한 톨을 얻어서 감추어 둔 것이 태몽이라고 늘 말씀하였다.", 김구 지음, 김학민 · 이병갑 주해(1997).

이한 최고 지도자의 이미지를 상징하는 것으로 볼 수 있다.

비범한 자질은 그것을 뒷받침할 수 있는 환경 속에서 발현될 수도 있지만 그것은 기득층을 배경으로 할 때만이 가능하다. 민중 속에서 태어난 비범한 인간은 보통 시련을 동반하기 마련인데, 보통 비범한 인간은 시련 속에서 성장한다. 백범의 탄생은 이처럼 비범한 능력을 예고하는 태몽과 출생 직후부터 시작된 시련이 점철되어 있다.

① 나는 병자년(丙子年), 7월 11일 자시(子時)에 할아버지와 큰아버님이 사시는 텃골 웅덩이 큰집에서 태어났다. 앞으로 내 일생이 기구할 조짐이었는지 나의 탄생은 유례없는 난산이었다. 산통이 있은 지 근 일주일이 지나도록 아이는 태어나지 않았고 산모의 생명은 위험하였다. 친척들이 모두 모여 온갖 의술 치료와 미신 처방을 다 하였지만 효력이 없었다. 상황이 자못 황급해지자 집안 어른들이 아버님께 소길마를 머리에 쓰고 지붕 용마루로 올라가 소 울음 소리를 내라고 했지만 아버님은 선뜻 따르지 않았다. 할아버지 형제분들이 다시 호통을 쳐서 아버님이 시키는 대로 하고 난 후에야 내가 태어났다고 한다.[18]

② 우리 집안이 극히 빈곤한데 나이 겨우 열일곱에 아이를 얻으니, 어머님은 항상 내가 죽었으면 좋겠다고 한탄하셨다 한다. 어머님은 젖이 부족하여 암죽을 끓여 먹였고, 아버님은 나를 품고 이웃집 산모에게 젖을 구하셨다. 먼 친척 할머니 되는 핏개댁은 밤늦더라도 조금도 싫어하는 내색 없이 젖을 주었다 한다. (중략) 나는 서너살 때 천연두를 앓았는데, 어머님께서 보통 종기를 치료할 때와 같이 대나무침으로 따고 고름을 파내어 내 얼굴에 마마 자국이 많다.[19]

①에서 백범은 난산 때문에 생명이 위험해 지자 부친이 소의 길마를 머리에 쓰고 지붕 위로 올라가 소 울음소리를 내자 겨우 무사히 세상에 나올 수 있었으며, 출생 직후에는 집이 가난하여 모친이 백범이 죽기를 바랄 정도였는데 젖까지 부족하자 부친이 암죽을 끓여 먹이거나 젖동냥

---

18) 김구 지음, 도진순 옮김(2002).
19) 김구 지음, 도진순 옮김(2002).

을 해서 겨우 생명을 부지할 수 있었다. ①과 같은 출생 직후의 시련의 과정은 일반적으로 건국신화에서 부각되어 있다. 예컨대 백범 모친의 난산은 주몽신화에서 유화가 주몽을 출산하기까지 한 고생에 비견된다. 비범한 인간은 탄생부터가 시련이며, 이러한 시련은 그 능력을 시험하는 동시에 단련시키는 통과의례의 역할을 하는 것이다. 한편, 백범의 부친이 소의 길마를 쓰고 지붕 위에 올라가 소 울음소리를 내자 무사히 탄생했다는 것은 박혁거세 신화에서 건국시조의 탄생을 소망한 육촌 촌장들이 구지봉에 올라가 춤과 노래를 통해 하늘에 의례를 올려 박혁거세의 탄강을 맞는 과정과 유사하다. 육촌 촌장이 의례에서 부른 노래가 바로 구지가인데, 동아시아에서 신령스런 영험을 지닌 존재로 인식되는 거북이에게 건국조의 탄생을 기원하는 내용이다. 일반적으로 신화의 인식체계 속에서 동물은 인간을 넘어서 신의 영역에 더 가까운 존재로 인식되며, 인간과 신의 세계를 소통시켜주는 매개의 존재로 묘사된다. 동물 가운데서도 특별한 자질을 지닌 존재, 즉 특별히 장수한다든가 몸집이 크다든가 영리하다든가 힘이 세다든가 하는 동물들이 이러한 영적인 존재로 인식된다. 거북이, 호랑이, 여우, 학, 뱀 등이 대표적인 예이다. 좀 더 속화된 동물로는 항상 인간의 옆에 있으면서 도움을 주는 소, 개 등이 있고, 고대의 특별한 신화적 인식체계 속에서는 개구리나 지네, 지렁이 등 작은 동물들도 신적인 동물인 용의 지상 발현체로 숭앙되기도 했다. 백범의 탄생 과정에 등장하는 길마는 나무로 만든 소의 등에 얹은 것으로 물건을 운반할 때 받히기 위한 받힘대로 사용한 것이다. 백범의 부친이 길마를 쓰고 지붕 위에 올라가 소의 울음소리를 냈다는 것은 스스로 길마를 등에 인 소의 형상을 한 것이다. 그런데 소의 형상을 하고 올라가 울음소리를 낸 곳이 지붕이다. 지붕은 인간이 살고 있는 지상계의 집 중에서도 가장 높은 부분이다. 즉 일상적인 공간 속에서 가장 높은 곳에 위치한 장소인 것이다. 인간계에서 가장 높은 곳은 거꾸로 신계에서 가장 낮은 곳으로 인간계와 신계를 매개하는 공간이 된다. 신화적 인식체계 속에서 산, 나무 등이 이러한 매개체의 구실을 했다. 박혁거세 신화 속에서 육촌촌장이 산 위로 올라간 것도 인간계에서 가장 높은 곳으로 올라가 신과 접촉하기 위함이다. 백범 이야기 속에서 지붕 위로 올라가 소의 형상을 하고 울음소리를 낸 백범의 부친은 신화적 인식체계 속에서 본다면 신과 인간을 매개하는 신령스런 동물의 형상을 하고 그 동물의 목소리를 통해 인간을 이끌 지도자의 탄강을 기원한 의례를 펼친 것이 된다. 동시에 소는 농경사회의 신성동물로서 그 자체로 출산을 기원할 대상이 된다.[20) 백범의 부친이 이러한 행위가 지니는 신화적인 의미를 알고 있었던 것 같지는 않지만 전통적 관습의 일부로 행한 행위 속에 고대 신화의 의례가 습속화(習俗化) 하여 녹아있었다고 할 수 있다.

여기서 한 가지 의문이 제기될 수도 있다. 가족을 비롯하여 장차 영웅이 될 주인공이 소속될 집단의 구성원들이 그의 탄생을 갈망하고 환영하는 형태는 성공한 영웅의 신화다. 자신을 중심으로 새로운 질서를 창조하는데 성공한 영웅의 신화는 본질적으로 민중영웅의 신화인 아기장수 전설과 반대 극편에 위치한다. 백범의 탄생 이야기 속에서 이처럼 성공한 영웅의 신화의 요소가 확인된다면 논리의 모순이 생길 수도 있지 않은가 하는 의문이다. 그러나 이는 성공한 영웅의 신화와 실패한 영웅의 신화를 획일적으로 이분화 할 때 제기될 수 있는 의문이다. 성공한 영웅이 되느냐 아니면 실패한 영웅이 되느냐의 두 갈림 길 속에는 무수한 선택의 잔가지들이 놓여있다. 수많은 선택이 쌓이고 쌓인 결과가 바로 성공과 실패로 나뉘는 것이지 처음부터 성공의 길과 실패의

---

20) 전통 사회 속에서 농경은 곧 인간의 생산 활동의 거의 전부였다. 가축 중에서도 소가 가장 중요시된 것도 그 때문이었다. 농업 생산의 확대를 기원하는 풍요제에서 소의 탈을 쓴 사람들의 군무가 등장하는 것도 이러한 차원과 관련이 있다. 소를 희생으로 한 농경제는 마을의 안녕과 평안을 기원하는 풍요제의 다른 이름이다. 농경의 풍요를 통한 마을의 풍요는 구체적으로 마을의 구성원들의 평안과 안녕에 의해 완성된다. 따라서 농경신은 다시 마을 구성원들의 일상생활사, 즉 출산의 문제까지 포함하는 일상사를 주관하는 마을 수호신으로 전이되는 것이다. 백범의 부친의 소의 길마를 뒤집어쓰고 지붕 위에 올라가 소의 울음소리를 낸 퍼포먼스는 이러한 마을 수호신에게 소를 공양하는 희생제의를 흉내 냄으로써 출산을 기원한 것으로 보인다.

길이 양분되어 있는 게 아니다. 또한 선택이 중첩되어 종결된 결과 또한 두 가지의 경우의 수만이 있는 것이 아니다. 양 극편 가운데에는 무수한 경우의 결과 수들이 스펙트럼을 이루고 있다. 예컨대 처음부터 집단 구성원들의 소망과 바람에 의해 탄강하여 그들의 전폭적인 지원에 의해 창업을 하고 혼사 및 후계계승까지 완벽한 승자의 신화 구조를 완성한 박혁거세 신화와 비교하자면 상대적으로 주몽 신화의 전반부는 실패의 연속이다. 출생부터의 시련과 청소년기의 고난, 창업하기까지 맨주먹으로 일궈낸 고생들로 점철되어 있다. 창업 이전까지 결코 주류 기득권자들로부터 환대를 받지 못하고 아웃사이더로 존재했다는 점에서 박혁거세 신화의 미의식과 비교하자면 상대적으로 실패한 영웅 신화의 미의식이 스며있다. 차이점은 그럼에도 불구하고 궁극적으로 자신을 중심으로 한 새로운 질서를 창조하는데 성공함으로써 기존의 기득권층을 배제하고 새로운 기득권을 만들어냈다는 점이다. 만약 실패했다면 시련과 고난으로 종결하는 실패한 영웅의 신화로 마무리되었을 것이다. 성공한 영웅의 신화와 실패한 영웅의 신화는 동전의 양면과도 같은 것이며, 어떤 결과로 마무리되느냐에 따라 양 갈래로 가름된다는 것이다.[21]

백범의 이야기 역시 마찬가지다. 탄생 과정의 이야기 속에서 소속 집단 구성원들의 출생 기원과 바램을 읽어낼 수 있지만 이는 다시 기존 집단 구성원들과의 갈등과 결합된다. ②의 자료에서 백범의 집은 무척 가난하였는데, 그의 모친은 이 때문에 아들이 죽기를 바란 것으로 나타난다. 모친이 초기에는 백범의 양육을 위해 그닥 힘쓰지 않았던 흔적인 엿보이는 바, 그의 부친이 암죽을 끓여 먹이거나 젖동냥을 해서 키웠다고 되어 있다. 가난 때문이라는 전제가 있기는 하지만 비범한 능력을

---

21) 성공한 귀족영웅신화인 건국신화와 실패한 민중영웅신화인 아기장수 전설은 본래 하나의 신화 모태에서 탄생한 쌍생아로, 그 신이성을 공유하되 대단원의 방식에서 성공과 실패로 나뉜다. 이 점에서 볼 때 백범의 출생담에서 확인되는 건국신화적인 요소는 대단원의 민중영웅적인 실패로 귀결되기 이전 단계에서 아기장수 전설과 건국신화가 공유하는 신성관념을 근대적으로 계승한 것이라 할 수 있다.(아기장수 전설과 건국신화와의 관계에 대해서는 천혜숙(1987)을 참조하기 바람.

타고난 아들을 알아보지 못할 뿐만 아니라, 자기 일신의 고단함 때문에 아들의 죽음을 바라는 모습은 아기장수 전설에서 가족의 살해 혹은 어머니의 배반 부분에 해당한다.[22] 이러한 모친의 모습은 민족 지도자의 어머니로서의 이미지가 확립되기 이전, 즉 민족 지도자의 모친으로서 존경받기 이전 한 인간으로서의 이기심과 나약함을 노출하는 것으로, 자기 일신의 생명 유지를 위해 어린 자식을 희생시키는 아기장수 전설의 어머니의 모습과 겹쳐지는 대목이다.

다음으로 ㉮기득층과의 대립 부분을 살펴보자. 백범의 이야기 전편에서 누차 반복되는 것이 바로 기존 세력권자와의 대립이라는 모티프이다. 기존 세력권자와의 대립 모티프는 크게 세 가지 양상으로 나뉘어진다. 첫 번째는 양반, 가진 자, 권력자 등 조선 사회의 전통적인 기득권자이다. 백범은 몰락한 양반의 후예로서 신분제도의 부조리에 대한 비판적인 인식을 확고하게 갖추고 있던 인물이다. 『백범일지』에서 백범은 자신의 가문이 역적 김자점의 방계이며, 역적 가문임을 숨기기 위해 평민 행세를 하다가 실제적인 신분에 있어서도 평민으로 떨어진 집안임을 첫머리부터 강조[23]하고 있는데, 이는 이미 기존 사회의 신분제 시스

22) 한편 백범의 민족운동이 본격화 되는 청장년기부터는 백범 모친의 형상이 건국신화의 대모(大母) 형상을 보여준다. 모친인 곽낙원 여사 투옥과 출옥, 수배와 피신을 밥 먹듯이 되풀이 하면서도 가계에는 도움을 주지 않고, 오히려 자신의 살 길마저 어렵게 만든 아들을 끝까지 뒷바라지 하면서도 의연함을 잃지 않았다는 청장년기 이후의 이야기 속에서는 백범의 기개와 맞먹는 여장부의 면모를 엿볼 수 있다. 백범의 모친은 이러한 인간적인 이기심과 나약함을 민족 지도자의 모친다운 덕망과 희생, 의지와 꿋꿋함을 발전시켜나가는 방향으로 대체한 것으로 보인다. 민족의 영웅을 돕는 조력자로서의 대모(大母)의 모습을 갖추게 되었다고 할 수 있다. 백범이 민족 영웅으로서의 자아상을 확립해 나가는 것과 동시에 백범의 모친 역시 백범의 어머니에서 한 걸음 더 나아가 민족의 대모(大母)로서 자아상을 확립해 나갔다고 볼 수 있다. 여기서 지적해 둘 것은 백범 이야기의 서사구조가 큰 틀에서는 아기장수 전설의 그것과 일치하지만 그 세부의 단락 하나하나에서는 성공한 영웅 신화의 일부 모티프들이 확인되는 것과 마찬가지로 백범 모친의 인물 형상 속에서도 아기장수를 살해하는 어머니와 민중영웅을 도와주는 대모의 이미지가 공존하고 있다는 사실이다.
23) 자신의 가문이 원래는 양반이었다가 멸망한 몰락한 양반의 후예로 미화하는 경우를 비범한 재능을 지녔으나 신분적인 한계 때문에 기존 사회의 시스템과 불화하는 역사적인

템에 대한 저항의식이라는 일종의 아기장수적인 반골기질을 혈통을 통해 정당화 하고자 하는 의식을 드러내는 것으로 보인다. 신분제의 모순에 대한 김구의 비판적인 인식은『백범일지』에서 시종일관 반복적으로 나타나는 것으로 백범의 사상 체계 속에서 중요한 한 구성요소가 된다.24) 이는 동학사상과 만나면서 체계화25) 되어, 김구가 민중의 삶과 의식을 대변하며 기득층과 대립하는 아기장수로서의 면모를 확고하게 구축하는 계기로 작용한다.26)

두 번째는 을사조약과 한일합방을 전후로 하여 새롭게 조성된 기득권자인 일제이다. 일본제국주의는 조선 사회 내부에서 전통적으로 기득권층을 구성해온 사대부 계층을 대신하여 일본 본국인과 이주인, 친일파로 구성된 새로운 기득층을 한반도 내에 구축했다. 백범은 동학에 입문하여 의병활동을 벌이면서부터 일본제국주의라는 새로운 기득질서와

---

인물의 가계에서 확인할 수 있다. 예컨대 신라의 골품제 유습이 여전히 맹위를 떨치고 있는 시대적 환경 속에서 자기 출생에 대한 열등감을 보상받기 위해 신라 제47대 헌안왕(憲安王) 또는 제48대 경문왕(景文王)의 아들로 가계를 조작한 궁예나 그 궁예에게 반역하여 고려를 세운 뒤 왕권의 정당성을 확보하기 위해 중국 황실의 혈통과 가계를 연결시킨 궁예의 경우에서 이러한 양상을 확인할 수 있다. 어떻게 보면 국가의 창업에 성공한 집단이 자신들의 정통성을 합리화하기 위해 신의 혈통을 끌어온 건국신화의 성립원리 자체 속에 이미 후천적인 능력과 괴리되는 신분에 대한 열등감을 보상받고자 하는 의식이 내재되어 있다고 볼 수도 있겠다.

24) 신분적 한계에 대한 고민은 특히 수학기의 백범의 행동방식과 의식에 결정적인 영향을 미치는 요인으로서 작용했다. 『백범일지』에 따르면 백범이 항일구국투쟁과 민족운동에 본격적으로 나서기 전단계로 학문을 통한 자기 계몽의 필요성을 깨닫게 된 계기가 바로 한미한 자기 가문에 차별과 억압을 가하는 신분제도의 모순을 각성한 순간으로 나타난다.

25) 신분제의 모순에 대한 백범의 정치사상과 동학활동과의 관계에 대해서는 전경환, (2005)를 참조하기 바람.

26) 『백범일지』를 보면 백범뿐만 아니라 할아버지, 아버지, 삼촌 등 가족 내부의 남성 구성원들이 모두 공통적으로 전통적인 기득권층에 대한 불만을 지닌 인물들임을 확인할 수 있다. 특히 그의 부친은 양반들의 불합리한 처사나 권력 행사에 대해 비록 개인의 미약한 힘이지만 몸으로 맞서거나 논리적으로 항변하는 인물로 나타난다. 이러한 집안의 내력을 이어받은 백범은 평민인 자신의 신분적 한계에 대한 비판적 인식을 어릴 적부터 보여준다. 민중의 편에서 기존 사회 시스템의 불합리함을 의식하고 저항하는 백범의 신분제의 부조리와 모순에 대한 인식이 가풍에 불의를 참지 못하고 생각한 것은 실천으로 옮기는 백범의 기질이 더해져서 양반의 부당한 처사에 단호하게 대처하는 행동력을 보여주고 있다.

대항하여 투쟁을 시작한다. 종교 단체에 귀속되어 있다는 한계 때문에 처음에는 그 테두리를 벗어나지 못하지만 일본제국주의와 백범의 대립은 동학을 나와 단독으로 일본인을 살해하는 치하포의 의거를 거치면서 민족주의적인 차원으로 확대되는 양상을 보여준다.[27] 기득권이라는 점에서는 전통적인 조선의 사대부 계층과 다를 바 없지만 일본제국주의는 민족주의·국가주의라는 측면에서 백범에게 새로운 정당성을 부여한다.[28] 요컨대 전자가 평등주의라는 인간질서의 보다 보편적인 문제와 관련되어 있다면 후자는 내셔널리즘이라는 한민족 내부의 보다 고유한 문제와 관련된다. 물론 일본 제국주의에 대한 저항 역시 민족 대 민족의 평등주의란 입장에서 접근할 수도 있겠지만 백범의 의병투쟁 및 독립투쟁은 민족주의적인 색채를 더욱 진하게 보여준다고 할 수 있다.

세 번째는 미국·소련·중국을 비롯한 일본 패망 후의 제국주의 질서와 그 그림자 속에서 권력을 획득한 기득권층이다. 잘 알려져 있다시피 독립 이후 한반도는 다시 제국주의의 패권구도 속에 놓이게 되었다. 일본제국주의의 단독 세력 속에 놓여 있을 때보다 사정은 더욱 복잡해져서 미국·소련·중국을 비롯한 열강이 자신들의 이해관계에 따라 한반도를 두 조각내어 지배하는 신탁통치 상황에 놓이게 되었으며, 이러한 변화에 따라 사회 내부의 기득권층도 미국·소련의 신탁통치권자들과 그들로부터 권력을 위임받은 대리자들로 교체되었다. 그러나 기실 교체는 명분뿐이고, 미국과 소련이 한반도를 통치하는데 수월하도록 자기 편의를 위해 일본식민지 시절 때의 친일파들을 필요에 따라 미국파와 소련파로 재편성한 경우가 대부분이었다. 오히려 백범처럼 열강의 지배에 반대하고 민족의 주체적인 독립과 통일을 주장한 소수의 인사들은 주변인으로 전락할 수밖에 없었다. 주목되는 점은 백범에 대한 홀대와 압박이 일본제국주의 때보다 더욱 심각했다는 사실이다.

---

27) 도진순(1997).
28) 백범의 민족주의가 반일본제국주의와 결합되어 있다는 측면에 대해서는 김도필(1988), 안병환(1988), 양윤모(2001) 등의 연구에서 논의된 바 있다.

백범은 일본에 대한 투쟁을 통해 민족의 지도자로 새롭게 자리매김할 수 있었으며, 온 국민의 지지와 존경을 한 몸에 받았다. 이 때문에 일본 또한 백범에게 박해는 가할지언정 살해 기도까지는 나아가지 않았다. 백범을 살해할 경우 타는 불에 기름을 끼얹는 식으로 전국민적인 저항을 북돋울 우려가 있다고 판단한 것으로 생각된다. 거꾸로 본다면 민족의 지도자로서 백범의 위치에 대해 인정을 한 동시에 대우를 했다는 뜻도 된다. 반면 미·소 열강은 철저히 백범을 소외시켰으며 천덕꾸러기 취급을 했다. 임시정부의 수반으로서 독립운동을 이끌면서 민족의 정신적 지주 역할을 한 백범을 인정하지 않음으로써 자신들의 기득권을 보장받고자 했다. 어찌 보면 철저히 일본과는 다른 방향으로 백범을 대했다고도 할 수 있겠다. 그럼에도 불구하고 독립 주체이자 민족 지도자로서의 백범의 상징적 위치, 백범에 대한 국민들의 신망을 전적으로 무시할 수는 없는 것이어서 이들은 백범을 암살하는 방향으로 나간 것으로 생각된다. 안두희를 내세운 미·소 열강 혹은 그들의 묵인을 얻은 이승만 집단의 사주 가능성29)이 끊임없이 제기되는 것도 이러한 관점에 서있다. 백범의 통일운동이 이러한 기득 집단의 이해관계와 대척점인 아기장수적인 민중주의와 민족주의에 입각해 있다는 점을 보여주는 대목이다.30)

백범과 기존 세력과의 대립은 첫 번째 범주에서 세 번째 범주로 갈수록 확대되는 양상을 보여준다. 아기장수 전설 속에서 아기장수와 기존 세력과의 대립도 이처럼 원심적인 확대 양상을 보여준다는 점에서 동일하다. 아기장수는 부모·가족·마을사람들·국가의 기득층(왕 혹은 권력자)으로 확대되는 기존 세력과 대립각을 세운다. 물론 텍스트에 따라 그 대립이 부모에서 그치는 경우도 있고, 가족·마을 사람들·국

---

29) 백범의 암살 배후설에 대해서는 다음의 연구 성과가 축적되어 있다. 윤병웅(1994) ; 이경식(1996) ; 강만길(2000) ; 전병준(2006).
30) 백범의 반외세 통일운동이 민족주의와 연결되어 있다는 측면에 대해서는 최진원, (1973), 송남현(1988), 전경환(2005), 윤무한(2006) 등의 연구를 참조할 수 있다.

가의 기득층 순서로 모두 등장하는 경우도 있다. 어느 경우이든 아기장수나 백범이나 양자 모두 그 자신을 새로운 실존적 개체로 보았을 때 기존에 존재하고 있던 집단 구성원과 대립하고 있다는 점에서 공통적이다.

㉐분리와 이주의 통과의례 단락이다. 아기장수 전설 속에서 아기장수는 기존 세력과의 대립 과정 속에서 해당 집단으로부터의 분리의 과정을 거친다. 죽음을 당해서이건 가출을 통해서이건 아기장수는 못 속이나 바위 속에서 칩거하면서 사회와 잠정적인 분리 상태에 놓이는데, 이러한 분리는 사회로의 복귀와 복귀 이후의 대립을 위한 힘을 비축하는 과정이다.[31] 예컨대 아기장수는 사회로부터 자기 자신을 분리시켜 토굴이나 해중(海中), 바위 속에 이주함으로써 기득권층과 대결할 수 있는 힘을 비축한다. 분리와 이주의 공간은 새로운 부활을 위한 힘을 기르는 일종의 재생과 통과제의의 공간이 되는 것이다. 백범 역시 세 가지 범주의 기존 세력과의 대립 과정에서 끊임없이 분리와 복귀의 과정을 거듭한다. 백범의 일대기에서 치하포 의거로 인한 옥중 투옥생활과 마곡사 승려생활은 기득층의 권력에 의해 패배하여 사회와 분리된 단계에 해당하는 대표적인 케이스이다. 그런데 이러한 분리와 이주의 과정 속에서 백범은 폭넓은 독서와 학습을 통해 능력과 통찰력을 확대함으로써 그의 명성을 확장한다. 다시 말해서 치하포 의거와 옥중투옥은 표면적으로는 백범을 사회와 분리시켜 고초를 겪게 하는 시련에 해당하지만, 아기장수로서의 백범으로 본격적으로 재탄생하는 통과제의가 되는 것이다. 분리와 감금을 통해 백범이란 한 개체가 명실상부한 아기장수로 환골탈태한 것이라 할 수 있다.

㉑어머니의 배반 단락을 살펴보자. 아기장수 전설 속에서 어머니의 배반은 아기장수가 칩거하고 있는 비밀 공간을 대립 세력에게 알려줌으

---

31) 아기장수의 분리와 이주의 과정이 지니는 통과제의적인 의미에 관해서는 천혜숙, (1987)을 참조하기 바람.

로써 그의 죽음을 조장하는 방식으로 이루어진다. 백범의 이야기 속에서는 같은 민족으로 배신자의 모습이 변주되어 나타난다. 백범은 세 범주의 기존 세력과 대립하는 과정 속에서 무수한 도피와 복귀를 반복하는데, 이 과정 중에 같은 민족의 배신을 적지 않게 경험한다. 근원적인 관점에서 보자면 동일한 유전인자를 지닌 집단 구성원의 배신이라는 점에서 아기장수 전설과 일치하는 면모를 확인할 수 있는 것이다.

마지막으로 ㉳기득층에 의한 죽음 단락이다. 아기장수의 죽음은 모친을 비롯한 가족의 직접적인 살해, 혹은 모친의 배신으로 인한 살해조장의 두 유형으로 나타난다. 어느 경우이건 아기장수 전설 속에서 아기장수는 자신과 연결되는 끈을 지니고 있는 집단의 구성원에 의해 죽음을 맞는다. 아기장수를 살해하는 주체가 기득계층으로 민중 출신인 아기장수와 본질적으로 일치할 수 없는 계층 출신이라 할지라도, 아기장수와 그 살해 주체 모두 한 민족의 구성원이라는 점에서는 다를 바 없다. 물론 그 배후에는 일차집단에게 아기장수 살해 동기를 부여한 기존 사회의 권력 시스템이 놓여 있다는 점에서 아기장수의 죽음은 일차집단과 이차집단의 이해관계가 결합된 합작품이라 할 수 있다. 백범 이야기에서도 이 점은 마찬가지다. 백범의 암살이 동족인 안두희의 암살로 구체화 되어 있다는 점에서 일차집단과의 대결과 패배라는 의미를 지니는 동시에 그 비극성은 미소(美蘇) 열강의 패권주의 대결과 그에 부응하여 사회적·정치적 권력을 구축하고자 하는 기득 집단의 욕망이 내재해 있다는 점에서 이차집단과의 대결로 그 의미가 확장된다. 여기서 한 가지 지적해 둘 것은 분리와 이주를 통해 아기장수로서의 새로운 힘을 배양하고 다시 사회와의 대결구도로 복귀하는 죽음-재생의 리싸이클 구조에 있어서 백범의 암살이 지니는 이중적인 의미이다. 표면적으로 백범의 암살은 기득층과의 대결에서 패배한 아기장수의 최종적인 분리라고 할 수 있다. 백범이 암살당함으로써 사회와의 대결을 위한 통과제의의 구조는 파괴된 것이다. 그러나 백범 이야기 향유층의 측면에서 보면 이 리싸이클의 구조는 여전히 현재진행형이다. 백범이 맞은 아기장수로서의 최종적인 죽음은 민족의 뇌리 속에 각인되어 재생산되는 불멸의 신화로 남아 향유되는 양상을 보여주기 때문이다.

## 3. 아기장수 전설을 활용한 스토리텔링이 지니는 의미

백범 문학콘텐츠에서 부각시키고 있는 것은 독립·통일 운동에서 이룩한 공식적인 업적의 구체적인 양상과 의의가 아니다. 백범 문학콘텐츠 속에 나타난 백범의 이야기는 그의 내면과 심리, 세계관과 가치관, 가족사, 죽음 등과 관련된 개인적인 부분이다. 국가와 민족을 위한 공식적인 활동과 업적은 역사적인 배경으로 제시된다. 백범 이야기 속에서 백범은 일반인들과 다른 비범한 능력과 의지, 결단력, 희생정신 등을 타고난 존재로 형상화 되어 있다. 또한 서사적인 측면에서 부각되어 있는 점은 기존 세력들의 억압과 이에 대한 백범의 저항, 도피와 탈출, 복귀와 죽음의 파노라마이다. 백범은 탁월한 능력을 지니고 있으면서도 동족에 의해 부당한 죽음을 당한 비극적인 존재로 특히 부각된다. 수 없이 많은 백범의 활동 중에서 클라이막스를 장식하는 것은 치명적인 패전과 도피의 상황이다. 백범 이야기는 그러한 암울한 상황에서도 굴하지 않는 백범의 정신력과 의지에 집중되어 있으며, 백범은 이를 통해 비장미와 숭고미의 주인공으로 형상화된다. 한편 백범 이야기의 대단원은 동족의 암살과 그의 죽음이다. 기존 세계의 억압과 이에 굴하지 않는 백범의 저항이 만들어내는 갈등구조는 동족의 암살과 그의 죽음에 의해 종국을 맞으며, 백범 이야기의 비장미와 숭고미는 이 부분에서 정점을 맞는다.

이러한 점에서 본다면 백범 이야기를 형성하고 수용하는 향유층의 백범에 대한 기억은 선택적이다. 백범과 관련하여 있었던 사실 그대로를 형상화 하는 것이 아니라 이야기를 형성하고 수용하는 주체가 보고 싶고 듣고 싶고 알고 싶은 이야기, 즉 특별히 관심이 있는 이야기만을 선별하여 나열한다던가, 아니면 상대적으로 초점화 하는 비중의 차이를 두고 있음을 확인할 수 있다. 이 점에서 백범 이야기는 역사적 사실 그대로기보다는 어떤 의미에서 사실을 왜곡한 것으로 볼 수도 있다.[32] 백범에 관해 있었던 사실을 모조리 보여주는 것이 아니라 민족과 국가의 운명과 관련하여 특별히 가치 있다고 판단되는 사실만을 선별하거나 혹은 상대적으로 부각시켜 초점화 한다. 있었던 사실을 선별하는 가치 기준은 민족주의와 국가주의이다. 반면 역사기술이나 학술적인 연구에서 중시하는 가치는 개인적인 것이라기보다는 공식적인 것이라고 할 수 있다. 따라서 백범의 인간적인 내면 심리라던가 가족사를 포함한 개인사 등은 가치 선택적인 선별의 기준에서 본다면 중요하지 않은 사안으로 치부될 수밖에 없다. 똑 같이 독립운동으로 범주화될 수 있는 활동이라 하더라도 마찬가지다. 국내외 정세 및 국가의 운명과 직접적으로 결부된 것이 아니라면 가치 선별적인 보이지 않는 손의 선택을 받기 어렵다.[33] 여기서 강조하고 싶은 것은 가치 선택적이라는 점에서 백범의 이야기와 백범에 관한 역사 기술은 동일하며, 단지 그 선택 기준에 있어서 상대적으로 다른 양상을 보여주고 있을 따름이라는 것이다. 이렇게 본다면 백범의 이야기나 백범에 관한 역사 기술이나 모두 있었던 사실을 각기 다른 측면에서 왜곡하고 있다는 점에서는 같다고 할 수 있다.

그렇다면 문제의 초점은 역사적 리얼리티, 즉 백범에 관하여 역사적으로 실재했던 사실의 왜곡 여부가 아니다. 주목해야 할 것은 역사 기록이나 학술 연구에서 상대적으로 무관심했던 백범의 인간적·개인적 측면에 대한 백범 이야기 주체의 강한 관심이다. 왜 백범 이야기의 주체는

---

32) 물론 역사적 리얼리티(reality)의 문제는 거칠게 일반화 할 수 있는 문제가 아니다. 왜냐하면 백범에 관한 역사적인 사실만을 기록했다고 하는 역사 기록 및 학술 연구 역시 역사적인 의의라는 측면에서 분명히 가치선택적인 양상을 보여주고 있기 때문이다.

33) 백범에 관한 학술 연구에서 백범의 청소년기 의병활동이 중장년기 임시정부 수반 시절 독립운동 보다 상대적으로 중요하게 다뤄지지 않는 것도 이러한 이유 때문이다.

역사 기술과는 달리 백범의 공식적인 활동의 나열과 그 의의 파악에는 관심이 없고, 대신 그의 비범성과 죽음, 기존 질서의 억압과 이에 대한 백범의 저항, 인물 형상 등에 그토록 관심을 보이는 것일까. 앞서 백범의 이야기가 전통적인 전설의 한 유형인 아기장수 전설의 서사구조 및 인물 형상화 방식과 유사한 양상을 보여준다는 사실을 분석한 바 있다. 백범 이야기의 형성 및 수용 주체는 불리한 상황 속에서도 기존 질서에 결코 무릎 꿇지 아니한 그가 당한 어이없는 죽음에 대해 기억하고자 한다. 비범함에도 불구하고 동족에 의해 암살당해야만 하는 기존 질서의 부조리에 대한 항변을 백범에 관한 이야기를 만들고 향유함으로써 제기하고자 하는 측면이 있다. 백범의 암살과 죽음에 관한 이야기를 재생함으로써 민중은 자신들 속에서 태어나 자신들을 위해 활동하다 억울한 죽음 맞은 거인에 관해 말을 하고 싶어 한다. 백범이 자신들과 같은 민중 속에서 나오지 않았더라면, 그리고 민중을 위해서 동분서주하지 않았더라면 이야기를 만들고 향유하는 주체들이 그의 죽음에 대해 이렇게 집착할 이유가 없다. 백범의 죽음을 둘러싼 이야기 주체의 정조는 안타까움과 비탄, 그 자체이기 때문이다. 안타까움의 정조는 이것을 불러일으키는 대상에 대해 자기 동일성을 느끼지 않는 이상 발생하지 않는다. 백범은 누가 민중에게 시키지 않아도 그 속에서 자체 내적으로 기억을 재생산하고 싶은 존재인 것이다.

백범 이야기에 관한 이와 같은 이야기 주체의 미의식적 지향은 바로 민중영웅 전설의 원형이라 할 수 있는 아기장수 전설의 그것과 만난다. 아기장수 전설은 비극적인 죽음을 맞은 민중 출신 영웅 이야기의 원형이다. 이 장르에서는 민중영웅이 기존 질서에 저항하여 새로운 질서를 꿈꾸다 패배하는 죽음에 강하게 집착한다. 기존 질서에 대한 부분적인 승리에 대한 언급도 있겠지만 부각되는 것은 기득 권력의 횡포와 민중영웅의 패배, 그 비장미와 비극성이다. 백범 이야기의 주체는 민족의 무의식 속에 전해 내려오는 이러한 아기장수 전설을 끄집어내어 그 구조와 미의식을 빌어 백범의 이야기를 하고 있다고 볼 수 있다. 다시 말해서 비범함에도 불구하고 소속 집단 구성원에 의해 비극적인 죽음을 맞는 민중영웅인 아기장수 전설의 상징과 구조가 백범 이야기를 형성하고 수용하는 향유층으로 하여금 그의 이야기를 기억하고 재생산하게 하는 틀로 작용하고 있는 것이다.

백범 문학콘텐츠 중에서 아기장수로서의 백범의 인물형상에 초점을 맞춘 작품이 대표적인 작품이 바로 <창극 백범 김구>34)이다. <창극 백범 김구>의 줄거리를 제시하면 다음과 같다.

> 1876년 8월 황해도 해주 텃골에 소년영웅(백범)이 났다는 소문이 퍼진다. 21세 때 일본군인을 때려죽인 죄로 잡힌 그는 탈옥에 성공, 신민회를 결성하고 학교를 세워 교육 사업에 열중한다. 이후 갖가지 독립운동에 연루됐다는 혐의로 일제에 의해 투옥과 출옥을 되풀이 하다 1919년 상하이로 망명, 임시정부에서 독립운동을 펼친다. 마침내 해방이 되고 "하나 된 조국"을 위해 애쓰지만 뜻을 이루지 못한 채 암살당하고 만다는 점이 대강의 줄거리이다.

<창극 백범 김구>에서는 백범을 아예 소년영웅으로 그의 인물형상을 명시하고 있다. 소년영웅은 백범이 『백범일지』에서 밝혔던 바와 같이 백범 당대에 이미 형성되어서 널리 유포되어 있던 '아기장수'로서의 백범의 인물형상과 상통하는 표현이다. 소년이되 영웅인 모순된 단어의 조합은 말 그대로 백범의 출생을 아기장수로서의 그것으로 규정하고 있는 것이다. <창극 백범 김구>에서 초점화 하고 있는 일련의 민족통일운동 행적과 투옥-탈출, 그리고 동족에 의한 암살로 종결되는 서사구조는 비범한 능력을 분리와 이주의 통과의례에 의해 확대하였으나 결국 자신이 소속된 집단의 구성원에 의해 배신당하여 죽임을 당하는 아기장수 전설의 원형 골격과 그대로 일치한다. <창극 백범 김구>는 아기장수로서의 백범의 이야기에 본격적으로 초점을 맞춘 작품이라고 할 수 있는 것이다.

---

34) 김명곤 연출, 대본 김병준, 작창 정철호, 국립극장(1998.08.14-16).

마지막으로 정리해 보아야 할 것은 아기장수 전설이라는 민족 고유의 무의식적인 이야기 틀을 빌어 백범 문학콘텐츠를 향유하는 주체들이 궁극적으로 말하고자 하는 바는 무엇일까 하는 것이다. 이 점에 관해 다음과 같은 두 가지 측면으로 정리해 볼 수 있다.

첫째는 백범의 부당한 죽음이 자신들에 의해 초래되었다는 것에 관한 자기반성이다. 백범을 패배시킨 주체는 기존 질서의 횡포이고, 그를 암살한 것은 그들과 연계되어 있는 특정한 개인이지만, 결국 백범 이야기를 형성하고 수용하는 주체 역시 기존 질서 및 암살자와 전혀 관계가 없다고 할 수 없다. 백범 이야기를 향유하는 주체가 몸담고 있는 환경세계가 곧 기존 질서이며, 암살자 역시 그 질서의 일부이다. 동시에 백범 이야기의 향유 주체 역시 기존 질서의 한 구성원이다. 백범을 직접 살해하지 않았다 하더라도 그 질서에 소속되어 그 통제 하에서 일상생활을 영위하는 이상 기존 시스템을 깨고 새로운 질서를 창조하려고 한 백범의 죽음으로부터 순수하게 자유로울 수는 없다. 백범의 부당한 죽음을 계속 이야기하고 그에 대한 안타까움을 표출하는 이면에는 그의 죽음이 자신을 포함한 기존 질서로부터 배태되었다는 부끄러움이 내재해 있는 것이다.

둘째는 문학을 통한 백범의 해원(解冤)과 보상이다. 물론 백범의 죽음을 이야기 속에서 문제 삼는다 하여 기정사실인 패배가 성공으로 탈바꿈하지도 않고, 죽은 자가 살아 돌아오지 않는다는 사실은 백범 이야기의 주체들도 인지하고 있다. 대신 백범 이야기의 주체들이 백범의 죽음을 지속적으로 언급함으로써 얻고자 하는 것은 문학을 통한 백범의 해원과 보상이다. 기존 질서의 부당함과 그에 대항한 백범의 저항을 부각시킴으로써 부조리한 현실에 대해 항변을 하는 동시에 그의 어이없는 죽음을 문학 속에서 풀어주고자 하는 것이다. 동시에 백범의 비범함과 탁월함, 그에 대한 민중의 존숭을 강조함으로써 현실 세계가 그에게 해주지 못했던 것을 문학 속에서 보상해 주고자 하는 것이다. 한편 이러한 문학을 통한 해원과 보상은 백범의 죽음을 배태한 기존 질서의 구성원인 자기 자신에 대한 부끄러움을 해소하고자 하는 이야기 주체의 심리 기재를 반영한 것일 수도 있다. 백범을 죽음으로 몰아넣은 민족사에 대해 자기반성을 이루어야 한다는 역사적 숙제를 문학 속에서 해결하고자 하는 의식의 소산일 수 있다는 것이다.

## 4. 나오는 말

본 연구에서는 백범 문학콘텐츠의 스토리텔링 방식에 나타난 아기장수 전설과의 관련성과 그 의미를 고찰하였다. 첫 번째는 백범 문학콘텐츠의 스토리텔링 방식에 나타난 아기장수 전설과의 관련성이다. 백범 문학콘텐츠 속에서 백범의 캐릭터는 아기장수 전설의 유형적인 메타포와 함께 형상화 되어 있다. 이처럼 백범 문학콘텐츠에 나타난 백범의 인물 형상이 아기장수 전설이 환기하는 의미망과 관련되어 나타나 있는 것은 그 스토리텔링 방식이 아기장수 전설의 서사구조를 계승한 위에서 짜여있기 때문이다. 백범 문학콘텐츠의 스토리텔링은 민중의 자식으로 태어나 탁월한 능력을 지니고 기존 세력과 대립하나 소속 집단의 구성원에 의해 죽임을 당한 민중영웅으로서의 아기장수 이야기를 원형으로 하고 있는 것이다.

두 번째는 아기장수 전설의 유형적인 의미망을 수용한 백범 문학콘텐츠의 스토리텔링 방식이 지니는 의미이다. 아기장수 전설이라는 민족 고유의 무의식적인 이야기 틀을 빌어 백범 문학콘텐츠를 향유하는 주체들이 궁극적으로 말하고자 하는 바는 두 가지 측면으로 정리해 볼 수 있다. 하나는 백범의 부당한 죽음이 자신들에 의해 초래되었다는 것에 관한 자기반성이다. 백범을 패배시킨 주체는 기존 질서의 횡포이고, 그를 암살한 것은 그들과 연계되어 있는 특정한 개인이지만, 결국 백범 이야기를 형성하고 수용하는 주체 역시 기존 질서와 암살자와 전혀 관계가 없다고 할 수 없다. 백범의 부당한 죽음을 계속 이야기하고 그에 대한 안타까움을 표출하는 이면에는 그의 죽음이 자신을 포함한 기존 질서로부터 배태되었다는 부끄러움이 내재해 있는 것이다. 다른 하나는 문학콘텐츠를 통한 백범의 해원(解冤)과 보상이다. 물론 백범의 죽음을 이야기 속에서 문제 삼는다 하여 기정사실인 패배가 성공으로 탈바꿈하지도 않고, 죽은 자가 살아 돌아오지 않는다는 사실은 백범 이야기의 주체들도 인지하고 있다. 대신 백범 이야기의 주체들이 백범의 죽음을 지속적으로 언급함으로써 얻고자 하는 것은 문학콘텐츠를 통한 백범의 해원과 보상이다. 기존 질서의 부당함과 그에 대항한 백범의 저항을 부각시킴으로써 부조리한 현실에 대해 항변을 하는 동시에 그의 어이없는 죽음을 문학 속에서 풀어주고자 하는 것이다. 동시에 백범의 비범함과 탁월함, 그에 대한 민중의 존승을 강조함으로써 현실 세계가 그에게 해주지 못했던 것을 문학 속에서 보상해 주고자 하는 것이다.

이상과 같은 본 연구의 결과는 백범 문화콘텐츠 중 창작문학의 작품 전반으로 확장될 필요가 있다. 작품 하나하나를 대상 텍스트로 하여 보다 구체적인 분석을 진행함으로써 본 연구의 성과를 확인하는 작업은 후속 연구로 미루기로 한다.

# II. 백범 문학콘텐츠의 존재양상과
그 스토리텔링상의 특징에 관한 연구

## 1. 들어가는 말

본 연구는 백범 문학콘텐츠의 존재 양상과 스토리텔링상의 특징에 관해 고찰하는 것을 목적으로 한다. 백범 문학콘텐츠는 민족의 운명에 중요한 영향을 끼친 인물에 관한 이야기이이다. 근대전환기 한국의 역사를 백범이란 한 인물을 통해 말하는 것인 동시에, 백범이란 인물에 대한 민족의 인식을 드러냄으로써 거꾸로 국가와 역사, 민족과 개인에 관한 민중의 인식을 풀어내는 것이기도 하다. 이 점에서 백범 문학콘텐츠는 백범이란 인물을 중심으로 하여 우리 민족의 세계관을 풀어낸 일종의 허구적인 담론이라고 할 수 있다. 백범 문학콘텐츠는 그가 이룩한 독립·통일 운동의 구체적인 실상과 의의가 아니라 민족의 아버지, 민중의 영웅으로 각인된 백범의 모습을 조명한다. 문학 속에서 백범을 형상화 하는 것은 민중이 그에 관해 기억하는 한 방식이다. 민족의 역사에 중요한 위치를 차지하고 있는 백범이라는 인물에 관한 실제로 있었던 역사적인 사실 자체가 아니라 백범에 관한 민중의 인식을 담아내는 것이다. 이 점에서 정사(正史) 기록이 국가의 공식적인 세계관을 담은 역사적인 담론이라면 문학 작품은 사적인 담론이다. 다시 말해서 아무리 사관의 자의적인 해석이 가미된다 하더라도 사실 자체를 기술해야 한다는 역사 기술 본연의 목적에서 완전히 자유로울 수 없는 역사적인 담론에서 배제된 개개인의 허구적인 상상력과 해석의 가능성이 상대적으로 열려있는 것이다.

그런데 백범에 관한 기존 연구는 주로 역사적인 사료를 주된 자료로 하여 역사·정치·사회·사상 분야에서 이루어져 왔다. 전해지는 이야기를 예시한다 할지라도 철저히 그 실증성·객관성을 보장할 수 있는 자료를 대상으로 하기 때문에 역사적인 사료라는 범주를 벗어나지 않는다. 이는 역사적으로 중요한 위치를 차지하는 인물에 관한 연구의 경우, 일반적으로 역사적인 리얼리티를 추구하는 경향에 따른 것이다. 역사적인 리얼리티는 흔히 실제로 있었던 실증적이고 객관적인 사실에 의해서 보장되며, 역사적으로 의의가 있고 국가적·민족적으로 의미가 있는 사건을 중심으로 그 실재성이 부여된다고 인정된다. 이러한 이유로 백범에 관한 역사·정치·사회·사상 분야의 연구는 백범과 관련하여 실제로 존재했던 역사적 사실 중에서도 국가적·민족적 관점에서 의의가 있다고 생각되는 극히 일부분을 중심으로 이루어져왔으며, 현재에도 이 경향은 마찬가지이다. 어떤 관점에서 보면 역사학계를 중심으로 한 실증적 연구에서 택하고 있는 이러한 역사적으로 의의가 있는 사건에 관한 연구라는 것도 기실 다분히 주관적일 수 있다. 역사의 진보라는 관점에서 타당한 사건만을 백범의 연보에서 골라 연구하는 것이라는 점에서 백범이란 인물은 이러이러 한 사람이라고 일반적으로 합의되어 있는 인식을 재확인하는 것으로 한정될 우려가 있다. 민족과 국가의 운명이라는 거대담론으로부터 한 발짝만 벗어나 보면 백범이란 인물의 세계관과 내면 심리, 그리고 그에 대한 민중들의 인식 등의 새로운 측면들이 떠오를 수 있다. 민중들이 백범에 관해 어떤 이야기를 했거나 해오고 있으며, 이야기를 어떤 방식으로 만들어내고 또 그것을 수용하고 있는가 등은 백범을 중심으로 하여 민족의식과 그 정체성을 규명하기에 좋은 문제의식이 될 수 있다. 본 연구는 이러한 문제의식 하에서 백범 문학콘텐츠의 존재양상과 그 스토리텔링상의 특징을 고찰해 보기로 한다.[1)]

## 2. 백범 문학콘텐츠의 존재양상과 특징

### 1) 백범 문학콘텐츠의 자료 목록

#### (1) 창작문학

(01) <아 백범 김구 선생>, 감독 전창근, 출연, 전창근, 조미령, 황정순, 황해, 윤일봉, 1960

---

1) 백범에 관한 기존 연구는 역사 · 정치 · 사회 · 사상 분야에서 주로 이루어져 왔다. 예컨대 역사학계에서는 백범의 독립 · 통일 운동의 업적과 그 의의에 초점을 맞추어 근대전환기 한국사에서 백범이 차지하는 위치를 집중적으로 조명해왔으며, 정치 · 사상계에서는 백범의 정치 활동의 양상과 특징 및 정치철학에 관한 연구를 진행해 왔다. 그 결과 이들 분야에서 백범에 관한 연구는 깊이 있게 진척되어 있으며, 연구 성과도 충실히 축적되어 있다. 그러나 백범에 관련된 문학 텍스트에 관한 연구는 현재까지 거의 진행된 바가 없다. 백범일지의 서지적인 사항과 원본에 관한 여증동(<<<백범일기>를 허물어뜨리고 <<백범일지>>로 조작한 사람 이광수>, 『배달말교육』, 2001) · 양윤모(<김구와 『백범일지』>, 『한국학보』 28, 2002)의 연구와 차범석의 희곡세계를 종합적으로 탐구하는 가운데 백범을 주인공으로 한 희곡인 <통곡의 땅>을 기독교적인 관점에서 분석한 신해조 <차범석 희곡 연구>, 국민대학교 교육대학원 석사학위논문, 2004)의 연구 정도가 있을 뿐이다. 현재까지 그 연구의 필요성이 제기되지 못했지만 백범 문학콘텐츠는 이미 출간된 것만 해도 손으로 꼽지 못할 정도로 많다. 장르도 다양할뿐더러 그 양상 및 특징도 다채롭다. 본 연구는 백범에 관한 기존 연구와 차별화 되어 문학적인 연구를 표방한다. 백범을 소재로 현재까지 출간된 문학 텍스트의 존재 양상과 특징, 그 의의 등을 분석함으로써 기존 역사 · 정치 · 사회 · 사상계의 연구와는 다른 방향에서 백범에 관해 접근하고자 한다. 이러한 본 연구의 결과는 궁극적으로 백범에 관한 민족의식의 새로운 측면을 밝혀낼 수 있을 것으로 생각되며, 역사 · 정치 · 사회 · 사상계의 연구에 기여할 수 있는 새로운 시각을 제시할 수도 있을 것으로 보인다. 국문학계와 역사 · 정치 · 사회 · 사상 간의 학제 간 선순환을 지향하며 백범에 관한 새로운 연구 분야의 개척이라는 의의를 가진다.

(02) <서사시 백범 김구>, 유홍열, 자유지성사, 1993

(03) <창극 백범 김구>, 김명곤 연출, 대본 김병준, 작창 정철호, 국립극장, 1998.08.14-16

(04) <白凡金九先生 第50周忌 追慕式 - 추모시>, 고은(高銀), 1999.6

(05) <(창작 오페라) 백범 김구와 상해 임시정부>, 1999.6

(06) <(소설) 백범 김구>, 홍원식, 구은 출판사, 2000

(07) <통곡의 땅>, 『통곡의 땅』, 차범석, 가람기획, 2000(전2부 24장)


## (2) 전기문학

### ① 위인전 및 평전류창작문학

(01) <백범추모록>, 신두범 편, [발행자 불명], 1977

(02) <백범 김구>, 신경림, 창작과비평사, 1982

(03) <백범 김구>, 김한룡, 태서출판사, 1997

(04) <백범 김구 (저학년 위인전)>, 이광웅, 예림당, 1998

(05) <EQ 인물전 백범김구>, 서찬석, 그림 박종관 역, 능인, 1998

(06) <만화로 보는 백범 김구>, 박찬민, 예찬사, 1999

(07) <백범 김구>, 박용빈, ILB(아이엘비), 2002

(08) <백범 김구>, 박현수, 세이북스, 2003

(09) <백범 김구 평전>, 김삼웅 지음, 시대의창, 2004.

(10) <조국의 문지기가 되고자 한 백범 김구>, 홍당무, 파란자전거, 2004

(11) <상해의 함성은 끝나지 않았다>, 정경환, 이경 출판사, 2005

(12) <백범 김구 (1)(2)>, 남정석, 홍진P&M, 2005(만화)


### ② 자서전류

(01) <백범어록>, 백범 저, 백범사상연구소 편, 백범어록, 화다 출

판사, 1973

(02) <백범 일지>, 김구저, 김신 소장 및 초간 발행, 2권1책, 백범기
    념관 보관, 1947 초간 발행

(03) <백범 김구선생 언론집>, 김구 저, 백범학술원편, 나남 출판
    사, 2004

(04) <백범 김구 선생의 편지>, 백범 저, 백범 학술원 편, 나남,
    2005


## 2) 백범 문학콘텐츠의 존재 양상과 그 특징

### (1) 창작문학

백범 문학콘텐츠 중에서 창작문학류는 백범과 관련한 허구적인 창작
문학은 크게 대본, 시, 소설의 세 장르로 분류된다. 백범 관련 창작 문학
텍스트를 장르별로 유형 분류하여 제시하면 다음과 같다.

a. 대본:(01), (03), (05), (07)
b. 시:(02), (04)
c. 소설:(06)

백범 관련 창작 문학에서는 a유형인 대본이 장르적으로 우세하다.
여기에는 영화, 창극, 희곡의 대본이 망라되어 있다. 이른 시기부터 백범
에 대한 영상 혹은 공연 예술계의 관심이 지대했다는 사실을 확인할
수 있다. 특히 이러한 백범 관련 창작문학이 영화 대본으로부터 출발한
다는 사실은 흥미롭다. 예나 지금이나 영화는 대중문화의 꽃일뿐더러
영상을 통해 시각적으로 직접 전달된다는 점 때문에 작가주의 보다는
대중지향성이 보다 강한 장르이다. 다시 말해서 백범이라는 인간에 대
한 작가의 철학적 탐구와 새로운 창작적 실험 보다는 상업적 목적에
더 치중하는 것이 영화라는 장르의 본질이라는 것이다. 그런데 자료(01)

의 경우에는 상업주의적인 이 영화 텍스트의 목적이 민족주의라는 범국민적·국가적 정체성 및 역사의식과 맞닿는다는 점이 주목된다. 이 지점에서 자료(01)은 상업주의 영화 텍스트이면서도 국가주의가 일차적인 기반이 되는 자료(03)과 자료(05)과 맞닿는 지점이 있다. 상업주의적인 영화 대본인 자료(01)의 반대 극편에 있는 것이 바로 희곡 대본인 자료(07)이다. 자료(07)은 차범석이라는 탁월한 20세기 한국 작가의 희곡 작품 창작 과정의 연장선상에 있다. 다분히 작가주의적인 모색의 일환으로 창작된 작품인 것이다. 여기서 작가주의라 함은 작가의 치열한 자기반성과 주체적인 정체성 고민, 사회와의 관계 모색을 수반하는 것으로 실존적인 세계관 구축의 과정을 고스란히 드러내는 창작의식을 말한다.

반면 자료(03)과 자료(05)는 이러한 작가의 주체적인 고민 이전에 민족의식 함양과 국민대통합이라는 국가의 정치적인 목적이 앞선다. 이 두 자료는 모두 정부 주최로 1999년도에 있었던 정부 50주년 기념 국가 행사를 위해서 기획된 공연의 대본에 해당한다. 작가의 자체 내적인 창작의식의 흐름에 따라 백범 김구라는 인간과 그의 일생이 소재로 선택된 것이 아니라 국가적·민족적·정치적 목적성이 그 작가의식에 우선한 경우인 것이다.[2] 물론 자료(03)과 자료(05)에도 백범 김구라는 비범한 인간의 고뇌와 갈등을 형상화하기 위한 예술적 장치가 다양하게 강구되고 있기는 하다. 그런데 이는 어디까지나 이차적인 문제이고 일차적인 차원에서는 이러한 범민족적인 국가의 정치적 목적성이 기반이 되고 있다는 점은 유형a에 속하는 자료(01)이나 (07)과는 다른 점이라 할 수 있다.

---

2) 이처럼 외부적인 의도에 의해 작가에게 창작이 제안되고, 정해진 의도에 부응하기 위해 작가의 창작 과정이 제한되는 양상은 과거의 고전문학에서도 있어왔다. 익히 알고 있다시피 악장 문학과 같은 경우가 대표적인 예에 해당된다. 악장 문학은 중세 사회 속에서 국가의 행사를 빛내거나 의도적인 교시를 효과적으로 전달하기 위한 선전, 즉 일종의 프로퍼갠더(propaganda) 문학으로 존재했다.

우선, 유형 a에 속하는 개별적인 텍스트의 특징에 대해 자세히 살펴보기로 하자. 먼저 자료(01)은 <유관순>(1959)[3], <한말풍운과 민충정공>(1959)[4], <고종황제와 의사 안중근>(1959)[5]와 함께 5·60년대 초에 대거 제작된 민족주의 영화중의 하나이다. 감독인 전창근은 윤봉춘 감독과 함께 민족주의 영화 창작계를 대표하는 감독으로 한국영화를 개척한 감독이다. <아 백범 김구 선생>은 조국과 민족을 위해 헌신한 김구 선생의 70평생을 일대기 형식으로 그려내고 있다. 당연히 백범의 위대성과 초인간적인 면모가 강조되는 인물형상화의 특징을 보여준다.

자료(03)은 창극 텍스트이다. 정부수립 50주년을 기념하여 국립창극단이 백범의 일대기를 국립극장에서 창극으로 만들어 공연하였다. 국립창극단의 왕기석이 백범 역을, 창극단 단장인 안숙선이 백범의 어머니 역을 각각 맡았고 장민호가 이승만으로 분하였으며, 연극배우이자 연출가인 김명곤이 감독을 맡았다. 무대를 통일의 배를 띄운다는 의미에서 배의 형상으로 꾸민다거나 극중에 다큐멘터리 기법의 활용, 집단무·전투장면에서 마당극적 형식의 차용, 도창의 집단창화 등 창극연출에 새로운 기법의 사용과 실험 등을 그 특징으로 꼽을 수 있다. 창 위주로 진행되던 기존의 평면적인 구성을 탈피해 창과 연극을 교차시킴으로써 표현의 다양성을 꾀하고 각종 영상자료를 적절하게 활용해서 근현대사에 대한 관객의 이해를 돕고 극적인 분위기를 배가시킨 점이라든가, 120여 명이 넘는 합창단과 무용단을 등장시켜 군중장면을 효과적으로 연출해내는 등 기존의 창극에서는 볼 수 없었던 새로운 시도가 돋보인다. 자료(03)은 창극이라는 장르에서도 엿볼 수 있듯이 텍스트의 장르 선택에서부터 백범이라는 인물의 일생과 민족의 문제를 하나의 운명공동체로 놓고 기획된 텍스트이다. 백범의 일생을 우리 고유의 전통 공연 창극으로 재현하여 한국문화의 힘을 느끼게 한다던가, 백범이라는

---

3) 영화 〈유관순〉, 감독: 윤봉춘, 출연: 도금봉, 한은진, 이해룡, 동보영화사, 1959.
4) 영화 〈한말풍운과 민충정공〉, 감독: 윤봉춘, 출연: 김승호, 중앙문화영화사, 1959.
5) 영화 〈고종황제와 의사 안중근〉, 감독: 전창근, 태백영화사, 1959.

위대한 개인의 인생 역정을 통해 근대에서 현대로 이어지는 민족 역사의 숨 가쁜 시기, 즉 동학운동, 항일운동, 분단과 통일의 문제를 풀어나가겠다는 기획의도 혹은 홍보 카피에서 이러한 사실은 여실히 드러나 있다. 그런데 정부 수립 50주년을 기념하기 위한 공연에 적합한 인물로 백범이란 인간을 선택한 국립극장 측의 애초 기획의도와는 달리 자료(03)의 창극 텍스트는 오히려 영화감독 개인의 작가로서의 선택이 더 우세했던 자료(03)의 영화 텍스트보다도 훨씬 더 작가주의적 성향이 상대적으로 부각된 작품으로 완성되어 있다. 여타의 창극 공연과 비교해서 이 작품이 상대적으로 높은 대중적인 성공을 거둘 수 있었던 것도 이러한 양상과 관련이 있는 것으로 생각된다. 자료(03)이 백범을 다룬 여타의 텍스트와 변별되는 문학적 특징은 다음과 같은 두 가지 측면으로 정리해 볼 수 있다.

첫째는 민족적 지도자에 대한 찬양 일변도가 아닌 한 개인으로서의 백범의 내면심리에 초점을 맞춤으로써 인물 형상화에 있어서 여타의 작품과는 차별되는 시도를 하고 있다는 점이다. 이 텍스트에서 백범은 타고날 때부터 초인적인 인물이거나 어떠한 외부의 시련에도 불구하고 흔들리지 않는 인물이 아니다. 남들과는 다른 불굴의 의지와 정신력을 지니고는 있으나 이러한 탁월한 면모는 내면의 심리적 갈등을 수반하는 가운데에서 선택적인 결단에 의해 부단히 획득되어 나가는 것으로 그려내고 있는 것이다. 자료(01)에서 백범은 의지가 강하기는 하되 고집이 세며, 민족적인 신념이 강하기는 하되 때로는 무모하기도 한 면을 가지고 있는 인물이다. 우리가 알고 있는 민족적 지도자로서의 중·장년기 이미지가 형성되기 이전의 백범, 즉 젊은 시절 실수도 하고 방황도 하면서 인격적·개체의 실존적 완성을 위해 나아가는 인물로 묘사하고 있는 것이다. 요컨대 여타의 작품 속에서 백범이 일상인으로부터 유리되어 존재했다면 자료(03)에서는 백범이 어디까지나 일상인의 한 존재로서 출발한 인간이며, 그의 위대성과 비범성은 하늘에서 뚝 떨어진 것이 아니라 부단한 실존적 갈등과 선택에 의해 추구되어 나간 것임을 부각시키고 있다고 할 수 있다.

둘째는 민족의 운명이라는 거대담론에 백범의 생애를 끼워 맞추는 것이 아니라 개별적인 인간, 즉 하나의 개체로서 그 성장 스토리를 부각시킴으로써 서사구조가 역사적 사건이 아닌 백범의 내면적 갈등과 성장 과정을 따라 전개되는 특징을 보여준다. 민족의 운명을 가름하는 역사적 사건에 대응한 백범의 개인사에 따라 일대기를 구성하고 있는 것이 아니라 실존적 인간으로서의 백범의 내밀한 성장통과 이에 따른 심리적 갈등에 따라 서사를 구성하고 있다는 것이다. 다시 말하자면 외부적 환경이 압도적으로 서사에 영향을 미치는 것이 아니라 백범이라는 하나의 자아와 환경세계 간의 갈등관계를 상대적으로 부각시키고 있다고 할 수 있겠다. 환경세의 횡포에 직면한 자아의 대응방식 자체에 서사의 초점이 이동해 있는 것이다. 이는 백범의 가족사를 부각시키고 있다는 측면에서도 확인이 된다. 어머니, 아내 등 가족과의 관계를 서사의 한 축으로 함으로써 궁극적으로는 외부세계 즉 민족의 역사적 운명에 백범의 개인사가 짜 맞추어지는 것이 아니라 백범이라는 한 자아의 내면과 행위를 통해 외부세계의 상황이 재해석 되어 나오는 결과를 보여주고 있다. 동시에 가족과의 관계 및 갈등 관계의 부각은 백범이라는 인간의 인격이 역사와 민족이라는 거대담론의 압도적으로 기입하기 이전에 어떻게 형성되었는가를 우회적으로 보여줄 수 있는 간접적인 수단이 될 수 있다. 외부세계와의 대응방식에 따라 민족의 지도자로 미화되기 이전의 혹은 그 도정에 놓여 있는 인간 김구의 세계관이 형성되기까지의 과정을 가족이라는 일차 집단과의 관계를 통해 효과적으로 서사화하고 있는 것이다.

자료(05)는 오페라 텍스트이다. 오페라가 보통 외국의 원작 대본과 원곡을 사용한다는 점을 생각해 볼 때 장르 전통과는 다른 창작의 양상을 보여준다고 할 수 있다. 백범의 민족운동을 통해 백범 50주기를 추도하기 위해서 태생적으로 서구의 예술인 오페라를 선택했다는 점이 아이러니하기는 하기는 하지만, 기획의도에 부응하기 위해 장르 전통에서 드문 순수 창작이라는 방식을 선택했다는 점에서 자료(03)과 방불한 양상이 확인되기도 한다. 자료(05)는 강화자 베세토 오페라단이 제작했고, 장수동이 연출했다. 스크린을 이용한 영상 오페라 형식을 채택해서 최대한 볼거리를 제공하기 위해 노력한 작품이다. 황해도 안악동 산평에서 농민계몽에 힘쓰다 3.1만세운동으로 본격적인 항일운동에 나서는 백범이 (제1막) 상하이 임정이 수립되자 임시 정부의 책임자가 되고, 그의 주도로 윤봉길 의사가 1931년 일왕의 생일축하식이 열리는 홍코우 공원에서 폭탄 투척 거사를 준비한다. (제2막) 폭탄을 투척하고 일본 경찰에게 윤봉길 의사가 체포되고(제3막), 백범이 "내 소원은 첫째, 둘째, 셋째도 완전한 대한의 자주독립"이라는 유명한 독백을 한다(제4막)는 것이 대강의 줄거리이다. 자료(05)는 백범을 다룬 여타의 작품과는 달리 그의 일대기 전체를 서사의 진폭 속에 담지 않는다는 점이 특징이다. 대신 독립 후 열강의 틈바구니 속에서 갈라져서 분단이 고착화될 위기에 놓인 민족의 통일 운동에 서사의 초점을 맞추고 있다. 일대기 대신 특정한 한 시기를 강조한다 하더라도 보통 백범을 다룬 텍스트들의 경우를 보면 상하이 임시정부 시절의 항일 독립 투쟁에 초점을 맞추는 작품들이 대부분이다. 여기에는 "애국열사들의 항일투쟁에 집착하다 보면 무대가1930년대에 국한되고 맹목적 애국주의에 빠질 위험이 있기 때문"이라는 연출가의 설명과는 또 다른 차원의 기획의도가 내재해 있는 것으로 보인다. 자료(05)가 공연 무대로 연출된 시기가 통일을 위한 기반 다지기 혹은 대북한과의 화해무드 조성을 정부의 변별적인 정체성을 내세운 김대중 정부 시절이라는 사실은 둘 사이의 공교로운 연관 관계를 상정할 수 있게 한다. 백범을 항일 독립 투쟁 보다는 민족 통일 운동에 몸을 바친 지도자로 부각시킴으로써 백범 50주기를 추도하는 국가적인 행사란 공식적인 목적 외에도 당시 정부의 정체성을 대내외적으로 선전하는 비공식적인 목적에 부응하고자 한 것으로 보인다. 이러한 자료(05)의 태생적인 기반은 인물 형상화에서도 확인이 된다. 자료(05)는 도입부에서부터 "38선을 베고 쓰러질지라도" 민족의 통일을 위해 한 몸을 불사르겠다는 백범의 초인적인 면모를 압도적으로 내세우는 것으로부터 시작한다. 여기서 백범은 여타의 텍스트에서도 묘사되어 있는 바와 다를 것 없이 일말의 갈등과 반성이 없는 초인으로 나타난다. 내면 심리 및 내재적 갈등 묘사와 가족과의 관계 및 갈등 형상화를 통해 백범을 대민족적 · 대역사적인 차원에서 일방적으로 미화하는데 그치지 않고 외부세계와의 관계 속에서 끊임없이 실존을 개척해가는 하나의 자아로 형상화하는데 성공한 자료(03)과 비교하면 이러한 면모는 더욱 확실해 진다. 자료(03)가 프로퍼겐더 문학으로서의 일차적인 존재 기반을 넘어서 이루어낸 문학적 성취와 비교할 때 자료(05)은 오히려 이러한 일차적인 기획의도를 더욱 강화하여 실현한 텍스트라고 할 수 있다.

자료(07)은 희곡 텍스트이다. 한국의 대표적인 희곡작가인 차범석의 희곡집 『통곡의 땅』[6]에 수록된 네 편의 희곡 가운데 표제작에 해당한다. 자료(07)은 백범의 내면세계 묘사에 초점을 맞추고 있다는 점에서 자료(03)과 동궤에 있는 작품이다. 달리 말하자면 국가주의에 경도된 공식적인 기획의도가 일차원적인 존재기반으로 전제되지 않을뿐더러 이러한 대민족주의를 텍스트의 정체성으로 강화하지 않았다는 점에서 자료(05)와 다른 순수 작가주의 문학이라고 할 수 있다. 이 텍스트 속에서 민족과 국가, 역사의 운명이라는 거대담론은 철저히 백범의 내면으로 수렴되어 있다. 인간으로서의 백범이 전면에 나선 가운데 역사와 민족이라는 외부세계는 어디까지나 자아와 부단히 갈등 혹은 상호 작용을 하는 환경세계의 일부로 존재하고 있는 것이다. 대신 강조되는 것은 외부세계가 압도적으로 강제하는 역사의 수레바퀴 그 자체가 아니라 백범이라는 개별적인 실존이다. 다시 말해서 외부세계의 압력에 직면한 개체로서의 백범이 끊임없이 모색한 실존적 자아로서의 존재방식과 현실인식을 부각시키고 있는 텍스트라고 할 수 있다.

---

6) 차범석, 『통곡의 땅』, 가람기획, 2000

다음으로 백범 관련 창작 문학 가운데 현대시 장르인 유형b에 관해 살펴보기로 하자. 서사시인 자료(02)와 추모시인 자료(04) 비록 세부 장르는 다르지만 백범에 대한 인물형상화에 있어서는 공통점을 보여준다. 여기에는 서사시와 추모시 텍스트가 세부 장르로 존재한다. 자료(02)가 자료(04)처럼 적극적으로 백범에 대한 추모를 의도하지는 않지만 결과적으로는 추모시의 장르적 속성을 그 내부에 내포하고 있는 것과 마찬가지로, 자료(04)는 서사성을 전면적으로 내세우고 있지는 않지만 구체적으로 분석해 보면 뚜렷한 줄거리성을 보여주고 있는 것이다. 구체적으로 텍스트의 존재양상 및 특성을 살펴보기로 하자. 먼저 자료(02)는 민족대서사시란 표제를 달고 있으며, 경남의 지역 시인인 유홍렬에 의해 창작되었다. 서장(序章)이란 도입부가 따로 존재하며, 전체 내용은 <항일투명편(抗日投命篇)>이란 제명을 지닌 제1부와 <열루방타편(熱淚滂沱篇)>으로 명명된 제2부로 구성되어 있다. 전체 줄거리는 백범의 출생에서부터 항일투쟁과 통일운동, 암살이라는 굵직한 사건들을 중심으로 하여 전기적 일대기를 충실히 반영하는 방식으로 구성되어 있다. 자료(02)는 민족서사시라는 표제 그대로 국가주의와 민족주의적 성향이 강하다. 정부 차원에서 국가 행사를 위해 기획된 것이 아니라 개인의 순수한 창작 목적에 의해 쓰여 졌음에도 불구하고 백범을 찬양하고 미화하고자 하는 작가의 목소리가 압도적으로 표출되어 있다. 한편, 자료(04)는 한국의 대표적인 시인인 고은이 창작한 추모시다. 1999년 백범기념관에서 열린 백범 50주년 추도식에서 낭송되었다. 북측에서는 장해명 시인이 초모시를 발표했다. 자료(04) 텍스트는 총16연으로 구성되어 있으며, 중간 중간에 '아 백범 김구선생!'이라는 감탄사를 넣어줌으로써 추모시로서의 성격을 형식적으로도 뚜렷이 보여준다. 자료(04)는 백범의 일대기 전체가 아니라 남북통일 운동기라는 특정 시기만을 초점화하고 있다는 점에서 자료(02)와는 다른 양상을 보여준다. 자료(04)는 백범의 민족 통일운동과 암살까지의 시기로 압축되어 있다. 서거 50주년을 기념하는 추도식에서 낭송된 텍스트인 만큼 암살의 원인과 관련된 것으로 업적을 초점화한 것으로 생각된다.

마지막으로 백범 관련 창작문학 c유형에 대해 살펴보기로 한다. 이 유형에 속하는 텍스트는 자료(06)이 유일하다. 백범 관련 창작 문학 가운데에서 소설 장르의 비중이 가장 낮다는 사실을 알 수 있다. 그 이유는 다음과 같은 두 가지 차원에서 생각해 볼 수 있다. 첫째, 소설이란 장르가 창작 문학 중에서도 허구적인 창작성이 발현되는 문학의 대표격으로 인식되기 때문이 아닌가 생각된다. 백범 관련 창작 문학이 표면적으로는 허구적 창작성을 내세우고 있기는 하나 실질적으로 들어가 보면 민족주의와 국가주의란 주제의식으로부터 작가 자신이 자유롭지 못한 경우가 대부분이다. 다시 말하자면 백범이라는 역사적 인간이 본질적으로 지니는 행적의 사실성과 민족 지도자로서의 거대 이미지 속에 압도되어 작가의 창작성이 제한되고 있다는 것이다.[7] 백범과 관련되어 있는 이러한 전형적인 이미지의 바운더리로부터 작가 자신이 벗어나지 못하기 때문에 그 틀을 깨부수는 다양한 작업이 제한되고 있다고 볼 수 있다. 창작 대상이 지니는 압도적인 이념적 아우라가 작가로 하여금 백범을 소재로 하여 사회와 역사, 그리고 인간의 이면을 새롭게 뒤집어 보기에 적합한 장르인 소설을 써보고자 하는 시도를 제한하는 역할을 하고 있다고 할 수 있는 것이다.

둘째는 백범 관련 창작 문학이 현재까지는 정부나 관련 기관이 주최가 된 행사에서 보조 역할을 하는 예술 장르의 하나로써 창작되어 왔는 바, 전통적으로 소설이란 장르가 이러한 공식성과 맞지 않기 때문이다. 물론 소설 역시 선전 혹은 선동 문학의 일부로 존재한 예가 없는 것은 아니다. 카프 문학 가운데에는 소설도 주도적인 장르를 담당한다. 이념을 전파하기 위한 수단으로 소설이란 장르가 활용된 예가 존재하는 것이다. 그러나 선전이나 선동이라는 활동 자체가 보여주기와 이를 통한

---

7) 이러한 강박은 특히 애국주의나 민족주의와 관련된 역사적 인물의 행적을 허구적인 창작의 대상화 하고자 할 때 발생한다.

전파를 기본 골자로 하는 만큼 희곡과 같은 장르가 가장 그 목적에 부응하는 장르라고 할 수 있다. 창극이나 오페라가 백범과 관련한 공식 기념 행사를 장식하는 부대 공연으로 선택된 이유도 여기에 있다. 민족주의를 대표하는 백범이란 인물에 걸맞게 희곡의 전통적인 대체제로 선택한 것이 창극이라면 백범의 메시지를 현대적으로 계승하는 동시에 대내외적으로 선전하기 위한 현대적인 대체제가 오페라라고 할 수 있는 것이다. 소설은 세계와 자아의 갈등관계를 통해 역사와 사회, 그리고 인간의 존재 방식을 반성하는 장르인 만큼 백범과 관련된 여타의 창작 문학이 보여주는 존재 양상과는 장르 내적인 존재 방식에서부터 상응하지 않는 면이 크다고 할 수 있다. 작가 홍원식은 백범 추모 공연 준비위원회 대변인과 백범 서거 50주년 추도식의 사무처장을 역임한 사람으로 어느 누구보다 백범과 관련된 사실에 능통한 사람이다. 백범을 위한 추도 행사에서 선보일 창작 문학을 전문 예술인들에게 청탁하여 기획하는 중에, 백범과 관련하여 본인이 하고 싶었던 이야기를 소설로 풀어낸 것으로 생각된다. 즉, 백범과 관련된 자료들을 수집 정리하고 열람할 수 있는 위치에 있으면서 기존의 백범 관련 창작 문학에서 본인이 미흡함을 느꼈던 부분들을 소설 창작을 통하여 직접 풀어낸 것이 아닐까 보인다. 여타의 백범 관련 창작 문학은 서사적 사건을 구성하는 기본적인 데이터를 역사적인 사실에 기대고 있다. 사실에 더하여 구전을 통해 확대된 설화를 수용했다 하더라도 이는 어디까지나 일부에 지나지 않으며, 그나마도 백범의 대민족적인 활동에 국한된다. 서사의 진폭은 공식적으로 인정되는 백범 관련 사실 기록 자료들, 즉 자서전, 회고록, 편지, 연구서의 바운더리를 넘어서지 않는다. 이러한 관점에서 볼 때, 자료 (06)은 상상력의 서사화 양상이 여타의 창작 텍스트와는 차별화 된 양상을 보여준다.

서사적인 면에서 자료(06)의 차별성은 허구적인 서사성과 역사적인 사실성을 적절히 배합하면서도 각각의 최대치를 개별적으로 구현하고자 한 것에서 찾을 수 있다. 백범과 관련하여 공식적으로 인정된 자료와 기록, 연구들을 충실히 반영하는 한편, 공식적으로 인정되지 않는 국내 구전 설화나 국내에 익숙하게 알려져 있지 않은 해외 설화를 과감하게 서사화하고 있다. 전자는 관련 자료, 신문 기사, 사진들의 전문을 마치 백범 관련 연구서에서 그렇게 하듯 그대로 전재해 놓은 것에서 확인된다. 이러한 일차적인 자료의 전시 때문에 독자의 독서 과정은 연속되지 못하고 끊어지는 결과를 낳는다. 한 페이지에서 다음 페이지로 허구적인 작중 세계 내부의 서사가 연결되어야 하는데, 갑자기 사진 자료나 보도 기사 등 작중 세계 외부에 위치한 사실들이 끼어들어 독서 과정이 단속되는 것이다. 백범이 실존했던 역사적인 시공간에서 발생한 사실들이 역사소설인 텍스트 속의 허구적인 시공간 속으로 개입해 들어오는 것이다.

작가가 의도했건 그렇지 않건 간에 이와 같은 사실적인 기록물들의 전시(display)는 텍스트의 다큐멘터리성을 강화하는 효과가 있다. 작가의 허구적인 상상력에 의해 서사화 된 사건이라 할지라도 이러한 사실적인 기록물의 전시 때문에 그 장면 그대로 똑 같이 사건이 역사 속에서 발생했을 것으로 독자는 믿게 된다는 것이다. 아무리 사건 그 자체를 역사적인 기록 속에서 확인할 수 있다 하더라도 허구화된 테스트 속에서 서사화 된 장면은 실제와 똑 같을 수 없다. 그 시대, 그 시간, 그 장소로 돌아가 백범과 관련 인물들을 되살려 놓지 않는 한 실제와 똑 같은 장면을 재현할 수는 없는 것이다. 등장인물들의 형상, 그들 간의 관계, 사건의 시공간적 구성과 연쇄는 열이면 열, 백이면 백 해당 장면을 허구적으로 서사화 하는 작가마다 달라질 수밖에 없다. 현재 진행형으로 발생하고 있는 실제 사건 그 자체에는 초점화 하는 시점이 존재하지 않지만, 그 사건에 참여했건 아니면 단지 관찰했건, 전해 들었건 간에 재구현 되는 과정을 거치게 되면 그것을 말하는(tellind), 보여주는(showing)하는 사람의 시점이 개입하게 마련이다. 이 과정에서 상대적으로 초점화 되는 부분도 있고, 무시되는 부분도 생기게 된다. 혹은 과장되거나 실제로 발생하지도 않았는데 첨가되는 부분도 생기게 마련이다. 물론 그 정도에는 차이가 있다. 따라서 작가의 시각에 따라 상대적인 층차를 가지고 선별, 재구성된 사건들은 서사의 중간 중간에 삽입·전시된 역사적 기록물들 덕분에 실제성을 덧입게 된다. 서사의 중간 중간에 삽입·전시된 역사적인 기록물은 서사를 단속시키는 동시에 그 서사적 지연의 시간 동안에 허구적인 서사에 실제성이라는 옷을 덧입히는 역할을 한다는 것이다. 당연히 역사적인 기록물에 의해 덧씌워지는 실제성은 어디까지나 작가에 의해 선별적으로 취사선택된 것이다. 이 점에서 역사적인 기록물에 의해 환기되는 실제성 역시 가공성을 내포하게 된다고 할 수 있다. 이 지점에서 자료(06)의 서사는 허구적인 서사를 통한 픽션(fiction)과 역사적 사실이란 팩트(fact)가 공존하는 팩션(faction)으로 재탄생하게 된다.

그렇다면 이 지점에서 의문을 던져보자. 원래 팩션이란 역사소설의 기본적인 속성에 해당한다. 역사적인 사실에 대한 고증은 역사소설의 장르 내적인 기본 요건에 해당한다는 말이다. 역사적인 사실성이 역사소설의 장르 요건으로 내재해 있는 만큼 어떤 역사소설에서도 자료(06)처럼 보도 자료나 사진과 같은 기록 자료들을 서사의 중간에 삽입하는 예는 거의 찾아보기 어렵다. 다만 시대적인 층차가 커서 독자의 이해가 불가능한 용어일 경우 각주를 달아 설명해 주는 경우는 많다. 이처럼 역사적인 용어에 대한 각주는 본문의 하단에 달리거나 각 장이 끝나는 부분이나 작품의 한 권이 끝나는 부분에 모아서 제시하는 경우가 대부분이기 때문에 서사 진행에는 하등의 영향이 없다. 물론 독서 중간 중간에 생경한 단어가 나왔을 때 각주를 찾아보느라 독서 행위가 끊길 수는 있지만, 이는 역사적인 지식이나 교양 수준에 따라 다른 것으로 각주에 의한 독서의 단속이 모든 독자에게 일어나는 일은 아니다. 적어도 각주의 첨가가 서사 전개 자체를 시각적으로 방해하지는 않는다는 것이다.

반면 자료(06)은 보도 자료나 사진, 기사문 등이 한 페이지 분량씩을 차지하면서 서사의 시각적인 연결 자체가 끈기는 스토리텔링의 분절 현상이 발생한다. 서사와 독서가 물리적인 차원에서 단속되는 것이다.

서사 전개의 끊어짐이라는 위험을 부담하면서까지 자료(06)의 작가가 다큐멘터리적인 기법을 적극 활용하고 있는 이유는 무엇일까. 사실성이란 허구성의 반대편에 위치한다. 작가가 의도적으로 인물 및 사건의 사실성을 확대하고자 노력했다면 그 이유는 역설적으로 허구적인 구성의 방식에서 찾을 수 있을 것으로 생각된다. 실지로 자료(06)은 백범의 사랑을 중심으로 서사를 짜나간다는 점에서 여타의 백범 관련 창작 문학 텍스트와는 다른 성향을 보여준다. '대 영웅의 위대한 역사와 못다한 사랑'이라는 표제에 걸맞게 자료(06)은 여인과의 사랑을 중심으로 전체 서사를 단락화 할 수 있다. 제 1장은 이름 없는 첫사랑 여인과의 사랑 이야기가 중심이 되고 있으며, 제2장은 혼담이 오고 갔던 여옥이란 여인과의 사랑, 제3장은 안창호의 여동생인 안신호와의 이루지 못한 사랑, 제4장은 최준례와의 결혼, 제5장은 중국 여인인 주애보와의 사랑, 제6장은 모친 오주경의 모성애가 서사의 중심축을 이룬다. 마지막장인 제7장을 제외하고는 6명의 여인과의 관계를 중심으로 서사를 짜나갔다고 할 수 있다. 자료(06)에 출현한 총6명의 등장인물들은 모두 실존 인물이다. 특히 백범과 사랑을 나눈 5명의 여성은 『백범일지』에 기록되어 있는 인물로 백범 스스로가 이들 여성과의 사랑을 자세하게 기술해 놓았다. 이름이 전하지 않는 첫사랑의 여인은 백범의 스승이었던 고능선의 손녀이고, 여옥은 부친의 거상 중에 만난 여인으로 약혼하고 결혼하기로 했으나 그녀의 죽음으로 혼인이 이루어지지 못했던 여인이며, 안신호는 백범의 평양 사범 강습 중(1904)에 최광옥의 소개로 만나 약혼단계에 이르렀으나 그녀의 집안 사정으로 역시 결혼에 이르지 못했던 여인이다. 최준례는 당시의 개화한 신여성으로 안신호와 파혼한 다음해 말에 교회의 반대에도 불구하고 약혼하고 그녀를 서울의 정신학교에 유학시킨 후 곧 결혼하였다. 이러한 여인과의 관계를 전면에 내세우면서 이러한 백범의 개인사와 역사적으로 잘 알려져 있는 백범의 대외적인 공식·비공식 활동을 엮어나가는 서사구성의 원리를 보여준다.

우선, 제1장에서 이루지 못한 첫사랑의 여인과의 사랑은 백범의 청년기 방황과 교차된다. 여타의 백범 관련 창작 문학에서 백범의 청년기는 그가 민족의 현실을 자각하고 민족의 지도자로써 각성하기까지의 과정을 보여주는 도입부로 형상화 되고 있는데, 이 작품에서는 이루지 못한 사랑의 아쉬움과 정신적인 방황을 연결 짓는 동시에 그 아픔을 민족적인 자아 각성으로 승화시키는 양상으로 서사를 구성하고 있다. 이러한 서사 구성 방식은 여타의 작품과 비교해 보면 상당히 과감한 시도라고 아니할 수 없다. 백범의 첫사랑 및 여옥이란 여인과의 못다 한 사랑은 자료(06) 외에는 백범과 관련한 어떤 창작 문학 작품 속에서도 등장하지 않는다. 역사적인 기록물이나 관련 자료 일체에서도 마찬가지다. 여인과의 사랑이라는 극히 내밀한 사적인 문제와 민족적인 자의식을 교차 연결함으로써 결과적으로는 백범이라는 민족적 거인의 인간적인 내면 속으로 독자를 한 걸음 더 다가갈 수 있게 하는 효과를 거두고 있는 것으로 보인다.

제2장에서는 여옥이라는 여인과의 못다 이룬 사랑 이야기가 형상화되어 있다. 첫사랑에 비해서 에피소드의 분량 자체는 절대적으로 적지만 그 구도는 동일하다. 약혼을 했으나 피치 못할 외부 환경의 조건 혹은 방해 때문에 결혼으로 이어지지 못했다는 플롯이다. 이러한 혼약과 파약의 플롯은 역시 뒤이어지는 제3장에서도 되풀이 된다. 자료(06)에서만 세 번이나 반복해서 형상화 되고 있다는 것인데, 이러한 플롯의 반복은 특정한 서사적인 효과를 거두고 있는 것으로 보인다. 백범이라는 인물 자체가 한민족의 역사 속에 미치고 있는 영향력이 절대적이다 보니, 이 인물에 대한 묘사는 대외적인 부분에 치우치고 있기 마련이다. 자료(06)의 차별성이 백범과 관련한 인물 묘사에서 항상 소홀히 취급되어 왔던 여성과의 사랑 이야기를 전면에 부각시키는데 있기는 하지만 여전히 백범이라는 인물의 정체성이 대국가적인 활동과 그 초인간적인 업적에 있다는 사실은 부인할 수 없는 사실이다. 요컨대 백범이라는 인물에 대하여 일반인들이 갖는 관심의 일차적인 부분은 이처럼 일상적인 인간의 감정을 초월하는데 있다는 것이다. '혼약:파약'의 플롯은 백

범에 대한 일반적인 인식을 여전히 충족시키면서도 새로운 흥미, 즉 백범의 인간적인 면모를 러브스토리라는 드라마틱한 모티프를 통해 만족시키는 측면이 있다. 혼약과 파약에 이르는 일련의 과정은 그것이 중매가 되었건 자유 연애가 되었건 간에 남녀 간의 교류를 전제로 하는 것이고, 그 점에서 이러한 플롯은 민족의 지도자 백범의 러브스토리라는 소설적인 흥미를 고조시킨다. 반면 혼약이 결국은 파약에 이르고 그 이유가 외부적인 요인 혹은 그것을 고려한 백범의 선택과 결단에 있다는 사실은 백범이 인간적인 감정을 억누르고 민족을 위해 고뇌하고 헌신한 인물이라는 독자의 일반적인 인식과 기대를 충족시킨다. 그것도 전체 작품 속에서 무려 세 번이나 이러한 파혼 모티프를 반복함으로써 궁극적으로는 인간적인 감정을 유보하고 민족을 우선시한 백범의 위대성을 부각시키는 효과를 거둔다.

제3장에서는 안창호의 여동생인 안신호와의 사랑을 통해 백범과 안창호라는 한민족 초유의 두 거대 민족 지도자의 교유 관계를 보다 사적인 거리에서 형상화 하는 양상을 보여준다. 백범과 안창호는 구한말에서 일제식민지 시대를 거쳐 가는 역사적 격동기를 함께 한 인물들이며, 두 사람 다 우리 민족의 독립을 위한 국내외 활동에 한 몸을 헌신했다는 공통점이 있다. 뿐만 아니라 실제로 애국 구국 운동을 위해 힘을 합치기도 하였다. 실제로 1907년에는 백범은 안창호를 비롯한 전덕기·이승훈 등과 함께 비밀독립운동 단체인 신민회를 조직하여 장기적인 독립운동에 대비하는 활동을 펴기도 했다.[8] 이처럼 국가를 위한 비밀결사 운동의 동지인 안창호 여동생, 안신호와 백범의 사랑에 초점을 맞춤으로써 백범과 안창호와의 관계는 대국가적인 차원과 사적인 관계를 유연하게 오간다. 기실 국가와 민족, 역사라는 것도 개개의 인간이 모여서 이루는 것인 만큼 민족주의나 국가주의와 같은 거대담론도 인간적인 차원을

---

8) 이에 관해서는 다음의 연구를 참조할 수 있다. 최진환, 〈자주통일정부수립운동에 관한 고찰: 김구의 정치사상과 행태를 중심으로〉, 동국대학교 석사학위논문, 1973 ; 박승환, 〈백범 김구의 구국운동과 정치사상〉, 영남교육대학교 석사학위논문, 1987.

빼놓고서는 논할 수 없다. 사적인 관계 혹은 개별적인 인간 내부로 들어가 섬세하게 묘사할수록 독자의 공감은 커지는 법이다. 안신호를 중심으로 백범과 안창호의 관계를 보다 사적인 관점에서 조명하는 이 작품의 시도는 두 가지 점에서 독자의 흥미를 끌 수 있다. 첫째는 역사 교과서를 통해 개별적인 민족 지도자로 각인되어 있는 백범과 안창호라는 두 인물이 하나의 스토리 선상으로 수렴되고 있다는 점에서 역사의 부면을 새삼 확인하는 지적인 발견의 즐거움을 누릴 수 있다. 둘째는 안신호라는 여성과의 러브스토리를 통해 민족 지도자가 아닌 한 남성으로서의 백범의 인간적인 내면을 부각시키는 동시에, 독자로 하여금 백범이라는 한 인간에게 친밀감을 느끼게 함으로써 공감의 지도를 확대한다.

제4장에서는 백범의 공식적인 아내인 최준례와의 만남과 사랑, 혼인과 가정생활, 사별로 이어지는 다사다난한 이야기를 풀어놓았다. 최준례와의 사랑 이야기는 전체 작품 속에서 무려 세 번이나 반복된 '혼약:파약' 플롯을 종결시키는 기능을 한다. 최준례와의 사랑은 첫사랑, 여옥, 안신호의 경우와는 달리 혼약에서 파악으로 마무리 되지 않고 결혼으로 마무리 된다. '혼약:파약'의 플롯을 중심으로 볼 때, 최준례와의 결혼은 플롯을 변형 재생산 한 예에 해당하며, 동일 플롯이 재생산 되는 구조의 종결부에 해당한다. 백범의 혼사를 완성하기 위해 무려 총 4명의 여성이 동원되며, 개별적인 개성을 지니고 있는 하나의 실존인 이들 여성들이 번갈아가며 등장하여 혼약과 파약의 플롯을 세 번 반복고 있는 것이다. 이러한 동일한 플롯의 반복 끝에 마지막 네 번째 여성인 최준례에 와서는 혼약은 하되 파약이 아닌 결혼으로 귀결됨으로써 혼약과 파약의 플롯은 변형되는 동시에 혼인으로 완결되는 것이다. 이렇게 완성된 최준례와의 사랑과 결혼의 파노라마는 백범이 국내에서 펼친 항일·교육 등의 애국 운동의 활약상과 대응된다. 이 시기에 백범은 항일 운동의 대가로 일제에 의해 세 번째로 투옥되면서까지 신념을 굽히지 않는데, 이 과정에서 두 사람의 신혼생활, 모친과 부인의 관계, 일남 일녀의 생산, 아내의 죽음 등의 가정사가 펼쳐진다. 백범은 최준례와의

결혼을 통해 명실상부하게 한 가정의 가장이 됨과 동시에 민족적 지도자로서의 대외적인 활동에서도 확고하게 자리매김했다고 할 수 있는데, 자료(06)은 이러한 백범의 본격적인 국내의 애국활동기를 가정사와 공적인 활동으로 번갈아 교차 편집함으로써 백범이라는 인간에 대한 이해를 한 쪽으로 치우치지 않고 균형 잡힌 서사를 끌고 나간다. 이러한 백범의 국내 투쟁기는 아내인 최준례의 죽음과 일본의 조직적인 탄압에 의해 불가피하게 마감된다.

제5장에서는 주애보(朱愛寶)라는 중국 여인과의 사랑을 다루었다. 백범은 일본의 압박을 피해 상해로 탈출하는데, 여기서 처녀 뱃사공인 중국 처녀 주애보와 우연히 만나 사랑을 하게 된다. 상해 활동기는 백범의 민족 독립 운동의 전시기 가운데 가장 대표적인 시기에 해당한다. 대한민국임시정부를 설립하고 광복군을 조직하여 활발한 무장 독립 운동을 벌이는데, 그 결과 백범은 한민족의 지도자로서 대외적인 위상을 뚜렷이 하게 된다. 최준례와의 결혼 생활과 동시에 진행된 민족 운동이 백범에게 민족의 정신적 지주로서의 대내적인 위상을 부여했다면, 이민족 여인인 주애보와의 사랑과 함께 전개된 상해 임시정부 활동은 백범으로 하여금 대외적인 명성을 널리 떨치게 했다고 볼 수 있다.

제6장에서는 모친인 오주경 여사와의 관계가 표제에 제시된다. 그러나 백범과 이성적인 사랑을 나누었던 다섯 명의 여성들과는 달리 그 관계가 서사의 한 축으로 부각되지는 못하고 있다. 백범의 무장광복군 투쟁과 한민족 통일운동, 김일상과의 남북정상회담 등 여타의 백범 관련 창작 문학 작품에서 중요하게 다루고 있는 공식적인 역사적 활동이 구체적으로 형상화 된다. 다섯 명의 여성들과의 사적인 사랑 이야기를 백범의 공적인 활동과 교차해서 서사화했던 제1장에서 제5장까지의 서사방식을 표제에서만 재확인 했을 뿐 실질적인 내용에서는 정반대의 방향으로 나아갔다고 할 수 있는데, 이는 더 이상 백범과 관계된 여성이 등장하지 않는 백범의 말년기를 묘사한 7장과의 연결 관계를 생각한 결과로 보인다. 제7장은 백범의 말년과 죽음을 형상화하고 있는데, 여성

과의 관계를 백범의 활동과 대응시키지 않고 백범의 통일운동을 중심으로 서사를 단선화 시키는 양상을 보여준다. 이러한 제7장과구성상 균형적인 배치 관계를 고려할 때, 작가는 제6장에서 모친과의 관계를 서사의 한 축으로 부각시키기 보다는 이를 축소 편집함으로써 백범으로 서사를 수렴하고자 한 것으로 보인다.

## (2) 전기문학

### ① 위인전

위인전은 크게 아동을 대상으로 한 어린이 위인전과 성인을 대상으로 한 평전으로 분류된다. 아동을 대상으로 한 위인전은 백범의 일생과 업적에 대한 기술과 평가를 쉬운 문체로 풀어놓고 있다면, 평전은 성인을 대상으로 하다 보니 보다 전문적인 내용까지도 포함한다. 위인전에 해당하는 텍스트를 두 부류로 나누어보면 다음과 같다.

a. 위인전: (02), (03), (04), (05), (06), (07), (08), (10), (12)
b. 평전: (01), (09), (11)

주목되는 것은 아동을 위한 위인전이다. 장르적으로나 서사적으로나 다양한 시도가 돋보인다. 아동에게 백범의 업적과 사상을 효과적으로 전달하기 위해 여러모로 고심한 흔적이 엿보인다. 먼저 장르적으로는 어린이의 눈높이에 맞춰서 만화로 제작한 텍스트가 다수 존재함을 들 수 있다. 자료(05), (06), (12)가 여기에 해당된다. 이처럼 아동을 위한 위인전을 만화로 제작한 이유는 두 가지로 정리할 수 있다. 첫째, 만화라는 장르 자체가 본질적으로 어린이를 위한 대붕 문학 텍스트이기 때문이다. 백범의 사상과 활동, 그의 업적이 지니는 역사적 의미 등을 설득력 있게 전달하기에 가장 적합한 장르일 수 있다는 것이다. 둘째는 만화라는 장르가 문자보다는 그림을 위주로 이야기를 전달하는 장르라는 사실이다. 시각적인 볼거리가 우세한 장르이기 때문에 문자의 해독에 어려움을 겪는 저학년의 아동에게 백범이란 민족 지도자의 존재를 각인시키기가 쉽다. 그림 자체가 주는 흥미는 비단 문자 해독이 어려운 저학년의 아동뿐만 아니라 어린이 전체에게 어필할 수 있는 요소가 될 수 있다는 점을 고려했기 때문으로 생각된다. 여기에 더하여 이러한 만화 텍스트들은 어린이에게 어필할 수 있는 다양한 구성 방식을 설정하고 있다. 예컨대 자료(05)와 같은 경우는 단순히 백범과 관련된 역사적 사실과 그의 사상을 소개하는데 그치지 않고 이와 관련된 문제를 풀어보게 함으로써 아동인 독자가 백범이라는 인물을 보다 기억하기 쉽게 안배해 놓았다. 자료(12)의 경우는 미미와 철수라는 같은 어린이를 안내자로 등장시켜 백범 기념관을 독자에게 구경시킴으로써 흥미를 돋우는 방식을 취하고 있다. 어른의 목소리를 가진 화자를 배제하고 독자와 같은 연배의 작중 화자를 등장시킴으로써 보다 친밀감을 유발시키는 방식이다. 여기서 미미와 철수는 널리 알려진 어린이의 보편 명사라고 할 수 있다.

아동을 위한 위인전 중에 서사구성 면에서 가장 주목할 만한 텍스트는 바로 자료(10)이다. 이 텍스트는 4학년 3반 학생들을 화자로 선택해서 이 아이들이 직접 백범이 활동한 시절로 날아가 그의 활동을 지켜보는 독특한 방식을 취하고 있다. 숨어있는 삼인칭 전지적 시점의 어른 서술자가 아닌 독자와 같은 연령대의 어린이를 서술자로 등장시켰다는 점에서 만화로 된 자료(12)와 비슷한 방식을 취하고 있다고 할 수 있는데, 자료(10)은 여기서 한 걸음 더 나아가 작중의 시공간을 서술 대상인 백범의 당대 시공간과 일치시키는 시도를 하고 있다. 독자와 같은 현재의 시공간으로부터 출발한 텍스트는 백범의 청년기, 신민회 사건, 상하이 임시정부시절, 하얼빈의 안중근 의사의 의거 등 일련의 사건이 현재 진행형으로 발생하는 과거의 현장으로 독자를 끌고 간다. 백범이 살았던 당대의 시공간을 화자의 이야기를 통해 과거의 사건으로써 현재로 불러내는 것이 아니라 4학년 3반 학생이라는 독자와 같은 연령대의 화자를 매개자로 선택하여 독자를 당대의 현장으로 데리고 가서 직접 보여주는 방식을 취하고 있는 것이다. 여기서 4학년 3반 학생이라는 작중의 안내자는 백범의 이야기를 현재 진행형의 사건으로 보여주는 동시에 이야기해주는 화자인 동시에 등장인물이다. 4학년 3반 학생들은 그들 스스로가 백범의 당대로 날아가 사건을 구경한 후에 이를 바탕으로 학예회를 개최하는 하나의 이야기의 주인공인 동시에 백범이 주인공인 현재 진행형화 된 과거의 이야기를 관찰하는 보조 등장인물이 된다. 자료(10)의 텍스트는 이야기 속 이야기라는 복층의 서사구성을 취하고 있는 것이다.

그런데 한 가지 지적해 두고 싶은 점은 이러한 이야기 구성방식이 고전문학에서 이미 익숙한 전통적인 이야기 방식에 해당한다는 사실이다. 고전서사문학 즉, 몽유록, 몽자류 소설, 가전체문학 등에 자신의 이야기를 가지고 있는 등장인물이 우연히 이야기 속 이야기의 관찰자가 되어 그 내부의 이야기를 독자에게 전달하는 역할을 맡는 액자식 구성을 흔히 확인할 수 있다. 그렇다면 이 지점에서 한 가지 의문이 제기될 수도 있겠다. 현대소설 대다수에서 이러한 액자식 구성을 찾아볼 수 있는 만큼 자료(10)의 서사전통을 굳이 고전서사문학 속에서 찾을 필요가 없지 않은가 하는 문제제기이다. 그러나 자료(10)의 서사구성 방식은 현대문학에서 흔히 등장하는 일반적인 액자식 구성과는 본질적으로 다르다. 자료(10)이 보여주는 서사구성 상의 특징이 고전서사문학의 그것과 유사한 점은 다음과 같은 두 가지 점에서 찾을 수 있다. 첫째, 자료(10)에서 화자이자 관찰자로 등장하는 아이들이 시공간을 넘나들면서 과거의 사건을 현재의 사건처럼 보여주는 안내자가 되고 있다는 사실이다. 일반적인 액자식 구성은 단지 시공간을 달리하는 두 개의 이야기가 겹쳐지고 있을 뿐 동일한 등장인물이 그 사이를 넘나들지는 않는다. 둘째, 병렬되는 두 개의 이야기가 모두 현재 진행형의 사건으로 서사화되고 있다는 사실이다. 보통 액자식 구성에서는 두 개의 동일한 인물이 등장한다 하더라도 이 인물이 직접 시공간의 제약을 넘나들면서 두 이야기를 모두 현재 진행형의 사건으로 보여주지는 않는다. 이처럼 자료 (10)이 보여주는 두 가지의 특징은 몽유록, 몽자류소설, 가전체문학과 같은 고전서사문학 텍스트에서 쉽게 찾아볼 수 있는 서사구성 방식에 해당한다.

② 자서전

자서전류는 백범이 자신의 생애를 기술한 것과 그 외 그의 어록, 논문 및 에세이, 편지 등 백범이 자신의 생각을 기록한 잡다한 자기 기술문의 두 유형으로 나뉘어 진다. 이 범주에 따라 텍스트를 분류해 보면 다음과 같다.

  a. 자서전: 자료(02)
  b. 그 외 자기 기술문: 자료(01), (03), (04)

이 중에서 가장 주목되는 텍스트는 바로 자료(02)인『백범 일지』이다. 『백범 일지』는 말 그대로 일지(逸志), 즉 백범이 남긴 기록을 모아서 정리한 것이다. 여기에는 일기, 편지 등이 망라되어 있는 것으로 보인다. 백범이 남긴 일차적인 자기 기술물들을 그의 아들인 김신이 정리하여 상·하권으로 분권, 국사원이란 출판사에서 1947년에 출간한 것이 자료 (02)의『백범 일지』이다.『백범 일지』의 상권은 1929년에 백범이 상해 임시정부에서 자신의 항일 독립운동을 회상하며 자신의 아들인 김인(金 仁)과 김신(金信)에게 쓴 편지 형식의 글들을 모아놓은 것이다. 하권은 백범이 자신이 주도한 1923년 한인 애국단의 항일거사 때문에 중경으로 옮겨가면서 쓴 것으로 광복 이전까지의 활동을 기록하고 있다. 하권의 후반부에 기술된 임시정부 환국이나 삼남 순회에 관한 부분은 귀국 후 인 1945년 말에 중국에서 돌아와 첨부한 것으로 알려져 있다.

논의의 편의상 김신이 초간 발행한 이『백범 일지』를 소장자의 이름 을 따 김신본『백범 일지』라 칭한다. 현재 출간되어 있는 다양한『백범

일지』는 김신본『백범 일지』를 원본으로 한 것이다. 김신본을 제외한 나머지『백범 일지』는 김신본의 이본이 되는 것이다. 작가가 자료를 발굴·수집하여 각자의 개별적인 집필 의도에 따라 기술 및 창작한 텍스트는 하나의 독립된 작품으로 존재할 수 있지만 이처럼 확실한 원본이 존재하고 이를 바탕으로 하여 목차나 편차, 제목만 손질하여 편집한 텍스트는 독립된 개체성을 인정받을 수 없다. 원본의 내용을 편집만 달리한 것으로 이본으로 분류해야 마땅하다.

현재까지 국내에서 출판된『백범 일지』의 이본은 총62종에 이른다.『백범 일지』이본의 서지(書誌)를 정리하여 제시하면 다음과 같다. 출간 시기별로 나열한다.

(01)『백범일지』, 김구, 교문사, 1979
(02)『백범일지』, 김구, 교문사(유제동), 1979
(03)『백범일지(베스트문고8)』, 김구, 삼중당, 1983
(04)『백범일지』, 김구, 범우사, 1984
(05)『백범일지』, 김구, 어문각, 1986
(06)『백범일지』, 김구, 정암, 1988
(07)『백범일지(풍림명작신서49)』, 김구, 풍림, 1990
(08)『백범일지』, 김구, 태을출판사(진화당), 1990
(09)『백범일지』, 백범정신선양회, 제일법규, 1992(김신본)
(10)『백범일지』, 김구, 하나미디어, 1992
(11)『백범일지』, 김구, 풍림, 1993
(12)『백범일지』, 김구, 집문당, 1994(김신본)
(13)『백범일지』, 김구, 김제 역, 두풍, 1994(김신본)
(14)『백범 일지』, 김구, 학원사, 1994(김신본)
(15)『백범일지』, 김구, 한실미디어, 1994
(16)『백범일지』, 김구, 계림닷컴, 1994
(17)『백범일지』, 김구, 덕우출판사, 1994
(18)『백범일지』, 김구, 한실미디어, 1994
(19)『백범일지』, 김구, 하서출판사, 1995(김신본)
(20)『만화 백범일지』, 김구 원저, 현대문화신문, 1995

(21) 『백범일지』, 김구, 교육문화연구회, 1995

(22) 『백범일지』, 김구, 대유, 1995

(23) 『백범일지』, 김구, 윤병석 역, 집문당, 1995

(24) 『백범일지』, 김구, 서문당, 1996(김신본)

(25) 『백범일지』, 김구, 신충행 역, 예림당, 1997(김신본)

(26) 『백범일지』, 김구, 이만열 역, 역민사, 1997

(27) 『백범일지(양장본)』, 백범, 도진순 역, 돌베개, 1997

(28) 『백범일지』, 김구, 청목사, 1998(김신본)

(29) 『백범일지』, 김구, 정암, 1988

(30) 『백범일지』, 김구, 이동렬 역, 지경사, 1998

(31) 『백범일지』, 김구, 성공문화사, 1999(김신본)

(32) 『백범일지』, 김구, 일신서적출판사, 1999(김신본)

(33) 『백범일지』, 김구, 일신서적출판사, 1999(김신본)

(34) 『어린이를 위한 백범일지』, 김구, 최하림 역, 문학세계사, 1999

(35) 『정본 백범일지』, 김구, 학민사, 1999

(36) 『백범일지』, 김구, 관동출판사, 1999

(37) 『백범일지』, 김구, 삼중당, 1999

(38) 『백범일지』, 김구, 우래, 2000(김신본)

(39) 『백범일지』, 김구, 청목사, 2000(김신본과 가까움)

(40) 『백범일지(사르비아총서101)』, 김구, 범우사, 2000(원본과 가까움)

(41) 『어린이 백범일지』, 장세현, 푸른나무, 2000

(42) 『원본 백범일지』, 김구, 서문당, 2000

(43) 『김구와 백범일지』, 김구, 문공사, 2000(어린이 만화)

(44) 『백범일지』, 편집부, 문공사, 2001

(45) 『백범일지』, 김구, 하서출판사, 2002(김신본)

(46) 『백범일지』, 김구, 소담출판사, 2002.(원본과 가까움)

(47) 『백범일지(상·하 합본)』, 김구, 우성출판사, 2002(원본에 가장 가까움)

(48) 『백범일지』, 김구, 민중출판사, 2002(김신본)

(49) 『백범일지(보급판)』, 김구, 도진순 역, 돌베개, 2002

(50) 『백범일지』, 김구, 나남출판, 2002

(51) 『중학생이 보는 백범일지』, 김구, 성낙수외 역, 신원문화사, 2002

(52) 『백범일지』, 김구, 혜원출판사, 2002

(53) 『중학생이 보는 백범일지』, 김구, 성낙수외 역, 신원문화사, 2002

(54) 『백범일지』, 김구, 신충행 역, 예림당, 2003(김신본)
(55) 『백범일지』, 김구, 이동렬 역, 지경사, 2003
(56) 『백범일지』, 김구, 홍신문화사, 2003
(57) 『어린이를 위한 백범일지』, 박현철, 삼성출판사, 2003
(58) 『백범일지』, 김구, 초록세상, 2004(김신본)
(59) 『꼭 읽어야 할 인문고전 〈백범일지〉』, 김구, 김혜니 역, 타임기획, 2005
      (김신본)
(60) 『쉽게 읽는 백범일지』, 김구, 도진순 역, 돌베개, 2005
(61) 『백범일지』, 박천홍, 이상규 역, 서울문화사, 2005.10.25
(62) 『백범일지』, 김구, 홍신문화사, 2006

이들 이본은 일단 김신본의 내용을 골조로 하지만, 그 양상은 다양하
다. 정리하면 다음과 같다.

a. 원본의 내용과 같은 이본군 : 자료(09), (12), (13), (14), (19), (24), (25),
   (28), (31), (32), (33), (38), (39), (40), (45), (46), (47), (48), (54), (59)

b. 원본의 내용을 일부 바꾼 이본군 : 자료(01), (02), (03), (04), (05), (06),
   (07), (08), (10), (11), (15), (16), (17), (18), (20), (21), (22), (23), (26),
   (27), (29), (30), (34), (35), (36), (37), (41), (42), (43), (44), (49), (50),
   (51), (52), (55), (56), (57), (58), (60), (61), (62)

c. 내용을 적극 변개한 이본군 : 자료(53)

a는 김신본의 내용을 그대로 전재한 이본군이며, c는 김신본의 내용
을 적극 변개한 이본으로 중학생을 위한 논술 학습서의 구실을 할 수
있도록 『백범 일지』의 내용을 편집한 텍스트이다.
문제가 되는 것은 김신본을 변개한 b의 이본군이다. 여기에는 원본인
김신본의 내용은 변화 없이 목차와 편집 체제만 바꾼 유형에서부터 원
본에는 없는 내용을 일부 첨가한 유형까지 그 편폭이 다양하게 존재한
다. 주목되는 유형은 김신본에 없는 새로운 내용을 추가한 텍스트이다.

세부적인 차이는 있지만 이러한 텍스트군에서 공통적으로 확대 부연해 놓고 있는 대목이 있는 바, 그것은 바로 백범의 암살 및 죽음에 관한 내용이다. 백범의 암살과 죽음은『백범 일지』가 마무리 된 뒤에 발생한 사건이다. 자기 일대기 기술인 자선전이란 장르 자체가 자신의 죽음을 기술할 수 없는 것이기 때문에『백범 일지』의 기반이 되는 백범의 초고에도 이러한 내용은 들어있을 수 없다. 당연히 백범의 암살과 관련한 내용은 김신본『백범 일지』를 원본으로 하여 이본을 간행하면서 편저자 및 출판사 측에서 자의적으로 편집하여 끼워 넣은 부분이다. 백범의 암살과 죽음에 관한 내용을 첨가하게 되면『백범 일지』라는 작품의 정체성을 유지하기가 어렵다. 이러한 사실은 어느 누구보다 편저자 및 출판사 측에서 잘 알고 있을 것이다. 그럼에도 불구하고 적지 않은 수의 텍스트에서 백범의 암살과 죽음과 관련된 사실을 첨부하고 있다면 여기에는 백범과 관련된 이야기 형성과 수용, 백범의 이미지 및 인식과 관련한 일정한 기제가 내재해 있을 가능성이 크다. 자서전인『백범 일기』의 장르적인 정체성을 해체하면서까지 백범의 암살과 죽음에 관한 부분을 추가하였다는 것은 이것이 백범에 관한 이야기를 전승하는 향유층의 집단적인 기억과 관련되어 있기 때문이다. 다시 말해서 백범 하면 사람들이 떠올리게 되는 이야기 내러티브의 한 핵심적인 부분이 바로 백범의 암살과 죽음에 관련된 내용이라는 것이다. 백범 관련 창작 문학 속에서 백범의 암살과 죽음에 관련된 이야기가 빠지지 않고 등장하는 것도 이러한 차원과 관련되어 있을 가능성이 크다. 여기에서는 백범과 관련된 이야기가 형성되는 과정과 원리 속에서 그의 암살 및 죽음과 관련된 부분이 원형적인 줄거리를 이루는 한 핵심적인 모티프로 인식되고 있다는 사실만 일단 지적해 두기로 한다.

## 3. 백범 문학콘텐츠의 스토리텔링과 백범 관련 역사적 사실기록
의 거리

백범 관련 문학과 역사 속에서 주목하는 백범의 생애에 관한 이야기
와 인물 형상 사이에는 뚜렷한 거리가 있다. 형상화 방식, 즉 재현 방식
에 있어서 초점화 하여 부각시키는 부분이 다르다는 것이다. 백범의
생애 및 활동은 크게 국내 활동기인 전반부와 국외 활동기인 후반부로
나뉘어 진다. 국내 활동기인 전반부는 주로 동학 포교 및 의병 활동을
중심으로 전개되며, 국외 활동기인 후반부는 상해 임시정부 및 무장
독립 운동, 통일 운동 등이 포진되어 있다. 역사적인 사료 및 기술과
전문적인 역사학계의 연구를 살펴보면 전·후반부 중에서도 후반기 국
외활동에 대한 평가와 조명이 압도적이다.[9] 백범의 전·후반기 활동
중에서 역사 기록 및 연구 속에서 주로 다뤄지고 있는 부분들을 연도별
로 제시하면 다음과 같다.

### 1) 전반기

1894    해주에서 동학혁명 지휘

---

9) 연구성과를 제시하면 다음과 같다. 송건호, 〈이승만과 김구의 민족노선〉, 『창작과 비평』
43, 1977, 172~204쪽 ; 김교식, 〈남북협상과 김구·김규식의 평양 방문〉, 『북한』 164, 1985
; 진덕규, 〈좌우합작의 실패와 김구의 선택〉, 『한국논단』 34, 1992 ; 이경식, 〈김구의 남북협
상 잘못 이해되고 있다〉, 『한국논단』 92, 1997 ; 송남헌, 〈백범 김구의 민족통일 노력과
그 사상〉, 『북한』, 1988, 118~126쪽 ; 한상도, 〈김구의 항일 특무조직과 활동(1934~1935)〉,
『한국민족운동사연구』 4, 1989 ; 이강수, 〈친일파 청산, 박민특위와 백범〉, 『한국사학보』
18, 1999 ; 양상완, 〈이승만, 김구의 정치이념과 통일노선〉, 『북한』 232, 1999, 154~165쪽
; 조범래, 〈환국 이후 백범 김구의 활동-민족통일운동과 관련하여〉, 『동북사학』 11·12,
2000 ; 이신철, 〈1984 남북협상 직후 통일운동 세력과 김구의 노선변화에 관한 연구〉,
『한국사학보』 11, 2001 ; 정용욱, 〈김구 주석의 북행과 김대중 대통령의 북행〉, 『사상』
여름호, 2001, 161~181쪽 ; 전경환, 〈해방직후 백범 김구의 통일운동에 관한 연구〉, 『한국동
북아논총』 37, 2005 ; 윤무한, 〈앞서 걸은 민족 통일의 발자취, 백범 김구-우익에서 좌주
통합으로의 대반전〉, 『내일을 여는 역사』 26, 2006.

1895  김의언 의병단 가입과 명성왕후 시해한 일본군 살해

1910  신민회 참가와 황해도 총감 역임

1911  105인 사건으로 체포 17년 형 선고

1914  농장 농감으로 농촌계몽 운동

1919  3.1운동 후 상하이로 망명


## 2) 후반기

1929  결사단체인 한인애국단 조직

1932  일본왕 사쿠라다몬 저격사건

1932  상하이 홍커우공원 폭탄투척사건

1932  이봉창, 윤봉길등의 의거를 지휘

1933  난징에 한국인 무관학교 설치

1935  한국 국민당 조직

1940  한국 광복군 총사령부 설치

1944  대한민국임시정부 주석에 선임

1945  대한민국 이름으로 대일선전포고

1948  신탁통치 반대운동

1948  유엔한국위원단 면담에서 단독선거 반대

1948  통일정부수립을 위한 남북협상 제창


물론 백범의 출생지 및 출생시기, 가계 및 가정사, 교우관계 및 사승 관계, 죽음 등에 관련된 사적인 부분도 경우에 따라 간략하게 언급되기도 한다. 그러나 백범과 관련한 역사 기록 및 학술연구 속에서 주로 부각되는 부분은 대국가·민족적인 활동이다. 공식적인 활약상이 초점화 되고 있다는 것인데, 민족의 지도자로서 백범이 벌인 활동의 대부분은 위에서 정리하여 제시한 바와 같이 그의 생애 중에서도 후반기에 집중되어 있다. 여기서 주목해야 할 것은 역사 기록 및 학술연구 속에서

백범에 관해 기술하는 방식에 관한 것이다. 일반적으로 한 민족의 집단적인 민족사라는 것은 미시적으로 개체의 개인사가 모여 이루어진다. 미시적인 실존적 개체의 개인사가 모여 집체적인 민족사를 이룬다는 것인데, 이 때문에 한 개체의 개인사는 집단적인 민족사에 온전히 대응되지 않는다. 그런데 백범처럼 그의 생애 대부분을 국가와 민족을 위한 활동으로 소진했을 뿐만 아니라 그 활동이 국가와 민족의 운명과 뗄레야 뗄 수 없는 관계에 놓여 있는 인물일 경우에는 그 간극이 줄어든다. 한 개체의 개인사가 집단적인 민족사로 대체될 정도로 함께 움직인다는 것이다. 백범이란 인물의 활동을 살펴보는 것만으로 광복을 전후로 한 한민족의 역사를 읽어낼 수 있기 때문인데, 좀 더 구체적으로 들어가 보면 여기에도 명백한 층차가 존재한다. 백범의 전체 생애 중에서 전반기는 개체적인 실존으로서의 개인사에 보다 가까운 반면, 후반기는 상대적으로 한민족의 집단적인 근대사에 근접해 있다. 다시 말해서 백범의 생애 중 전반기는 한 개체적 인간의 개인사로서의 성격이 강하다고 한다면, 후반기는 백범의 개인사가 그 자체로 광복을 전후로 한 한민족의 숨 가쁜 역사적 격동기를 대표한다고 볼 수 있는 것이다. 백범의 생애 및 활동 가운데 똑 같은 후반기 국외 활동 중에서도 안두희에게 암살되는 죽음 부분은 임정 및 광복군 활동이나 신탁통치 반대 활동 등에 비해서 상대적으로 천착의 대상이 되지 않는다. 관련 기록 중에 한 두 마디 정도 언급되기는 하겠지만 그 자체가 천착의 대상이 되지는 않는다. 한민족의 독립 및 통일 운동과 비교할 때 백범의 암살은 상대적으로 개인사에 포함되기 때문이다. 적어도 역사 기록 및 학술연구 속에서 백범의 생애 및 활동은 이와 같은 방식으로 기술되고 있다.

역사 기록 및 학술연구 속에서 백범의 국내 활동은 상대적으로 소홀하게 다뤄지고 있다고 할 수 있는데, 기실 이 시기는 물리적으로는 백범의 생애 중에서 삼분의 이 가량을 차지하는 긴 시기이다. 산술적으로도 20년 동안 전개된 백범의 국외활동의 2배에 달하는 기간이 바로 이 국내 활동기이다. 물론 한 인간의 활동을 물리적인 시간의 길이로만 재단

할 수 없는 것이기는 하다. 그러나 이렇게 긴 시간을 단순히 국가적인 의미를 기준으로 하여 공식적인 국외활동과 그 의의를 살펴보기 위한 전기적인 배경 정도로만 취급하는 것은 어디까지나 역사 기록과 학술 연구의 차원의 기술 방식에서만 의미가 있다. 인간의 심리와 내면에 보다 천착하는 문학 속에서 백범의 생애를 기술하고 그 인물 형상을 묘사하는 방식은 이와는 다른 차원에 놓여 있다.

백범 관련 창작문학 텍스트 속에서 빈번하게 나타나는 주제별 항목을 중심으로 공통적인 모티프를 정리해 보면 역사 기술과는 다른 이야기 문학의 기술 방식을 알 수 있다.

### (가) 가족 · 신분

a. 반역으로 몰락한 양반의 집안에 태어났다.
b. 부친은 기골이 준수하고 성격이 호방하여 양반들이 백성을 멸시하는 것을 보면 그들을 때려 눕혔다.
c. 상놈들은 부친을 존경했고, 양반들은 무서워서 피했다.

### (나) 출생

a. 푸른 밤송이에서 크고 붉은 밤 한 개를 얻어 깊이 감추어둔 태몽을 꾸고 태어났다.
b. 난산 때문에 생명이 위험해지자 부친이 소의 길마를 머리에 쓰고 지붕 위로 올라가 소 울음 소리를 내자 무사히 출산했다.
c. 집이 가난하여 모친은 아들이 죽기를 바라고, 젖이 부족해 암죽을 끓여 먹이거나 젖 동냥을 했다.
d. 서너살에 천연두를 앓자 모친이 보통 종기를 치료할 때처럼 대나무 침으로 따서 곰보자국이 생겼다.

## (다) 공부

a. 몰락한 집안을 일으키기 위해 과거를 보기로 결심하고, 서당에 나니며 공부를 했다.

b. 서당 주인인 신존위의 손자보다 뛰어나자 시샘한 신존위가 선생을 내쫓았다.

c. 부친이 반신불수가 되어 학업을 중단했다.

d. 정문재란 평민 선비에게서 다시 학업을 계속하다가, 과거의 부정을 목도하고 학업을 그만두었다.

e. 고능선에게서 국가와 민족을 위한 의리론과 대의론의 기반을 배웠다.

f. 감옥에 투옥되어 있으면서 신지식을 습득했다.

## (라) 성품

a. 신분제도에 대한 반발심을 가지고 있었다.

b. 부당한 대우를 참지 못했다.

: 이웃아이들이 이유 없이 매질하자 식칼을 가지고 가서 찔러 죽이려 하였는데, 나이 많은 아이에게 들켜 얻어맞고 칼을 뺏겼으나 아무 말도 하지 않았다.

c. 항상 부하를 많이 거느렸다.

d. 의리와 대의를 위해서는 목숨도 아끼지 않았다.

e. 다리뼈가 다 드러나는 고문에도 굴하지 않았다.

: 심문 받던 중에 도리어 일본군에게 호통을 치고, 그 의기 때문에 사람들에게 존숭을 받았다.

: 감옥에 갇혀서도 의연한 태도를 유지하였고, 교수형에 처해질 지경에 이르러서도 오히려 사람들을 위로하였다.

: 객주들이 스스로 돈을 모금하여 구명운동을 벌였고, 그의 사면 소식에 자기 일처럼 기뻐하였다.

f. 부친의 병구완을 위해 넓적다리 살을 베어 먹일 정도로 효자였다.

g. 불의를 보면 참지 못했고 죽음을 두려워하지 않았다.

h. 독립운동을 하면서도 스스로를 문지기 정도로 낮추는 겸손한 성품이었다.


## (마) 힘 · 능력

a. 또래 아이들과의 몸싸움에서도 밀리지 않았다.

b. 병법에 능통했다.

c. 공중을 걸어 다닌다는 소문이 생길 정도로 힘에 있어서 인정을 받았다.

d. 몸싸움에 능했고, 힘이 세었다.

  : 맨몸으로 칼을 가진 일본인을 때려죽였다.

e. 감옥에 투옥 중 죄수를 교육하고, 힘없는 이의 재판 관련서류를 대신 써주어 승소하자, 사람들이 따랐다.

f. 전혀 무관한 사람들을 자신의 수족처럼 부렸다.

g. 소년장군, 장사, 장군

h. 가는 곳, 하는 일마다 사람들이 따랐다.

i. 신출귀몰하다는 소문이 생겼다.


## (바) 혼사

a. 스승인 고능선의 손녀와 약혼하였으나 김치경의 방해로 파혼했다.

b. 여옥과 약혼하고 학문을 가르쳤으나 병으로 죽었다.

c. 안창호의 여동생 안신호와 약혼할 뻔 했으나 이중 약혼이 되어 혼인을 이루지 못하였다.

d. 신천 사평동 예수교회의 여학생 최준례와 약혼하고 경성 경신학교로 유학을 보낸 뒤 혼인하였다.

e. 가흥의 피신생활 중 중국처녀 주애보와 부부 생활을 하였다.

## (사) 동학 · 의병활동

a. 신분불평등을 타파한다는 동학의 취지에 동감하여 입교하고, 김창 암에서 김창수로 개명했다.

b. 교도를 많이 거느려, 아기접주라는 별명을 얻었다.

c. 황해도 팔봉(八峰) 접주가 되어 죽천(竹川)에서 척왜의 거사를 일 으켰으나 총사령부의 명을 퇴각했다.

d. 구월산 이동엽 접주군에게 패배하고 몽금포에서 숨어지내는 중 동학군이 소탕되었다.

e. 자하포에서 일본인 스치다를 때려죽이고 투옥되었다.

f. 탈옥하여 공주 마곡사에서 원종이란 법명으로 출가했다가 환속하 였다.

g. 경성의 광진학교, 평양의 사범강습 등 교육사업에 투신하였다가 상동교회를 중심으로 을사조약 반대 투쟁을 벌였다.

h. 안악 양산학교에서 교육사업을 벌이고, 황해도에서 순회 교육운동 을 벌이다 두 번째로 투옥되었다.

## (아) 독립운동

a. 신민회 활동 중 세 번째로 투옥되어 15년형을 언도받고, 본격적인 독립운동의 뜻을 세우고, 이름을 김구(金九), 호를 백범(白凡)으로 바꾸었다.

b. 상해로 망명하여 임시정부에서 주석으로 취임하여 독립운동을 벌 였다.

c. 한인애국단을 조직하여 이봉창의 동경 의거와 윤봉길의 홍구 의거 를 성공시켰다.

d. 장개석의 지원으로 낙양에 군관학교를 세워 무장독립군을 양성하 였다.

e. 중경으로 임시정부를 옮기고, 한국광복군을 창설하여 서안에 사령

부를 설치하고 미군과 광복군 국내 진입작전을 위한 합동비밀 훈
련을 하였다.

### (자) 통일운동

a. 신탁통치 반대운동을 벌였다.
b. 비상국민회의를 조직하고 민주의원을 조직하여 총리에 취임했다.
c. 비상국민회의를 국민의회로 개편하고 부주석에 취임했다.
d. 유엔의 남북 단독 선거에 반대하고 남북 협상을 통한 통일대한민
국 건설을 주장했다.
e. 김규식과 평양으로 가서 남북정당사회단체협의회에 참석 남북 협
상을 벌였다.

### (차) 암살·죽음

a. 가흥 군관학교 시절, 조선혁명당원 이운환의 암살을 기도했으나,
다행히 살아났다.
b. 안두희에 의해 암살당해 죽음을 맞았다.

주목되는 점은 역사 기록 및 학술 연구와 문학 작품 속에서 공통적으
로 나타나는 이들 주제가 두 범주 속에서 각기 다른 비중으로 다뤄지고
있다는 사실이다. 대체적으로 두 자료의 영역에서 모든 주제들이 공통
적으로 다뤄지고 있기는 하지만 그 상대적인 비중이 다르다는 것이다.
먼저, 역사 기록 및 학술 연구 속에서 중요하게 다뤄지고 있는 주제
항목은 (사) 동학·의병활동, (아) 독립운동, (자) 통일운동이다. (가) 가
족·신분, (나) 출생, (다)공부, (라)성품, (마)힘·능력, (차)암살·죽음의
주제 항목이 나타나기는 하지만 주로 보조적인 내용으로 다뤄지거나,
아예 언급되지 않는 항목도 존재한다. 반면, 문학 텍스트에서는 주된
항목, 보조 항목의 구분이 없이 거의 모든 주제 항목이 인물과 사건

형상화를 위해 동원된다. 그러나 역사 기록 및 학술 연구 속에서 소홀하게 다뤄졌던 (가) · (나) · (다) · (라) · (마) · (차)의 항목이 상대적으로 부각되고 있다는 점이 특징이다. 여기에도 세 가지의 층위가 존재한다. 첫째는 국가와 정부 차원에서 기획된 텍스트의 경우로, (가) · (나) · (다) · (라) · (마) · (차)의 항목을 배경으로 하되, 역사 기록이나 학술 연구의 경우와 마찬가지로 (사) · (아) · (자)의 항목이 중점적으로 부각되는 특징을 보여준다. 둘째는 기획 주체와 상관없이 백범의 국가적 · 민족적 활동을 중심으로 한 (사) · (아) · (자)의 주제 항목과 개인사 및 인간적인 덕목을 중심으로 한 (가) · (나) · (다) · (라) · (마) · (차)의 주제 항목을 공존시키고 있는 텍스트이다. 셋째는 백범이란 한 인간을 중심으로 국가 · 사회 · 민족과 개인과의 관계를 천착한 작가주의적인 경향의 텍스트로서, (사) · (아) · (자)의 공식적인 업적을 배경으로 하여 (가) · (나) · (다) · (라) · (마) · (차)의 인간적 실존의 문제를 천착한 텍스트의 층위이다.

백범 문학콘텐츠의 스토리텔링 방식과 백범 관련 역사기록의 기술방식이 동일한 모티프를 형상화 함에 있어서 상대적인 강도의 차이를 도표화 하여 제시하면 다음과 같다.

| | (가)<br>가족·<br>신분 | (나)<br>출생 | (다)<br>공부 | (라)<br>성품 | (마)<br>힘·<br>능력 | (바)<br>혼사 | (사)<br>동학·<br>의병활동 | (아)<br>독립운동 | (자)<br>통일운동 | (차)<br>암살·<br>죽음 |
|---|---|---|---|---|---|---|---|---|---|---|
| 역사<br>기록 | 약 | 약 | 약 | 약 | 약 | 약 | 강 | 강 | 강 | 약 |
| 문학 | 강 | 강 | 강 | 강 | 강 | 강 | 약 | 약 | 약 | 강 |

백범 관련 역사기록이 동학 · 의병활동, 독립운동, 통일운동에 초점을 맞추고 있다면, 백범 문학콘텐츠는 출생, 공부, 성품, 힘 · 능력, 혼사, 암살 · 죽음에 상대적으로 비중을 두고 있다. 백범 문학콘텐츠에서 상대적으로 부각되어 있는 모티프를 조합하면 민중의 자식으로 태어나 탁월

한 능력을 지니고 기존 세력과 대립하나 소속 집단의 구성원에 의해 죽임을 당하는 비극적인 민중영웅의 일대기가 만들어진다. 백범 문학콘텐츠의 향유층은 백범과 관련된 역사적인 객관적 사실이 환기하는 정치적·사회적 의미 그 자체 보다는, 백범이라는 인물의 개인적인 일대기를 민중영웅의 그것으로서 향유하고자 하는 의식을 보여준다고 할 수 있는 것이다. 몽자류소설, 가전체문학과 같은 고전서사문학 텍스트에서 쉽게 찾아볼 수 있는 서사구성 방식에 해당한다.

## 4. 나오는 말

본 연구는 백범 문학콘텐츠의 존재 양상과 스토리텔링 상의 특징에 관해 고찰해 보았다. 백범에 관한 기존 연구는 주로 역사적인 사료를 주된 자료로 하여 역사·정치·사회·사상 분야에서 이루어져 왔다. 백범에 관한 역사·정치·사회·사상 분야의 연구는 백범과 관련하여 실제로 존재했던 역사적 사실 중에서도 국가적·민족적 관점에서 의의가 있다고 생각되는 극히 일부분을 중심으로 이루어져왔으며, 현재에도 이 경향은 마찬가지이다. 그런데 민족과 국가의 운명이라는 거대담론으로부터 한 발짝만 벗어나 보면 백범이란 인물의 세계관과 내면 심리, 그리고 그에 대한 민중들의 인식 등의 새로운 측면들이 떠오를 수 있다. 민중들이 백범에 관해 어떤 이야기를 했거나 해오고 있으며, 이야기를 어떤 방식으로 만들어내고 또 그것을 수용하고 있는가 등은 백범을 중심으로 하여 민족의식과 그 정체성을 규명하기에 좋은 문제의식이 될 수 있다.

본 연구는 두 파트로 나뉘어 진행되었다. 첫 번째 파트는 백범 문학콘텐츠의 존재양상 및 특징이다. 백범 문학콘텐츠는 크게 창작문학과 전기문학으로 양분된다. 백범과 관련한 허구적인 창작 문학은 크게 대본, 시, 소설의 세 장르로 분류되는데, 영화·희곡·영화와 같은 공연물의 대분 장르가 가장 우세하다. 백범 관련 창작문학은 국가적인 필요에 의해 공식행사용으로 기획된 경우가 많다. 그래서 국가주의 · 민족주의 의 색채가 전면에 부각되어 있으며, 백범에 대한 애도와 추모의 정서가 강렬하게 표출되어 있다. 한편 백범 관련 전기문학은 위인전과 전기문학으로 분류되는데, 전자는 백범에 관해 제삼자가 기술한 것이고, 후자는 백범 본인이 자신의 생애를 기술한 것이다. 위인전에는 아동 · 청소년용과 성인용이 있는데, 아동용 위인전은 만화나 퀴즈, 고전서사문학의 몽유록계 스토리텔링 방식 등 다양한 장르와 서사기법을 활용한 점을 특징으로 들 수 있다. 전기문학은 백범의 아들인 김신이 출판한 텍스트를 원본으로 하며, 지금까지 다양한 이본이 출판되어 있다. 김신본을 그대로 출간한 것에서부터 표제, 구성, 목차, 내용 등에 변화를 준 이본까지 다양하다.

두 번째 연구파트는 백범 문학콘텐츠의 스토리텔링 방식과 역사기록물의 기술방식에서 확인되는 차별성이다. 백범 문학콘텐츠는 역사기록이나 학술연구와는 달리 전반적으로 백범의 인간적인 내면과 심리, 개인사와 세계관에 대한 묘사가 부각되어 있다는 점이 특징이다. 백범의 생애 및 활동은 크게 국내활동기와 국외활동기로 나뉘는데, 역사기록이나 학술연구에서 주목하는 것은 백범이 공식적으로 명성을 얻고 민족의 지도자로서 국가의 운명에 영향을 끼친 후반기 국외활동기의 대표적인 업적에 집중되어 있다. 반면 백범 관련 창작문학은 상대적으로 백범이 명성을 얻기 전인 전반부의 개인사에 대한 관심을 표출한다. 역사기술이건 문학 텍스트이건 간에 백범 관련 이야기 속에서 공통적으로 드러나는 모티프는 가족 · 신분, 출생, 공부, 성품, 힘 · 능력, 혼사, 동학 · 의병활동, 독립운동, 통일운동, 암살 · 죽음으로 정리해 볼 수 있는데, 전자가 동학 · 의병활동, 독립운동, 통일운동에 초점을 맞춘다면, 후자는 출생, 공부, 성품, 힘 · 능력, 혼사, 암살 · 죽음에 상대적으로 비중을 두고 있다. 이러한 모티프를 조합하여 창작된 백범 문학콘텐츠는 민중의 자식으로 태어나 탁월한 능력을 지니고 기존 세력과 대립하나 소속 집단의 구성원에 의해 죽임을 당하는 서사골격으로 짜여있다. 백범 문학콘텐츠는 백범에 관련된 역사적 사실과 그 정치·사회적 의미 보다는, 백범이란 영웅적인 인물의 개인적인 일대기가 환기하는 드라마틱한 생애 그 자체에 집중하고 있다고 할 수 있다.

# III. 안용복 문화콘텐츠의 존재양상과
# 독도영유권분쟁 대응사적인 의미

## 1. 문제의식의 방향

독도 영유권을 사이에 둔 오랜 한일 영토 분쟁은 2008년도 들어 새로운 전환의 국면을 맞고 있다. 2008년 5월 18일 일본 문부성이 교과서에 독도를 일본 고유한 영토로 명시하기로 보도함에 따라, 독도에 대한 일본측의 영유권 주장이 말 그대로 단순한 설화(說話) 수준에 그치지 않고 일본의 역사로 편입되게 된 것이다. 그러나 독도 여유권 침탈을 위한 일본의 공식적인 움직임에도 불구하고 한국 정부는 형식적인 유감 표명과 감정적인 자제요청 수준 이상의 뚜렷한 대응방책을 내놓지 못하고 있다. 이러한 가운데서도 일반 민중들은 2008년 5월 27일에 6천명의 손도장을 모아 태극기 모양을 만들어 독도 앞 바다에 띄우는 퍼포먼스를 벌이는 등 독도 영유권 수호를 위한 의지를 분명히 했다.

주목되는 것은 민간 차원에서 지속적으로 진행되고 있는 독도 영유권 수호 운동의 중심에 안용복이란 역사적 인물이 있다는 사실이다. 주지하다시피 안용복은 개인의 힘으로 일본에 대항에 독도 영유권을 지켜낸 인물이다. 안용복 프로젝트, 안용복 군함, 안용복 기념관, 안용복 영화 등 안용복의 이름은 독도 영유권 수호와 관련된 행사 혹은 운동에 빠지지 않고 되풀이 하여 등장한다. 특히 독도 영유권 문제를 드라마, 영화, 소설, 뮤지컬, 창극 등 허구적으로 형상화 한 문화콘텐츠 중에는 안용복을 주인공으로 한 그것이 하나의 소재적인 유형을 형성할 정도로 주류적인 위상을 차지하고 있다. 이러한 사실은 안용복이란 역사적 인물이 오늘날의 독도 영유권 수호 담론과 긴밀하게 결합되어 있다는 사실을 의미한다. 안용복을 주인공으로 한 문화콘텐츠의 창작의식과 수용의식이 독도 영유권 수호 담론과 맺고 있는 관계, 즉 독도 영유권 분쟁 대응사적인 의미는 곧 독도 영유권 분쟁에 대한 안용복 문화콘텐츠 향유층의 역사의식과도 상통하는 문제가 될 수 있다는 것이다.

본 연구는 이상과 같은 문제의식 하에 안용복 문화콘텐츠에 나타난 독도 영유권 분쟁 대응사적인 의미와 그 역사의식을 분석해 보고자 한다. 이를 위해 본 연구는 다음과 같은 방향으로 진행된다. 첫번째는 안용복 문화콘텐츠의 존재양상과 특징에 대한 고찰이다. 지금까지 창작된 안용복 문화콘텐츠 자료들을 수집 · 정리하여 그 특징을 분석한다. 두번째는 안용복 문화콘텐츠의 향유배경과 민중적인 국방의식이다. 안용복 문화콘텐츠의 향유의식에 나타난 독도 영유권 분쟁 대응담론으로서의 의미와 허구적으로 구현된 국방의식을 고찰해 보기로 한다.[1]

---

1) 본 연구에 대한 선행 연구 성과는 두 가지 측면으로 정리해 볼 수 있다. 하나는 안용복에 관한 연구사이다. 안용복에 관한 기존 연구는 안용복의 일본 도해를 중심으로 진행되었다. 권오엽(〈安龍福의 일본 도해의 의미〉, 『일본어문학』 31, 한국일본어문학회, 2006)이 안용복의 일본 도해가 지니는 의미를 분석한 바 있고, 손승철(〈1696년, 安龍福의 제2차 渡日 공술자료〉, 『한일관계사연구』 24, 한일관계사학회, 2006)과 이선미(〈한일 양국의 기록에서 살펴본 안용복의 활동에 관한 연구〉, 충남대학교 석사학위논문, 2007)는 안용복의 일본 도해 관련 한일 사료를 발굴 혹은 분석한 바 있다.
  다른 하나는 독도 영유권 분쟁에 관한 연구이다. 독도 영유권 분쟁에 관한 연구는 독도 영유권 분쟁의 역사적 전개양상, 독도 영유권 분쟁의 국제법상의 의미, 독도 영유권에 대한 조선조의 인식의 역사적 변화 양상 등의 세 가지 쟁점을 중심으로 진행되어 왔다.

독도 영유권 분쟁에 관한 기존 연구 성과를 목록으로 정리하여 제시하면 다음과 같다.

김명기, 〈독도의 영유권에 관한 한국과 일본의 주장근거〉, 독도학회 심포지움, 1996.
김명기, 〈독도 연구〉, 법률출판사, 1997.
김병렬, 〈독도 논쟁〉, 다다미디어, 2001.
김원식, 〈독도논문집〉, 일심사, 1968.
나홍주, 〈일본의 독도영유권 주장과 국제법상 부당성〉, 도서출판 금광, 1996.
나홍주, 〈독도의 영유권에 관한 국제법적 연구〉, 책과사람들, 2000.
남기훈, 〈17세기 韓·日 양국의 울릉도·독도 인식〉, 『한일관계사연구』 23, 한일관계사
    학회, 2005.
신용하, 〈독도의 민족영토사 연구〉, 지식산업사, 1997.
신용하, 〈한국과 일본의 독도 영유권논쟁〉, 한양대학교출판부, 2003.
안익대, 〈독도영유권 분쟁에 관한 연구〉, 전남대 석사학위논문, 2001.
안태옥, 〈독도 영유권 논쟁에 관한 연구〉, 고려대 석사학위논문, 1998.
오상학, 〈조선시대 지도에 표현된 울릉도·독도 인식의 변화〉, 『문화역사지리』 18,
    한국문화역사지리학회, 2006.
유철종, 〈독도 영유권론〉, 문우당.
이근택, 〈조선 숙종대 울릉도분쟁과 수토제의 확립〉, 국민대 석사학위논문, 2000.
이창휘, 〈동북아 지역의 영유권 분쟁과 한국의 대응전략〉, 다운샘, 2006.
정갑용, 〈독도영유권에 관한 국제법적 쟁점 연구〉, 한국해양수산개발원, 2004.
정은우, 〈조선의 독도에 대한 역사적 개척과 실효적 지배에 관한 연구〉, 명지대학교
    교육대학원 석사학위논문, 2001.
최영진, 〈독도 영유권 분쟁에 대한 국제법적 고찰〉, 연세대 석사학위논문, 2000.
호사카, 〈일본 관인지도에 독도가 없었다〉, 『월간 넥스트』 7월호, 2007.

본 연구는 실증적·역사적 사료를 중심으로 독도 영유권 분쟁을 고찰한 기존 연구 성과를 바탕으로, 독도 영유권 분쟁에 대응한 대중들의 역사의식을 고찰하고자 하는 새로운 연구방향을 개척하고자 한다. 독도 영유권 분쟁 대응담론은 사실적·비평적인 담론을 통해서만 이루어지는 것이 아니다. 관련 소재를 허구적으로 형상화 한 서사적인 작품을 통해서도 이루어질 수 있다. 독도 영유권 분쟁과 관련된 소재를 허구적으로 형상화 한 작품을 창작하고 수용하는 양상과 의식 자체가 바로 독도 영유권 분쟁 대응사적인 역사의식을 내포하고 있다는 것이다. 그런데 독도 영유권 분쟁을 허구적으로 형상화 한 작품의 주류적인 위상을 차지하고 있는 것이 바로 안용복을 주인공으로 한 문화콘텐츠이다. 문화콘텐츠는 재화로서 창작·유통되는 작품을 지칭하는 바, 화폐의 교환 대상이 된다는 점에서 단순히 작가의 개인적인 욕망 분출과 취미생활로 그치고 마는 작품과 비교할 때 사회적인 의미가 크다. 일반 대중이 화폐와 교환하여 재화로서 구입한다는 것은 그 유통양상 자체가 향유층의 특정한 향유의식을 형성하기 때문이다. 본 연구는 일정한 향유층을 형성하여 유통·향유되고 있는 안용복 문화콘텐츠의 존재양상 및 특징을 분석함으로써 안용복을 주인공으로 한 문화콘텐츠의 향유의식이 형성하고 있는 역사의식의 한 단면을 드러내 보고자 한다.

## 2. 안용복 문화콘텐츠의 존재양상과 특징

(01) 〈안용복기념비 헌시〉, 이은상, 1966

(02) 〈안용복 추모제〉 1967년 10월 30일 시작, 시기: 매년 6월 6일, 장소: 부산 시 수영구 사적공원 안 안용복장군충혼탑과 안용복장군사당, 안용복장군 기념사업회

(03) 〈푸른깃발 안용복 장군〉, 김경화 작, 허은 연출, 2002년 6월 8일-10일, 부산문화회관 대강당

(04) 〈대조선인 안용복〉, 김래주, 늘푸른소나무, 2005

(05) 〈독도 장군 안용복〉, 정서원·이수현 극본, 이주희 연출, 교육방송, 2005. 06. 20-2005. 06. 23

(06) 〈안용복장군 추모시〉, 안용복장군기념사업회, 2007

(07) 〈독도 아리랑〉, 작가 곽동근, 각색 유재일, 음악 김두한, 무용 허현주, 극단 '꿈을 주는 사람들', 2007년 7월 17일-19일, 수원청소년 문화센타 온 누리 아트홀

(08) 〈안용복 진혼제〉, 안용복장군기념사업회, 2007

현재 안용복 문화콘텐츠는 문학, 드라마, 창극, 뮤지컬, 민속제의의 다섯 개 장르에 걸쳐서 분포한다.[2] 장르별로 정리하여 제시하면 다음과 같다.

① 문학: 〈대조선인 안용복〉
② 텔레비전 드라마: 〈독도 장군 안용복〉
③ 신창극: 〈푸른깃발 안용복 장군〉
④ 뮤지컬: 〈독도 아리랑〉
⑤ 민속제의: 〈안용복 진혼제〉

먼저, ①의 문학 장르는 안용복 문화콘텐츠 중에서 가장 비중이 높다. 안용복 문학콘텐츠는 창작문학과 전기문학으로 양분할 수 있다. 전자에

---

2) 안용복 영화는 아직 창작된 바가 없다. 2008년 2월, 대구한의대학교 안용복연구소에 의해 남북합작 안용복 영화제작이 추진된 바 있다.

는 소설과 시의 하위 장르가 속하고, 후자에는 평전이 속한다.

㉮ 창작문학
  ㉠ 소설
  ㉡ 현대시
㉯ 전기문학

㉮-㉠ 소설 장르에는 <대조선인 안용복>3)이 속한다. <대조선인 안용복>은 2005년 일본이 '독도의 날'을 제정, 대대적인 기념행사를 열어 독도에 대한 일본의 영유권 선언을 공식화함으로써 한·일 독도영유권 분쟁이 새로운 국면으로 전환되었던 시점에 출간되었다. 이 소설은 안용복이 1693년과 1693년의 두 차례에 걸친 도일(渡日)을 통해 일본 막부로부터 독도에 대한 조선의 소유권을 인정하는 국서를 받아오기까지의 활약상을 영웅의 일대기 형식으로 형상화 한 일종의 역사영웅소설이다. 안용복이 조선정부의 힘으로도 획득하지 못한 독도 소유권 확인을 평민 출신의 일개 개인의 힘으로 획득해 국가적인 영웅으로 거듭나는 과정을 역사적인 사실을 배경으로 하되 작가의 허구적인 사상력으로 그려냈다.

<대조선인 안용복>은 안용복의 출생과 성장환경, 주변인물과 인간관계, 등 역사적인 사실로는 확인할 수 없는 인간적인 부분을 허구적인 상상력으로 형상화 하여, 독도 영유권 획득이라는 안용복의 영웅적인 행위가 이루어질 수 있었던 개인적인 배경을 허구적이긴 하되 개연성 있는 허구적인 서사로 재구성해냈다는 점에서 다른 안용복 창작문학이나 안용복 전기문학과 차별성을 지닌다. 여타의 안용복 문학콘텐츠가 문학적 형상화의 대상으로 하는 것이 주로 안용복의 행동과 활동, 관련 역사적인 사실에 집중되어 있으며, 문학적 형상화 주체인 작가 자신의 주관적인 감상과 소회를 기술의 대상으로 삼고 있는데 반해서 <대조선

---

3) 김래주, 늘푸른소나무, 2005.

인 안용복>은 안용복의 내면적인 심리나 성격 등을 문학적 형상화의 대상으로 삼고 있다는 점도 차별적인 특징으로 꼽을 수 있다.

서사기법에서 주목되는 점은 선악대비구조와 인물대립구조이다. <대조선인 안용복>에서는 안용복을 영웅으로 형상화 하고 있는데, 이러한 안용복의 영웅적인 형상화를 위해 동원된 기법은 안티히어로와의 선악대비이다. 영웅적인 주인공을 부각시키기 위해서는 역설적으로 강력한 안티히어로를 등장시키는 것이 대중적인 문화콘텐츠에서 전형적인 방법 중의 하나이다. <대조선인 안용복>에서는 부산포 왜관의 왜인들, 일본해적, 대마도주, 쇼군 등 다양한 일본인들이 안용복의 영웅성을 강조하기 위한 안티히어로로 등장한다. 안티히어로로서 이들이 지니는 정체성은 바로 독도 영유권 침탈이다. 이러한 안티히어로들의 정체성은 점층적인 순서로 형상화 된다. 부산포 왜관의 왜인들, 일본해적에서는 표면화 되지 않고 인물의 행적 이면에 잠류해 있던 독도 영유권 침탈이란 정체성이 대마도주에서부터 일본의 국가적인 사업으로 공식화 되며, 그 정점은 쇼군에서 확인된다. 개인의 생계 차원에서 개별적으로 이루어진 부산포 왜관의 왜인들은 일본해적에서는 조직화 되며, 대마도주에 이르러서는 독도에 대한 일본의 영유권 침탈 야욕이 표면화 되는 것이다. 쇼군은 독도 영유권 침탈이란 일본의 국가적인 목적을 최종 승인하는 결정권자로, 안용복의 영웅적 정체성을 규정하는 독도 영유권 수호 행위를 위한 최종적인 대결자로 등장한다.

㉮-㉡ 현대시 장르에는 <안용복기념비 헌시>[4]와 <안용복장군 추모시>[5]가 속한다. 이 두 작품은 모두 추모시(追慕詩) 장르에 해당하는 것으로, 안용복 기념물 및 기념행사를 위해 창작된 문학작품이다. 전자는 1966년 안용복의 고향에서 조직된 안용복장군기념사업회[6]가 울릉도에

---

4) 이은상, 1966.
5) 안용복장군기념사업회, 2007.
6) 1957년에 부산의 순흥안씨종친회 주도로 설립된 기념사업회로, 1967년에 부산 수영공원 내에 안용복장군충혼탑을 세웠고, 1968년에는 울릉군 남면 도동의 독도박물관 인근에 안용

건립한 기념비에 비문으로 새겨진 헌시이고, 후자는 2007년 8월 7일에 있었던 안용복장군기념사업회가 울릉도에서 거행한 현지 진혼제에서 바친 헌시이다. 추모시는 본질적으로 시적 대상에 대한 애도와 찬양을 목적으로 창작되는 현대시 장르로, ㉮-㉰ 현대시 장르는 안용복의 영웅적인 입공에 대한 일종의 헌사라고 할 수 있다. ㉮-㉰의 소설 장르가 허구적인 화자를 내세워 문학적 형상화 대상인 안용복과 작가 사이의 일정한 거리를 유지하는데 비하여, ㉮-㉰ 현대시 장르는 시적 대상인 안용복과 작가 사이에 심리적 거리가 유지되지 않는다. 안용복의 입공(立功)에 대한 일방적인 공감과 감정적 일치, 자아의 투사를 특징으로 한다.

㉯전기문학은 아동 대상 전기와 성인 대상 평전으로 나누어진다. 전자로는 <바다의 사자 안용복>7)을 들 수 있고, 후자로는 <동해초병 안용복>8), <독도의 비밀역사 안용복 약전>9), <동래부사의 야욕과 애국자 안용복>10), 『울릉도·독도 사수(死守)실록-안용복의 역사행적을 찾아서』11)를 들 수 있다. 이들 전기문학은 안용복의 전기적 생애와 행적을 객관적으로 기술하여 작가의 세계관과 역사관에 기반 한 평론(評論)을 부기하고 있다. 이러한 전기문학은 주로 애국의 차원에서 안용복의 독도 영유권 수호 행위를 평가하고 있다는 점이 특징이다.

먼저, 전자의 아동용 전기인 <바다의 사자 안용복>은 초등학생을 대상독자로 설정하고, 안용복의 독도 영유권 수호 행위를 통해 애국심을 고취시키는 동시에 교훈을 설파하는 것을 목적으로 하고 있다. 저연령층을 대상으로 교조적인 작품 내적 화자의 목소리가 표면화 되어 있다는 점은 아동용 전기인 <바다의 사자 안용복>을 여타의 안용복 전기문

---

복장군충혼비를 세웠다.
7) 이주홍, 우리교육, 1999.
8) 신석호 저, 김의환 편, 『안용복장군』, 지평, 1996.
9) 한찬석 저, 김의환 편, 『안용복장군』, 지평, 1996.
10) 김화진 저, 김의환 편, 『안용복장군』, 지평, 1996.
11) 정영미·방기혁, 비봉출판사, 2007.

학과 구별 짓는 차별성이 된다. 다음으로, 성인 대상 평전인 <동해초병 안용복>, <독도의 비밀역사 안용복 약전>, <동래부사의 야욕과 애국자 안용복>, 『울릉도 · 독도 사수(死守)실록-안용복의 역사행적을 찾아서』 는 안용복의 독도 영유권 수호 행위를 사료를 바탕으로 하여 전기적(傳 記的)으로 기술하고 평가를 가하고 있다. 시간적인 순서에 따라 편년체 (編年體)로 기술되어 있다는 점에서 고전문학의 실록(實錄)과 인물전 (人物傳역)의 형식을 보여준다. 이 점에서 일종의 『안용복 독도 사수실 록(死守實錄)』이라고 할 수 있다.

다음으로 ②의 텔레비전 드라마 장르에 속하는 작품으로는 <독도 장 군 안용복>[12])을 들 수 있다. <독도 장군 안용복>은 교육방송에서 4부작 으로 만들어져 방영된 청소년용 교육 드라마로, 안용복의 독도 영유권 수호 행위를 역사적 사실에 기초한 허구적 서사로 재구성한 작품이다. 주목되는 점은 <독도 장군 안용복>이 다큐멘터리 형식과 연대기적인 구성이라는 일반적인 교육용 역사 드라마의 양식이 아니라, 창의적인 극적(劇的) 기법을 모색하고 있다는 사실이다. <독도 장군 안용복>은 현시점을 살고 있는 초등학생 현정 · 현빈 남매는 역사학자인 아버지를 따라 울릉도로 여행을 갔다가, 우연히 시간의 동굴을 통해 조선시대로 거슬러 올라가 안용복을 만나, 왜인들에게 납치된 안용복과 박어둔을 구출하고, 이들과 함께 울릉도에 가서 일본 어선을 쫓아 일본까지 건너 나 독도의 영유권을 확약 받는 대 활약을 한 후에 다시 시간의 동굴을 통과해 현실로 돌아오는 시간여행 구성을 취하고 있다. 이러한 시간여 행은 초등학생 향유층으로 하여금 자신들의 서사 내부의 대리자에 해당 하는 주인공 남매를 통해 안용복의 독도 영유권 수호 행위에 허구적으 로 참여할 수 있게 하는 기능을 한다. 시간을 거슬러 올라가는 시간역행 서사의 재미와 허구적 대리인을 통해 역사적 사건에 직접 동참하는 듯 한 일치감은 독도 영유권 수호 교육이라는 목적을 일방적인 전달의 차

---

12) 정서원 · 이수현 극본, 이주희 연출, 교육방송, 2005. 06. 20-2005. 06. 23.

원이 아니라 참여와 놀이의 양상으로 전환하여 효과적으로 수행하고 있다는 점에서 에듀테인먼트의 양상을 구현하고 있다고 할 수 있다.

현대를 배경으로 한 허구적인 캐릭터가 과거의 역사적인 인물을 시간을 넘나들며 만나는 형식을 보여주고 있는데, 이는 고전문학의 몽유록(夢遊錄) 양식과 상통한다. 몽유록 양식은 기본적으로 입몽(入夢)과 각몽(覺夢)을 액자 밖 서사로, 몽유(夢遊)를 액자 내부 서사로 하여 짜여있다. 몽유 모티프는 주로 천상이나 용궁, 지하국, 화계(花界) 등과 같은 이계(異界) 탐방담으로 설정되어 있지만, 경우에 따라서 주인공인 몽유자(夢遊者)가 과거의 특정한 시대로 거슬러 올라가 해당 시대의 인물을 만나는 시간여행의 양상을 보여주기도 한다.[13] <독도 장군 안용복>의 서두와 결말에 해당하는 현대 배경의 이야기는 액자 밖 서사를 구성하는 것으로 몽유록 양식의 입몽과 각몽에 해당하며, 주인공 남매가 안용복을 만나 독도 영유권 수호 운동에 동참하는 이야기는 액자 속 서사에 해당하는 것으로 몽유록 양식의 몽유세계에 대응된다. 다만 과거의 시간여행이 꿈으로 표명화 되어 있지 않다는 점에서 일종의 의사 몽유 모티프라고 할 수 있다.

<독도 장군 안용복>의 이야기 구성 방식에서 주목되는 또 한 가지는 대체역사의 양상이 확인된다는 것이다. <독도 장군 안용복>은 몽유록 양식을 차용한 시간여행으로만 그치지 않는다. 의사몽유세계로 설정된 안용복 시대를 방문한 주인공 남매는 안용복이 독도 영유권 수호를 위한 여웅이 될 수 있도록 결정적인 도움을 준다. 주인공 남매의 한일 관계에 대한 조언이 없었다면 안용복이 독도 영유권을 수호하는 결정적인 공적을 세울 수 없었다는 것으로, 과거의 역사를 재구성하는 의사대체역사의 서사를 보여주는 것이다. 이러한 의사대체역사의 서사구조는 안용복의 독도 영유권 수호 활동이라는 과거의 역사적 사건을 매개로

---

13) 몽유 모티프를 수용하고 있는 『금오신화』의 <취유부벽정기(醉遊浮碧亭記)>가 이처럼 시간여행 구성을 취하고 있는 대표적인 작품이다.

독도 영유권의 수호가 시대를 초월한 우리 민족의 역사적 소명이며, 일반 민중들의 주체적인 참여에 따라 그 성과가 달라질 수 있는 것이라는 메시지를 전달하는 기능을 한다. 안용복의 독도 영유권 수호 활동이 과거의 화석화된 역사적 사건이 아니라 오늘날 우리 모두가 직면하고 있는 국가 주권과 관련된 문제라는 것으로, 일반 대중의 주체적인 참여와 노력이 독도 영유권 분쟁을 해결할 수 있는 새로운 역사적 전기를 마련할 수 있다는 주제의식을 전달하고 있는 것이다.

③의 창극으로는 신창극 <푸른 깃발 안용복 장군>[14]을 들 수 있다. 신창극 <푸른 깃발 안용복 장군>은 전통 국악과 노래로 서사를 전달하는 창극(唱劇) 양식으로 되어 있는데, 현대음악을 섞고 있다는 점에서 신창극(新唱劇)으로 분류할 수 있다.[15] 안용복은 2차 도일 과정에서 1696년 6월 4일에 웃키도를 통해 돗도리번으로 들어가[16] 번주와 면담을 하여 대마도주가 서계를 탈취, 위조 공작을 벌인 일을 따지고 조선의 독도 영유권을 못 박기 위한 담판을 지었는데, 『숙종실록(肅宗實錄)』에 의하면 이때 안용복은 "푸른 철릭을 입고 검은 포립을 쓰고 가죽신을 신고 교자를 타고" 번청에 들어갔던 것으로 되어 있다. 신창극 <푸른 깃발 안용복 장군>의 제목에서 지칭하는 푸른 깃발은 바로 당시 안용복이 착용했던 푸른 철릭과 관련되어 있는 것으로, 독도 영유권을 확인하기 위한 안용복의 제2차 도일의 목적[17]을 의상의 빛깔에 대유 한 것이

---

14) 김경화 작, 허은 연출, 2002년 6월 8일~10일, 부산문화회관 대강당.

15) 출연진만 57명에 달하는 초대형작으로, 2002년 6월에만 부산문화회관에서 5차례에 걸쳐 공연되었다. 이 작품은 2005년에는 〈놀이마당극 안용복 장군〉이란 이름으로 제목을 바꾸어 동래문화회관 대극장에서 재공연 되기도 하였다.(〈놀이마당극 안용복 장군〉, 김경화 작, 이정남 각색·연출,, 동래문화회관 대극장, 2005년 12월 27(화)~28 (수), 오후 7시 30분)

16) 일본측 자료인 〈인부연표(因府年表)〉에 의하면 "죽도에 도해한 조선의 배 32척을 대표하는 사선 1척이 백기주에 직소를 위해 들어왔다.(伯耆國赤崎灘へ朝鮮國の船が着岸した。 事前に隱岐國の代官より竹島へ渡海する朝鮮船３２艘の内から、伯耆國へ訴訟のため、使いの船を派遣する、という連絡があった船であり、乗組員は11人であった。)"라고 기록되어 있다.(〈인부연표〉, 1696년 6월 4일조)

17) 안용복의 제2차 도일의 목적이 조선의 독도 영유권 확인에 있다는 사실은 숙종22년(1696)

라고 할 수 있다. 한편으로는 패배의 색상인 흰색과 대조된 희망과 성공의 상징인 푸른색을 통해, 독도 영유권을 확약받기 위한 안용복의 제2차

---

의 『숙종실록(肅宗實錄)』의 기록과 〈元祿九丙子年朝鮮舟着岸一卷之覺書〉(손승철, 〈1696년 安龍福의 제2차 渡日 공술자료〉, 『한일관계사 자료집』 24집, 251-300쪽, 2006)

①"備邊司推問安龍福等 龍福以爲 渠本居東萊 爲省母至蔚山 適逢僧雷憲等 備說頃年往來鬱陵島事 且言本島海物之豊富 雷憲等心利之 遂同乘船 與寧海篙工劉日夫等 俱發到本島 主山三峰 高於三角 自南至北 爲二日程 自東至西亦然 山多雜木鷹烏猫 倭船亦多來泊 船人皆恐 渠倡言 鬱島本我境 倭何敢越境侵犯 汝等可共縛之 仍進船頭大喝 倭言吾等 本住松島 偶因漁採出來 今當還往本所 松島卽子山島 此亦我國地 汝敢住此耶 遂於翌曉 拕舟入子山島 倭等方列釜鬻煮漁膏 渠以杖撞破 大言叱之 倭等收聚載船 擧帆回去 渠仍乘船追趂 猝遇狂飆 漂到玉岐島 島主問入來之故 渠言頃年吾入來此處 以鬱陵子山等島 定以朝鮮地界 至有關白書契 而本國不有定式 今又侵犯我境 是何道理云 爾則謂當轉報伯耆州 而久不聞消息 渠不勝憤烷 乘船直向伯耆州 仮稱鬱陵子山兩島監稅將 使人通告本島 送人馬迎之 渠服靑帖裏 着黑布笠 穿皮鞋乘轎 諸人並乘馬 進往本州 渠與島主對坐廳上 諸人並下坐中階 島主問何以入來 答曰 前日以兩島事 受出書契 不啻明白 而對馬主 奪取書契 中間僞造 數遣差倭 非法橫肆 吾將上疏關白 歷陣罪狀 島主許之 遂使李仁成 構疏呈納 島主之父 來懇伯耆州曰 若登此疏 吾子必重得罪死 請勿捧入 故不得稟定於關伯 而前日犯境倭十五人 摘發行罰 仍謂渠曰 兩島旣屬爾國之後 或有更爲犯越者 島主如或橫侵 並作國書 定譯官入送 則當爲重處 仍給粮 定差倭護送 渠以帶去有弊 辭之云 雷憲等諸人 供辭略同 備邊司啓請姑待後日登對稟處 允之"(『肅宗實錄』, 卷三十, 肅宗22년, 9월 25일, 戊寅條)

②"伯耆國米子の者先年竹嶋之渡海申候節朝鮮人出合中儀御尋の趣に付先年右竹嶋え船遣し候商人村川市兵衛大屋九右衛門幷竹嶋え渡候水主呼寄相尋候處左の趣申候
一、元祿五壬申年二月十一日米子出船仕同晦日隱岐國嶋後福浦え着船三月二十四日福浦出船同二十六日竹嶋の內いか嶋と申所え着岸仕樣子見申所鯤大分取上ケ候樣に相見へ不番に存候て翌二十七日浜田浦と申所之參內之わ船二艘有之內壹艘はす へ船壹艘は浮船ニて居申候朝鮮人三十人斗見へ申候右の浮船に垂參此方の船より八九間沖を通り大坂浦と申所え參內申人候右の內貳人陸に殘り居申候者小船に乘參此方の船に乘せ申候何國の者と相尋候えは右の內壹人通辭にて朝鮮國の內かわてんかわくの者と申候故此嶋の儀從公義被遊御免毎年致渡海候何とて其方共參候哉と相尋候えは此嶋北に當り嶋有之國主より三年に一度宛鮏取參候ニ付二月二十一日獵鮏拾一艘致出船此處遭難風五艘人數五拾三人此嶋へ三月二十三日流着此嶋に鮏有地ニ付致逗留獵仕候由申候左候ハ早早罷歸候樣に申聞候えは船少中損し候故繕仕出船何仕由申候此方の者陸え上り見分仕候處前前此方より拵置後諸道具獵船八艘見へ不申候通辭え段段吟味仕候えは浦浦廻し候由甲候竹嶋より三月廿七日出船仕候爲證據朝鮮人拵置後申鮏少網頭巾壹つ味噌からじ壹つ取候えて出船四月五日米子え歸帆仕候右の節朝鮮人弓鐵砲類惣て武具は所持不仕由其節渡海の船頭水主申傳候由申候以上"(〈公義之被遊差出御書付の扣 竹嶋の書附〉, 享保九(甲辰)年, 閏四月十六日)

도일의 목적이 성공리에 마감된 결과를 표상한다고도 볼 수 있다.

④의 뮤지컬 장르로는 <독도아리랑[18]>이 있다. 줄거리는 다음과 같다.

고등학생 창준은 부모님과 함께 울릉도에 여행을 왔다. 울릉도의 여러 경치를 보고 감탄하던 중 문득 독도에 대한 궁금증이 생겨난 창준이는 아버지에게 독도의 역사를 물어보았다. 창준은 우연히 독도에 표류되었다 귀국한 왜인 오타니를 통해 독도 인근의 풍부한 자원이 존재함을 알게 된 돗도리현 태수가 대마도주와 함께 천황까지 속여 독도를 차지하고자 하는 계략을 꾸미자, 어부 안용복이 천황을 찾아가 '독도는 조선의 영토'라는 문서를 받아왔으나 돗도리현 태수와 대마도주의 계략으로 독도를 넘겨주게 될 위기에 빠지게 된 독도의 역사를 알게 된다. 독도의 역사를 알게 된 창준은 학교 숙제를 위해 울릉도에서 독도행 배를 타고 독도에 가서 역사의 현장들을 살펴보려 하였으나, 해상 태풍 경보로 유람선 운항이 취소되고 만다. 그러나 허전한 마음에 바닷가를 거닐던 창준이는 우연히 안용복 장군의 뒷모습을 조우하게 된다.

<독도아리랑>은 창작 가족뮤지컬을 표방하고 있으며, 안용복의 독도 영유권 수호 행위를 통해 애국심을 고취하고, 국가 주권과 국토 소유권에 대한 역사인식을 교육하기 위한 어린이 대상 교육용 뮤지컬을 지향한 작품이다. 이러한 <독도아리랑>의 창작 목적은 ①-④의 아동용 전기 문학 장르에 속하는 <바다의 사자 안용복>과 ②의 텔레비전 드라마 장르에 속하는 <독도 장군 안용복>과 상통하는 측면이 있다. 특히 뮤지컬 <독도아리랑>의 서사 기법은 고전문학의 몽유록 양식을 창용하고 있다는 점에서 텔레비전 드라마 <독도 장군 안용복>과 동일한 양상을 보여준다.

<독도 아리랑>은 창준이와 가족이 독도를 방문했다가 돌아오는 현재의 이야기가 액자 밖의 서사를 구성하며, 창준이 아버지를 통해 전해

---

18) 작가 곽동근, 각색 유재일, 음악 김두한, 무용 허현주, 극단 '꿈을 주는 사람들', 2007년 7월 17일~19일, 수원청소년 문화센타 온누리아트홀.

듣는다는 설정으로 펼쳐지는 과거의 안용복의 독도 영유권 수호 역사는 액자 속의 서사에 해당된다. 액자 밖의 서사가 허구적인 시공간과 캐릭터로 구성되어 있는 것과 달리, 의사 몽유세계에 해당되는 뮤지컬 <독도 아리랑>의 액자 내부 서사는 안용복의 영유권 수호 행위와 관련한 역사적 사건에 기초하고 있으며, 실존했던 역사적 사실을 대체할 만한 대체 역사적 설정은 등장하지 않는다. 현대 시공간을 배경으로 하는 액자 밖의 주인공이 액자 내부에 위치한 안용복의 독도 영유권 수호 행위에 직접적으로 영향을 미치지 않기 때문으로, 액자 외부의 허구적 주인공이 액자 내부의 역사적 사건을 재구성한 서사 속으로 틈입하여, 역사적 사건의 허구적인 대체를 적극적으로 담당하는 텔레비전 드라마 <독도 장군 안용복>의 대체 역사적 속성과는 다른 양상을 보여준다. 이러한 뮤지컬 <독도 아리랑>의 액자 밖 현대의 서사와 액자 속 안용복 시대의 과거 서사는 각각 몽유록 양식의 입몽·각몽과 유사 몽유세계에 해당되며, 주인공 창준이는 몽유자에 대응된다는 점에서 텔레비전 드라마 <독도장군 안용복>과 서사기법 상의 공통점이 드러난다. 반면, 뮤지컬 <독도 아리랑>은 몽유세계 탐방이란 서사가 시간여행과 같은 직접적인 시공간 이동으로 나타나지 않고, 이야기하기, 즉 구전을 통해 간접화 되어 있다는 점에서 시간여행이 표면화 되어 있는 텔레비전 드라마 <독도장군 안용복>과 차별화된 양상을 확인할 수 있다.

액자 밖에 위치한 창준이 액자 속의 안용복 시대로 시간 여행을 직접적으로 하지는 않지만, 아버지의 설명을 계기로 과거의 사건이 마치 현재의 것인 것처럼 서사적 현재의 시간성을 띄고 펼쳐진다는 점에서 시간여행의 서사기법을 우회적으로 구현하고 있다고 할 수 있다. 이를 통해 창준은 안용복의 시대로 시간여행을 직접적으로 하지 않으면서도, 당대의 독도 영유권 수호 운동에 참여하는 것과 같은 감정적인 일치감을 경험하게 된다. 안용복의 시대는 현재가 아니라는 점에서 몽류록 양식의 이계와 상통하는 측면이 있으며, 아버지의 이야기를 통해 서사적 현재로 펼쳐지는 안용복의 독도 영유권 수호담에 간접적으로 동참하게 되는 창준이는 몽유자 캐릭터에 해당한다. 이계에 해당하는 안용복 시대에 대한 간접적인 탐방 전후로 창준이의 인물형상이 본질적인 전환을 이룬다는 점도 몽유자의 특질을 충족시키는 측면이 된다. 애초에 독도 영유권 수호에 대한 역사인식이 부재했던 창준은 안용복의 시대를 간접적으로 경험함으로써 새로운 인간으로 재탄생하고 있다. 안용복의 독도 영유권 수호 이야기가 주인공의 질적인 전환을 이루어낸 것이다.

⑤의 민속제의로는 <안용복 추모제>와 <안용복 진혼제>를 들 수 있다. <안용복 추모제>는 안용복장군기념사업회에 의해 1967년부터 부산 수영 사적공원 내의 안용복장군충혼탑에서 거행되기 시작19)하여, 매년 6월 6일에 정기 제의로 정착되었다. 이후 2000년부터는 수영사적공원 남단에 건립한 안용복장군사당인 수강사(守疆祠)에서 <안용복 추모제>를 거행하고 있다.20) 한편, <안용복 진혼제>21)는 정기제의인 <안용복 추모제>와는 달리 2007년 8월 7일에 안용복장군기념사업회의 주체로 독도에서 일회적으로 거행된 제의이다. 안용복이 유배된지 310년이 된 날을 기념하여 거행된 것으로, 국가를 대신하여 평민 출신의 일개 개인의 신분으로 독도 영유권 수호라는 국가적인 문제를 해결하고도 유배당해 비극적인 죽음을 맞은 한을 풀어주고자 한 제의의식이다.22)

---

19) 1967년 10월 30일에 안용복장군기념사업회가 부산시 수영구 사적공원 안에 안용복장군충혼탑을 건립하여 제의를 올린 것이 그 시초이다.

20) 전통적으로 오랜 세월 동안 정승의 맥락이 축적된 것이 아니라 현대에 처음으로 시행된 것이기는 하지만, 민속제의의 전형적인 양식을 기반으로 하여 이루어졌다는 점에서 민속제의의 창작이 과거에만 국한된 것이 아니라 현대에도 이루어질 수 있다는 사실을 보여주는 사례라고 할 수 있다. 민속제의가 이미 과거에 창작된 것을 현대에 전승만 하는 절반의 향유 대상이 아니라 시대적인 요구에 따라 현대인들에 의해서도 창작될 수 있는 양식임을 보여주는 것이다.

21) 주최 대구한의대학교 안용복연구소, 울릉군지역혁신협의회, 안용복장군기념사업회, 2007.

22) 안용복의 진혼제는 하늘에 제를 올리는 의식으로 천고무와 안용복장군의 넋을 푸는 춤과 장군의 한을 빌어 독도를 보살펴 주도록 기원하는 장엄염불 등 진혼공연에 이어 본토와 울릉도에서 가져온 흙과 물을 재단에 올리는 합토 합수제 등의 순으로 진행됐다. 진혼 제례의식으로 초헌관은 변정환 대구한의대학교 총장이, 아헌관은 김유길 울릉군 지역혁신협의회 의장과 안판조 안용복기념사업회 사무국장이, 종헌관은 정원길 안용복연구소

<안용복 추모제>와 <안용복 진혼제>는 안용복이라는 역사적 인물을 기리기 위한 민속제의라는 공통점을 지니고 있으면서도, 그 세부적인 지향점은 차별화 된다. 전자의 추모제가 대상이 된 역사적 인물의 업적을 기리고 위상을 드높이기 위한 목적을 지향한다면, 후자의 진혼제는 대상인 된 역사적 인물의 시대에 그 업적을 인정받지 못한 원혼을 해원(解冤)하고자 하는 목적을 지향한다. 안용복의 추모제가 독도 영유권을 수호한 안용복의 입공(立功) 자체에 초점을 맞추고 있다면, 안용복의 진혼제는 그러한 공로가 당대의 기득층에게 공식적으로 인정받지 못했다는 점에 초점을 맞추고 있다는 것이다.

## 3. 안용복 문화콘텐츠의 도영유권분쟁 대응사적인 의미

안용복 문화콘텐츠는 독도 영유권 분쟁을 허구적인 스토리텔링으로 형상화 한 것으로, 독도 영유권 분쟁에 대한 허구적인 대응담론의 일부로 존재한다. 독도 영유권 분쟁과 관련된 있는 그대로의 사실을 객관적으로 기술하거나 비평·분석하게 되면 학술논문이나 저서, 사설이나 논설, 칼럼이나 보도 기사 등의 비평적·분석적인 대응담론이 되겠지만, 독도 영유권 분쟁에 대한 작가의 개인적인 의견을 일정한 창작의식이란 프레임에 투과시켜 스토리텔링화 하게 되면 허구적인 대응담론을 형성하게 되는 것이다. 그런데 안용복 문화콘텐츠가 독도 영유권 분쟁 대응 문화콘텐츠 속에서 차지하는 위치는 여타의 그것에 비해 독특한 점이 있다. 단일 인물을 주인공으로 한 유형으로서 8편이나 되는 적지 않은 편수를 자랑하는 데다가, 그 하위 장르도 소설, 현대시, 평전, 위인전, 드라마, 창극, 뮤지컬 등의 무려 7개 장르에 걸쳐 있다.23) 영화·드라

---

소장이 맡았다. 박찬선 국제펜클럽 경북지역회장은 헌시를 낭독했다.
23) 안용복 영화는 현재 안용복장군기념사업회와 대구한의대학교에 의해 남북공동 제작으로 협의 중에 있다.

마·게임·뮤지컬·CF·소설 등 개인의 사적인 창작 영역이 아니라 공식적으로 발표·유통된 독도 영유권 분쟁 대응 문화콘텐츠[24] 중에서 안용복 문화콘텐츠를 제외한 편수가 10여편 전후에 불과하다는 사실[25]을 주지할 때, 안용복 문화콘텐츠가 독도 영유권 분쟁 대응 문화콘텐츠 속에서 차지하는 비중을 단적으로 확인할 수 있다.

　안용복 문화콘텐츠가 독도 영유권 분쟁 대응 문화콘텐츠 속에서 주류적인 위상을 차지하고 있다는 사실은 안용복이 독도 영유권 분쟁 대응 문화콘텐츠를 대표하는 일종의 아이콘 역할을 하고 있다는 것을 의미한다. 안용복이 일본의 독도 영유권 침탈에 대한 대항담론의 페르조나(persona)로서 기능하고 있다는 것이다. 이러한 사실은 안용복 문화콘텐츠의 창작목적이 일괄되게 안용복의 독도 영유권 수호 업적을 통해 독도 사랑 정신을 고양하고 독도 주권을 재확인하는 데 있음을 밝히고 있는 데서도 확인할 수 있다. 안용복을 매개로 독도 영유권 수호 담론이 구현되는 현상은 비단 허구적인 문화콘텐츠 뿐만 아니라 독도 영유권 수호를 위한 사적건립이나, 기념사업활동, 민간운동 등에서도 마찬가지이다. 안용복안용복장군충혼탑[26], 안용복프로젝트[27], 안용복사당[28],

---

24) 문화콘텐츠란 문자·영상·사운드 등의 다양한 형태로 구현된 스토리를, 공식적으로 재가공하여 생산·유통·향유하는 일종의 재화(good) 개념으로 존재한다.

25) 안용복 문화콘텐츠를 제외하고 공식적으로 생산·유통·향유된 독도 영유권 분쟁 대응 문화콘텐츠 자료를 제시하면 다음과 같다. 〈독도를 지켜라〉, 북남교역(www.nkmall.com), 북한 삼천리무역총회사, 2005 ; 〈칼 온라인 독도 투혼 이벤트〉, 아이닉스소프트㈜ 개발, CJ인터넷㈜ 투자, 넷마블(www.netmarble.net) 서비스, www.kalonline.co.kr 2006.06.01~ 2006.07.05 ; 〈피 묻은 략패〉, 북한조선영화수출입공사, 조선중앙텔레비전, 2005 ; 〈동쪽 끝 우리 땅, 독도〉, 2005 ; 〈황금성의 비밀-독도 바다 밑 석유를 지켜라〉 1·2, 홍윤서 지음, 지식더미, 2006. 08 ; 〈아시아 인 러브 판판판〉, 03. 24-04. 08, 극단 빛누리 ; 〈독도 지킴이 로봇 태권V〉, 대림건설, e-편한 세상 광고 ; 〈독도에서 거대 괴물체 발견〉, 어마이뉴스, 18, www.uhmynews.com ; 〈마징가Z의 원형은 새마을 1호〉, 어마이뉴스, 19, www.uhmynews.com ; 〈독도 이야기〉, 황선우, 산학연종합센터(www.shy21.co.kr), 04. 19 ; 〈독도는 우리 땅〉, 김설, 학산문화사, 2005.08.10 ; 〈독도는 알고 있다〉, 최진규, 데일리줌 연재, 2005. 04.

26) 안용복장군기념사업회, 1967.

27) 안용복프로젝트는 독도 영유권의 민간 수호단체인 독도수호대에 의해 2000년부터 발의되

안용복장군연구소[29], 안용복기념관[30] 등 안용복과 관련된 모든 사회적 움직임이 지향하는 궁극적인 목적은 독도 영유권 수호로 귀결되는 것으로 나타난다.

이 지점에서 안용복이 독도 영유권 분쟁 대응 문화콘텐츠의 페르조나로서 기능하고 있는 현상에 대해 왜 안용복인가 하는 문제를 제기할 수 있을 것이다. 원론적으로는 안용복이 일본의 독도 영유권 침탈 행위에 맞서 독도에 대한 우리의 주권을 수호했던 대표적인 역사적 인물이라는 사실을 들 수 있겠지만 문제는 그렇게 간단하지만은 않다. 안용복이 독도 영유권 분쟁 대응 문화콘텐츠의 아이콘으로 향유되고 있는 배경에는 안용복 시대의 독도 영유권 분쟁이 오늘날의 그것과 본질적으로 동일하다는 향유층의 인식이 내포되어 있다는 점을 지적할 수 있다. 실제로 안용복 시대의 독도 영유권 분쟁의 전개양상은 현 시점의 그것에 세부적인 측면 하나하나까지도 그대로 대응되어 재현되고 있다. 안용복 시대의 독도 영유권 분쟁이 오늘날 독도를 대상으로 한국과 일본 사이에서 벌어지는 그것에 그대로 치환되는 일종의 역사적 환유로 인식된다는 사실이다. 이러한 양상은 세 가지 측면으로 정리해 볼 수 있다.

첫번째는 일본 측의 독도 영유권 침탈 행위의 일치성이다. 먼저 왜인들이 독도 근해의 수산자원에 대한 배타적인 권리를 노리고 조선 어부들의 독도 어업을 방해하며 조선 어민을 납치하고 조선 어선들을 나포했던 행위는 현 시점까지도 어김없이 되풀이 되고 있는 현상이다. 한편, 대마도주 및 돗토리번주를 위시한 일본의 행정기관이 조직적으로 독도 영유권 침탈을 위해 안용복이 획득한 조선의 독도 영유권 확인 문서를 탈취하는 공작을 벌였던 당대의 상황은, 1905년 시마네현 차원의 독도

---

었다. 독도수호대가 인터뷰 등을 통해 밝힌 바에 따르자면 안용복프로젝트는 바로 독도 영유권을 지키기 프로젝트이다.

28) 2000년 안용복장군기념사업회에 의해 부산시 수영구 사적공원 안에 건립되었다.

29) 대구한의대가 경상북도의 지원을 받아 2005년 2월 25일에 개소한 연구소이다.

30) 경북도는 2012년까지 독도 인근 울릉도에 사업비 150억원을 들여 부지 4545m²에 안용복기념관을 건립, 청소년들에게 독도사랑을 키워가기로 했다고 2008년 5월 27일 밝힌바 있다.

영유권 선언31), 1962년 제6차 한일회담에서 독도 영유권 문제를 외교문제로 의도적으로 비화시키기 시작32)해, 1989년에는 일본 관인 지도에 독도를 다케시마로 표기33)하고, 2005년에는 '독도의 날'을 제정34), 2006년에는 공민교과서에 독도를 일본의 고유영토인 다케시마35)라고 기술하는 등 근대 이후로 이루어진 일본 정부의 공식적인 독도 영유권 침탈 행위에 대응된다. 이러한 일본 정부 및 지자체 단체 차원의 공식적인 총력전은 2008년 5월 18일, 일본 문부성이 신학습지도요령 해설서에 '독도는 일본의 고유영토'라는 내용을 포함시키기로 했다고 발표하면서 정점을 향해 치닫고 있는 실정이다.

두 번째는 이러한 일본의 독도 영유권 침탈 행위에 대한 한국 정부의 무기력한 대응이란 공통점이다. 왜구들의 침입 등을 이유로 독도에 대해 공도(空島) 정책을 펴며 일본 막부와의 외교적인 마찰을 피하기 위해 사실상 독도에 대한 영유권을 방기했던 조선 정부의 모습은, 미국과 함께 세계 경제를 이끌고 있는 강국인 일본의 심기를 거스르지 않기

---

31) 이 선언은 1907년 일본 각의에 의해 재확인 되었다.

32) 일본은 1962년 9월3일 제6차 한일회담 제2차 정치회담 예비절충 4차회의에서 독도에 대해 "사실상 독도는 무가치한 섬이다. 크기는 '히비' 공원정도인데 폭발이라도 해서 없애 버리면 문제가 없을 것"이라고 하면서 오히려 한국정부의 독도 영유권 포기를 이끌어내기 위한 연막작전을 펼친 바 있다.

33) "일본 정부 기관인 국토지리원은 독도를 시마네(島根)현 부속 도서 중 하나라고 주장하고 있지만 88년까지 관인지도에 넣지 않았으며, 이듬해인 89년에 이르러서야 독도를 오키섬 행정지도에 명기하기 시작했다", 호사카, 〈일본 관인지도에 독도가 없었다〉, 『월간 넥스트』 7월호, 2007.7.

34) 1905년 3월 10일 시마네현 현의회에서 발의되어 16일 본의회에서 가결된 조례안의 주된 내용은 다음과 같다.
   ① 현, 시읍면이 일체가 되어 독도의 영토권 조기 확립을 목표로 운동을 추진한다.
   ② 독도를 시마네현의 일부로 한 1905년 발표로부터 100년을 맞이해 발표일인 2월 22일을 '독도의 날'이라 정한다.
   ③ 현은 조례의 취지에 따라 대처를 추진하기 위해 필요한 시책을 강구하도록 노력한다.

35) 2006년판 일본 공민교과서 화보 독도사진에는 "우리나라 고유의 영토이지만 중국이 영유를 주장하고 있는 센카쿠제도 및 한국이 불법으로 점거하고 있는 다케시마"라고 설명되어 있다.

위해 오히려 우리 국민들의 독도 입도를 제한하거나 일본이 행한 우리 어민의 납치 및 어선의 나포 행위에 대해 적극적으로 대항하지도 못하고 암묵적으로 독도 근해에 대한 일본의 영유권 주장을 인정하고 있는 현 대한민국 정부의 그것과 일치한다. 한편, 이러한 정부의 조처는 독도 영유권 문제를 떠나서 자국민의 생존권과 재산권을 보호해야 하는 가장 기본적인 정부의 책임과 임무마저 방기하는 양상을 드러내는 것으로, 우리 영토와 주권 수호 문제에 있어서 정부와 국가를 믿을 수 없다는 국민들의 불신감을 다시 한 번 재확인 시켜주는 사례가 되었다고 할 수 있다.

세 번째는 정부의 무기력증과 대비되어 독도 영유권 수호가 민중의 차원에서 전개된다는 공통점이다. 조선 정부가 사실상 방기한 독도 영유권 수호에 대한 공식적인 책임을 떠맡은 것은 조선조 사회의 기득층을 구성했던 양반도 아니고 조선 정부의 행정질서를 가동시키는 주축이었던 관리도 아니었다. 일본 정부에 대항하여 독도 영유권을 수호하기 위해 노력했던 인물은 조선의 유교질서를 유지하는 핵심 구성인자였던 유학자나 선비도 아닌, 일개 민중 출신의 어부에 불과했던 안용복이었다.[36] 현재의 사정도 이와 다를 바 없다. 1952년 4월 20일부터 1956년 12월까지 독도에 침입하는 일본 어선과 순시선 등에 맞서 독도를 지켜낸 독도의용수비대[37]의 활동에서부터 본격적으로 막을 올린 독도 영유

---

36) 안용복과 거의 동시기의 실학자인 이익의『성호사설(星湖僿說)』에는 안용복을 "동래부 전선(戰船)에 예속된 노군(安龍福者 東萊府戰船櫓軍也)"라고 기록하고 있으며,『증보문헌비고(增補文獻備考)』에서는 "동래(東萊)의 안용복은 예능노군(隷能櫓軍)(初東萊安龍福 隷能櫓軍)"이라고 기록하고 있어서 안용복이 평민 이하의 신분이었음이 분명하다. 그러나 안용복이 일반 평민이었는가, 아니면 그 이하의 천민 신분이었는가에 대해서는 한국과 일본의 기록에서 차이를 보인다. 한국측 사료가 안용복을 천민이 복역할 수 없는 수군(水軍) 군역자로서 평민 신분으로 기술하고 있는데 비해,『죽도고(竹島考)』를 위시한 일본측 사료에는 안용복이 사노비 출신이라는 기록이 존재한다.("東萊私奴用卜, 年三十三, (下略)",『竹島考』)

37) 1952년 2월 27일 미국이 독도를 미군 폭격 훈련지에서 제외한 뒤, 6·25전쟁의 혼란을 틈타 독도에 대한 일본인의 침탈 행위가 잦아지자, 6·25전쟁에 참여했다가 전상을 입고 특무상사로 전역한 울릉도 출신 홍순칠(洪淳七)에 의해 1953년 4월 20일에 조직되었다.

권 수호 활동은 개인 단위건 조직 단위건 상관 없이 거의 대부분 민간 차원에서 이루어지고 있다. 일반 대중의 공론의 장으로 자리매김한 인터넷을 기반으로 독도 영유권 수호의 필요성이 제기되고, 이렇게 인터넷 게시판이나 댓글로 공론화 된 독도 영유권 수호 담론은 다시 실시간으로 인터넷 상에서 전파되면서, 정부와 행정기관이 수동적으로 방기한 독도 영유권을 수호하겠다는 개개인의 의지를 하나로 결집시켜 내면서 독도 영유권 수호를 거스를 수 없는 민족과 국가의 소명으로 만들어낸 것이 바로 불특정 다수의 익명 대중들이다. 독도 영유권 수호의 필요성을 홍보하고 인터넷 상에서 넷티즌으로 얼굴을 바꾼 국민들의 참여와 동참을 이끌어내기 위해 노력한 셀 수 없이 많은 인터넷 카페와 블로그, 싸이월드 같은 개인 홈페이지들, 인터넷 싸이트를 기반으로 확보된 온라인상의 공감을 인터넷에 익숙지 않거나 즐기지 않는 세대와 개인들에게도 전파하기 위해 오프라인상에서 병행된 무수한 길거리 운동들이 바로 그 산물들이다.38) 이러한 온오프라인 운동들을 주도하거나 동참하

---

독도의용수비대는 독도 경비를 수행하면서, 1953년 6월 독도에 접근한 일본 수산고등학교 실습선을 귀향 조치한 뒤, 1953년 7월 12일 독도에 접근하는 일본 해상보안청 소속 순시선 PS9함을 발견하고 경기관총으로 집중 사격해 격퇴하였고, 1953년 8월 5일에는 동도(東島) 바위 벽에 '韓國領(한국령)'이라는 석 자를 새겨 독도가 한국 영토임을 분명히 하였다. 1954년 8월 23일에는 독도에 접근하려는 일본 순시선을 총격전 끝에 다시 격퇴한 뒤, 그해 11월 21에는 1,000t급 일본 순시선 3척 및 항공기 1대와 총격전을 벌여 역시 격퇴하였다. 이후 1956년 12월 30일 무기와 임무를 국립 경찰에 인계하고 울릉도로 돌아갈 때까지 수비대원 33명은 독도 영유권 수호 활동을 지속한 것으로 그 공식적인 업적을 인정받고 있다. 최근에는 일부 논자들을 중심으로 활동의 진위논란이 벌어지고 있기는 하지만, 활동기간 확대 윤색 문제와 가짜 대원 포상 문제 등 일부 지엽적인 왜곡 문제는 제기할 수 있을지라도 독도의용수비대의 독도 영유권 수호 활동 자체를 부정할 수 없을 것으로 보인다. 독도의용수비대 활동의 허위성은 오마이뉴스 2006년 11월 30일 기사에서부터 제기되어 논쟁을 일으킨 바 있다. 독도의용수비대의 역사적 활동과 국제법적인 의의에 대해서는 나홍주, 〈독도의용수비대의 독도 주둔 활약과 그 국제법적 고찰〉, 책과사람들, 2007 ; 김명기, 〈독도의용수비대와 국제법〉, 다물, 1998을 참조하기 바람.

38) 최근의 예로는 정부수립 30주년을 기념하여 독도가 대한민국의 영토라는 사실을 세계에 알리기 위해 대학생들과 한 영화사가 주축이 되어 한 달 동안 국민 6천여명의 손도장을 찍어 만든 거대한 태극기를 독도 앞바다에 펼쳐서 띄운 사건을 들 수 있다.

면서 익명의 대중들은 독도 지킴이로서의 자기 정체성을 형성한 것이라 할 수 있다. 최근들어 행정기관이나 정부의 지원금을 받은 지식인 주축의 단체가 독도 영유권 수호 운동의 전면에 나서고 있기는 하지만, 이들의 활동도 독도 영유권 수호를 민족과 국가의 소명으로 만들어낸 일반 대중의 결집된 의지39)가 이끌어낸 것이라 볼 수 있다.

이처럼 일본의 독도 영유권 침탈행위에 대해 적극적으로 대항하지 못하는 정부를 대신하여 정책 수립이나 시행을 위한 권력 혹은 기득권을 가지고 있지 않은 민초의 의지가 주축이 된다는 점에서 안용복의 독도 영유권 수호 행위는 오늘날 민간 차원에서 이루어지고 있는 그것의 역사적 거울, 즉 일종의 환유가 된다. 안용복은 현 시점의 독도 영유권 수호 활동자들 혹은 동참자들이 자아 동질감을 확인할 수 있는 일종의 역할 모델로 존재하는 것이다. 하필 안용복이 독도 영유권 수호 운동의 아이콘이 되는가 하는 물음에 대한 답은 안용복 시대에서부터 오늘날까지 변함없이 독도 영유권 수호 운동을 촉발시키고 지탱시키는 힘이 일반 민초들에게서 나온다는 사실이며, 계층과 계급을 떠나 대한민국 국민이라는 틀 안에서 오늘날 독도 영유권 수호 운동의 존재의의를 뒷받침하고 있는 일반 대중들이 안용복에게 자아 일치감과 동일시를 경험하고 있다는 데서 찾을 수 있다. 이러한 의식구조 속에서 안용복에 대한 말하기는 결국 독도 영유권 수호 담론과 일치하는 것으로 인식된다고 할 수 있으며, 결국 안용복을 아이콘으로 한 모든 비평적·허구적 담론

---

39) 독도 영유권 수호를 위한 일반 대중의 의지는 개개인의 내면 속에 내재되어 있는 것이기는 하지만 상시적으로 표출되는 것은 아니다. 독도 영유권 수호를 위한 움직임에 동참하여 결집된 목소리를 만들어내는데 동참하는 일반 대중들의 대다수는 특정한 생업을 가지고 있는 생활인이기 때문이다. 따라서 독도 영유권 수호를 위한 상시적인 활동은 일반 대중으로부터 권리를 위임받거나 인정받는 소수의 전문가들과 지식인, 특정 단체들에 의해 수행된다. 물론 일부 전문가들은 원래 생활인이었다가 그 활동과 공적을 인정받아 독도 영유권 수호를 위한 일반 대중의 의지를 위임받은 사람들이 대다수를 이룬다. 일반 대중의 공감과 참여 없이는 그 존재의의를 인정받을 수 없다는 점에서 독도 영유권 수호를 위한 상시적인 활동 전문가와 지식인, 단체들도 결국 익명의 불특정 다수로 존재하는 대중의 대리자가 된다고 할 수 있다.

들은 독도 영유권 수호의 필요성과 당위성을 설파하기 위한 매개체로
수용된다고 할 수 있는 것이다.

일반 대중들은 안용복에 관한 이야기를 안용복 문화콘텐츠를 통해
향유하면서도 독도 영유권 수호 운동의 동지로서 시대를 초월한 일치감
과 동질감을 느끼고 있는 것으로 보이는 바, 안용복은 독도 영유권 수호
를 민족과 국가의 소망으로 염원하는 일반 대중들의 의지를 허구인 이
야기 속에서 대신하여 실천하는 허구적인 대리자가 된다. 이 지점에서
안용복 문화콘텐츠의 향유의식을 추출하는 것이 가능해 진다. 바로 '민
중적인 국방수호의식'이다. 일본과의 외교적인 마찰을 피하기 위함이라
는 명분을 내세워 독도 영유권을 수호할 의무와 책임을 방기한 한국
정부의 소극성은 조선시대에는 공도정책으로, 근대 이후에는 어업협
정40)으로 구체화 되어 왔다. 이처럼 시대를 넘어 되풀이 되는 한국 정부
의 무능력과 비주체성을 극복하고 우리의 영토는 우리가 지키겠다는
일반 민초들의 주체적인 풀뿌리 국방수호의식이 허구적인 형태로 담론
화 된 것이 바로 안용복 문화콘텐츠의 창작과 수용이라고 할 수 있는
것이다.

이처럼 민중적인 국방수호의식이 허구적으로 형상화 되어 나타나는
것은 비단 안용복 문화콘텐츠에만 국한 된 것이 아니다. 국방이 흔들리
는 국난의 상황마다 민중적인 국방수호의식은 문학작품의 형태로 허구
적인 담론화 되어 왔다. 임진왜란 때에는 <임진록>, <곽재우전> 등의
고전소설이, 병자호란 때에는 <박씨전>, <임경업전> 등의 고전소설이
창작·유통되었는데, 이들 작품들 역시 지배층의 무능력과 허위를 뒤로
하고 민초들의 힘과 민중영웅들의 영웅성이 국란을 극복하는 원동력이

---

40) 한일 어업협정은 1965년과 1998년에 두 번 체결되었다. 1965년의 어업협정에서 공해로
남아있었던 독도 근해는 1998년 신어업협정에서부터 한국 전관수역에서 배제된 채 중간수
역에 포함되었다. 독도를 기선으로 한 배타적 경제수역(EEZ)를 확보하지 못했다는 점에서
사실상 독도에 대한 한국의 영유권을 포기한 셈이 된다. 일본이 이 신어업협정 이후로
독도 근해에서 조업을 시도하는 한국 어선의 나포와 한국 어민의 납치를 거리낌 없이
자행할 수 있는 근거도 여기에 있다고 할 수 있다.

되었던 당대의 시대적 상황을 배경으로 하고 있다.[41] 조선시대 독도 영유권 수호의 민중영웅인 안용복 이야기를 오늘날로 불러와 창작·유통하는 안용복 문화콘텐츠의 향유의식은 바로 이러한 민중적인 국방수호의식에 기반한 한국문학사를 계승한 것이라 할 수 있다.

## 4. 나오는 말

본 연구는 안용복 문화콘텐츠에 나타난 독도 영유권 분쟁 대응사적인 의미와 그 국방의식을 분석해 보고자 하였다. 본 연구의 내용을 정리하면 다음과 같다.

첫 번째는 안용복 문화콘텐츠의 존재양상과 특징에 대한 고찰이다. 안용복 문화콘텐츠의 하위 장르로는 소설, 현대시, 드라마, 창극, 뮤지컬, 민속제의의 여섯 개 장르가 분포한다. <대조선인 안용복>은 안용복의 활약상을 영웅의 일대기 형식으로 형상화 한 일종의 역사영웅소설로, 선악대비구조와 인물대립구조의 서사기법을 통해 안용복의 영웅성을 극적으로 부각시키고 있다는 점이 특징이다. 현대시 장르에는 <안용복기념비 헌시>와 <안용복장군 추모시>가 속하는데, 안용복의 입공(立功)에 대한 일방적인 공감과 감정적 일치, 자아의 투사를 특징으로 한다. 안용복 전기문학은 아동 대상 전기와 성인 대상 평전으로 나누어지는데, 주로 애국의 차원에서 안용복의 독도 영유권 수호 행위를 평가하고 있다는 점이 특징이다. 텔레비전 드라마 장르에 해당되는 <독도 장군 안용복>은 고전문학의 한 주류 장르인 몽유록 양식을 변용한 시간역행 서사를 통해 향유층으로 하여금 안용복의 독도 영유권 수호 행위에

---

41) 이 외에도 무수한 민중영웅설화들이 임진왜란과 병자호란의 국방위기 상황을 배경으로 향유되었다. 반드시 임진왜란과 병자호란이 아니라도 지배층이 국방수호의 책임을 다하지 못할 때 향유되는 것이 바로 민중영웅의 이야기라고 할 수 있는 바, 그 향유의식의 기저를 이루는 것은 바로 민중적인 국방수호의식이라고 할 수 있다.

허구적으로 참여할 수 있게 하고, 의사대체역사의 서사기법을 통해 독도 영유권 문제가 일반 민중들의 주체적인 참여에 따라 그 성과가 달라질 수 있는 것이라는 메시지를 전달하고 있다는 점이 특징이다. 창극으로는 <푸른 깃발 안용복 장군>들 수 있는데, 독도 영유권을 확인하기 위한 안용복의 제2차 도일의 목적을 푸른색에 대유하여 형상화 한 작품이고, 뮤지컬 장르에 속하는 <독도아리랑>은 안용복의 독도 영유권 수호 행위를 통해 애국심을 고취하고, 국가 주권과 국토 소유권에 대한 역사인식을 교육하기 위한 어린이 대상 교육용 뮤지컬을 지향한 작품이다. 텔레비전 드라마 <독도 장군 안용복>처럼 몽유록 양식을 차용하여, 향유층에게 안용복의 독도 영유권 수호 활동에 대한 감정적인 일치감을 극대화하고 있다. 민속제의로는 <안용복 추모제>와 <안용복 진혼제>를 들 수 있는데, 전자가 독도 영유권을 수호한 안용복의 입공(立功) 자체에 초점을 맞추고 있다면, 후자는 그러한 공로가 당대의 기득층에게 공식적으로 인정받지 못했다는 점에 초점을 맞추고 있다.

두 번째는 안용복 문화콘텐츠의 향유배경과 그 국방의식이다. 안용복 문화콘텐츠는 독도 영유권 분쟁을 허구적인 스토리텔링으로 형상화 한 것으로, 독도 영유권 분쟁에 대한 허구적인 대응담론의 일부로 존재한다. 그런데 안용복 문화콘텐츠가 독도 영유권 분쟁 대응 문화콘텐츠 속에서 주류적인 위상을 차지하고 있는바, 이는 안용복이 일본의 독도 영유권 침탈에 대한 대항담론의 페르조나(persona)로서 기능하고 있다는 것을 말해준다. 이처럼 안용복이 독도 영유권 분쟁 대응 문화콘텐츠의 페르조나로서 기능하고 있는 이유는 안용복 시대의 독도 영유권 분쟁이 오늘날의 그것과 본질적으로 동일하다는 일반 대중의 인식에서 찾을 수 있다. 안용복 시대의 독도 영유권 분쟁이 오늘날 독도를 대상으로 한국과 일본 사이에서 벌어지는 그것에 그대로 치환되는 일종의 역사적 환유로 인식되고 있다는 것으로 이는 일본 측의 독도 영유권 침탈 행위의 일치성, 일본의 독도 영유권 침탈 행위에 대한 한국 정부의 무기력한 대응, 정부의 무기력증과 대비되어 독도 영유권 수호가 민중의 차원에서 전개된다는 공통점의 세 가지 차원으로 정리해 볼 수 있다. 일반 대중들은 안용복에 관한 이야기를 안용복 문화콘텐츠를 통해 향유 하면서도 독도 영유권 수호 운동의 동지로서 시대를 초월한 일치감과 동질감을 느끼고 있는 것으로 보이는 바, 안용복은 독도 영유권 수호를 민족과 국가의 소망으로 염원하는 일반 대중들의 의지를 허구인 이야기 속에서 대신하여 실천하는 허구적인 대리자가 된다. 이 지점에서 안용 복 문화콘텐츠의 향유의식을 추출하는 것이 가능해 진다. 바로 '민중적 인 국방수호의식'이다. 민중적인 국방수호의식이 허구적으로 형상화 되 어 나타나는 것은 비단 안용복 문화콘텐츠에만 국한 된 것이 아니다. 국방이 흔들리는 국난의 상황마다 민중적인 국방수호의식은 임진록>, <곽재우전>, <박씨전>, <임경업전> 등의 고전문학사에서도 확인할 수 있다. 조선시대 독도 영유권 수호의 민중영웅인 안용복 이야기를 오늘 날로 불러와 창작·유통하는 안용복 문화콘텐츠의 향유의식은 바로 이 러한 민중적인 국방수호의식에 기반한 한국문학사를 계승한 것이라 할 수 있다.

# Ⅳ. 에밀클로니클 온라인에 나타난 기독교 캐릭터의 존재양상과 캐릭터 스토리텔링 방식

## 1. 들어가는 말

최근에 들어 한국의 게임콘텐츠는 괄목할 만한 성장세를 보여주고 있다. 해마다 다양한 게임콘텐츠가 창작·유통되고 있으며, 이러한 한국 게임콘텐츠는 일본·중국을 포함한 동아시아권에서 높은 인기를 구가하고 있다. 한국 게임콘텐츠의 향유층이 국내외로 확대되고, 한국 문화시장에서 차지하는 위상이 높아지게 된 것이다. 이제 한국 게임콘텐츠는 유소년의 B급 마이너장르로 취급되어 온 기존의 평가에서 벗어나 한국 문화콘텐츠의 성장과 발전을 견인하는 주류 장르로 확실히 격상되었다고 볼 수 있다. 이러한 한국 게임콘텐츠의 위상 변화에 발맞추어 이 분야에 대한 학술적인 접근이 필요해지게 되었다. 한국 게임콘텐츠의 발전사는 물론 다양한 측면에서 그 존재양상과 특징 및 의의를 분석하여 학문적인 틀을 구축해야할 시점에 이른 것이다. 디지털기술적인 부분은 물론, 디자인, 마케팅 등 여러 분야에서 학문적인 검토가 이루어질 수 있겠지만, 기존의 문학연구 분야에서는 한국 게임콘텐츠의 스토리텔링(storytelling)에 대한 연구가 진행될 수 있다. 한국 게임콘텐츠의 캐릭터, 서사구조, 소재, 주제 등에 대한 문학적인 차원의 분석이 이루어질 수 있는 것이다.[1)]

본 연구는 한국 게임콘텐츠의 스토리텔링 중에서도 기독교 캐릭터에 관련된 부분에 주목하고자 한다.[2)] 한국 게임콘텐츠에서 기독교 캐릭터

---

1) 게임 스토리텔링에 대한 연구는 영상 · 미디어 · 디자인 · 문학 등 다양한 방면에서 이루어질 수 있다. 특히 문학의 측면에서 게임 스토리텔링에 대한 기초적인 이론의 선편을 잡은 연구 성과를 제시하면 다음과 같다. 최혜실, 〈게임의 서사구조〉, 『현대소설연구』 16, 2002 ; 이인화 외, 〈디지털스토리텔링〉, 황금가지, 2003 ; 최혜실, 〈디지털 시대의 게임〉, 『현대소설연구』 18, 2003 ; 최혜실, 〈디지털 문화 환경과 서사의 새로운 양상: 게임의 스토리텔링〉, 『문학수첩』 6, 2004. 최근에는 게임 스토리텔링에 대한 전반적인 이론화 단계에서 구축된 연구 성과를 기반으로 하여, 서사구론과 유형론, 소재론 등 보다 세분화 된 분야로 진전된 2단계의 연구가 진행되고 있다. 유형론의 측면에서는 영웅의 서사유형에 대한 일련의 연구가 이용욱(〈컴퓨터게임 스토리텔링의 서사구조 연구:'영웅서사'의 디지털적 변용을 중심으로〉, 『게임산업저널』 6, 2004)과 배주영 · 최영미(〈게임에서의 '영웅스토리텔링' 모델화 연구〉, 『한국콘텐츠학회논문지』 제6권제4호, 한국콘텐츠학회, 2006에 의해 이루어졌고, 고전서사를 소재로 한 게임스토리의 창작에 관한 소재론에 대한 일련의 연구가 신선희(〈고전문학과 게임시나리오〉, 『고소설연구』 17, 2004 ; 〈디지털스토리텔링과 고전문학〉, 『한국고전연구』 13, 2006)에 의해 이루어진 바 있다. 이상의 게임 스토리텔링에 대한 기존 연구 성과를 통해 게임의 스토리텔링의 원리를 해명하는 전반적인 이론적 토대가 마련되었다고 할 수 있다. 그러나 이들 기존의 연구는 한국 게임 보다는 외국의 게임에 그 초점이 맞춰져 있다. 이러한 서구 중심의 게임 스토리텔링에 대한 연구 방식은 한국 게임사와 한국 게임스토리텔링의 미학에 대한 연구에 있어서 분석적인 오류를 초래하기도 한다. 예컨대, 세계 최초의 MMORPG(대규모 다중 사용자 온라인 롤플레잉 게임)를 우리나라의 〈바람의 나라〉가 아니라 〈울티마온라인〉이라고 하는 자료조사와 분석의 실증성 부재의 오류(한혜원, 〈디지털 게임 스토리텔링〉, 살림, 2005)라던가, MMOPG 스토리텔링의 미학을 〈월드 오브 워크래프트〉와 같은 서구의 게임을 통해서만 설명하고자 하는 일반화의 오류(전경란, 〈디지털 게임의 미학〉, 살림, 2005)가 바로 여기에 해당된다. 서구의 연구서를 기반으로 이론적 토대를 재구축하는 과정에서 이러한 오류가 야기되었다고 해명할 수도 있겠지만, 온라인게임을 중심으로 세계 게임 향유지도의 중심의 하나를 차지하고 있는 것이 바로 한국게임이라는 사실을 상기한다면 간과할 수 없는 연구사적인 한계점이라고 할 수 있을 것이다. 이제는 한국게임을 중점적인 연구대상으로 삼아, 게임 스토리텔링의 전반적인 이론적 토대에 대한 설명에서 한국게임 스토리텔링의 미학이 지니는 보편성과 특수성, 한국게임 스토리텔링의 유형론 및 장르론, 한국게임 스토리텔링의 소재론과 주제론, 한국게임 스토리텔링사에 대한 연구로 무게 중심을 옮겨갈 단계에 이르렀다고 할 수 있다.

는 다양한 작품 속에서 등장하는 하나의 전형적인 캐릭터로 자리해 있다. 기독교 이념을 주제론적으로 표출하기 위한 작품이 아닌 경우에도 이들 기독교 관련 캐릭터들이 출현하여 서사 내부에서 핵심적인 역할을 수행하고 있으며, 기독교 관련 캐릭터 중의 일부는 천사 종족, 악마 종족 등 온라인게임에서 전형적으로 등장하는 하나의 캐릭터 유형으로 고정화 되어 있다. 기독교 관련 캐릭터의 존재양상과 세부유형, 성격과 특징을 고찰하는 것은 한국 게임콘텐츠에 나타난 캐릭터 스토리텔링 양상 및 방식의 중요한 한 부분을 규명하는 작업이 될 수 있다.

본 연구는 기독교 관련 캐릭터가 등장하는 한국 게임콘텐츠 중에서도 <에밀클로니클 온라인(Eco-online)>3)이라는 작품에 나타난 기독교 캐

---

2) 게임의 캐릭터 스토리텔링에 대한 연구는 김미진·윤서정의 일련에 의해 시도된 바 있다. 김미진·윤서정은 〈캐릭터 중심 과정에서 본 게임스토리텔링 시스템〉(한국콘텐츠학회 2005년 추계 종합학술대회 논문집 제3권 제5호, 2005)과 〈캐릭터 중심의 RPG 스토리텔링 구조 분석〉(『한국게임학회논문지』 5, 2005)에서 게임유저의 캐릭터 선택에 따라 게임의 스토리가 다양하게 파생되는 메카니즘을 규명하였다. 이러한 연구는 캐릭터에 의해 게임의 스토리텔링이 분화하는 시스템을 고찰한 것으로 게임의 스토리텔링에서 캐릭터가 현재 진행형의 이야기 형성과 파생자로 기능하는 특수성을 논리적으로 분석했다는 점에서 의의가 있다. 본 연구는 이러한 게임 스토리텔링에서 캐릭터가 차지하는 특수한 위치와 기능에 대한 이론적인 연구 성과를 바탕으로 하여, 최근에 출시되어 상업적인 성공을 거둔 〈에밀클로니클 온라인〉이라는 게임을 대상으로 한국 온라인 게임 캐릭터의 한 유형을 차지하고 있는 기독교 캐릭터의 존재양상과 형상화 방식에 대해 고찰하고자 한다. 이러한 본 연구의 작업은 기독교와 관련된 한국 게임 캐릭터의 유형적인 특징을 규명하는 동시에 그 향유의식을 고찰함으로써 한국 게임 스토리텔링의 미학을 일부 해명하는데 기여할 수 있을 것으로 생각한다.

3) 〈에밀클로니클 온라인〉은 2007년에 나온 게임으로 장르는 MMRPG게임이다. 제작사는 (주)그라비티이며, 보급사는 일본계인 (주)경호이다. 출시 이후 게임유저들에게 상당한 인기를 끌었다. 유저가 몬스터를 사냥하는 일종의 헌터 역할을 하는 게임 유형인데, 특징적인 것은 귀여운 캐릭터를 내세워 유저를 유소년층과 여성층으로 확대했다는 사실이다. 섹슈얼러티와 폭력성을 강조하는 기존의 여타 온라인 게임과는 차별화 되는 캐릭터를 중심으로 짜여진 작품이라 할 수 있다. 여기에 마리오네트라는 인형 캐릭터를 내세워서 분신(分身)과 빙의(憑依) 시스템을 갖추고 있다는 점이 주목된다. 유저가 선택한 주인공 캐릭터가 자유자재로 마리오네트로 분신했다가, 또 다른 마리오네트나 캐릭터에 빙의할 수 있는 시스템으로 다른 게임에서는 찾아볼 수 없는 특징적인 캐릭터 스토리텔링 방식을 보여준다. 유저가 선택하고 성장시킨 캐릭터들은 몹으로 불리는 몬스터를 사냥함으로써

릭터의 존재양상과 그 캐릭터 스토리텔링 방식이 지니는 의미에 관해 고찰하고자 한다. <에밀클로니클 온라인>은 2007년에 창작되어 현재까지 폭넓은 대중적인 인기를 모으고 있는 롤플레잉게임으로, 기독교 캐릭터가 작품의 삼분의 이에 해당하는 비중을 차지할 정도로 그 캐릭터의 존재양상과 캐릭터 형상화 방식에 있어서 기독교와의 관련성이 높은 작품이다. <에밀클로니클 온라인>에 등장하는 기독교 캐릭터의 외형과 행동방식, 성격과 수행미션, 관련 공간과 아이템이 기독교 교리와 이념, 기독교의 전반적인 문화와 관련되어 있는 것이다.

이상의 문제의식에 따라 본 연구는 두 가지 방향으로 전개된다. 첫 번째는 <에밀클로니클 온라인>에 나타난 기독교 캐릭터의 존재양상과 캐릭터 스토리텔링 방식에 대한 고찰이다. <에밀클로니클 온라인>에서 주축을 이루는 기독교 캐릭터의 하위유형을 분류하고 그 특징을 분석할 것이며, 기독교 캐릭터를 형상화 하는 스토리텔링 방식을 구체적으로 고찰할 것이다. 두 번째는 기독교 캐릭터의 형상화 방식에 있어서 기독교적인 세계관이 어떻게 반영되어 있는가의 문제, 즉 기독교 캐릭터의 정체성과 특수성을 구현함에 있어서 기독교적인 전통과 문화가 어떠한 방식으로 관여하고 있는가를 분석해 보고자 한다. 문제의 입점은 기독교 캐릭터가 <에밀클로니클 온라인>라는 상업적으로 성공한 한국 온라인게임콘텐츠의 스토리텔링에 어떤 방식으로 존재 및 기능하고 있는가 하는가, <에밀클로니클 온라인>의 캐릭터를 여타의 대중문화콘텐츠에 등장하는 캐릭터와 차별화 시키는 기독교적 세계관 및 문화의 캐릭터화 방식이 될 것이다.4)

---

능력치를 키워서 전직을 하고 상위레벨에 도달할 수 있다.

4) 본 연구는 2007년에 창작된 대표적인 기독교 게임콘텐츠인 롤플레잉게임 〈에밀클로니클 온라인〉을 구체적인 텍스트 분석을 주로 한다. 필요한 경우 〈에밀클로니클 온라인〉에 대한 인터넷 댓글이나 설문, 통계자료, 신문기사, 인터넷 홈페이지 기사 등을 향유의식 분석을 위한 실증적인 보조 자료로 활용할 것이다. 아울러 〈에밀클로니클 온라인〉에 나타난 기독교 캐릭터의 스토리텔링 방식이 지니는 차별성을 확인하기 위해 비교고찰 대상으로 설정한 게임인 〈리니지 온라인2〉, 〈헬게이트〉와 관련된 해당 홈페이지 게시판 기사 및

## 2. 기독교 캐릭터의 존재양상과 캐릭터 스토리텔링 방식

<에밀클로니클 온라인>에는 다양한 기독교 관련 캐릭터가 등장한다.[5) 우선 종족의 측면에서 기독교 캐릭터의 캐릭터 스토리텔링이 이루어지는 양상을 살펴보기로 하자. <에밀클로니클 온라인>에서는 천사족인 타이타니아(Titania)와 악마족인 도미니언(Dominian)은 그 종족의 정체성 자체가 기독교 캐릭터를 구현한다. 인간족인 에밀과 기독교 캐릭터와의 관련성이 부분적으로 나타나는 것에 비해서 천사족인 타이타니아와 악마족인 도미니언은 그 태생 자체가 기독교적인 세계관 속에서 배태된 것이다. 천사족인 타이타니아족은 기독교의 유일신인 하나님의 말씀을 전해야 한다는 사명을 완수하고자 하는 종족이다. 흔히 생각하는 천사, 즉 엔젤(angel)을 생각하면 된다. 원래는 인간계와 분리된 신계(神界)에서 살다가 일정한 연령이 되면, 주어진 사명을 완수하기 위해 인간세계로 내려오는 것으로 되어 있다. 천사족인 타이타니아족은 지고신인 하나님의 명을 수행하는 일종의 사령신(司令信)으로서의 속성을 지니고 있는 것이다. 이러한 타이타니아족은 신계의 종족으로서 인간족인 에밀(Emil)과 태생적으로 분리된다. 여기에는 신계와 인간계를 분리해서 생각하는 기독교의 이분법적인 사고가 내재해 있다.

천신족(天神族)으로서의 타이타니아족의 정체성은 그 외적인 모습에서도 드러난다. 타이타니아족을 상징하는 색상은 하얀색, 파스텔톤, 그리고 금색이나 은색이다. 이들 타이타니아족은 머리 색깔에서부터 옷 색깔에 이르기까지 이러한 흰색과 금색, 파스텔톤으로 둘러싸여있다.[6)

---

각종 포털 블로그나 카페의 글 등을 보조적인 분석 자료로 활용하기로 한다.
5) 〈에밀클로니클 온라인〉에 등장하는 기독교 캐릭터는 종족과 직업에 따라 캐릭터 스토리텔링이 이루어진다. 그런데 종족과 직업은 서로 연계된다. 종족의 유형을 선택한 기반 위에서 다양한 직업을 선택해나가기 때문이다. 특히 이러한 직업은 제1차, 제2차, 제3차의 3단계 전직(轉職) 시스템으로 되어 있어서 전직을 통해 캐릭터의 능력치를 키워가는 과정에서 궁극적으로 종족의 정체성을 강화해 나가는 특징을 보여준다. 〈에밀클로니클 온라인〉의 기독교 캐릭터는 종족과 직업의 상호작용 속에서 형성되는 것이다.

이러한 색상은 천사족인 타이타니아족이 지닌 속성을 상징한다. 지고지 순하고 순결하며, 때 묻지 않고 고귀한 이미지를 색상으로 형상화 한 것이다. 여기에 어깨에 달린 하얀 날개와 머리 위에 떠 있는 금빛 고리 는 기독교 문화를 형상화 하는 여타의 작품에서도 천사 캐릭터와 관련 하여 전형적으로 등장하는 일종의 상투적인 클리셰이다. 천사의 날개는 지상에 발 딛고 살아가는 인간과는 달리 천상에서 자유로이 유영하는 천신족의 표상이다. 동시에 금단의 사과를 먹은 죄로 신계에서 죄를 짓고 쫓겨나 인간계에서 고생을 하며 살아가야 하는 원죄를 지닌 인간 족이 잃어버린 결핍의 상징이 된다. 한편 금빛 고리는 천사족인 타이나 티아족이 지고신인 하나님과 예수, 성모마리아 일족과 동일한 계파에 속한다는 표징이 된다. 카톨릭 성당의 벽화나 중세 유럽에서 성서의 장면을 그린 그림들을 보면 의례히 기독교의 지고신에 속하는 천상적 존재의 머리 위에는 이러한 금빛 고리가 형상화 되어 있다. 날개는 천상 과 지상을 오가며 하나님의 명을 전하는 천사의 사령신으로서의 정체성 을 상징하는 것으로 지고신에게는 없는 것이지만, 금빛 고리는 천사를 부리는 주체인 지고신과 그 사령인 천사가 공유하는 천신족의 징표인 것이다.

타이타니아족은 천신족에 속하기 때문에 신이 내린 사명을 수행하기 위한 그들의 행동은 인간계에 발 딛지 않은 채 이루어진다. 이들이 신이 내린 미션을 수행하는 방식은 천상에서 내려와 인간계 위에 둥둥 떠다 니거나 날아다니는 가운데 이루어진다. 이러한 움직임은 타이타니아족 이 천신족으로서 인간족인 에밀족과 맺고 있는 상하(上下)의 위계질서 를 상징적으로 보여준다. 지표면과 공중을 떠다니는 타이타니아족의 위치는 항상 인간족인 에밀족 보다 상대적으로 위에 위치한다. 상호 커뮤니케이션 역시 타이타니아족이 에밀족을 내려다보는 형태로 이루

---

6) 〈에밀클로니클 온라인〉에서 타이타니아족은 "하얀 날개와 금빛 고리를 지닌 아름다운 천사 종족 타이타니아"로 명시되어 있다.(〈에밀클로니클온라인〉 홈페이지 http://eco.hangame. com/Guide/introduce.asp)

어진다. <에밀클로니클 온라인>의 게임유저가 타이타니아족을 캐릭터로 선택했을 경우에 게임의 서사공간 속에서 다른 유저가 선택한 에밀족을 만나게 되면, 타이타니아족 캐릭터는 내려다보고 에밀족은 올려다보는 시선의 상호 교차가 이루어질 수밖에 없다. 여기서 당연히 타이나티아족 캐릭터는 위치와 시선의 우위를 점하게 된다. 타이타니아족 캐릭터가 점유한 위치와 시선의 우위는 곧 천신족으로서 타이타니아족이 인간족에 대해 상대적으로 보유한 우월한 정체성을 상징한다.7)

게임의 캐릭터 스토리텔링은 캐릭터 자체의 외형이나 행동뿐만 아니라 그에게 주어진 미션과 미션 수행을 위한 아이템을 통해서도 이루어지는데, <에밀클로니클 온라인>에서 타이타니아족의 기독교 캐릭터로서의 속성 역시 미션과 아이템으로 스토리텔링화 된다. 타이타니아족에 속하는 캐릭터의 미션은 게임유저의 스테이지 단계와 직업 선택에 따라서 달라지는 것이기는 하지만, <에밀클라우드 온라인>에서 타이타니아족에 속한 캐릭터가 수행해야 할 미션의 본질은 기독교 교리의 전파와 신의 사명 수행이다. 따라서 타이타니아족에 속한 캐릭터가 보유하고 있는 아이템은 이러한 기독교 문화 속에 포함되는 일부분으로 구성된다. 지팡이, 성물이라든지 십자가, 묵주 등이 타이타니아족에 속한 캐릭터의 주된 아이템으로 등장한다. 한 가지 지적해 둘 것은 타이타니아족 캐릭터 역시 에밀족이나 도미니언족이 획득한 아이템, 그러니까 활이나 총, 칼, 안대 등의 아이템을 게임유저의 취향에 따라 선택할 수는 있지만, 이러한 종류의 아이템을 타이타니아족 캐릭터와 결합시키는 게임유

---

7) 타이타니아족이 신의 사령으로서 지고의 선(善)과 도덕성, 윤리성을 그 캐릭터의 본질로 한다는 것은 얼굴 모습이나 옷차림에서도 확인된다. 타이타니아족에 속하는 모든 캐릭터들은 그 직업과 성별에 관계없이 선량한 표정과 온순한 행동을 취한다. 얼굴 색깔은 하얗고 눈동자도 동그란 모양으로 찢어지거나 사나운 눈매가 아니다. 옷차림에서도 그 도덕성적이고 윤리적인 정체성이 표현되는데, 성직자나 수녀, 혹은 교복 스타일의 의상을 주로 착용한다. 성직자나 수녀의 옷차림은 그 자체로 신의 사령으로서 타이타니아족이 지닌 기독교 메신저로서의 속성을 표상한다. 한편 교복은 규율을 준수하는 반듯함과 책임감을 상징한다는 점에서 기독교의 율법을 전파하는 타이타니아족의 캐릭터 정체성을 상징적으로 형상화한 것이라고 할 수 있다.

저는 거의 없다. 타이타니아족에 속하는 캐릭터에게는 이러한 살상무기가 어울리지 않으며, 기독교적인 소명과 헌신, 나눔과 봉사 등에 어울리는 기독교 관련물이 동질성을 가지고 있다는 인식이 반영되어 있다고 볼 수 있다.

한편, 이러한 공감대와는 달리 특이하게 타이타니아족 캐릭터에게 공격이나 살상무기를 아이템으로 결합시키는 게임유저가 있다 하더라도, <에밀클로니클 온라인>의 게임서사 내부에서 이러한 아이템들은 에밀족·도미니언족이 획득하는 공격·살상무기와 그 종류나 기능에서부터 차이가 난다. 타이타니아족 캐릭터가 들고 다니는 살상무기는 지팡이나 활, 창 정도로 한정되며, 총이나 칼 등은 거의 나타나지 않는다. 지팡이는 선지자나 선각자가 인간을 제도하고 바른 길로 인도하는 도구라는 상징적인 메타포를 지니고 있다. 이러한 지팡이가 타이타니아족 캐릭터와 만나면 기독교적 교리를 전파하고 하나님의 메시지를 전달하기 위한 계도의 도구라는 의미를 지니게 된다. 창이나 활도 쇠뇌로 장식되고 압도적으로 큰 것이 아니라 조그맣고 앙증맞으며, 금빛으로 빛나거나 흰색, 파스텔톤으로 고결한 이미지를 풍기는 외형을 가졌다. 상대를 상하게 하는 공격용이라기 보다는 장식용이라고 해야 더 정확하다. 타이타니아족 캐릭터의 무기가 창이나 활로 한정되는 이유는 총이나 칼, 여타의 살상무기에 비해 그 파괴력이 상대적으로 약하며, 근대적인 이미지 보다는 고대나 중세의 전근대적인 이미지가 강하기 때문에 기독교적 소명의 전령사로서 타이타니아족 캐릭터가 지니는 캐릭터스토리텔링에 알맞기 때문이다.

도미니언족은 절대 악의 존재인 악마이다. 흔히 알고 있는 기독교 세계의 악마인 사탄이나 루씨퍼가 여기에 해당한다. <에밀클로니클 온라인>에서 도미니언족 캐릭터는 말 그대로 악마족으로서 그 상징인 악마의 꼬리[8]를 지니고 있는 것으로 나타난다. 지고신인 하나님과 그 사

---

8) "검은 날개와 꼬리를 가진 장난꾸러기 악마 종족 도미니언"(<에밀클로니클온라인> 홈페이

령인 천사가 절대 선을 상징한다는 점에서 도미니언족은 그 부정적인 대응체가 된다. 기독교의 교리와 하나님의 사명에 구속되지 않고 자신이 주체가 된 악의 세계를 독자적으로 구축한 존재가 바로 악마족인 도미니언이다. <에밀클로니클 온라인>에서 도미니언족은 "마음 가는 대로 걷는 자"[9]로 설정되어 있는데, 이는 하나님의 말씀이 곧 절대 진리인 기독교적인 세계관을 기준으로 볼 때, 하나님의 말씀을 따르지 않고 자기 마음대로 거침없이 행동하며, 자신만의 율법을 독자적으로 설정하는 도미니언족은 곧 절대악이 되기 때문이다. <에밀클로니클 온라인>에서 도미니언족이 전쟁과 싸움을 추구하는 캐릭터로 설정[10]되어 있는 것도 하나님의 말씀과 기독교의 교리를 절대적인 율법으로 하여 체계화되어 있는 세계에서 이를 무시하고 자신의 독자적인 율법을 세우고자 하는 도미니언족의 방식이 하나님의 말씀을 중심으로 한 기존의 세계관과 갈등을 일으켜 전쟁과 분쟁을 야기한다는 도미니언족의 정체성을 설명해 주는 것이다. 이러한 도미니언족의 정체성은 천사족인 하나님에 대한 봉사와 인간에 대한 희생을 실천하며, 평화를 수호하는 타이타니아족과 정반대의 캐릭터라고 할 수 있다.

<에밀클로니클 온라인>에 등장하는 도미니언족은 신계(神界)와 인간계(人間界)로 양분되어 있는 기독교적인 세계관 속에서 그 어느 쪽에도 속하지 못한다. 신계도, 인간계도 아닌 제3계에 속한 존재라고 할 수 있다. 이렇게 본다면 엄밀히 말해서 기독교의 세계관은 신계와 인간계, 그리고 제3계로 구성된 삼분법이 적용된다고도 볼 수 있다. 중세 유럽풍의 판타지에서 요정이나 정령의 세계를 제3계로 설정하는 세계관과 유사한 구도이다. 그런데 <에밀클로니클 온라인>의 도미니언과 같은 악

---

지 http://eco.hangame.com/Guide/introduce.asp)

9) 〈에밀클로니클온라인〉 홈페이지 http://eco.hangame.com/Guide/introduce.asp를 참조하기 바람.

10) 도미니언족의 행동방식은 "전쟁이나 승리를 찾아 인간세계 온다"로 설정되어 있다.(〈에밀클로니클온라인〉 홈페이지 http://eco.hangame.com/Guide/introduce.asp)

마족은 신도 아니면서 유일신인 하나님의 가치관을 거부하며, 자신들이 인간을 지배하고자 하나는 점에서 신과 같은 속성을 일부 공유하고 있다. 인간 이상의 권능을 지니고 있다는 점에서는 신적인 속성을 지니고 있으나, 기독교의 세계관 속에서 신계와 인간계 그 어디에서도 이를 인정받지 못한다는 점에서 신으로 규정되지 못하는 존재이다.

이러한 이유로 <에밀클로니클 온라인>의 악마족인 도미니언 캐릭터의 외형과 행동방식은 천사족인 타이타니아 캐릭터의 그것과 공유하는 면이 일부 있으면서도, 타이타니아족 캐릭터의 외형과 행동방식이 지니는 밝은 면의 반대쪽에 위치한 어두운 면(dark side)을 형상화 한 형태로 나타난다. 우선 공통점은 <에밀클로니클 온라인>의 도미니언족 캐릭터가 타이타니아족 캐릭터와 마찬가지로 날개를 가지고 있다는 사실이다.[11] 날개는 인간이 지닐 수 없는 신성(神性)을 상징하는 표징이다. 그런데 <에밀클로니클 온라인>의 도미니언 캐릭터는 타이타니아족과 달리 날개를 가지고 있으면서도 그 이동방식에 있어서 날개를 전혀 쓰지 않는다. 타이타니아족이 날개로 지표면 위를 날아다니거나 둥둥 떠다니는 것에 비해서 도미니언족은 인간처럼 지상 위를 걸어서 움직인다.

도미니언족 캐릭터가 지니고 있는 날개는 도미니언족의 기원이 본래 타이타니아족과 같은 기독교 유일신의 사령인 천사였다는 사실을 암시한다. 날개는 기독교의 지고신인 하나님도 지니지 못한 것으로 부지런히 오가며 신의 말씀을 전하는 메신저의 표징이다. 도미니언족이 이러한 날개를 지니고 있다는 것은 도미니언족이 신계가 아닌 제3계의 존재가 되기 전에 원래는 신계에 위치해 있었다는 사실을 의미한다. 날개라는 상징적 메타포가 지니는 의미는 도미니언족이 원래부터 부정적인 악마였던 것이 아니라 신계의 천사였는데, 특정한 이유로 인해 신계에

---

11) "검은 날개와 꼬리를 가진 장난꾸러기 악마 종족 도미니언"(〈에밀클로니클온라인〉 홈페이지 http://eco.hangame.com/Guide/introduce.asp)

서 제3계로 위치 이동한 존재임을 말해준다. 이 점에서 도미니언족은 그 기원은 천사에 두되 기독교 교리가 인정하는 긍정적인 속성을 상실하고 부정적인 정체성을 지니고 있다는 점에서, 천사이되 사악한 천사인 일종의 흑천사(黑天使), 혹은 타락천사(墮落天使)로 규정할 수 있다.

흑천사 혹은 타락천사로서의 도미니언족이 지니는 속성은 날개의 외형에서도 시각화 하여 드러난다. <에밀클로니클 온라인>에 등장하는 도미니언족 캐릭터의 날개는 타이타니아족의 그것과 모양이 다르다. 일단 색깔이 검정색이다. 타이타니아족 캐릭터의 날개가 흰색이나 파스텔톤, 금색의 밝고 환한 색으로 되어 있는데 비해, 도미니언족 캐릭터의 날개는 어둡고 칙칙한 색으로 되어 있다.12) 도미니언족 캐릭터의 날개가 검은 색으로 나타나는 이유는 흑백의 색채 대비를 통해 도미니언족이 기독교 유일신인 하나님의 말씀을 거부하고 스스로 어둠의 길로 빠졌다는 사실을 명시적으로 드러내고자 하는 의식을 보여준다. 여기에는 기독교의 교리를 따르는 자들은 밝은 성령의 세계에 있고, 그렇지 않고 독단적으로 행동하는 자는 사악한 어둠의 세계에 떨어져 있다는 기독교 중심적인 시각이 내재해 있다. 한편, <에밀클로니클 온라인>에 등장하는 도미니언족 캐릭터의 날개는 항상 거꾸로 뒤집힌 모양을 하고 있다. 타이타니아족 캐릭터의 날개가 성령이 충만하여 파워(power)가 업(up)된 상태에서는 날개의 끝이 하늘을 향한 상방 수직 정립의 모양을 하고 있는 반면, 도미니언족 캐릭터의 날개는 파워가 업 되어 있거나 아니거나 간에 상관없이 항상 일률적으로 날개의 끝이 땅을 향한 하방 수립정립의 모양을 하고 있다. 이처럼 도미니언족 캐릭터의 날개가 땅을 향하여 뒤집혀진 모습을 하고 있는 것은 도미니언족이 기독교 교리의 전령사인 천사족의 소명을 거부한 부정적인 존재라는 의미를 상징하고 있는 것으로 보인다. 일종의 반천사(反天使)로서의 상징이라고 할 수 있다.

---

12) "검은 날개와 꼬리를 가진 장난꾸러기 악마 종족 도미니언"(<에밀클로니클온라인> 홈페이지 http://eco.hangame.com/Guide/introduce.asp)

<에밀클로니클 온라인>에서는 도미니언족이 신계의 천사에서 제3계의 흑천사가 된 배경을 다음과 같은 두 가지 방식으로 캐릭터 스토리텔링화 하고 있다. 첫 번째는 도미니언족이 기독교 유일신의 사령으로서 그 사명에 따르는 소명을 거부하고 자신의 목소리를 냈기 때문에 그 대가로 신계에서 쫓겨난 존재라는 것이다. 이는 도미니언족이 타이타니아족의 수동적인 행동방식을 거부한 주체적인 존재라는 사실을 의미한다. 즉, 도미니언족은 원래부터 사악한 부정적인 존재가 아니라 기독교의 유일신에게 종속되기를 거부하고 자신의 의지를 실현하며, 자신의 목소리를 내기를 선택한 대가로 신계에서 파문당하여 악마로 규정된 존재라는 것이다. <에밀클로니클 온라인>에서 도미니언 캐릭터를 일명 "마음 가는 대로 걷는 자"[13]로 규정하고 있는 것도 기독교의 지고신인 하나님의 말씀에 절대 복종하며 타자화 되기를 거부하고 독자적인 주체성을 추구하는 존재라는 캐릭터 스토리텔링 양상을 단적으로 보여준다.

두 번째는 도미니언족이 본래 그 자체로 호전적인 성향을 지닌 존재로서 평화와 안식을 추구하는 기독교의 시스템에 심각한 균열을 가할 수 있기 때문에 신계에서 쫓겨났다는 사실이다. <에밀클로니클 온라인>에서 도미니언족은 봉사와 헌신, 안정과 평온을 지향하는 타이타니아족의 성격과는 달리 전쟁을 좋아하고, 싸우면 반드시 이겨야 한다는 공격적인 성향을 지니고 있는 것으로 설정되어 있다. 도미니언족의 이러한 공격적인 성향은 곧 자기중심적인 에고이즘을 의미하는 것으로 해석될 수도 있다. 공격적 성향은 나만을 우선시 하고 타인을 배려하지 않는 자기중심성의 다른 얼굴일 수 있기 때문이다. 도미니언족의 이기주의는 타인에 대한 양보와 배려라는 기독교의 윤리에 위배된다. 이타주의적인 성향을 지닌 타이타니아족이 기독교 윤리의 전령사로 남은 반면, 원래는 이들과 같은 천사였던 도미니언족이 신계에서 쫓겨나 암흑천사가 된 것도 도미니언족의 성향이 기독교의 정신과 일치하지 않

---

13) 〈에밀클로니클온라인〉 홈페이지 http://eco.hangame.com/Guide/introduce.asp

음을 말해한다.

&lt;에밀클로니클 온라인&gt;의 도미니언족 캐릭터가 천사의 징표인 날개를 지니고 있음에도 불구하고 날 수 없는 것으로 설정되어 있는 것은 도미니언족이 기독교 교리의 메신저로서의 기능을 거부했기 때문에 천사의 표징인 날개가 제 기능을 하지 못하고 가동 불가능의 상태에 있음을 의미한다. 즉, 도미니언족의 날개는 정상적으로 기능하는 천사의 날개가 아니라, 신계의 천사족에서 쫓겨난 존재임을 의미하는 부러진 날개를 상징한다. 날개의 형태는 그대로 유지하고 있지만 기능을 할 수 없다는 점에서 불구의 날개인 것이다. 도미니언족의 날개는 그 외형적 존재는 남아있지만 기독교 사령인 천사의 기능을 거부했다는 점에서 없는 것과도 같다. 도미니언족의 날개는 물리적으로는 존재하되, 그 본질적인 존재의 가치는 부재한, 존재하되 존재하지 않는 이중성을 지니고 있는 것이다. 이 점에서 도미니언족 캐릭터의 날개는 부재, 결핍, 불구의 의미를 지니고 있다고 할 수 있다. 도미니언족 캐릭터의 날개가 지니고 있는 불구성은 날개를 달고도 날지 못하고 걸어서 이동하는 행동방식으로 구체화 된다. 도미니언족 캐릭터의 이러한 행동방식은 기독교 메신저인 천사가 지닌 날개의 본연의 기능을 거부한 도미니언족의 불구성이 액션(action)화 한 형태라고 할 수 있다.[14]

심지어 도미니언족 캐릭터의 날개는 좁고 가늘어서 날개의 전형적인 외형을 제대로 갖추지 못한 모습으로 형상화 되어 나타나기도 한다. 타이타니아족 캐릭터의 날개가 풍성한 깃털로 장식되어 여유롭고도 평온한 이미지를 주는 것에 비해서, 도미니언족에 속하는 일부 캐릭터의 날개는 아예 깃털이 없이 뼈와 가죽만 남아있는 형태로 나타나기도 한다. 타이타니아족 캐릭터의 날개가 보유하고 있는 풍성한 깃털과 도미니언족 캐릭터의 깃털 없이 뼈와 가죽만으로 된 날개는 깃털의 유무(有無)로 대비적인 이미지를 형상화 한다고 할 수 있다. 이러한 깃털의 유

---

14) 물론 이러한 불구성은 기독교적 이데올로기를 중심으로 보았을 때 그렇다는 것이다.

무는 곧 기독교 윤리의식과 소명의 유무로 전이되어 인식될 수 있다. 즉, 기독교 교리의 전파자로서의 소명을 거부한 도미니언족 캐릭터는 기독교 윤리의식이 결핍된 존재로서, 기독교 중심적인 시각에서 보자면 온전한 가치를 지니지 못한 캐릭터라는 것이다. 기독교 정신을 전파하는 소명을 수행하기를 거부한 도미니언족 캐릭터의 날개는 기독교 중심적인 시각에서 볼 때 그 존재가치가 없는 불구의 것에 해당한다. 따라서 도미니언족 캐릭터의 날개가 깃털이 빠진 채 크기가 줄어들고, 뼈와 가죽만 남은 형상을 하고 있는 것은 원래 천사였다가 신계에서 쫓겨난 도미니언족의 태생을 의미하는 것으로 퇴행과 퇴보의 의미를 지니고 있다고 할 수 있다. 도미니언족 캐릭터의 날개가 타이타니아족 캐릭터의 그것과 달리 날개라고도 할 수 없는 박쥐의 퇴행한 날개 모양과 닮아 있는 것도, 천사의 징표인 날개가 제 구실을 다 하지 못해서 작동 불가능의 상태에 있다는 도미니언족 캐릭터의 정체성을 시각적으로 형상화한 것이라고도 볼 수 있다.

<에밀클로니클 온라인>의 도미니언족 캐릭터가 타이타니아족 캐릭터와 같은 천사의 뿌리에서 갈라져 나온 반천사라는 정체성은 또 다른 외형적인 특징인 얼굴 모습에서도 확인된다. 도미니언족 캐릭터의 얼굴은 순진하고 온순한 타이타니아족 캐릭터의 그것과 달리 눈이 양 옆으로 쫙 찢어지고 심술궂고 불만에 찬 표정을 짓고 있다. 대체로 화가 나 있거나 성깔 있는 모습으로 형상화 되어 있는 것이다. 이는 선악대비 구조를 외형적인 모습으로 형상화 한 전형적인 경우에 해당한다. 일반적으로 대중문화콘텐츠 속에 등장하는 캐릭터들은 선과 악의 두 유형으로 대립하는 구조를 취하고 있는데, 선한 캐릭터들은 전형적으로 온화하고 순결한 모습을 하고 있는 반면, 악한 캐릭터들은 일률적으로 도전적이거나 공격적이고 성질 있는 모습으로 형상화 되어 나타난다. <에밀클로니클 온라인>에서 도미니언족을 호전적이거나 성깔 있는 표정으로 형상화 하는 양상은 대중문화콘텐츠 속에서 선악대비를 중심으로 인물을 형상화 하는 전형적인 방식을 그대로 반영한 것으로, <에밀클로니클

온라인>에서는 이러한 선악대비구조를 기독교와 반기독교 캐릭터의 대비구조로 전이한 것이라 할 수 있다.

&lt;에밀클로니클 온라인>의 도미니언족 캐릭터의 얼굴 색깔이나 머리 색깔, 옷 색깔 등 캐릭터의 정체성을 상징하는 색상이 어두운 톤으로 일관되게 통일되어 있는 것도 밝은 파스텔톤을 주조로 하는 타이타니아족 캐릭터와 대비되는 흑천사로서의 속성을 색채적으로 드러낸 것이다. 도미니언족 캐릭터의 머리 모양 타이타니아족 캐릭터와 다르다. 유난히 삐죽삐죽한 삐침 머리가 많고, 심지어 양 갈래로 묶은 짧은 머리가 머리 양쪽에서 곤두선 형태로 악마의 뿔을 상기시키는 헤어스타일을 한 경우도 있다. 도미니언족 캐릭터의 옷차림에서도 기독교의 사명을 따르는 자가 아니라 이를 자기 마음대로 거부하는 자로서의 성향을 그대로 드러낸다. 도미니언족 캐릭터는 남녀의 성별을 불문하고 다소 난삽한 의상소품을 주렁주렁 달고 있거나 무늬가 요란한 옷을 입고 있으며, 펑키한 스타일의 옷을 선호하는 것으로 나타난다. 얌전하고 조신하며 경건하고 엄숙한 모범생 스타일의 타이타니아족 캐릭터와는 달리 자유롭고도 제멋대로의 분위기가 물씬 풍긴다. 도미니언족 캐릭터의 여성형의 경우에는 반바지나 칠부바지의 하의에, 탱크탑이나 민소매 등의 상의를 매치시켜 상하 양쪽으로 노출을 시도한 옷차림이 많다. 타이니아족 여성 캐릭터가 목까지 꽁꽁 싸매서 피부를 노출하지 않는 도덕적인 옷차림이 주조를 이룬다면, 도미니언족 여성 캐릭터는 기독교적인 윤리관을 기준으로 볼 때 분명히 다소 비도덕적이라 할 수 있는 옷차림을 한 경우가 많다. 일반적으로 옷차림의 노출은 선정성의 시비를 불러올 수 있으며, 기독교의 종교적인 관점에서 볼 때, 이러한 선정성은 부도덕함을 상징한다는 점에서 신이 내린 소명을 거부한 부정적인 존재로서 도미니언족이 지닌 정체성을 표현한 것이라 할 수 있다.

&lt;에밀클로니클 온라인>에서는 타이타니아족·도미니언족 같은 기독교 캐릭터가 게임유저가 선택한 직업과 결합되면서 그 기독교 캐릭터로서의 정체성을 강화해 나가는 것으로 되어 있다. &lt;에밀클로니클 온라

인>에 설정되어 있는 직업은 기독교와 직접적으로 관련되어 있는 경우와 간접적으로 연결되는 경우 두 가지 유형으로 나누어 볼 수 있다. 기독교와 직결되는 직업은 사제와 신관이고, 간접적으로 관련되어 있는 직업은 기사와 마법사 주술사이다. 그런데 여기서 한 가지 주목되는 것은 타이타니아족·도미니언족 종족에 속하는 캐릭터가 직업에 따라서 기독교 캐릭터로서의 정체성을 구축해 나가는 양상이 각기 다른 국면으로 나타난다는 사실이다.

첫 번째로 <에밀클로니클 온라인>에서 기독교 관련 직업은 타이타니아족과 결합되느냐, 아니면 도미니언족과 결합되느냐에 따라서 각기 다른 형태로 구체화 된다. 먼저, 기독교와 직결되는 직업인 사제와 신관이 타이타니아족과 결합되면 기독교 교리의 구현자이자 하나님의 말씀을 전하는 자로서의 역할을 성실히 구현하는 캐릭터가 된다. 이 때 사제와 신관이라는 직업은 타이타니아족이 기독교의 메신저로서 지니는 정체성과 그 외형적인 특수성, 예컨대 빛과 밝음의 이미지, 순결하고 도덕적인 얼굴 표정과 옷차림, 인간 보다 우위에서 움직이는 행동반경, 신과 인간을 매개하는 행동방식, 윤리적이고 이타주의적인 태도 등이 변형 없이 그대로 구현된다. 그런데 이처럼 기독교와 직결되는 직업인 사제와 신관이 도미니언족과 결합되면 그 양상은 180도 달라진다. 도미니언족은 인간보다 우월한 능력과 지력을 자랑하는 사제와 신관이라는 직능을 기독교에 반대하고 하나님이 아니라 자기중심적인 율법을 구축하기 위한 목적으로 이용하게 된다. 도미니언족 캐릭터가 수행하는 사제와 신관의 직업은 도미니언족 캐릭터 특유의 어둡고 심술 맞으며 제멋대로인 행동방식과 태도, 얼굴 표정, 노출이 심한 옷차림 등과 결합되어 사제와 신관이되 기독교에서 인정하는 그 직능에 맞지 않은 형상으로 구현된다. 도미니언족 캐릭터의 사제와 신관은 명색만 사제와 신관일 뿐 기독교의 교리, 문화에 어울리지 않을 뿐만 아니라 이러한 형상과 행위 방식을 통해 궁극적으로는 기독교의 이념을 파괴한다는 점에서 반사제(反司祭)·반신관(反神官)이라고 할 수 있다. 기독교 중심적인 시각에서 볼 때, 타이타니아족이 실행하는 사제와 신관의 직능이 밝고 긍정적인 세계를 구현한다고 한다면, 이처럼 도미니언족 캐릭터가 실행하는 사제와 신관이란 직업은 일종의 암흑사제(暗黑司祭)·암흑신관(暗黑神官)으로 명명될 수 있다.

기독교와 간접적으로 관련되어 있는 직업인 기사(knight)와 마법사, 주술사가 타이타니아족이나 도미니언족과 각각 결합되어 캐릭터의 정체성을 구체화 하는 방식도 역시 마찬가지의 양상으로 나타난다. 먼저 기사라는 직업은 본래 왕의 충직한 신하로서 목숨 바쳐 왕권을 수호하는 자를 의미하지만, 기독교가 중세 유럽 대부분 국가의 국교화 되면서 왕권의 수호는 곧 기독교의 수호라는 동일한 의미를 지니게 되었다. 이교도 국가를 정벌하여 기독교 교리를 전파하고자 하는 성전(聖戰)으로 합리화 된 십자군 원정이 이들 기사에 의해 수행되었던 것도 중세 유럽에서 기사라는 직업의 직능이 기독교의 이념과 결합되어 있음을 의미한다.[15] 판타지 게임의 시공간적 배경이 현대가 아니라 중세 유럽을 연상시키는 비현실적인 시공간으로 설정되어 있는 경우가 보편적이라 할 때, <에밀클로니클 온라인>에 나타나는 기사라는 직업도 단순히 왕권을 수호하는 자가 아니라 기독교 교리에 의해 왕권이 영향을 받은 중세 유럽에서 왕권과 기독교의 수호를 동시에 행한 기사의 의미망 속에 놓여있다고 할 수 있다. 이러한 기사가 타이타이나족과 결합되면 기독교 교리를 전파하고 하나님의 말씀을 실행하는 사령으로서의 타이타니아족 캐릭터의 정체성이 더욱 확고하게 구축되는 효과를 낳게 된다. 이 때 타이타니아족 출신의 기사는 빛과 밝음, 윤리성과 도덕성, 이타주의와 헌신 등의 이미지를 보유하고 있는 타이타니아 종족 공유의

---

15) 중세 서양의 기사의 직능이 기독교 이념과 결합되어 있는 양상을 독일 기사도소설을 통해 분석한 다음의 논문들을 통해 기사라는 캐릭터가 기독교의 종교적 세계관 속에서 지니는 위상과 의의에 대한 시사점을 얻을 수 있다. 장정아, <<에린스트 공>에 나타나는 작품 주제와 구성에 대한 연구>, 『카프카연구』 9, 2001 ; 박종소, <『파르치팔』에 나타난 "기사됨"의 종교적 의미>, 『독일어문학』 25, 2004.

정체성을 그대로 이어받아 일종의 빛의 기사 혹은 백기사(白騎士)로서의 이미지를 구현하게 된다.

한편, 마법사나 주술사는 사전적인 의미로 현실세계의 인간들이 실제적으로 행할 수 없는 비현실적인 마법이나 주술을 행하는 직능을 의미한다. 마법사와 주술사의 세부적인 차이는 전자의 경우 인간세계의 존재가 아니라 정령이나 요정처럼 인간계와 신계 사이에 위치한 제3계에 위치한 비현실적인 존재로서 신계와 인간계를 일시적으로 오가는 자이며, 후자는 인간으로서 현실세계에서는 일어날 수 없는 비현실적인 술법을 행하는 자로 생각되었다. 그런데 이들 마법사·주술사들은 오늘날의 관점에서 보면 화학이나 물리학, 생물학, 의학 등의 자연과학을 탐구하는 과학자에 해당된다. 기독교 교리 외에는 모든 사상이 이단시 되던 시대에 과학적 지식과 그에 대한 탐구는 기독교적인 사고에서는 이해할 수 없는 비현실적인 마법이나 주술로 치부되었던 것이다. 그러나 자연과학에 대한 지식이란 것이 중세 기독교 시대의 일상생활을 유지하는데 필요한 측면이 있는 것이어서 기독교 교리를 저해하지 않는 선에서 그 탐구가 인정되기도 했는데, 이러한 선을 넘어서는 과학적 지식과 그에 대한 연구는 사악한 마법이나 주술로 이단시 되었다. 동일한 과학의 범주에 속하는 학문과 지식이 기독교적 세계관과 시스템의 유지라는 준거점을 중심으로 현실적인 사실과 비현실적인 사술(詐術)로 이분화 되었던 것이다. 이 점에서 중세 기독교 시대 이전부터 존재한 마법사·주술사들은 그 존재양상과 그 직능의 가치부터가 기독교적인 세계관에 따라 평가되었다고 할 수 있다.[16]

<에밀클로니클 온라인>에서 마법사·주술사란 직업이 기독교의 사령인 타이타니아 종족과 결합되느냐, 아니면 반기독교 종족인 도미니언 족과 결합되느냐에 따라 그 구체적인 캐릭터의 정체성과 가치평가가

---

16) 과학과 마법에 대한 중세 기독교의 관점에 대해서는 박명건, 〈중세유럽 마법의 역사적 변천 연구〉, 서울대학교 석사학위논문, 1998 ; 정원일, 〈디지털 미디어 시대의 재마법화 현상과 이미지의 모호성 연구〉, 홍익대학교 박사학위논문, 2007 등을 참조할 수 있다.

이분법적으로 나뉘는 것도 마법사 · 주술사에 대한 이러한 기독교의 전통적인 관점을 충실히 반영한 것이라 할 수 있다. 타이타니아족이 마법사 · 주술사가 되면 기독교의 교리를 수호하고 기독교인들을 돕기 위해 마법과 주술을 사용하는 캐릭터가 된다. 타이타니아족 출신 마법사 · 주술사가 사용하는 마법과 주술 역시 긍정적으로 형상화 되는 것이다. 반면, 도미니언족이 마법사 · 주술사가 되면 기독교의 율법을 거부하고 인간을 괴롭히거나 자기 마음대로 세상을 누비며 피해를 입히기 위해 마법과 주술을 사용하는 캐릭터가 된다. 이 경우 도미니언족 출신 마법사 · 주술사가 사용하는 마법과 주술은 부정적인 것으로 형상화 된다. 타이타니아족 출신 마법사 · 주술사와 다른 점은 도미니언족 출신 마법사와 주술사에게는 새로운 캐릭터 유형 범주가 주어진다는 것이다. 도미니언족 마법사와 주술사는 그 마법과 주술이 기독교의 교리에 미치는 부정적인 영향을 반영하여 흑마법사, 사령술사(邪靈術士)라는 또 다른 세부적인 캐릭터 유형으로 파생된다.

두 번째로 기독교의 교리를 기준으로 하여 밝음과 어둠, 긍정과 부정이라는 이분법적인 구도 속에서 대응되는 위치에 있는 타이타니아족과 도미니언족은 각기 어울리는 직업 또한 다르게 나타난다. 타이타니아족은 기독교의 이타주의적인 윤리를 구현하는 캐릭터이기 때문에 공격적인 직업에는 어울리지 않는 것으로 설정되어 있다. 예컨대 타이타니아족에게 궁수나 검사, 도적 등의 직업을 부여하게 되면 게임 내부의 서사세계에서 캐릭터로서 살아남는 생존능력이 현격히 떨어지게 된다. 궁수나 검사는 게임 속에서 전형적인 캐릭터로 나타나는 파이터(fight) 계열에 속하기 때문에 타인에게 호혜를 베풀고 남을 공격하기 보다는 자신이 희생하고 봉사하며 양보하는 타이타니아족의 기독교적인 윤리의식과는 어울리지 않는 것이다. 특히 남의 물건을 뺏거나 훔치는 도적은 타인에게 내 것을 오히려 내주며 도와주는 타이타니아족의 기독교적인 행동방식과 정면으로 배치된다는 점에서 상극의 위치에 있는 직업이라고 할 수 있다.

반면, 도미니언족은 궁수나 검사, 도적 등의 직업을 부여받을 때 그 파워가 극대화 되는 것으로 나타난다. 남의 것을 뺏거나 남을 공격함으로써 내 분기와 욕망을 마음대로 표출하는 이들 직업이야말로 에고이즘에 빠져 기독교 윤리를 거부한 도미니언족에게 적합한 것으로 설정되어 있는 것이다. 여기서 한 가지 지적해 둘 것은 <에밀클로니클 온라인>에서 기독교의 교리를 수호하고 전파하는 친기독교적 종족인 타이타니아족이 부여받을 수 있는 직업이 반기독교적 종족인 도미니언족의 그것에 비해 숫자적으로 제약되어 있다는 사실이다. 인간족인 에밀족에게 적합한 직업인 광부, 농부, 집시, 상인 등을 제외한 나머지 직업군에서 도미니언 종족이 파워를 유지하거나 업그레이드시키기에 적합한 직업으로 설정된 것은 도적이나 마법사, 주술사, 사제뿐이다. 이와 달리 도미니언족은 검사, 기사, 도적, 궁수, 마법사, 주술사, 사제 등 인간족인 에밀족에게 특화 된 직업을 제외한 모든 직업군에서 파워를 발휘할 수 있는 것으로 나타난다.[17)]

## 3. 기독교 중심적인 선악 캐릭터의 대비구조 변용과 그 기독교적 의의

<에밀클로니클 온라인>에는 다양한 기독교 캐릭터가 등장하지만 그 캐릭터 변화의 편폭은 두 가지 유형 속에서 이루어진다. 바로 친기독교 유형과 반기독교 유형이다. 전자에는 천사족인 타이타니아족과 관련된 캐릭터가 속하며, 후자에는 악마족인 도미니언족과 관련된 캐릭터가 속한다. <에밀클로니클 온라인>에서는 기본적으로 이러한 친기독교 캐

---

17) 이러한 직능과 직업의 구현양상에서 기독교 캐릭터와 반기독교 캐릭터에 대한 기존 대중 문화콘텐츠의 문법에서 탈피하여 변형되어 있는 측면을 확인할 수 있다. 도미니언족의 캐릭터 형상이 기본적으로 타이타니아족의 그것과 선악대비구조라는 전통적인 기독교 이념과 반기독 이념의 이분법적인 시각에 입각해 있기는 하지만, 전형적인 기독교 관련 캐릭터의 형상화 방식을 변형하고 있음을 알 수 있는 것이다.

릭터 유형과 반기독교 캐릭터 유형이 대비적인 구도를 형성하면 캐릭터 스토리텔링화가 되어 있다. 관련 배경 및 기원, 외모, 옷차림, 행동방식, 이미지, 직업 등에 있어서 두 유형은 기독교 교리와 이념, 기독교 윤리를 중심으로 하여 친화적이냐, 적대적이냐의 대비적인 위치에 놓여있는 것이다. 이러한 대비구도에는 본질적으로 기독교 교리와 이념을 중심으로 한 가치평가가 개입되어 있다. 기독교에 친화적인 캐릭터는 절대선에 속하고 기독교에 반대되는 캐릭터는 절대선이 아니라는 기독교 중심적인 시각이다. 기독교 중심적인 시각에서 캐릭터 유형을 이분법적으로 나누고 거기에 선과 비선(非善)의 가치평가를 개입시키는 캐릭터 스토리텔링 방식은 기독교 관련 대중문화콘텐츠 속에서 전형적으로 나타나는 것으로, 대중문화콘텐츠의 상업적인 코드인 선악대비구조를 기독교적으로 변형시킨 방식이라 할 수 있다.

이처럼 두 캐릭터 유형의 이러한 대비적인 구도는 공간 디자인과 스토리텔링에서도 여지없이 드러난다. 기독교에 친화적인 타이타니아족 캐릭터가 위치한 개인적인 공간은 흰색과 하늘색, 연두색 등 밝고 깨끗한 색깔로 채색되어 있다. 타이타니아족 캐릭터에게 그 본질적인 정체성을 부여하고 안내하는 지시자인 천사족이 위치한 공간이 연두색깔로 형상화 되어 있는 것은 타이타니아족 캐릭터에게 게임의 서사세계 내부에서 활동하는 생명력을 부여한다는 의미를 지니며, 이러한 일종의 생명창조의 행위가 기독교의 권능과 관련되어 있다는 메시지를 상징적으로 표현한다. 한편, 타이타니아족 캐릭터가 위치한 공간이 하늘색이나 흰색 등으로 형상화 되어 있는 것은 친기독교적인 캐릭터가 상하의 공간적인 질서 속에서 상방향(上方向)을 상징하는 신계(神界)의 범주에 속한다는 것으로, 인간 보다 우위에 위치한 긍정적인 캐릭터 이미지를 강화시키는 기능을 한다. 반면, 기독교에 저항하는 도미니언족 캐릭터가 위치한 공간은 검정색과 붉은색으로 형상화 되어 있다. 검정색은 지옥의 암흑을 상징하는 동시에 진리의 밝음이 통하지 않는 혼돈과 불안, 부조화와 무질서, 무지와 문맹의 부정적인 이미지를 상징하는 것으로, 기독교의 교리와 이념을 수용하지 않고 그 가르침에 반대하는 것은 곧 비선(非善)이라는 시각을 표출하고 있다. 도미니언족 캐릭터가 탄생하는 공간에 나타나는 붉은 색조는 지옥의 화염과 불꽃을 상징하는 것으로, 화염과 불꽃은 그 자체로는 강력한 힘을 가지고 있기는 하나 타자의 생명력을 마르게 하거나 불태워서 없앤다는 점에서 이기주의의 극단적인 부정적인 의미를 내포하고 있다. 바로 타자에게 생명을 부여하거나 호혜와 헌신을 실현하는 기독교 이념의 이타주의와 대립적인 관점에서 도미니언 캐릭터의 자기중심성을 부정적으로 형상화 한 것이라 할 수 있다.

<에밀클로니클 온라인>은 기본적으로 기독교에 친화적인 캐릭터와 적대적인 캐릭터를 대립시키는 선악대립구조라는 기독교 대중문화콘텐츠의 상투적인 클리세를 수용하여 그 위에서 기독교 캐릭터의 캐릭터 스토리텔링을 짜나가고 있는 작품이라고 볼 수 있다. 상업성을 인정받은 캐릭터 구조화 방식을 수용함으로써 <에밀클로니클 온라인>은 대중성을 안정적으로 확보하게 되었다고 할 수 있다. 그런데 전형적인 클리세라는 것은 상업성의 안전판 구실을 할 수도 있지만, 한편으로는 그 상투성 때문에 해당 작품이 대중에게 외면 받는 원인이 될 수도 있다. 대중들에게 친숙한 전형적인 요소를 수용하면서도 상투성의 늪에 빠지지 않을 수 있는 변용의 미학이 필요한 것이다. <에밀클로니클 온라인>이 기독교 캐릭터를 스토리텔링화 함에 있어서, 친기독교 캐릭터와 반기독교 캐릭터를 대립적으로 이분화 하는 전형적인 캐릭터 구도를 활용하면서도, 바로 게임의 서사세계 내부에서 캐릭터를 통해 그 상투성을 자기반성하는 양상을 보여준다. 즉, <에밀클로니클 온라인>은 친기독교 캐릭터와 반기독교 캐릭터의 선악대비구조의 전형성을 변용함으로써 기독교 캐릭터 스토리텔링의 새로운 국면을 개척하고 있다는 것이다.

<에밀클로니클 온라인>에서 확인되는 기독교 캐릭터 스토리텔링 방식의 변용 양상은 바로 반기독교 캐릭터 유형인 도미니언족에서 뚜렷하게 나타난다. <에밀클로니클 온라인>의 도미니언족은 기독교에 적대적

인 반기독교 캐릭터 유형으로서 친기독교 캐릭터 유형인 타이타니아족이 형상화 하는 절대선의 긍정적인 이미지 스토리텔링에 대비되어 비선(非善)의 부정적인 이미지를 부여받고 있기는 하나, 기존의 기독교 대중문화콘텐츠에 등장하는 반기독교 캐릭터 유형과는 달리 절대악의 속성을 부여받고 있지는 않다. 다시 말해서 친기독교 캐릭터인 타이타니아족이 보유하고 있는 절대선의 이미지에 대비되어 부정적인 이미지를 부여받고 있기는 하지만, 이는 어디까지나 친기독교 캐릭터인 타이타니아족과 상대적인 관점에서 형상화 된 것에 불과하다는 것이다. <에밀클로니클 온라인>에서 반기독교 캐릭터인 도미니언족은 절대악의 캐릭터로서 일방적으로 터부시되거나, 제거되어야 할 퇴치의 대상으로 형상화되지 않는다.

우선 , <에밀클로니클 온라인>에서 반기독교 캐릭터인 도미니언족은 친기독교 캐릭터와 함께 게임의 서사세계 내부 속에서 주인공의 하나로 설정되어 있다. 도미니언족은 게임유저가 자신의 서사적인 자아를 투영하여 몰입하는 주인공 캐릭터의 하나이지, 미션의 수행과정 중에서 레벨을 업하고 스테이지를 클리어하기 위한 퇴치의 대상이 아니다. <에밀클로니클 온라인>에서 게임유저가 자신이 원하는 아이템을 획득하거나 공력을 올리기 위해 태치하는 대상이 되는 것은 도미니언족 캐릭터가 아니라 다양한 몬스터(monster) 캐릭터이다. 반기독교적인 캐릭터가 게임유저의 미션수행과 레벨업을 위한 퇴치의 대상으로 등장하지 않는다는 점은 중요한 의미가 있다. 왜냐하면 <에밀클로니클 온라인> 이전에 존재했던 기독교 대중문화콘텐츠 속에서 일반적으로 반기독교 캐릭터는 주인공의 퇴치 대상으로 설정되는 것이 일반적이었기 때문이다.[18] 기존의 기독교 대중문화콘텐츠 속에 등장하는 반기독교 캐릭터는 주인공과 선악대비의 대립전선을 형성하며 서사세계 내부에서 비중을 확대

---

18) 대부분의 게임 속에서 반기독교 캐릭터 중에서도 악마는 게임 유저가 미션(mission)을 수행하고 스테이지를 클리어하거나, 공력과 능력치를 높이기 위해 퇴치하는 몬스터(monster)와 동격으로 설정되어 있다.

할 수는 있어도, 어디까지나 주인공과 대결하는 부정적인 보조 캐릭터에 그칠 뿐 주인공으로 등장하는 경우는 거의 없다고 할 수 있다. 비근한 예로 최근에 압도적인 대중적인 인기를 누린 게임인 <리니지2>[19]에서도 암흑사제나, 반천사, 암흑신관 등과 같은 반기독교적인 캐릭터는 주인공의 미션수행과 레벨업을 위한 퇴치대상의 하나로 설정되어 있다. <리니지2>의 게임서사 내부에서 반기독교적인 캐릭터의 역할은 몬스터와 동일하다고 할 수 있는 것이다.[20]

그러나 <에밀클로니클 온라인>에서 반기독교 캐릭터인 도미니언족은 몬스터가 아니라 게임유저의 서사적 자아가 투영된 주인공 캐릭터로 설정되어 있기 때문에 도미니언족 캐릭터가 주인공이 된 내러티브가 독립적으로 존재하며, 그 서사적 비중은 친기독교 캐릭터인 타이타니아족의 그것과 동등하다. 오히려 <에밀클로니클 온라인>에서 반기독교 캐릭터인 도미니언족에 속하는 캐릭터의 변이 편폭은 친기독교 캐릭터인 타이타니아족의 그것보다 월등히 넓다. 게임유저가 타이타니아 종족을 실행시키게 되면 몬스터를 퇴치하고 공력을 기를 수 있는 직업선택의 편폭이 줄어들기 때문에, 궁극적으로 <에밀클로니클 온라인>에서 게임유저가 실현할 수 있는 캐릭터의 세부적인 유형과 그 변수는 타이타니아족의 그것에 비해 도미니언족이 압도적으로 많은 숫자를 자랑하게 되는 것이다. 궁극적으로 <에밀클로니클 온라인>에서 게임유저가 선택할 수 있는 캐릭터의 편폭은 물론 실질적으로 구동되는 캐릭터의 총 숫자 역시 반기독교적인 캐릭터인 도미니언족이 우위에 있다는 사실을 확인할 수 있다.

게임의 캐릭터라는 것이 게임유저의 자아가 반영되는 것이라 할 때,

---

19) 엔씨소프트에서 2008년에 나온 MMORPG게임이다.
20) 인류와 악마의 최후의 혈전을 소재로 한 〈헬게이트: 런던(Hellgate: London)〉(플래그쉽 스튜디오, MMORPG, 2007)와 그 업데이트 버전인 〈헬게이트: 런던-액트5〉와 〈헬게이트: 런던-나이트메어〉에서도 악마를 절대악인 몬스토로 설정하여 일방적인 퇴치의 대상으로 형상화 하고 있다.

<에밀클로니클 온라인>에서 게임유저가 선택할 수 있는 캐릭터의 편폭이 반기독교 유형에서 상대적으로 더 넓게 나타난다는 사실은 기독교 향유의식의 측면에서 간과할 수 없는 대목이 된다. 일단 첫 번째로 기존의 기독교 대중문화콘텐츠와는 달라진 이러한 반기독교 캐릭터의 스토리텔링 방식의 변이는 기독교 교리와 이념에 맹목적으로 따르는 것이 절대선이라는 전통적인 시각에 대한 회의적인 관점을 보여준다. <에밀클로니클 온라인>에서 게임유저가 선택할 수 있는 캐릭터의 편폭이 반기독교적 성격을 띠고 있는 도미니언 종족에서 더 넓게 나타난다는 사실은 기독교 교리와 이념을 맹신하지 않는다 하더라도, 그 정체성이 무조건적으로 부정될 필요가 없으며, 그 자체로도 존재의 의의를 지니고 있다는 의식을 드러낸다. 이는 기독교 이념이 절대의 진리이며, 그외의 것은 의미가 없다는 이른바 기독교 절대주의의 해체라고 할 수 있다. 기독교 이념을 수용하지 않더라도 가치 있는 시각이 존재할 수 있다는 상대주의적 관점의 틈입이다.

이러한 기독교 이념에 대한 상대주의적인 태도는 도미니언족 캐릭터의 형상화 방식에서도 구체적으로 확인된다. 기존의 기독교 대중문화콘텐츠 속에서 반기독교 캐릭터는 그야말로 악한 모습으로 형상화 되어 있다. 흉측한 외양을 하고 있을 뿐만 아니라 신체의 일부가 절단되어 있거나 일그러져 있다. 뿐만 아니라 기존의 기독교 대중문화콘텐츠 속에 등장하는 반기독교 캐릭터는 잔인하고 사악한 성격을 지니고 있는 것으로 설정되어 있는 경우가 대부분이다. 그러나 <에밀클로니클 온라인>의 도미니언족은 기존 기독교 대중문화콘텐츠 속에 출현했던 반기독교 캐릭터의 악한 속성을 무늬만 가져왔다. 색채 대비적으로 악한 속성을 상징하는 검정색을 띠고 있으며, 악마의 상징인 꼬리와 박쥐같은 날개를 가지고 있을 뿐, 특별히 잔혹하거나 사악한 행위가 도미니언족 캐릭터의 전매특허로 설정되어 있지는 않다. 타자를 죽이거나 상해를 입히는 행위는 도미니언족 캐릭터만 행하는 것이 아니라 기사의 직업을 선택한 타이타니아족 캐릭터에게서도 나타난다. 타이타니아족 캐

릭터는 단지 행위의 준거점이 기독교 교리의 전파와 기독교 이념의 수호에 있다는 점이 다를 뿐, 도미니아족 캐릭터와 마찬가지로 타자를 죽이거나 상해를 입히는 파괴적인 행위를 수행한다는 점에서는 마찬가지이다.

게다가 <에밀클로니클 온라인>의 도미니언족 캐릭터는 추악한 외양을 하고 있지 않다. 반기족교적인 도미니언족 캐릭터는 친기독교적인 타이타니아족 캐릭터와 진배없이 귀여운 모습을 하고 있다.[21] 순진무구한 타이타니아족 캐릭터의 표정과 달리 다소 심술궂고 성깔 있는 표정을 짓고 있기는 하지만 이는 어디까지나 애교로 봐줄 수 있는 수준에 지나지 않는다. 기독교의 절대적인 선악대비적인 관점에서 벗어나 일상적인 관점에서 보자면, 성질도 부리고 화도 낼 줄 알며 심술도 부릴 줄 아는 도미니언족 캐릭터의 표정이 더 현실감 있다고 할 수도 있다. 그런 듯이 순결하고 온순한 표정으로 일관된 타이타니아족 캐릭터의 표정이 현실적인 관점에서 보자면 오히려 작위적일 수 있는 것이다. 절대선 혹은 절대악으로 일관된 표정을 짓고 행동을 하는 것은 관념적인 차원에서만 가능한 것으로 비현실적이다. 현대를 살아가는 일상인의 대부분은 절대악과 절대선의 양극단, 어느 한 쪽에 치우치지 않고 중간에 놓여있는 스펙트럼 중 한 지점에 위치해 있는 것이다. 일종의 회색인인 일상적 인간의 정체성을 구분 짓는 차별점은 관념에서나 가능한 절대선이나 절대악의 속성에 의한 것이 아니라 그 중간의 스펙트럼 중, 흰색에 보다 가까운 회색이냐 아니면 검정색에 더 가까운 회색이냐의 차이에서 비롯되는 것일 뿐이기 때문이다. 이렇게 본다면 <에밀클로니클 온라인>의 도미니아족 캐릭터는 기존 기독교 대중문화콘텐츠의 캐릭터에서 나타나는 관념적이고도 절대적인 캐릭터 형상화 방식을 탈피하여 그 일상적인 상대성을 획득했다고 할 수 있다.

---

21) 이러한 도미니언족의 귀여운 외양은 게임유저가 악마라는 존재가 상징하는 반기독교적이고 부정적인 이미지에 구애받지 않고, 자신의 서사적 자아를 투영한 캐릭터로 선택하게 하는데 상당한 영향을 미치고 있다고 볼 수 있다.

두 번째는 기독교에 대한 주체성 회복이다. 자아의 주체성이라는 관점에서 볼 때, 기독교의 교리의 전달자인 타이타니아족 캐릭터는 기독교 이념의 충실한 수행자일 수는 있어도 그 주체적인 실현자라고 할 수는 없다. 이념의 주체성이란 비판적인 성찰에 의해서 성립되는 것으로, 일체의 회의 없이 주어진 것을 맹목적으로 수용하고 그것을 전달하는 것으로는 구현될 수가 없다. 자기반성에 의해 성찰한 나, 즉 자아를 중심에 둔 회의의 단계가 전제가 되지 않고서는 기존의 이념을 답습하는 것에 지나지 않기 때문이다. 이 점에서 기독교 교리의 메신저인 <에밀클로니클 온라인>의 친기독교 캐릭터인 타이타니아족은 기독교 이념에 매몰된 타자화(他者化)된 캐릭터일 수 있다. 반면, '마음 가는 대로 걷는 자'로 설정된 도미니언족 캐릭터는 기독교 이념을 중심으로 볼 때 부정적인 반기독교 캐릭터일 수는 있어도, 자아 중심성의 관점에서 볼 때는 타자성(他者性)을 벗어난 주체적인 캐릭터가 될 수 있다.22)

이러한 반기독교 캐릭터인 도미니언족의 주체성은 아이템의 양상과 그 구동방식에서도 확인된다. 게임의 서사내부 속에 등장하는 아이템은 게임유저가 미션을 수행하고 레벨업(level-up)을 하기 위한 도구인 동시에, 자신의 자아를 투영한 캐릭터를 통해 자기를 표현하기 위한 수단으로 기능하기도 한다. 게임유저는 서사적 자아인 캐릭터를 통해 아이템을 선택하고, 이러한 아이템으로 캐릭터를 꾸밈으로써 자신의 취향과 기호를 표현하는 마련이다. 그런데 <에밀클로니클 온라인>에서 게임유저가 캐릭터를 꾸미기 위해 선택할 수 있는 아이템의 종류는 친기독교 캐릭터인 타이타니아족에 비해 반기독교 캐릭터인 도미니언족이 월등히 많다. 종류도 많고 그 형상과 기능 또한 특이하게 나타난다. <에밀클로니클 온라인>에 기본적으로 설정되어 있는 캐릭터 성격 자체가 타이타니아족에 비해 도미니언족이 장신구 아이템으로 게임유저의 자아를

---

22) 이처럼 도미니언족 캐릭터가 지니는 기독교 이념에 대한 주체성은 〈에밀클로니클온라인〉의 게임유저들에게 일종의 개성과 자유로 수용되고 있는 것으로 보인다.

표현하는데 더 적합하게 설계되어 있다. 타이타니아족은 기독교 이념의 순정성을 표현하기 위해 장신구 아이템을 절제하는 편인 반면, 펑키한 스타일로 설정되어 있는 도미니아족은 다양한 장신구 아이템을 주렁주렁 달고 있는 형상으로 설정되어 있다.

도미니아족에게 배당되어 있는 장신구 아이템 중에서 특히 주목되는 것은 안대와 가면이다. 먼저, 안대는 한 쪽 눈을 가리는 일종의 가리개인데, 도미니아족 캐릭터에게만 특화되어 있는 아이템이다. 안대를 착용하여 한 쪽 눈을 가리게 되면, 게임유저가 선택한 캐릭터의 서사적 자아와 서사세계 내부와의 상호작용이 서사적 자아의 취사선택에 의해서 이루어지게 된다. 게임유저가 선택한 서사적 자아인 해당 캐릭터는 서사세계에서 이루어지는 모든 현상을 수동적으로 받아들이는 것이 아니라 안대라는 막을 통해 차단할 수 있다는 메시지를 전달할 수 있다. 타자인 상대 캐릭터와의 관계 역시 마찬가지다. 수동적으로 타자의 메시지를 수용하는 것이 아니라 경우에 따라서 거부권을 행사할 수 있다는 의지가 이 안대라는 아이템을 통해 표출되는 것이다. 반기독교적 캐릭터인 도미니언족에게 이 안대가 배당되어 있다는 것은 도미니언족 캐릭터가 기독교 이념에 대해서 주체적인 취사선택의 의지와 자기중심성을 지니고 있다는 사실을 의미한다. 기독교 교리의 충실한 사령인 타이타니아족에게서 기독교를 타자에게 전파하는데 걸림돌이 될 수 있는 안대 아이템이 배당되어 있지 않는 것도 이러한 기독교에 대한 주체성과 관련지어 생각해 볼 수 있는 것이다.[23]

한편, 가면은 사각형의 종이로 된 가면에 커다란 눈 하나만 그려져 있는 아이템이다. 이 가면 아이템은 시야를 차단한다는 점에서 반기독교적 캐릭터인 도미니언족의 기독교에 대한 자기중심성과 주체성을 상징한다. 안대와 동일한 기능을 수행한다고 볼 수 있는데, 차이점은 안대

---

23) 〈에밀클로니클 온라인〉과 관련한 인터넷 게시판 댓글이나 블로그·카페의 글을 보면 게임유저들이 특히 이 안대에 열광하는 경우를 확인할 수 있다.

가 한 쪽눈만 가림으로써 그 강도가 약화되어 있는 반면, 가면은 양쪽 눈을 다 가릴 뿐만 아니라 얼굴 모습 전체를 숨긴다는 점에서 기독교에 대한 거부의지를 더욱 강화하여 형상화 한다는 것이다. 그런데 주목되는 것은 이러한 가면 아이템이 또 종이에 또 다른 얼굴을 그린 일반적인 가면의 형태가 아니라, 흰 종이에 커다란 눈을 하나 그려놓은 형상이라는 사실이다. 이 눈은 세상을 자기 중심적으로 보겠다는 주체성의 상징으로 보인다. 보편적으로 진리나 이념을 구현하는 종교적인 표징이 눈의 형상으로 상징화 나타난다는 점으로 미루어 볼 때, 반기독교 캐릭터인 도미니언족에게 배당된 가면의 눈은 기독교 중심적인 시각에 타자화되기를 거부하는 주체적인 의지의 상징이라고 할 수 있는 것이다.

이처럼 <에밀클로니클 온라인>에 나타난 기독교 캐릭터의 변용은 이념에 대한 맹목적인 종속의 거부와 상대주의적인 태도, 개성과 주체성을 중시하는 자기중심성 등 변화된 게임 향유층의 의식을 반영한 것으로 볼 수 있다. 기독교적인 세계관에 자양분을 두고 파생된 전통적인 기독교 캐릭터의 형상을 계승하면서도, 캐릭터의 구체적인 성격화에 있어서 상대성과 다양성의 추구, 개성과 주체성의 긍정, 자기반성의 일상화라는 변화된 시대적 패러다임을 반영하고 있는 것이다. 하나의 이념의 틀을 획일적으로 적용하기를 거부하고 다극화 된 다양성을 추구하며, 회의와 반성을 통해 끊임없이 기존의 이념과 그것이 형성한 패러다임을 해체하는 과정에서 새로운 패러다임을 형성해 나가는 디지털 시대 신유목민의 특성이 게임 향유층 속에 반영된 결과 기독교 캐릭터의 형상화 방식과 그 캐릭터 스토리텔링의 변용을 초래했다고 볼 수 있는 것이다.


## 4. 나오는 말

본 연구는 <에밀클로니클 온라인(Eco-online)>에 나타난 기독교 캐릭터의 존재양상과 그 캐릭터 스토리텔링 방식이 지니는 의미를 고찰하였다. <에밀클로니클 온라인(Eco-online)>은 게임을 포함한 대중문화콘텐츠에서 기독교 캐릭터를 형상화 하는 일반적인 구도를 수용하면서도 그 구체적인 측면에서는 전형적인 선악대비구조를 탈피한 변용의 양상을 보여준다. 이러한 기독교 캐릭터의 변용은 이념에 대한 맹목적인 종속의 거부와 상대주의적인 태도, 개성과 주체성을 중시하는 자기중심성 등 변화된 게임 향유층의 의식을 반영한 것으로 볼 수 있다.

2007년에 출시되어 현재까지 대중적인 인기를 누리고 있는 온라인 롤플레잉 게임 <에밀클로니클 온라인>에 나타난 기독교 캐릭터의 존재양상과 캐릭터 스토리텔링 방식에 대해 고찰고자 하는 본 연구의 결과는 다음과 같은 점에서 의의를 찾을 수 있을 것으로 보인다. 첫 번째는 본 연구는 온라인 롤플레잉 게임 <에밀클로니클 온라인>에 나타난 기독교 캐릭터의 존재양상과 캐릭터 스토리텔링 방식을 분석함으로써 한국 기독교대중문화콘텐츠 연구사에서 미개척 분야로 남아있던 기독교 관련 게임 장르에 대한 연구의 서막을 여는데 기여할 수 있을 것이다. 이를 통해 영화 장르를 중심으로 부분적으로 축적된 한국 기독교대중문화콘텐츠 연구사에 새로운 시사점을 제시할 수 있을 것으로도 생각된다. 아울러 한국 기독교대중문화콘텐츠 연구사의 편향성을 시정하는 동시에 미답영역이었던 게임장르와 기독교와의 관련성에 대한 연구사를 개척하는 의의를 찾을 수도 있다.

두 번째는 <에밀클로니클 온라인>에 나타난 기독교 캐릭터의 존재양상과 캐릭터 스토리텔링 방식에 대한 본 연구를 통해 기독교에 대한 현대인의 변화된 의식을 짚어내는데 일조를 할 수 있다는 것이다. 게임유저는 대중문화 향유층 중에서도 특히 젊은 층에 속한다. 본 연구의 결과를 통해 대중문화 향유의 주축인 현대의 젊은 향유층들이 기독교 문화를 수용하고 재창작하는 방식을 밝혀내는데 기여할 수 있을 것이다.

# V. 2000년대 한국대중문화콘텐츠의
# 기독교문화스토리텔링 방식과 그 의의

## 1. 문제설정의 방향

본 연구는 2000년대 한국대중문화콘텐츠에 나타난 기독교 문화의 스토리텔링 양상과 그 의미를 고찰하는 것을 목적으로 한다.[1] 2000년대는

---

1) 본 연구가 대상으로 삼은 주된 자료의 범주를 CF, 드라마, 영화로 나누어 제시하면 다음과 같다.

  (1) CF

    가. 〈수녀와 동자승〉편, SK 텔레콤, 2002

    나. 〈성당〉편, 맥도날드, 2002

    다. 〈성당〉편, 매일유업, '소화가잘되는우유', 2006

  (2) 드라마

    가. 〈가을동화〉, KBS2(2000년 9월 18일~2000년 11월 7일 방송종료), 연출: 윤석호, 극본: 오수연, 출연진: 송승헌, 송혜교, 원빈, 한나나, 한채영, 선우은숙, 정동환

    나. 〈러브레터〉, MBC(2003년 2월 10일~2003년 4월 1일 방송종료), 제작진: 장근수 기획, 오경훈 연출, 오수연 극본

  (3) 영화

    가. 〈약속〉, 제작사: 신씨네, 주연: 박신양, 전도연, 개봉일: 1998.11.14

    나. 〈신부수업〉, 감독: 허인무, 2004.08.05

한국대중문화콘텐츠가 전방위적으로 본격적인 발전을 이룬 시기이다. 특히 드라마 광고, 영화 등 대중영상매체를 매개로 한 대중문화콘텐츠는 영상문화와 인터넷 문화의 발전, 디지털과 IT 기술의 발전을 배경으로 유례없이 활발한 향유의 양상을 보여주고 있다. 이러한 양상은 비단 국내뿐만 아니라 전 세계의 대중문화계에서도 주목하는 현상이기도 하다. 2000년대 이후 한국대중문화계가 보여주고 있는 창의력과 기획력, 상상력이 세계적으로도 공감대를 이룩하고 있는데다가, 그것을 하나의 상품 재화(goods)로 재가공한 한국대중문화콘텐츠의 상품가치가 실제로 가파른 증가 추세를 보여주고 있는 수출계약을 통해 입증되고 있기 때문이다.

그런데 이처럼 성장한 2000년대 한국대중문화콘텐츠의 창작과 향유의 양상 속에서 한 가지 주목되는 스토리텔링의 원천이 확인된다. 바로 기독교 문화이다. 기독교 문화는 구한말에 처음으로 수용되기 시작하여 개화기 이후 한국종교계에서 성장세를 이어왔다. 현재는 불교와 함께 한국종교계를 양분하는 교세를 자랑하고 있다. 한국의 대표적인 종교로 성장한 기독교는 그 문화적인 정체성과 특수성을 한국대중문화콘텐츠 속에 파급하는 양상을 보여준다. 다시 말해서 한국대중문화콘텐츠가 한국문화의 한 중요한 저변으로 자리한 기독교 문화를 창작과 향유의 자양분으로 수용하고 있다는 것이다. 특히 이러한 현상은 한국대중문화콘텐츠가 본격적으로 발전하기 시작한 2000년대에 와서 두드러지게 나타난다. 따라서 2000년대 한국대중문화콘텐츠가 기독교 문화를 스토리텔링화하는 방식에 대한 연구는 한국대중문화콘텐츠가 기독교 문화를 원소스(one source)로 하여 다양한 장르 속에서 멀티유즈(multy use)하는 체계에 대한 본격적인 학문적인 고찰이 될 수 있다.

본 연구는 드라마, 영화, 광고 등 2000년대 한국대중문화콘텐츠의 다

---

다. 〈우리들의 행복한 시간〉, 감독: 송해성, 주연: 강동원, 이나영, 2006.09.14
라. 〈보리울의 여름〉, 감독: 이민용, 주연: 차인표, 2003.04.25

양한 하위 장르에 수용된 기독교 문화의 양상과 그 소트리텔링 방식에 대해 고찰함으로써 한국대중문화콘텐츠의 스토리텔링과 기독교 문화 사이의 상호작용 양상을 살펴볼 것이다.2) 본 연구는 크게 세 부분으로 진행된다. 첫 번째는 2000년대 한국대중문화콘텐츠에 나타난 기독교 문화의 전반적인 수용양상이다. 여기서는 기독교 문화를 수용한 2000년

2) 지금까지 2000년대 한국대중문화콘텐츠에 나타난 기독교 문화의 스토리텔링 방식에 관한 연구는 이루어진 바가 없다. 다만 기독교 관련 한국영상물 속에서 영상매체가 기독교 선교와 계몽을 위한 도구로 활용되어 왔다는 대전제 아래, 기독교 문화의 영상화 양상을 분석한 성과들이 존재한다. 이러한 기존연구에는 두 가지 범주가 존재하는데, 하나는 영상 매체를 기독교 선교와 계몽의 수단으로 활용하기 위한 바람직한 방안을 모색하고자 하는 연구이고, 다른 하나는 한국영상매체가 기독교적인 계몽을 위한 도구화 되어 있는 양상을 비판하는 시각이다. 우선 전자에는 백남호(1997) · 이미향(2005) · 엄종건(2006) 등의 연구 를 들 수 있다. 백남호는 한국기독교 영화사를 선교초기(1884~1904) · 시련기(1909~1919) · 암흑기(1920~1944) · 침체기(1945~1960), 활동기 · 참여기(1961~1980), 반성기(1990년대)의 네 단계로 나누고, 한국전통문화와 기독교의 신앙갈등, 기독교 내부의 신앙갈등, 기독교적 인간의 내적 갈등 등이 각 시기마다 중점적으로 영화 속에서 형상화 되었다고 보았다. 엄종건은 텔레비전 드라마 〈네 멋대로 해라〉의 분석을 통해 교회의 바람직한 역할과 그 원리를 분석했다 한편. 후자에는 안진영(2002)의 연구가 속한다. 안진영은 한국기독교 영화가 영웅의 이야기와 선악대비구도를 기독교를 선교하기 위한 계몽코드를 형상화하기 위한 전형적인 내러티브로 동원하고 있다는 사실을 분석하였다. 이러한 기존 연구는 다음 과 같은 문제점을 지닌다. 첫 번째는 연구의 범주가 기독교 선교 영상물에 주로 국한되어 있다는 것이다. 기독교사와 관련된 실존 인물이나 사건, 즉 순교자, 교회개척사 등을 소재로 한 영상물에 그 연구범주를 한정짓고 있다는 것이다. 두 번째는 기독교 토착화와 선교를 위한 바람직한 방안 모색을 위해 영상매체에 나타난 기독교의 양상을 연구하고 있다는 사실이다. 기독교 선교와 직접적으로 관련되지 않은 작품을 대상으로 한 연구의 경우에도 기본적인 연구관점에 있어서 기독교 교회를 위한 바람직한 방안 모색이라는 대전제를 깔고 연구를 시작하고 있기 때문에 그 연구의 결과는 기독교적인 선교 활성화라는 교화적인 시각을 벗어날 수가 없다는 문제점이 있다. 백남호, 이미향, 엄종건의 연구가 모두 여기에 속한다. 세 번째는 연구대상으로 삼고 있는 작품의 창작시기가 1990년대까지로 한정되어 있다는 사실이다. 한국대중문화콘텐츠는 2000년대에 와서 본격적으로 활성화 되었으며, 세계적으로도 주목받는 성과를 내고 있다. 따라서 한국대중문화콘텐츠 속에 나타난 기독교 문화의 스토리텔링 양상과 방식상의 특징을 분석하기 위해서는 2000년대 작품들을 대상으 로 분석할 필요가 있다. 네 번째는 장르상의 한계이다. 기존 연구에서는 주로 영화를 주된 연구대상으로 삼았다. 그러나 영화 못지않게 텔레비전 드라마와 CF가 현대 영상매체에서 차지하는 비중은 높다. 한국대중문화콘텐츠 속에 나타난 기독교 문화의 스토리텔링화 양상과 특징을 분석하기 위해서는 영화 외에도 CF와 텔레비전 드라마를 연구대상에 적극적 으로 포함시킬 필요가 있다.

대 한국대중문화 콘텐츠의 전반적인 양상을 살펴본다. 두 번째 파트는 2000년대 한국대중문화콘텐츠에 나타난 기독교 문화의 스토리텔링화 양상과 그 구체적인 유형에 대한 고찰이다. 공간적인 배경, 캐릭터, 주제의식의 측면 등의 세부적인 유형으로 나누어 2000년대 한국대중문화콘텐츠에 나타난 기독교 문화의 스토리텔링 방식을 구체적으로 고찰할 것이다. 세 번째는 2000년대 한국대중문화콘텐츠에 수용된 기독교 문화의 스토리텔링 방식이 지니는 의미에 대한 분석이다. 여기서는 다시 두 가지 세부적인 국면으로 나누어 의미 분석을 전개한다. 하나는 불교 문화콘텐츠의 스토리텔링 방식과의 비교이고, 다른 하나는 서구 기독교 문화콘텐츠에 나타난 기독교 문화의 스토리텔링 방식과의 비교이다. 이를 통해 2000년대 한국대중문화콘텐츠에 수용된 기독교 문화 스토리텔링 방식이 지닌 특수성과 의의를 부각시킬 수 있을 것으로 보인다.[3)]

## 2. 2000년대 한국대중문화콘텐츠의 기독교문화스토리텔링 방식과 그 서사적 유형

### 1) 2000년대 한국대중문화콘텐츠에 나타난 기독교문화의 수용 양상

#### (1) CF

가. <수녀와 동자승>[4)]

---

3) 본 연구는 2000년대 한국대중문화콘텐츠의 구체적인 텍스트 분석을 주로 한다. 필요한 경우 2000년대 한국대중문화콘텐츠의 개별 텍스트에 대한 인터넷 댓글이나 설문, 통계자료, 신문기사, 인터넷 홈페이지 기사 등을 향유의식 분석을 위한 실증적인 보조 자료로 활용할 것이다. 본 연구는 기독교 문화에 대한 절대 중립적인 관점을 유지한다. 대중영상매체에 나타난 기독교 문화를 분석하는 기존 연구들이 기독교 선교를 위한 의도성에 지배되어 연구를 진행했다는 연구사적인 반성에서부터 본 연구는 출발한다. 따라서 기독교 문화에 대한 객관적인 연구 시각을 유지한다는 점을 본 연구 추진의 중요한 한 방법으로 제시할 수 있을 것이다.

<수녀와 동자승>은 국내 최대의 이동통신 회사인 SK 텔레콤의 광고이다. 여기서 기독교 문화는 수녀라는 캐릭터를 통해 상징적으로 형상화 된다. 주목되는 것은 동자승이란 캐릭터로 상징화 된 불교문화와의 대비적인 인물구도를 통해 기독교 문화를 부각시키고 있다는 사실이다.

### 나. <성당>5)

세계 최대의 다국적 패스트푸드 업체인 맥도날드 광고이다. 구교인 천주교의 성당이 공간적인 배경으로 등장한다. 여자아기가 경건한 표정의 신부님께 맥도날드 햄버거를 먹이려고 하는 내용으로 단순히 조용한 장소 선택을 위해 성당을 사용하였고 특별한 기독교와의 이미지와 연관 없이 그 배경만을 사용하였다. 기독교적인 공간을 형식적으로 수용한 것이다.

### 다. <성당>편6)

매일 유업의 '소화가 잘 되는 우유'라는 우유 브랜드 광고이다. 자료 (02)와 마찬가지로 여기서도 구교인 성당이 공간적인 배경으로 등장한다. 그러나 자료 (02)와의 차이점은 성당이라는 기독교적인 공간이 단순히 공간적인 배경으로 설정되는 것을 넘어서서 하나님이라는 유일신에 대한 믿음, 소망의 발원과 기원이라는 기독교적인 사상과 윤리를 수용하고 있다는 사실이다.

### (2) 드라마

### 가. <가을동화>7)

---

4) 〈수녀와 비구니〉, SK 텔레콤, 2002
5) 〈성당〉, 맥도날드, 2002
6) 〈성당〉편, 매일유업, '소화가잘되는우유', 2006
7) 〈가을동화〉, KBS2(2000년 9월 18일~2000년 11월 7일 방송종료), 연출: 윤석호, 극본: 오수연, 출연진: 송승헌, 송혜교, 원빈, 한나나, 한채영, 선우은숙, 정동환

<가을동화>는 가족이란 혈연의 금기 앞에서 금단의 사랑을 하다가 결국 비극적으로 결말을 맺는 영원한 사랑의 환타지를 다룬 드라마다. 남녀 주인공인 준서와 은서는 남매로 자라다 사랑하게 되지만 혈연의 금기를 넘어서지 못하고 남녀 주인공이 죽음을 맞는 내용으로 되어 있다. 여기서 기독교 문화는 남녀 주인공의 순수한 사랑에 경건하고 엄숙한 의미를 부여해 주며, 그 사랑의 영원함과 순수함을 부각시켜주는 역할을 한다. <가을동화>에서 기독교 문화는 공간적인 배경과 기독교 윤리라는 사상·주제적인 차원으로 나타난다. 전자의 공간적인 배경은 개신교의 교회 예배당이며, 후자는 서약과 맹세의 경건함과 신실함이라는 지극히 일반화된 기독교적인 윤리로 형상화 되어 있다.

**나. <러브레터>8)**

<러브레터>는 캐릭터, 공간적 배경, 주제적인 측면 등에서 기독교적인 문화가 전방위적으로 수용되어 있는 드라마이다. 명실상부하게 본격적인 기독교 드라마라고 할 수 있다. 그럼에도 불구하고 기독교 사상을 교화적인 관점에서 구현하지 않고 남녀의 사랑의 갈등과 장애를 통해 대중적으로 형상화 했다는 점에서 기독교의 종교적인 이념과 대중적인 드라마의 성공적인 접합점을 찾은 훌륭한 시도라고 할 수 있다.

줄거리를 소개하면 다음과 같다. 남자주인공 우진은 장터에서 식당을 하는 고모 집에서 학대를 받으며 자라다 외삼촌인 베드로 신부를 만나 자신의 출생의 비밀을 알게 되고 세례명인 안드레아라는 이름을 되찾는다. 베드로 신부를 따라 천사원에서 자라며 신부의 꿈을 키우던 안드레아는 베드로 신부의 누나를 집안의 주치의로 둔 관계로 천사원에 맡겨지게 된 고아인 은하와 만나 사랑하게 된다. 신부가 되고자 하는 안드레아의 꿈 때문에 갈등하면서도 공부하며 사랑을 키워나가던 이들의 사이

---

8) 〈러브레터〉, MBC(2003년 2월 10일~2003년 4월 1일 방송종료), 제작진: 장근수 기획, 오경훈 연출, 오수연 극본

에 베드로 신부의 누나인 경은의 아들 우진이 끼어들게 되는데, 안드레
아와의 사랑을 이루지 못하고 식물인간이 된 은하를 보고 안드레아가
자신의 신부로서의 소명을 버리고 사랑을 선택함으로써 두 사람의 오랜
사랑이 결실을 맺게 된다는 이야기이다.

### (3) 영화

가. <신부수업>9)

신학생이 신부가 되기 위한 최종단계인 신부서품을 통과하기까지의
과정을 그린 로맨틱 코미디 영화이다. 남자 주인공이 신부서품을 받기
위해 여성의 유혹을 견뎌내며, 천방지축인 여주인공에게 세례를 내리는
등의 임무를 수행한다는 내용으로, 그 과정에서 코믹한 웃음을 유발하
는 사건들이 펼쳐진다. <신부수업>에서는 천주교 성당, 신부, 수녀, 신
학생 등 공간적 배경과 캐릭터 등이 모두 기독교 문화와 관련되어 있다.
기독교적 공간 속에서 기독교적인 캐릭터에 의해 이야기가 전개되는
것이다.

나. <약속>10)

<약속>은 1998년 한국영화 최고의 흥행을 기록한 영화로 전문직인
여의사와 조폭 두목 사이의 비극적인 사랑을 그린 멜로드라마이다. 자
기주장이 강한 여의사 채희주와 조직폭력배의 두목 공상두가 의사와
환자로 만나 사랑을 한다는 일상에서는 일어날 수 없는 이야기를 영화
의 허구성 속에서 영원한 사랑의 테마로 담아냈다. 여기서 기독교 문화
는 카톨릭의 성당이라는 기독교 공간, 서약과 맹세라는 기독교적인 윤
리의 두 가지 양상으로 나타난다.

---

9) 〈신부수업〉, 감독: 허인무, 2004.08.05
10) 〈약속〉, 제작사: 신씨네, 주연: 박신양 · 전도연, 개봉일: 1998.11.14

## 다. <우리들의 행복한 시간>11)

공지영 작가의 동명소설인 <우리들의 행복한 시간>을 영화화 한 멜로드라마이다. 가난으로 점철된 삶을 살며 생에 더 이상 집착이 없는 젊은 사형수 남자와 부유하고 화려한 삶을 살지만 상처를 지니고 있는 젊은 여자 가수가 수녀의 주선으로 만나 서로의 상처를 치유해나가는 이야기이다. 세상에 담을 쌓고 살던 두 남녀가 서로 마음을 열고 보듬어 나가는 과정에서 사형수 남자는 자신의 죄를 수녀 앞에서 고백하며 용서를 빌고 생에 애착이 없던 여자는 자신과 닮은 사형수 남자와의 소통을 통해 생을 영위할 의미를 깨닫게 된다는 것으로 기독교적인 용서와 구원의 메시지를 담은 작품이다.

## 라. <보리울의 여름>12)

<보리울의 여름>은 구교인 카톨릭 신부와 수녀, 성당 등의 기독교적인 캐릭터와 공간이 작품 전체의 서사를 지배한다. 보리울 마을 성당의 주임 신부로 부임한 김신부가 성당 축구팀을 맡으면서 읍내 소년 축구팀과의 경기를 승리로 이끌어 변두리 시골 마을의 소외된 아이들에게 꿈과 희망을 심어준다는 이야기이다. 그런데 여기에 스님, 절 등의 불교적인 캐릭터와 공간이 기독교 캐릭터·공간과 대비적으로 제시된다. 출가 전에 낳은 아들 형우를 둔 보리울 절의 우남 스님이 아들을 포함한 보리울 마을 축구단을 이끌면서 김신부가 주축이 된 성당 축구팀과 대립하다가 마침내 화해하여 보리울 소년 축구단으로 통합팀을 이루어 읍내 소년 축구팀에게 승리한다는 것에서 한국 종교계의 양대산맥인 기독교와 불교의 통합과 화해의 메시지를 전달한다.

---

11) 〈우리들의 행복한 시간〉, 감독: 송해성, 주연: 강동원·이나영, 2006.09.14
12) 〈보리울의 여름〉, 감독: 이민용, 주연: 차인표, 2003.04.25

## 2) 한국대중문화콘텐츠에 수용된 기독교문화의 스토리텔링 방식
과 서사화 유형

### (1) 공간적 배경

#### 가. 고결하고 숭고한 공간

2000년대 한국대중문화콘텐츠가 기독교적인 공간을 스토리텔링화
하는 첫 번째 국면은 기독교의 종교적인 이미지인 고결성과 숭고한 공
간성의 차용이다. 그 구체적인 양상은 다시 세 가지 세부적인 차원으로
나누어 볼 수 있다. 첫 번째는 엄숙한 분위기와 이미지를 부여하기 위한
스토리텔링 전략으로서의 수용이다. <맥도날드> 광고, <소화가 잘 되는
우유> 광고 등이 대표적인 예에 해당한다. <맥도날드> 광고에서는 기독
교가 공간적인 배경으로 등장한다. 구교인 천주교 성당이 조용하고 정
갈한 공간으로서의 이미지를 제공하며 공간적인 배경으로서 기능한다.
<맥도날드> 광고가 도심의 청소년층을 주된 타겟으로 하는 패스트푸드
프랜차이징의 선두주자인 맥도날드 햄버거에 대한 CF라고 할 때, 이러
한 기독교 공간의 고요한 이미지는 일견 광고 대상인 패스트푸드와 어
울리지 않는다고 생각될 수도 있다. 그러나 여기에는 웰빙과 로하스의
생활방식이 일반화됨에 따라 위해한 정크푸드로 매출이 급감하게 된
맥도날드사가 기독교 공간의 이미지 차용을 통해 웰빙 시대에 살아남기
위한 생존전략을 엿볼 수 있다. 정갈하고 깨끗한 기독교 구교의 성당을
공간적인 배경으로 차용함으로써 안전하고 몸에 이로운 먹거리를 추구
하는 소비자에게 자사 제품에 대한 이미지 쇄신을 의도한 것이다. 이처
럼 성당을 공간적인 배경으로 수용한 <맥도날드> 광고에서 기독교 이
미지를 스토리텔링화 하는 양상은 두 가지 차원으로 정리할 수 있다.
첫 번째는 더러운 것을 정화하고 비속한 것을 씻어내는 이미지의 활용
이다. 이러한 기독교의 이미지는 웰빙과 부합하는 것으로, 기독교의 이
념이 이 시대의 새로운 화두인 참살이 정신과 상통한다는 메시지를 스
토리텔링화 한다. 두 번째는 바쁘고, 시끄럽고, 공격적이고, 경쟁적이며,

속고 속이는 도시적 일삽에 지친 사람들이 새롭게 추구하는 느림의 미학, 즉 다운시프트와 상통하는 기독교 이미지의 스토리텔링화이다. 한편, <소화가 잘 되는 우유> 광고는 구교인 카톨릭 성당을 공간적인 배경으로 차용하였다는 점에서 <맥도날드> 광고와 동일한 양상을 보여 준다. 성당이 고요하고 정결하며 엄숙한 공간으로서 도시적 일상과 반대되는 이미지를 나타낸다는 점에서도 <소화가 잘 되는 우유> 광고는 <맥도날드> 광고와 일치한다.

두 번째는 사랑을 위한 언약의 공간이다. 사랑을 위한 서약과 맹세의 공간으로서의 기독교적인 공간 배경은 본질적으로 엄숙한 이미지의 분위기를 스토리텔링화하기 위한 기독교적인 공간 차용 전략을 전제로 한다. 그런데 여기에 남녀 주인공의 사랑을 위한 언약의 공간이라는 의미가 더해서 기독교적인 공간이 서약과 맹세의 공간으로서 기능하게 되는 것이다. 드라마 <가을동화>와 <러브레터>, 영화 <약속> 등에서 이러한 양상을 확 인할 수 있다. 먼저 <가을동화>에는 우선 교회 예배당이라는 기독교적인 공간이 등장한다. 바로 여주인공 은서를 사랑하나 준서에게 은서를 양보하고 물러난 태석이 은서가 불치병에 걸린 사실을 알고 교회 예배당에 들어가 그녀의 쾌유를 기원하는 장면이다.13) 여기서 교회 예배당이란 기독교적인 공간은 유일신인 하나님 앞에서 간절히 기원하면 그 소망이 이루어진다는 기독교 이념을 스토리텔링화 한다. 여기서 한 가지 지적해 둘 것은 기원의 기독교적 공간으로서의 교회 예배당과 성당 간의 차이점이다. 소망의 발원 공간이라는 점에서 교회 예배당과 성당은 통일한 기독교 공간으로서의 이미지를 보유하고 있다. 그런데 후자인 성당은 전자인 교회 예배당에 비해서 상대적으로 세속을 초월한 정결성과 고결함의 이미지를 지니고 있다. 일상의 세속적 공간

---

13) "문 삐걱 열리고 들어오는 태석. 태석 머뭇거리며 들어온다. 들어와서는 무릎 꿇는 태석. 그리고 고개 깊이 숙인다. 눈물. (태석) ... 살려주세요. 살려 주십쇼. 제발 살려주세요. 은서만 살려주세요! 네? 두 사람 저렇게 사랑하는데... 그래서 저도 포기했는데... 포기해주세요... 살려주세요...", ⟨#21교회 예배당, 밤⟩, ⟨가을동화⟩, 제16회 대본.

과 동떨어진 공간이라는 이미지를 가지고 있는 것이다. 반면 전자인 교회 예배당은 후자인 성당에 비해 상대적으로 세속적 공간에서 이루어 지는 일상적 기원의 공간이라는 이미지를 지니고 있다. 자료 <가을동화> 제16회 #21에서 설정된 밤이라는 시간적 배경은 이처럼 교회 예배당이란 기독교적 공간이 성당에 비해 상대적으로 결핍되어 있는 초월성과 정결성을 부가하기 위한 의도적인 장치로 보인다. 태석이란 인물의 소망과 기원이 지니는 간절함을 강조하기 위해 일상의 세속적 기원의 공간인 예배당에 고요한 밤이라는 시간성을 통해 정결함을 부여하고자 한 것이다.

다음으로 <러브레터>는 구교인 카톨릭 성당을 주된 공간적인 배경으로 한다. 실제로 존재하는 풍수원 성당, 약현 성당, 명동 성당 등이 차례로 등장한다. 이러한 성당이라는 기독교적인 공간은 <러브레터>가 추구하는 세속과 현실을 초월한 숭고하고 순수한 사랑을 상징적으로 부각시켜주는 기능을 한다. 성당이라는 기독교적인 공간이 지닌 고결하고 엄숙한 이미지가 일상을 초탈한 남녀 주인공들의 영원한 사랑의 판타지를 사실감 있게 형상화 하는 데 기여하는 것이다. 영화 <약속>에서 구교인 카톨릭의 기독교적인 공간인 성당은 영원한 사랑의 서약과 약속의 공간으로 등장한다. 남자주인공 공상두가 여자주인공 채희주를 성당에 데려가 영원한 사랑을 맹세하는 장면에서 성당은 서약과 약속의 엄숙함에 엄숙함과 진실성을 부여한다. 둘 만의 약속을 신 앞에서 맹세함으로써 그 약속에 보다 진실성을 부여하는 것이다. 이러한 성당이 지닌 약속과 맹세의 공간이란 이미지는 관객들에게 남녀주인공의 사랑이 진정한 것임을 그 어떤 다른 공간보다 설득력 있게 각인시키는 동시에 이를 통해 관객들에게 보다 큰 감동을 제공한다.

세 번째는 소망의 발원과 성취의 기원 공간이다. 2000년대 한국대중문화콘텐츠 속에 수용된 기독교적인 공간이 소망을 기원하는 기복신앙적인 공간으로서 기능하는 사례들을 다수 확인할 수 있는데, <소화가 잘 되는 우유> 광고가 그 대표적인 예이다. 여기서 기독교적인 공간은 전능한 하느님에게 모든 것을 맡기고 간절히 기원하면 소원이 이루어진다는 소망의 발원과 성취의 기복적인 신앙 관념을 구현한 공간으로 나타난다. 물론 기복신앙은 기독교가 아닌 여타의 종교에서도 확인되는 것이지만 기독교의 기복신앙은 유일신인 하느님에게 자기 자신은 물론 기원의 성취 여부까지 내맡겨버린다는 점에서 차별성을 보여준다. <소화가 잘 되는 우유> 광고는 이러한 기독교의 차별적인 소망의 발원과 성취의 신앙관념 체계를 끌어와, 소화불량이라는 장애상황을 타개하고자 하는 개인의 소망을 기독교의 유일신에 대한 기원을 통해 '소화가 잘 되는 우유'라는 브랜드 제품으로 성취하는 내러티브를 형성하고 있는 것이다. 여기서 기독교의 구복적인 신앙관념의 체계는 광고를 보는 소비자에게 '소화가 잘 되는 우유'라는 제품의 구매를 설득하기 위한 일종의 종교적 차원의 근거가 된다. <맥도날드> 광고와 달리 <소화가 잘 되는 우유> 광고에서는 기독교 공간의 배경적 차원의 수용과 함께 기독교 신앙관념이라는 사상적인 차원이 결합되어 있는 것이다. 기독교 공간의 이미지가 기독교 문화 스토리텔링의 주제적인 차원에 합리적인 설득력을 부여하는 필연적인 조건이 되고 있다고 할 수 있다.

나. 기독교적 미션 수행의 통과의례 공간

2000년대 한국대중문화콘텐츠가 기독교적인 공간을 스토리텔링화하는 두 번째 국면은 통과제의의 공간화이다. 2000년대 한국대중문화콘텐츠 속에서 기독교 공간은 미션 수행을 위한 무대로 등장하며, 기독교 공간을 배경으로 한 통과의례를 통해 주인공은 성장을 경험하게 되는데, 이러한 기독교 공간의 통과제의 공간화를 통해 2000년대 한국대중문화콘텐츠는 단순히 소재적인 흥미를 넘어서 인간드라마로서의 감동을 획득하는 효과를 거두고 있다. 먼저, 영화 <신부수업>에는 구교인 카톨릭 성당이 공간적인 배경으로 등장한다. 여기서 성당은 신학생인 남자주인공이 신부가 되기 위해 마지막으로 통과해야 할 신부서품을 마치기 위한 최종적인 통과 제의의 공간이 된다. 여타의 대중문화콘텐츠에 나타난 기독교적 공간인 성당이 정결함과 엄숙함이라는 이미지, 언약과 약속이라는 기독교적인 윤리를 구현한 공간으로서의 의미를 지니고 있었다면, 여기서는 '신부되기'라는 일종의 미션을 수행하기 위해 통과해야 할 과도기적 공간으로서의 의미를 지닌다. 동시에 남자주인공이 신부서품이란 통과제의를 통과하고 난 후의 최종적 지향점이 되기도 한다. 하지만 주안점은 통과제의의 공간으로서의 성당의 공간적 의미에 맞춰져 있다.14)

<보리울의 여름>에서 중심적인 공간으로 제시되는 것은 보리울 성당이다. 그런데 영화 <보리울의 여름>에서 기독교적인 공간인 성당이 지니는 의미는 두 가지로 정리해 볼 수 있다. 하나는 성장을 위한 통과제의의 공간이다. 주인공 김신부는 이제 막 주임신부의 자격을 얻어 보리울 성당에 부임한 신부로, 주임신부로서의 경륜을 확인받지 못한 상태이다. 보리울 성당은 이러한 김신부가 주임신부로 거듭날 수 있느냐 없느냐 하는 일종의 시험무대라고 할 수 있다. 김신부는 보리울 성당에서 원장수녀와의 화합, 보리울 성당에서 보육하는 아이들과의 교감, 마을사람들과의 커뮤니케이션, 우남 스님과의 경쟁, 보리울 마을 소년 축구단 형성과 시합에의 승리 등 갖가지 시험을 거친 후에서야 비로소 보리울 성당의 주임신부로서의 자격을 인정받는다. 보리울 성당은 김신부가 주임신부로 거듭나는 일종의 통과제의의 공간이 되고 있다고 할 수 있다. 성당이 통과제의의 공간으로 형상화 되어 있다는 점에서 <보리울의 여름>에 나타난 기독교적인 공간은 <신부수업>과 동일한 양상을 보여준다.

다른 하나는 통합과 화해의 공간이다. 영화 <보리울의 여름>에서 보리울 성당은 성당 내부 구성원들은 물론, 보리울 사찰 사람들15), 마을

---

14) 영화 <신부수업>에서는 신부라는 기독교 직능 자체가 지향대상이 되고 있으며, 성당이라는 기독교적인 공간은 이러한 지향목표를 이루기 위한 능력을 함양하고 그 구현여부를 시험하는 통과제의의 공간이 되고 있는 것이다.

15) 영화 <보리울의 여름>에서 불교적인 공간은 보리울 사찰은 기독교적인 공간인 보리울

사람들과의 통합과 화해를 이끌어내는 중심 공간이 된다. 여기서 통합과 화해의 정도는 성당 내부에서 마을 전체로, 동심원적으로 확대된다. 우선, 김신부의 부임은 보리울성당 내부에서 기존에 형성되어 있던 위계구도를 깨트리는 사건이 된다. 김신부는 원장수녀를 중심으로 형성되어 있던 보리울 성당 내부의 기존 위계구도를 최대한 존중하면서 자신이 구심점이 된 새로운 개혁과 화합의 질서를 열어간다. 성당 내부에서 얻은 성과는 보리울 성당에서 보육하는 아이들 내부의 반목을 걷어내고 보리울 성당 소년 축구단을 결성하는 성과로 확대되며, 이는 다시 보리울 사찰 소년 축구단과의 경쟁을 딛고 보리울 마을 축구단 결성으로, 종국에는 읍내 소년 축구단에 대한 승리를 통해 보리울 마을 사람들 전체의 대통합으로 확대된다. 영화의 대미를 장식하는 보리울 마을 소년 축구단과 읍내 소년 축구단의 경기는 영화 <보리울의 여름>이 단계별로 확장시켜온 최종적인 지향점인, 보리울 성당이 중심이 된 보리울 마을 사람들의 화합이라는 메시지를 상징적으로 보여주는 것이다.

### (2) 캐릭터

2000년대 한국대중문화콘텐츠에 나타난 기독교 캐릭터는 다음과 같은 두 가지 형상으로 유형화 해 볼 수 있다. 첫 번째는 기독교적인 이념을 구현한 캐릭터이고, 두 번째는 기독교적 직능을 형식적인 차원에서만 차용한 캐릭터이다.

---

성당과 종교적인 대비관계에 놓여있다. 불교적인 공간인 사찰은 보리울 성당과 화합하지 못하는 보리울 마을의 일부로 존재한다는 점에서 보리울 성당을 배척하는 보리울 마을의 축소판이라고 할 수 있다. 여기에 기독교와 불교가 한국 종교권력을 두고 오랫동안 벌여온 헤게모니 다툼이 작품 향유의 선지식으로 작용하면서 불교적인 공간인 보리울 사찰과 기독교적인 공간인 보리울 성당 사이의 대적적인 관계가 보다 선명하게 형상화 되게 된다. 물론 영화 <보리울의 여름>은 보리울 마을의 대통합이라는 최종적인 지향점에 도달하기 바로 전단계로 보리울 사찰과의 대결과 화해를 설정함으로써 궁극적으로는 종교적인 공존을 지향하는 면모를 보여준다. 그러나 이러한 종교적인 공존은 어디까지나 기독교를 상징하는 보리울 성당이 주체가 된 것으로 기독교가 중심이 되어 불교를 주변으로 포용하는 형태로 되어 있다는 점에서 기독교 중심적인 시각을 보여준다고 할 수 있다.

## 가. 기독교적 이념을 구현한 캐릭터

기독교적 이념을 형상화 한 캐릭터를 중심으로 한 2000년대 한국대중문화콘텐츠로는 영화 <러브레터>와 영화 <우리들의 행복한 시간>이 있다. 우선, <러브레터>에는 신부, 수녀, 사제 등 다양한 카톨릭의 인물들이 등장한다. 이러한 기독교적인 인물은 단순히 작품의 보조적인 캐릭터로 등장하는 것이 아니라 안드레아라는 남성주인공의 위치까지 차지하고 있다. 기독교 캐릭터가 남녀의 사랑을 다룬 멜로드라마의 주인공으로 등장하고 있다는 점에서 <러브레터>는 기독교 문화가 상업성·대중성을 확보해나가고자 하는 변화의 시점에 위치해 있다고 할 수 있다. 그러나 본질적으로 <러브레터>에 등장하는 인물들은 기독교적인 캐릭터와 중층적인 관계를 맺고 있다. 예컨대 안드레아, 은하, 우진 등 기성세대가 지은 잘못 때문에 고통 받고 방황하는 젊은이들은 기독교가 종교적인 이념으로 구원하고자 하는 교화의 대상인 길 잃은 어린 양을 상징한다. 이 작품의 원 제목이 '신의 어린 양'이었던 것도 이들 젊은 주인공 캐릭터들이 기독교가 교화의 대상으로 하는 방황하는 영혼을 상징하기 때문이다.[16] 한편, 이들을 기독교의 교화의 세계로 이끄는 베드로 신부는 방황하는 영혼들을 하나님의 품으로 이끌어 구원하는 전형적인 기독교적인 구원자 캐릭터에 해당한다.

한 가지 주목할 것은 기독교적인 순결한 믿음으로 안착하기까지 숱한 내적 갈등을 겪는 안드레아와 은하의 인물 형상이 기독교에서 숭배하는

---

16) 드라마 <러브레터>의 작가 오수연씨가 애초에 집필한 대본의 제목은 '신의 어린 양'을 뜻하는 라틴어 <아뉴스데이>였다. 당초, 오수연 작가는 구원의 의미를 탐구하는 본격적인 종교드라마를 창작하고자 하는 의도에 의해 이 작품을 집필했다고 작가 인터뷰에서 수차례 밝힌 바 있다. 작가 인터뷰를 면밀히 살펴보면 오수연 작가가 추구한 본격적인 종교드라마는 기독교 종교의 포교를 위한 교조적인 메시지에 일방적으로 치우치지 않고, 신과 인간, 종교의 관계를 진지하게 탐구하면서도 대중적인 흥미와 서사적인 탄탄함을 놓치지 않는 작품을 창작하고자 했던 것으로 보인다. 구원의 의미를 인간적인 사랑을 통해 종교적 신념과 신직에 대한 책임감·의무를 시험하는 드라마 <러브레터>의 내러티브를 종합해 볼 때, 오수연 작가가 지향한 작품은 소설로 창작되어 드라마·영화로 다양하게 변주되었던 미국소설 <가시나무새>(콜린맥컬로우, 1977)와 같은 형태였던 것으로 판단된다.

예수그리스도와 막달라마리아에 대응되는 면모를 지니고 있다는 사실이다. 예수그리스도는 세속적인 욕망을 초탈하여 기독교적인 신성의 위치에 오른 인물이다. 그러나 예수그리스도의 인간적인 면모를 추적하는 연구들을 보면 그 역시 메시아로서의 신성한 임무를 수행하는 한편으로, 막달라마리아라는 한 여성과의 관계를 유지한 한 인간남성으로서의 욕망을 지니고 있었다는 사실이 확인되고 있다. 성직자가 되고자 하는 수많은 사제들 역시 이러한 신의 종복으로서의 임무와 인간남성으로서의 세속적 욕망 사이에서 부단한 내적 갈등을 경험한다. 성직에 대한 순결한 믿음과 헌신의 자세를 지니고 있으면서도 은하라는 한 여성에 대한 사랑을 떨쳐버리지 못하고 고통을 받는 안드레아의 모습은 이러한 예수그리스도의 숨겨진 인간적 갈등을 형상화한 것이라 할 수 있다. 한편, 성직자가 되고자 하는 안드레아를 사랑하다 그 사랑의 고통 때문에 식물인간까지 된 은하는 인간인 여성이 가질 수 없는 남성, 즉 인간남성이기를 포기하고 종교에 귀의한 성직자를 사랑한 여성의 원형인 막달라마리아에 대응된다. 막달라마리아가 한 종교인으로서 예수그리스도에게 품었던 경외감과 별도로, 인간남성으로서 그를 사랑한 막달라마리아의 내적 갈등은 <러브레터>의 은하라는 캐릭터에 투영되어 구체적으로 형상화 되어 있다.

<우리들의 행복한 시간>에는 기독교적인 캐릭터로 모니카 수녀가 등장한다. 모니카 수녀는 사형 선고를 받은 남자주인공 윤수를 교화시키기 위해 갖은 노력을 다 하며, 결국에는 자기 앞에서 무릎을 꿇고 눈물을 흘리며 용서를 비는 윤수를 끌어안아 그를 구원한다. 모니카 수녀는 죄인의 죄를 사하여 주고 그를 구원해 주는 구원자의 역할을 하고 있다고 할 수 있다. 모니카 수녀의 이러한 구원자로서의 역할은 기독교적인 신앙체계 속에서 존재하는 구원의 모성인 성모마리아에 대응된다. 한편, 모니카 수녀가 행하는 구원행위의 대상이 되는 윤수라는 인물은 인간의 원죄를 상징한다. 태생적으로 원죄를 짓고 태어난 존재인 인간이 종교적인 구원을 찾아가는 과정을 그려내고 있다고 할 수 있다. 여자

주인공 유정은 하나님의 대리인인 모니카 수녀가 남자주인공 윤수에게 행하는 구원 행위의 실질적인 실행자가 된다. <우리들의 행복한 시간>이 추구하는 구원의 의미는 구원의 승인자 모니카 수녀를 정점으로, 원죄자 윤수와 구원의 실현자 유정이 그리는 삼각 인물관계를 통해 기독교적인 구원의 의미를 형상화 하고 있는 것이다. 한 가지 지적해 둘 것은 <우리들의 행복한 시간>에 등장하는 유정은 대중가요를 부르는 가수로 기독교와는 하등의 직접적인 관계가 없는 것으로 설정되어 있다는 사실이다. 유정이 윤수를 만나게 되는 계기도 그녀의 자발적인 의지가 아니라 고모인 모니카 수녀가 윤수를 교화하기 위해 유정을 동원함으로써 이루어진다. 그런데 모니카 수녀가 윤수를 교화하기 위해 유정을 동원함으로써 이루어진다. 그런데 모니카 수녀의 의지에 의해 억지로 윤수를 위한 그녀의 구원 행위의 실행자가 된 유정은 생의 의미를 잃고 세 번이나 자살을 시도한 자신의 상처가 젊은 나이에 살인을 저지르고 사형수가 된 윤수의 그것과 상통한다는 사실을 깨닫고 그의 실질적인 구원자가 된다. 이 점에서 유정은 윤수를 만나기까지의 삶의 방식이나 직업 등의 면에서 기독교와는 전혀 관계가 없었음에도 불구하고 윤수를 만나는 순간부터 기독교적인 구원의 윤리를 실행하는 기독교적인 인물이 된다고 할 수 있다. 동시에 윤수 역시 유정으로 하여금 상처를 치유하고 삶의 가치를 되찾게 해준다는 점에서, 유정에 대해서만큼은 피구원자인 동시에 구원자의 정체성을 지니게 된다.[17]

---

17) 이처럼 〈우리들의 행복한 시간〉에서 모니카 수녀를 정점으로 하여 윤수와 유정이 상호 구원자의 트라이앵글을 이루게 되는 교도소는 이들의 구원과 피구원의 행위에 의해 죄인을 감금하고 징벌을 가하며, 그들을 교화하는 교도소 본연의 기능을 넘어서서 죄를 사하고 상처를 치유하는 기독교적인 구원의 공간으로 승화된다. 일반적으로 기독교적인 구원이 이루어지는 교회 예배당과 성당의 고해 성사실과 같은 기능을 수행하는 것이다. 이 점에서 영화 〈우리들의 행복한 시간〉에서 주된 공간적인 배경이 되는 교도소는 의사(擬似) 기독교적인 공간으로서의 의미를 지니고 있다고 할 수 있다.

## 나. 기독교적 직능을 형식적으로 차용한 캐릭터

기독교문화를 수용한 2000년대 한국대중문화콘텐츠에 등장하는 기독교 캐릭터의 주류를 차지하는 것은 기독교적 직능을 형식적으로 차용한 캐릭터이다. 이들은 기독교적인 이념의 본질을 주제론적으로 구현하는 캐릭터가 아니다. 이미 사회 속에서 일반화 되어 있는 기독교 문화를 소재적·형식적으로 수용하여 대중성과 진지성이라는 두 마리 토끼를 잡고자하는 의도를 보여준다. 먼저, 영화 <신부수업>에는 신부, 수녀, 신학생 등 다양한 기독교적인 캐릭터가 등장하는데, 이들의 역할은 각기 다르다. 남자주인공인 신학생은 신에 대한 충실한 종복인 성직자로 거듭나기 위해 갖가지 시험에 직면한 자로, 일상적인 인간과 본격적인 성직자의 경계에 선 인물이다. 이러한 남자주인공이 당면한 과제는 신에 대한 헌신과 인간적인 세속적 욕망 사이의 갈등이라는, 기독교 관련 문화에서 전형적으로 등장하는 모티프에 해당한다. 남자주인공인 신학생은 일상적 인간으로서의 세속적 욕망을 끊고 신에 대한 충직한 종복으로 거듭나기 위해 내적인 갈등을 극복해내고자 고군분투 하는, 기독교 관련 문화 속의 한 유형적인 캐릭터가 되는 것이다. 여기서 여자주인공은 인간적인 욕망을 끊고 신에 대한 헌신의 길로 들어서고자 하는 남자주인공의 의지를 시험하는 일종의 시험자인 동시에 유혹자다. 신의 대리인으로서 그의 인간적인 욕망을 자극하여 사제의 길에 대한 진정성을 시험하는 자로서의 역할을 맡고 있다고 할 수 있다. 한편, 신부와 수녀는 신부서품을 통과하고자 하는 신학생에게 고난을 가중시킨다는 점에서는 방해자 혹은 적대자의 인물형상을 지니고 있지만, 결국 이들이 남자주인공에게 부여하는 시련이 그의 성직자로 서의 성숙을 촉진시킨다는 점에서 조력자로서의 면모도 아울러 지닌다.

영화 <보리울의 여름>에는 김신부, 원장수녀, 바실라 수녀 등 다양한 기독교 관련 인물이 등장한다. 이 중에서 남자주인공인 김신부는 보리울 마을 성당에 주임신부로 초임하여 좌충우돌하며 낙후된 보리울 마을 아이들 사이에 꿈과 희망을 심어주는 메신저가 되는 동시에 통합과 화해의 전도사가 된다. 주목되는 것은 기독교 관련 인물인 김신부의 캐릭터가 불교 관련 인물인 우남 스님과 대립적인 인물구도를 이룬다는 사실이다. 영화 초반에 김신부가 이끄는 보리울 성당 소년 축구팀은 우남 스님이 이끄는 보리울 마을 소년 축구팀과 라이벌 구도를 이룬다. 보리울 성당 소년 축구팀과 보리울 마을 소년 축구팀을 각각 매개로 한 김신부와 우남 스님의 신경전은 한국 종교계를 양분하고 있는 기독교와 불교의 종교적 지분을 상징하고 있는 것으로 보인다. 이처럼 불교적인 캐릭터를 기독교적인 캐릭터와 함께 나란히 등장시키는 인물 구도화 방식은 기독교 문화콘텐츠에서 전형적으로 확인할 수 있는 스토리텔링 방식이다.18)

### (3) 서사구조적인 측면

2000년대 한국대중문화콘텐츠는 기독교 문화를 서사적인 측면에서 구조화 하여 수용하고 있다. 기독교 문화가 2000년대 한국대중문화콘텐츠 속에서 구체적으로 서사구조화 되는 방식은 두 가지 국면으로 정리해 볼 수 있다. 첫 번째는 주인공의 만남과 갈등을 극적으로 형상화하기 위한 기독교적 주제의식의 계기화이다. 드라마 <러브레터>에서 기독교적인 공간, 캐릭터, 주제 등은 작품의 핵심적인 서사갈등을 형성하는

---

18) 〈수녀와 동자승〉 광고에서도 수녀와 동자승을 출현시키는 양상을 확인할 수 있다. 여기서 한 가지 지적해 둘 것은 2000년대 기독교 관련 문화콘텐츠 속에서 불교적인 캐릭터를 기독교적인 캐릭터와 병립적으로 등장시키는 방식은 언제나 기독교적인 캐릭터 중심적이라는 사실이다. 〈수녀와 동자승〉 광고에서 수녀가 동자승을 이끄는 인물구도를 확인할 수 있었듯이 〈보리울의 여름〉에서도 궁극적으로 우남스님을 압도하는 리더십을 보여주는 것은 김신부이다. 비록 초반에는 나이로 보나, 경륜으로 보나 우남 스님이 김신부 보다 우위에 있는 양상을 보여주지만, 종국에는 온갖 사건을 겪은 후에 성장한 김신부가 압도적인 대통합의 포용력을 보여줌으로써 기독교 관련 캐릭터의 우위를 재확인하는 것으로 나타난다. 물리적인 나이, 종교지도자로서의 경력, 보리울 마을 구성원과 관계를 맺어온 이력 등, 모든 방면에서 우월한 위치에 있던 우남 스님과의 관계를 김신부가 전복시킨다는 점에서 영화 〈보리울의 여름〉이 지향하는 기독교 중심성은 상대적으로 강화되어 나타난다고 할 수 있다.

계기가 된다. 우선 한국인이 세운 최초의 성당인 풍수원 성당[19]은 남녀 주인공의 운명적인 만남과 갈등, 재회 등 서사의 핵심적인 단계마다 등장하는 공간적 배경이 된다. 안드레아와 은하가 만나서 서로의 상처를 보듬어 안으며 사랑을 하게 되는 공간이기도 하며, 은하가 자신의 사랑을 고백하려 하자 이미 성직자가 되기로 결심한 안드레아의 말을 듣고 절망하게 되는 장소이기도 하며, 각자의 길을 떠난 안드레아와 은하가 엇갈리는 만남을 이루고 최종적인 재회를 이루는 공간도 바로 이 풍수원 성당을 배경으로 한 기독교적인 공간이다.

다음으로 기독교적인 캐릭터인 베드로 신부는 안드레아와 은하를 자신이 운영하는 천사원에 데리고 옴으로써 두 사람이 만남을 이루는 결정적인 계기를 제공하는 인물이 된다. 베드로 신부는 세상에 의지할 곳이 없는 안드레아와 은하를 보듬어 안는 구원자, 즉 목자인 동시에 두 남녀 주인공이 서로의 상처를 알아보고 사랑하게 되는 만남의 계기를 제공하는 캐릭터가 되는 것이다.

마지막으로 드라마 <러브레터>의 두 가지 기독교적인 주제의 국면은 전체 서사구조 속에서 각각 다른 단계를 맡는다. 구원의 주제의식은 남녀 주인공이 만남을 이루고 사랑을 하게 되는 과정의 내러티브와 관련되어 있다. 베드로 신부가 안드레아와 은하의 구원자가 되어 이들을 천사원에 이끌고 다시 안드레아와 은하가 서로의 상처를 치유해주는 구원자가 됨으로써, 이 둘의 사랑이 움트게 되는 것이다. 한편 신에 대한 헌신과 인간적인 욕망 사이의 갈등은 남녀주인공의 이별과 재회 등 사랑의 파국을 형상화 하는 내러티브와 관련된다. 성직자의 길과 은하를 사랑하는 남성으로서의 안드레아가 지닌 내적 갈등이 은하와의 사랑에 장애요소로 작용하는 것이다.

2000년대 한국대중문화콘텐츠가 기독교 문화를 수용하여 서사구조

---

19) 드라마 〈러브레터〉에 등장하는 풍수원 성당은 우리나라 최초의 성당으로 강원도 횡성군에 위치해 있다.

화하는 두 번째 방식은 기독교 의례의 통과제의 구조화이다 영화 <신부수업>에서 신부서품이라는 기독교적인 모티프는 점층적인 단계구조로 서사구조화 되어 있다. 신부서품이라는 기독교적인 시험은 단 한 차례의 통과의례로 그치지 않는다. 신부서품을 주관하는 주임신부의 조카의 형태로 나타난 여성캐릭터의 갖가지 유혹 이겨내기와 망나니 같은 그 여성을 신의 종복으로 이끌기라는 다양한 미션으로 형상화 되어 있다. 이러한 미션의 강도는 단계가 지남에 따라 더욱 강화되며, 이에 따라 남자주인공의 노력 또한 배가된다. 영화 <신부수업>에서 신부서품이라는 기독교적인 모티프는 세부적으로 단락화 하여 점층적인 단계별로 나타나고 있다는 것인데, 이러한 서사구조는 게임의 스테이지 개념과 닮아있다. 게임은 스테이지별로 스토리가 전개되며, 각 스테이지별로 주어진 미션을 완수해야만 해당 스테이지를 클리어하고 다음 스테이지로 넘어갈 수 있다. 스테이지별로 계기화 되어 있는 게임의 서사구조 역시 수행해야 할 미션의 강도가 스테이지가 전개될수록 강화된다는 점에서 <신부수업>에 나타나는 신부서품의 세부적인 통과의례 과정과 동일하다. 영화 <신부수업>은 기독교 이념과 문화를 주제의식적인 차원에서가 아니라 단지 소재적인 차원에서 수용한 작품이기 때문에 주제의식의 부재를 이러한 게임의 미션 제시와 수행, 단계별 스토리텔링이라는 서사구조로 대체하여 오락적인 재미를 극대화 하고자 한 것이라 할 수 있다. 한편, 이 점에서 <신부수업>에 등장하는 기독교 공간으로서의 성당은 단순한 공간적인 배경이 아니라 게임에서 차용한 단계별 미션 수행을 위한 스테이지로서의 의미를 지니게 된다는 점을 지적할 수 있겠다.

영화 <보리울의 여름>은 초짜 주임신부인 김신부가 명실상부한 보리울 성당 주임신부로 탄생하는 일종의 성장 드라마이다. 신부의 성장드라마는 기독교 관련 문화콘텐츠 속에서 즐겨 다루는 모티프 중의 하나이다. 기독교에 관련된 인물이 진정한 사제로 거듭난다는 성장 모티프를 다루고 있다는 점에서 영화 <보리울의 여름>은 영화 <신부수업>

과 같은 맥락을 보여준다. 영화 <보리울의 여름>은 김신부의 부임으로 모든 사건이 시작되며, 김신부가 기존에 형성되어 있던 보리울 성당과 보리울 마을의 질서를 자신의 리더십을 중심으로 재맥락화 하는 과정에서 주임신부로서의 김신부의 성숙과정이 전개된다. 김신부가 보리울 성당 주임신부로서의 능력을 보리울 마을 소년 축구단 결성과 읍내 소년 축구단에 대한 승리로 입증함으로써 영화의 모든 사건이 대단원의 막을 내리는 것도 이 영화가 김신부가 주임신부로서 성장하는 통과제의의 과정을 중심으로 하여 서사 구조가 짜여져 있음을 의미한다. 이 점에서 영화 제목에서 말해주는 보리울 마을에서의 여름도 결국 김신부가 주임신부로서 거듭나는 기독교적 통과의례의 시간을 상징하는 것으로 볼 수 있다. 영화 <보리울의 여름>에서도 이러한 기독교적 통과제의의 서사구조는 게임의 스테이지처럼 단계화 되어 있다.[20] 예컨대 보리울 성당 내부의 기존 위계질서를 재편성하여 새로운 통합의 질서를 이루어내고, 보리울 성당에서 보육하는 아이들에게 꿈과 희망을 주기 위해 보리울 성당 소년 축구단을 결성하며, 보리울 마을 사찰의 주지인 우남 스님과의 반목을 극복하고 보리울 마을 사찰 소년 축구단과 보리울 성당 소년 축구단을 통합하여 보리울 마을 소년 축구단을 창단하고 읍내 마을 소년 축구단과의 시합에서 승리하여 보리울 마을 사람들의 대통합을 이루어내는 과정은 각각 단계별로 독립된 하나의 서브 내러티브로 완결되어 있다. 동시에 각각의 독립된 단계들은 김신부의 주 임신부로 거듭나기라는 전체의 성장 드라마 속에 하위 사건으로 편입되어 차례로 계기화 되어 있다. 이처럼 게임의 단계별 미션 클리어의 서사구조와 스테이지별 독립된 서브 내러티브 구조를 차용하고 있다는 점에서 영화 <보리울의 여름>은 영화 <신부수업>과 동일한 서사구조를 보여준다. 이러한 공통점은 <보리울의 여름>과 <신부수업>이 기독교 관련 문

---

20) 게임의 스테이지처럼 한 단계의 미션이 주어지고 이것을 수행하고 나면, 다음 미션이 주어지는 스테이지가 펼쳐지는 식이다.

화콘텐츠에서 전형적으로 나타나는 사제 되기라는 성장 모티프를 핵심적인 서사로 하고 있으면서도 이를 주제의식적인 차원으로 형상화 하지 않고 대중적인 상업 드라마로 형상화 했다는 데서도 확인할 수 있다. 기독교 문화를 대중적인 상업 드라마로 스토리텔링화하기 위해서 게임의 내러티브를 수용했다고 할 수 있는 것이다.

### (4) 주제의식적 측면

2000년대 한국대중문화콘텐츠에 수용되어 있는 기독교 문화는 주제의식적인 차원에서도 주목할 만한 유형적인 양상을 보여준다. 기독교 문화가 2000년대 한국대중문화콘텐츠의 주제의식적인 측면에서 형상화 되는 방식은 주로 두 가지 국면으로 유형화 되어 나타나는데, 이 두 가지 국면은 기독교적인 이념이 일상적인 문화의 차원으로 일반화 된 형태와 보다 기독교적 이념의 고유한 정체성이 구현된 형태로 상반된 양상을 보여준다. 첫 번째로 약속·서약·신의와 같은 일상적인 기독교 윤리를 주제의식의 차원으로 형상화 한 국면이다. 드라마 <가을동화>와 영화 <약속>에서 이러한 국면을 확인할 수 있다. 우선, 드라마 <가을동화>에서는 서약과 맹세라는 기독교적인 윤리가 작품의 클라이막스 부분에서 강조되어 있다. 드라마 <가을동화> 제15회 #35에서 두 남녀 주인공인 은서와 준서가 그들의 사랑의 도피처인 폐교에서 둘 만의 결혼식을 올리며 사랑의 서약과 맹세를 한다.[21] 깜깜한 배경으로 늘어서 있는 촛불들과 전등들의 불빛은 폐교라는 공간에 경건함을 더해주는데, 이를 통해 폐교는 단순히 용도 폐기된 학교가 아니라 서구에서 사랑의 서약과 맹세, 결혼식을 올리는 공간으로 활용하는 기독교적 공간인 성당이나 교회 예배당의 이미지를 부여받게 된다. 폐교는 사랑의

---

21) "고목에 칠해진 색깔들, 그리고 촛불들 반짝이는 전등들. 은서 옷 입고 꽃 들고 나오는데 준서가 서 있다. 은서 준서를 보고 웃는다. 은서 준서에게 다가간다. 두 사람 둘만의 결혼식을 올린다. 서로 서약하고 반지 다시 끼워주고... 등등.", <#35폐교 밖, 밤>, <가을동화> 제15회.

서약과 맹세라는 기독교적 윤리에 대한 약속이 이루어지는 교회 예배당이나 성당으로 치환되어 의사기독교적인 공간으로 거듭나게 되는 것이다. 영화 <약속>은 말 그대로 인간 사이의 약속의 가치와 의미, 신뢰의 진실성의 문제를 소재로 삼았다. 인간 사이의 약속이 지켜지지 않는 현실 속에서 영화 <약속>은 남녀의 사랑을 매개로 하여 인간 가치의 본질적인 문제를 다룬 것이다. 물론 이러한 문제가 상업멜로영화의 관습성 속에 매몰되어 심도 있게 다뤄지지 못했다는 점에서 주제의식의 차원으로 보다 깊이 있게 형상화 되었다고 말 하기는 어렵다. 그러나 영화 <약속>은 약속과 서약의 의미가 현실적인 의의를 점점 상실해 가는 상황의 이면에 이러한 인간의 본질적인 가치가 지켜지기를 희구하는 일종의 판타지에 대한 희구의식이 존재하고 있다는 사실을 캐치하여 관객들의 감수성을 효과적으로 자극한 작품이라고 할 수 있다. 그런데 영화 <약속>은 작품의 클라이막스를 기독교적인 공간인 성당을 배경으로 형상화함으로써 기독교에서 강조하는 윤리 중의 하나인 신 앞에서의 맹세가 지니는 기독교 윤리의식과 남녀 간의 사랑의 약속을 연결 짓고 있다. 하나님 앞에서 한 서약과 맹세는 무조건적으로 지켜져야 한다는 기독교 윤리의식이 배경으로 작용함으로써 남녀주인공이 신 앞에서 행한 약속이 지니는 의미가 진중한 무게의식을 지닐 수 있게 된 것이다.

두 번째는 구원·속죄 등 기독교적인 고유한 이념의 정체성이 상대적으로 강하게 형상화 되어 있는 국면이다. 영화 <우리들의 행복한 시간>과 드라마 <러브레터>에서 이러한 양상을 확인해 볼 수 있다. 먼저, 영화 <우리들의 행복한 시간>은 현대인들은 모두 그 존재와 삶 자체가 원죄를 지니고 있으며, 이 때문에 기독교의 유일신인 하나님 앞에서 구원을 받아야 한다는 기독교의 원론적인 교리를 바탕에 깔고 있다. 남자주인공 윤수는 현대인이 지니고 있는 원죄를 사형수의 형태로 극대화 한 캐릭터에 해당하며, 구원을 통한 삶의 가치를 추구하기를 거부하는 여주인공은 하나님에게 모든 것을 내맡기고 삶의 의미를 찾지 않고 있는 비기독교인들을 상징한다. 이러한 작품에서 말하는 '우리들의 행복한 시간'은 남녀주인공들이 하나님의 구원의 대리인인 모니카 수녀 앞에서 죄를 사함을 비는 구원의 시간을 의미한다. 하나님 앞에서 죄를 용서받는 구원의 시간이야 말로 자신의 원죄를 인식하지 못하고 삶의 진정한 의미를 찾지 못한 채 부유하는 현대인들이 자신의 존재 의의를 되찾게 되는 행복한 시간이라는 것이다. 드라마 <러브레터>에서도 기독교적인 구원의 문제가 주제의식의 차원으로 형상화 되어 있다. 그런데 드라마 <러브레터>에 등장하는 주요 인물들은 마치 뫼비우스의 띠처럼 각자 서로에게 구원자가 되는 형태로 맞물려 있다. 예컨대, 부모를 잃고 고모의 시골 장터 식당일을 도우며 학대를 받고 살아가던 우진에게 외삼촌인 베드로 신부는 안드레아라는 이름을 주며 새로 태어나게 해주는 구원자가 되며, 역시 고아가 되어 베드로 신부가 운영하는 성당의 천사원에 들어와 스스로를 닫고 소회시키던 은하에게 안드레아는 생을 살아갈 유일한 가치와 의미가 되는 구원자가 되며, 친모인 줄 알았던 어머니가 계모라는 사실을 알고 방황하던 또 다른 우진에게 은하는 어른들의 추악한 삶의 방식에 절망한 고통을 씻어주는 구원자가 된다. 드라마 <러브레터>는 기독교적인 구원과 속죄의 문제를 구원자와 피구원자의 관계로 맞물려 있는 인물구도를 매개로 탐색하고 있는바, 이처럼 드라마 <러브레터>가 구현하고 있는 기독교적인 주제의식은 일상을 영위하는 현실세계의 세속적 인간들이 얽히고설킨 인간관계 속에서 추구해 나가는 삶의 의미를 반추해 볼 수 있는 일종의 알레고리가 된다고 할 수 있다.

## 3. 2000년대 한국대중문화콘텐츠의 기독교문화스토리텔링이 지니는 의미

2000년대 한국대중문화콘텐츠에 나타난 기독교 문화의 스토리텔링 방식은 공간적 배경, 캐릭터, 사건과 갈등의 계기, 주제적 구현 등의 유형으로 나타나는데, 이러한 양상은 서구의 그것과는 차별화 되는 측면이 있다. 물론 서구의 문화콘텐츠에 나타난 기독교 문화의 스토리텔링 방식에서도 2000년대 한국대중문화콘텐츠에서 확인할 수 있는 이상의 기독교 문화스토리텔링 방식의 나타난다. 그런데 서구의 문화콘텐츠에서 기독교 문화를 스토리텔링화 하는 방식에서는 2000년대 한국의 그것에서 확인되지 않는 세 가지 차원이 존재한다는 점에서 차별화된 양상을 살펴볼 수 있다. 첫 번째는 기독교 교리에 대한 비판적인 차원이다. 서구의 문화콘텐츠에서는 일반적으로 보편화 되어 있는 기독교의 정통 교리를 비판하는 스토리텔링이 다양하게 확인된다. 기독교 문화를 주제의식의 차원에서 구현하고 있다는 측면에서는 2000년대 한국대중문화콘텐츠에서 나타나는 기독교 문화의 그것과 동일한 유형범주를 보여주지만 그 구체적인 양상에서는 확연한 차이를 보여주는 것이다. 뮤지컬 <지저스 크라이스트 슈퍼스타(Jesus Christ Superstar)>[22]와 영화 <패션 오브 크라이스트(Passion of Christ)>[23] 등이 그 대표적인 작품이다. 먼저 뮤지컬 <지저스 크라이스트 슈퍼스타>는 예수의 십자가 사건에서 부활을 제거함으로써 예수가 메시아라는 기독교의 교리를 부정한다. 예수는 어디까지나 비범한 인간에 불과하며, 그는 십자가에 못 박혀 죽고 부활하지 않았다는 것이다. 예수가 인류를 구원하려는 위대한 목적을 가지고 죽었다가 다시 살아나셨다는 성서의 핵심적인 교리를 부정함으로써 전 세계에 가장 강력한 교세를 지니고 있으며, 서구 문화발전사와 그 괘를 같이 하는 기독교의 이념 자체에 정면으로 도전하고 있는 작품인 것이다. 한편, 영화 <패션 오브 크라이스트>에서는 예수의 부활과 인류 구원의 숭고함이라는 기독교의 핵심 교리 자체 보다는 예수가 인간으로서 경험한 폭력 자체를 잔혹하리라만치 생생하고 구체적으로 묘사함으로써 박애와 희생, 봉사의 미덕을 강조하는 기독교 문화 자체

---

22) 〈지저스 크라이스트 슈퍼스타(Jesus Christ Superstar)〉, 작곡: 앤드루 로이드 웨버(Andrew Lloyd Webber), 작사: 팀 라이스(Tim Rice), 연출: 폴 워릭 그리핀(Paul Warwick Griffin)
23) 〈패션 오브 크라이스트(Passion of Christ)〉, 제작 · 감독: 멜 깁슨, 2004

에 내재된 원초적인 잔혹성을 고발한다. 광기에 휘둘려 예수에게 잔혹한 폭력을 행사한 인간들이 그의 죽음 이후에 메시아로 숭배하는 모습 속에 내재된 부조리성을 비판하고 있는 것이다.

이처럼 서구의 기독교 문화콘텐츠가 기독교 문화에 대한 비판적인 주제 의식을 적극적으로 구현할 수 있는 이유로는 역설적으로 기독교가 서구의 문화를 그만큼 강력하게 장악하고 있다는 사실을 들 수 있다. 서구의 문화 자체가 기독교의 전개사와 함께 발전해 왔기 때문에 기존의 서구 문화의 부조리함을 비판하기 위해서는 그 원점인 기독교 교리와 윤리, 이념 등을 매개로 하여 그 문제의식을 전개하지 않을 수 없기 때문이다. 2000년대 한국대중문화콘텐츠에 나타난 기독교 문화의 스토리텔링 방식에서 서구의 그것과 같은 기독교 문화에 대한 비판적인 주제의식의 구현 양상이 나타나지 않는 것은 거꾸로 한국문화 속에서 기독교의 지배력이 그 만큼 절대적이지 않다는 사실의 반증일 수 있다. 예컨대, 2000년대 한국대중문화콘텐츠 속에서 기독교 문화를 스토리텔링 하는 양상 중에 대표적인 것으로 불교문화의 대비적인 방식이 반복적으로 확인되는 이유도 한국문화 지형도 속에 기독교 문화의 지배력이 불교를 비롯한 여타의 종교 문화와 그 지분을 나누어 공존하고 있으며, 절대적인 장악력을 자랑하지 못하고 있다는 사실을 보여주는 사례라 할 수 있는 것이다.[24]

두 번째는 성서 속 캐릭터와 공간적인 배경, 이야기 등의 직접적인 등장이다. 서구의 기독교 문화콘텐츠 속에서는 성서와 각종 복음서에 등장하는 실제 인물들이 직접적으로 등장하며, 구체적인 사건들을 소재

---

24) 한국대중문화콘텐츠의 기독교 문화 수용사가 확대되면서 최근에는 기존에 정립된 기독교 역사와 이념을 비판적으로 재해석하는 작품이 출현하였다. 제10회 한국뮤지컬대상 4개부분을 수상한 창작뮤지컬 〈마리아 마리아〉가 바로 그 작품이다. 서구의 뮤지컬 〈지저스크라이스트 슈퍼스타〉가 유다의 관점에서 바라본 예수를 그린 일종의 유다전이라면, 한국의 뮤지컬 〈마리아 마리아〉는 예수를 유혹하는 대가로 밑바닥 창녀생활을 청산하고, 로마행을 꿈꾸는 막달라 마리아의 굴곡진 인생을 일대기 형식으로 그려낸 일종의 마리아전(傳)이라고 할 수 있다.

로 삼는다. 이러한 작품들은 뮤지컬 <레 닥스 십계(Les DIX command-ments)>25), 애니메이션 <이집트 왕자(The Prince of Egypt)>26), 영화 <십계(The Ten Commandments)>27), 영화 <벤허(Ben-Hur)>28), 영화 <삼손과 데릴라(Samson and Delilah)>29) 등 이루 헤아릴 수 없이 많다. 스토리텔링의 관점에서 보면, 성서 속에 등장하는 인물담이나 사건담은 그 자체로 극적인 내러티브를 갖추고 있다. 예컨대, 서구의 기독교 문화콘텐츠사에서 끊임없는 재창작의 대상이 되고 있는 모세의 이야기는 모세의 성공적인 영웅일대기, 모세와 람세스의 인물대결구조와 출생의 비밀 모티프, 모세와 이집트 공주의 인종을 뛰어넘은 애정 모티프 등, 그 자체로 극적인 서사성을 내포하고 있다.30) 이러한 이야기 자체의 흥미는 성서 속에 등장하는 인물담과 사건담을 소재로 한 기독교 문화콘텐츠 창작의 가장 본질적인 원천의 하나가 된다고 할 수 있다. 그러나 이러한 성서의 인물담과 사건담이 특히 서구에서만 주로 문화콘텐츠화 되고 있는 이유는, 기독교 문화의 향유방식의 차이에서 찾을 수밖에 없다. 즉, 기독교 문화는 서구에서 유래한 것으로 서구의 고유한 전통으로 존재하는 동시에 서구 역사의 중요한 일부분을 구성한다. 우리가 전통

---

25) 〈레 닥스 십계〉, 연출: 엘리 슈라키(Elie Chouraqui), 작곡: 파스칼 오비스포(Pascal Obispo), 2000, 프랑스

26) 〈이집트 왕자(The Prince of Egypt)〉, 감독: 브렌다 샤프먼 · 스티브 히크너 · 사이먼 웰스, 제작: 드림웍스, 출연: 산드라 블록 · 랄프 파인즈 · 대니 글로버 · 제프 골드브럼, 1998

27) 〈십계(The Ten Commandments)〉, 감독: 세실 B. 데밀, 출연: 찰톤 헤스톤 · 율브린너 · 앤 박스터 · 에드워드 G. 로빈슨, 1956

28) 〈벤허(Ben-Hur)〉, 감독: 윌리엄 와일러, 출연: 찰톤 헤스톤 · 잭 호킨스 · 하야 하라릿 · 스티븐 보이드, 1959

29) 〈삼손과 데릴라(Samson and Delilah)〉, 감독: 세실 B 드밀, 출연: 헤디 라마 · 빅토르 머츄어, 1949

30) 삼손의 이야기도 마찬가지이다. 삼손의 이야기는 성공한 영웅인 모세와 달리 실패한 영웅의 비극적인 일대기, 트릭스터로서의 데릴라란 캐릭터, 데릴라의 주도로 이루어지는 트릭스터담의 반복구조 등이 극적인 흥미를 제공한다. 서구에서 기독교 문화콘텐츠로 지속적으로 재창작되는 성서의 인물담과 사건담은 이처럼 그 자체적으로 소재적인 흥미와 극적인 서사성, 인물대결구도의 짜임새 등을 갖추고 있는 몇몇 이야기에 한정된다.

문화와 역사를 담은 설화(說話)를 세대를 이어 입에서 입으로 전하며, 기술문명의 진화에 따라 그것을 소재로 한 다양한 형태의 문화콘텐츠로 가공하고 있는 것과 마찬가지라고 할 수 있다.[31)

세 번째는 기독교 문화의 패러디 차원이다. 서구의 문화콘텐츠에서는 기독교 문화를 패러디하는 장면이 많이 등장한다. 여기서는 다시 두 가지 구체적인 양상으로 세분화 할 수 있다. 하나는 성서에 대한 내용적인 차원의 패러디이다. 서구의 문화콘텐츠에서는 성서를 패러디 하는 장면들이 많이 등장하는데, 예컨대 영화 <E.T>[32)에서 주인공 아이들과 외계인 E.T가 서로 손가락을 맞대어 교감하는 장면은 성서에 나오는 천지창조의 장면을 그림으로 묘사한 벽화 <천지창조>를 패러디한 것이다. 다른 하나는 장르적인 패러디이다. 서구의 문화콘텐츠에서는 기독교 문화를 호러물로 패러디하는 것이 하나의 장르로 자리가 잡혀 있다. 영화 <엑소시스트(The Exorcist)>[33), 영화 <사탄의 인형(Child's Play)>[34) 등 서구 문화콘텐츠 속에서 기독교 문화를 호러물로 패러디 한 장르는 이미 오랜 역사를 자랑하며, 그 작품의 숫자도 이루 셀 수 없을 정도로 많다. 이는 기독교의 교리와 윤리가 서구의 문화 속에서 하나의 엄정한 규율로 존재하기 때문인 것으로 보인다. 특히, 서구의 중세시대에는 기독교가 국가종교로 존재하면서 사람을 마음대로 살리고 죽일 수도 있는

---

31) 서구의 기독교 문화 체계 속에서 성서와 복음서의 내용들이 고대 역사의 실제적인 한 부분으로 받아들여지고 있는 것도 기독교 문화콘텐츠 존재양상의 차이를 결정짓는 한 중요한 요인이 될 수 있다. 물론 한국의 기독교인들에게서도 이러한 인식은 확인된다. 그러나 다른 점은 서구의 인식체계 속에서 성서와 복음서의 내용을 서구 역사의 한 부분으로 인정하는 양상은 거의 보편타당성을 얻고 있으며, 그러한 인식의 역사 자체가 오래 되었다는 사실이다.

32) 〈E.T.(The Extra-Terrestrial)〉, 감독: 스티븐 스필버그, 출연: 헨리 토마스 · 디월런스-스톤 · 피터 코요테 · 로버트 맥노튼 · 드류 베리모어, 1982

33) 〈엑소시스트(The Exorcist)〉, 감독: 윌리엄 프리드킨, 출연: 엘렌 버스틴 · 막스본 시도우 · 리 J. 코브 · 키티 윈, 1973

34) 〈사탄의 인형(Child's Play)〉, 감독: 톰 홀랜드, 출연: 캐서린 힉스 · 크리스 서랜던 · 알렉스 빈센트 · 브래드 듀리프, 1988

막강한 유일법으로서의 파워를 자랑했다. 기독교 교리에 대한 해석이 구교와 카톨릭교도 간의 피비린내 나는 싸움을 유발하기도 했고, 국가 간 전쟁의 원인이 되기도 했으며, 수많은 사람들을 죽음으로 몰아넣은 십자군 원정을 정당화 하는 율법으로 작용하기도 했다. 인간을 구원하기 위해 만들어진 기독교가 거꾸로 인간을 지배하고 억압하는 강제법이 되면서, 중세 서구인들은 기독교에 복종하면서도 그 이면에 기독교에 대한 공포심을 키워왔다고 할 수 있는 것이다. 이처럼 기독교가 하나의 관습법으로 존재했으며, 현재에도 정도의 차이가 있을 뿐 서구인들의 정신세계와 일상생활에 미치는 그 힘은 유효하기 때문에 그것을 어겼을 경우에 자신에게 가해지는 징벌에 대한 공포감이 서구인들에게 보편적인 공감을 얻고 있으며, 이것이 기독교 문화를 공포물로 패러디한 장르가 상업적으로 인기가 있는 문화콘텐츠로 자리 잡게 한 핵심적인 요인이 된다고 할 수 있다.

## 4. 나오는 말

본 연구는 2000년대에 들어 비약적으로 발전한 한국대중문화콘텐츠가 기독교 문화를 한 자양분으로 하여, 그 스토리텔링을 구현하는 방식을 학문적으로 규명하고자 하였다. 기독교 문화의 계몽과 선교의 차원에서 영상매체에 나타난 기독교의 양상을 분석했던 기존 연구사에서 한 단계 나아가 한국대중문화콘텐츠에 나타난 기독교 문화의 스토리방식에 대한 본격적인 학문적 연구 성과를 도출하고자 한 것이다.

이러한 본 연구의 성과는 다음과 같은 세 가지 측면으로 정리하여 제시할 수 있다. 첫 번째는 기독교 문화를 수용한 2000년대 한국대중문화콘텐츠의 데이터베이스 구축이다. 본 연구는 기독교 문화를 활용한 2000년대 한국대중문화콘텐츠의 데이터베이스를 만드는 것에서부터 출발하였다. 두 번째는 2000년대 한국대중문화콘텐츠에 나타난 기독교

문화의 스토리텔링 양상과 특징에 대한 분석이다 본 연구는 이를 공간적인 배경, 캐릭터, 주제의식, 서사구조 등의 국면으로 분류하여 구체적으로 분석한 연구 성과를 제시하였다. 세 번째는 2000년대 한국대중문화콘텐츠에 나타난 기독교 문화의 스토리텔링 방식이 지니는 의미에 대한 고찰이다. 본 연구는 이를 기독교 문화의 발상지에서 발전한 서구 기독교 대중문화콘텐츠의 스토리텔링 방식과의 비교 분석을 통해 그 결과를 도출하였다. 이러한 비교 연구 작업을 통해 2000년대 한국대중문화콘텐츠에 나타난 기독교 문화의 스토리텔링 방식이 지니는 차별적인 의미를 효과적으로 드러내고자 하였다. 이상과 같이 2000년대 한국대중문화콘텐츠에 나타난 기독교문화의 스토리텔링 방식과 그 의의에 대한 본 연구의 결과가 한국대중문화 콘텐츠의 다양한 장르에 대한 학제적인 연구 기반을 제공함은 물론 대중적인 인식지평의 전환에도 기여할 수 있기를 기대한다.

# VI. 한국게임에 나타난 여성캐릭터의
# 형상과 그 특성

## 1. 문제설정의 방향

본 연구는 한국게임에 나타난 여성캐릭터의 형상화 방식에 대해 비교론적인 관점에서 고찰하는 것을 목적으로 한다.[1] 드라마, 영화, 소설

---

1) 본 연구는 대중적으로 흥행에 성공한 게임을 연구의 대상으로 하였다. 본 연구가 대상으로 삼은 주된 게임 자료의 범주를 제시하면 다음과 같다.

　(01) 〈던전 앤 파이터(Dungeon & Fighter)〉, 제작: 네오플, 서비스: 한게임, 장르: 온라인 액션게임, 한국, 2006.

　(02) 〈당신은 골프왕〉, 제작사: 컴투스, 서비스: SKT·LGT, 장르: 모바일 스포츠게임, 한국, 2004.

　(03) 〈라그나로크(Ragnarok Online)〉, 제작: 그라비티, 배급: 그라비티, 장르: MMRPG, 한국, 2007.

　(04) 〈러브(LOVE)〉, 제작사: 넵스텝미디어, 서비스사: 노리스닷컴, 장르: PC용 연애시뮬레이션게임, 2007.

　(05) 〈리니지(Lieneage)〉1, 제작·배급: 엔씨소프트, 장르: MMRPG, 한국, 1998.

　(06) 〈리니지(Lieneage)〉2, 제작·배급: 엔씨소프트, 장르: MMRPG, 한국, 2002.

　(07) 〈마비노기(Mabinogi)〉, 제작: 네브캣 스튜디오, 배급: 넥슨, 장르: MMRPG, 한국, 2007.

　(08) 〈마지막 왕국(The last kingdom)〉, 제작·배급: 엑토즈소프트, 장르: MMRPG, 한국,

등 다양한 대중문화콘텐츠 속에서 여성인물이 주인공으로 등장하는 것은 이미 새로운 일이 아니다. 여성의 사회적 지위가 높아지고 그 진출범위가 확대됨에 따라 여성캐릭터가 이들 대중문화콘텐츠의 주인공으로 등장하는 현상은 주류적인 추세로 자리를 잡아가고 있다. 대중문화콘텐츠 속에 등장하는 여성인물의 형상은 그 하위 장르에 따라 각각 다르게 나타난다. 뿐만 아니라 같은 장르라 할지라도 그 속에 나타나는 여성상은 시대의 변화에 따라 다른 모습을 보여준다. 대중문화콘텐츠 속에 등장하는 여성상이 사회적 패러다임의 변화에 조응한 결과라고 할 수 있다. 과거의 수동적이고 순종적인 여성인물에서 주체적이고 능동적인 여성인물들이 대거 출현하고 있는 양상이 대표적인 현상이라고 할 수

1990.

(09) 〈메이플 스토리(MapleStory)〉, 제작: 넥슨 위젯스튜디오, 배급: 넥슨, 장르: MMRPG, 한국, 2003.

(10) 〈보아 인 더 월드(BoA In The World)〉, 제작: 지스퀘어, 장르: 육성시뮬레이션 게임, 2003.

(11) 〈샤이아(Shiya)〉, 제작: 소노브이, 장르: MMORPG, 2005

(12) 〈썬(Sun)〉, 제작: 웹젠, 장르: MMORPG, 2005

(13) 〈씰(Seal)〉, 제작: 가람과 바람, 장르: RPG, 2000

(14) 〈아크로드(Achlord)〉", 제작: NHN, 장르: MMORPG, 2005

(15) 〈제라(Zera)〉", 제작: 넥슨, 장르: MMORPG, 2006

(16) 〈쥬라기 원시전〉, 제작: 위자드소프트, 장르: RTS, 2001

(17) 〈창세기전〉1, 제작: 소프트맥스(주), 장르: SRPG, 1995

(18) 〈창세기전〉2, 제작: 소프트맥스(주), 장르: SRPG, 1996

(19) 〈창세기전 외전1: 서풍의 광시곡〉, 제작: 소프트맥스(주), 장르: SRPG, 1998

(20) 〈창세기전 외전2: 템페스트〉, 제작: 소프트맥스(주), 장르: SRPG, 1998

(21) 〈창세기전〉3-파트1, 제작: 소프트맥스(주), 장르: SRPG, 1999

(22) 〈창세기전〉3-파트2, 제작: 소프트맥스(주), 장르: SRPG, 2000

(23) 〈코코룩(CoCo Look〉, 제작: 나비야 인터테인먼트, 장르: 육성, 2001

(24) 〈카르페디엠((Carpe diem)〉, 제작: 지앤아이소프트(주), 장르: MMORPG, 2004

(25) 〈쿠키샵(cookey shop)〉, 제작: 위자드소프트, 장르: CMS, 2000

(26) 〈크레이지 아케이드(Crazy Arcade)〉, 제작: (주)넥슨, 장르: 아케이드, 2001

(27) 〈킹덤 언더 파이어(Kingdom Under Fire)〉, 제작: (주)블루사이드, 장르: RPG, 2000

(28) 〈팡야(Pangya)〉, 제작: (주)엔트리브소프트, 장르: PSP, 2004

(29) 〈A3〉, 제작: 액토즈소프트 · 애니파크, 장르: RPG, 2003

있다. 이에 따라 대중문화콘텐츠 속에 등장하는 여성인물들의 활동공간이 가정에서 직업세계로 이동되고, 소재나 주제의 바운더리도 고부갈등·부부관계·육아·가사 등 전통적인 범주에서 전문적인 일의 추구와 낭만적 사랑의 병립이라는 이 시대 여성들의 새로운 고민을 담아내는 방향으로 변모하는 양상을 보여준다.

이처럼 대중문화콘텐츠 속에 나타난 여성캐릭터는 실제 여성들의 삶과 의식의 변화, 여성에 대한 사회적 시각 등을 반영하는 그릇으로서 일찍부터 학제적 연구를 위한 관심의 대상이 되어 왔다. 특히 텔레비전 드라마와 영화 속에 나타난 여성캐릭터의 인물형상과 특징, 여성상의 변화양상 등에 관한 연구는 탄탄한 성과를 자랑하고 있다. 그런데 게임이라는 장르 속에 나타난 여성캐릭터에 관한 연구는 아쉽게도 아직까지 본격적으로 이루어진 바가 없다. 게임 속에 나타난 여성캐릭터에 관한 연구의 결핍 현상에 대해서는 크게 세 가지 관점에서 생각해 볼 수 있다. 첫 번째는 대중문화콘텐츠를 구성하는 하위 장르 중에서도 특히 게임은 가장 신생장르로서 그 역사가 상대적으로 일천하다는 점이다. 게임이라는 대중문화콘텐츠의 성립을 가능케 하는 디지털 기술은 텔레비전 드라마나 영화에 비해서 가장 나중에 개발된 것이다. 게임 장르의 이러한 신생성으로 인해 학제적인 연구성과의 축적이 상대적으로 미진한 결과를 빚게 되었다고 할 수 있다. 두 번째는 게임이라는 장르의 정체성이 텔레비전 드라마나 영화에 비해 마이너급으로 분류되어 왔다는 사실이다. 대중문화란 일반적으로 이전 시기에 존재한 주류 장르에 비해 그 예술적·작가적 성취도 면에서 저급한 문화로 분류되는 초기 성립의 역사를 보여준다는 점에서 게임 장르에 대한 B급의 대우는 부당하다고만은 볼 수 없다. 그러나 게임의 문화적 파급력과 산업적 경쟁력이 텔레비전 드라마와 영화를 압도하는 현재의 상황 속에서도 여전히 게임을 텔레비전 드라마와 영화에 비해 저연령·저학력의 향유층에 한정된 장르로 취급하는 시각이 존재한다는 점 역시 부인할 수 없는 사실이다. 텔레비전 드라마와 영화를 양지의 문화콘텐츠로 인정하는 시각이 일반화 되어 있는 반면에, 여전히 게임에 대한 시각은 부정적이고 음지의 문화로 생각하는 인식이 존재하고 있는 것이다. 이처럼 게임을 텔레비전 드라마나 영화에 비해 음지의 마이너 문화로 치부하는 일반적인 인식의 국면을 게임에 나타난 여성캐릭터에 관한 연구가 본격적으로 성립되는데 걸림돌이 되는 두 번째 요인으로 들 수 있다. 세 번째는 게임이라는 장르의 향유층을 구성하는 주류가 남성이라는 사실이다. 게임 장르의 성립은 남성 향유층을 대상으로 하여 이루어졌다. 현재에도 게임이라는 장르의 주된 향유층은 남성이다. 당연히 게임 속에 등장하는 캐릭터의 대부분은 남성일 수밖에 없다. 게임과 여성캐릭터를 연결짓는 본격적인 연구의 성립이 이루어지지 않은 것도 이러한 게임 장르와 남성 향유층의 긴밀한 조응성에 기인하는 바가 크다고 할 수 있다.

그런데 게임이 대중문화콘텐츠의 하위 장르 속에서 차지하는 비중이 커지고, 원소스(One Source) 멀티유즈(Multy Use)의 개념에서 게임을 텔레비전 드라마나 영화와 사전에 함께 기획하는 경향이 확대되면서 게임 장르에 대한 마이너적인 인식이 완화되는 추세를 확인할 수 있다. 뿐만 아니라 게임을 텔레비전 드라마나 영화화 하거나, 반대로 인기 있는 드라마나 영화를 게임화 하는 선순환적인 마케팅이 확대되면서 게임에 대한 여성 향유층의 거부감도 감소되는 경향이 나타나고 있다. 이러한 과정 속에서 여성캐릭터와 관련하여 한국게임사에서는 현재 주목할 만한 변화의 지점이 확인된다. 여성캐릭터와 관련한 한국게임사의 변동은 다음과 같은 네 가지 국면으로 정리해 볼 수 있다. 첫 번째는 여전히 남성 향유층을 타겟으로 한 게임 속에 여성캐릭터의 비중이 확대되는 양상이 확인된다는 사실이다. 두 번째는 남성 유저의 구미에 맞추면서도 여성인물의 행동방식에 이전 시기의 게임에서는 찾아볼 수 없는 변화의 조짐이 확인된다는 사실이다. 세 번째는 아예 여성유저를 대상으로 한 여성전용게임이 대거 기획되고 있으며, 이러한 여성전용게임에 대한 여성유저들의 호응도가 높다는 사실이다. 네 번째는 여성전용게임을 제외한 한국게임 전반적으로 여성유저들의 참여도가 확대되고 있다는 사실이다.

한국게임 향유층의 구성도에서 여성유저의 비율이 중대되고, 한국게임의 캐릭터 분포도에서 여성캐릭터의 물리적인 점유율이 확대되는 동시에 질적인 역할에서도 여성캐릭터의 비중이 새로운 변모의 국면을 보여주고 있는 만큼 한국게임 속에 등장하는 여성캐릭터의 형상을 본격적으로 규명해 보아야 할 필요성이 대두되었다고 할 수 있다. 이처럼 한국게임에 나타난 여성캐릭터의 인물형상이 지니는 특수성은 한국게임에 등장하는 다른 캐릭터 혹은 여타의 대중문화콘텐츠를 구성하는 하위 장르에 등장하는 그것과의 상대적인 비교를 통해 부각될 수 있다. 한국게임에 등장하는 남성캐릭터의 형상, 텔레비전 드라마·영화에 등장하는 여성캐릭터의 형상 등과 비교함으로써 그 차별성을 고찰할 수 있다는 것이다.2) 본 연구는 이러한 필요성에 따라 한국게임에 나타난

---

2) 본 연구의 독창성은 한국게임에 나타난 여성캐릭터의 양상과 형상화 방식상의 특징을 비교론적인 관점에서 규명하고자 하는데 있다. 한국게임에 나타난 여성캐릭터의 형상화 방식상의 특징을 규명하기 위한 비교론적인 고찰의 대상은 두 가지 범주로 나누어볼 수 있다. 첫 번째는 한국게임에 나타난 남성캐릭터의 형상화 방식과의 비교이다. 본질적으로 한국게임에 나타난 여성캐릭터는 남성 중심적인 시각으로부터 자유롭지 못하다. 한국게임 유저의 절대 다수가 남성이라는 점에서 한국게임의 개별적인 텍스트를 창조하고 향유하는 시각의 기본 입점은 남성적인 시선이 지배하고 있기 때문이다. 비록 세부적인 정도의 차이는 있을지언정, 한국게임 속에 등장하는 여성캐릭터의 인물형상은 본질적으로 남성적인 시선에 포획되어 있는 것이다. 따라서 한국게임에 등장하는 여성캐릭터의 인물형상은 한국게임에 나타난 남성캐릭터와의 일정한 상관관계 속에 위치하고 있다고 할 수 있다. 한국게임에 등장하는 여성캐릭터의 인물형상화 방식이 보여주는 특수성은 한국게임 속의 남성캐릭터가 보여주는 그것과의 상관관계에 의해 규정된다는 것이다. 이 지점에서 한국게임에 등장하는 여성캐릭터의 양상과 형상화 방식상의 특수성을 고찰하기 위해서는 한국게임에 나타난 남성캐릭터의 그것과 비교론적인 관점에서 고찰하고자 하는 본 연구의 독창성을 찾을 수 있다. 두 번째는 텔레비전 드라마·영화 속 여성캐릭터의 인물형상과의 비교론적인 고찰이다. 텔레비전 드라마와 영화는 게임보다 이른 시기에 성립된 대중문화콘텐츠의 한 하위 장르로서 여성캐릭터의 비중과 역할에 있어서 게임보다 한 단계 진보한 양상을 보여준다. 특히 90년대 이후부터 여성의 사회적 참여 확대와 경제력 확대, 문화적·사회적·정치적 의식의 성장이라는 여성사의 패러다임 변화를 반영하여, 여성의 사회현실과 긴밀히 조응하여 그 주체적인 욕망을 세밀하여 그려내는 방향으로의 변모 양상을 드러내고 있다. 여성이 텔레비전 드라마와 영화 향유의 주축을 형성하게 됨에 따라 그 속에 나타나는 여성캐릭터의 인물형상 역시 여성의 주체적 욕망을 부각시키는 방향으로 변화하고 있는

여성캐릭터의 양상과 형상화 방식상의 특징을 비교론적인 관점에서 고찰하고자 한다.3)

---

것이다. 반면, 게임 장르에서는 아직까지 여성이 향유층의 비주류로 남아있다. 따라서 한국게임에 나타난 여성캐릭터의 인물형상은 텔레비전 드라마와 영화의 그것이 보여주는 특징과 차별화 될 수밖에 없다. 텔레비전 드라마와 영화에 등장하는 여성캐릭터의 인물형상과의 비교론적 고찰에 의해 한국게임에 나타난 여성캐릭터의 그것이 지니는 차별성이 명확하게 규명될 수 있는 것이다. 여기서 한국게임 속의 여성캐릭터의 양상과 형상화 방식상의 특징을 텔레비전 드라마·영화 속의 그것과 비교론적인 관점에서 고찰함으로써 그 특수성을 규명하고자 하는 본 연구가 지니는 독창성의 근거가 성립된다.

3) 한국게임에 나타난 여성캐릭터의 인물형상에 관한 연구는 아직까지 걸음마 단계에 있다고 할 수 있다. 최근에 권도경에 의해 한국게임 장르별 여성캐릭터의 인물형상과 향유방식을 일본의 그것과의 비교를 통해 규명한 연구가 제출된 바 있다.(권도경, 〈한·일 게임 장르별 여성캐릭터의 인물형상과 향유방식〉, 『인문과학연구』 14, 대구카톨릭대학교 인문과학연구소, 2010) 이를 제외한 한국게임에 등장하는 캐릭터 전반에 관한 연구는 주로 외형디자인의 조형적인 측면에 주로 집중되어 있다. 이 부분의 대표적인 연구로 오현주의 〈게임 캐릭터 디자인의 조형성에 관한 연구: MMORPG 리니지II를 중심으로〉(홍익대학교 광고홍보대학원 석사학위논문, 2004), 김문겸의 〈한국온라인게임 캐릭터의 변천과정에 관한 분석〉(한국콘텐츠학회 2005년 추계종합학술대회논문집 제3권 제2호, 2005), 김미영의 〈온라인 게임 캐릭터에 나타난 신체와 복식의 표현 유형과 미적 특징〉(『복식문화연구』 56, 복식문화학회, 2005), 오유석의 〈PC게임상에 나타난 캐릭터디자인에 대한 변천과정 분석〉(영남대학교 조형대학원 석사학위논문, 2001) 등을 들 수 있다. 캐릭터 자체의 성격과 역할에 대한 인물분석 차원의 연구는 최근에 와서야 조금씩 이루어지고 있다. 대표적인 연구로는 김정오의 〈게임유저와의 상호작용 향상을 위한 게임 캐릭터 연구〉(세종대 영상대학원 석사학위논문, 2004)와 백철호의 〈게임 캐릭터 변천의 문화적 연관성〉(홍익대학교 출판부, 2006)을 들 수 있다. 이들의 작업을 통해 한국게임 캐릭터의 전반적인 변천양상과 그 인물유형에 관한 기본적인 토대가 마련되었다고 할 수 있다. 그러나 김정오와 백철호의 기존연구에서도 한국게임에 등장하는 여성캐릭터의 인물형상에 관한 주목은 이루어지지 못했다. 본 연구는 한국게임 캐릭터의 변천과정과 유형분류에 관한 기존연구를 바탕으로, 한국게임에 나타난 여성캐릭터의 인물 형상을 한국게임의 남성캐릭터와 텔레비전 드라마·영화 속 여성캐릭터의 그것과의 비교론적인 고찰을 통해 그 특징을 탐구하고자 한다. 이를 통해 한국게임 캐릭터 연구사에서 미답의 영영으로 남아있던 여성캐릭터의 인물형상과 그 특징에 관한 본격적인 연구성과를 제출할 것이다.

## 2. 한국게임에 나타난 여성캐릭터의 양상과 형상화 방식상의 특징

한국게임 속에 나타난 여성캐릭터의 인물형상은 게임 산업이 발달할수록 '대상화'되는 양상을 보여준다. 여성캐릭터의 대상화는 크게 두 가지 국면으로 분류해 볼 수 있다. 첫 번째는 남성캐릭터에 대한 종속화·보조자화이다. 여성캐릭터는 남성캐릭터보다 수동적이며, 그의 미션수행을 돕기 위해 희생적이고 보조적인 행동방식을 보여준다. 두 번째는 성적인 대상화이다. 게임 향유층이 양적으로 팽창함에 따라 여성캐릭터의 인물형상에 섹슈얼러티의 측면이 부각되어 있는데, 여성캐릭터의 형상화에 있어서 노출의 정도가 심화되고 있을 뿐만 아니라 행동방식과 성격에 있어서도 성적인 측면이 두드러지게 강조되어 나타난다. 이처럼 여성캐릭터를 대상화 하는 두 가지 시각에는 남성 중심적인 시각이 놓여 있다. 게임 산업이 폭발적으로 성장하면서 그 향유층의 주류를 차지하고 있는 남성유저들의 취향과 구미에 부응하기 위해 여성캐릭터를 남성 중심적인 시각에서 대상화 하는 작업이 진행되었던 것이다.

한국게임 산업의 역사와 함께 성장해온 <창세기전> 시리즈4)를 통해 이러한 양상을 구체적으로 살펴보기로 하자. <창세기전> 시리즈는 소프트맥스가 1995년에 <창세기전>1을 출시하면서 시작된 국산 전략 시뮬레이션 롤플레잉 게임(SRPG)이다. <창세기전> 시리즈는 단일 품목으로 70만장 이상이라는 초유의 판매를 기록한 만큼 한국게임사에서 차지하는 비중이 높은 작품이다. 미래의 행성인 이르케와 지금의 행성인 안타리아를 시공간적 배경축으로 하여 현세계의 인간이 과거세계의

---

4) 〈창세기전〉 시리즈는 소프트맥스가 1995년에 〈창세기전〉1을 출시하면서 시작된 국산전략 시뮬레이션롤플레잉게임(SRPG)이다. 〈창세기전〉1, 〈창세기전〉2, 〈창세기전 외전:템페스트〉, 〈창세기전 외전:서풍의 광시곡〉, 〈창세기전〉 3-Part1, 〈창세기전〉3-Part2로 이어지며, 〈창세기전〉3-Part2의 〈뫼비우스의 우주편〉은 그 결말이 다시 〈창세기전〉1으로 이어지는 순환구조로 되어 있다.

인간을 창조하는 신이 되고, 현세계의 인간이 다시 미래세계의 인간을 창조하는 신이 되는 일종의 장대한 디지털 창조신화5)라고 할 수 있다. 이러한 <창세기전> 시리즈의 시작인 <창세기전>1에서는 주체적인 여성상이 등장한다. 남자와 대등한 수준에서 싸움이 가능할 뿐 아니라 전투 중 전사하는 용맹스러운 모습까지 선보인다. 옷차림도 비교적 노출이 심하지 않다. 물론 캐릭터의 특성에 따라 정도의 차이는 있지만, 일반적으로 노출만을 강조하는 여성 캐릭터는 드물다. 예컨대, 반제국군의 레지스탕스 활동의 장심인물로 구제국의 세력을 이끌고 각지에서 제국군을 괴롭히는 게릴라 활동을 벌여 훗날 왕국의 여왕이 되는 인물부터 신하오 개착을 위해 아버지의 반대를 무릅쓰고 항해에 나서는 여성인물 등 주체적이고 도전적인 모습이 두드러진다. <창세기전>2에서는 이올린라는 주체적인 여성상이 등장한다. 이올린은 흑태자가 이끄는 조직인 다크아머가 중심이 된 게이시르 제국과 대립하는 실버애로우주축의 팬드래건 제국의 공주로, 실버애로우 조직을 재결성하여 흑태자에의해 멸망한 팬드래건 제국의 부활을 부활시키는 인물로 흑태자와 함께 <창세기전>2의 스토리텔링을 주도하는 핵심적인 역할을 맡고 있다. <창세기전>2에서 이올린이 스토리텔링을 위한 주동인물이라는 사실은 전투에 참여하기는 하되 단순히 눈요깃거리나 장식적인 역할을 맡는 여타의 여성캐릭터와 차별화 되는 지점이 된다. 이올린은 게이시르 제국과의 수차례에 걸친 전투를 직접 이끌어 승리를 쟁취하며, 부활한 팬드래건 제국의 초대 여황제에 오르기까지 하는데, 이올린의 이러한 일종의 여성영웅담은 <창세기전>2의 또 다른 한 명의 핵심 주동인물인 흑태자를 오히려 압도한다. <창세기전> 2의 스토리텔링은 팬드래건제국의 부활을 위한 이올린의 복수전(復讐戰) 개막으로부터 시작되어, 이

---

5) 여기서 인간은 미래에서 과거로, 다시 현재에서 미래로 우주적인 시간을 끝없이 순환하여 환생하면서 신과 인간의 역할을 바꾸어가며 동시에 수행한다. 인간을 우주 창조신화를 완성하는 창조자인 동시에, 그 주재자인 종속적인 구성원인 피조물로 설정함으로써 창조신화의 의미를 되새겨 보게 한다.

올린의 팬드래건 제국의 제건으로 정점에 오른 뒤, 흑태자의 정체를 눈치챈 이올린이 흑태자와의 사랑을 포기하고 그를 죽임으로써 마무리 되기 때문이다. <창세기전>2의 별명이 <창세기전-이올린 버전>인 것도 <창세기전>2의 스토리텔링에서 이올린이란 여성 캐릭터가 차지하는 주체적인 위상을 정확히 드러내는 것이라 할 수 있다.

여성캐릭터 형상화방식에 있어서 <창세기전> 2가 보여주는 여성중심적인 시각은 캐릭터의 행동(action) 뿐만 아니라, 시각적인 외형에서도 확인된다. 이올린은 공격과 방어를 위해 필수적인 전신갑주와 무기를 갖추고 있는데, 이러한 이올린의 옷차림은 남성캐릭터의 그것과 동일하다. 남성의 성적 환타지를 위한 주요 대상이 되는 육체의 특정 부위를 노출하거나 과도하게 육체와 밀착되어 굴곡을 선정으로 드러내는 비현실적인 옷차림은 이올린에게 설정되어 있지 않다. 갑주를 목의 끝까지 올려서 여미고, 얼굴과 손을 제외한 어떠한 살색도 노출하지 않는 이올린의 옷차림은 게임 속 여성캐릭터의 성적 대상화에 대한 <창세기전>2의 비판적인 시각을 보여준다.6) 뿐만 아니라 이올린의 외모는 지적·도전적이며 결단력 있는 성격을 그대로 드러내고 있으며, 지도자로서의 자질을 얼굴 표정을 통해 시각화 하여 보여준다. 이러한 이올린의 표정은 남성을 노골적으로 유혹하는 표정으로 일관하거나 남성의 눈치를 살피고, 성적으로 흥분해 있거나 백치미를 발산하는 여타의 여성캐릭터가 보여주는 그것과는 상반된 것이라고 할 수 있다.

이처럼 <창세기전>2가 구현한 주체적인 여성상은 <창세기전 외전>1: 서풍의 광시곡>7)에서부터 변형되는 양상을 보여준다. 변형의 방향은 여성캐릭터의 보조자화와 종속화이다. <창세기전 외전1-서풍의 광시곡>에

---

6) 게임 속 여성캐릭터의 성적 대상화 경향에 대한 일종의 의식적인 반작용으로 보이는 바, 이러한 양상은 <창세기전>2의 일러스레이션 작가가 게임 작화계에서는 드문 여성작가인 김진씨라는 사실에서도 확인할 수 있다. 작가 김진은 곧 텔레비전 드라마로도 제작·방영될 장편만화 <바람의 나라>의 원작자로, 사료(史料)를 뛰어넘어 신과 인간이 공존하던 신화적 시간에서 인간 주도의 역사적 시간으로 이행되는 시기에 존재했던 고구려 건국신화를 독창적으로 창조해내는 가운데, 다양한 여성캐릭터를 인상적으로 그려낸 바 있다.

서도 레지스탕스군 제피르펠컨의 4번대대장 카나, 해적두목 실버 등 주체적인 행동양상을 보여주는 여성캐릭터들이 등장하기는 한다. 그러나 스토리텔링 자체가 이올린이라는 여성캐릭터의 영웅담을 중심으로 했던 <창세기전>2와 달리 <창세기전 외전>1:서풍의 광시곡은 남성캐릭터인 시라노 중심으로 스토리텔링이 이루어져 있다. <창세기전 외전>1:서풍의 광시곡의 주인공은 남성캐릭터인 시라노로, 그가 수련과 대결을 통해 영웅으로 거듭나기까지의 영웅일대기를 핵심적인 내러티브로하고 있는 것이다. 여기서 카나·실버 등 전문적인 능력을 보유하고 독자적인 영역을 구축하고 있던 여성캐릭터들은 시라노가 영웅으로 재탄생되기 위한 행로를 도와주는 보조자로 편입되게 된다. 실버·카나 등의 여성캐릭터들은 고립무원의 신세로 영웅행로를 출발한 남성캐릭터의 일행으로 참여하면서 일종의 세력을 형성해 주는 역할을 맡고 있다. 남성영웅의 영웅일대기에 동참하는 보조자들이 일반적으로 남성캐릭터로 나타난다는 사실로 미루어볼 때, 이러한 여성캐릭터가 주축이 된 보조자 그룹의 형성은 남성영웅을 돋보이게 하는 장식적인 효과를 고려한 것인 동시에 남성유저를 의식한 결과라고 할 수 있다. 실버·카나 등의 여성캐릭터가 보여주는 남장(男裝)이 바로 이들 캐릭터의 역할을 상징적으로 보여주는 것이라고 할 수 있다. <창세기전 외전>1:서풍의 광시곡은 여성캐릭터의 성적 대상화로 전개되는 길목에 위치해 있는 것이다. 이들 여성캐릭터의 시각적 형상화가 섹슈얼리티를 자극하는 양상으로 구현되어 있지 않다는 점에서 여성캐릭터의 성적 대상화가 적극적으로 이루어져 있다고 보기는 어렵지만, 남성캐릭터만으로 충분한 보조자의 일반적인 역할을 여성캐릭터로 하여금 남장까지 해가면서 대신 수행을 하도록 한 것은 여성을 대상화하는 남성 중심적인 시각이 작용한 것이라고 할 수 있다.

<창세기전 외전>1:서풍의 광시곡의 여성캐릭터 형상화 방식이 보조자화로 변형되어 있다는 사실은 <창세기전>2의 내러티브를 이끌고 가는 주동인물이었던 이올린이 시라노의 무예수련을 위한 스승으로 재등장하는 양상에서도 확인된다. 시라노는 영웅으로 거듭나기 위해 두 명

의 스승을 만나는데, 이올린은 시라노에게 암흑혈을 물려준 암흑신 데이모스에 이어 두 번째 스승이 된다. 암흑혈이라는 내공만을 물려준 남성캐릭터 데이모스와 달리 검술과 마법 등의 무공을 수련시켜준 이올린은 '출생-고난-수련-입공'으로 구성되는 영웅일대기에서 수련 단계를 보조하는 실질적인 보조자 역할을 수행하고 있다고 할 수 있다.

<창세기전 외전>1:서풍의 광시곡에서도 주체적 성격의 여성캐릭터들이 등장하지만 전편인 <창세기전1>과 비교할 때 상대적으로 여성캐릭터의 주체성이 약화되는 양상을 확인할 수 있다. 예컨대, 여성캐릭터 속에서 사랑을 못 이루고 자살한 나약한 모습이 엿보이거나, 설령 주체적이더라고 남자가 죽으면 끝까지 그 남자의 무덤 곁을 지키거나 혹은 남자를 탈출시키기 위해 자신의 목숨을 희생하는 열녀 이미지가 등장하기 시작한다. <창세기외전>1:서풍의 광시곡에서부터 한국게임 속 여성캐릭터에 대한 대상화가 비롯되었다고 볼 수 있다.

<창세기외전>2:템페스트에서는 일단 미소녀 연애 시뮬레이션게임의 분위기를 추구하기 시작하면서 여성캐릭터의 유형이 다양화 되었다. 청순하고 순수한 여성에서 섹시한 여성, 심지어 롤리타를 떠올리게 하는 여자아이 캐릭터까지 등장한다. 이처럼 <창세기외전>2:템페스트에서 시도된 여성캐릭터 유형의 다양화는 남성유저들에게 선택의 재미를 부여함으로써 남성 중심적인 시선에 의한 여성캐릭터의 대상화를 강화는 결과를 보여주고 있다. 특히, 이러한 여성캐릭터들은 <창세기전>1이나 <창세기외전>1:서풍의 광시곡에 비해서 신체적 특징의 섹슈얼러티적인 측면이 강화되어 있으며, 남성유저의 호감도 획득 여부가 여성캐릭터의 주요한 성립요건을 구성하고 있다는 점에서 여성캐릭터의 성적 대상화가 심화되어 있다고 할 수 있다.

<창세기전>3은 여성캐릭터의 인물형상화 방식에 있어서 이원적인 양상을 보여준다. 여성캐릭터의 능력 측면에서는 전작들에 비해 그 정도가 월등히 강화되는 양상이 확인되지만, 성격적인 측면에서는 각 여성캐릭터마다 적어도 하나씩의 결핍요소를 부여하고 있다. 예컨대, <창

세기전>3의 여성캐릭터들은 대개 지적인 측면에서 뛰어나며, 직업적인 측면에서 주체적이고 전문적이지만, 성격적인 측면에서는 하나같이 허영심과 질투심이 많거나 덜렁거리는 등의 결함을 지니고 있는 것으로 형상화 된다. 이러한 <창세기전>3의 여성캐릭터 이원적인 인물형상화 방식은 일견 전작에서 확인되는 여성상 보다 진일보한 측면이 있는 것으로 생각될 수도 있다. 여성캐릭터의 능력치가 월등하게 향상되었기 때문이다. 이러한 양상은 일단 90년대 이후 여성들의 사회적인 진출이 확대되면서 여성의 사회적 역량이 증대된 현실적인 상황이 반영된 것으로 보인다. 그러나 주목할 것은 여성캐릭터의 능력치를 확대하여 여성의 주체적인 능력을 인정하면서도 여전히 인격적인 측면에서는 결함이 있는 것으로 형상화함으로써 여성에 대한 남성의 우월성을 여성캐릭터의 이원적인 인물형상화 방식을 통해 재확인하고자 하는 의식을 보여준다는 사실이다. 한편, <창세기외전>1:서풍의 광시곡에서 등장했던 남성 캐릭터를 위해 봉사하고 헌신하는 여성캐릭터의 역할도 확대되어 있다는 점에서 여성캐릭터의 능력치를 높이는 한편으로 그 수동적인 대상화와 보조자화의 정도 역시 심화되어 있음을 확인할 수 있다. 뿐만 아니라 여성캐릭터의 노출과 성적인 대상화의 측면에서도 <창세기전>3은 <창세기전> 시리즈 중에서도 가장 심각한 양상을 보여준다.

<창세기전> 시리즈에 나타난 여성캐릭터의 인물형상화 방식의 전개 양상을 종합해 보면, 초기에 주체적이고 진취적인 모습으로 남성과 동일한 입지를 차지하던 여성상이 시리즈가 거듭됨에 따라 남성 중심적인 시각에 의해 대상화 되는 정도가 심화되어 있음을 알 수 있는데, 이러한 여성캐릭터의 변모양상은 여타의 온라인 게임에서도 확인할 수 있다. <판게아>, <A3>, <길드워>, <리니지> 같은 온라인 게임들은 여성캐릭터의 노출로 인해 선정성 논란을 빚은 바 있다. 이 중에서도 <판게아>는 온라인 게임에 등장하는 여성캐릭터의 선정성 문제의 중심에 있는 작품이다. <판게아>는 성인남성만을 위한 게임으로 현재의 시간이 폐허가 되어 버린 시대를 배경으로, 마치 콘솔게임을 보는듯한 호쾌한 타격감

으로 광활한 맵에 세워진 44개의 성에서 실시간 전투를 벌이는 게임이다. 그런데 전투 중간중간에 고혹적인 여성들과의 러브 배틀이 가능한 섹시바 등 성인남성들의 구미를 당길만한 아이템을 부각시키고 있다. 예컨대, 섹시바의 속옷 차림 여성이 좋아할 만한 행동을 지시해 미녀의 오르가슴 수치를 올리는 식이다. <판게아>는 성인남성만을 위한 특화된 게임이라는 명목아래, 여성캐릭터를 남성의 성적유희를 위한 대상화하는데 초점을 맞추고 있다. <판게아> 외에도 현재 인기를 얻고 있는 온라인 게임 대부분에 등장하는 여성캐릭터의 성적인 대상화는 주류의 경향을 이루고 있다. 여성캐릭터가 과도한 노출을 하며, 능력적인 측면보다는 성적인 매력을 부각시키고 있을 뿐 아니라, 남성캐릭터에 비해 한정적인 역할을 부여받고 있는 등 여성캐릭터의 종속적 · 성적 대상화가 심화되어 있는 것이다.

한국게임 속 여성캐릭터의 성적인 대상화와 종속화의 심화의 배경으로는 다음과 같은 두 가지 요인을 지적할 수 있다. 첫 번째는 현실세계에서 경험하는 결핍감을 여성캐릭터를 대상으로 하여 게임의 허구적인 세계 속에서 충족하고자 하는 남성유저들의 대리만족 지향성이다. 현대 한국사회 속에서 게임은 남성유저들이 현실세계 속에서 경험한 좌절감을 해소하기 위한 일종의 허구적인 보상장치로 존재하는 측면이 강하다고 할 수 있다. 남성유저들이 경험적 현실세계의 좌절감을 치유하기 위해서는 게임에 등장하는 여성들이 남성의 구미에 맞고, 그들 위해 헌신하고 봉사하며, 때로는 성적인 만족감을 제공할 수 있어야 한다. 한국게임의 남성유저들의 이러한 현실적인 결핍감의 대리만족 추구의식이 한국게임 속 여성캐릭터의 성적인 대상화와 종속화를 심화시키는 한 요인이 되었다고 할 수 있는 것이다.

두 번째는 남성유저들의 허구적인 보상지향성을 마케팅에 활용하고자 하는 게임 제작자의 상업적인 의도이다. 게임 제작자가 마케팅에 성공하기 위해서는 한국게임 유저층의 절대 다수를 차지하는 남성유저의 욕구에 부응할 필요가 있다. 남성유저들의 욕망 충족이 게임 속 여성캐릭터를 통해 이루어지고 있다 할 때, 게임 제작자의 입장에서는 이러한 여성캐릭터를 도구로 하여 게임유저의 주류를 차지하는 남성유저들에게 현실세계에서는 충족할 수 없는 허구적인 판타지를 제공함으로써 게임 마케팅의 성공을 의도할 수밖에 없다는 것이다.

## 3. 한국게임에 나타난 남성캐릭터 형상화 방식과의 비교론적인 고찰

<창세기전> 시리즈를 중심으로 한국게임에 나타난 여성캐릭터의 특징을 남성캐릭터와의 비교론적인 관점에서 고찰해 보기로 하자. 한국게임 산업사가 성장함에 따라 여성캐릭터의 인물형상이 초기의 주체적인 모습에서 수동화·종속화 되고 동시에 성적인 대상화가 심화되고 있다는 사실을 앞서 살펴본 바 있다. 반면, 한국게임에 등장하는 남성캐릭터들은 특별한 변모의 국면이 확인되지 않는다. 예컨대, <창세기전>시리즈 전편을 통해 남성캐릭터들은 전작과 후작에서 기존과 동일한 양상으로 나타난다. <창세기전>시리즈에 등장하는 남성캐릭터는 직업이나 지위의 측면에서는 주체적인 리더, 주동자로 나타나고, 힘이나 기술 외에도 지성을 겸비하고 있다. 이들은 주로 깔끔한 옷차림과 준수한 외모를 갖추고 있으며, 옷차림에서도 노출은 찾아볼 수 없다.

<창세기전>시리즈를 필두로 한 한국게임 속 남성캐릭터의 인물형상이 여성캐릭터와 차별화 되는 또 다른 중요한 지점은 이들이 외모에 있어서도 대상화의 시선으로부터 벗어나 있다는 사실이다. 한국게임 속 여성캐릭터가 무조건 젊고 미혼이거나 어린 형상으로 전형화 되어, 외모에 대한 일방적인 대상화의 시선에 포획되어 있는 것과는 달리, 남성캐릭터는 다양한 외형적인 형상으로 나타난다. 남성캐릭터는 다양한 연령으로 나타나며, 이들 중에는 머리가 다 까지거나, 멋없이 수염이 나거나, 말라비틀어지거나, 뚱뚱하거나 등의 다소 흉측한 모습으로 나

타나는 캐릭터들도 있다. 한국게임 속 남성캐릭터는 여성캐릭터와는 달리 외모에 대한 전형화 된 시선으로부터 상대적으로 자유로운 것이다. 한편, 한국게임 속 남성캐릭터들에게는 자기표현 욕구와 맞물려 상당히 개성적이면서도 다양한 스펙트럼의 신체적인 조건들이 제공된다. 반면에 한국게임 속 여성캐릭터들은 8등신에 가까운 신체에 파격적이면서도 화려한 의상을 입은 모습으로 재현되어 남성유저들에게 만족감을 제공하기 위한 성적인 대상으로 전락해 있다. 예컨대, <던전 앤 파이터>, <마비노기>, <당신은 골프왕> 등 한국게임 속에서는 스토리상 별 비중이 없는 게임 설명 도우미 역할의 여성캐릭터 조차도 노출이 심한 옷차림을 하고 있는 경우가 많을 정도이다.

한국게임에 나타난 여성캐릭터와 남성캐릭터 인물형상의 비교 내용을 항목화 하여 도표로 제시하면 다음과 같다.

| | 여자 | 남자 |
|---|---|---|
| 외모 및 의상 | - 날씬하면서도 가슴과 엉덩이가 부각된 몸매<br>- 어린 나이(나이 자체는 많더라도 외모가 동안)<br>- 직업·나이·성격·상황에 관계없이 노출이 심한 의상 | - 다양<br>- 잘생긴 조각남, 근육남<br>- 머리 빠진 대머리<br>- 지저분한 모습<br>- 지나치게 마르거나 뚱뚱한 모습<br>- 직업·나이·성격·상황에 맞는 격식 있는 의상<br>- 게임에 나타난 시대상을 표현 하는 다양한 의상 |
| 성격 및 역할 | - 전형적인 두 가지 성격<br>- 순종적·헌신적 타입(보호본능을 자극)<br>- 허영심·질투심 많은 타입(다른 사람에게 나쁜 짓도 서슴지 않음) | - 현실세계처럼 다양한 성격 |
| 직업 및 지위 | - 아내 혹은 애인<br>- 술집의 마담(주로 주인공에게 좋은 정보를 주거나, 괴롭히는)<br>- 상점의 주인 등 부수적 인물<br>- 주로 남자주인공의 주변인 | - 집단의 리더<br>- 사건의 주동자 |

한국게임에 등장하는 여성캐릭터가 남성 중심적인 서술시각에 의해 성적인 대상화·종속적인 보조자화 되어 전형적인 인물형상으로 고정되어 있는 것과 달리, 한국게임 속 남성캐릭터의 인물형상이 이처럼 현실적인 모습 그대로 다채롭게 형상화 되어 나타나는 것은 본질적으로 한국에서 게임이라는 장르가 남성유저의 현실적 욕망의 허구적인 투사체로 존재하기 때문이다. 전통적으로 한국게임 향유층의 절대다수를 차지하는 것은 남성유저이다. 한국게임 속 남성캐릭터는 경험적 현실세계 속에서 만족하지 못한 사회적 자아실현의 욕구 혹은 자존감을 투영하여 대리만족하는 허구적인 자아에 해당한다. 한국게임에 등장하는 남성캐릭터는 경험적 현실세계에서 실현하지 못한 남성유저의 욕망을 허구적인 가상세계 속에서 충족함으로써 결핍감을 치유하는 자아의 투사체인 것이다. 따라서 한국게임 속에는 남성캐릭터를 대상화 하는 시선이 본질적으로 존재하지 않는다. 한국게임은 그 향유층의 절대다수를 차지하는 남성유저의 남성 중심적인 시선에 의해 초점이 맞추어져 있기 때문에 그 허구적 자아에 해당하는 남성캐릭터를 대상화 하여 왜곡된 모습으로 전형화 시킬 필요가 없기 때문이다. 경험적 현실세계 속에서 결핍된 욕망을 가상현실 속 허구적 자아를 통해 대리만족 하기 위해서는 그 욕망의 허구적 투사체인 남성캐릭터의 인물형상을 다양화 할 필요가 있다. 가상현실 속 허구적 자아인 남성캐릭터의 인물형상이 경험적 현실 속에 존재하는 실존적 자아에 가까워질수록 허구적 세계에서 이루어지는 욕망충족이 실존적 자아에 제공하는 결핍감의 치유와 대리만족감의 편폭이 커지기 때문이다. 한국게임에 등장하는 남성캐릭터의 역할과 행동방식이 주체적이고 주동적인 양상으로 형상화 될수록 그 남성캐릭터를 현실적 욕망의 허구적인 투사체로 수용하는 남성유저들의 충족감이 극대화 된다는 것이다.

한국게임 속 여성캐릭터를 대상화 하는 인물형상화 방식 역시 이처럼 남성캐릭터를 현실적 욕망의 허구적 투사체로 삼아 결핍감을 대리충족하려는 남성유저들의 향유의식과 관련되어 있다. 여성캐릭터에 대한 성적인 대상화와 종속적인 보조자화가 확대될수록 남성캐릭터를 허구적인 매개체로 하여 여성에 대한 현실적 욕망의 결핍감을 대리 충족할 수 있기 때문이다. 남성캐릭터가 여성캐릭터를 성적으로 대상화 하고 그 행동방식을 통제하여 종속화 시킴으로써 여성을 마음대로 할 수 있다는 충족감을 확보할 수 있기 때문이다. 남성캐릭터를 매개로 하여 여성캐릭터에 대한 통제권을 확보함으로써 경험적 현실세계 속에서는 일상적인 평범한 인간에 불과한 남성유저들이 쉽사리 획득하지 못하는 여성에 대한 우월감을 허구적으로 대리만족하는 측면이 있는 것이다.

## 4. TV드라마 · 영화에 나타난 여성캐릭터 형상화 방식과의 비교론적인 고찰

여성캐릭터가 남성 중심적인 시각에 의해 일방적으로 대상화 되어 나타나는 게임 장르와는 달리 텔레비전 드라마와 영화 속에서는 여성캐릭터의 형상이 다양한 스펙트럼을 형성하고 있다. 게임 향유층의 절대다수를 차지하고 있는 남성유저들의 의식이 한국게임 속 여성캐릭터의 인물형상을 좌우한다면, 여성 향유층의 점유율이 상대적으로 높은 텔레비전 드라마와 영화의 경우에는 여성의 욕망이 여성캐릭터를 통해 주체적으로 발현될 기반이 마련되어 있는 것이다. 텔레비전 드라마와 영화에서는 전통적이고 수동적인 여성상에서부터 진취적이고 자주적인 현대적 여성상까지 다양한 여성캐릭터가 등장한다. 물론 텔레비전 드라마와 영화 역시 상업적인 대중문화 장르라는 점에서 그 여성캐릭터의 인물형상이 남성 중심으로 대상화 하는 시선으로부터 완벽하게 자유로운 것은 아니다. 하지만 게임에 비해 상대적으로 그 정도는 약하다. 특히, 90년대 이후로 텔레비전 드라마와 영화 속에서 자아의 주체적 욕망과 전문직으로서의 성공을 추구하는 여성캐릭터들이 확대되고 있다는 점은 한국게임 속 여성캐릭터의 인물형상과 비교할 때 뚜렷하게 드러나는 차별성이라고 할 수 있다.

텔레비전 드라마·영화 속 여성캐릭터에서 확인되는 이러한 주체적 인물형상화의 배경은 다음과 같은 두 가지 측면에서 생각해 볼 수 있다. 첫 번째는 페미니즘적인 시각의 침투와 일반화다. 여성의 사회진출 확대와 처우개선이라는 사회적인 현실개선을 일구어낸 페미니즘의 성과는 90년대 이후로 텔레비전 드라마·영화 속에 침투하여 여성캐릭터의 새로운 변모를 이끌어냈다. <바람난 가족>과 <바람피기 좋은 날> 등을 필두로 한 영화에서 이러한 면모를 확인할 수 있다. 이들 영화 속에서 여성캐릭터들은 남성을 위해 인내하거나 희생하지 않고 자신의 욕망을 실현하기 위해서는 전통적인 이데올로기의 마지막 보루인 가족을 깨부수고 뛰쳐나올 정도로 과감하고 파격적인 모습을 보여준다.

두 번째는 콘트라섹슈얼 개념의 수입과 전파다. 콘트라섹슈얼이란 여성의 사회적 자아실현을 중심으로 결혼과 사랑을 부차적인 삼각구도 속에 놓고 전문적인 일의 성공을 추구하며 인생을 즐기고자 하는 여성의 새로운 삶의 방식을 의미한다. 2000년대 이후로 미국드라마 <섹스앤더씨티>를 통해 본격적인 논의가 시작되어 한국에도 전파되었다. 90년대의 슈퍼우먼콤플렉스가 사회적 성공과 가정적인 책임 사이에서 갈등을 빚으며 죄의식에 시달리는 여성적인 경향을 지칭했다면, 콘트라섹슈얼은 전통적으로 여성에게 지워진 책임으로부터 자유로워진 상태에서 자신의 자아를 실현하고 문화생활을 즐기고자 하는 경향을 가리킨다는 점에서 차이가 있다. 콘트라섹슈얼리즘의 실현 정도에는 차이는 있으나 텔레비전 드라마 <올드미스다이어리>, <결혼하고 싶은 여자>, <달자의 봄>, <여우야 뭐하니>, <대장금>, <외과의사 봉달희>, 영화 <어깨너머의 연인> 등이 이러한 경향을 보여주는 작품으로 분류할 수 있다. 이들 작품에서는 때로는 속물적이라고도 볼 수 있는 여성의 현실적인 욕망까지도 긍정함으로써 그들의 의식세계를 여성 주체적인 시각에서 세밀하게 끌어올려 형상화 하는 양상을 보여준다.

예컨대, <올드미스다이어리>에서 인테리어 디자이너 윤아는 사랑에 있어서도 맺고 끊음이 정확하고, 화려한 외모에 내숭 백단이라 연애경험도 풍부하고 작업에도 능숙해서 항상 남자가 끊이지 않는 캐릭터다. 가볍게 연애를 즐기지만 정작 결혼할 남자는 까다롭게 고르는 현실적인 캐릭터이기도 하다. 인테리어 회사의 디자이너로 능력을 인정받는 편인데, 남자고객인 경우엔 자신의 미모를 이용해서 더 많은 일을 따낸다. 여성성을 효과적으로 이용하면서 실속을 챙기는 인물로 현대사회에 새로 등장한 현실적인 여성을 나타내고 있다. <달자의 봄>에서도 여주인공의 달자는 홈쇼핑 채널 MD이고 그의 친구 선주는 쇼호스트다. 달자는 서른셋에 아직 싱글이고, 일에 관해서는 노련하고 능숙함을 보여주며, 선배·동료·후배들과의 관계도 좋은 슈퍼커리어우먼으로 등장한다. 직장에서 인정받는 여성이자 연하남과의 연애에도 성공하는 전문직 여성으로 성공하기 위한 커리어우먼의 고군분투기를 그려내고 있다. <대장금>과 <외과의사 봉달희>는 의료계 여성캐릭터를 주인공으로 등장시켜 전문직 여성의 사회적 성공과정을 인간미 넘치는 휴먼드라마로 그려냈다. 특히, <대장금>은 어려서 부모를 여의고 권모술수가 난무하는 궁에 들어가 갖은 질시와 모함, 역경을 겪지만 어떠한 난관에서도 포기하거나 쉽게 좌절하지 않고 자신의 길을 개척하는 전문직 여성의 성공을 위한 고난과 시련의 과정을 탁월한 사건 설정과 캐릭터 묘사를 통해 형상화 해냈다. 주인공 대장금은 지성과 응용력, 창의력에 자신의 신념을 굽히지 않는 강한 의지까지 겸비하고, 열정적이고 진취적인 모습도 함께 갖춘 여성으로 등장하고 있는데, 기존 드라마의 수동적이고 지고지순한 여성상의 한계를 극복하고 사극의 장르 미학 속에서 현대 전문직 여성의 고뇌를 탁월하게 그려냈다는 점에서 여성캐릭터의 새로운 경지를 개척했다는 의미를 지니고 있다.

이처럼 여성 향유층이 그 주류를 차지하고 있는 텔레비전 드라마·영화와 달리 한국게임에서는 남성유저가 그 향유층의 대다수를 차지하고 있기 때문에 여성캐릭터는 남성 중심적인 대상화의 시선으로부터 자유로울 수 없는 태생적인 한계를 지니고 있을 수밖에 없다. 향유층 구성비율의 남성 편향이 한국게임 속 여성캐릭터의 인물형상 속에 여성 중심적인 시각이 투영되는 것을 가로막고 있는 것이다. 이 지점에서 주목해 볼 것이 FPS 게임을 중심으로 한 여성유저들의 확대이다. 전략시뮬레이션 게임, 롤플레잉게임, 대전격투기 게임 등 한국게임의 대부분의 향유층을 차지하는 것은 남성유저이다. 그런데 1인칭슈팅게임인 이 FPS 게임에서는 특이하게도 여성유저들의 비율이 30% 이상을 상회하면서 여성캐릭터 인물형상화에 있어서 주목할 만한 변화가 확인되고 있는 것이다. 바로 주체적인 여성캐릭터의 등장이다. FPS 게임 속 여성캐릭터들은 매서운 눈빛과 강인한 체력을 지니고 있으며, 전투에 알맞은 사실적인 복장과 질끈 묶거나 짧게 자른 전투용 헤어스타일로 형상화 되어 있다. 전략시뮬레인션 게임이나 대전격투기 게임 등의 전투·격투 장면에 출현하는 여성캐릭터들이 전투를 위해서는 하등의 쓸모가 없는 노출의상을 선보이는 것과는 본질적으로 다른 양상이다. 뿐만 아니라 대다수의 한국게임 장르에 출현하는 여성캐릭터들이 수동적이고 보조자적인 역할을 수행하는데 비해 이 FPS 게임 속 여성캐릭터들은 주체적으로 전투를 기획하고 그것을 주동한다. 심지어 최근에 만들어진 FPS 게임에 등장하는 여성캐릭터들의 수적인 비율은 남성캐릭터와 동일하기까지 하다. 여성캐릭터의 역할이 질적으로나 양적으로나 공히 주체적인 방향으로 변모하는 양상을 보여주는 것이다.

FPS 게임을 중심으로 한 주체적인 여성캐릭터의 출현 배경에는 여성의 사회적 지분 확대와 역할 증대라는 경험적 현실세계의 여성적 상황 변화가 놓여있다. FPS 게임을 필두로 한 주체적인 여성캐릭터 속에는 자신의 사회적인 능력을 실현하고자 하는 현실세계 속 여성들의 욕망이 투영되어 있는 것이다. 이 점에서 FPS 게임을 중심으로 최근에 나타난 여성캐릭터는 사회적인 자아실현과 성공을 추구하는 여성들의 욕망이 반영된 허구적인 투사체라고 할 수 있다. FPS 게임의 여성유저들은 주체적인 여성캐릭터를 통해 사회적인 성공 욕구를 대리만족하는 동시에,

사회에 진출하여 경험적 현실세계에서 실행할 사회적인 과업을 예행연습하는 측면도 있다고 볼 수 있다. FPS 게임을 중심으로 확대되고 있는 주체적인 여성캐릭터는 사회적 자아실현을 추구하는 여성유저들에게 있어서 일종의 롤모델로 기능한다고 할 수 있는 것이다.

## 5. 나오는 말

본 연구는 단순히 한국게임에 나타난 여성캐릭터의 양상과 형상화 방식상의 특징을 한국게임의 남성캐릭터와 텔레비전 드라마·영화 속의 여성캐릭터의 그것과 비교론적인 관점에서 고찰하는 데서 그치지 않는다. 본 연구는 한국게임에 나타난 여성캐릭터의 인물형상이 지니는 특수성이 나타나게 된 원인과 의미를 규명함으로써 사회·문화적인 의의를 살펴보는 단계로까지 나아가고자 한다. 한국게임의 남성캐릭터 및 텔레비전 드라마·영화 속의 여성캐릭터와 차별화 되는 한국게임에 나타난 여성캐릭터의 인물형상이 지니는 특수성은 비단 게임이라는 허구적인 대중문화콘텐츠의 하위 장르가 구현하는 텍스트 차원의 문제에 그치지 않는다.

한국게임에 나타난 여성캐릭터는 다음과 같은 세 가지 시선이 조응하여 만들어진 결과물이다. 첫 번째는 게임이라는 장르의 정체성 속에 내포되어 있는 남성중심적인 시선이다. 두 번째는 여성에 대한 사회의 차별적인 시선이다. 세 번째는 대중문화콘텐츠 향유를 통해 구현하는 여성적인 욕망의 시선이다. 한국게임에 나타난 여성캐릭터는 허구적인 인물 형상이되, 그 속에는 현실적인 사회적 시선과 욕망의 시선이 그물처럼 교직되어 있는 것이다.

본 연구는 한국게임에 나타난 여성캐릭터의 인물형상이 한국게임의 남성캐릭터 및 텔레비전 드라마·영화 속의 여성캐릭터가 보여주는 그것과 차별성을 지니는 이유와 그 사회적·문화적 의의를 고찰해 봄으로써 한국게임에 등장하는 여성캐릭터 속에 녹아있는 여성을 대상화 하는 사회의 시선과 여성 주체의 욕망의 시선이 지니는 의미를 규명해 볼 것이다.

# VII. 한·일 게임 장르별 여성캐릭터의 인물형상과 향유방식

## 1. 문제설정의 방향

본 연구는 한·일 게임에 나타난 여성캐릭터 형상화 방식상의 특징과 그 의미를 비교론적인 관점에서 규명하는 것을 목적으로 한다.[1] 한국게

---

1) 본 연구는 대중적으로 흥행에 성공한 게임을 연구의 대상으로 하였다. 필요한 경우 한·일 게임의 계별 텍스트에 대한 인터넷 댓글을 향유의식 분석을 위한 실증적인 보조자료로 활용할 것이다. 본 연구가 대상으로 삼은 주된 게임 자료의 범주를 한국과 일본의 경우로 나누어 제시하면 다음과 같다.

　① 한국게임 자료

　　(01) 〈던전 앤 파이터(Dungeon & Fighter)〉, 제작: 네오플, 서비스: 한게임, 장르: 온라인 액션RPG, 2005

　　(02) 〈당신은 골프왕〉, 제작: 컴투스, 서비스: 한게임, 장르: 온라인캐주얼게임. 2004

　　(03) 〈라그나로크(Ragnarok)〉, 제작: 그라비티, 배급: 그라비티, 장르: MMRPG, 2007

　　(04) 〈러브(Love)〉, 제작사: 넵스템미디어, 서비스사: 노리스닷컴, 장르: PC용 연애시뮬레이션게임, 2007

　　(05) 〈리니지(Lieneage)〉1, 제작·배급: 엔씨소프트, 장르: MMRPG, 한국, 1998

　　(06) 〈리니지(Lieneage)〉2, 제작·배급: 엔씨소프트, 장르: MMRPG, 한국, 2002

　　(07) 〈마비노기(Mabinogi)〉, 제작: 네브캣 스튜디오, 배급: 넥슨, 장르: MMRPG, 한국,

2007

(08) 〈마지막 왕국(The last kingdom)〉, 제작·배급: 엑토즈소프트, 장르: MMRPG, 한국, 1998

(09) 〈메이플 스토리(MapleStory)〉, 제작: 넥슨 위젯스튜디오, 배급: 넥슨, 장르: MMRPG, 한국, 2003

(10) 〈보아 인 더 월드(BoA In The World)〉, 제작: 지스퀘어, 장르: 육성시뮬레이션 게임, 2003

(11) 〈샤이아(Shiya)〉, 제작: 소노브이, 장르: MMORPG, 2005

(12) 〈썬(Sun)〉, 제작: 웹젠, 장르: MMORPG, 2005

(13) 〈씰(Seal)〉, 제작: 가람과 바람, 장르: RPG, 2000

(14) 〈아크로드(Achlord)〉, 제작: NHN, 장르: MMORPG, 2005

(15) 〈제라(Zera)〉, 제작: 넥슨, 장르: MMORPG, 2006

(16) 〈쥬라기 원시전〉, 제작: 위자드소프트, 장르: RTS, 2001

(17) 〈창세기전〉1, 제작: 소프트맥스(주), 장르: SRPG, 1995

(18) 〈창세기전〉2, 제작: 소프트맥스(주), 장르: SRPG, 1996

(19) 〈창세기전 외전1: 서풍의 광시곡〉, 제작: 소프트맥스(주), 장르: SRPG, 1998

(20) 〈창세기전 외전2: 템페스트〉, 제작: 소프트맥스(주), 장르: SRPG, 1998

(21) 〈창세기전〉3-파트1, 제작: 소프트맥스(주), 장르: SRPG, 1999

(22) 〈창세기전〉3-파트2, 제작: 소프트맥스(주), 장르: SRPG, 2000

(23) 〈코코룩(CoCo Look〉, 제작: 나비야 인터테인먼트, 장르: 육성, 2001

(24) 〈카르페디엠((Carpe diem)〉, 제작: 지앤아이소프트(주), 장르: MMORPG, 2004

(25) 〈쿠키샵(cookey shop)〉, 제작: 위자드소프트, 장르: CMS, 2000

(26) 〈크레이지 아케이드(Crazy Arcade)〉, 제작: (주)넥슨, 장르: 아케이드, 2001

(27) 〈킹덤 언더 파이어(Kingdom Under Fire)〉, 제작: (주)블루사이드, 장르: RPG, 2000

(28) 〈팡야(Pangya)〉, 제작: (주)엔트리브소프트, 장르: PSP, 2004

(29) 〈A3〉, 제작: 액토즈소프트·애니파크, 장르: RPG, 2003

(30) 〈스페셜 포스(Special Force), 제작: 드래곤플라이, 장르: FPS, 2004

② 일본게임 자료

(01) 〈갈스패닉(Galspanic)〉, 제작: 가네코(Kaneko), 장르: 아케이드, 1990

(02) 〈데드 오어 얼라이브(Dead or Alive, DOA)〉, 제작: 테크모, 장르: 액션, 2006

(03) 〈버츄얼 파이터〉5, 제작: 세가, 장르: 격투, 2006

(04) 〈삼국지 온라인〉, 제작: 코에이, 장르: MMORPG, 2008

(05) 〈스트리트파이터(Street Fighter)〉, 제작: 캡콤, 장르: 파이팅, 1990

(06) 〈더 킹 오브 더 파이터즈(The King of Fighters)〉, 제작: SNK, 장르: 파이팅, 1994

(07) 〈화이트 앨범(White Album)〉, 제작: 리프, 장르: 연애시뮬레이션, 1998

(08) 〈파이널 판타지(Final Fantasy)〉, 제작: 스퀘어 에닉스, 장르: RPG, 1987

(09) 〈프린세스 메이커(Princess Maker)〉, 제작: 가이낙스(Gainax), 장르: 육성, 1991

임에 나타난 여성캐릭터의 인물형상을 일본게임에 등장하는 그것과 비교 고찰함으로써 공통점과 차이점을 드러내는 동시에, 그것이 한·일 문화교류사에서 지니는 의미를 밝혀내고자 하는 것이다. 한국게임사가 양적으로 팽창하고 질적으로 성숙함에 따라 여성캐릭터의 인물형상 또한 의미 있는 변모의 과정을 보여주고 있다. 한국게임에 나타나는 여성캐릭터의 인물형상은 게임 향유층의 의식, 시대적 배경과 밀접한 관련이 있다. 게임 향유층은 게임유저와 게임 제작자의 두 집단으로 구성되는데, 게임 제작자의 게임 제작 및 마케팅 과정은 게임유저의 의식 및 시대적 배경에 긴밀히 조응하여 이루어진다. 게임유저의 절대 다수를 차지하고 있는 것은 남성유저로, 한국게임 속 여성캐릭터의 인물형상은 여성에 대한 이들 남성유저의 시각에 의해 대상화 되어 나타나는 경향이 강하다. 한편, 점차 증가 추세에 있는 여성유저의 향유의식은 한국게임 속 여성캐릭터의 인물형상과 그 변모 양상을 결정짓는 새로운 변화 요인의 하나가 되고 있다. 여성의 사회참여 증대에 따른 사회적 지분의 변화와 여성 욕망의 발현 양식이 보여주는 주체성 강화 양상 역시 한국게임에 등장하는 여성캐릭터의 인물형상과 그 변모 양상을 추동하는 하나의 핵심적인 변화 요인이 된다.

그런데 한국게임에 등장하는 여성캐릭터의 인물형상은 일본게임 속 그것과 일정한 상관관계를 보여준다. 한국게임은 그 성립 초기에 일본게임의 절대적인 영향을 받은 바 있다.[2] 최근에 들어서는 한국이 이른바 '게임한국'의 위상을 정립하며 세계 게임시장을 주름잡고 있지만, 한국게임이 일본게임을 압도하는 장르는 온라인 전략시뮬레이션 게임(realtime strategy game)과 온라인 롤플레잉게임(MMORPG) 정도이다.[3]

---

[2] 한국에 수용된 일본게임의 유형과 특징에 대해서는 정재영·김태웅·김희수, 〈pc게임의 분류와 특성에 관한 연구〉, 『동명논문지』 제21권 1호, 1999를 참조할 수 있다.

[3] 일본 게임업계가 온라인게임 분야에 있어서만큼은 한국게임 업계와 활발히 제휴하고 있는 것도 이 때문이다. 이에 대해서는 박기식, 〈'한게임' 日온라인 게임시장 진출 본격화〉, Kotra보고서, 2003 ; 박기식, 〈일본 세가, 한국사와 온라인 게임 제휴〉, Kotra보고서, 2004 등을 참조할 수 있다.

대전격투기게임이나 아케이드게임, 육성시뮬레이션게임 등에서는 여전히 일본게임이 한국게임 시장을 장악하고 있다. 이들 게임 장르 분야에서 한국게임은 일본게임을 아직 모방하는 단계에 있다. 확장·성숙기에 들어선 한국게임은 여전히 일본게임과의 영향관계 속에 있는 것이다. 따라서 한국게임이 한 단계 더 높은 질적인 성장을 이루기 위해서는 일본게임과의 영향 관계도를 구체적으로 규명하여 정리함으로써 차별화 된 도약의 지점을 모색할 필요가 있다고 할 수 있다. 한국게임에 등장하는 여성캐릭터의 인물형상화 방식상의 특징을 규명하기 위해 일본게임 속 여성캐릭터의 인물형상과 비교하는 본 연구의 필요성과 타당성은 바로 한국게임의 전개과정에서 확인되는 한·일게임의 교섭사에 놓여 있다고 볼 수 있는 것이다.

본 연구는 두 단계로 구성된다. 첫 번째는 한·일 게임에 나타난 여성캐릭터 형상화 방식상의 특징에 대한 비교 고찰이다. 게임 장르별로 한·일 게임에 등장하는 여성캐릭터의 인물형상을 비교 검토하여, 그 공통점과 차이점을 규명하기로 한다. 두 번째는 한·일 게임에 나타난 여성캐릭터의 차별성이 지니는 의미에 대한 비교문화사적인 고찰이다. 한·일 게임에 등장하는 여성캐릭터의 인물형상이 보여주는 차별성이 한·일 양국의 어떠한 문화적 코드의 차이에 기반 하는가 하는 문제를 규명하기로 한다.4)

---

4) 한·일게임에 대한 기존의 연구는 캐릭터나 소재 및 주제, 이야기구조 등을 포함하는 스토리텔링(storytelling)이 아니라 시장상황과 Flow, 게임유저들의 게임 이용양태, 게이머의 유형적 차이와 라이프스타일의 차이 등에 집중되어 왔다. 게임 스토리텔링 외부의 환경적인 부분에 대한 비교연구를 중심으로 하고 있는 것이다. 이에 대해서는 다음의 연구 성과가 축적되어 있다.

    장근영, 〈온라인 게임에서 발현되는 라이프스타일의 탐색연구: 한국과 일본의 문화맥락에 따른 온라인 게임세계에서의 행동 특성 비교〉, 연세대학교 박사학위논문, 2003

    장정무, 〈한·중·일 3개국의 온라인게임 이용 활성화의 영향요인: 플로우(flow) 경험을 이용한 TAM의 확장〉, 성균관대학교 박사학위논문, 2005.

    엄명용, 〈일본 온라인 게임 시장에의 성공적 진출을 위한 기반 연구:게이머의 유형적 특성 차이를 중심으로〉, 한국무역상무학회 proceeding, 2005.

    엄명용, 〈문화콘텐츠 수용에 관한 비교문화적 실증 연구: 한국과 일본의 온라인 게임콘텐

## 2. 한·일 게임에 나타난 여성상의 게임 장르별 존재양상과 특징

### 1) 롤플레잉 게임과 전략 시뮬레이션

각기 다른 특징을 지닌 캐릭터를 플레이함으로써 능력치를 향상시키고 미션을 수행해나가는 형태의 롤플레잉게임과 이동·공격을 중심으로 한 전투를 기획하여 최종적인 승리를 추구하는 전략 전략시뮬레이션 게임은 한국이 일본을 제치고 앞서나가고 있는 장르이다. 온라인 네트워크의 압도적인 기반 망을 자랑하는 한국은 전체 게임 장르 속에서 롤플레잉게임과 전략시뮬레이션 게임을 향유하는 비율이 일본보다 월등하게 높다. 이러한 롤플레잉게임과 전략시뮬레이션 게임 장르 분야에서 한·일 게임 속 여성캐릭터들은 주로 높은 치유능력과 민첩성, 감수성을 지니고 있지만 체력이나 근력, 지도력 등에서는 남성캐릭터 보다 상대적으로 열등하게 형상화 되어 있다는 공통점이 있다. 한편, 한·일 게임 속에서 남성캐릭터들은 대장장이, 바바리안(barbarian)[5], 마법사, 궁수, 검사 등과 같이 그 직업과 연령이 다양하게 형상화 되어 있는 반면, 여성캐릭터는 나이와 직업, 외모가 한정되어 있다. 한·일 게임에 등장하는 여성캐릭터들은 주로 치유자나 요정, 여왕 등의 모습으로 등장하며, 매끈한 다리와 뽀얀 속살을 지닌 미모이거나 섹시한 젊은 여성으로 형상화 된다. 한·일 게임에 등장하는 여성캐릭터의 형상화 방식 속에는 그 외형적인 묘사에 있어서 일종의 전형성이 확인된다는 것인데, 이 여성캐릭터의 외형적인 전형성을 규정하는 것은 바로 남성 중심적인 시각이다. 일반적으로 게임 속에 등장하는 여성캐릭터는 남성유저들이 경험적인 현실에서 충족하지 못한 욕망을 충족하기 위한 도구로

---

츠를 중심으로〉, 성균관대학교 박사학위논문, 2006.

김태웅·엄명용, 〈한국과 일본 온라인 게이머의 게임 만족도, 신뢰도, 온라인 게임 커뮤니티 인식에 관한 실증적 비교연구: 멀티그룹 공분산 구조분석을 중심으로〉, 『경영정보학연구』 제16권1호, 2006.

5) 게임 캐릭터로서의 바바리안은 야만용사 혹은 전사를 지칭한다.

기능한다. 따라서 게임 속에 등장하는 여성캐릭터는 남성 중심적인 시각에 의한 대상화라는 시선에 포획되어 있는 것이다. 여성캐릭터가 남성유저들의 욕망의 대상이자 현실세계에서 경험한 결핍감의 치유도구로 기능한다는 점에서 한·일 게임은 공통점을 보여준다.

한·일 롤플레잉 게임과 전략시뮬레이션 게임에 나타난 여성캐릭터의 인물형상화 방식 상에 나타난 차별성은 두 가지 층위로 생각해 볼 수 있다. 첫 번째 층위는 주체적·진취적 여성상으로의 진화 여부이다. 일본게임에 등장하는 여성캐릭터는 주로 남성에게 구출되고, 전투동료가 아니라 남자주인공과의 애정관계에 목을 매는 주변적이고 보조적인 모습으로 형상화 된다. 순종적이고 희생적인 역할을 주를 이루는 것이다. 예컨대, <파이널 판타지(Final Fantasy)>6)의 '유우나'는 죽인 자의 영혼을 제도하는 샤먼이면서도 전문적인 능력과 그에 따르는 위엄 보다는 수동적인 여성성이 상대적으로 부각된다. 원치 않는 남자와 눈물을 흘리며 결혼을 하거나, '신(Sin)'이라는 악당에게 잡혀가 남자주인공이 자신을 구출해 주기만을 기다리는 지극히 전통적인 여성상을 구현해 내고 있는 것이다. 반면, 한국게임의 대표작 중의 하나인 <리니지2>7)를

---

6) 일본 스퀘어사(현 스퀘어 에닉스사)에서 개발한 롤플레잉게임(Role Playing Game)으로, 세계의 보편적인 신화적 상상력을 기반으로 세계적인 성공을 거둔 작품이다. 1987년 12월 18일에 1편이 선보인 이래 현재 12편까지 제작 발매되었으며, 현재 13편이 만들어지고 있다. 1편~10편, 12편은 비디오게임으로 출시되었고, 11편만 온라인게임으로 제작되었다.

7) <리니지2>는 <리니지1>에 이어 엔씨소프트사가 2002년부터 제작·배포한 MMORPG이다. 주목할 점은 <리니지> 시리즈는 그 출발부터가 여성캐릭터의 역할과 비중이 확대되어 있는 경우에 해당한다는 사실이다. 온라인게임의 형식이 오늘날과 같은 형태로 자리 잡히지 못한 <리니지1>의 서비스 초기에 운영자는 특정한 캐릭터를 선택하여 게임내부에 출현하여 유저의 일부로 참여하였는데, 그 당시에 운영자의 페로소나가 된 캐릭터가 바로 '소나기'라는 이름의 여성 요정 캐릭터였다. 이 여성 요정 캐릭터는 유저들의 사냥터에 나타나 도움을 주는 조력자의 역할을 수행하였다. 이후 <리니지1>의 서비스 체계가 정식으로 완비되고 맵이 고정되면서 운영자의 게임 서사 내부 참여는 더 이상 이루어지지 않게 되었으나, 게임 서사 내부에 설정되어 <리니지>시리즈의 특별한 관심을 보여준다. 물론 <리니지> 시리즈에서 운영자가 허구적인 자아를 가탁한 캐릭터를 여성으로 설정한 것은 게임의 서사세계를 관장하는 운영자의 역할을 만물의 생명을 낳는 여성의 모성에 대입시킨 결과로 해석할 수도 있다. 그러나 <리니지1>의 서비스 초기에 게임 서사내부를 관장했던

보면 유저의 선택에 따라 여성캐릭터를 주인공으로 하는 스토리텔링이 전개된다. <리니지2>에는 남성캐릭터가 주인공으로 된 버전과 동등한 차원으로 여성캐릭터를 주인공으로 내세운 버전이 존재하는 것이다. 여성캐릭터가 주인공으로 등장하는 버전에서는 그 스토리텔링이 여성 중심적인 시각으로 이루어진다. <리니지2>의 남성캐릭터 주인공 버전을 비롯한 대다수의 한·일 게임의 스토리텔링이 남성 중심적인 시각으로 짜여 있는 것과는 정반대의 양상을 보여주는 것이다. 심지어 <리니지2>의 여성캐릭터 주인공 버전에서는 남성처럼 우락부락한 근육을 지닌 여성오크[8]까지 등장한다. 활동적이고 외향적인 여성캐릭터를 거칠고 다소 추한 외모의 오크 유형으로 형상화 하고 있다는 점에서 <리니지2>의 여성캐릭터 주인공 버전 역시 여성의 외모와 관련하여 미(美)·추(醜)의 이분법적인 시각을 벗어나지 못했으며, 여기에는 여전히 여성의 외모를 대상화하는 남성 중심적인 시각이 틈입해 있음을 확인할 수 있다. 그러나 진취적이고 독립적인 여성캐릭터를 대거 주인공으로 등장시켰다는 점에서 한국게임 속 여성캐릭터의 인물형상은 일본게임의 그것에 비해 주체적인 방향으로 진화해 가고 있다는 차별적인 일면을 읽어낼 수 있다.

두 번째 층위는 로리타 캐릭터에 대한 선호도이다. 로리타란 어리고 귀여운 여자아이 캐릭터를 지칭한다. 일본게임에서는 특히 이러한 로리

---

운영자의 위상과 〈리니지〉 시리즈의 원작자인 만화가 신일숙씨가 페미니즘 작가로 평가받고 있다는 사실을 고려한다면, 운영자의 허구적 자아로서의 여성 캐릭터는 〈리니지2〉까지 계승되는 〈리니지〉 시리즈의 여성 캐릭터 형상화 방식과 관련되어 있다고 할 수 있다.

8) 오크는 판타지 문학에서 처음으로 등장한 종족의 개념이다. 일종의 유사인간으로 휴먼 종족과 달리 몬스터와 유사한 외모와 근력을 지니고 있으며, 학살과 파괴를 즐기는 호전적인 성격으로 묘사되고 있다. 오크 종족의 등장은 인간의 탐욕과 무분별한 자연파괴를 견제하기 위해서 등장했거나, 휴먼 종족의 탄생 이전에 지구상에 존재한 원시 종족으로 인간에 의해 대다수가 전멸한 것으로 그려지기도 한다. 게임의 서사내부에서 오크 종족은 거의 대부분 건장한 남성의 모습으로 형상화 되어 있다. 오크는 곧 남성 캐릭터라는 등식이 성립될 정도인데, 최근에 〈리니지2〉에서 여성 오크를 출현시키면서 게임의 여성 캐릭터사를 다시 쓰고 있다.

타 캐릭터가 다양한 유형으로 분화되어 발달해 있다. 일본게임의 남성 유저들 사이에서는 로리타 캐릭터를 수집하는 컬렉팅(collecting)이 유행하고 있을 정도로, 로리타 캐릭터에 대한 향유의 양상은 소유와 집착의 수준으로 나타난다. 반면, 한국게임에서는 상대적으로 이러한 로리타 캐릭터의 비중과 그 선호도가 일본게임에 비해 상대적으로 약하다. 대신에 한국게임에서는 섹시한 여성캐릭터에 대한 선호도가 더 높다. 섹슈얼리티의 측면을 강조한 여성캐릭터들은 일률적으로 풍만한 가슴과 잘록한 허리, 하이힐, 섹시한 표정 등 전투와는 전혀 어울리지 않은 외형을 지니고 있다. 섹시한 여성캐릭터의 기능이 전투와 같은 사건의 해결이 아니라, 남성유저의 관음적인 시선을 만족시키기 위한 대상으로 존재하는 데에 있다는 사실을 보여준다. 물론 일본게임에서도 한국게임 못지않게 섹슈얼리티의 측면을 강조한 여성캐릭터들의 출현빈도가 높다. 그러나 일본게임에 등장하는 전체 여성캐릭터의 분포도 속에서 섹시한 여성캐릭터가 차지하는 비중은 한국게임의 그것에 비해 상대적으로 낮다. 일본게임에서는 로리타 캐릭터의 비중이 한국게임에서보다 높기 때문이다. 한국의 게임유저들에게서는 주목을 받지 못했던 <라그나로크(Ragnarok)>9)라는 한국게임이 일본에 수출되어 큰 인기를 누릴 수 있었던 것도 로리타 캐릭터에 대한 이러한 한·일게임의 선호도 차이에 기반 한다.10) <라그나로크>는 일본의 게임유저들에게 어필할만한 귀여운 로리타 캐릭터의 집합소로서 한국게임의 향유의식에는 맞지 않는 여성캐릭터를 내세웠기 때문이다.

한국게임에서 여성캐릭터의 형상화 방식이 지니는 특수성이 일본게임 속 그것이 보여주는 로리타스러움과 거리가 먼 양상은 다음과 같은 두 가지 측면으로 생각해 볼 수 있다. 첫 번째는 남성유저의 취향과 구미에 대한 적극적인 부응이다. 한국게임사의 전개과정을 대표한다고

---

9) 제작사: 그라비티, 장르: MMORP, 2002
10) 〈라그나로크〉가 일본에 수출되기 시작한 것은 2003년부터이다.

할 수 있는 <창세기전>시리즈11)가 여성캐릭터의 섹슈얼리티를 강화하는 방향으로 변모해 나간 것도 일본게임 속 여성캐릭터와 차별화 되는 한국게임 속 여성캐릭터 형상화 방식이 지니는 특수성이 성적인 대상화에 있다는 사실을 보여준다. <창세기전>의 초기 시리즈에서 출현했던 주체적인 여성상은 후기 시리즈로 갈수록 약화되고, 대신 섹슈얼러티의 측면을 부각시킨 여성캐릭터가 게임 서사의 전반에 대두되는 양상을 확인할 수 있다.12) 한국게임 시장이 폭발적으로 성장하면서 향유층의 주류를 차지하게 된 남성유저들의 구미에 맞추고자 하다 보니 여성캐릭터의 역할도 수동적·보조적인 차원으로 축소되고 그 행동지향성도 성적인 일변도로 변모하게 된 것이다.13)

두 번째는 여성유저들의 확대이다. 사회적으로 여성의 역할이 증대되면서 한국게임 시장에서도 여성유저들이 확대되는 양상이 확인된다. 남성유저들이 주류를 차지하고 있던 게임의 향유층 속에 여성유저의 비율이 확대되면서, 남성 중심적인 시각에 맞추어 대상화 되어 있는 여성캐릭터에 대한 여성유저들의 거부감이 증폭되기 시작했다. 남성유저들이 경험적 현실의 패배감을 게임 속 여성캐릭터의 성적인 대상화를

---

11) 소프트맥스가 개발한 전략시뮬레이션롤플레잉게임(SRPG)으로 1995년부터 시작되어 〈창세기전〉3-파트2까지 출시되어 있다.

12) 〈창세기전〉1에서는 남성과 대등한 육체적 힘과 능력을 지니고 전투를 주체적으로 수행하던 여성캐릭터가 〈창세기외전〉2에서부터 수동적이고 연약한 모습으로 변모하기 시작하며, 〈창세기외전〉3에서부터는 로리타 캐릭터가 등장하기 시작한다. 최근에 출시된 〈창세기전〉3에서는 여성의 섹슈얼러티를 노출 옷차림과 표정·육체(body) 이미지 표현 등을 통해 강조하고 있다.

13) 남성 유저들의 성적 욕구를 만족시키기 위해서는 여성 캐릭터 형상화에 있어서 성적 어필의 여부가 관건을 이룬다는 사실에 대해서는 한국 온라인게임 캐릭터가 유저의 선호도 및 타입(type)에 따라 달라진다는 사실에 대해서는 다음과 같은 연구 성과를 참조하기 바란다. 신훈교, 〈컴퓨터게임에서 캐릭터에 대한 사용자 선호TYPE에 관한 연구 :온라인 롤플레잉 게임을 중심으로〉, 부산대학교 석사학위논문, 2004 ; 장은숙, 〈온라인 게임 이용자 유형과 캐릭터 선호도 관계 연구 :MMORPG 게임 이용자들을 대상으로〉, 서강대학교 영상대학원 석사학위논문, 2005 ; 성정언, 〈온라인게임에서 캐릭터의 섹스어필이 게임에 미치는 영향 :국내 온라인 롤플레잉 게임 속 캐릭터를 중심으로〉, 홍익대학교 석사학위논문, 2005.

통해 허구적으로 충족시키고자 했다면, 여성유저들은 현실세계 속에서 확대되고 있는 여성들의 사회적 영향력을 재확인할 수 있는 허구적인 롤모델을 게임 속 여성캐릭터에게서 원하기 시작했다. 한국게임 속 여성캐릭터 중에 여전사와 여성파이터 유형이 확대되고 있는 최근의 경향도 이러한 측면과 관련지어 생각해 볼 수 있다. <제라(Zera)>[14]의 '레인저(Ranger)'가 대표적인 여성캐릭터에 해당된다. <제라>의 '레인저'는 웬만한 남성캐릭터를 능가하는 전투력을 자랑하는데, 유격부대원·게릴라·전사 등을 의미하는 Ranger라는 이름이 여성캐릭터에게 부여된 것도 이러한 캐릭터 특징과 관련되어 있다. 게임 내부의 서사세계를 주도하는 남성캐릭터의 전유물로 되어 있던 사회적·육체적 능력치가 여성캐릭터에게 부여되면서 이전까지 남성캐릭터를 지칭하는 것으로 존재해 왔던 특징적인 이름이 여성캐릭터에게 부가된 것이라고 할 수 있다. 이처럼 남녀 성역할을 파괴하고 사회적으로 부여된 젠더를 넘어 개별적인 자아로서의 주체성과 능력을 발휘하는 여성캐릭터의 확대는 여성유저들은 게임 속 여성캐릭터를 자아 모델로 삼아 현실세계에서 수행할 사회적 과업과 인간관계를 게임의 허구적인 서사 속에서 예행연습하고자 하는 태도를 보여주는 것으로 볼 수 있는 것이다. 여기서 한 가지 지적해 둘 것은 여성유저의 확대와 사회적 자아의 동일시에 따른 여성캐릭터의 주체성 확대는 여성캐릭터의 성적 대상화 강화 경향과 맞물려 있다는 것이다. 일견 이율배반적인 이러한 현상은 게임 유저의 성향과 성별에 따라 여성캐릭터의 형상화 방식이 달라지기 때문에 발생하는 것으로, 남성유저들의 현실적 결핍감의 허구적 해소 욕망에 부응하기 위해 여성캐릭터의 성적 대상화를 강화하면서도, 여성유저가 증가하는 새로운 동향에 발맞추어 여성캐릭터의 주체성도 확대하는 방향으로 나아가고 있는 것이다.

---

14) 제작: 넥슨, 장르: MMORPG, 2005.

## 2) 대전격투게임

자신이 가진 기술을 통해 상대방과 1대 1로 승부를 겨루는 대전격투게임은 일본에서 일찍부터 발전한 장르이다. 일본게임 시장에서 전통적으로 강세를 보이고 있는 게임 유형이기도 하다. 일본의 대전격투게임에서 여성캐릭터들은 남성유저들이 대전격투의 단계별 스토리텔링을 전개해 나가는 과정에서 스토리 전개의 재미를 배가하는 차원과 중간 중간에 휴식과 눈요기를 제공하는 차원으로 등장한다. 이 점에서 일본 대전격투게임의 여성캐릭터의 역할은 복싱경기의 라운드걸이나 레이싱경기의 레이싱걸과 유사하다고 할 수 있다. 따라서 잘 생긴 청년에서부터 대머리아저씨에 이르기까지 다양한 외모를 지닌 남성캐릭터에 비해 일본 대전격투게임 속 여성캐릭터들은 모두 예쁜 얼굴과 섹시한 몸매에 노출이 심한 의상이라는 전형적인 형상을 보여준다. 일본의 대전격투게임 속 여성캐릭터의 역할이 남성유저의 시각적인 재미를 위해 존재하기 때문이라고 할 수 있다. 한편, 일본 대전격투게임 속 여성캐릭터는 남성캐릭터에 비해 전반적으로 기본체력과 힘이 약한 모습으로 형상화 된다. 남성캐릭터보다 우월한 면은 유연성뿐인데, 여기에는 여성의 신체적 특징을 규정하는 차별적이고도 전통적인 시선이 틈입되어 있다. 여성의 육체는 부드럽고 우아한 대신, 상대를 제압할 수 있는 강인함은 없으며, 체력적으로 남성에게 열등하다는 차별적인 시선이다. 대전격투게임이라는 장르는 본질적으로 육체적인 힘과 강인함을 기반으로 성립하기 때문에 여성의 신체에 대한 이러한 차별적인 시선은 곧 일본 대전격투게임에 나타난 여성캐릭터의 종속적인 위치를 확인시켜주는 바로미터가 된다고 할 수 있다. 일본 대전격투게임에서는 스토리 전개에서 여성캐릭터가 차지하는 역할에 있어서도 보조적이고 의존적인 양상을 보여준다. 예컨대, <더 킹 오브 파이터즈(The King of Fighters)>[15]의

---

15) 일본의 SNK가 제작한 비디오게임 〈더 킹 오브 파이터즈(The King of Fighters)〉는 1994년 10월부터 시작된 시리즈로, 한국의 드래곤플라이사와의 한일 합작에 의해 온라인게임으로

시라누이 마이처럼 특정 남성캐릭터를 시종일관 쫓아다니는 것을 자신의 역할로 삼는다든지, <스트리트파이터(Streetfighter)>[16]의 춘리처럼 본인의 의지가 아니라 아버지의 원수를 갚기 위해 싸운다든지 하는 식이다.[17] 자아의 실현과 진정한 무술인이 되기 위해 싸우는 남성캐릭터에 비해서 자기 주체성이 부족한 것이다.

한국게임 속에서 대전격투게임이 차지하는 비중은 일본의 그것에 비해 상대적으로 낮을 뿐 아니라 그 향유의 전반적인 양상이 일본 대전격투게임의 영향권 속에 있기 때문에 여성캐릭터의 인물형상도 일본 대전격투 게임 속 그것과 유사한 양상을 보여준다. <파이트 피버(Fight Fever)>[18]에서는 오직 일본인으로 설정된 여성캐릭터만이 나오는데, 이는 한국의 대전격투게임이 일본격투게임의 정통이라 할 수 있는 <더 킹 오브 파이터즈>의 영향을 주로 받았다는 사실을 보여준다. 가장 성

---

개발 중에 있다.

16) <스트리트파이터(Streetfighter)>는 1997년 일본의 캡콤사에 의해 발매된 비디오게임으로 대표적인 대전격투게임으로 세계적인 인기를 끌었다. 시리즈3까지 발매된 이후 <철권> 등의 후발주자에 가려져 더 이상 제작되지 않았으나, 2008년에 다시 화려한 3D 그래픽과 새로운 캐릭터, 신무술로 무장한 시리즈4편이 발매되었다.

17) 2008년에 발매된 시리즈4에서는 팔뚝과 어깨, 허벅지 등의 근육을 남성의 그것과 방불한 수준으로 강화하여, 춘리라는 <스트리트파이터(Streetfighter)>의 대표적인 여성캐릭터의 능력치를 시각적인 측면에서부터 남성캐릭터에 뒤지지 않는 수준으로 확대하고 있는 변모를 보여준다. 여성의 사회적 비중 확대라는 세계적인 추세에 발맞추어 일본 대전격투게임에서도 여성캐릭터의 형상화 방식에 있어서 변화를 모색하기 시작한 단초를 보여준다고 할 수 있다. 이 춘리라는 캐릭터는 대전격투게임이 세계 비디오게임 시장을 장악하고 있을 당시 거의 유일한 여성캐릭터로 존재했었기 때문에 2008년도에 발매된 시리즈4편에서 남성캐릭터의 수준으로 능력치를 강화하기 이전부터도 그 존재성 자체에서부터 관심의 대상이 되어왔다. 여성캐릭터가 드문 대전격투게임에 등장하는 여성캐릭터라는 희소성이 곧 대전격투게임의 여성캐릭터가 지니는 대표성으로 인식되어 온 것이다. 대전격투게임사에서 차지하는 여성캐릭터 춘리의 위상은 2008년 춘리를 단독 주인공으로 하여 헐리우드에서 제작 중인 영화에서도 확인할 수 있다.

18) 1994년 빅콤이 제작한 한국 최초의 대전격투게임으로, <더 킹 오브 파이터즈(The King of Fighters)>의 제작사인 일본 SNK사와의 합작으로 만들어졌다. <Fight Fever>가 보여주는 여성캐릭터의 한계는 일본의 대표적인 대전격투게임의 아류작으로 탄생한 태생에 기반한다고도 볼 수 있겠다.

공한 한국 대전격투게임인 <권호>에서는 가슴 부분에 노출이 심하고, 몸에 딱 달라붙는 관능적인 전투의상을 입은 여성캐릭터가 한 명 보이는데, 남성을 압도할 수 있는 능력 보다는 우아한 몸동작과 섹시한 옷차림으로 눈요기를 제공하는 역할을 맡고 있다. 한국 롤플레잉게임이나 전략시뮬레이션게임이 일본의 영향을 벗어나 독자적인 영역을 구축하면서 여성캐릭터의 형상화에 있어서도 여성의 사회적 역할이 증대되는 현실세계의 변화를 반영하여 주체적이고 능력 있는 여성캐릭터를 구축하고 있는 것과는 달리, 일본이 종주국으로서 전통적으로 강세를 보여온 대전격투게임 장르에서는 일본 대전격투게임의 여성캐릭터 형상화 방식을 벗어나지 못하고, 전형성을 답습하는 단계에 머물러 있다고 할 수 있다.[19]

## 3) 연애시뮬레이션 게임

연애시뮬레이션 게임은 1대 다수 형식의 남녀가 출현하여 가상연애를 구현하는 장르로, 일본에서 성립되어 한국으로 전파된 게임유형이다. 한국에서도 일본의 영향을 받아 연애시뮬레이션 게임이 기획되고 있는 추세이지만, 한국 연애시뮬레이션 게임 시장을 장악하고 있는 것은 여전히 일본에서 수입된 작품이다. 한·일 연애시뮬레이션 게임의 공통점은 한 명의 남성 주인공캐릭터가 다수의 여성캐릭터를 공략하는 방식으로 되어 있다는 점이다. 철저히 남성 중심적인 시각에서 여성을 대상화 하여 선택하는 양상을 보여준다. 여성캐릭터의 타입은 귀여운

---

19) 일본 대전격투게임은 〈버츄얼 파이터〉5에 와서 여성캐릭터의 숫자와 유형의 다양화라는 양적인 측면의 증가를 이루었으나, 한국 대전격투게임에서는 최근작에서도 여전히 여성캐릭터가 거의 1인 정도로 한정되어 있다. 〈버츄얼 파이터〉5에서는 금발의 파란 눈을 지닌 서양의 여성캐릭터, 일본 전통의상을 입은 일본 여성캐릭터, 〈스트리트파이터〉의 춘리 캐릭터에서 전형성을 확보한 바 있는 중국의 전통의상과 헤어스타일을 한 중국 여성캐릭터에서부터 한국 게임유저를 의식한 한국 여성캐릭터까지 다양한 인종을 아우르고 있으며, 이러한 여성캐릭터가 구사하는 무예도 쿵푸, 무에타이, 합기도, 태권도 등의 전통무예를 인종별로 설정해 놓고 있다.

이미지, 청순한 이미지, 중성적인 이미지, 섹시한 이미지 등으로 전형화 되어 있으며, 이러한 타입은 새로운 게임에서도 매번 바뀌지 않고 고정 되어 있다. 주목할 점은 여성캐릭터의 전형화 된 타입이 현실세계 속에 서 남성이 욕망하는 여성의 이미지를 일반화 하여 분화시켜 놓은 것이 라는 사실이다. 현실세계에 실존하는 한 사람의 여성에게서는 다기한 성격적 측면이 공존한다. 여성개체에 따라 어떠한 성격적 측면이 더 강하게 외면화 되어 표출되느냐가 다를 뿐, 상황과 조건에 따라 한 사람 의 여성이 발현하는 성격적 측면은 다양한 것이다. 그런데 한 · 일 연애 시뮬레이션 게임에서는 이처럼 현실세계에서 실존하는 한 여성에게서 공존하는 다기한 성격적 측면을 한 가지씩 분화시켜, 한 명의 여성캐릭 터에게 고정된 타입으로 부여해 놓았다. 여성캐릭터의 타입을 전형화 시 켜 분화해 놓으면, 남성유저의 취향에 따라 여성캐릭터를 골라 소유하기 가 쉽기 때문이다. 한 · 일 연애시뮬레이션 게임에 등장하는 여성캐릭터 의 성격적 타입이 철저히 남성 중심적인 시각에 의해서 대상화 된 결과임 을 알 수 있다. 현실세계에 실존하는 여성상을 왜곡하는 정도가 심화되어 있음은 물론이다. 현재 일본에서는 <화이트 앨범(White Album)>20)이라 는 연애시뮬레이션 게임이 백색마약이라고 불릴 정도로 큰 인기를 누리 고 있는데, 남성중심적인 시각에서 여성상을 왜곡하는 연애시뮬레이션 게임의 전형적인 내용을 보여준다.

그런데 연애시뮬레이션 게임의 후발주자라 할 수 있는 한국에서는 그 향유의 양상이 한 단계 변모되었다.21) 연애시뮬레이션 게임의 전형

---

20) 〈화이트 앨범〉은 1998년 일본의 리프(Leaf)에서 출시된 PC용 연애시뮬레이션게임으로, 한국에서는 정식으로 발매되지는 않았지만 음성적인 경로를 통해 높은 인기를 구가했다. 2009년도에는 비디오게임으로 재탄생될 예정으로 있다.

21) 일본 연애시뮬레이션 게임의 수용단계에서 만들어진 한국의 연애시뮬레이션 게임은 일본 의 그것과 동일한 양상을 보여준다. 대표적인 작품이 바로 1998년부터 (주)오픈마인드월드 에서 출시되기 시작한 〈리플레이〉시리즈가 바로 여기에 해당된다. 5편까지 출시된 이 〈리플레이〉시리즈는 여성을 남성의 공략대상으로 설정해 놓고, 남성유저의 성적인 욕망 을 만족시키기 위해 여성캐릭터의 노출과 섹시한 육체이미지를 부각시키고 있다. 여성캐 릭터를 남성 주도의 연애서사에서 철저히 종속적인 위치에 놓고 있다는 점에서 일본

적인 서술시각인 남성 중심적인 시각에서 벗어나 여성 중심적인 게임을 만들어낸 것이다. <러브(Love)>22)라는 연애시뮬레이션 게임이 그 대표적인 작품이다.23) <러브>는 여성캐릭터를 주인공으로 하여, 남성캐릭터를 선택·공략하는 게임으로, 연애시뮬레이션 게임의 전통적인 스토리텔링을 여성 중심의 시각에서 뒤집어 놓고 있다는 점이 특징이다. 여성유저가 확대되는 게임시장의 변화와 여성의 사회적 참여도가 비약적으로 성장하는 현실세계의 여성적 상황의 변모에 적극적으로 부응한 결과라고 할 수 있다. 이 점에서 한국 연애시뮬레이션 게임이 일본의 그것과 달리 남성 중심적인 시각 일변도에서 벗어나, 여성의 주체성을 게임 스토리텔링 속에서 구현하는 새로운 단계로 진입하고 있음을 확인할 수 있다.24) 물론 <러브>는 여성주인공 캐릭터가 자신이 고른 남성캐릭터의 취향대로 옷을 입고 행동을 함으로써 그가 데이트를 신청해줄 때까지 기다리는 형식을 취하고 있다는 점에서 여전히 소극적인 여성상을 완전히 탈피하지는 못했다는 한계가 있다. <러브>가 여성유저의 욕구와 변화된 현실세계의 여성적 환경을 완벽하게 반영하였다면 여성캐릭터가 적극적으로 자신이 원하는 남성캐릭터를 선택하고 공략하는 형식이 되었을 것이다. <러브>의 이러한 여성의식적인 한계는 한국 연애시뮬레이션 게임이 일본 연애시뮬레이션 게임이 전통적으로 형성하여 고정화 한 남성 중심적인 스토리텔링으로부터 탈피하여 여성 중심적인 시각을 실현하되, 절반의 성취만을 이루어낸 과도기적 단계에 위치해 있음을 보여준다고 할 수 있다.

---

연애시뮬레이션 게임의 여성캐릭터 형상화 방식의 전형성을 그대로 따르고 있다고 할 수 있다.

22) 제작사: 넵스템미디어, 서비스사: 노리스닷컴, 장르: PC용 연애시뮬레이션게임, 2007.

23) 현재 〈러브1〉, 〈러브2-파르페〉까지 발매되어 있다.

24) 그러나 〈러브〉에서 확인되는 여성중심성은 어디까지나 일본 연애시뮬레이션게임에서 전형화 되어 있는 남성 중심성과 여성캐릭터의 수동적인 전형성을 기준으로 할 때 상대적으로 규정되는 것이다. 여성의 능력이 남성을 상대로 한 연애와 남성 유혹하기, 쇼핑이나 옷차림, 화장법 등의 영역에 고정되어 있다는 것은 〈러브〉에서 시도한 여성중심성이 여전히 전통적인 여성의 성역할에서 벗어나지 못했다는 사실을 보여준다.

## 4) 육성시뮬레이션 게임

육성시뮬레이션게임은 주인공캐릭터를 특정한 시간동안 길러내는 장르인데, 역시 일본에서 창조된 게임유형이다. 육성시뮬레이션 게임에 등장하는 주인공캐릭터는 아이, 애완동물, 등 다양하지만, 여성캐릭터가 등장하는 하위 장르로 한·일 게임에 나타난 여성캐릭터의 형상화 방식의 비교 고찰을 위한 본 연구가 주목하는 것은 육성시뮬레이션 게임의 하위 유형은 어린 소녀를 성인이 될 때까지 키우는 <프린세스메이커(Princess Maker)>25) 게임류이다. 아이, 애완동물을 키우는 다른 하위 유형과 차별화 하여 여성육성시뮬레이션게임으로 유형화 할 수 있다.26) 여성을 키우는 여성육성시뮬레이션게임 유형은 다시 <프린세스메이커>처럼 단순히 소녀를 성인여성으로 키우는 부류27)와 소녀를 성인여성으로 키워낸 후에 연애를 하는 부류28)로 나뉘는데, 후자는 육성시뮬레이션 게임과 연애시뮬레이션 게임이 결합되어 있다는 점에서 여성육성연애시뮬레이션 게임으로 분류할 수 있다.

이러한 여성육성시뮬레이션 게임은 이미 성장이 완료되어 성격적 특성이 완성된 여성캐릭터를 데이트 상대로 선택하는 데서 한 단계 더 나아가, 성격적 타입이 미분화 된 연령대의 어린 소녀를 자신의 취향대로 키움으로써 여성캐릭터에 대한 소유욕과 통제권을 강화하고자 하는 남성 중심적인 욕망에서 나온 하위 유형이라고 할 수 있다. 소녀를 여성으로 키우는 게임서사 내부의 주체가 남성으로 설정되어 있기 때문이다. 물론 <프린세스메이커>를 필두로 한 여성육성시뮬레이션 게임이

---

25) 일본 가이낙스(Gainax)사에서 1991년에 제작한 육성 시뮬레이션게임으로 현재는 5편까지 출시되어 있다.

26) 〈프린세스메이커(Princess Maker)〉 이후에 나온 대표적인 여성육성시뮬레이션게임으로는 〈머큐리어스 프리티〉, 〈위자드 크라이머(Wizard's Climber)〉, 〈안젤리크 스페셜〉, 〈판트스틱 포춘〉, 〈두근두근 메모리얼〉 등이 있다.

27) 〈프린세스메이커(Princess Maker)〉, 〈머큐리어스 프리티〉, 〈위자드 크라이머(Wizard's Climber)〉가 여기에 속한다.

28) 〈안젤리크 스페셜〉〈판트스틱 포춘〉, 〈두근두근 메모리얼〉 등이 여기에 속한다.

여성유저들에게도 폭발적인 인기를 끌었다는 점에서 향유의 양상 자체가 전적으로 남성유저들을 중심으로 이루어져 왔다고 볼 수는 없다. 그러나 <프린세스메이커>에서 그 양식적 특징이 확립된 여성육성시뮬레이션 게임은 서사세계 내부의 남성캐릭터가 여성의 성격과 외모, 직업, 행동방식을 결정짓는 것으로 되어 뿐 아니라, 심지어 여성캐릭터의 생사여탈권까지 그 육성주체인 남성캐릭터가 쥐고 있는 것으로 나타난다. 남성 중심성이 단순히 여성캐릭터의 성격이나 외형적인 형상화 방식에서 구현되는 여타의 게임과 달리 스토리텔링의 구조 자체로 구축되어 있다는 점에서 여성육성시뮬레이션 게임은 남성 중심적인 욕망이 장르의 정체성 자체를 나타낸다고 할 수 있다.

육성시뮬레이션 게임에서 여성캐릭터는 육성주체인 남성캐릭터에 의해 관찰당하며, 그의 의지에 의해 행동이 통제 당한다. 육성주체인 남성캐릭터는 자신의 의도대로 여성주인공 캐릭터의 성격과 직업, 행동방식을 결정해 나가며, 이러한 육성주체에 자신을 동일시하는 남성유저는 만약 결정의 결과가 마음에 들지 않으면 주저 없이 리셋(reset) 버튼을 눌러서 새로운 여자아이 캐릭터를 키울 수 있게끔 되어 있다.29) 한편, <프린세스메이커>에서는 로리타적인 이미지와 섹시한 이미지가 일본 남성유저들이 선호하는 여성캐릭터의 두 가지 스테레오 타입이란 사실을 말해준다. 어렸을 때의 딸에게서는 귀엽고 보호본능을 일으키는 로리타적인 이미지를 즐기고, 그 딸이 성인이 되었을 때는 풍만한 가슴과 잘록한 허리의 탐스러운 몸매를 지닌 성숙한 여성의 이미지를 양방향으로 즐기게끔 스토리텔링이 짜여 있는 것이다.30) 다시 말해서 <프린

---

29) 이러한 양상은 여성이 시집가기 전에는 아버지가 그 생사여탈권을 소유하며, 시집간 후에는 남편이, 남편이 죽고 나서는 아들이 여성에 대한 통제권을 관장하는 한국의 전통적인 유교적 대여성관과 일치하는 측면이 있다. 유교적인 삼종지도(三從之道)가 디지털콘텐츠의 스토리텔링화 된 형태라고 할 수 있는 것으로, <프린세스메이커>를 필두로 한 여성육성시뮬레이션 게임이 한국의 남성유저에게 수용되는 향유배경을 구성한다고 볼 수 있다.
30) 후자의 측면이 강화되어 있는 작품이 바로 <위자드 크라이머(Wizard's Climber)> 이다. <위자드 크라이머(Wizard's Climber)>는 일종의 성인판 <프린세스메이커> 라고 할 수 있다.

세스메이커>는 로리타적인 이미지와 섹시한 이미지가 양분하고 있는 여성캐릭터의 스테레오 타입과 그에 대한 남성유저의 선호도를 양방향으로 만족시킨 작품이라고 할 수 있다.

한국 육성시뮬레이션 게임의 출발은 일본의 <프린세스메이커>의 수입과 향유, 모방작의 생산으로 시작31)했지만, 현 단계의 한국 육성시뮬레이션 게임은 일본의 그것에서 완성된 남성 중심적인 시각과 전통적인 수동적·종속적 여성관을 극복한 양상을 보여준다. <보아 인 더 월드(BoA In The World)>32)가 그 대표적인 작품이다. <보아 인 더 월드>는 메니저 역할을 하는 유저가 연습생 보아의 가수적 소질을 길러내, 콘서트를 열게 하는 것이 목적이다. 일본의 <프린세스메이커>가 전통적인 여성성의 육성에 초점을 맞추었다면, 한국의 <보아 인 더 월드>는 현대의 여성이 욕망하는 전문적 능력 배양에 초점을 맞추었다는 차별성을 보여준다. 여기서 주목할 것은 <보아 인 더 월드> 유저층의 대다수를 구성하는 성별이 남성이 아니라 여성이라는 점이다. 여성유저는 <보아 인 더 월드>에서 여성주인공캐릭터인 보아를 가요전문가로 육성하는 과정에서 자신의 사회적 능력 지수를 향상시킬 수 있다.33)

---

31) 한국 최초의 여성육성시뮬레이션 게임은 새롬소프트웨어에서 1993년에 출시한 〈장미의 기사〉이다.

32) 〈보아 인 더 월드(BoA In The World)〉, 제작: 지스퀘어, 장르: 육성시뮬레이션 게임, 2003.

33) 그러나 한국 여성육성시뮬레이션 게임에는 〈보아 인 더 월드〉류처럼 여성의 주체적 욕망에 부응하는 하위유형과 동시에 일본 여성육성시뮬레이션 게임의 여성캐릭터에 대한 종속적인 형상화 방식을 고스란히 수용한 하위유형도 존재한다. 대표적인 작품이 바로 2001년에 1편이 출시되어 현재 5편까지 출시된 〈딸기노트〉시리즈이다. 한국 최초의 여성육성시뮬레이션 게임인 〈장미의 기사〉가 게임유저들의 호응을 얻지 못하고 막을 내린 후, 대중적인 인기를 획득하며 본격적인 한국 여성육성시뮬레이션 게임으로 자리잡은 시발 작품인 〈딸기노트〉(제작: 나비야엔터테인먼트, 장르: 육성시뮬레이션 게임, 2001)는 게임유저가 부모가 되어 딸로 설정된 여성캐릭터를 초등학생에서부터 고등학생까지 키우는 형식으로 되어 있다. 게임유저의 허구적 자아가 남성이 아니라 부모로 설정되어 있다는 점에서 일본 여성육성시뮬레이션 게임과 비교할 때 남성중심적인 시각이 상대적으로 약화되어 있다고 볼 수도 있으나, 이는 어디까지나 여성 신체의 노골적인 노출에 대한 사회적인 터부가 여전히 존재하고, 게임을 아동 혹은 청소년용으로 분류하여 교육적인 측면에서 접근하고자 하는 시각이 존재하는 한국적인 정서를 고려한 변형인 것으로 보인

<보아 인 더 월드>의 여성유저가 자신을 허구적인 스토리텔링에 투사하는 방식은 두 가지 국면으로 나누어진다. 첫 번째는 여성유저가 자신을 보아의 매니저에 투사하는 국면이다. 이 경우에는 현실세계에서 자신의 전문적 능력 배양을 위한 자기 콘트롤 능력을 보아라는 허구적 대상을 통제하는 매니저 활동을 통해 예행 연습하는 효과가 있다. 두 번째는 여성유저가 자신의 욕망을 허구적인 여성캐릭터인 보아에게 직접 투영하는 국면이다. 현실세계에서는 일상적인 생활인에 불과한 여성유저들이 경험적 현실에서는 만족하지 못하는 결핍감을 스타의 길을 밟아나가는 허구적 캐릭터 보아를 통해 대리만족 할 수 있는 것이다. <보아 인 더 월드>를 필두로 시작된 이러한 여성캐릭터의 주체적인 형상화 방식은 패션 디자이너를 등장시킨 <코코룩(cocolook)>[34], 인테리어 디자이너를 주인공으로 한 <써니하우스(Sunny House)>[35] 등 전문직업 영영을 다양화 하면서 한국 여성육성시뮬레이션 게임의 특수성으로 자리매김하고 있다. 본래 여성을 대상화 하고 지배하고자 하는 남서의 욕망을 충족시키기 위해 일본에서 출현한 여성육성시뮬레이션 게임이 한국에 수용되어 여성유저의 사회적 자아실현에 대한 욕망에 부응하는 장르로 탈바꿈하였으며, 여성의 주체성이 상대적으로 강화되어 있다는 점에서, 한일 여성육성시뮬레이션 게임에 나타난 여성캐릭터 형상화 방식의 차이를 확인할 수 있다.

---

다. <딸기노트>에서 육성의 대상이 되는 여성캐릭터는 일본 여성육성시뮬레이션 게임의 그것에서 전형화 된 성적인 대상화가 그대로 적용되고 있다. 오히려 여성캐릭터를 육성하는 주체가 부모로 설정되어 있으면서도, 성적인 대상화를 병행하고 있다는 점에서 근친상간과 관련한 새로운 차원의 문제를 내포하고 있다고 할 수 있다. 실제로 <딸기노트>의 유저들이 게임후기를 올린 인터넷 블로그의 글이나 댓글 중에는 남성유저의 허구적 자아이자 여성캐릭터의 육성주체가 부모로 설정되어 있다는 사실이 문제의 소지가 있음을 지적하고 있는 경우가 많다.

34) 제작: 나비야엔터테인먼트, 장르: 육성시뮬레이션 게임, 2002.
35) 제작: 나비야엔터테인먼트, 장르: 육성시뮬레이션 게임, 2003.

## 5) FPS 게임

FPS[36] 게임은 군인들이 주인공으로 등장하여 총격전을 벌이는 1인칭[37] 슈팅 게임 장르[38]로, 미국에서 시작되어 한·일로 전파되었다. 미국에서 한·일로 전파된 시기가 동시다발적이기 때문에 한국게임이 일본게임의 영향력으로부터 상대적으로 벗어나 있는 장르라고도 할 수 있다. FPS 게임은 남성인 군인캐릭터가 주로 주인공으로 등장하는 장르이기 때문에 한·일 FPS 게임에서 여성캐릭터의 비중은 공통적으로 적은 편에 속한다. 여성캐릭터가 전투에 걸맞는 사실적인 복장을 하고 있으며, 노출이 적다는 점도 한·일 FPS 게임의 공통적인 특징이다. 한·일 게임사에서 FPS 게임은 여성캐릭터의 성적인 대상화 정도가 상대적으로 가장 낮은 하위 장르에 속한다는 공통점을 보여주는 것이다.

한·일 양국의 FPS 게임 향유양상에서 확인되는 가장 두드러지는 변별성은 첫째 선호도의 차이에서 찾을 수 있다. 일본 게임시장에서는

---

36) 'FPS'는 'First Person Shooting' 또는 'First Point Shooting'의 약자이다.

37) FPS 게임의 양식적 특성을 규정하는 '1인칭'이라는 의미는 게임 화면(모니터)이 곧 게임유저의 시각이 되는 양상을 의미한다. 게임유저의 허구적 자아가 되는 게임세계 속 캐릭터의 시각야가 바로 플레이어의 시야와 일치하는 양상을 지칭한다. 반면, 게임 상의 캐릭터의 시점에서 바라보는 것이 아니라 캐릭터를 주변에서 관찰하는 시점이 화면 밖에 존재하는 경우에는 '3인칭 슈팅게임(Third Person Shooting game) 즉, TPS(3PS)가 된다. 대표적인 TPS 작품으로는 안젤리나 졸리가 주연한 헐리우드 영화로도 제작된 〈툼레이더〉(제작: Idos, 1996)가 있다.

38) FPS 게임의 효시는 ID소프트에서 개발한 〈올펜슈타인(Castle Wolfenstein)〉(1983)이다. ID소프트웨어는 최초로 온라인 기능을 지원한 〈둠〉1·2시리즈(1992, 1994), 3D 그래픽을 구현한 〈퀘이크〉(1996) 등을 잇다라 선보이며 FPS 게임의 대중적인 성공을 일구어냈다. 이후 현대전 개념을 도입한 〈하프라이프(Half-Life)〉(제작: 벨브코퍼레이션, 배급: 시에라 스튜디오, 1998)가 출시되면서 FPS 게임의 대명사로 자리잡았다. 한국 FPS 게임은 이 〈하프라이프(Half-Life)〉, 일명 〈카운터 스트라이크(Counter-Strike)〉의 영향 하에서 출발하였는데, 한국에서 창작되고 향유되는 FPS 게임의 주된 하위유형이 〈카운터 스트라이크〉와 같은 일명 밀리터리(military) 형식을 취하고 있기 때문이다. 그러나 한국 FPS 게임이 세계 FPS 게임사에서 차지하는 위상은 온라인 게임 영역에서 구축한 성과를 반영하여 본격적인 세계 최초의 온라인 FPS 게임인 〈카르마 온라인〉(1992)를 출시하고, 이후 비디오 게임과 PC 게임의 형태가 주류였던 FPS 게임의 전개방향을 온라인 게임 쪽으로 이동시켰다는데 있다.

이 FPS 게임의 선호도가 낮은 반면, 한국에서는 근래 들어 선풍적인 인기를 모으고 있다. 일본에 비해 한국 FPS 게임사는 미국의 그것을 단순히 플레잉하는 수준에 그치지 않고, 다양한 신작 작품을 창작하는 방식으로 나아가고 있으며, 게임유저층도 두텁다. 최근에 나온 작품만 해도 <스페셜 포스(Special Force)>[39], <서든 어택(Sudden Atack)>[40], <테이크 다운(Take Down)> 등이 있다. 주목할 점은 한국 FPS 게임의 여성유저 비율이 현재 30%를 넘어서 있으며, 그 비중이 확장일로에 있다는 사실이다. 남성부 게임리그가 롤플레잉 게임이나 전략시뮬레이션 게임을 중심으로 이루어졌다면, 여성부 게임리그의 창설이 FPS 게임을 중심으로 하여 이루어지고 있다는 사실도, 한국게임사에서 FPS 게임 장르가 여성유저의 향유의식과 밀접한 상관관계 하에서 성장하고 있음을 보여준다.

두 번째의 차이점은 여타 다른 게임 장르가 여성캐릭터를 형상화 함에 있어서 전문적인 능력의 사실적인 묘사는 제외하고, 여성 몸매의 성적인 대상화만을 일방적으로 지향함으로써 남성유저의 욕망 충족에 주로 부응하고자 하는 것과는 달리, 한국 FPS 게임이 전문적인 능력과 매력적인 외모를 둘다 추구하는 현대 여성들의 현실적인 욕망을 적극적으로 반영하고 있다는 사실이다. 한국 FPS 게임에 등장하는 여성캐릭터는 군복 차림에 매서운 눈매와 야무지게 뒤로 묶거나 짧은 머리를 한 여전사의 모습을 하고 있는 것이 특징이다. 한국의 대표적인 FPS 게임인 <서든어택>의 여성캐릭터 블랙캣은 경찰특공대 출신이고, 폭스리콘은 수색정찰부대 출신이다. 한편, <스페셜포스>에 등장하는 여성캐릭

---

39) 2004년에 게임 개발사 드래곤플라이가 제작하고, 네오위즈의 피망에서 서비스하기 시작한 온라인 전용 1인칭 슈팅 게임으로, 중국·대만 등 아시아 각국은 물론 미국에도 수출되었다. 미국 내 서비스 명칭은 <솔저 프론트(Soldier Front)>로, FPS 게임 장르의 종주국이라고 할 수 있는 미국에 후발주자로서 작품을 수출했다는 점에서 의미가 있다.

40) 2005년에 게임하이가 개발하고, 넷마블에서 서비스하기 시작한 1인칭 슈팅 게임으로, 간단하고 카운터 스트라이크를 연상시키는 게임 조작으로 많은 인기를 얻고 있다. 중화인민공화국에서는 돌습(突襲)이란 제목으로 정식 서비스 중에 있다.

터 SRG는 남성 못지않게 근육질이고 장신인 특수부대원으로 설정되어 있고, SDU는 아예 짧은 머리와 구릿빛 피부의 여성캐릭터로 날카로운 눈빛과 중성미가 부각되어 있으며, 탁월한 사격실력과 전술적 판단능력을 자랑하는 홍콩특공대 소속으로 되어 있다. 이러한 한국 FPS 게임의 여성캐릭터는 일본게임의 주류인 귀엽고 짬찍한 여성캐릭터나 한국의 전략시뮬레이션 게임 등에 전형화 되어 있는 섹시한 여성캐릭터와 명백히 차별화 된다. 물론 사실적인 전투복장을 하고 노출을 하지 않으면서도 몸매는 여전히 육감적이라는 점에서 남성 중심의 성적인 대상화의 시선으로부터 완전히 탈피했다고 보기 어려운 측면도 있다. 그러나 현실세계의 여성층에서 최근에 불고 있는 근육질 몸매에 대한 지향성과 건강한 몸의 과시에 대한 긍정적인 현상을 고려해 볼 때, 사실적인 전투복장과 공존하는 육감적인 몸매는 전문적인 능력과 매력적인 외모·몸매를 동시에 추구하는 현대 여성들의 현실적인 욕망과 그대로 일치한다. 미국에서 태동하고 발전한 FPS 게임을 소극적으로 수입·향유하는 일본 FPS 게임과는 달리, 한국 FPS 게임은 남녀 성역할 및 여성의 사회적 역할에 있어서 달라진 위상과 현대 한국 여성들의 욕구를 적극적으로 반영해내고 있는 것이다.

세 번째로 한국 FPS 게임에 등장하는 여성캐릭터는 다양한 유형타입을 갖추고 있으며, 전체 캐릭터 중에서 차지하는 수적인 비율도 남성캐릭터를 육박하는 수준으로 증가하고 있다는 점에서도 일본 FPS 게임과 다른 양상을 보여준다. 예컨대, <스페셜포스>의 여성캐릭터는 다양한 여전사 라인업을 구축하고 있으며, <테이크다운>은 심지어 여성캐릭터의 비율을 남성캐릭터와 동등하게 설정하기까지 하였다. 여성유저들의 한국 FPS 게임에 대한 이러한 광범위한 향유는 일본 게임사 뿐만 아니라 FPS 게임의 종주국인 미국 게임사에서도 쉽게 찾아보기 어려운 현상이다. 한국 FPS 게임에 대한 여성유저들의 향유의식은 다음과 같은 두 가지 측면으로 정리해 볼 수 있다. 첫 번째는 강한 여성에 대한 희구의식이다. 경험적 현실세계에서 여성의 사회적인 성취도가 날로 증가하고 있기는 하나, 사회구조의 정점에서 남성을 압도하는 여성은 그리 많지 않다. 그런데 한국 FPS 게임은 남성캐릭터를 압도하는 여성캐릭터를 대거 등장시킴으로써 경험적 현실에서 여성들이 느끼는 결핍감을 해소해 주는 측면이 있다. 특히 한국 FPS 게임에 등장하는 여성캐릭터는 전술적인 능력뿐만 아니라 신체적인 측면에서도 남성캐릭터를 가볍게 제압할 수 있는 힘을 소유하고 있는 것으로 나타나는 바, 여성의 능력이 두뇌나 성격적인 측면에서 주로 발현되는 경험적 현실에서 만족하지 못하는 측면에 대한 충족감을 제공한다고 볼 수 있다. 두 번째는 동일시에 의한 대리만족이다. 여성유저들은 FPS 게임에 등장하는 여성캐릭터에게 자신을 투사한다. FPS 게임의 가상현실에 몰입하는 과정에서 여성캐릭터를 허구적 자아로 인식하는 것이다. 여성유저에게 FPS 게임의 여성캐릭터가 가상현실에서 활동하는 또 하나의 자기로 수용된다는 것으로, 이러한 자기 동일시는 한국 FPS 게임에 여성캐릭터를 남성과 동등한 질적 비중과 수적 비율로 출현시키는 핵심적인 한 동인이 된다. 다시 말해서 한국 FPS 게임 속 여성캐릭터에 대한 여성유저들의 강력한 자기 동일시가 이들 게임 장르에 등장하는 여성캐릭터의 성적인 대상화와 종속적 보조자화를 막는 중요한 한 요인이 된다는 것이다.

## 3. 한 · 일 게임에 나타난 여성캐릭터의 향유방식과 그 차별적 의미

게임의 여성캐릭터에 대한 한 · 일 게임 향유층의 향유방식과 그 의식은 공통적 지점과 차별적 지점을 고루 지니고 있다. 여성캐릭터에 대한 한 · 일 게임 향유층의 향유의식이 지니는 교집합은 바로 섹시한 캐릭터에 대한 선호도이다. 한국보다 한 발 앞서 발전한 일본게임이 소개되었을 때 한국 대중문화 향유층에게 충격적으로 받아들여졌던 것이 바로 이 섹시한 여성캐릭터였다. 과다한 노출패션과 선정적인 몸매를 내세운 일본게임의 섹시한 여성캐릭터가 게임의 주된 향유층인 청소년들에게 미칠 문제점들에 대한 담론이 붐을 이루기도 했다. 그런데 일본게임의 여성캐릭터가 보여주는 섹슈얼러티의 정체성은 전략시뮬레이션 게임의 본산지라고 할 수 있는 미국게임의 그것과는 차별화 된다. 일본게임의 여성캐릭터는 긴 머리와 풍만한 가슴, 늘씬한 몸매, 노출이 심한 옷차림 등 선정적인 측면을 강조하면서도, 그 얼굴은 청순성과 섹시미를 함께 갖춘 경우가 대부분이다. 아예 얼굴은 십대 소녀의 순진한 외모를 하고, 몸매만 농염한 모습을 선보이는 경우도 많다. 외모의 어린 아이성과 몸매와 옷차림의 성숙한 섹시미라는 일견 부조화 된 조합이 바로 일본게임에 형상화 된 여성캐릭터가 보여주는 섹슈얼러티의 특수한 정체성인 것이다. 한국게임의 여성캐릭터는 이러한 일본게임 속 여성캐릭터가 지니는 섹슈얼러티의 일본적인 특수성을 그대로 이식해 놓은 형태이다. 섹시한 여성캐릭터의 인물형상만 놓고 보면 게임 텍스트별로 한·일 게임의 국적을 구분하는 것이 불가능할 정도이다. 섹시한 여성캐릭터는 한·일 게임의 교섭관계사에서 핵심적인 위치를 차지하는 것이다.

그런데 한·일 게임에 나타난 여성캐릭터의 교집합인 섹시한 여성캐릭터를 떼어내고 남은 일본게임과 한국게임 속 여성캐릭터의 인물형상과 그에 대한 향유의식은 각기 다른 양상을 보여준다. 먼저, 일본게임에 나타난 여성캐릭터에서 섹시한 여성캐릭터와 함께 일본 게임 유저가 가장 선호하는 여성캐릭터의 양대 산맥을 이루는 것은 로리타 캐릭터이다. 얼굴의 반을 차지하는 큰 눈과 초롱초롱한 눈동자, 긴 생머리이거나 청순한 단발 혹은 큐트한 커트머리에 미니스커트나 핫팬츠, 교복치마를 입은 귀여운 십대 여자아이 캐릭터가 섹시한 여성캐릭터를 제외한 일본게임 속 여성캐릭터를 점유하고 있다. 기실, 몸매와 옷차림이 얼굴표정과 섹시함으로 균등한 조화를 이루는 미국게임 속 여성캐릭터의 섹슈얼리티와 차별화 되는 일본게임 속 여성캐릭터가 보여주는 섹슈얼러티의 정체성이 귀엽고 청순한 얼굴과 섹시한 몸매의 불균등한 조합으로 나타나는 것도 이러한 로리타 캐릭터에 대한 일본게임 향유층의 전통적인 선호도에 기인한 것이라 할 수 있다. 다시 말해서 게임 속 여성캐릭터의 일본적인 섹슈얼러티란 곧 로리타적인 섹시함으로 정의할 수 있는 것이다.

반면, 한국게임에 나타난 여성캐릭터는 섹시한 캐릭터 일변도에서 벗어나 주체적 행동방식을 탐색하는 변화 단계에 와 있다. 여기서 섹시한 여성캐릭터란 성적으로만 대상화 되어있는 것이 아니라, 행동방식과 그 역할에 있어서도 수동적·종속적으로 대상화 되어 있는 여성상을 말한다. 한국게임에 등장하는 전통적인 섹시한 여성캐릭터는 곧 비주체적인 여성상이라는 범주와 일치하는 것이다. 그런데 최근의 한국게임에 나타나는 여성캐릭터들은 그 동안의 부수적인 역할에서 벗어나 적극적인 행동방식과 주체적인 역할을 수행하는 모습을 보여주고 있다. 주목할 점은 이러한 주체적인 여성캐릭터들이 섹시함 또한 갖추고 있다는 것이다. 한국게임에 나타난 여성캐릭터가 보여주는 행동방식과 역할수행 상의 변모 양상의 핵심은 바로 섹시하지만 수동적이었던 여성상에서 섹시하면서도 주체적인 여성상으로 진보했다는 데 있다. 이와 같은 섹시하면서도 주체적인 여성캐릭터는 한국게임 향유층의 전통적인 주류인 남성유저와 새롭게 부상한 여성유저, 양쪽의 욕구를 모두 만족시켜주기 위한 절충적인 캐릭터라고 할 수 있다.

섹시하면서도 주체적인 여성캐릭터에 대한 여성유저의 향유의식은 다음과 같은 두 가지 측면에서 생각해 볼 수 있다. 첫째, 섹시하면서도 주체적인 여성캐릭터의 주체적인 행동방식은 여성의 사회적 지분 증대와 역할 확대라는 경험적 세계의 현실을 배경으로 주체적 역할 수행에 대한 여성유저들의 욕구를 만족시켜 준다. 둘째, 외모와 몸매 관리가 자기관리 능력의 중요한 부분으로 취급되는 현재의 사회적 배경 속에서, 섹시하면서 주체적인 여성캐릭터의 섹시한 얼굴과 몸매는 능력도 있으면서도 외모도 멋진 여성이 되기를 추구하는 욕망을 투영시켜 대리만족하는 허구적인 대체제가 된다. 여기서 지적해 둘 것은 섹시하면서도 주체적인 여성캐릭터에 대한 여성유저들의 향유의식이 보여주는 초점은 섹시함이 아니라 주체성이라는 사실이다. 알파걸(Alpagirl), 골드미스(Goldmiss), 콘트라섹슈얼(Contrasexual) 등 여성의 능력과 사회적 자아실현을 강조하는 풍조가 확산되면서 여성들이 선망하는 여성상은 능력을 주로 하면서 어디서나 빠지지 않을 외모와 몸매를 부차적으로 갖춘 형상으로 변모하고 있다. 한국게임 속에서 새롭게 대두되고 있는 섹시하면서도 주체적인 여성캐릭터는 이러한 여성의 사회적 의식을 반영하고 있는 것이다. 이렇게 볼 때 한국게임에 새롭게 등장하고 있는 섹시하면서도 주체적인 여성캐릭터에 대한 여성유저의 향유방식은 거꾸로 주체적이면서도 섹시한 여성상이 된다고 할 수 있다.

한편, 섹시하면서도 주체적인 여성캐릭터에 대한 한국 남성유저의 향유의식은 다음과 같은 두 가지 측면에서 정리해 볼 수 있다. 첫째, 섹시하면서도 주체적인 여성캐릭터의 주체적인 행동방식은 가부장제 이데올로기가 해체되고 남성들이 유교적 관념하여 책임과 의무를 벗어던지면서 능력 있는 여성들에게 의지하고자 하는 경험적 현실세계의 남성의식을 일정부분 반영하고 있다고 할 수 있다. 확대되고 있는 연상 연하 커플의 적지 않은 비율이 사회적 · 경제적으로 능력 있는 연상의 여성과 그 보다 능력이 떨어지는 연하 남성의 결합양상을 보여준다는 사실도 여성캐릭터의 주체적인 변모를 추동하는 남성유저들의 향유의식을 설명해 주는 한 중요한 부분이 된다. 여성이 능력 있을수록 상대남성의 사회적 책임과 의무는 덜어진다. 가부장제 이데올로기가 해체되기 전에 유지되었던 남성에 대한 대우는 그대로 받고 싶으면서도 책임은 벗고 싶은 현대 남성들의 의식이 섹시하면서도 주체적인 여성상에 반영되어 있다고 볼 수 있는 것이다. 두 번째는 한국게임의 남성유저들이 여성캐릭터를 향유하는 방식에서 섹시함은 영원히 포기할 수 없는 부분이라는 사실이다. 비록 경험적 현실세계 속에서 남성들이 가부장의 책임과 의무를 벗어던지기 위해 능력 있는 여성을 추구한다 하더라도, 그들의 선택 대상이 되는 여성은 능력 외에 외형적인 매력을 갖추고 있어야 한다는 것이 일반적인 전제조건이 된다. 여기서 핵심은 외형적인 매력이며 여성의 능력은 그 부차적인 조건이라는 사실이다. 말 그대로 섹시해서 여성의 섹슈얼러티에 대한 남성의 고전적인 욕망을 만족시켜줄 수 있으면서도, 사회적인 능력이 있어서 경우에 따라 남성들이 기댈 수 있는 여성상이 되는 것이다. 한국게임에 나타난 여성캐릭터가 섹시하면서도 수동적인 여성상에서 섹시하면서도 주체적인 여성상으로 변모하게 된 것은 여성의 섹슈얼러티에 대한 남성유저의 고전적인 향유의식과 여성의 사회적 능력에 대한 현대적인 향유의식이 접합점을 찾은 결과라고 볼 수 있다.

## 4. 나오는 말

본 연구는 한·일 게임에 등장하는 여성캐릭터 사이의 상관관계를 고찰함으로써 한·일 게임 교류사의 한 단면도를 규명하고자 한다. 한·일 게임에 나타나는 여성캐릭터의 공통점과 차이점, 그 향유의식의 차별성을 규명하는 본 연구의 결과는 궁극적으로 한국과 일본, 양국의 문화교류사의 한 국면을 밝혀내게 될 것이다. 아울러 한·일 양국의 대중문화가 지니고 있는 공통점과 차이점, 영향관계를 드러냄으로써 각자의 문화 정체성에 대한 이해도를 확대하는 성과를 가져올 것으로 생각된다. 한국게임이 양적으로나 질적으로나 비약적인 성장을 이루었음에도 불구하고 여전히 한국게임이 일본게임의 영향하에 있다는 일반적인 인식이 존재한다. 일본게임과의 차별성에 대한 명확한 인식이 부재한 것이다. 본 연구의 성과는 여성캐릭터를 중심으로 한·일 게임의 접합점과 차별성을 규명해 냄으로써 궁극적으로 한·일 게임의 상관 관계도 위에서 한국게임의 특수성에 대한 인식기반을 형성하는데 기여할 수 있을 것으로 본다.

본 연구의 결과는 한·일 대중문화에 관한 비교론적인 연구사의 한 부분을 구성하게 될 것이다. 게임은 드라마·영화 등으로 멀티유즈 (multy use)되는 원소스(one source)로서 현대 대중문화의 핵심적인 위상을 차지하고 있는 장르이다. 그럼에도 불구하고 게임 텍스트의 서사론적인 연구를 중심으로 한·일 대중문화가 이루고 있는 상관관계를 비교 고찰한 학문적인 연구성과는 여태껏 제출되지 못했다. 여성캐릭터는 게임 텍스트의 스토리텔링을 구성하는 한 요소이다. 한·일 게임에 등장하는 여성캐릭터의 인물형상화 방식이 보여주는 공통점과 차이점, 그 향유의식이 보여주는 차별성을 규명하고자 하는 본 연구의 성과는 한·일 대중문화의 새로운 국면인 디지털콘텐츠에서 나타나는 상관관계를 학술적으로 체계화 하는데 기여하게 될 것이다.

# 참고문헌

강진옥, <구전설화의 이물교혼 모티브 연구>, 『이화어문논집』 11, 이화어문학회, 1990.

강진옥, <마고할미 설화에 나타난 여성신 관념>, 『한국민속학』 25, 한국민속학회, 1993.

강진옥, <변신설화에 나타난 "여우"의 형상과 의미>, 『고전문학연구』, 한국고전문학회, 1994.

강현모, <인물전승에 나타난 사건의 수용 양상-비극적 장수설화를 중심으로>, 『한민족문화연구』 5, 한민족문화학회, 1999.

고미영, <가능성을 불러오는 이야기의 힘>, 『국어국문학』 146, 2007.

고선희, <드라마 <뿌리 깊은 나무>의 판타지성과 하위주체 발화 양상>, 『국제어문』 55, 2012, 89쪽.

고재석, <영웅소설의 신화적 세계관과 그 서사기능의 변이양상>, 『한국문학연구』 9, 동국대학교한국문학연구소, 1986.

권도경, <백범 문학콘텐츠의 스토리텔링에 나타난 아기장수전설의 재맥락화 그 의미>, 『국제어문』 41, 국제어문학회, 2007.

권도경, <북한 지역 녹족부인(鹿足夫人) 전설의 존재양상과 역사적 변동단계에 관한 연구>, 『비교한국학』 16권 제1호, 비교한국학회, 2008.

권도경, <분단 이전 북한 이성계·여진족 대결담의 유형과 <이성계 신화>로서의 인식체계>, 『동방학』, 한서대학교 동양고전연구소, 2011.

권도경, <설인귀 풍속신앙 전설의 서사구조적 특징과 전승의 역사적 변동국면>, 『정신문화연구』 30권 제2호, 한국학중앙연구원, 2007.

김갑동, <고려시대의 남원과 지리산 성모천왕>, 『역사민속학』 16, 2003.

김광순, 『한국구비문학』, 경북-고령군 편, 박이정, 2006.

김미란, <변신설화의 성격과 의미>, 『설화문학연구』 하, 단국대학교출판부, 1998.

김미진·윤서정, <캐릭터 중심 과정에서 본 게임스토리텔링 시스템>, 『한국콘텐츠학회지』 제3권 제5호, 2005.

김미진·윤서정, <캐릭터 중심의 RPG 스토리텔링 구조 분석>, 『한국게임학회논문지』 5, 2005.

김수봉, <판소리 칠가의 실전 원인 고찰>, 『한국문학논총』, 한국문학회, 1991.

김수업, <아기장수 이야기 연구>, 경북대학교 박사학위논문, 1994.

김아네스, <고려시대 산신 숭배와 지리산>, 『역사학연구』 33, 2008.

김영범, <조선후기 판소리 담론과 민중집단의 집단의식>, 『한국학보』 43, 일지사, 1986.

김영일, <고려왕조신화의 구성원리>, 『어문논집』 9·10, 경남대학교, 1998.

김일렬, <판소리 숙영낭자전의 등장과 탈락의 이유>, 『어문논총』 20권 1호, 경북어문학회, 1996.

김재용, <계모형 고소설의 시학>, 집문당, 1996.

김정녀, <논쟁과 기억의 서사: 인조의 기억과 '대항기억'으로서의 <강도몽유록>>, 『한국학연구』 35, 고려대학교 한국학연구소, 2010.

김정미, <한말 경상도 영해지방의 의병전쟁>, 『대구사학』 42, 1991.

김종군, <드라마의 구비문학적 위상>, 『구비문학연구』 16, 2003.

김종철, <「銀世界」의 成立過程硏究>, 『한국학보』 제14권 2호, 일지사, 1988.

김종철, <19세기 판소리사와 변강쇠가>, 『고전문학연구』 3, 한국고전문학회, 1987.

김종철, <배비장타령외 기타 실전 판소리>, 『판소리의 세계』, 판소리학회, 문학과지성사, 2000.

김종철, <실전 판소리의 종합적 연구 : 판소리사전개와 관련하여>, 『판소리연구』 3권 1호, 판소리학회, 1992.

김종철, <옹고집전 연구 -조선후기 요호부민의 동향과 관련하여>, 『한국학보』 75, 1994.

김종태·정재림, <역사서사물, 『뿌리 깊은 나무』의 서사 전략>, 『한국문학이론과 비평』 58, 한국문학이론과비평학회, 2013.

김진영, <김유신전>, 『한국고전소설작품론』, 집문당, 1990.

김창현, <변강쇠가의 해결될 수 없는 갈등과 그로테스크>, 『성균어문연구』 31, 1996.

김창현, <영웅좌절담류 비극소설의 특징과 계보 파악을 위한 시론>, 『동아시아고대학』 13, 2006.

김헌선, <무숙이타령과 강릉매화타령형성 소고>, 『경기교육논총』 3, 경기대학교 교육대학원, 1993.

김현영, <1862년 농민항쟁의 새 측면-거창 민란 관련 고문서를 중심으로>, 『고문서연구』 25, 한국고문서학회, 2004.

김흥규, <19세기 전기 판소리의 연행환경과 사회적 기반>, 『어문논집』 30, 고려대 국문과, 1991.

김흥규, <판소리의 사회적 성격과 그 변모>, 『세계의 문학』, 겨울호, 1978.

나경수, <동서양의 문화영웅 비교>, 『남도민속연구』 18, 남도민속학회, 2009.

나경수, <한국신화의 연구>, 교문사, 1993, 167쪽.

노성환, <왕권신화에 있어서 여행의 의미:고려의 왕권신화를 중심으로>, 『비교민속학』 18, 비교민속학회, 2000.

노창현·이완복, <게임스토리에 나타난 영웅의 모험의 12가지 단계 분석>, 『한국콘텐츠학회논문지』 제6권11호, 한국콘텐츠학회, 2006.

두창구, <동해시 지역의 설화>, 국학자료원, 2001.

박성희, <드라마 <뿌리 깊은 나무>를 통해 본 우리 현실과 자각>, 『글로벌문화콘텐츠』 7, 한국글로벌문화콘텐츠학회, 2011.

박일용, <구성과 더늠형 사설 생성의 측면에서 본 판소리의 전승 문제 : <배비장타령>, <강릉매화타령>, <게우사>의 예를 중심으로>, 『판소리연구』 14, 판소리학회, 2002.

박종성, <현대영상예술과 구비문학>, <한국인의 삶과 구비문학> 서대석 외, 집문당, 2000.

박희병, <춘향전의 역사적 성격 분석>, 『전환기의 동아시아문학』, 창작과비평사, 1985.

박희병, <판소리에 나타난 현실인식>, 『한국문학사의 쟁점』, 집문당, 1986.

배주영·최영미, <게임에서의 '영웅스토리텔링' 모델화 연구>, 『한국콘텐츠학회논문지』 제6권제4호, 한국콘텐츠학회, 2006.

백철호, <게임 캐릭터 변천의 문화적 연관성>, 홍익대학교 출판부, 2006.

서대석, <여러 얼굴을 지닌 단군신화>, 『한국의 고전을 읽는다』, 휴머니스트, 2006.

서유석, <「변강쇠가」에 나타난 기괴적 이미지와 그 사회적 함의>, 『판소리연구』 16, 판소리학회, 2003.

서유석, <실전 판소리의 그로테스크(Grotesque)적 성향과 그 미학>, 『한국고전연구』 23, 한국고전연구학회, 2011.

서혜은, <<박씨전>이 본 계열의 양상과 상관관계>, 『고전문학연구』 34, 한국고전문학회, 2008.

설중환, <옹고집전의 구조적 의미와 불교>, 『문리대논집』 4, 고려대학교 문리대학교, 1986.

성정언, <온라인게임에서 캐릭터의 섹스어필이 게임에 미치는 영향: 국내 온라인 롤플레잉 게임 속 캐릭터를 중심으로>, 홍익대학교 석사학위논문, 2005.

성현경, <남원고사본 춘향전의 구조와 의미>, 한국고전문학연구회, <고전소설연구의 방향>, 새문사, 1985.

성현자, <소설 모티프의 차용과 변용-소설 <장화홍련전>과 영화 <장화, 홍련>의 경우>, 『비교문학』 45, 2008.

소재영, <이류교구고>, 『국어국문학』 42-43합집, 국어국문학회, 1969.

손태도, <전통 사회 재담소리의 존재와 그 공연 예술사적 의의>, 『판소리연구』 25, 판소리학회, 2008.

송성욱, <고전소설과 TV 드라마 - TV드라마의 한국적 아이콘 창출을 위한 시론>, 『국어국문학』 137, 2004.

송정화, <中國 神話에 나타난 女神 研究>, 고려대학교 박사학위논문, 2003.

송화섭, <智異山의 老姑壇과 聖母天王 >, 『도교문화연구』 27, 2007.

신동흔, <아기장수 설화와 진인출현설의 관계>, 『고전문학연구』 5, 1990.

신선희, <고전 서사문학과 게임 시나리오>, 『고소설연구』 17, 2004.

신원선, <패션사극 <뿌리깊은 나무>의 대중화 전략>, 『인문연구』 64, 영남대학교 인문과학연구소, 2012, 353쪽.

신훈교, <컴퓨터게임에서 캐릭터에 대한 사용자 선호TYPE에 관한 연구: 온

라인 롤플레잉 게임을 중심으로>, 부산대학교 석사학위논문, 2004.

양윤모, <김구와『백범일지』>,『한국학보』28, 2002.

여증동, <<백범일기>를 허물어 뜨리고「백범일지」로 조작한 사람 이광수」,『배달말교육』, 2001.

유안진, <동화내용을 인지한 아동이 지각한 친부모상 및 계부모상의 차이 콩쥐팥쥐, 장화홍련, 신데렐라 및 백설공주를 중심으로>,『한국가정관리학회지』34, 한국가정관리학회, 1996.

유안진, <전래동화와 대학생의 편견 형성 판단 백설공주, 콩쥐팥쥐, 장화홍련전을 중심으로>,『한국가정관리학회지』23, 한국가정관리학회, 1994.

유인수, <高麗 建國神話의 연구: 說話的 측면에서>, 한양대학교 석사학위논문, 1990.

유증선, <영남의 전설>, 형설출판사, 1971.

이강옥, <고려국조신화「고려세계」에 대한 신고찰-신화소(神話素) 구성과정에서의 변개양상과 그 현실적 기능을 중심으로>,『한국학보』, 일지사, 1987.

이귀숙, <고구려(高句麗) 초기(初期)의 왕통변화(王統變化)와 주몽(朱蒙) 시조인식(始祖認識)의 성립(成立)>,『지역사교육논집』39, 역사교육학회, 2007.

이다운, <TV드라마의 역사적 인물 소환 전략-<뿌리 깊은 나무>를 중심으로>,『인문학연구』88, 충남대학교 인문학연구소, 2012.

이명현, <이물교혼담에 나타난 여자요괴의 양상과 문화콘텐츠로의 변용>,『우리문학연구』21, 우리문학회, 2007.

이석래, <옹고집전의 연구>,『관악어문연구』3, 서울대학교 국어국문학과, 1978.

이용욱, <컴퓨터게임 스토리텔링의 서사구조 연구:'영웅서사'의 디지털적 변용을 중심으로>,『게임산업저널』6, 2004.

이원수, <가정소설 작품세계의 시대적 변모>, 경남대학교 출판부, 1997.

이응백 · 김원경 · 김선풍, <국어국문학자료사전>, 한국사전연구사, 1998.

이이화, <당쟁과 정변의 소용돌이>,『한국사이야기』, 한길사, 2001.

이인화 외, <디지털스토리텔링>, 황금가지, 2003.

이인화, <서문>,『영원한 제국』, 세계사, 1993.

이정원, <<장화홍련전>의 환상성>,『고소설연구』20, 한국고소설학회, 2005.

이정원, <영화 <장화, 홍련>에서 여성에 대한 기억과 실제>,『한국고전여성 문학연구』15, 한국고전여성문학회, 2007.

이종서, <'전통적' 계모관(繼母觀)의 형성과정과 그 의미>,『역사와현실』51, 한국역사연구회, 2004.

이지영, <地神 및 水神系 神聖動物 이야기의 존재양상과 그 신성성의 변모에 관한 연구최종보고서>, 한국연구재단(NRF) 연구성과물 보고서, 한국연구 재단, 2009.

이지영, <『삼국사기』 소재 고구려 초기 왕권설화 연구>,『구비문학연구』2, 1997.

인권환, <失傳 판소리 사설 연구 : 강릉매화타령, 무숙이타령, 옹고집타령을 중심으로>,『동양학』26, 단국대학교 동양학연구소, 1996.

인권환, <판소리의 失傳 原因에 대한 考察>,『한국학연구』7, 한국학연구소, 1995.

임병희, <로고스의 영토, 미토스의 지배: 판타지 소설과 온라인 게임의 신화 구조 분석>,『국제어문』24, 국제어문학회, 2001.

임석재,『임석재전집』3, 평민사, 1988.

임석재,『한국구전설화』6, 충청남도편, 평민사, 1947.

임철호, <임진록 이본 연구>, 전주대학교 출판부, 1996.

임형택, <홍길동전의 신고찰>,『창작과비평』통권 42.43호 창작과비평사, 1977.

장경남, <丙子胡亂의 문학적 형상화 硏究 :女性 受難을 中心으로>,『어문연 구』31, 한국어문교육연구회, 2003.

장덕순, <龍飛御天歌의 敍事詩的 考察>,『陶南趙潤濟博士回甲紀念論文集』, 1964.

장석규, <옹고집전 연구>, 경북대학교 석사학위논문, 1984.

장석규, <옹고집전>,『판소리의 세계』, 판소리학회 엮음, 문학과지성사, 2000.

장은숙, <온라인 게임 이용자 유형과 캐릭터 선호도 관계 연구: MMORPG 게임 이용자들을 대상으로>, 서강대학교영상대학원 석사학위논문, 2005.

장장식, <아기장수전설의 意味와 機能>,『국제어문』5, 국제어문학회, 1884.

전수용, <TV 드라마 <뿌리 깊은 나무>와 이정명의 원작소설>,『문학과영상』 제13권 4호, 문학과영상학회, 2012, 808쪽.

전신재, <아기장수 전설의 비극의 논리>,『논문집』8, 한림대학교, 1990.

정병설, <고전소설과 텔레비전드라마의 비교>, 한국고소설학회 제64차 정기 학술대회 발표문, 2004.

정원일, <디지털 미디어 시대의 재마법화 현상과 이미지의 모호성 연구>, 홍익대학교 박사학위논문, 2007.

정재영·김태웅·김희수, <pc게임의 분류와 특성에 관한 연구>,『동명논문 지』제21권 1호, 1999.

정지영, <장화홍련전: 조선후기 재혼가족 구성원의 지위>,『역사비평』61, 한국역사연구회, 2002.

정출헌, <조선후기 우화소설의 사회적 성격>, 고려대학교 박사학위논문, 1992.

정충권, <옹고집전이본의 변이양상과 그 의미>,『판소리연구』4, 판소리학회, 1993.

정충권, <흥보박사설의 형성과 변모>,『고전문학과교육』1, 청관고전문학회, 1999.

정환국, <19세기 문학의 '불편함'에 대하여 : 그로테스크한 경향과 관련하 여>,『한국문학연구』, 동국대학교 한국문학연구소, 2009.

조광국, <<<사씨남정기>의 사정옥: 총부(家婦)캐릭터 -예제(禮制)의 사회문화 적 맥락을 중심으로>,『고소설연구』34, 한국고소설학회, 2012.

조동일, <영웅소설 작품구조의 시대적 성격>,『한국소설의 이론』, 1977.

조동일, <영웅의 일생, 그 문학사적 전개>,『동아문화』, 1971.

조동일, <인물전설의 의미와 기능>, 영남대학교출판부, 1979.

조동일, <흥부전의 양면성>, 이상택·성현경 편, <한국고전소설연구>, 새문 사, 1983.

조동일,『한국문학통사』3, 지식산업사, 1989.

조동일,『한국문학통사』제3판 4, 1994.

조현설, <건국신화의 형성과 재편에 관한 연구: 티벳·몽골·만주·한국 신

화의 비교를 중심으로>, 동국대학교 박사학위논문, 1998.

조현설, <고려건국신화「고려세계」의 신화사적 의미>,『한국고전문학회』, 한국고전문학회, 2000.

조현설, <고소설의 영화화 작업을 통해 본 고소설 연구의 과제-고소설「장화홍련전」과 영화 <장화, 홍련>의 사례를 중심으로>,『고소설연구』 17, 2004.

조현설, <남성지배와『장화홍련전』의 여성형상>,『민족문학사연구』 15, 민족문학사연구소, 1999.

조현설, <웅녀·유화 신화의 행방과 사회적 차별의 체계>,『구비문학연구』 9, 한국구비문학회, 1999.

조희웅 외,『경기북부구전자료집』 1, 박이정, 2001.

조희웅 외,『경기북부구전자료집』 2, 박이정, 2001.

조희정, <역사적 인물 세종과「뿌리 깊은 나무」의 성과>,『영미문학연구』 32, 영미문학연구회, 2012.

천혜숙, <아기장수전설의 형성과 의미>,『한국학논집』 13, 계명대학교 한국학연구소, 1986.

천혜숙, <영덕 지역의 신돌석 전설>,『전설과 지역문화』, 민속원, 2002.

천혜숙, <전설의 신화적 성격에 관한 연구>, 계명대학교 박사학위논문, 1987.

천혜숙, <현대의 이야기문화와 TV>,『구비문학연구』 16, 2003.

최래옥, <아기장사 전설의 연구-한국설화의 비극성을 중심으로>,『한국민속학』 11, 한국민속학회, 1979.

최래옥, <옹고집전의 사회사적 고찰>,『우리문화』 2, 우리문화연구회, 1968.

최래옥, <옹고집전의 제문제 연구>,『동양학』 19, 동양학연구소, 1989.

최래옥, <한국구비전설의 연구>, 일조각, 1981.

최민성, <신화의 구조와 스토리텔링 모델>,『국제어문』 42, 국제어문학회, 2008.

최운식, <한국의 민담>, 시인사, 1994.

최혜실, <게임의 서사구조>,『현대소설연구』 16, 2002.

최혜실, <디지털 문화 환경과 서사의 새로운 양상: 게임의 스토리텔링>,『문학수첩』 6, 2004.

최혜실, <디지털 시대의 게임>, 『현대소설연구』 18, 2003.

허태용, <17·18세기 북벌론의 추이와 북학론의 대두 2010년>, 『대동문화연구』 69, 성균관대학교 유교문화연구소, 2010.

현용준, <제주도 전설>, 서문당, 1976.